A TRAMA DO CASAMENTO

A marca FSC é a garantia de que a madeira utilizada na fabricação do papel deste livro provém de florestas que foram gerenciadas de maneira ambientalmente correta, socialmente justa e economicamente viável, além de outras fontes de origem controlada.

JEFFREY EUGENIDES

A trama do casamento

Tradução
Caetano W. Galindo

Companhia Das Letras

Copyright © 2011 by Jeffrey Eugenides

*Grafia atualizada segundo o Acordo Ortográfico da Língua Portuguesa de 1990,
que entrou em vigor no Brasil em 2009.*

Título original
The Marriage Plot

Capa
Retina_78

Foto de capa
©Michael Haegele/ Corbis/ Corbis (DC)/ Latinstock

Preparação
Silvana Afram

Revisão
Luciane Gomide
Renata Del Nero

Dados Internacionais de Catalogação na Publicação (CIP)
(Câmara Brasileira do Livro, SP, Brasil)

Eugenides, Jeffrey
    A trama do casamento / Jeffrey Eugenides ; tradução
Caetano W. Galindo — 1ª ed. — São Paulo : Companhia das
Letras, 2012.

    Título original: The Marriage Plot
    ISBN 978-85-359-2088-8

    1. Ficção norte-americana I. Título.

12-03886   CDD-813.5

Índice para catálogo sistemático:
1. Ficção norte-americana   813.5

[2012]
Todos os direitos desta edição reservados à
EDITORA SCHWARCZ S.A.
Rua Bandeira Paulista, 702, cj. 32
04532-002 — São Paulo — SP
Telefone (11) 3707-3500
Fax (11) 3707-3501
www.companhiadasletras.com.br
www.blogdacompanhia.com.br

Para os colegas de quarto
Stevie e Moo Moo

As pessoas jamais se apaixonariam se não tivessem ouvido falar do amor.

François de La Rochefoucauld

E você pode se perguntar, bom, como foi que eu vim parar aqui?
E você pode se dizer,
Essa não é a minha linda casa.
E você pode se dizer,
Essa não é a minha linda esposa.

Talking Heads

UM LOUCO APAIXONADO

Para começar, olha quanto livro. Lá estavam os seus romances de Edith Wharton, organizados não por título mas por data de publicação; lá estava o conjunto completo de Henry James da Modern Library, presente do pai dela no seu aniversário de vinte e cinco anos; lá estavam os de capa mole e com orelhas de burro que ela teve que ler em disciplinas da faculdade, um monte de Dickens, uma pitada de Trollope, além de boas doses de Austen, George Eliot, e das temíveis irmãs Brontë. Lá estava uma montanha de volumes pretos e brancos da New Directions, quase tudo poesia de gente como H. D. ou Denise Levertov. Lá estavam os romances de Colette que ela lia às escondidas. Lá estava a primeira edição de *Couples*, que era da mãe dela, que Madeleine tinha sondado sub-repticiamente na sexta série e que agora estava usando para dar apoio textual à sua monografia de conclusão de curso sobre o romance e o casamento. Lá estava, em resumo, uma biblioteca de tamanho médio, mas ainda portátil, que representava basicamente tudo que Madeleine tinha lido na universidade, uma coleção de textos, aparentemente escolhidos de maneira aleatória, cujo foco lentamente se fechava, como um teste de personalidade, um teste sofisticado em que você não conseguisse trapaccar ao perceber as implicações das questões e em que finalmente você ficava tão perdida que o seu único recurso fosse responder a verdade pura e simples. E aí você ficava esperando o resultado, torcendo por "Artística", ou "Passional", pensando que podia aceitar "Sensível", temendo secretamente "Narcisista" e "Caseira", mas recebendo finalmente um veredito de dois gumes que lhe causava sensações diferentes dependendo do dia, da hora, ou do cara que por acaso você estivesse namorando: "Romântica Incurável".

Eram esses os livros no quarto em que Madeleine estava deitada, com um travesseiro em cima da cabeça, na manhã da sua formatura na universidade. Ela tinha lido cada um deles, muitas vezes relido, não raro sublinhando trechos, mas isso não lhe servia de nada agora. Madeleine estava tentando ignorar o quarto e tudo que estava nele. Estava torcendo para se deixar cair de novo no oblívio em que tinha ficado bem aconchegada pelas últimas três horas. Qualquer nível mais alto de consciência a forçaria a encarar certos fatos desagradáveis: por exemplo, a quantidade e a variedade de álcool que tinha ingerido na noite anterior e o fato de que tinha ido dormir sem tirar as lentes. Pensar nesse tipo de detalhe evocaria, por sua vez, os motivos de ela ter bebido tanto assim para começo de conversa, o que ela definitivamente não queria fazer. Então Madeleine ajeitou o travesseiro, bloqueando a luz do começo da manhã, e tentou pegar no sono de novo.

Mas não adiantou. Porque bem naquela hora, na outra ponta do apartamento, a campainha começou a tocar.

Começo de junho, Providence, Rhode Island, o sol no céu já há quase duas horas, iluminando a baía clara e as chaminés da Narragansett Electric, nascente como o sol do selo de Brown University gravado em todas as flâmulas e bandeiras desfraldadas sobre o campus, um sol de rosto sagaz, que representava o saber. Mas este sol — o que estava sobre Providence — estava saindo na frente do metafórico, porque os fundadores da universidade, com seu pessimismo batista, tinham escolhido representar a luz do saber amortalhada por nuvens, indicando que a ignorância ainda não tinha sido eliminada do reino dos homens, enquanto o sol de verdade estava naquele exato momento abrindo caminho à força por entre a cobertura de nuvens, soltando raios lascados de luz lá de cima e dando esperança aos esquadrões de pais, que tinham passado o fim de semana inteiro encharcados e gelados, de que o clima atípico não fosse estragar o dia de festa. Por todo o College Hill, nos jardins geométricos das mansões georgianas, os jardins com cheiro de magnólia das vitorianas, sobre calçadas de tijolos que margeavam grades negras de metal como as de uma tirinha de Charles Addams ou de um conto de Lovecraft; na frente dos estúdios da Rhode Island School of Design, onde um estudante de pintura, que passara a noite inteira acordado trabalhando, amplificava aos berros sua Patti Smith; reluzindo nos instrumentos (tuba e trompete, respectivamente) de dois dos membros da banda marcial de Brown que tinham chegado cedo ao lugar marcado e estavam olhando em volta nervosos, perguntando-se onde é que estavam os outros; iluminando as ruelas de pedras que desciam a colina para o rio poluído, o sol brilhava em cada maçaneta de latão, cada asa de inseto, cada folha de grama. E, afinada com a luz que subitamente jorrava, como a arma que dá a largada de alguma atividade, a campainha do apartamento de quarto andar de Madeleine começou, clamorosamente, insistentemente, a tocar.

A onda chegava até ela menos como som que como sensação, um choque elétrico que lhe corria espinha acima. Em um mesmo gesto Madeleine arrancou o travesseiro da cabeça e sentou na cama. Ela sabia quem estava tocando o interfone. Eram os seus pais. Ela tinha aceitado encontrar Alton e Phyllida para o café da manhã às sete e meia. Tinha combinado com eles dois meses atrás, em abril, e agora aqui estavam eles, na hora marcada, à sua maneira ansiosa, com que ela podia contar. O fato de que Alton e Phyllida tinham vindo de carro lá de Nova Jersey para ver a formatura dela, de que não estavam aqui hoje para comemorar apenas o sucesso dela, mas o deles como pais, não tinha em si nada de errado ou inesperado. O problema era que Madeleine, pela primeira vez na vida, não queria participar disso. Ela não estava com orgulho de si própria. Não estava a fim de comemorar. Tinha perdido a crença na relevância do dia e do que o dia representava.

Ela pensou em não atender. Mas sabia que se não atendesse uma das suas colegas de quarto ia atender, e aí ela ia ter que explicar onde tinha ido parar ontem à noite, e com quem. Portanto, Madeleine escorregou da cama e relutantemente se pôs de pé.

Por um momento pareceu dar certo, aquilo de ficar de pé. Sua cabeça parecia curiosamente leve, como que esvaziada. Mas aí o sangue, drenando-se do crânio como se de uma ampulheta, encontrou um gargalo, e a parte de trás da cabeça explodiu de dor.

No meio dessa pancada, como o núcleo furioso de que ela emanava, irrompeu de novo o interfone.

Ela saiu do quarto e foi tropeçando descalça até o interfone da entrada, batendo no botão FALAR para calar a campainha.

"Oi?"

"O que aconteceu? Você não escutou o interfone?" Era a voz de Alton, grave e peremptória como sempre, apesar de estar saindo de um alto-falante minúsculo.

"Desculpa", Madeleine disse. "Eu estava no chuveiro."

"Até parece. Será que dava para você deixar a gente entrar?"

Madeleine não queria. Ela precisava se lavar antes.

"Eu já estou descendo."

Dessa vez ela segurou demais o botão FALAR, cortando a resposta de Alton. Ela apertou de novo e disse: "Papai?". Mas enquanto estava falando Alton também devia estar, porque quando ela apertou OUVIR só veio estática.

Madeleine aproveitou essa pausa na comunicação para apoiar a cabeça no caixilho da porta. A madeira era uma sensação fresca e boa. Veio-lhe a ideia de que, se pudesse deixar o rosto apertado contra a madeira pacificante, podia conseguir curar a dor de cabeça, e se pudesse deixar a testa contra o caixilho pelo resto do dia, de alguma maneira conseguindo ainda sair do apartamento, podia até conseguir aguentar tomar café com os pais, marchar no desfile de formatura, pegar um diploma e se formar.

Ela ergueu o rosto e apertou FALAR de novo.

"Papai?"

Mas foi a voz de Phyllida que respondeu. "Maddy? O que está acontecendo? Abra para nós."

"As minhas amigas ainda estão dormindo. Eu vou descer. Não toquem mais."

"Nós queremos ver o seu apartamento!"

"Agora não. Eu vou descer. Não toquem."

Ela tirou a mão dos botões e se afastou, olhando fixamente para o interfone como que para ver se ele tinha coragem de abrir a boca. Quando ele não abriu, ela voltou pelo corredor. Estava chegando ao banheiro quando a sua colega Abby emergiu, fechando o caminho. Ela bocejou, passando a mão pelo cabelo imenso, e aí, percebendo Madeleine, sorriu cúmplice.

"Então", Abby disse, "onde é que você foi se esconder ontem de noite?"

"Os meus pais estão aqui", Madeleine explicou. "Eu tenho que ir tomar café."

"Anda, me conta."

"Não tem nada pra contar. Eu estou atrasada."

"Mas como é que você está com a mesma roupa, então?"

Em vez de responder, Madeleine baixou os olhos e se viu. Dez horas antes, quando tinha pegado o vestidinho preto Betsey Johnson emprestado com Olivia, Madeleine achou que tinha ficado bem nele. Mas agora o vestido parecia quente e grudento, o grande cinto de couro lembrava um artefato sadomasô e tinha uma mancha perto da barra que ela não queria identificar.

Abby, enquanto isso, tinha batido na porta de Olivia e entrado. "O coração partido da Maddy já era", ela disse. "Acorda! Você tem que ver isso aqui."

O caminho para o banheiro estava livre. A necessidade que Madeleine sentia de um banho era radical, quase patológica. No mínimo ela precisava escovar os dentes. Mas a voz de Olivia agora já era audível. Logo Madeleine teria duas colegas a interrogando. Havia o risco de que os seus pais começassem a tocar a campainha de novo a qualquer momento. Tentando fazer o mínimo de barulho, ela foi avançando pelo corredor aos poucos. Enfiou os pés em um par de mocassins que tinham ficado na porta, esmagando o calcanhar dos sapatos enquanto se equilibrava, e escapou para o corredor externo.

O elevador estava esperando no fim da passarela floral. Esperando, Madeleine percebeu, porque ela não tinha fechado a porta de correr quando saiu cambaleante dali umas horas antes. Agora ela fechou a porta direitinho e apertou o botão do térreo, e com um tranco o aparelho antiquado começou a descer pela escuridão das entranhas do prédio.

O prédio de Madeleine, um castelo neorromanesco chamado Narragansett que abraçava a íngreme esquina da Benefit com a Church Street, tinha sido construído na virada do século. Entre os seus detalhes de época remanescentes — a claraboia de vitral, as arandelas de latão nas paredes, o saguão de mármore — estava o elevador. Feito de barras curvas de metal como uma gaiola gigante, o elevador miraculosamente ainda funcionava, mas andava devagar, e enquanto a cabine baixava Madeleine aproveitou a chance de se fazer mais apresentável. Ela passou as mãos pelo cabelo, penteando-o com os dedos. Limpou os dentes da frente com o indicador. Esfregou os olhos para tirar migalhas de rímel e molhou os lábios com a língua. Finalmente, ao passar pela balaustrada no segundo piso, ela verificou seu reflexo no espelhinho preso ao painel traseiro.

Uma das coisas boas de ter vinte e dois anos, ou de ser Madeleine Hanna, era que três semanas de angústia romântica, seguidas por uma bebedeira épica, não faziam um estrago que se pudesse perceber. Não fosse um inchaço em volta dos olhos, Madeleine parecia a mesma moça morena e bonita de sempre. As simetrias do seu rosto — o nariz reto, os zigomas e a mandíbula Katharine Hepburn-escos — eram quase matemáticas na sua precisão. Somente o leve vinco na testa testemunhava a pessoa levemente angustiada que Madeleine sentia, intrinsecamente, que era.

Ela podia ver os seus pais esperando lá embaixo. Estavam presos entre a porta do saguão e a porta da rua, Alton com um paletó de anarruga, Phyllida com um tailleur marinho e uma bolsa de fecho dourado combinando. Por um segundo Madeleine teve um impulso de parar o elevador e deixar seus pais presos na entrada em meio à bagunça de uma cidade universitária — os pôsteres de bandas new wave com nomes como Tristeza Profunda ou Clitóris, os desenhos pornográficos à la Egon Schiele do carinha da Rhode Island School of Design do segundo andar, todos os xerox clamorosos cujas entrelinhas traziam a mensagem de que os valores sadios e patrióticos da geração dos seus pais estavam agora na lata de lixo da história, substituídos por uma sensibilidade niilista, pós-punk, que a própria Madeleine não entendia mas ficava mais que contente de fingir que entendia para chocar os pais — antes que o elevador parasse no saguão e ela abrisse a porta e saísse para encontrá-los.

Alton foi o primeiro a passar pela porta. "Olha ela aqui!", ele disse avidamente. "A bacharel!" Com sua atitude de quem sobe à rede numa partida de tênis, ele avançou sobre ela e a colheu num abraço. Madeleine enrijeceu, com medo de estar cheirando a álcool ou, pior, a sexo.

"Não sei por que você não quis deixar a gente ver o seu apartamento", Phyllida disse, vindo na sequência. "Eu queria conhecer a Abby e a Olivia. Nós íamos adorar convidar as duas para jantar depois."

"Nós não vamos ficar para jantar", Alton lembrou Phyllida.

"Bom, nós até podíamos. Depende da agenda da Maddy."

"Não, não foi isso que foi combinado. O combinado é encontrar a Maddy para o café da manhã e aí sair depois da cerimônia."

"O seu pai e esses combinados", Phyllida disse a Madeleine. "Você vai usar esse vestido na cerimônia?"

"Não sei", Madeleine respondeu.

"Eu não consigo me acostumar com essas ombreiras que as meninas andam usando. É tão masculino."

"É da Olivia."

"Você está com uma cara bem acabadinha, Mad", Alton disse. "Festança de noite?"

"Não muito."

"Você não tem nada seu para usar?", Phyllida perguntou.

"Eu vou estar de beca, mamãe", Madeleine disse e, para evitar maiores inspeções, passou por eles rumo à entrada. Lá fora, o sol tinha perdido a batalha com as nuvens e desaparecido. O tempo não estava com uma cara melhor que a do fim de semana. O Baile do Campus, sexta à noite, tinha sido praticamente esvaziado pela chuva. O culto de formatura, no domingo, tinha se realizado sob uma garoa contínua. Agora, na segunda, a chuva tinha parado, mas a temperatura estava mais para o final do inverno do que para o início de verão. Enquanto esperava que os pais se juntassem a ela na calçada, ocorreu a Madeleine que ela não tinha feito sexo, não de verdade. Era um certo consolo.

"A sua irmã mandou pedir desculpas", Phyllida disse, ao sair. "Ela tem que levar o Ricardo Coração de Leão para fazer uma ultrassonografia hoje."

Ricardo Coração de Leão era o sobrinho de Madeleine, de nove semanas. Todos os outros chamavam o menino de Richard.

"O que é que ele tem?", Madeleine perguntou.

"Um dos rins é pequenininho, parece. Os médicos querem ficar de olho. Na minha modesta opinião, esses ultrassons só servem para achar motivo para a gente se preocupar."

"Por falar em ultrassom", Alton disse, "eu preciso fazer um do joelho."

Phyllida não lhe deu atenção. "Enfim, a Allie está *tristíssima* por não ver a sua formatura. E o Blake também. Mas eles estão torcendo para você e o seu novo amor darem uma passadinha lá no verão, na ida para Cape Cod."

Você tinha que ficar atenta perto da Phyllida. Olha ela aqui, falando aparentemente sobre o rinzinho do Ricardo Coração de Leão, e já tinha dado um jeito de mudar o assunto para o novo namorado de Madeleine, Leonard (que Phyllida e Alton nunca tinham encontrado), e para Cape Cod (onde Madeleine tinha anunciado ter planos de coabitar com ele). Em um dia normal, quando o seu cérebro estivesse funcionando, Madeleine teria conseguido se manter um passo à frente de Phyllida, mas hoje o melhor que ela conseguia era deixar que as palavras passassem boiando.

Por sorte, Alton mudou o assunto. "Então, que lugar você recomenda para o café?"

Madeleine se virou e olhou vagamente para a Benefit Street. "Tem um lugar, indo por aqui."

Ela começou a arrastar os pés pela calçada. Andar — movimento — parecia uma boa ideia. Ela foi na frente deles por uma fileira de casas exóticas e bem cuidadas com letreiros históricos, e um grande prédio de apartamentos com um telhado de duas águas. Providence era uma cidade corrupta, tomada pelo crime e controlada pela máfia, mas em cima do College Hill era difícil ver essa realidade. A cidade borrada e as fábricas de tecido, moribundas ou mortas, estendiam-se lá embaixo, no horizonte cruel.

Aqui as ruas estreitas, muitas delas calçadas com pedras, escalavam morros cobertos de mansões ou se enroscavam em torno de cemitérios puritanos cheios de lápides estreitas como as portas do paraíso, ruas com nomes como Prospecto, Benevolente, Esperança e Encontro, que davam todas no arborizado campus que ficava no topo. A mera estatura física sugeria uma estatura intelectual.

"Não são uma beleza essas calçadas de pedra?", Phyllida disse enquanto seguia. "A da nossa rua era assim. É *muito* mais elegante. Mas aí a prefeitura trocou por concreto."

"E nos passou a conta, ainda", Alton disse. Ele estava mancando de leve, por último na fila. A perna direita da sua calça grafite estava inchada com a joelheira que ele usava dentro e fora da quadra de tênis. Alton tinha sido campeão do clube na sua faixa etária doze vezes consecutivas, um daqueles sujeitos mais velhos com uma faixa na cabeça delimitando uma calvície incipiente, um *forehand* bem inconstante e um olhar totalmente aterrador. Madeleine vinha tentando ganhar de Alton a vida toda, sem sucesso. Isso era ainda mais enervante porque ela era melhor que ele, a essa altura. Mas toda vez que ela ganhava um set de Alton ele começava a intimidá-la, a ser mau, a questionar bolas, e o jogo dela desmontava. Madeleine tinha medo que houvesse nisso algo paradigmático, que o seu destino fosse passar a vida intimidada por homens menos competentes. Como resultado, as partidas de tênis de Madeleine contra Alton tinham assumido um significado pessoal tão exagerado para ela que ela ficava tensa sempre que jogava com ele, com resultados previsíveis. E Alton ainda se vangloriava quando vencia, ainda ficava todo coradinho e saltitante, como se tivesse batido a filha por puro talento.

Na esquina da Benefit com a Waterman, eles passaram por trás do campanário branco da Primeira Igreja Batista. Como preparação para a cerimônia, tinham instalado alto-falantes no gramado. Um homem de gravata-borboleta, um sujeito com cara de pró-reitor de graduação, fumava seu cigarro tensamente e examinava um monte de balões amarrados à cerca da igreja.

A essa altura Phyllida tinha alcançado Madeleine, segurando-lhe o braço para vencer as pedras irregulares da calçada, que as raízes dos plátanos carcomidos que seguiam o meio-fio empurravam para cima. Quando era menina, Madeleine achava a mãe bonita, mas isso foi há muito tempo. O rosto de Phyllida havia ficado mais pesado com os anos; as bochechas dela estavam começando a cair como as de um camelo. As roupas conservadoras que ela usava — roupas de uma filantropa ou uma embaixadora — em geral procuravam esconder seu corpo. O cabelo de Phyllida era a sede da sua força. Ele ficava dispendiosamente arrumado em um formato de cúpula lisa, como uma concha acústica para a apresentação daquele espetáculo já há tantos anos em cartaz, o seu rosto. Desde que Madeleine se conhecia por gente, Phyllida jamais tinha ficado sem palavras ou constrangida por alguma questão de etiqueta. Entre amigos, Madeleine gostava de rir da formalidade da mãe, mas muitas vezes se via comparando os modos de outras pessoas com os de Phyllida, desfavoravelmente.

E agora mesmo Phyllida estava olhando para Madeleine com a expressão correta para *este* momento: animada com a pompa e a cerimônia, ansiosa por fazer perguntas inteligentes para algum dos professores de Madeleine que ela por acaso encontrasse, ou por trocar gracejos com outros pais de formandos. Em poucas palavras, ela estava aberta a tudo e a todos e estava bem no compasso daquela ostentação social e acadêmica; e tudo isso exacerbava a sensação de Madeleine, de estar fora do compasso, naquele dia e pelo resto da vida.

Mas ela seguia em frente, atravessando a Waterman Street e subindo os degraus da Carr House, em busca de refúgio e de um café.

O café tinha acabado de abrir. O cara do balcão, com uns óculos Elvis Costello, estava enxaguando a máquina de expresso. Em uma mesa junto da parede, uma menina com cabelo cor-de-rosa e duro fumava um cigarro de cravo e lia *As cidades invisíveis*. "Tainted love" tocava no rádio em cima da geladeira.

Phyllida, protegendo a bolsa contra o peito, tinha parado para examinar a arte estudantil nas paredes: seis pinturas de cachorrinhos pequenos com doenças de pele usando golas elisabetanas feitas de garrafas de água sanitária.

"Não é divertido, isso aqui?", ela disse tolerantemente.

"La Bohème", Alton disse.

Madeleine instalou os pais numa mesa perto da *bay window*, o mais longe possível da menina de cabelo rosa, e foi até o balcão. O cara não teve pressa de vir atender. Ela pediu três cafés — um grande para ela — e bagels. Enquanto os bagels estavam tostando, ela levou os cafés para os seus pais.

Alton, que não conseguia ficar sentado à mesa do café sem ler, tinha apanhado um *Village Voice* que alguém tinha deixado de lado numa mesa vizinha e estava dando uma olhada. Phyllida encarava abertamente a menina do cabelo rosa.

"Você acha que aquilo é confortável?", ela inquiriu baixinho.

Madeleine se virou e viu que a calça preta esfarrapada da menina estava presa com algumas centenas de alfinetes de segurança.

"Sei lá, mãe. Por que você não vai perguntar?"

"Eu fico com medo de levar uma alfinetada."

"Segundo esse artigo aqui", Alton disse, lendo o *Voice*, "o homossexualismo não existia antes do século XIX. Foi inventado. Na Alemanha."

O café estava quente, bom, um salva-vidas. Ao tomar um gole, Madeleine começou a se sentir menos podre.

Depois de alguns minutos, ela foi buscar os bagels. Estavam meio queimados, mas ela não queria esperar por outros, então levou aqueles mesmo para a mesa. Depois de examinar o seu com uma expressão azeda, Alton começou a raspá-lo vingativamente com uma faca de plástico.

Phyllida perguntou: "Então, nós vamos conhecer o Leonard hoje?"

"Não sei", Madeleine disse.

"Alguma coisa que você queira contar para nós?"

"Não."

"Vocês ainda estão com planos de passar o verão morando juntos?"

A essa altura Madeleine tinha dado uma mordida no seu bagel. E como a resposta para a pergunta da sua mãe era complicada — tecnicamente, Madeleine e Leonard não estavam com planos de morar juntos porque tinham terminado três semanas atrás; apesar desse fato, contudo, Madeleine não tinha perdido a esperança de uma reconciliação, e como já tinha feito um esforço tão grande para acostumar os pais à ideia de ir morar com um cara, não queria pôr isso em risco admitindo que o plano estava cancelado —, ela ficou aliviada por poder apontar para a boca cheia, o que a impedia de responder.

"Bom, você agora é adulta", Phyllida disse. "Você pode fazer o que quiser. Se bem que, só para constar, eu tenha que dizer que eu não aprovo."

"Você já fez isso constar", Alton interrompeu.

"Porque continua sendo uma má ideia!", Phyllida gritou. "Eu não estou falando da decência da coisa toda. Eu estou falando dos problemas práticos. Se você for morar com o Leonard — ou qualquer outro rapaz — e for *ele* quem tem emprego, aí você começa em desvantagem. O que acontece se vocês não se acertarem? Como é que você fica, daí? Você não vai ter nem onde morar. Nem o que fazer."

O fato de que a sua mãe estava certa nessa análise, de que a situação que gerava a preocupação futura de Phyllida fosse exatamente a situação em que ela já estava, não motivou Madeleine a demonstrar aquiescência.

"Você largou o emprego quando me conheceu", Alton disse a Phyllida.

"Por isso eu sei muito bem do que estou falando."

"Será que dava pra gente mudar de assunto?", Madeleine disse finalmente, depois de engolir a comida.

"Mas é claro, querida. Não se fala mais nisso. Se os seus planos mudarem, você sempre pode voltar para casa. Eu e o seu pai vamos adorar ficar com você."

"Eu não", Alton disse. "Eu não quero essa aí. Voltar para casa é sempre uma má ideia. Mantenha distância."

"Não se preocupe", Madeleine disse. "Eu vou."

"A escolha é sua", Phyllida disse. "Mas se você voltar *mesmo* para casa, pode ficar com o celeiro. Porque aí você pode entrar e sair quando quiser."

Para sua surpresa, Madeleine viu que estava contemplando essa proposta. Por que não contar tudo aos pais, se aconchegar no banco de trás do carro e deixar que eles a levassem para casa? Ela podia se mudar para o seu antigo quarto, com a cama de trenó e o papel de parede da Madeline. Podia virar uma solteirona, como Emily Dickinson, escrevendo poemas cheios de travessões e brilhantismo, e sem nunca engordar.

Phyllida a despertou desse sonho.

"Maddy?", ela disse. "Aquele ali não é o seu amigo Mitchell?"

Madeleine girou na cadeira. "Onde?"

"Acho que é o Mitchell. Do outro lado da rua."

No adro da igreja, sentado como um índio na grama recém-cortada, o "amigo" de Madeleine, Mitchell Grammaticus, realmente estava lá. A boca dele estava mexendo, como se estivesse falando sozinho.

"Por que você não o convida para sentar aqui com a gente?", Phyllida disse.

"Agora?"

"Por que não? Eu ia adorar ver o Mitchell."

"Ele provavelmente está esperando os pais dele", Madeleine disse.

Phyllida acenou, apesar do fato de Mitchell estar longe demais para perceber.

"O que é que ele está fazendo sentado no chão?", Alton perguntou.

Os três Hanna ficaram encarando Mitchell do outro lado da rua em sua posição de meia lótus.

"Bom, se você não vai convidar, eu vou", Phyllida disse finalmente.

"Tá", Madeleine disse. "Está bem. Eu vou convidar."

O dia estava esquentando, mas não muito. Nuvens negras se juntavam no horizonte quando Madeleine desceu a escada da Carr House e atravessou a rua para o adro. Alguém dentro da igreja estava testando os alto-falantes, repetindo espalhafatosamente: "Sussex, Essex e Kent. Sussex, Essex e Kent". Uma flâmula solta sobre a porta da igreja dizia "Turma de 1982". Sob a flâmula, na grama, estava Mitchell. Sua boca ainda se mexia em silêncio, mas quando ele percebeu Madeleine se aproximando ela parou abruptamente.

Madeleine permaneceu alguns metros distante.

"Os meus pais estão aqui", ela o informou.

"É a formatura", Mitchell respondeu inalterado. "Os pais de todo mundo estão aqui."

"Eles querem dizer oi."

Isso fez Mitchell sorrir vagamente. "Eles provavelmente não perceberam que você não está falando comigo."

"Não, não perceberam", Madeleine disse. "E, enfim, eu estou. Agora. Falando com você."

"Por coação ou por uma mudança de política?"

Madeleine jogou o peso para a outra perna, enrugando o rosto infeliz. "Olha. Eu estou com uma ressaca horrível. Eu mal dormi de noite. Meus pais estão aqui há dez minutos e já estão me deixando maluca. Então, se desse pra você só dar as caras e dizer oi, ia ser genial."

Os grandes olhos emotivos de Mitchell piscaram duas vezes. Ele estava usando uma camisa antiquada de gabardine, uma calça escura de lã e uns sapatos sociais surrados. Madeleine nunca tinha visto Mitchell de bermuda ou de tênis.

"Desculpa", ele disse. "Pelo que aconteceu."

"Tudo bem", Madeleine disse, desviando os olhos. "Não faz mal."

"Eu só estava sendo o canalha que eu sempre sou."

"Eu também."

Houve um momento de silêncio. Madeleine sentia o olhar de Mitchell sobre ela, e cruzou os braços sobre o peito.

O que tinha acontecido era o seguinte: numa noite de dezembro do ano passado, num estado de angústia em função da sua vida romântica, Madeleine tinha topado com Mitchell no campus e subido com ele para casa. Ela estava precisando de atenção masculina e flertou com ele, sem admitir completamente para si própria. No quarto dela, Mitchell tinha pegado um pote de pomada de cânfora de cima da escrivaninha, perguntando para que aquilo servia. Madeleine tinha explicado que as pessoas que praticavam *esportes* às vezes ficavam com dores musculares. Ela compreendia que Mitchell podia não ter experimentado esse fenômeno, já que a única coisa que ele fazia era ficar sentado na biblioteca, mas era para ele acreditar na palavra dela. Naquele momento, Mitchell tinha vindo por trás dela e passado um pouco de pomada atrás da orelha dela. Madeleine levantou-se de um salto, gritando com Mitchell, e limpou a meleca com uma camiseta. Embora ficar brava estivesse dentro dos limites dos direitos dela, Madeleine também sabia (na hora, inclusive) que estava usando o incidente como pretexto para tirar Mitchell do quarto e encobrir o fato de que, para começar, tinha flertado com ele. A pior parte do incidente foi o quanto Mitchell pareceu abalado, como se estivesse a ponto de chorar. Ele ficava pedindo desculpas, dizendo que estava só de brincadeira, mas ela o mandou sair. Nos dias seguintes, revendo mentalmente o incidente, Madeleine foi se sentindo cada vez pior em relação àquilo tudo. Ela estava à beira de ligar pedindo desculpas a Mitchell quando recebeu uma carta dele, uma carta muito detalhada, bem arrazoada, psicologicamente astuta, calmamente hostil, de quatro páginas, em que ele a chamava de "oferecida" e sustentava que o comportamento dela naquela noite tinha sido "o equivalente erótico de pão e circo, só com o circo". Na vez seguinte em que eles tinham se encontrado por acaso, Madeleine agiu como se não o conhecesse, e eles não tinham mais conversado.

Agora, no adro da Primeira Igreja Batista, Mitchell ergueu os olhos para ela e disse: "Tá, vamos lá dizer oi para os seus pais".

Phyllida estava acenando quando eles subiram a escada. Com a voz coquete que reservava para aquele que era o seu favorito entre os amigos de Madeleine, ela gritou: "Eu achei que era você ali no chão. Você estava parecendo um iogue!".

"Parabéns, Mitchell!", Alton disse, apertando empolgado a mão de Mitchell. "Grande dia, hoje. Um dos marcos da vida. Uma nova geração assume o controle."

Eles convidaram Mitchell a se sentar e perguntaram se ele queria comer alguma coisa. Madeleine voltou até o balcão para pegar mais café, feliz por ter Mitchell mantendo os seus pais ocupados. Enquanto olhava para ele, com aquelas roupas de velho, puxando conversa com Alton e Phyllida, Madeleine ficou pensando, como tinha pensado muitas vezes, que Mitchell era o tipo de cara inteligente, são e que agrada os pais da gente, o tipo de cara por quem ela devia se apaixonar e com quem ela devia casar. O fato de que jamais iria se apaixonar por Mitchell e casar com ele, precisamente por causa do quanto ele era aceitável, era só mais uma indicação, numa manhã cheia delas, de como ela era esquisita nos assuntos do coração.

Quando ela voltou para a mesa, ninguém deu por ela.

"Então, Mitchell", Phyllida perguntava, "quais são os seus planos para depois da formatura?"

"O meu pai anda me fazendo a mesma pergunta", Mitchell respondeu. "Por algum motivo ele acha que um diploma em estudos religiosos não rende muitas oportunidades no mercado."

Madeleine sorriu pela primeira vez naquele dia todo. "Viu? O Mitchell também não está com um emprego engatilhado."

"Bom, de certa forma eu estou, sim", Mitchell disse.

"Não está, não", Madeleine o desafiou.

"Sério. Estou, sim." Ele explicou que ele e o seu colega de quarto, Larry Pleshette, tinham bolado um plano para combater a recessão. Como bacharéis em ciências humanas que entravam no mercado de trabalho num momento em que a taxa de desemprego estava em nove e meio por cento, eles tinham decidido, depois de pensar muito no assunto, sair do país e ficar longe o máximo possível. No fim do verão, depois de terem poupado dinheiro suficiente, eles iam mochilar pela Europa. Depois de terem visto tudo que havia para se ver na Europa, eles iam voar para a Índia e ficar lá tanto quanto o dinheiro deles bancasse. A viagem toda ia durar oito ou nove meses, quem sabe até um ano.

"Você vai para a Índia?", Madeleine disse. "Isso não é um emprego."

"A gente vai fazer uma pesquisa", Mitchell disse. "Para o professor Hughes."

"O professor Hughes do departamento de artes cênicas?"

"Eu vi um programa sobre a Índia recentemente", Phyllida disse. "Era tão triste. Quanta pobreza!"

"Isso pra mim é vantagem, senhora Hanna", Mitchell disse. "Eu prospero na miséria."

Phyllida, que não conseguia resistir a esse tipo de traquinagem, desistiu da sua solenidade, borbulhante de tão animada. "Então você está indo para o lugar certo!"

"Talvez eu também faça uma viagem", Madeleine disse em tom de ameaça.

Ninguém reagiu. Em vez disso, Alton perguntou a Mitchell: "Que tipo de vacina você tem que tomar para ir para a Índia?".

"Cólera e tifo. Gamaglobulina é opcional."

Phyllida sacudia a cabeça. "A sua mãe deve estar morta de preocupação."

"Quando eu servi", Alton disse, "eles faziam a gente tomar um milhão de injeções. Nem diziam para que era cada uma."

"Acho que *eu* é que vou me mudar para Paris", Madeleine disse mais alto. "Em vez de arranjar emprego."

"Mitchell", Phyllida continuou, "com o seu interesse em estudos religiosos, eu diria que a Índia deve ser perfeita. Eles têm de tudo. Hindus, muçulmanos, sikhs, zoroastristas, jainistas, budistas. Parece um bufê de sorvete! Eu sempre fui fascinada por religião. Diferente do são Tomé do meu marido aqui."

Alton piscou um olho. "Eu duvido que são Tomé tenha existido."

"Você conhece Paul Moore, o *bispo* Moore, da catedral de São João, o Divino?", Phyllida disse, sem perder a atenção de Mitchell. "Ele é um grande amigo nosso. Você podia achar interessante conhecer o reverendo. Nós ficaríamos felizes de apresentar você. Quando nós estamos na cidade, eu sempre vou aos cultos na catedral. Você já esteve lá? Ah, bom. Como eu poderia descrever? É simplesmente... bom, simplesmente *divino*!"

Phyllida levou a mão à garganta pelo prazer dessa tirada, enquanto Mitchell ria obsequiosa, e até convincentemente.

"Por falar em dignitários religiosos", Alton interrompeu, "eu já lhe falei da ocasião em que nós conhecemos o Dalai Lama? Foi num evento beneficente no Waldorf. Nós estávamos na fila de recepção. Deviam ser pelo menos trezentas pessoas. Enfim, quando nós finalmente chegamos até o Dalai Lama, eu perguntei a ele: 'Por acaso o senhor é parente da Hedy Lamarr?'."

"Eu fiquei morrendo de vergonha!", Phyllida exclamou. "Morrendo."

"Papai", Madeleine disse, "vocês vão se atrasar."

"O quê?"

"Era melhor vocês irem indo se quiserem pegar um lugar bom."

Alton olhou para o relógio. "Nós ainda temos uma hora."

"Fica bem cheio mesmo", Madeleine enfatizou. "Vocês deviam ir agora."

Alton e Phyllida olharam para Mitchell, como se confiassem na opinião dele. Por baixo da mesa, Madeleine lhe deu um chute, e ele respondeu alerta: "É, fica bem cheinho".

"Onde é o melhor lugar para a gente ficar?", Alton perguntou, novamente se dirigindo a Mitchell.

"No portão Van Wickle. No fim da College Street. É por ali que a gente vai entrar."

Alton se levantou. Depois de apertar a mão de Mitchell, ele se abaixou para dar um beijo no rosto de Madeleine. "Nós vemos a *senhorita* depois. Miss Formatura 1982."

"Parabéns, Mitchell", Phyllida disse. "*Tão* bom ver você. E lembre, quando estiver no seu giro pela Europa, não deixe de mandar *pilhas* de cartas para a sua mãe. Senão ela vai ficar doida."

Para Madeleine, ela disse: "Você podia trocar de vestido antes do desfile. Esse está com uma mancha bem nítida".

Com isso, Alton e Phyllida, em sua reluzente concretude parental, só anarruga e bolsinha, abotoaduras e pérolas, atravessaram o espaço bege-e-ti-jolo da Carr House e saíram pela porta.

Como que para marcar a partida deles, uma nova música começou: a voz aguda de Joe Jackson pairando sobre uma batida de bateria sintetizada. O cara atrás do balcão aumentou o volume.

Madeleine deitou a cabeça na mesa, com o cabelo cobrindo-lhe o rosto.

"Eu nunca mais vou beber", ela disse.

"Célebres últimas palavras."

"Você não tem ideia do que está acontecendo comigo."

"E como é que eu podia ter? Você não estava falando comigo."

Sem erguer o rosto da mesa, Madeleine disse com uma voz que inspirava piedade: "Eu estou sem teto. Eu estou me formando na universidade e sou uma sem-teto".

"Sei, claro."

"Verdade!", Madeleine insistiu. "Primeiro eu ia me mudar pra Nova York com a Abby e a Olivia. Mas depois parecia que eu ia me mudar pra Cape Cod, aí eu disse pra elas arrumarem outra pra dividir o aluguel. E agora eu *não* vou me mudar pra Cape Cod e não tenho pra onde ir. A minha mãe quer que eu volte pra casa, mas eu preferia me matar."

"Eu vou voltar pra passar o verão em casa", Mitchell disse. "Em *Detroit*. Pelo menos você fica perto de Nova York."

"Eu não recebi resposta do mestrado ainda e já é *junho*", Madeleine continuou. "Era pra eu ter ficado sabendo há um mês! Eu podia ligar pro departamento de admissão, mas eu não ligo porque fico com medo de descobrir que eu fui recusada. Enquanto eu não souber, ainda tenho esperança."

A resposta de Mitchell demorou um momento. "Você pode ir pra Índia comigo", ele disse.

Madelcine abriu um olho e viu, através de uma espiral de seu cabelo, que Mitchell não estava só brincando.

"Não é nem isso do mestrado", ela disse. Respirando fundo, ela confessou: "Eu e o Leonard terminamos".

Foi uma sensação profundamente agradável dizer isso, dar um nome à sua tristeza, e assim Madeleine ficou surpresa com a frieza da resposta de Mitchell.

"Por que você está me dizendo isso?", ele disse.

Ela ergueu a cabeça, tirando o cabelo do rosto. "Não sei. Você queria saber o que estava errado."

"Na verdade, não. Eu nem perguntei."

"Eu achei que você podia estar preocupado", Madeleine disse. "Já que você é meu amigo."

"Certo, então", Mitchell disse, com a voz subitamente sarcástica. "A nossa maravilhosa amizade! A nossa 'amizade' não é uma amizade de verdade porque só funciona nos seus termos. *Você* cria as regras, Madeleine. Se você decide que não quer falar comigo por três meses, a gente não fala. Aí você decide que *quer* falar comigo porque você precisa que eu distraia os seus pais — e agora a gente está falando de novo. Nós somos amigos quando você decide, e nós nunca *mais* somos amigos porque você decide. E eu tenho que ir atrás."

"Desculpa", Madeleine disse, se sentindo atacada e injustiçada. "Só que eu não gosto de você desse jeito."

"Exatamente!", Mitchell gritou. "Você não sente atração física por mim. Tá, O.K. Mas quem foi que disse que eu já senti alguma atração *mental* por você?"

Madeleine reagiu como se tivesse levado um tapa. Ela estava chocada, machucada e desafiadora ao mesmo tempo.

"Você é tão" — ela tentou pensar na pior coisa para dizer —, "você é tão *calhorda*!" Ela esperava se manter imperiosa, mas sentia ferroadas no peito, e, para seu desalento, caiu no choro.

Mitchell estendeu a mão para tocar no braço dela, mas Madeleine sacudiu o braço e recusou o contato. Pondo-se de pé, tentando não parecer alguém que estava chorando raivosamente, ela saiu pela porta e desceu a escada para a Waterman Street. Confrontada pelo adro festivo, ela desceu a colina em direção ao rio. Queria sair do campus. A dor de cabeça tinha voltado, as suas têmporas estavam latejando, e enquanto olhava para as nuvens de tempestade que se aglomeravam sobre o centro da cidade como mais coisas ruins por vir, ela se perguntava por que todo mundo estava sendo tão mau com ela.

Os problemas amorosos de Madeleine tinham começado numa época em que a Teoria Francesa que ela estava lendo desconstruía a própria noção de amor. Semiótica 211 era um seminário avançado ministrado por um ex-renegado do departamento de inglês. Michael Zipperstein tinha chegado a Brown trinta e dois anos antes como membro da escola da Nova Crítica. Ele havia inculcado os hábitos da leitura cerrada e da interpretação não biográfica em três gerações de estudantes antes de tirar um sabático Caminho de Damasco, em Paris, em 1975, onde conheceu Roland Barthes num jantar e foi convertido, durante o cassoulet, à nova fé. Agora Zipperstein dava duas disciplinas no recém-criado Programa de Estudos Semióticos: Introdução à Teoria Semiótica no semestre de outono e, no de primavera, Semiótica 211. Higienicamente calvo, com a barba branca sem bigode de um marujo, Zipperstein dava preferência a camisetas francesas de pescador e calças de veludo cotelê. Ele soterrava os alunos com as suas listas de leitura: além de todos os figurões da semiótica — Derrida, Eco, Barthes — os estudantes da Semiótica 211 tinham que enfrentar um saco de gatos de uma lista de leitura complementar que incluía de tudo, da *Sarrasine* de Balzac a volumes da *Semiotext(e)* e trechos xerocados de E. M. Cioran, Robert Walser, Claude Lévi-Strauss, Peter Handke e Carl Van Vechten. Para entrar no seminário você tinha que se submeter a uma entrevista individual com Zipperstein durante a qual ele fazia perguntas pessoais anódinas, como qual a sua comida ou a sua raça de cachorro favorita, e em resposta soltava enigmáticos comentários warholoianos. Essa sondagem esotérica, junto com a abóbada e a barba de guru de Zipperstein, dava aos seus alunos uma sensação de que tinham sido espiritualmente chancelados e agora eram — por duas horas nas quintas à tarde, pelo menos — parte de uma elite da crítica literária do campus.

Que era exatamente o que Madeleine queria. Ela tinha escolhido se formar em letras pela mais pura e mais boba das razões: porque adorava ler. O "Catálogo de Cursos de Literatura Britânica e Americana" era, para Madeleine, o que o seu equivalente de uma loja de departamentos era para as colegas dela. Um curso como "Inglês 274: o Euphues de Lily" excitava Madeleine como um par de botas de caubói Fiorucci excitava Abby. "Inglês 450A: Hawthorne e James" deixava Madeleine ansiosa pelas horas pecaminosas na cama, assim como Olivia ficava ao usar uma saia de laicra e um blazer de couro na danceteria. Já desde menina, na casa da família em Prettybrook, Madeleine andava pela biblioteca, com suas prateleiras de livros que iam mais alto do que ela podia alcançar — volumes recém-adquiridos como *Love story* ou *Myra Breckinridge*, que exalavam um ar vagamente proibido, assim como veneráveis edições de capa de couro, de Fielding, Thackeray e Dickens — e a presença professoral de todas aquelas palavras potencialmente legíveis a deixava pregada ali. Ela podia ficar olhando lombadas de livros por até uma hora. A sua catalogação dos arquivos da família rivalizava em abrangência com o sistema decimal de Dewey. Madeleine sabia exatamente onde cada coisa estava. As prateleiras perto da lareira continham os favoritos de Alton, biografias de presidentes americanos e primeiros-ministros britânicos, memórias de belicosos secretários de Estado, romances sobre navegação ou espionagem de William F. Buckley Jr. Os livros de Phyllida preenchiam o lado esquerdo das estantes que seguiam até a sala de estar, romances e coletâneas de crônicas resenhadas pelo *NYRB*, assim como volumes de deixar na mesinha de centro, sobre jardins ingleses ou *chinoiserie*. Mesmo hoje, numa pensãozinha ou um hotel à beira-mar, uma estante cheia de livros abandonados sempre clamava por Madeleine. Ela corria os dedos pelas capas pintadas de sal. Descolava páginas que a maresia tinha deixado pegajosas. Não tinha simpatia por suspenses baratos e histórias de detetive. Era aquele capa dura abandonado, a edição de 1931 da Dial Press sem sobrecapa, anelada por várias xícaras de café, que transpassava o coração de Madeleine. Os amigos podiam estar gritando o nome dela na praia, a mariscada podia estar no fogo, mas Madeleine sentava na cama e ficava lendo um pouquinho para melhorar o estado de espírito do livro velho e triste. Ela tinha lido "Hiawatha" de Longfellow desse jeito. Tinha lido James Fenimore Cooper. Tinha lido *H. M. Pulham, Esquire*, de John P. Marquand.

E no entanto às vezes ela ficava preocupada com o que esses livros velhos e mofados podiam estar fazendo com ela. Tinha gente que se formava em letras para se preparar para cursar direito. Outros viravam jornalistas. O cara mais inteligente do bacharelado, Adam Vogel, que era filho de acadêmicos, estava planejando fazer um doutorado e se tornar acadêmico também. Isso deixava um grande contingente de pessoas que se formavam em letras por inércia. Porque o hemisfério esquerdo delas não era desenvolvido o bastante para a ciência, porque história era muito árida, filosofia, muito difícil, geologia, muito petrolífera, e a matemática era muito matemática — como não eram musicais, artísticas, não eram movidas por razões financeiras, ou não eram tão inteligentes assim, essas pessoas estavam atrás de um diploma universitário sem fazer nada de muito diferente do que tinham feito no prezinho: ler histórias. Quem se formava em letras era quem não sabia em que se formar.

No terceiro ano, Madeleine cursou uma disciplina avançada chamada O Romance e o Casamento: Obras Escolhidas de Austen, Eliot e James. A disciplina era ministrada por K. McCall Saunders. Saunders era um nativo da Nova Inglaterra, de setenta e nove anos de idade. Tinha um rosto comprido e equino e uma risada úmida que expunha a reluzente odontologia da sua boca. O seu método pedagógico consistia em sua leitura em voz alta de conferências que tinha escrito vinte ou trinta anos antes. Madeleine ficou no curso porque tinha pena do professor Saunders e porque a lista de leituras era boa. Na opinião de Saunders, o romance tinha atingido o seu apogeu com o romance de casamento e nunca tinha se recuperado do seu desaparecimento. Nos dias em que o sucesso na vida dependia do casamento, e o casamento dependia de dinheiro, os romancistas tinham um tema para escrever. Os grandes épicos cantavam a guerra, o romance cantava o casamento. A igualdade entre os sexos, boa para as mulheres, tinha sido ruim para o romance. E o divórcio tinha acabado com ele de uma vez. Qual era a importância da escolha de Emma se depois ela podia entrar com um pedido de divórcio? Em que medida o casamento de Isabel Archer e Gilbert Osmond teria sido afetado pela existência de um acordo pré-nupcial? Na opinião de Saunders, o casamento não tinha mais muita relevância, nem o romance. Onde é que era possível encontrar o romance de casamento hoje em dia? Não era. Você tinha que ler ficção histórica. Tinha que ler romances não ocidentais que tratassem de sociedades tradicionais. Romances afegãos, romances indianos. Você tinha, em termos literários, que voltar no tempo.

O ensaio final de Madeleine para o seminário se chamava "O Modo Interrogativo: Pedidos de Casamento e a (Estritamente Limitada) Esfera do Feminino". Saunders ficou tão impressionado com o texto que pediu para Madeleine ir falar com ele. No escritório dele, que tinha um cheiro de coisas de avô, ele manifestou a sua opinião de que Madeleine podia expandir o ensaio e fazer dele uma monografia de conclusão de curso, e manifestou também sua disposição de ser o orientador dela. Madeleine sorriu educadamente. O professor Saunders era especialista nos períodos que tinham interesse para ela, a Regência até a Era Vitoriana. Ele era bonzinho, e culto, e ficava claro pelos seus horários livres de atendimento que ninguém mais o queria como orientador, e então Madeleine disse que sim, ela ia adorar trabalhar com ele na monografia.

Ela usou uma frase de *As torres de Barchester*, de Trollope, como epígrafe: "Não há felicidade no amor, a não ser no fim de um romance inglês". O plano dela era começar com Jane Austen. Depois de uma breve análise de *Orgulho e preconceito*, *Persuasão* e *Razão e sensibilidade*, todos eles comédias, essencialmente, que acabavam em casamento, Madeleine ia passar para o romance vitoriano, onde as coisas ficavam mais complicadas e consideravelmente mais negras. *Middlemarch* e *Retrato de uma senhora* não acabavam com os casamentos. Eles começavam com os lances tradicionais do romance de casamento — os pretendentes, os noivados, os mal-entendidos — mas depois da cerimônia eles continuavam. Esses romances seguiam suas heroínas vivazes e inteligentes, Dorothea Brooke e Isabel Archer, nas suas decepcionantes vidas de casadas, e foi aqui que o romance de casamento atingiu a sua mais elevada expressão artística.

Em cerca de 1900 o romance de casamento não mais existia. Madeleine planejava terminar com uma breve discussão sobre o seu falecimento. Em *Sister Carrie*, Dreiser fazia Carrie viver em adultério com Drouet, casar com Hurstwood numa cerimônia inválida e aí fugir para virar atriz — e isso era só 1900! Como conclusão, Madeleine pensou que podia citar a troca de esposas de Updike. Era o último vestígio do romance de casamento: a persistência em chamar aquilo de "troca de esposas" em vez de "troca de maridos". Como se a mulher ainda fosse uma propriedade que passa de mão em mão.

O professor Saunders sugeriu que Madeleine consultasse fontes históricas. Ela obedientemente estudou a ascensão do industrialismo e da família nuclear, a formação da classe média e o Ato de Causas Matrimoniais de 1857. Mas não demorou muito para ela se entediar com a monografia. Ela se torturava com dúvidas sobre a originalidade do seu trabalho. Parecia que estava regurgitando os raciocínios de Saunders em seu seminário sobre o romance de casamento. Os encontros dela com o velho professor eram desanimadores, com Saunders folheando o que ela tinha entregado, apontando várias marcas vermelhas que tinha feito nas margens.

Aí, numa manhã de domingo, antes das férias de inverno, o namorado de Abby, Whitney, materializou-se na mesa da cozinha do apartamento delas, lendo um negócio chamado *Gramatologia*. Quando Madeleine perguntou sobre o que era o livro, Whitney lhe deu a entender que a ideia de um livro ser "sobre" alguma coisa era exatamente o que aquele livro atacava, e que, se ele era "sobre" alguma coisa, então, era sobre a necessidade de parar de pensar que os livros são sobre coisas. Madeleine disse que ia fazer café. Whitney perguntou se ela fazia para ele, também.

A universidade não era como o mundo real. No mundo real as pessoas citavam autores com base no quanto eles eram conhecidos. Na universidade, as pessoas citavam com base na obscuridade dos autores. Assim, nas semanas que se seguiram a essa conversa com Whitney, Madeleine começou a ouvir as pessoas dizerem "Derrida". Ela as ouviu dizer "Lyotard" e "Foucault" e "Deleuze" e "Baudrillard". O fato de que a maioria dessas pessoas eram aquelas que ela instintivamente recusava — garotos de classe média alta que usavam Doc Martens e símbolos anarquistas — deixava Madeleine com dúvidas sobre o valor da sua empolgação. Mas logo ela viu David Koppel, um poeta inteligente e talentoso, também lendo Derrida. E Pookie Ames, que fazia triagem de textos para *The Paris Review* e de quem Madeleine *gostava*, estava cursando uma disciplina do professor Zipperstein. Madeleine sempre teve um fraco por professores pomposos, gente como Sears Jayne, que fazia grandes cenas em sala de aula, recitando Hart Crane ou Anne Sexton com uma voz embargada. Whitney agia como se Jayne fosse uma piada. Madeleine não concordava. Mas depois de três anos intensos de disciplinas de literatura, Madeleine não tinha nada que se pudesse chamar de uma metodologia sólida para aplicar ao que lia. Ao invés disso, tinha uma forma vaga, assistemática, de falar sobre livros. Ela ficava com vergonha de ouvir as coisas que as pessoas diziam em sala de aula. E as coisas que ela dizia. Parece que. Foi interessante o jeito de Proust. Eu gostei de como Faulkner.

E quando Olivia, que era alta e magra, com um nariz comprido e aristocrático como o de um saluki, chegou em casa um dia carregando *Gramatologia*, Madeleine soube que o que tinha sido marginal era agora *mainstream*.

"Como é que é esse livro?"

"Você não leu?"

"Será que eu ia perguntar se tivesse lido?"

Olivia fungou. "Mas *alguém* está de mau humor hoje, hein?"

"Desculpa."

"Só de sacanagem. É superlegal. Derrida é o meu deus absoluto!"

Quase da noite para o dia ficou ridículo ler autores como Cheever ou Updike, que escreviam sobre o mundo suburbano em que Madeleine e a maioria dos seus amigos tinham crescido, em favor de ler o Marquês de Sade, que escrevia sobre a defloração anal de virgens na França do século XVIII. O motivo de Sade ser preferível era que as suas cenas sexuais chocantes não tratavam de sexo, mas sim de política. Elas eram portanto anti-imperialistas, antiburguesas, antipatriarcais e antitudo que uma jovem feminista inteligente deveria ser contra. Até o seu terceiro ano de universidade, Madeleine continuou salutarmente frequentando disciplinas como Fantasia Vitoriana: de *Phantastes* a *The water-babies*, mas no último ano ela não conseguia mais ignorar o contraste entre o pessoal duro e sonolento lá com ela no seminário sobre *Beowulf* e os descolados da outra sala lendo Maurice Blanchot. Ir para a universidade nos pecuniários anos 1980 tinha uma certa falta de radicalismo. A semiótica era a primeira coisa que tinha jeito de revolução. Ela traçava um limite; criava eleitos; era sofisticada e europeia; lidava com temas provocantes, com tortura, sadismo, hermafroditismo — com sexo e poder. Madeleine sempre tinha sido popular na escola. Anos sendo popular tinham lhe dado a capacidade automática de separar o legal do que não era legal, até dentro de subgrupos, como o departamento de inglês, onde o conceito de legal parecia não ter lá muita validade.

Se o teatro da Restauração estava te deixando deprimida, se escandir Wordsworth estava fazendo você se sentir velhusca e manchada de tinta, havia outra opção. Você podia fugir de K. McCall Saunders e da velha Nova Crítica. Você podia desertar para o novo império de Derrida e Eco. Você podia se inscrever em Semiótica 211 e descobrir do que todo mundo estava falando tanto.

Semiótica 211 era limitada a dez alunos. Desses dez, oito tinham feito Introdução à Teoria Semiótica. Isso estava visualmente claro no primeiro encontro da disciplina. Recostadas em volta da mesa de reunião, quando Madeleine entrou na sala vinda do clima de inverno lá de fora, estavam oito pessoas com camisetas pretas e jeans pretos rasgados. Alguns deles tinham cortado a navalha as golas ou as mangas das camisetas. Havia algo meio medonho no rosto de um dos caras — era como o rosto de um bebê que tivesse suíças —, e Madeleine levou um minuto inteiro para perceber que ele tinha raspado as sobrancelhas. Todo mundo na sala tinha uma cara tão espectral que a natural aparência saudável de Madeleine parecia suspeita, como um voto em Reagan. Ela ficou aliviada, portanto, quando um sujeito grandão com uma jaqueta estofada e botas de neve deu as caras e pegou a cadeira vaga ao lado dela. Ele estava com uma xícara de café para viagem.

Zipperstein pediu que os estudantes se apresentassem e explicassem por que tinham se matriculado no seminário.

O menino sem sobrancelhas falou primeiro. "Hum, vejamos. A bem da verdade eu estou achando meio difícil me apresentar, porque toda essa ideia de apresentações sociais é tão problemática. Assim, se eu disser pra vocês que o meu nome é Thurston Meems e que eu cresci em Stamford, Connecticut, vocês vão ficar sabendo quem eu sou? O.K., o meu nome é Thurston e eu sou de Stamford, Connecticut. Eu estou cursando essa disciplina porque eu li *Gramatologia* no verão e aquilo me deixou alucinado." Quando foi a vez do cara ao lado de Madeleine, ele disse numa voz tranquila que seguia dois cursos (biologia e filosofia) e nunca tinha feito um curso de semiótica, que os pais dele tinham lhe dado o nome de Leonard, que sempre lhe pareceu bem conveniente ter um nome, especialmente quando te chamavam para jantar, e que se alguém quisesse chamá-lo de Leonard ele ia atender.

Leonard não abriu mais a boca. Durante o resto da aula, ele se escarrapachou na cadeira, esticando as pernas compridas. Depois de terminar o café, ele enfiou a mão na bota de neve do pé direito e, para surpresa de Madeleine, tirou uma latinha de tabaco de mascar. Com dois dedos manchados ele pôs um naco de tabaco na bochecha. Nas duas horas seguintes, a cada minuto mais ou menos, ele cuspia, discreta mas audivelmente, no copo.

Toda semana Zipperstein pedia a leitura de um intimidante livro de teoria e de uma seleção literária. As associações eram excêntricas, senão totalmente arbitrárias. (O que é que o *Curso de linguística geral* de Saussure, por exemplo, tinha que ver com *O leilão do lote 49*, de Pynchon?) Quanto ao próprio Zipperstein, ele não exatamente conduzia as aulas, mas na verdade observava o que acontecia através do espelho falso da sua própria personalidade opaca. Ele mal dizia uma palavra. Fazia perguntas de vez em quando, e só para estimular a discussão, e muitas vezes ia até a janela para olhar na direção da baía Narragansett, como se estivesse pensando na sua chalupa de madeira na doca seca.

Na terceira semana do curso, em um dia em fevereiro de ventania e céus cinzentos, eles leram o livro do próprio Zipperstein, *A criação dos signos*, junto com *Breve carta para um longo adeus*, de Peter Handke.

Era sempre constrangedor quando os professores passavam os seus próprios livros. Até Madeleine, que estava achando todas as leituras difíceis, pôde ver que a contribuição de Zipperstein ao campo era reformuladora e de segundo nível.

Todos pareceram meio hesitantes ao falar de *A criação dos signos*, então foi um alívio quando, depois do intervalo, eles se dedicaram à seleção literária.

"Então", Zipperstein perguntou, piscando por trás dos óculos redondos de aros metálicos, "o que foi que vocês acharam do Handke?"

Depois de um breve silêncio, Thurston se manifestou. "O Handke era totalmente gélido e depressivo", ele disse. "Eu adorei."

Thurston era um menino com cara de esperto, de cabelo curto, cheio de gel. A sua falta de sobrancelha, junto com a tez pálida, dava ao seu rosto um tom superinteligente, como de um cérebro flutuante, incorpóreo.

"Você podia estender um pouquinho?", Zipperstein disse.

"Bom, professor, está aí um tema que agrada o meu coração — se expor." Os outros alunos riam baixinho enquanto Thurston ia se empolgando com o assunto. "É pretensamente autobiográfico, o livro. Mas eu contestaria, com Barthes, que o ato da escrita é por si só ficcionalizante, mesmo que você esteja tratando de fatos reais."

Bart. Então era assim que se pronunciava. Madeleine tomou nota, grata por ter sido poupada da humilhação.

Enquanto isso Thurston estava dizendo: "Aí a mãe do Handke comete suicídio e o Handke senta pra escrever sobre isso. Ele quer ser o mais objetivo possível, ser totalmente desprovido... de remorsos!". Thurston segurou um sorriso. Ele aspirava a ser uma pessoa que reagiria ao suicídio da própria mãe com a ausência de remorsos que caracteriza a alta literatura, e o seu rosto jovem e suave se iluminava de prazer. "O suicídio é um tropo", ele anunciava. "Especialmente na literatura alemã. Tem *Os sofrimentos do jovem Werther*. Tem o Kleist. Nossa, acabei de pensar uma coisa." Ele ergueu um dedo. "*Os sofrimentos do jovem Werther*, que é todo epistolar." Ele ergueu outro dedo. "*Breve carta para um longo adeus*." A minha teoria é que o Handke estava sentindo o peso de toda aquela tradição e que esse livro era a tentativa dele de se libertar.

"Como assim, se 'libertar'?", Zipperstein disse.

"De toda essa coisa teutônica, Sturm-und-Drang e suicida."

A ventania rodopiando do outro lado das janelas parecia ou pó de sabão ou sobras de cinzas, como algo ou muito limpo ou muito sujo.

"*Os sofrimentos do jovem Werther* são uma referência adequada", Zipperstein disse. "Mas eu acho que isso se deve mais ao tradutor que a Handke. Em alemão o livro se chama *Wunschloses Unglück.*"

Thurston sorriu, ou porque estava gostando de receber a plena atenção de Zipperstein, ou porque achava que o alemão soava engraçado.

"É um trocadilho com uma expressão alemã, *wunschlos glücklich*, que quer dizer ser mais feliz do que você podia desejar. Só que aqui Handke opera uma bela reversão. É um título sério e estranhamente maravilhoso."

"Então quer dizer ser mais infeliz do que você podia desejar", Madeleine disse.

Zipperstein olhou para ela pela primeira vez.

"De certa forma. Como eu disse, a coisa se perde na tradução. Qual era a sua opinião?"

"Sobre o livro?", Madeleine perguntou, e imediatamente percebeu como isso soou estúpido. Ela ficou calada, com o sangue pulsando nas orelhas.

As pessoas enrubesciam em romances ingleses do século XIX, mas nunca nos austríacos contemporâneos.

Antes que o silêncio ficasse incômodo, Leonard veio salvá-la. "Eu tenho um comentário", ele disse. "Se eu fosse escrever sobre o suicídio da minha mãe, eu não acho que eu ficaria muito preocupado em ser experimental." Ele se inclinou para a frente, pondo os cotovelos na mesa. "Quer dizer, será que ninguém ficou grilado com essa suposta ausência de remorsos do Handke? Será que o livro dele não pareceu meio frio demais pra algumas pessoas?"

"Melhor frio que sentimental", Thurston disse.

"Você acha? Por quê?"

"Porque a gente já leu o relato sentimental, filial, de um pai ou de uma mãe queridos e mortos. A gente já leu um milhão de vezes. Não tem mais força."

"Eu estou querendo imaginar uma situação aqui", Leonard disse. "Digamos que a minha mãe se matou. E digamos que eu escrevesse um livro sobre isso. Por que eu ia querer fazer uma coisa dessas?" Ele fechou os olhos e pôs a cabeça para trás. "Primeiro, eu faria pra superar a minha dor. Segundo, talvez pra pintar um retrato da minha mãe. Pra manter ela viva na minha memória."

"E você acha que a sua reação é universal", Thurston disse. "Que, porque você ia reagir à morte da sua mãe de um certo jeito, isso obriga o Handke a fazer a mesma coisa."

"Eu estou dizendo que, se a sua mãe se mata, isso não é um tropo literário."

O coração de Madeleine agora já tinha se acalmado. Ela seguia a discussão com interesse.

Thurston estava sacudindo a cabeça de um jeito que de alguma maneira não sugeria concordância. "Tá, O.K.", ele disse. "A mãe *real* do Handke se matou. Ela morreu em um mundo *real* e Handke sentiu uma dor *real* ou sei lá mais o quê. Mas esse livro aqui não é sobre isso. Os livros não são sobre a 'vida real'. Os livros são sobre outros livros." Ele erguia a boca como um instrumento de sopro e soltava notas claras. "A minha teoria é que o problema que o Handke estava tentando resolver aqui, de um ponto de vista literário, era como escrever sobre alguma coisa, mesmo alguma coisa real e dolorosa — como o suicídio — quando tudo que já se escreveu sobre esse tema roubou toda a sua originalidade de expressão."

O que Thurston estava dizendo parecia tanto inteligente quanto horrendamente errado para Madeleine. Podia até ser verdade o que ele disse, mas não deveria.

"'Literatura popular'," Zipperstein brincou, propondo um título para um ensaio. "Ou 'Como bater na mesma tecla'."

Um espasmo de alegria percorreu a sala. Madeleine olhou e viu que Leonard a encarava. Quando a aula terminou, ele pegou os seus livros e foi embora.

Ela começou a ver Leonard depois disso. Ela o viu atravessando o gramado uma vez, de tarde, sem chapéu sob uma garoa de inverno. Ela o viu no Mutt & Geoff's, todo atrapalhado comendo um sanduíche Buddy Cianci. Ela o viu uma vez, de manhã, esperando um ônibus na South Main. Todas as vezes Leonard estava sozinho, parecendo abandonado e despenteado como um meninão sem mãe. Ao mesmo tempo, ele parecia de alguma maneira mais velho que quase todos os caras da universidade.

Era o último semestre do quarto ano de Madeleine, um período em que ela devia se divertir, e ela não estava se divertindo. Ela nunca se considerou "na seca". Preferia pensar no seu estado atual, no que se referia a namorados, como salutar e higiênico para a cabeça. Mas, quando se percebeu imaginando como seria beijar um cara que mascava tabaco, começou a se preocupar com a possibilidade de estar se enrolando.

Olhando em retrospecto, Madeleine percebia que a sua vida amorosa universitária tinha ficado aquém das expectativas. A sua colega de quarto no primeiro ano, Jennifer Boomgaard, tinha ido correndo para o departamento de saúde na primeira semana de aula para receber um diafragma. Sem estar acostumada a dividir quarto com alguém, muito menos com uma estranha, Madeleine achava que Jenny era meio rápida demais com as suas intimidades. Ela não queria conhecer o diafragma de Jenny, que lhe lembrava um ravióli cru, e certamente não queria sentir a textura do gel espermicida que Jenny ofereceu passar na palma da mão dela. Madeleine ficou chocada quando Jennifer começou a ir a festas já com o diafragma colocado, quando usou o diafragma para o jogo de Harvard contra Brown, e quando o deixou uma manhã em cima do frigobar do quarto. Naquele inverno, quando o reverendo Desmond Tutu veio ao campus para um comício contra o apartheid, Madeleine perguntou a Jennifer quando estavam indo ver o grande religioso: "Colocou o diafragma?". Elas passaram os quatro meses seguintes em um quarto de vinte e cinco metros quadrados sem se falar.

Embora Madeleine não tivesse chegado sem experiência sexual à universidade, a sua curva de aprendizado quando caloura evocava uma linha reta. Fora uma sessão de amassos com um uruguaio chamado Carlos, um estudante de engenharia que usava sandálias e que com pouca luz parecia o Che Guevara, o único cara com quem ela tinha se envolvido era um formando do segundo grau que estava visitando o campus no fim de semana da primeira etapa do processo de admissão. Ela encontrou Tim parado na fila do Ratty, empurrando a sua bandeja da cantina pelos trilhos de metal, e visivelmente trêmulo. O seu blazer azul era grande para ele. Tim tinha passado o dia todo andando pelo campus sem ninguém falar com ele. Agora estava morrendo de fome e não sabia ao certo se podia ou não podia comer na cantina. Ele parecia ser a única pessoa que estava mais perdida que Madeleine em Brown. Ela o ajudou a se virar no Ratty e, depois, levou-o para um passeio pela universidade. Finalmente, perto de dez e meia daquela noite, eles acabaram no quarto de Madeleine. Tim tinha os olhos de cílios longos e os traços delicados de um boneco bávaro caro, um pequeno príncipe ou pastorzinho tirolês. O seu blazer azul estava no chão e a camisa de Madeleine estava desabotoada quando Jennifer Boomgaard entrou pela porta. "Ah", ela disse, "desculpa", e se deixou ficar ali mesmo, sorrindo para o chão como que adorando a forma como essa fofoquinha saborosa ia percorrer os corredores. Quando ela finalmente saiu, Madeleine sentou e rearrumou as roupas, e Tim pegou o seu blazer e voltou para o segundo grau.

No Natal, quando Madeleine foi para casa nas férias, ela pensou que a balança do banheiro dos seus pais estivesse quebrada. Ela desceu para recalibrar o ponteiro e subiu de novo, e a balança registrou o mesmo peso. Postando-se diante do espelho, Madeleine encontrou a imagem de um esquilinho encafifado. "Será que ninguém está me chamando pra sair porque eu estou gorda", o esquilinho disse, "ou será que eu estou gorda porque ninguém está me chamando pra sair?"

"Eu não ganhei aqueles cinco quilos que dizem que as calouras sempre ganham", a irmã dela se gabava quando Madeleine desceu para o café da manhã. "Mas eu não fiquei me entupindo que nem as minhas amigas." Acostumada com as provocações de Alwyn, Madeleine não prestou atenção, silenciosamente cortando e comendo a primeira das cinquenta e sete toranjas de que viveu até o ano-novo.

Fazer dieta te levava a pensar equivocadamente que você podia controlar a sua vida. Em janeiro, Madeleine tinha perdido quase dois quilos e meio, e quando a temporada de squash começou ela estava de novo em excelente forma, e nem assim encontrava alguém de quem gostasse. Os garotos da universidade pareciam ou incrivelmente imaturos ou prematuramente envelhecidos, barbados como psicanalistas, aquecendo cálices de brandy numa vela enquanto ouviam A love supreme, de Coltrane. Foi só no terceiro ano que Madeleine teve um namorado sério. Billy Bainbridge era filho de Dorothy Bainbridge, cujo tio era dono de um terço dos jornais dos Estados Unidos. Billy tinha bochechas coradas, cachinhos louros e uma cicatriz na têmpora direita que o deixava ainda mais fofo do que já era. Ele tinha fala mansa e cheiro bom, como de sabão Ivory. Nu, seu corpo quase não tinha pelos.

Billy não gostava de falar da família. Madeleine tomava isso como sinal de boa educação. Billy estava em Brown com uma bolsa e às vezes receava que não teria conseguido entrar por conta própria. O sexo com Billy era acolhedor, era confortável, era mais do que bom. Ele queria ser cineasta. O único filme que ele fez para Cinema Avançado, no entanto, era uma sequência violenta e ininterrupta de doze minutos de Billy jogando na câmera uma mistura de brownie com aparência fecal. Madeleine começou a pensar se havia algum motivo para ele nunca falar da família.

Uma coisa sobre a qual ele falava, no entanto, com uma intensidade cada vez maior, era da circuncisão. Billy tinha lido um artigo numa revista alternativa de saúde que atacava a prática, e ficou muito impressionado. "Se você pensar bem, é um negócio bem esquisito de se fazer com um nenê", ele dizia. "Cortar uma parte do pinto? Qual é a grande diferença entre, sei lá, uma tribo de Papua-Nova Guiné que enfia uns ossos no nariz e cortar o prepúcio de um nenê? Um osso no nariz é muito menos invasivo." Madeleine ouvia, tentando fazer cara de quem entendia perfeitamente, e esperava que Billy mudasse de assunto. Mas as semanas passavam e ele ficava voltando ao tema. "Os médicos simplesmente fazem automaticamente aqui", ele disse. "Eles nem perguntaram pros meus pais. E eu nem sou judeu nem nada." Ele fazia pouco de justificativas com base na saúde ou na higiene. "Talvez isso fizesse sentido três mil anos atrás, lá no meio do deserto, quando não dava pra tomar banho. Mas agora?"

Uma noite, quando estavam deitados na cama, nus, Madeleine percebeu que Billy estava examinando o pênis, puxando a pele.

"O que é que você está fazendo?", ela perguntou.

"Eu estou procurando a cicatriz", ele disse sombriamente.

Ele interrogava os seus amigos europeus — Henrik, o Intacto, Olivier o Prepuciado —, perguntando: "Mas fica extrassensível?". Billy estava convencido de que tinha sido privado de sensibilidade. Madeleine tentava não levar isso para o lado pessoal. Além disso, a essa altura a relação deles já tinha outros problemas. Billy tinha costume de olhar no fundo dos olhos de Madeleine de uma maneira que de alguma forma era controladora. A situação dele no quesito colegas de quarto era esquisita. Ele morava fora do campus com uma garota atraente e musculosa chamada Kyle, que estava dormindo com pelo menos três outras pessoas, inclusive Fatima Shirazi, uma sobrinha do xá do Irã. Na parede da sua sala de estar Billy tinha pintado as palavras *Mate o Pai*. Matar o pai, na opinião de Billy, era o único objetivo da universidade.

"O seu pai é quem?", ele perguntou a Madeleine. "É a Virginia Woolf? É a Sontag?"

"No meu caso", Madeleine disse, "meu pai é o meu pai mesmo."

"Então você tem que matar o seu pai."

"Quem é o seu pai?"

"Godard", ele disse.

Billy falava de alugar uma casa em Guanajuato com Madeleine para o verão. Ele disse que ela podia escrever um romance enquanto ele fazia um filme. A fé que ele tinha nela, na literatura dela (muito embora ela mal escrevesse ficção), fazia Madeleine se sentir tão bem que ela começou a ir no embalo dessa ideia. E aí um dia ela apareceu na varanda da casa de Billy e estava prestes a bater na janela quando algo lhe disse para olhar pela janela antes. Na cama tempestuosamente revirada, Billy estava enrodilhado, à la John Lennon, contra uma Kyle toda espalhada. Os dois estavam nus. Um segundo mais tarde, numa nuvem de fumaça, Fatima se materializou, também nua, sacudindo talquinho de bebê na sua reluzente pele persa. Ela sorriu para os companheiros de cama, com seus dentes como sementes incrustadas em púrpuras, régias gengivas.

O namorado seguinte de Maddy não foi exatamente culpa dela. Ela nunca teria encontrado Dabney Carlisle se não tivesse se matriculado numa aula de teatro, e nunca teria se matriculado numa aula de teatro se não fosse a sua mãe. Quando jovem, Phyllida quis ser atriz. Mas os pais dela foram contra. "Representar não era coisa que a nossa família, especialmente as damas, fizesse", era como Phyllida colocava a questão. Às vezes, quando estava reflexiva, ela contava para as filhas a história da sua única grande desobediência. Depois de se formar na universidade, Phyllida tinha "fugido" para Hollywood. Sem contar para os pais, ela tinha ido de avião para Los Angeles, ficando com uma amiga da faculdade. Ela tinha achado um emprego de secretária numa empresa de seguros. Ela e a amiga, uma garota chamada Sally Peyton, se mudaram para um bangalô em Santa Monica. Em seis meses Phyllida já tinha três testes de palco, um no cinema, e "pilhas de convites". Uma vez ela tinha visto Jackie Gleason entrar num restaurante carregando um chihuahua. Ela tinha conseguido um bronzeado lustroso que descrevia como "egípcio". Toda vez que Phyllida falava desse período da sua vida, parecia que ela estava falando de outra pessoa. Quanto a Alton, ele ficava quieto, plenamente consciente de que a perda de Phyllida tinha sido seu ganho. Foi no trem de volta para Nova York, no Natal seguinte, que ela conheceu o empertigado tenente-coronel, que acabava de chegar de Berlim. Phyllida nunca voltou a Los Angeles. Ao invés disso ela se casou. "E tive vocês duas", ela dizia para as filhas.

A incapacidade de Phyllida realizar os seus sonhos tinha dado a Madeleine a sua própria incapacidade. A vida da sua mãe era o grande contraexemplo. Ela representava a injustiça que a vida de Madeleine iria corrigir. Amadurecer ao mesmo tempo em que amadurecia um grande movimento social, crescer na era de Betty Friedan e das passeatas pela Emenda dos Direitos Iguais e dos chapéus indômitos de Bella Abzug, definir a sua identidade quando ela estava sendo redefinida, era uma liberdade tão grandiosa quanto qualquer uma das liberdades americanas que Madeleine tinha estudado na escola. Ela lembrava da noite, em 1973, em que sua família se reuniu na salinha de televisão para assistir ao jogo de tênis entre Billie Jean King e Bobby Riggs. Ela, Alwyn e Phyllida tinham torcido por Billie Jean, enquanto Alton favorecia Bobby Riggs. Como, enquanto King jogava Riggs de um lado para o outro da quadra, sacando melhor que ele e acertando bolas vencedoras que ele era lento demais para devolver, Alton começou a resmungar. "Não é um embate justo! O Riggs está velho demais. Se querem um teste de verdade, ela devia jogar com o Smith ou o Newcombe." Mas não importava o que Alton dizia. Não importava que Bobby Riggs estivesse com cinquenta e cinco e King, com vinte e nove anos, ou que Riggs não tivesse sido um jogador especialmente bom nem no seu auge. O que importava era que aquele jogo de tênis estava passando em cadeia nacional, no horário nobre, depois de ter sido anunciado por semanas como "A guerra dos sexos", e que a mulher estava ganhando. Se um único momento definiu as meninas da geração de Madeleine, dramatizou as aspirações delas, expôs com clareza o que elas esperavam de si próprias e da vida, foram aquelas duas horas e quinze minutos em que o país assistiu a um homem de calções brancos ser surrado por uma mulher, sovado repetidamente até, depois do *match point*, saltar debilmente a rede. E até isso era significativo: você pula a rede quando ganhou, não quando perdeu. Então me diga se isso não era coisa de homem, agir como vencedor quando acabou de ser humilhado?

Na primeira aula da Oficina de Teatro, o professor Churchill, um sapo careca em forma de homem, pediu que os alunos dissessem alguma coisa de si próprios. Metade das pessoas na sala eram estudantes de teatro, que levavam a sério a atuação ou a direção. Madeleine murmurou alguma coisa sobre adorar Shakespeare e Eugene O'Neill.

Dabney Carlisle se levantou e disse: "Eu trabalhei um pouco como modelo em Nova York. O meu agente sugeriu que eu devia fazer umas aulas de teatro. Aí eu vim".

O trabalho de modelo dele consistia de um único anúncio de revista, mostrando um grupo de atletas Leni Riefenstahl-escos de cuecas samba-canção, de pé em uma linha que se perdia no horizonte numa praia cuja areia vulcânica negra soltava vapor em torno de seus pés marmóreos. Madeleine só foi ver a fotografia quando Dabney e ela já estavam saindo, quando Dabney receosamente a retirou do manual de atendente de bar onde a mantinha seguramente comprimida. Madeleine se sentiu inclinada a gozar da foto, mas algo de reverente na expressão de Dabney a deteve. E então ela perguntou onde ficava a praia (Montauk) e por que era preta (não era) e quanto ele tinha recebido ("na casa dos milhares") e como eram os outros caras ("superbabacas") e se ele estava usando aquelas cuecas agora. Às vezes era difícil, com os caras, se interessar pelas coisas que lhes interessavam. Mas com Dabney ela quis que tivesse sido *curling*, ela desejou que tivesse sido a Organização Júnior das Nações Unidas, qualquer coisa menos modelo masculino. Essa, enfim, foi a emoção autêntica que ela agora identificou ter sentido. Na época — Dabney avisou para ela cuidar de não encostar no anúncio antes de ele mandar plastificar — Madeleine tinha repassado mentalmente os argumentos de praxe: que embora a objetificação fosse *de facto* ruim, o surgimento da forma masculina idealizada nos meios de comunicação de massa era um ponto pró-igualdade de condições; que se os homens começassem a ser objetificados e começassem a se preocupar com a aparência e o corpo eles podiam começar a entender o fardo com que as mulheres viviam desde sempre, e podiam assim se sensibilizar para as questões do corpo. Ela chegou até ao ponto de admirar Dabney por sua coragem de se deixar ser fotografado usando confortáveis cuequinhas cinza.

Com a aparência que Madeleine e Dabney tinham, era inevitável que eles não fossem escalados para os papéis românticos principais nas cenas que a oficina montava. Madeleine foi a Rosalinda do Orlando de pau oco de Dabney, a Maggie do seu tosco Brick em *Gata em teto de zinco quente*. Para ensaiar pela primeira vez eles se encontraram na casa da fraternidade de Dabney. Meramente passar porta adentro reforçou a aversão de Madeleine a lugares como a Sigma Chi. Era perto de dez da manhã de um domingo. Os vestígios da Noite Havaiana do dia anterior ainda estavam à mostra — os colares havaianos pendurados da galhada de uma cabeça de alce na parede, a saia de "grama" de plástico pisoteada no chão empapado de cerveja, uma saia que, caso Madeleine sucumbisse à beleza até ofensiva de Dabney Carlisle, ela podia, no mínimo, ter de ver na cintura de alguma piranha dançando hula em meio aos uivos dos irmãos, ou, no máximo (pois uns *mai tais* te levam a fazer umas coisas estranhas), podia até vestir, no quarto de Dabney, para o prazer solitário dele. No sofá baixo, dois membros da Sigma Chi assistiam tv. Com o aparecimento de Madeleine, eles se mexeram, erguendo-se das trevas como carpas boquiabertas. Ela foi rápido para a escada dos fundos, pensando as coisas que sempre pensava no que se referia a fraternidades e caras de fraternidades: que o que atraía os caras era uma necessidade primitiva de proteção (era de pensar em clãs de neandertais que se reuniam contra outros clãs de neandertais); que o trote dos novos membros (ficar sem roupa e vendados, abandonados no saguão do Hotel Biltmore com bilhetes de ônibus grudados com fita adesiva na genitália) encenava precisamente os medos do estupro masculino e da emasculação de que fazer parte de uma fraternidade prometia protegê-los; que qualquer cara que tivesse vontade de entrar numa fraternidade sofria de inseguranças que condenavam os seus relacionamentos com as mulheres; que havia algo gravemente errado com sujeitos homofóbicos que centravam a vida num laço homoerótico; que as imponentes mansões mantidas por gerações de membros pagantes eram na verdade pontos de estupro de meninas que eles convidavam para sair e de excessos alcoólicos; que as fraternidades sempre cheiravam mal; que você não ia querer nem tomar banho em uma delas; que só as calouras eram estúpidas a ponto de ir às festas das fraternidades; que a Kelly Traub tinha dormido com um cara da Sigma Delta que ficava dizendo: "Cadê? Achou! Cadê? Achou!"; que uma coisa dessas não ia acontecer com ela, com Madeleine, nunca.

O que ela não esperava no que se referia a fraternidades era um sujeitinho de cabelo ensolarado como Dabney, decorando suas falas numa cadeira dobrável, de calça de paraquedista, sem sapato. Analisando a relação deles

45

em retrospecto, Madeleine percebeu que não tinha tido escolha. Dabney e ela tinham sido escolhidos um para o outro de um jeito meio Casamento Real. Ela era o príncipe Charles daquela Lady Di. Ela sabia que ele não tinha nada de ator. Dabney tinha tanto espírito artístico quanto o reserva do reserva de um atacante de futebol americano. Na vida, Dabney se mexia pouco e dizia pouca coisa. No palco ele nem se mexia, mas tinha que dizer um monte de coisas. Os seus melhores momentos dramáticos vinham quando a tensão no rosto dele, de tentar lembrar as falas, acabava parecendo a emoção que ele tentava simular.

Contracenar com Dabney deixava Madeleine mais tensa e nervosa do que ela já era. Ela queria fazer cenas com os carinhas talentosos da oficina. Sugeriu trechos interessantes de *The vietnamization of New Jersey* e de *Sexual perversity in Chicago*, de Mamet, mas não teve votos. Ninguém queria baixar de nota contracenando com ela.

Dabney não se incomodava. "Um bando de bostinhas naquela turma", ele disse. "Nunca vão conseguir fazer um anúncio, muito menos cinema."

Ele era mais lacônico do que ela preferia que seus namorados fossem. Tinha a velocidade de inteligência de um manequim de vitrine. Mas a perfeição física de Dabney expulsava essas realidades da cabeça dela. Madeleine nunca tinha estado numa relação em que não era ela a pessoa mais atraente. Era ligeiramente intimidante. Mas ela dava conta. Às três da manhã, enquanto Dabney dormia ao lado dela, Madeleine viu que estava encarando a tarefa de catalogar cada tendão abdominal, cada calombo duro de músculo. Ela gostava de usar um aparelho na cintura de Dabney para medir a taxa de gordura corporal dele. Ser modelo de roupa de baixo, era só uma questão de ter uma barriga seca, Dabney dizia, e barriga seca era só uma questão de abdominais e dieta. O prazer que Madeleine tinha olhando Dabney evocava o prazer que tinha quando menina, olhando cães de caça elegantes. Por sob esse prazer, como as brasas que o alimentavam, estava uma necessidade feroz de englobar Dabney e drenar toda a sua força e a sua beleza. Era tudo muito primitivo e evolucionista, e era muito gostoso. O problema é que ela não se permitiu desfrutar de Dabney nem explorá-lo um pouquinho, mas teve que ser totalmente mulherzinha com essa história toda e se convencer de que estava apaixonada por ele. Madeleine precisava de emoções, aparentemente. Ela não aprovava a ideia de sexo que não significasse nada e fosse extremamente satisfatório.

. E aí ela começou a se dizer que a atuação de Dabney era "contida" ou "econômica". Ela gostava do fato de Dabney ter "segurança sobre si próprio" e "não precisar provar nada" e de ele não ser um "exibido". Em vez de se preocupar que ele fosse um chato, Madeleine decidiu que ele era delicado. Em vez de pensar que ele não tinha lido grandes coisas, ela o chamava de intuitivo. Ela exagerou as capacidades mentais de Dabney para não se sentir superficial por querer o corpo dele. Com essa finalidade, ela ajudou Dabney a escrever — está bem, escreveu para ele — trabalhos de inglês e de antropologia e, quando ele ganhou notas A, sentiu confirmada a sua inteligência. Ela se despedia com beijinhos de boa sorte quando ele ia a testes de modelo em Nova York e ouvia as suas reclamações contra "aquelas bichas" que não contrataram os seus serviços. Afinal, Dabney não era tão lindo assim. Entre os lindos de verdade ele era só mais ou menos. Ele nem sabia sorrir direito.

No fim do semestre, os alunos de teatro foram falar cada um sozinho com o professor para uma análise crítica. Churchill recebeu Madeleine com um sorriso amarelo e lupino, aí se reclinou queixudo e deliberou na cadeira.

"Eu gostei de ter você na turma, Madeleine", ele disse. "Mas você não é atriz."

"Não me venha com meias palavras", Madeleine disse, sofrendo apesar de rir. "Pode mandar ver."

"Você pega bem a linguagem, especialmente Shakespeare. Mas a sua voz é fanhosa e você fica com cara de preocupada no palco. A sua testa tem um vinco perpétuo. Um professor de técnica vocal podia te ajudar muito com o seu instrumento. Mas o que me preocupa é a sua preocupação. Ele está aí agora mesmo. O vinco."

"O nome disso é pensar."

"Maravilha. Se você está representando a Eleanor Roosevelt. Ou Golda Meir. Mas são uns papéis que não aparecem o tempo todo."

Churchill, unindo as pontas dos dedos, continuou: "Eu seria mais diplomático se achasse que isso aqui é muito importante para você. Mas eu fico com a sensação de que você não quer ser atriz profissional, não é verdade?".

"Não", Madeleine disse.

"Bom. Você é linda. Você é inteligente. O mundo está nas suas mãos. Vá com as minhas bênçãos."

Quando Dabney voltou da sua entrevista com Churchill, ele parecia ainda mais satisfeito consigo do que o normal.

"E aí?", Madeleine perguntou. "Como foi?"

"Ele disse que eu sou perfeito pra novelas."

"Novelas?"

Dabney fez cara de irritado. "*Days of our lives. General Hospital.* Novelas, já ouviu falar?"

"Isso foi um elogio?"

"E não era pra ser? Ator de novela está com a vida ganha! Eles trabalham todo dia, ganham dinheiro pacas, e nunca precisam viajar. Eu estava perdendo tempo tentando esses anúncios. Foda-se isso. Eu vou dizer pro meu agente começar a arranjar uns testes pra novelas."

Madeleine ouviu calada essas notícias. Ela tinha presumido que o entusiasmo de Dabney pela carreira de modelo era temporário, um esquema para pagar a universidade. Agora ela percebia que era de verdade. Ela estava, realmente, namorando um modelo.

"O que é que você está pensando?", Dabney perguntou.

"Nada."

"Fala."

"É só que, sei lá, mas eu duvido que o professor Churchill tenha uma opinião muito boa sobre os atores de *Days of our lives.*"

"O que foi que ele falou na primeira aula? Ele disse que ia dar uma oficina de atuação. Pra quem queria trabalhar no teatro."

"No teatro não quer dizer..."

"O que foi que ele disse pra *você*? Por acaso ele disse que você ia ser uma estrela de cinema?"

"Ele me disse que eu não sou atriz", Madeleine disse.

"Ah foi, é?" Dabney pôs as mãos nos bolsos, reclinando-se nos calcanhares como que aliviado por não ter que dar ele mesmo esse veredito. "É por isso que você está tão puta? E precisa sacanear com a minha avaliação?"

"Eu não estou sacaneando a sua avaliação. Só que eu não sei bem se você entendeu o que o Churchill quis dizer, exatamente."

Dabney soltou um riso amargo. "Eu não ia sacar, né? Eu sou burro demais. Eu sou só um marombeiro burro que precisa que você escreva os trabalhos de inglês."

"Não sei. Você parece bem bom de sarcasmo."

"Meu, como eu sou sortudo", Dabney disse. "O que é que eu ia fazer se você não estivesse por aqui? Você tem que sacar todas as sutilezas pra mim, né? Você e o seu jeitinho de pegar sutilezas. Deve ser bacana ser rica e ficar o dia todo sentada pegando sutilezas. O que é que você entende de precisar ganhar a vida? Maravilha você ficar sacaneando o meu anúncio. Você não entrou na universidade com uma bolsa por causa do futebol americano. E agora você tem que vir aqui e me passar uma rasteira. Quer saber? Nada a ver. Isso aqui é muito nada a ver. Eu estou de saco cheio da sua tolerância e do seu complexo de superioridade. E o Churchill tem razão. Você não é atriz."

No fim Madeleine teve que admitir que Dabney era muito mais fluente do que ela esperava. Ele era capaz de representar várias emoções também, raiva, asco, orgulho ferido, e de simular outras, inclusive afeto, paixão e amor. Ele tinha uma grande carreira pela frente nas novelas.

Madeleine e Dabney tinham terminado em maio, logo antes do verão, e o verão era a melhor época para esquecer alguém. Ela tinha ido direto para Prettybrook no dia em que acabou a última prova. Pelo menos dessa vez ela ficou contente de ter pais tão sociáveis. Com todos os coquetéis e os jantares íntimos na Wilson Lane não sobrava muito tempo para ela ficar pensando nela mesma. Em julho, ela conseguiu um estágio numa organização de poesia sem fins lucrativos no Upper East Side e começou a ir de trem para a cidade. O trabalho de Madeleine era supervisionar as inscrições para o prêmio anual Novas Vozes, o que envolvia verificar se as inscrições estavam com a documentação toda completa antes de enviá-las para o avaliador (Howard Nemerov, naquele ano). Madeleine não era particularmente técnica, mas, como todo mundo no escritório era menos ainda, ela acabou sendo a pessoa que todos procuravam quando o xerox ou a impressora matricial davam problema. Sua colega Brenda vinha até a mesa de Madeleine no mínimo uma vez por semana e perguntava, com uma voz infantil: "Será que você podia me dar uma mãozinha? A impressora não está sendo boazinha". A única parte do dia de que Madeleine gostava era a hora do almoço, quando podia ficar andando pelas ruas abafadas, fedorentas, empolgantes, comer quiche num bistrô francês estreito como uma pista de boliche e ficar olhando as roupas que as mulheres da idade dela ou um pouquinho mais velhas estavam usando. Quando o único cara heterossexual da organização a convidou para tomar alguma coisa com ela depois do trabalho, Madeleine respondeu gélida: "Desculpa, não vai dar", tentando não se sentir mal demais por ferir os sentimentos do rapaz, tentando pensar nos seus próprios sentimentos, para variar.

Ela voltou à universidade para o último ano, então, decidida a estudar muito, pensar na carreira e ser agressivamente solitária. Atirando para todo lado, Madeleine se inscreveu para o mestrado em Yale (língua e literatura inglesas), para uma organização que dava aulas de inglês na China, e um estágio de publicidade na Foote, Cone & Belding, em Chicago. Ela estudou para a prova do mestrado usando uma apostila grátis. A parte verbal foi fácil. A matemática precisava de uma desenferrujada na álgebra do segundo grau. Mas os problemas de lógica eram uma derrota para o espírito. "No baile anual, diversas pessoas dançaram seus números favoritos com seus parceiros favoritos. Alan dançou o tango, enquanto Becky ficou olhando a valsa. James e Charlotte estavam perfeitos juntos. Keith estava sensacional dançando o foxtrote e Simon foi muito bem na rumba. Jessica dançou com Alan. Mas Laura não dançou com Simon. Você consegue determinar quem dançou com quem e que números cada um apresentou?" Lógica era algo que Madeleine não tinha aprendido expressamente na escola. Parecia injusto fazerem essas perguntas. Ela fez como a apostila sugeria, diagramando os problemas, colocando Alan, Becky, James, Charlotte, Keith, Simon, Jessica e Laura na pista de dança do seu rascunho, e montando os casais segundo as instruções. Mas as complexas movimentações daquele pessoal não eram uma matéria que a cabeça de Madeleine seguisse com naturalidade. Ela queria saber por que James e Charlotte estiveram perfeitos juntos, e se Jessica e Alan estavam saindo juntos, e por que Laura não dançou com Simon, e se Becky ficou chateada, assistindo.

Um dia, de tarde, no quadro de avisos na frente da Hillel House, Madeleine viu um folheto anunciando a Bolsa Melvin e Hetty Greenberg para um curso de verão na Universidade Hebraica de Jerusalém, e se inscreveu também. Usando contatos de Alton no mundo editorial, ela pôs um terninho e foi a Nova York para uma entrevista informal com um editor da Simon & Schuster. O editor, Terry Wirth, tinha sido um aluno de letras inteligente e idealista, exatamente como Madeleine, mas o que ela viu naquela tarde, num minúsculo escritório entupido de manuscritos que dava para o cânion sombrio da Sexta Avenida, foi um pai de meia-idade com dois filhos e um salário muito abaixo da média dos seus antigos colegas na universidade e uma viagem horrorosa, de uma hora e quinze, todo dia, para o seu sobradinho em Montclair, Nova Jersey. Sobre as perspectivas de um livro que ia publicar naquele mês, as memórias de um fazendeiro migrante, Wirth disse: "Agora é a calmaria que antecede a calmaria". Ele deu uma pilha de manuscritos do monte de propostas para ela analisar, oferecendo pagar cinquentão cada um.

Em vez de ler os manuscritos, Madeleine foi de metrô até o East Village. Depois de comprar um saquinho de biscoitos de pignole na De Robertis, ela se enfiou num salão de cabeleireiro, onde, num capricho, deixou que uma mulher viril de cabelo curtinho e com um rabo de rato mexesse no dela. "Corte bem baixo do lado, mais alto em cima", Madeleine disse. "Certeza?", a mulher perguntou. "Certeza", Madeleine respondeu. Para demonstrar sua determinação, ela tirou os óculos. Quarenta e cinco minutos depois, ela pôs os óculos de novo, horrorizada e encantada com a transformação. A cabeça dela era imensa mesmo. Ela nunca tinha avaliado as suas verdadeiras dimensões. Ela estava parecendo Annie Lennox, ou David Bowie. Alguém que a cabeleireira podia estar namorando.

Mas o visual Annie Lennox não era um problema. A androginia estava na moda. Quando voltou à faculdade, o cabelo proclamou a seriedade de Madeleine, e no fim do ano, quando a franja tinha chegado a um tamanho enlouquecedor com o qual não sabia o que fazer, ela continuava firme nas suas renúncias. (O seu único deslize tinha sido aquela noite no quarto com Mitchell, mas nada aconteceu.) Madeleine tinha uma monografia para escrever. Tinha um futuro para decidir. A última coisa de que ela precisava era um cara que a distraísse do trabalho e perturbasse o seu equilíbrio. Mas aí, durante o semestre de primavera, ela conheceu Leonard Bankhead e a sua determinação foi por água abaixo.

Ele fazia a barba sem regularidade. Aquele tabaco Skoal tinha um cheiro mentolado, mais limpo, mais agradável do que Madeleine esperava. Toda vez que ela erguia a cabeça e via Leonard fixado nela com aqueles olhos de são-bernardo (os olhos de um babão, talvez, mas também de um bicho fiel que podia te escavar de dentro de uma avalanche), Madeleine sustentava o olhar por um significativo momento a mais.

Numa noite, no começo de março, quando ela foi até a Biblioteca Rockefeller para pegar os textos da Semiótica 211, encontrou Leonard lá também. Encostado no balcão, ele conversava animadamente com a menina que estava de serviço, que infelizmente era bem bonitinha, num estilo peitudo, meio Bettie Page.

"Mas pense", Leonard estava dizendo para a garota. "Pense do ponto de vista da mosca."

"O.K., eu sou uma mosca", a garota disse com uma risada gutural.

"A gente se mexe em câmera lenta pra elas. Elas veem o tapa vindo a quilômetros de distância. As moscas ficam assim meio 'me acorda quando aquilo chegar mais perto'."

Percebendo Madeleine, a garota disse a Leonard: "Só um segundo".

Madeleine estendeu a sua ficha com os pedidos, a garota pegou-a e saiu para as pilhas de textos.

"Pegando aquele Balzac?", Leonard disse.

"É."

"Balzac, venha nos salvar!"

Normalmente Madeleine teria muitas coisas para dizer sobre isso, muitos comentários sobre Balzac. Mas a cabeça dela estava vazia. Ela só lembrou de sorrir quando ele já tinha desviado os olhos.

A Bettie Page voltou com o pedido de Madeleine, deslizando os textos para ela e imediatamente se virando de novo para Leonard. Ele parecia diferente de quando estava na sala de aula, mais exuberante, cheio de energia. Ele ergueu as sobrancelhas de um jeito alucinado, meio Jack Nicholson, e disse: "A minha teoria das moscas está ligada à minha teoria de por que parece que o tempo passa mais rápido quando a gente vai ficando velho."

"E por quê?", a garota perguntou.

"É proporcional", Leonard explicou. "Quando você tem cinco anos, você só viveu uns milhares de dias. Mas quando chegou aos cinquenta você já viveu coisa de vinte mil dias. Então, quando você tem cinco, parece mais comprido porque é uma percentagem maior do todo."

"Certo", a garota provocou, "lógico."

Mas Madeleine tinha entendido. "Faz sentido", ela disse. "Eu sempre fiquei pensando por que isso acontecia."

"É só uma teoria", Leonard disse.

Bettie Page deu tapinhas na mão de Leonard para chamar a atenção dele. "As moscas nem sempre são tão rápidas", ela disse. "Eu já peguei mosca com a mão."

"Especialmente no inverno", Leonard disse. "É provavelmente o tipo de mosca que eu ia ser. Uma dessas moscas tapadas de inverno."

Não havia mais uma boa desculpa para Madeleine continuar ali pela sala de leitura, então ela pôs o Balzac na bolsa e saiu.

Ela começou a usar roupas diferentes nos dias das aulas de semiótica. Tirou os brincos de brilhante, deixando as orelhas nuas. Ela ficava diante do espelho imaginando se aqueles óculos de Annie Hall tinham alguma chance de dar um visual new wave. Decidiu que não e foi de lentes de contato. Ela desenterrou um par de botas tipo Beatles que tinha comprado em um bazar no porão de uma igreja em Vinalhaven. Ela ergueu o colarinho, e usou mais preto.

Na quarta semana, Zipperstein passou *Lector in fabula* e *A obra aberta*, de Umberto Eco. Aquilo não ajudou muito Madeleine. Ela não estava assim tão interessada, enquanto leitora, no leitor. Ela ainda preferia aquela entidade cada vez mais eclipsada: o escritor. Madeleine tinha a sensação de que na sua maioria os teóricos da semiótica tinham sido marginalizados na escola, intimidados ou talvez desconsiderados, e portanto tinham dirigido a sua raiva eterna para a literatura. Eles queriam rebaixar o autor. Queriam que um *livro*, aquela coisa transcendente, conquistada a duras penas, fosse um *texto*, contingente, indeterminado e aberto a sugestões. Queriam que o leitor fosse a parte principal. Porque *eles* eram leitores.

Entretanto Madeleine estava totalmente satisfeita com a noção de gênio. Ela queria que um livro a levasse a lugares aonde não podia ir por conta própria. Ela achava que um escritor devia ter mais trabalho para escrever o livro do que ela para ler. No que se referia às letras e à literatura, Madeleine defendia uma virtude que tinha caído em desgraça: ou seja, a clareza. Uma semana depois da leitura de Eco, eles leram trechos de *A escritura e a diferença*, de Derrida. Na semana seguinte, leram *Sobre a desconstrução*, de Jonathan Culler, e Madeleine foi à aula pronta a contribuir com a discussão pela primeira vez. Contudo, antes que ela pudesse fazer isso, Thurston chegou na frente.

"O Culler era no máximo decente", Thurston disse.

"Do que foi que você não gostou?", o professor lhe perguntou.

Thurston estava com o joelho contra a mesa de reunião. Ele empurrou a cadeira até ela ficar sobre as pernas de trás, contorcendo o rosto. "É legível e coisa e tal", ele disse. "E bem fundamentado e tudo mais. Mas é uma questão de saber se dá pra usar um discurso desacreditado — tipo a razão, por exemplo — pra explicar uma coisa tão paradigmaticamente revolucionária quanto a desconstrução."

Madeleine deu uma verificada em torno da mesa para achar outros revirando os olhos, mas os demais alunos pareciam ansiosos por ouvir o que Thurston tinha a dizer.

"Você podia desenvolver isso um pouquinho?", Zipperstein disse.

"Bom, o que eu quero dizer, pra começar, é que a razão é só um discurso que nem os outros, certo? Só que ela foi imbuída de uma noção de verdade absoluta porque é o discurso privilegiado pelo Ocidente. O que o Derrida está dizendo é que você tem que usar a razão porque, sabe como, é a única possibilidade. Mas ao mesmo tempo você tem que ter consciência de que a linguagem pela sua própria natureza é irracional. Você tem que usar a razão pra escapar do razoável." Ele puxou a manga da camiseta e coçou o ombro ossudo. "O Culler, por outro lado, ainda está operando à moda antiga. Mono em comparação com o estéreo. Então, desse ponto de vista, eu achei o livro, quer saber, meio frustrante."

Veio um silêncio. Que cresceu.

"Eu não sei", Madeleine disse, lançando um olhar que pedia apoio a Leonard. "De repente sou só eu, mas não foi um alívio ler uma discussão lógica para variar? O Culler reduz tudo que o Eco e o Derrida estão dizendo a uma forma digerível."

Thurston virou a cabeça lentamente para olhar para ela por sobre a mesa de reunião. "Eu não estou dizendo que é *ruim*", ele disse. "É bacana. Mas o trabalho do Culler é de uma ordem diferente do Derrida. Todo gênio precisa de um divulgador. É isso que o Culler é pro Derrida."

Madeleine fez pouco dessa afirmação. "Eu saquei melhor o que é a desconstrução lendo o Culler do que lendo o Derrida."

Thurston estava se esforçando para considerar plenamente o ponto de vista dela. "É da natureza da simplificação, ser simples", ele disse.

A aula terminou logo depois disso, deixando Madeleine furiosa. Quando estava saindo do Sayles Hall, ela viu Leonard parado na escada, segurando uma lata de Coca. Ela foi direto até ele e disse: "Valeu a ajuda, hein?".

"Como é que é?"

"Eu achei que você estava do meu lado. Por que você não abriu a boca na aula?"

"Primeira lei da termodinâmica", Leonard disse. "Conservação de energia."

"Você não estava concordando comigo?"

"Estava e não estava", Leonard disse.

"Você não gostou do Culler?"

"O Culler é legal. Mas o Derrida é peso pesado. Não dá pra deixar ele de lado assim, sem mais nem menos."

Madeleine parecia em dúvida, mas não era com Derrida que ela estava brava. "Se você pensa o quanto o Thurston fica falando que ele *adora* a linguagem, era de imaginar que ele não ia ficar repetindo tanto termo teórico, que nem um papagaio. Ele usou a palavra *fálico* três vezes hoje."

Leonard sorriu. "Ele acha que se ele disser vai pegar, por contágio."

"Ele me deixa louca."

"Quer tomar um café?"

"E *fascista*. Essa é outra das favoritas dele. Sabe o pessoal da tinturaria da Thayer Street? Ele chamou *eles* de fascistas."

"Devem ter pegado pesado com a goma."

"Sim", Madeleine disse.

"Sim o quê?"

"Você acabou de me convidar pra tomar café."

"Verdade?", Leonard disse. "Ah, é, verdade. O.K. Vamos tomar um café."

Leonard não queria ir até o Blue Room. Ele disse que não gostava de ficar entre os alunos da universidade. Eles passaram pelo Wayland Arch e seguiram até a Hope Street, na direção de Fox Point.

Enquanto eles andavam, Leonard cuspia na lata de Coca de vez em quando. "Desculpa o meu vício nojento", ele disse.

Madeleine franziu o nariz. "Você não vai parar com isso?"

"Vou", Leonard disse. "Eu nem sei por que eu faço isso. É só um treco que eu peguei nos meus tempos de rodeio."

Quando passaram pela próxima lata de lixo, ele jogou a Coca e cuspiu o pedaço de tabaco.

Depois de algumas quadras os belos canteiros de tulipas e narcisos foram substituídos por ruas sem árvores cercadas de casas de classe baixa pintadas de tons vivos. Eles passaram por uma padaria portuguesa e uma peixaria portuguesa que vendia sardinhas e lulas. As crianças dali não tinham jardins para brincar, mas pareciam bem contentes, andando de um lado para o outro pelas calçadas em branco. Perto da estrada, havia alguns armazéns e, na esquina da Wickenden, um restaurantezinho local.

Leonard queria sentar no balcão. "Eu preciso ficar perto das tortas", ele disse. "Eu preciso ver qual delas está me convidando."

Enquanto Madeleine pegava um banquinho do lado dele, Leonard encarava o mostruário das sobremesas.

"Você lembra quando serviam umas fatias de queijo com a torta de maçã?", ele perguntou.

"Vagamente", Madeleine disse.

"Acho que não fazem mais isso. Eu e você provavelmente somos as únicas pessoas aqui que lembram."

"A bem da verdade, eu não lembro", Madeleine disse.

"Não? Nunca ganhou uma fatiazinha de cheddar de Wisconsin com a sua torta de maçã? Cara, lamento muito."

"Vai ver eles põem uma fatia de queijo junto se você pedir."

"Eu não disse que *gostava*. Eu estou só lamentando o falecimento da tradição."

A conversa minguou. E de repente, para sua surpresa, Madeleine se viu tomada de pânico. Ela sentia o silêncio como uma crítica a ela. Ao mesmo tempo, a sua angústia a respeito do silêncio deixava ainda mais difícil falar.

Embora não fosse bom estar tão nervosa, era bom, de certa forma. Fazia algum tempo que Madeleine não se sentia assim com algum cara.

A garçonete estava na outra ponta do balcão conversando com outro freguês.

"Então por que é que você está na turma do Zipperstein?", ela perguntou.

"Interesse filosófico", Leonard disse. "Literalmente. A filosofia hoje em dia é só teoria da linguagem. É só linguística. Aí eu pensei em dar uma sacada."

"Você não está na biologia, também?"

"É onde eu estou de verdade", Leonard disse. "A filosofia é só uma coisa marginal."

Madeleine percebeu que nunca tinha saído com um aluno das ciências. "Você quer ser médico?"

"Neste exato momento a única coisa que eu quero é fazer a garçonete olhar pra cá."

Leonard balançou o braço no ar algumas vezes sem resultado. Repentinamente ele disse: "Não está quente aqui?". Sem esperar uma resposta, ele meteu a mão no bolso de trás da calça jeans e puxou uma bandana azul, que logo colocou na cabeça, amarrando atrás e fazendo diversos pequenos ajustes meticulosos, até ficar satisfeito. Madeleine assistiu a tudo isso com uma ligeira sensação de decepção. Ela associava bandanas com *footbag*, Grateful Dead e broto de alfafa, coisas de que não fazia muita questão. Ainda assim, estava impressionada com as dimensões de Leonard no banquinho logo ao lado. O tamanho dele, aliado à suavidade — a delicadeza, quase — da sua voz, causava em Madeleine uma estranha sensação de contos de fadas, como se fosse uma princesa sentada ao lado de um gigante bondoso.

"Mas o negócio", Leonard disse, ainda olhando na direção da garçonete, "é que eu não me interessei por filosofia por causa da linguística. Eu me interessei por causa das verdades eternas. Pra saber como morrer *et cetera*. Agora é mais, assim: 'Do que nós estamos *falando* quando dizemos morte?'. 'Do que nós estamos *falando* quando falamos sobre dizer morte?'"

Finalmente, a garçonete veio. Madeleine pediu um prato de queijo cottage e um café. Leonard pediu torta de maçã e café. Quando a garçonete saiu, ele girou o banquinho para a direita, de modo que os joelhos deles se tocaram brevemente.

"Que coisa mais mulherzinha", ele disse.

"Como assim?"

"Queijo cottage."

"Eu gosto de queijo cottage."

"Você está de dieta? Você não parece alguém que está de dieta."

"Por que você quer saber?", Madeleine perguntou.

E aqui, pela primeira vez, Leonard pareceu desorientado. Por sob a linha da bandana, o rosto dele se tingiu, e ele girou para o outro lado, interrompendo o contato visual. "Curioso, só", ele disse.

Um segundo depois ele girou de volta, retomando a conversa anterior. "Parece que o Derrida é bem mais claro em francês", ele explicou. "Dizem as más línguas que a prosa dele em francês é límpida."

"De repente eu devia ler em francês, então."

"Você sabe francês?", Leonard perguntou, soando impressionado.

"Eu não sou ótima. Eu consigo ler Flaubert."

Foi aí que Madeleine cometeu um grande erro. As coisas estavam indo tão bem com Leonard, o clima estava tão promissor — até o tempo estava dando uma mãozinha porque, depois que eles acabaram de comer e saíram do restaurantezinho, na volta para o campus, uma garoa de março forçou os dois a dividir o guarda-chuva dobrável de Madeleine — que lhe veio uma sensação como as que ela tinha quando era pequena e ganhava um doce ou uma sobremesa, uma felicidade tão contaminada pela consciência da sua brevidade que ela dava as menores mordidinhas possíveis, fazendo o profiterole ou a bomba durarem o máximo que pudesse. Dessa mesma maneira, em vez de ver onde ia acabar aquela tarde, Madeleine decidiu interromper o seu progresso, guardar um pouco para mais tarde, e disse a Leonard que tinha que ir para casa estudar.

Eles não trocaram beijos de despedida. Nem passaram perto disso. Leonard, encolhido embaixo do guarda-chuva, repentinamente disse "tchau" e saiu correndo pela chuva, sem erguer a cabeça. Madeleine voltou à Narragansett. Ela ficou deitada na cama e não se mexeu durante muito tempo.

Os dias se arrastaram até a próxima aula de Sem 211. Madeleine chegou cedo e escolheu um lugar na mesa perto de onde Leonard normalmente ficava. Mas quando ele apareceu, dez minutos atrasado, pegou uma cadeira vaga perto do professor. Ele não disse nada na aula e nem olhou uma só vez na direção de Madeleine. O rosto dele parecia inchado e tinha uma linha de manchas correndo de um lado. Quando a aula acabou, Leonard foi o primeiro a sair.

Na semana seguinte ele nem foi à aula.

E assim Madeleine teve de enfrentar a semiótica, e Zipperstein e seus discípulos, sozinha.

A essa altura eles já tinham passado para o Derrida de *Gramatologia*. Derrida era assim: "Nesse sentido ela é a *Aufhebung* das outras escritas, em particular da escrita hieroglífica e da característica leibniziana que haviam sido criticadas previamente num único e mesmo gesto". Quando ficava poético, Derrida era assim: "O que a escritura, por si própria, trai em seu momento não fonético é a vida. Ela ameaça ao mesmo tempo o alento, o espírito, a história como relação do espírito consigo. Ela é seu fim, sua finitude, sua paralisia."

Já que Derrida defendia que a linguagem, pela sua própria natureza, solapava qualquer significado que tentasse promover, Madeleine ficava pensando como Derrida esperava que ela entendesse o significado dele. Talvez ele não esperasse. Era por isso que ele empregava tanta terminologia abstrusa, tantas frases enroscadas. Era por isso que ele dizia o que dizia em sentenças cujo sujeito você precisava de um minuto para identificar. (Será que "o acesso à pluridimensionalidade e à temporalidade delinearizada" podia ser mesmo o sujeito de uma frase?)

Ler um romance depois de ler teoria semiótica era como correr de mãos vazias depois de correr com pesos nas mãos. Depois de sair da Semiótica 211, Madeleine corria para a Biblioteca Rockefeller, descia até o piso B, onde as prateleiras tinham um vivificante aroma de bolor, e pegava alguma coisa — qualquer coisa, *A casa da felicidade, Daniel Deronda* — para recuperar a sanidade. Como era maravilhoso quando uma sentença se ligava logicamente à anterior! Madeleine se sentia segura com um romance do século XIX. Lá ia haver pessoas. Alguma coisa ia acontecer com elas em um lugar que parecia o mundo.

Além disso, havia montes de casamentos em Wharton e Austen. E tudo quanto era tipo de homens sombrios irresistíveis.

Na quinta-feira seguinte, Madeleine foi para a aula usando um suéter norueguês com um padrão de flocos de neve. Ela tinha voltado aos óculos. Pela segunda semana seguida Leonard não apareceu. Madeleine ficou com medo que ele tivesse trancado a matrícula, mas era tarde demais para fazer isso naquele semestre. Zipperstein disse: "Alguém tem visto o senhor Bankhead? Ele está doente?". Ninguém sabia. Thurston chegou com uma menina chamada Cassandra Hart, os dois fungando e com uma palidez heroinácea. Sacando uma hidrográfica preta, Thurston escreveu no ombro nu de Cassandra: "Isso Não É Pele".

Zipperstein estava animado. Ele acabava de voltar de um congresso em Nova York, com uma roupa diferente do normal. Ouvindo-o falar da palestra que tinha dado na New School, Madeleine repentinamente compreendeu. A semiótica era a forma que a crise de meia-idade de Zipperstein tinha adotado. Virar semioticista lhe dera o direito de usar uma jaqueta de couro, de pegar um avião para assistir às retrospectivas de Douglas Sirk em Vancouver, e de garfar todas as ninfetas da classe. Em vez de abandonar a mulher, Zipperstein tinha abandonado o departamento de inglês. Em vez de comprar um carro esporte, ele tinha comprado a desconstrução.

Ele agora estava sentado na mesa e começou a falar:

"Espero que vocês tenham lido a *Semiotext(e)* para a aula de hoje. A respeito de Lyotard, e em homenagem a Gertrude Stein, eu vou só sugerir o seguinte: o problema do desejo é que lá não há lá."

E pronto. Era essa a abertura da aula. Zipperstein ficou sentado diante deles, piscando, esperando que alguém respondesse. Ele parecia ter toda a paciência do mundo.

Madeleine quis saber o que era a semiótica. Ela quis saber qual era o motivo de tanto barulho. Bom, agora ela achava que sabia.

Mas aí, na décima semana, por motivos que eram inteiramente extracurriculares, a semiótica começou a fazer sentido.

Era uma noite de sexta, em abril, pouco depois das onze, e Madeleine estava na cama, lendo. O texto para aquela semana era *Fragmentos de um discurso amoroso*, de Roland Barthes. Para um livro pretensamente sobre amor, aquele ali não tinha uma cara muito romântica. A capa era de um marrom chocolate sério, com o título em turquesa. Não havia fotografia do autor e só vinha uma biografia resumida, elencando os outros trabalhos de Barthes.

Madeleine estava com o livro no colo. Com a mão direita ela comia manteiga de amendoim direto do pote. A colher encaixava direitinho na curva do céu da boca, deixando a manteiga de amendoim se dissolver cremosa contra a língua.

Abrindo na introdução, ela começou a ler:

A necessidade deste livro está ligada à seguinte consideração: que o discurso amoroso hoje é de uma extrema solidão.

Lá fora, a temperatura, que tinha permanecido baixa durante todo o mês de março, tinha disparado para cima dos dez graus. O derretimento que resultava disso era alarmante por ser tão repentino, calhas e sarjetas pingando, calçadas empoçadas, ruas inundadas, um som constante de água correndo morro abaixo.

Madeleine estava com as janelas abertas para as líquidas trevas. Ela chupava a colher e continuava lendo.

O que já se disse aqui da espera, da angústia, da lembrança, não passará jamais de um modesto suplemento, oferecido ao leitor para que dele tome posse, aumente e recorte e o passe a outros: em torno da figura, os jogadores passam o lenço; às vezes, em um último parêntese, ficamos ainda com ele um segundo antes de repassá-lo. (O livro, idealmente, seria uma cooperativa: "Aos leitores — aos amantes — unidos.")

Não era só que Madeleine achasse o texto lindo. Não era só que essas frases de abertura de Barthes imediatamente fizessem sentido. Não era só o alívio de reconhecer que aqui, finalmente, estava um livro que podia ser o tema do seu ensaio final. O que fez Madeleine sentar mais reta na cama foi algo mais próximo das razões que a levavam a ler livros em primeiro lugar, e a sempre amá-los. Aqui estava um sinal de que ela não estava só. Aqui estava uma articulação do que ela até aqui vinha sentindo muda. Na cama numa sexta à noite, de calça de moletom, cabelo preso, óculos melecados, e comendo manteiga de amendoim direto do pote, Madeleine estava em um estado de extrema solidão.

Tinha a ver com Leonard. Com o modo como ela se sentia a respeito dele e com não poder contar a ninguém. Com gostar muito dele e saber pouco dele. Com o desespero que sentia por vê-lo e como era difícil fazê-lo.

Nos últimos dias, do fundo da sua solidão, Madeleine tinha dado umas indiretas. Ela falou sobre a Semiótica 211 com as colegas de quarto, mencionando Thurston, Cassandra e Leonard. Ficou sabendo que Abby conhecia Leonard do primeiro ano.

"Como é que ele era?", Madeleine perguntou.

"Meio pesado. Inteligente pacas, mas pesado. Ele ficava me ligando o tempo todo. Todo dia, tá?"

"Mas ele estava a fim de você?"

"Não, ele só queria conversar. Ele me segurava uma hora no telefone."

"E vocês falavam de quê?"

"De tudo! Do namoro dele. Do meu namoro. Dos pais dele, dos meus pais. Do Jimmy Carter ter sido atacado por aquele coelho do pântano, que deixou ele obcecado. Ele não parava de falar."

"Ele estava saindo com quem?"

"Uma tal de Mindy. Mas aí eles terminaram. Foi aí que ele começou a me ligar *de verdade*. Ele ligava umas seis vezes por dia, tá? Ele ficava falando o tempo todo de como a Mindy tinha um cheiro bom. Ela tinha um cheiro que era supostamente perfeitamente compatível com o Leonard, assim, *quimicamente*. Ele estava com medo que nenhuma mulher fosse ter o cheiro certo pra ele no futuro. Eu disse que era provavelmente o hidratante dela. Ele disse que não, que era a pele. Era *quimicamente perfeita*. Ele é assim." Ela se deteve e olhou inquiridora para Madeleine. "Por que você está perguntando? Você está a fim dele?"

"Eu só conheço ele lá da semiótica", Madeleine disse.

"Quer que eu chame ele pra jantar?"

"Eu não falei isso."

"Eu vou chamar ele pra jantar", Abby decidiu.

O jantar foi numa terça. Leonard tinha aparecido educadamente com um presente, um conjunto de panos de prato. Ele tinha posto uma roupa especial, com uma camisa branca e uma gravata fininha e o cabelo comprido preso num rabo de cavalo masculino, como o de um guerreiro escocês. Ele foi tocantemente sincero, dizendo oi para Abby, entregando-lhe o presente embrulhado e agradecendo o convite.

Madeleine tentou não parecer ansiosa demais. No jantar, ela prestou atenção em Brian Weeger, cujo hálito cheirava a ração de cachorro. Algumas vezes, quando ela olhou para Leonard, ele olhou para ela, fixamente, parecendo quase transtornado. Depois, quando Madeleine estava na cozinha, enxaguando a louça, Leonard entrou. Ela se virou e o viu inspecionando um calombo na parede.

"Isso aqui deve ser uma válvula antiga de tubulação de gás", ele disse.

Madeleine olhou para o calombo, que tinha sido coberto por várias pinturas da cozinha.

"Antes eles tinham lâmpadas de gás nesses prédios velhos", Leonard continuou. "Eles provavelmente bombeavam gás do porão. Se o piloto de qualquer morador apagasse, em qualquer andar, dava um vazamento. E o gás nem tinha cheiro antigamente. Eles só começaram a colocar metanotiol depois."

"Bom saber", Madeleine disse.

"Isso aqui devia ser um barril de pólvora." Leonard deu batidinhas com a unha no objeto saliente, virou e olhou significativamente o rosto de Madeleine.

"Eu não estou indo à aula", ele falou.

"Eu sei."

A cabeça de Leonard estava bem acima dela, mas aí ele se curvou, num movimento pacífico, herbívoro, e disse: "Eu não estava muito bem".

"Estava doente?"

"Eu estou melhor agora."

Na sala de estar Olivia gritou: "Quem quer conhaque? Está ótimo!".

"Eu quero", Brian Weeger disparou. "Esse negócio é demais."

Leonard perguntou: "Vocês gostaram dos panos de prato?"

"O quê?"

"Os panos de prato. Eu trouxe uns panos de prato pra vocês."

"Ah, genial", Madeleine disse. "Foi perfeito. A gente vai usar! Obrigada."

"Eu ia trazer um vinho, ou uísque, mas é o tipo de coisa que o meu pai ia fazer."

"Você não quer fazer nada que o seu pai faz?"

A voz e o rosto de Leonard permaneceram solenes enquanto ele falava: "O meu pai é um depressivo que se automedica com álcool. A minha mãe é mais ou menos a mesma coisa".

"Eles moram onde?"

"Eles são divorciados. A minha mãe ainda mora em Portland, onde eu nasci. O meu pai está na Europa. Ele mora em Antuérpia. Até onde eu saiba."

Esse diálogo era encorajador, de certa forma. Leonard estava compartilhando informações pessoais. Por outro lado, as informações indicavam que ele tinha uma relação complicada com os pais, que também eram complicados, e Madeleine fazia questão de só sair com caras que gostassem dos pais.

"E o *seu* pai faz o quê?", Leonard perguntou.

Apanhada no contrapé, Madeleine hesitou. "Ele trabalhava numa universidade", ela disse. "Está aposentado."

"Ele era o quê, professor?"

"Ele era reitor."

O rosto de Leonard se contorceu. "Ah."

"É só uma universidadezinha pequena. Em Nova Jersey. Se chama Baxter."

Abby entrou para pegar copos. Leonard a ajudou a pegar os que estavam na prateleira mais alta. Quando ela saiu, ele se virou para Madeleine e disse, como que sofrendo: "Vai passar um Fellini no Cable Car no fim de semana. *Amarcord*".

Madeleine elevou olhos encorajadores até ele. Havia dúzias de palavras antiquadas, romanescas, para descrever como ela se sentia, palavras como embevecida. Mas ela tinha as suas regras. Uma regra era que o cara tinha que convidar, e não o contrário.

"Acho que vai passar sábado", Leonard disse.

"Esse sábado?"

"Você gosta de Fellini?"

Responder a essa pergunta, na opinião de Madeleine, não punha em risco a regra. "Quer saber uma coisa constrangedora?", ela perguntou. "Eu nunca vi um filme dele."

"Você devia", Leonard disse. "Eu te ligo."

"O.K."

"Eu tenho o seu número? Ah, claro, tenho sim. É o mesmo número da Abby."

"Quer que eu anote?", Madeleine perguntou.

"Não. Eu tenho."

E ele subiu, brontossauro, para o seu lugar entre as copas nas árvores.

No resto da semana, Madeleine ficou em casa toda noite, esperando Leonard ligar. Quando voltava da aula à tarde, interrogava as colegas para descobrir se ele tinha ligado enquanto ela estava fora.

"Um carinha ligou ontem", Olivia disse, na quinta. "Quando eu estava no banho."

"Por que você não me falou?"

"Desculpa, eu esqueci."

"Quem era?"

"Ele não disse."

"Parecia o Leonard?"

"Eu não percebi. Eu estava pingando."

"Valeu por anotar o recado!"

"Des-cul-paaa", Olivia disse. "Meu Deus do céu. Foi uma ligação de dois segundos. Ele falou que ligava depois."

E aí agora era sexta à noite — sexta à noite! — e Madeleine tinha deixado de sair com Abby e Olivia para ficar em casa esperando ao lado do telefone. Ela estava lendo *Fragmentos de um discurso amoroso* e se maravilhando com a relevância daquilo para a sua vida.

64

ESPERA. *Tumulto de angústia suscitado pela espera do ser amado, sujeita a atrasos insignificantes (encontros, cartas, telefonemas, retornos).*

[...] A espera é um encantamento: recebi a ordem de não sair daqui. A espera por um telefonema se urde assim de insignificantes proibições, ad infinitum, *até o inconfessável: eu não me permito sair do cômodo, ir ao banheiro e até telefonar (para não ocupar a linha)* [...]

Ela escutava a televisão ligada no apartamento de baixo. O quarto de Madeleine dava para a cúpula do Capitólio Estadual, bem iluminada contra o céu escuro. O aquecimento, que elas não tinham como controlar, ainda estava ligado, o radiador batendo e chiando perdulário.

Quanto mais ela pensava, mais Madeleine entendia que extrema solidão não descrevia só como ela se sentia sobre Leonard. Explicava como ela tinha se sentido sempre que esteve apaixonada. Explicava o que era o amor e, talvez, quem sabe, o que ele tinha de errado.

O telefone tocou.

Madeleine sentou na cama. Fez uma orelha de burro na página que estava lendo. Esperou o quanto pôde (três toques) antes de responder.

"Alô?"

"Maddy?"

Era Alton, ligando de Prettybrook.

"Ah. Oi, papai."

"Não faça uma voz tão empolgada."

"Eu estou estudando."

Do seu jeito de sempre, sem firulas, ele foi ao assunto em questão. "Eu e a sua mãe estávamos aqui discutindo planos para a formatura."

Por um momento, Madeleine pensou que Alton quis dizer que eles estavam discutindo o futuro dela. Mas aí percebeu que era só logística.

"A gente está em abril", ela disse. "A formatura é só em junho."

"A minha experiência com cidades universitárias diz que os hotéis ficam lotados meses antes. Então nós temos que decidir o que vamos fazer. Agora, as opções são as seguintes. Você está ouvindo?"

"Estou", Madeleine disse, e começou, naquele instante, a se desligar. Ela meteu a colher de novo no pote de manteiga de amendoim e levou-a à boca, dessa vez só lambendo. No telefone, a voz de Alton dizia:

"Opção um: eu e a sua mãe chegamos na noite anterior à cerimônia, ficamos em um hotel e vemos você no jantar na noite da formatura. Opção dois: nós chegamos na manhã da cerimônia, tomamos café com você e aí saímos depois da cerimônia. Ambas as propostas são aceitáveis para nós. A escolha é sua. Mas deixe eu te mostrar os prós e contras de cada situação."

Madeleine estava a ponto de responder quando Phyllida falou em uma extensão.

"Oi, querida. Tomara que a gente não tenha acordado você."

"Nós não acordamos a Maddy", Alton grunhiu. "Onze da noite nem é tarde na universidade. Especialmente numa noite de sexta. Aliás, o que é que você está fazendo em casa numa noite de sexta? Está com uma espinha?"

"Oi, mamãe", Madeleine disse, ignorando-o.

"Maddy, meu amor, nós vamos reformar o seu quarto e eu queria te perguntar..."

"Vocês vão reformar o meu quarto?"

"Isso, ele precisa de um jeitinho. Eu... "

"O *meu* quarto?"

"Isso. Eu estava pensando em trocar o carpete por um verde. Sabe, um verde *bom*."

"Não!", Madeleine gritou.

"Maddy, nós deixamos o seu quarto como está por quatro anos já... parece que é um santuário! Eu queria poder usar de quarto de hóspedes, ocasionalmente, por causa da suíte. Você ainda pode ficar com ele quando vier para casa, nem se preocupe. Vai sempre ser o seu quarto."

"E o meu papel de parede?"

"Está velho. Está descascando."

"Vocês não podem trocar o meu papel de parede!"

"Ah, está certo. Eu vou deixar o papel de parede em paz. Mas o carpete..."

"Se vocês me permitem", Alton interrompeu, "essa ligação é sobre a formatura. Phyl, você está invadindo o meu cronograma. Vocês duas resolvem isso da decoração outra hora. Agora, Maddy, deixe eu rever os prós e contras. Quando o seu primo se formou em Williams, nós jantamos *depois* da cerimônia. E, se você lembra bem, o Doats ficou reclamando o tempo todo que estava perdendo todas as festas — e foi embora no meio do jantar. Agora, eu e a sua mãe estamos dispostos a passar a noite — ou duas noites — se for para te ver. Mas se você for estar ocupada, talvez a opção do café da manhã faça mais sentido."

"Ainda faltam dois meses para a formatura. Eu nem sei ainda o que vai acontecer."

"Foi o que eu falei para o seu pai", Phyllida concordou.

Madeleine se deu conta de que estava ocupando a linha.

"Deixa eu pensar", ela disse abruptamente. "Eu tenho que desligar. Eu estou estudando."

"Se nós formos passar a noite", Alton repetiu, "eu queria fazer logo as reservas."

"Me liguem depois. Deixa eu pensar. Me liguem domingo."

Alton ainda estava falando quando ela desligou. Então, quando o telefone tocou de novo, vinte segundos depois, Madeleine atendeu e disparou: "Pare com isso, papai. A gente não precisa decidir hoje".

Houve um silêncio na linha. E aí uma voz masculina falou: "Não precisa me chamar de papai".

"Ai, meu Deus. Leonard? Desculpa! Eu achei que era o meu pai. Ele já está pirando com os planos para a formatura."

"Eu também estava aqui dando uma piradinha."

"Sobre o quê?"

"Sobre te ligar."

Isso era bom. Madeleine passou um dedo pelo lábio inferior. Ela disse: "Já acalmou ou quer me ligar depois?".

"Agora eu estou legal, tranquilo, muito obrigado."

Madeleine ficou esperando mais. Não veio mais. "Você está ligando por algum motivo?", ela perguntou.

"Estou. Aquele filme do Fellini? Eu estava torcendo pra você de repente, se você não estiver muito, eu sei que é falta de educação ligar tão em cima da hora, mas eu estava no laboratório."

Leonard estava mesmo parecendo meio nervoso. Isso *não* era bom. Madeleine não gostava de caras nervosos. Os caras nervosos eram nervosos por algum motivo. Até aqui Leonard tinha parecido mais o tipo torturado que o tipo nervoso. Torturado era melhor.

"Acho que essa última frase não fechou direito", ela disse.

"O que foi que eu deixei de fora?", Leonard perguntou.

"Que tal 'Quer ir comigo?'"

"Ah, eu ia adorar", Leonard disse.

Madeleine fechou a cara para o telefone. Ela ficou com uma sensação de que Leonard tinha montado esse diálogo, como um jogador de xadrez pensando oito lances à frente. Ela ia reclamar quando Leonard falou: "Desculpa. Sem graça, essa". Ele limpou a garganta comicamente. "Olha só, você gostaria de ir ao cinema comigo?"

Ela não respondeu direto. Ele merecia um castigozinho. E então pisou um pouquinho nele — por mais três segundos.

"Ah, que bacana! Eu ia amar."

E lá estava ela, aquela palavra. Ela ficou pensando se Leonard tinha percebido. Ela ficou pensando o que queria dizer *ela* ter percebido. Era só uma palavra, afinal. Uma maneira de dizer.

No dia seguinte, sábado, o tempo volúvel esfriou de novo. Madeleine estava gelando com uma jaqueta de camurça marrom enquanto caminhava para o restaurante onde tinham combinado de se encontrar. Depois, eles foram até o Cable Car e acharam um sofá afundado em meio aos outros sofás e poltronas variados que mobiliavam o cineclube.

Ela achou difícil seguir o filme. Os elos narrativos não eram tão marcados quanto os de Hollywood, e o filme tinha um jeito meio onírico, exuberante mas descontínuo. A plateia, sendo uma plateia universitária, riu com ar de entendida durante os momentos europeiamente ousados: quando a mulher de peitos imensos enfiou o peito imenso na boca do jovem herói; ou quando o velho no alto da árvore gritou: "Eu quero uma mulher!". O tema de Fellini parecia ser o mesmo de Roland Barthes — o amor —, mas aqui era italiano e absolutamente corpóreo em vez de francês e absolutamente mental. Ela ficou pensando se Leonard sabia qual era o tema de *Amarcord*. Ela ficou pensando se era o jeito de ele ir criando um clima. A bem da verdade, ela estava no clima, mas não graças ao filme. O filme era bonitinho mas confuso e fez com que ela se achasse ingênua e suburbana. Parecia ao mesmo tempo muito condescendente e muito masculino.

Depois que o filme acabou, eles foram até a South Main. Não tinham destino estabelecido. Madeleine estava satisfeita por perceber que Leonard, apesar de ser alto, não era alto demais. Se ela estivesse de salto, o topo da cabeça dela ia mais alto que o ombro dele, quase até o queixo.

"O que você achou?", ele disse.

"Bom, pelo menos agora eu sei o que quer dizer felliniano."

O contorno dos prédios da cidade estava à esquerda deles, do outro lado do rio, a espira do prédio do super-homem visível contra o céu urbano anormalmente rosa. As ruas estavam vazias, a não ser pelas pessoas que saíam do cinema.

"O meu objetivo na vida é virar adjetivo", Leonard falou. "As pessoas iam ficar dizendo: 'Aquilo foi tão bankhediano.' Ou 'meio bankhediano demais pro meu gosto'."

"Bankhediano soa bem", Madeleine completou.

"É melhor que bankheadesco."

"Ou bankheadélico."

"*Élico* não tem salvação. Tem joyciano, shakespeariano, faulkneriano. Mas quem é *élico*? Tem *alguém* que seja *élico*?"

"Pantagruélico, serve?"

"Kafkiano", Leonard disse. "Pynchonesco! Viu, o Pynchon já é adjetivo. Gaddis. O que é que o Gaddis ia ser? Gaddisesco? Gaddissiano?"

"Acho que não dá pra fazer com o Gaddis", Madeleine disse.

"É", Leonard concordou. "Coitado do Gaddis. Você gosta dele?"

"Eu li um pedaço de *The recognitions*", Madeleine respondeu.

Eles viraram na Planet Street, subindo a ladeira.

"Belloviano", Leonard disse. "É tão mais legal quando eles dão uma mudadinha na grafia. Nabokoviano já tem *v*. Que nem tchecoviano. Os russos já saem em vantagem. Tolstoiano. Esse nasceu pra virar adjetivo."

"Não esqueça o tolstoianismo", Madeleine disse.

"Meu Deus!" Leonard exclamou. "Substantivo! Eu nunca nem sonhei em ser substantivo."

"Bankheadiano ia significar o quê?"

Leonard pensou um segundo. "'Relativo ou característico de Leonard Bankhead (Estados Unidos, 1959), caracterizado por introspecção ou preocupação excessivas. Sombrio, depressivo. Ver *maluco*.'"

Madeleine riu. Leonard parou e segurou o braço dela, olhando-a com seriedade.

"Eu estou te levando pra minha casa", ele disse.

"Como?"

"Esse tempo todo que a gente está andando? Eu estou te levando de volta pro meu apartamento. É assim que eu faço, aparentemente. É uma vergonha. Uma vergonha. Eu não quero ser assim. Não com você. Aí eu estou te contando."

"Eu tinha visto que a gente estava voltando pra sua casa."

"Tinha?"

"Eu ia te fazer admitir. Quando a gente chegasse mais perto."

"A gente já está perto."

"Eu não posso subir."

"*Por favor.*"

"Não. Hoje não."

"*Hannesco*", Leonard disse. "Teimoso. Dado a posições inamovíveis."

"*Hannariano*", Madeleine adicionou. "Perigoso. Melhor tomar cuidado."

"Valeu o aviso."

Eles ficaram se olhando na fria, na escura Planet Street. Leonard tirou as mãos do bolso para prender o cabelo comprido atrás das orelhas.

"De repente eu subo só um pouquinho", Madeleine disse.

FESTA. *O sujeito apaixonado vive cada encontro com o ser amado como uma festa.*

1. A festa é o que se espera. O que espero da presença prometida é uma suma inédita de prazeres, um festim; exulto como a criança que ri ao ver aquela cuja presença anuncia e significa uma plenitude de satisfações: vou ver à minha frente, para mim, a "fonte de todos os bens".

"Estou vivendo dias tão felizes quanto os que Deus revela aos seus eleitos; e aconteça comigo o que ele desejar, não poderei dizer das alegrias, das mais puras alegrias da vida, que não as provei."

Era discutível se Madeleine tinha ou não se apaixonado por Leonard no primeiro momento em que o viu. Ela nem o conhecia então, e portanto o que tinha sentido era apenas atração sexual, e não amor. Mesmo depois de terem ido tomar café, ela não podia dizer que o que estava sentindo era mais que uma paixonite. Mas desde a noite em que eles voltaram para a casa de Leonard depois de assistir *Amarcord* e ficaram se amassando, quando Madeleine descobriu que em vez de ficar desanimada por causa da parte física, como costumava ficar com os caras, em vez de aturar aquilo ou de tentar passar por cima, ela tinha passado a noite toda com medo de *ela* estar sendo desinteressante para Leonard, com medo de que o seu corpo não fosse tão bom, ou que o seu hálito estivesse ruim por causa da salada Ceasar que tinha desatinadamente pedido no jantar; preocupada, também, por ter sugerido que eles pedissem martínis por causa de como Leonard tinha dito sarcasticamente: "Claro, martínis. A gente pode fingir que está num livro do Salinger"; depois de ter sentido, em consequência dessa ansiedade, quase nenhum prazer sexual, apesar do ato bem respeitável que eles tinham encenado; e depois de Leonard (como todos os homens) ter imediatamente pegado no sono, deixando-a acordada passando a mão na cabeça dele e vagamente torcendo para não pegar uma infecção urinária, Madeleine se perguntou se o fato de ela ter passado a noite inteira angustiada não era, na verdade, um sinal certeiro de que estava se apaixonando. E certamente, depois de terem passado os três dias seguintes na casa de Leonard transando e comendo pizza, depois de ela ter relaxado o suficiente para conseguir ter um orgasmo pelo menos de vez em quando e finalmente parar de se preocupar tanto com ter um orgasmo porque a fome que sentia de Leonard era de certa forma satisfeita pela satisfação dele, depois de ela ter se permitido sentar nua no sofá nojento dele e andar até o banheiro sabendo que ele estava olhando a bunda (imperfeita) dela, fuçar na geladeira repulsiva dele atrás de comida, ler a brilhante meia página do ensaio de filosofia enfiada na máquina de escrever dele, e ouvi-lo mijar na privada com ímpeto taurino, certamente, no fim desses três dias, Madeleine sabia que estava apaixonada.

Mas isso não queria dizer que ela tinha que contar a alguém. Especialmente a Leonard.

Leonard Bankhead tinha um apartamentinho no terceiro andar de um prédio universitário barato. As paredes eram cheias de bicicletas e panfletos de publicidade. As portas dos outros inquilinos eram decoradas com adesivos: uma folha fluorescente de maconha, uma serigrafia de Blondie. A porta de Leonard, contudo, era vazia como o apartamento lá dentro. No meio da sala, um colchão de casal ficava do lado de um engradado plástico de leite que sustentava uma luminária de leitura. Não havia escrivaninha, estante de livros, nem mesa, só o sofá nojento, com uma máquina de escrever em cima de outro engradado de leite na frente dele. Não havia nada nas paredes a não ser pedacinhos de fita crepe e, em um canto, um pequeno retrato de Leonard, feito a lápis. O desenho mostrava Leonard como George Washington, usando um chapéu tricorne e abrigado sob um cobertor no vale Forge. A legenda dizia: "Podem ir. Eu gostei daqui".

Madeleine achou que a letra parecia feminina.

Um fícus resistia num canto. Leonard punha o vaso no sol quando lembrava. Madeleine, com pena da árvore, começou a regá-la, até pegar Leonard olhando para ela um dia, olhos estreitos de desconfiança.

"O que foi?", ela disse.

"Nada."

"Fala. O que foi?"

"Você está regando a minha árvore."

"A terra está seca."

"Você está cuidando da minha árvore."

Ela parou depois disso.

Havia uma cozinha minúscula onde Leonard passava e reaquecia o galão de café que tomava todo dia. Uma grande panela wok engordurada ficava em cima do fogão. O máximo que Leonard fazia a título de preparar uma refeição, contudo, era jogar granola no wok. Com passas. As passas satisfaziam a sua necessidade de frutas.

O apartamento tinha uma mensagem. A mensagem dizia: eu sou órfão. Abby e Olivia perguntavam a Madeleine o que ela e Leonard faziam juntos, e ela nunca sabia responder. Eles não *faziam* nada. Ela ia ao apartamento dele e eles ficavam deitados no colchão e Leonard perguntava como ela estava, querendo saber, de verdade. O que eles faziam? Ela falava; ele ouvia; aí ele falava e ela ouvia. Ela nunca tinha conhecido alguém, e certamente não um cara, que fosse tão receptivo, que acolhesse tudo desse jeito. Ela adivinhou que o jeito de psicanalista de Leonard vinha de anos de psicanálise, e embora outra das suas regras fosse nunca namorar caras que faziam análise, Madeleine começou a reconsiderar essa proibição. Em casa, ela e a irmã tinham uma expressão para conversas emocionais sérias. Elas diziam "uma pesada". Se um garoto se aproximava durante uma dessas, as meninas olhavam para ele e davam o aviso: "A gente está no meio de uma pesada". E o garoto se retirava. Até acabar. Até a pesada passar.

Sair com Leonard era como estar numa pesada o tempo todo. Quando estava com ela, Leonard sempre lhe dava toda a sua atenção. Ele não ficava olhando nos olhos dela ou a sufocando como Billy fazia, mas tinha deixado claro que estava ali. Ele oferecia poucos conselhos. Só ouvia, e murmurava, reconfortante.

As pessoas viviam se apaixonando pelos analistas, não é verdade? Isso se chamava transferência e devia ser evitado. Mas e se você já estivesse dormindo com o seu analista? E se o divã do seu analista já fosse uma cama?

Além do mais não era tudo pesado, nas pesadas. Leonard era engraçado. Ele contava umas histórias hilárias com uma voz superséria. A cabeça dele caía entre os ombros, olhos cheios de pesar, enquanto as suas frases se arrastavam. "Eu já te falei que eu toco um instrumento? No verão em que os meus pais se divorciaram, eles me mandaram morar com os meus avós em Buffalo. Os vizinhos do lado eram letões, os Bruveris. E os dois tocavam *kokle*. Você sabe o que é um *kokle*? É que nem um saltério, só que letão.

"Enfim, eu ficava ouvindo o senhor e a senhora Bruveris tocando *kokle* no jardim. Era um som genial. Meio louco e superanimado por um lado, mas melancólico ao mesmo tempo. O *kokle* é o maníaco-depressivo da família das cordas. Enfim, eu estava morrendo de tédio naquele verão. Eu estava com dezesseis anos. Um e oitenta e cinco. Sessenta e três quilos. Hipermaconheiro. Eu ficava doidão no meu quarto e soprava a fumaça pela janela, e aí eu ia pra varanda ouvir os Bruveris tocarem ali do lado. Às vezes vinha mais gente. Outros tocadores de *kokle*. Eles punham umas cadeiras no jardim e ficavam lá tocando juntos. Era uma orquestra! Uma orquestra de *kokles*. Aí um dia eles me viram olhando e me chamaram. Eles me deram salada de batata e um picolé de uva e eu perguntei pro senhor Bruveris como era que se tocava *kokle* e ele começou a me dar aulas. Eu ia lá todo dia. Eles tinham um *kokle* velho que me deixaram levar emprestado. Eu ficava estudando cinco, seis horas por dia. Eu estava empolgado.

"No fim daquele verão, quando eu tinha que ir embora, os Bruveris me deram o *kokle*. Pra sempre. Eu levei no avião comigo. Peguei uma poltrona a mais pra ele, como se eu fosse o Rostropóvitch. O meu pai a essa altura já tinha saído de casa. Então era só eu, a minha irmã e a minha mãe. Eu continuei estudando. Cheguei a ficar bom a ponto de entrar numa banda. A gente tocava nuns festivais étnicos e nuns casamentos ortodoxos. A gente tinha umas roupas tradicionais, colete bordado, manguinha bufante, bota até o joelho. Eu e os adultos. Quase todo mundo era letão, e tinha uns russos também. O nosso grande sucesso era 'Ótchi Tchórnie'. Foi a única coisa que me salvou no segundo grau. O *kokle*."

"Você ainda toca?"

"Nem a pau. Você está de sacanagem? *Kokle*?"

Ouvindo Leonard, Madeleine se sentia empobrecida pela sua infância feliz. Ela nunca ficava pensando por que agia como agia, ou que efeito os pais dela tinham tido na sua personalidade. Ser afortunada tinha embotado os seus poderes de observação. Enquanto Leonard observava tudinho. Por exemplo, quando eles passaram um fim de semana em Cape Cod (em parte para visitar o Laboratório Pilgrim Lake, onde Leonard tinha se inscrito para um estágio como pesquisador), quando estavam no carro, na volta, Leonard disse: "O que é que você faz? Você segura e pronto?".

"O quê?"

"Você segura e pronto. Dois dias. Até voltar pra casa."

Quando o que ele queria dizer foi ficando claro, ela falou: "Eu não acredito!".

"Você nunca, jamais, fez cocô na minha frente."

"Na sua frente?"

"Quando eu estou presente. Ou por perto."

"E daí?"

"E daí? Daí nada. Se você estiver falando de uma situação passo-a-noite-e-vou-pra-aula-no-dia-seguinte e aí você vai fazer cocô, é compreensível. Mas quando a gente passa dois, quase três dias juntos, comendo carne com frutos do mar, e você não faz cocô em nenhum momento, eu só posso concluir que você está consideravelmente presa na fase anal."

"E qual é o problema? É constrangedor!", Madeleine disse. "Tá? Eu acho constrangedor."

Leonard ficou olhando para ela inexpressivamente e disse: "Você acha ruim quando eu faço cocô?"

"Será que a gente tem que falar disso? É meio nojento."

"Eu acho que sim, que a gente precisa falar disso. Porque você obviamente não se sente muito à vontade comigo, e eu sou — ou eu achei que era — o seu namorado, e isso quer dizer — ou devia querer dizer — que eu sou a pessoa que te deixa mais relaxada. Leonard igual relaxamento máximo."

Não era para os caras serem os falantes. Não era para os caras serem quem faz você se abrir. Mas esse cara era; esse fazia. Ele tinha dito que era "namorado" dela, também. Ele tinha oficializado.

"Eu vou tentar ficar mais relaxada", Madeleine disse, "se isso for te deixar feliz. Mas em termos de... evacuação... não bote tanta fé."

"Isso não é comigo", Leonard disse. "Isso é com o senhor Intestino Grosso. Isso é com o senhor Duodeno."

Muito embora esse tipo de terapia amadora não fosse exatamente eficiente (depois dessa última conversa, por exemplo, Madeleine teve mais, e não menos, dificuldade em fazer o número dois se Leonard estivesse a menos de um quilômetro de distância), ela afetava Madeleine profundamente. Leonard estava prestando muita atenção nela. Ela se sentia manuseada do jeito certo, como um objeto precioso ou imensamente fascinante. Ela ficava feliz ao pensar no quanto ele pensava nela.

No fim de abril, Madeleine e Leonard já tinham se acostumado a passar todas as noites juntos. Nos dias de semana, depois que Madeleine terminava de estudar, ela seguia para o laboratório de biologia, onde encontrava Leonard olhando slides com dois pós-graduandos chineses. Depois que finalmente convencia Leonard a sair do laboratório, Madeleine tinha então que persuadi-lo a dormir na casa dela. De início, Leonard tinha gostado de ficar na Narragansett. Ele gostava dos frisos decorados e da vista do quarto dela. Ele encantou Olivia e Abby fazendo panquecas nas manhãs de domingo. Mas logo Leonard começou a reclamar que eles *sempre* ficavam na casa de Madeleine e que ele *nunca* acordava na cama dele. Ficar na casa de Leonard, no entanto, exigia que Madeleine levasse roupas limpas toda noite, e como ele não gostava que ela deixasse roupas no apartamento dele (e, para falar a verdade, ela também não, porque o que quer que ela deixasse lá pegava um cheiro bolorento), Madeleine tinha que levar a roupa suja para todas as aulas do dia. Ela preferia dormir no seu apartamento, onde podia usar o seu xampu, o seu condicionador e a sua esponja, e onde toda quarta era "dia de lençol limpo". Leonard nunca trocava o lençol. Ele era de um cinza perturbador. Umas bolas de poeira ficavam presas nas bordas do colchão. Numa certa manhã, Madeleine ficou horrorizada ao ver uma caligráfica mancha de sangue que tinha escorrido dela três semanas antes, uma nódoa que ela atacou com uma esponja de cozinha enquanto Leonard dormia.

"Você nunca lava a roupa de cama!", ela reclamou.

"Lavo, sim", Leonard disse sem se alterar.

"Quando?"

"Quando está suja."

"Está sempre suja."

"Não é todo mundo que pode deixar a roupa na lavanderia toda semana. Nem todo mundo cresceu acostumado com o 'dia do lençol limpo'."

"Você não precisa deixar na lavanderia", Madeleine disse, inabalada. "Tem uma máquina de lavar no porão do seu prédio."

"Eu uso a máquina", Leonard disse. "Só que não toda quarta. Pra mim sujeira não é igual a morte e decadência."

"Ah, e pra mim é, então? Eu sou obcecada pela morte porque lavo a roupa de cama?"

"A atitude das pessoas quanto à higiene tem muito a ver com o medo da morte."

"A gente não está falando de morte aqui, Leonard. A gente está falando de uma cama com migalhas. A gente está falando do fato de que o seu travesseiro tem cheiro de sanduíche de mortadela."

"Errado."

"Tem, sim!"

"Errado."

"Cheira aqui, Leonard!"

"É salame. Eu não gosto de mortadela."

Em uma certa medida, esse tipo de discussão era divertida. Mas aí vinham as noites em que Madeleine esquecia de levar uma muda de roupa e Leonard a acusava de fazer de propósito para forçá-lo a dormir na casa dela. Depois, mais preocupantes, vinham as noites em que Leonard dizia que estava indo para casa estudar e eles se veriam no dia seguinte. Ele começou a virar noites. Um dos professores de filosofia disse que ele podia usar a sua cabana nas Berkshires e, durante um fim de semana chuvoso inteirinho, Leonard ficou lá, sozinho, escrevendo um ensaio sobre Fichte, voltando com um manuscrito de cento e vinte e três páginas e usando um colete de caçador laranja brilhante. O colete se tornou a sua peça de roupa favorita. Ele o usava o tempo todo.

Ele começou a terminar as frases de Madeleine. Como se a cabeça dela fosse muito lenta. Como se ele não aguentasse esperar que ela formasse as suas opiniões. Ele glosava as coisas que ela dizia, saindo por umas tangentes esquisitas, fazendo trocadilhos. Toda vez que ela dizia que precisava dormir um pouco, ele ficava bravo e não ligava por dias a fio. E foi durante esse período que Madeleine compreendeu plenamente como o discurso amoroso era de extrema solidão. A solidão era extrema porque não era física. Era extrema porque você se sentia só na companhia da pessoa que amava. Era extrema porque estava na sua cabeça, o lugar mais solitário de todos.

Quanto mais Leonard se afastava, mais Madeleine ficava angustiada. Quanto mais ela ficava desesperada, mais Leonard se afastava. Disse a si mesma que devia fingir que não dava bola. Ela foi à biblioteca trabalhar na sua monografia sobre o romance de casamento, mas a atmosfera de fantasia sexual — o contato visual da sala de leitura, as estantes convidativas — a deixava desesperada por ver Leonard. E assim, contra a vontade dela, seus pés começaram a levá-la para o outro lado do campus, atravessando a escuridão que a separava do departamento de biologia. Até o último momento, Madeleine teve a esperança enlouquecida de que essa manifestação de fraqueza podia na verdade ser força. Era uma estratégia brilhante porque não tinha estratégia nenhuma. Não envolvia joguinhos, só sinceridade. Vendo tamanha sinceridade, como Leonard poderia deixar de corresponder? Ela estava quase feliz quando chegou por trás da mesa do laboratório e deu um tapinha no ombro de Leonard, e a felicidade dela durou até ele se virar com uma expressão, não de amor, mas de irritação.

O fato de ser primavera não estava ajudando. A cada dia as pessoas estavam parecendo mais peladas. As magnólias, em flor no gramado, pareciam decididamente em chamas. Elas soltavam um perfume que entrava pelas janelas da Semiótica 211. As magnólias não tinham lido Roland Barthes. Elas não achavam que o amor era um estado mental; as magnólias insistiam que ele era natural, perene.

Em um belo dia quente de maio, Madeleine tomou um banho, depilou as pernas com um cuidado especial e pôs o seu primeiro vestido de primavera: um vestido tipo baby-doll cor de maçã verde de golinha e bem curto. Para combinar, botou uns sapatinhos bicolores, creme e ferrugem, e foi sem meia. As pernas nuas, tonalizadas por todo um inverno jogando squash, estavam pálidas mas lisas. Ela não tirou os óculos, deixou o cabelo solto e foi a pé até o apartamento de Leonard na Planet Street. No caminho, ela parou num mercado para comprar um pedaço de queijo, umas bolachas salgadas e uma garrafa de Valpolicella. Descendo a ladeira da Benefit para a South Main, ela sentia a brisa morna entre as coxas. A porta da frente do prédio de Leonard estava aberta e presa com um tijolo, então ela foi até o apartamento dele e bateu. Leonard abriu a porta. Ele estava com cara de quem estava dormindo.

"Vestido bacaaaaana", ele disse.

Eles nem chegaram a ir ao parque. Fizeram piquenique um no outro. Enquanto Leonard a puxava para o colchão, Madeleine largou os pacotes, torcendo para a garrafa de vinho não quebrar. Ela puxou o vestido pela cabeça. Logo eles estavam nus, saqueando, ou parecia, uma cesta imensa de guloseimas. Madeleine ficou de bruços, de lado, de costas, mordiscando as iguarias, as balinhas de fruta com aquele cheiro bom, as coxinhas de galinha carnudas, assim como oferendas mais sofisticadas, os biscoitos aromatizados com anis, as trufas enrugadas, as colheradas salgadas dé tapenade de azeitonas. Ela nunca esteve tão ocupada na vida. Ao mesmo tempo, ela se sentia estranhamente deslocada, não exatamente o seu ego certinho de sempre, mas fundida com Leonard numa coisa grande, protoplásmica, extática. Ela achava que já tinha estado apaixonada. Ela *sabia* que já tinha transado. Mas todas aquelas apalpadas tórridas da adolescência, todas aquelas festinhas desajeitadas nos bancos de trás, as noites de verão importantes e performativas com o seu namoradinho do segundo grau, Jim McManus, até os atos delicados com Billy onde ele insistia que eles ficassem se olhando nos olhos enquanto gozavam — nada tinha preparado Madeleine para a pancada, o prazer que a tudo consome, que era aquilo.

Ela estava sendo beijada. Quando não conseguiu mais suportar, Madeleine o agarrou selvagemente pelas orelhas. Ela afastou a cabeça de Leonard e a segurou imóvel para que ele pudesse ver as provas de como ela estava (agora ela estava chorando). Numa voz rouca, afiada com um algo mais, uma noção de perigo, Madeleine disse: "Eu te amo".

Leonard devolveu o olhar dela. As sobrancelhas dele se contorceram. De repente ele rolou de lado e saiu do colchão. Ele se levantou e andou, nu, até o outro lado da sala. Agachado, mexeu na bolsa dela e puxou *Fragmentos de um discurso amoroso* do compartimento em que ela sempre deixava o livro. Ele folheou até achar a página que queria. Aí voltou para a cama e entregou-lhe o livro.

Eu Te Amo
je-t'aime / *eu-te-amo*

Quando leu essas palavras, Madeleine se encheu de felicidade. Ela lançou um olhar para Leonard, sorrindo. Com o dedo, ele mostrou que ela devia continuar lendo. *A figura não se refere à declaração de amor, à confissão, mas à enunciação repetida do grito de amor.* De repente a felicidade de Madeleine diminuiu, esvaziada pela sensação de perigo. Ela quis não estar nua. Estreitou os ombros e se cobriu com o lençol enquanto, obediente, seguia lendo.

Depois da primeira confissão, "eu te amo" não quer dizer mais nada...

Leonard, agachado, estava com um sorriso bobo no rosto.

Foi aí que Madeleine jogou o livro na cabeça dele.

Do outro lado da *bay window* da Carr House, o trânsito do dia da formatura já era constante. Espaçosos veículos parentais (Cadillacs e Mercedes Classe S, junto de um ou outro Chrysler New Yorker ou Pontiac Bonneville) se dirigiam dos hotéis do centro da cidade para o alto de College Hill, para a cerimônia. Ao volante de cada carro estava um pai, com uma aparência sólida e determinada, mas dirigindo de maneira algo tentativa devido às muitas ruas de mão única de Providence. Nos bancos dos passageiros estavam mães, liberadas dos deveres domésticos apenas aqui, no carro da família pilotado pelo marido, e portanto livres para admirar o lindo cenário da cidade universitária. Os carros levavam famílias inteiras, basicamente irmãos, mas aqui e ali um avô que eles pegaram em Old Saybrook ou Hartford e trouxeram junto para ver Tim ou Alice ou Prakrti ou Heejin receber um canudo conquistado a duras penas. Havia táxis de companhias da cidade também, e particulares que cuspiam fumaça azul pelo escapamento, e uns carrinhos alugados que pareciam escaravelhos que corriam entre as pistas como que evitando serem pisados. Quando os carros atravessavam o rio Providence e começavam a escalar a Waterman Street, alguns motoristas buzinavam ao ver o imenso estandarte de Brown na frente da Primeira Igreja Batista. Todos tinham torcido por um dia bonito na formatura. Mas, no que se referia a Mitchell, o céu cinzento e as temperaturas atipicamente frias não o incomodavam. Ele ficou feliz por o baile do campus ter sido esvaziado pela chuva. Ele estava feliz por o sol não estar brilhando. A sensação de azar que pendia sobre tudo combinava perfeitamente com o seu humor.

Nunca era muito divertido ser chamado de calhorda. Era pior ainda ser chamado de calhorda por uma menina de quem você gostava especialmente, e era especialmente doloroso quando a menina por acaso era a pessoa com quem você secretamente queria casar.

Depois que Madeleine saiu enfurecida do café, Mitchell ficou na mesa, paralisado de arrependimento. Eles tinham feito as pazes por vinte e nove minutos. Ele estava indo embora de Providence naquela noite e, em poucos meses, indo embora do país. Não havia como saber quando ou se voltaria a vê-la.

Do outro lado da rua, os sinos começaram a dar nove horas. Mitchell tinha que ir. O desfile de formatura ia começar em quarenta e cinco minutos. O seu capelo e a sua beca estavam no apartamento, onde Larry estava à espera dele. Em vez de se levantar, no entanto, Mitchell levou a cadeira para mais perto da janela. Ele apertou o nariz contra o vidro, dando uma última olhada na College Hill, enquanto repetia silenciosamente as seguintes palavras:

Senhor Jesus Cristo, tende piedade de mim, pecador.
Senhor Jesus Cristo, tende piedade de mim, pecador.
Senhor Jesus Cristo, tende piedade de mim, pecador.
Senhor Jesus Cristo, tende piedade de mim, pecador.
Senhor Jesus Cristo, tende piedade de mim, pecador.
Senhor Jesus Cristo, tende piedade de mim, pecador.
Senhor Jesus Cristo, tende piedade de mim, pecador.
Senhor Jesus Cristo, tende piedade de mim, pecador.
Senhor Jesus Cristo, tende piedade de mim, pecador.
Senhor Jesus Cristo, tende piedade de mim, pecador.
Senhor Jesus Cristo, tende piedade de mim, pecador.
Senhor Jesus Cristo, tende piedade de mim, pecador.
Senhor Jesus Cristo, tende piedade de mim, pecador.
Senhor Jesus Cristo, tende piedade de mim, pecador.
Senhor Jesus Cristo, tende piedade de mim, pecador.
Senhor Jesus Cristo, tende piedade de mim, pecador.

Senhor Jesus Cristo, tende piedade de mim, pecador.
Senhor Jesus Cristo, tende piedade de mim, pecador.
Senhor Jesus Cristo, tende piedade de mim, pecador.
Senhor Jesus Cristo, tende piedade de mim, pecador.

Mitchell vinha recitando a Oração de Jesus havia duas semanas. Ele fazia isso não só porque era a oração que Franny Glass repetia em voz baixa em *Franny e Zooey* (embora isso certamente recomendasse a ideia). Mitchell aprovava o desespero religioso de Franny, o seu recolhimento e o seu desdém pelos "professorzinhos". Ele achava a crise nervosa que ela tinha durante todo o livro, sem jamais sequer sair do sofá, não apenas empolgantemente dramática, mas também catártica de um jeito que diziam que Dostoiévski era mas, para ele, não era. (Tolstói era outra história.) Ainda assim, embora Mitchell estivesse passando por uma crise de sentido semelhante àquela, foi só quando topou com a Oração de Jesus num livro chamado *A igreja ortodoxa* que ele decidiu tentar. A Oração de Jesus, ele descobriu, pertencia à tradição religiosa em que Mitchell tinha sido obscuramente batizado vinte e dois anos antes. Por esse motivo ele se sentia no direito de rezar. E portanto vinha fazendo exatamente isso, enquanto caminhava pelo campus, ou durante a reunião quacre na Casa de Reuniões perto da Moses Brown, ou em momentos como esse, quando a tranquilidade interna que ele vinha lutando para atingir começava a se esgarçar, a esmorecer.

Mitchell gostava do jeito de mantra da oração. Franny dizia que você nem precisava pensar no que estava dizendo; era só ficar repetindo a oração até o seu coração assumir e começar a repeti-la para você. Isso era importante porque, sempre que Mitchell parava para pensar no texto da Oração de Jesus, ele não gostava muito. "Senhor Jesus" era uma abertura difícil. Parecia coisa de carola. E também pedir por "piedade" parecia baixo e servil. Depois de conseguir passar por "Senhor Jesus Cristo, tende piedade de mim", contudo, Mitchell dava de cara com o obstáculo final de "pecador". E isso era duro mesmo. Os evangelhos, que Mitchell não lia literalmente, diziam que você tinha que morrer para nascer de novo. Os místicos, que ele lia tão literalmente quanto a linguagem metafórica deles permitia, diziam que o eu tinha que sumir na Divindade. Mitchell gostava da ideia de sumir na Divindade. Mas era difícil matar o seu eu quando você gostava de tanta coisa nele.

Ele recitou a oração por mais um minuto, até se sentir mais calmo. Aí se levantou e saiu do café. Do outro lado da rua, as portas da igreja já estavam abertas. O organista se aquecia, com a música escapando pelo gramado. Mitchell olhou do alto do morro na direção em que Madeleine tinha desaparecido. Sem ver sinal dela, começou a descer a Benefit voltando para o seu apartamento.

A relação de Mitchell com Madeleine Hanna — a sua relação longa, volitiva, esporadicamente promissora mas frustrante — tinha começado numa festa da toga na semana dos calouros. Era o tipo de coisa que ele odiava instintivamente: uma festa de cervejeiros baseada num filme de Hollywood, uma rendição ao *mainstream*. Mitchell não tinha entrado na universidade para macaquear John Belushi. Ele nem tinha visto *O clube dos cafajestes*. (Ele era fã de Robert Altman.) Mas a alternativa teria sido ficar sozinho no quarto e assim, finalmente, num espírito de recusa que não incluiu boicotar totalmente a festa, ele foi de roupa normal. Assim que chegou à sala de recreação no porão, ele soube que tinha cometido um erro. Ele tinha achado que não usar toga ia fazê-lo parecer descolado demais para essas festinhas tolas, mas parado ali no canto, bebendo cerveja espumosa num copo plástico, Mitchell se sentia tão deslocado como sempre se sentia em festas cheias de gente comum.

Foi nessa situação que ele percebeu Madeleine. Ela estava no meio do salão, dançando com um cara que Mitchell reconheceu como um assistente de pesquisa. Ao contrário de quase todas as outras meninas da festa, que pareciam barricas de toga, Madeleine tinha atado uma corda na cintura, moldando o tecido ao corpo. O cabelo dela estava amontoado em cima da cabeça, à romana, e ela tinha as costas sedutoramente nuas. Além da aparência excepcional, Mitchell percebeu que ela era uma dançarina nada inspirada — ela segurava uma cerveja e falava com o assistente de pesquisa, mal prestando atenção ao ritmo — e que ela ficava saindo da festa para ir ao corredor. Na terceira vez em que ela estava saindo, Mitchell, com a coragem que o álcool lhe dera, foi até ela e cuspiu: "Aonde é que você vai o tempo todo?".

Madeleine não se assustou. Ela provavelmente estava acostumada com caras esquisitos falando com ela. "Eu vou dizer, mas você vai achar que eu sou esquisitona."

"Não vou, não", Mitchell retrucou.

"Eu moro aqui no prédio. Eu saquei que, já que todo mundo vinha pra festa, as máquinas de lavar iam ficar livres. Aí eu decidi lavar a minha roupa durante a festa."

Mitchell tomou um gole de espuma sem tirar os olhos dela. "Você precisa de ajuda?"

"Não", Madeleine disse, "eu me viro." Como se tivesse achado que isso soou duro, ela acrescentou: "Você pode vir olhar, se quiser. Lavar roupa é superempolgante".

Ela seguiu pelo corredor de lajes de concreto e ele foi ao lado dela.

"Por que você não está de toga?", ela perguntou.

"Porque é uma coisa besta!", Mitchell falou, quase gritando. "É tão idiota!"

Não era a melhor abordagem, mas Madeleine aparentemente não levou para o lado pessoal. "Eu só vim porque eu estava entediada", ela disse. "Se não fosse no meu prédio, provavelmente eu tinha escapado."

Na lavanderia, Madeleine começou a tirar sua roupa de baixo úmida de uma máquina que funcionava com moedas. Para Mitchell isso já era bem provocante. Mas no segundo seguinte algo inesquecível ocorreu. Quando Madeleine pôs as mãos na máquina, o nó no ombro dela se desfez e a bata caiu.

Era impressionante como uma imagem como essa — de nada, na verdade, só uns centímetros de epiderme — podia persistir na mente sem perda de clareza. O momento não tinha durado mais de três segundos. Mitchell não estava totalmente sóbrio na hora. E no entanto agora, quase quatro anos depois, ele conseguia voltar àquele momento quando quisesse (e era surpreendente a frequência com que ele queria), invocando todos aqueles detalhes sensórios, o rumor das secadoras, a música batida logo ao lado, o cheiro felpudo do porão úmido das lavadoras. Ele lembrava exatamente onde estava parado e como Madeleine tinha se curvado, prendendo uma mecha de cabelo atrás da orelha, quando então o lençol escorregou e, por alguns momentos entusiasmantes, seu seio alvo, calmo, protestante expôs-se aos seus olhos.

Ela rapidamente se cobriu, olhando para ele com um sorriso, possivelmente constrangida.

Depois, quando a relação deles se tornou a coisa íntima e insatisfatória que tinha se tornado, Madeleine sempre questionou a lembrança de Mitchell daquela noite. Ela insistia que não tinha ido de toga à festa e que mesmo que tivesse — e ela não estava dizendo que tinha — a toga nunca tinha escorregado. Nem naquela noite, nem em qualquer das mil noites que se seguiram, ele jamais havia visto seu seio nu.

Mitchell respondia que tinha visto só aquela vez e lamentava muito que não tivesse acontecido de novo.

Nas semanas que se seguiram à festa da toga, Mitchell começou a aparecer no prédio de Madeleine sem avisar. Depois da aula de latim, de tarde, ele caminhava pelo ar fresco e com cheiro folhoso até o Wayland Quad e, com a cabeça ainda latejando com o hexâmetro datílico de Virgílio, subia a escada até o quarto dela, no terceiro andar. De pé na porta de entrada ou, em dias de mais sorte, sentado à escrivaninha dela, Mitchell fazia o que podia para ser divertido. A colega de quarto de Madeleine, Jennifer, sempre lhe dava uma olhada que indicava que ela sabia exatamente por que ele estava lá. Felizmente, ela e Madeleine aparentemente não se davam muito bem, e Jenny muitas vezes os deixava sozinhos. Madeleine sempre parecia feliz por ele ter aparecido. Ela imediatamente começava a lhe falar do que quer que estivesse lendo, enquanto ele concordava com a cabeça, como se fosse minimamente possível prestar atenção nas ideias dela a respeito de Ezra Pound ou Ford Madox Ford enquanto estava tão perto que podia sentir o cheiro do xampu no cabelo dela. Às vezes Madeleine fazia chá para ele. Em vez de escolher uma infusão herbal da Celestial Seasonings, com uma citação de Lao Tzu na embalagem, Madeleine bebia Fortnum & Mason, e preferia o Earl Grey. E ela também não afundava um saquinho numa xícara, mas usava folhas soltas, um coador e um abafador. Jennifer tinha um pôster de Vail em cima da cama, com um esquiador enfiado até a cintura na neve. O lado de Madeleine do quarto era mais sofisticado. Ela tinha pendurado um conjunto de fotografias emolduradas de Man Ray. A colcha e a capa de travesseiro de cashmere eram do mesmo tom de cinza grafite das blusas de decote V que ela tinha. Em cima da cômoda dela ficavam excitantes objetos femininos: um batom prateado com monograma, uma pasta-arquivo com mapas do metrô de Nova York e de Londres. Mas também havia itens semiconstrangedores: uma fotografia da família dela com roupas que combinavam todas, um robe de banho Lilli Pulitzer e um coelhinho de pelúcia decrépito chamado Foo Foo.

Mitchell estava disposto, dados os demais atributos de Madeleine, a relevar esses detalhes.

Às vezes, quando ele dava uma passada, já encontrava outros caras lá.

Um burguesinho de cabelo cor de areia, de sapato social sem meia, ou um milanês narigudo de calça justa. Nessas ocasiões Jennifer era ainda menos hospitaleira. Quanto a Madeleine, ou ela era tão acostumada com a atenção dos homens que nem percebia mais, ou tão ingênua que não suspeitava por que três caras iam estacionar no quarto dela como se fossem pretendentes de Penélope. Não parecia que ela estava dormindo com os outros caras, até onde Mitchell pudesse dizer. Isso lhe dava esperança.

Pouco a pouco, de sentar à escrivaninha de Madeleine ele passou a sentar na soleira da janela perto da cama dela, a deitar no chão na frente da cama enquanto ela se esticava acima dele. Ocasionalmente, a ideia de que ele já tinha visto o seio dela — de que ele sabia exatamente como era a aréola dela — bastava para lhe causar uma ereção, e ele tinha que virar de bruços. Ainda assim, nas poucas vezes em que Madeleine foi a qualquer coisa que remotamente lembrasse um encontro com Mitchell — a uma montagem de teatro estudantil ou uma leitura de poesia — havia uma tensão em volta dos olhos dela, como se ela estivesse registrando o impacto negativo, social e romanticamente falando, de ser vista com ele. E ela também era nova naquela universidade, e estava tentando se achar. Era possível que ela não quisesse limitar as suas opções assim tão cedo.

Um ano passou desse jeito. Todo um ano gorado. Mitchell parou de ir ao quarto de Madeleine. Gradualmente, eles foram se afastando. Não era exatamente que ele a tivesse esquecido, mas sim como se tivesse decidido que ela era areia demais para o caminhãozinho dele. Toda vez que topava com ela, ela falava tanto e encostava tantas vezes no braço dele que ele começava a ficar pensando de novo, mas foi só no segundo ano que alguma coisa chegou remotamente perto de acontecer. Em novembro, umas semanas antes do Dia de Ação de Graças, Mitchell mencionou que estava planejando ficar no campus durante o feriado em vez de pegar um avião para Detroit, e Madeleine surpreendentemente o convidou a comemorar com a família dela em Prettybrook.

Eles combinaram de se encontrar na estação da Amtrak, na quarta-feira à tarde. Quando Mitchell chegou, arrastando uma mala do pré-guerra com as desbotadas iniciais douradas de algum defunto, encontrou Madeleine à espera dele na plataforma, de óculos. Era uma armação grande, de casco de tartaruga, que o fazia, se isso era possível, gostar ainda mais dela. As lentes estavam muito riscadas e a haste esquerda estava um pouquinho torta. Fora isso, Madeleine estava composta como sempre, ou mais até, já que estava indo ver os pais.

"Eu não sabia que você usava óculos", Mitchell disse.

"As lentes de contato estavam me machucando hoje de manhã."

"Gostei."

"Eu só uso de vez em quando. Eu não sou tão míope."

Parado na plataforma, Mitchell ficou pensando se o fato de Madeleine vir de óculos indicava que ela se sentia à vontade com ele, ou se significava que ela não se preocupava em ter uma boa aparência para ele. Já dentro do trem, entre a multidão de viajantes do feriado, era impossível dizer. Depois de terem achado dois lugares juntos, Madeleine tirou os óculos, que segurou no colo. Enquanto o trem se afastava de Providence, ela os pôs de novo para ver o cenário que passava, mas logo os arrancou, enfiando-os na bolsa. (Era por isso que os óculos dela estavam naquele estado; ela tinha perdido o estojo fazia tempo.)

A viagem levou cinco horas. Mitchell não teria achado ruim se tivessem sido cinco dias. Era empolgante ter Madeleine presa ao assento ao lado dele. Ela tinha trazido o volume um de *A dance to the music of time*, de Anthony Powell, e, no que parecia ser um hábito de viagem cheio de culpa, um grosso exemplar da *Vogue*. Mitchell ficou encarando os depósitos e as funilarias de Cranston antes de sacar seu *Finnegans wake*.

"Você não está lendo isso", Madeleine disse.

"Estou, sim."

"Nem a pau!"

"É sobre um rio", Mitchell continuou. "Na Irlanda."

O trem seguiu pelo litoral de Rhode Island e entrou em Connecticut. Às vezes surgia o mar, ou mangues, aí sem dar por isso eles estavam passando pelos feios fundos de uma cidade industrial. Em New Haven o trem parou para trocar de locomotivas antes de seguir para a Grand Central. Depois de pegar o metrô para a Penn Station, Madeleine levou Mitchell a outra plataforma para pegar o trem para Nova Jersey. Eles chegaram a Prettybrook logo antes das oito da noite.

Os Hanna moravam numa casa Tudor centenária, atrás de plátanos e cicutas moribundas. Dentro, tudo era de bom gosto e estava meio acabado. Os tapetes orientais tinham manchas. O linóleo vermelho tijolo da cozinha tinha trinta anos de idade. Quando Mitchell usou o lavabo, viu que o porta-papel higiênico tinha sido consertado com fita crepe. Assim como o papel de parede descascando no corredor. Mitchell já tinha encontrado essa aristocracia desleixada, mas aqui estava a frugalidade protestante na sua forma mais pura. Os tetos de gesso estavam perigosamente abaulados. Resquícios de alarmes antifurto brotavam das paredes. A fiação antiquada soltava labaredas pelas tomadas toda vez que você desconectava alguma coisa.

Mitchell era bom com pais em geral. Pais eram a sua especialidade. Uma hora depois de chegar, na quarta à noite, ele tinha se estabelecido como um favorito. Ele sabia as letras das músicas de Cole Porter que Alton tocou no hi-fi. Ele deixou que Alton lesse em voz alta trechos de *Sobre a bebida*, de Kingsley Amis, e parecia achá-los tão hilários quanto Alton achava. No jantar, Mitchell conversou com Phyllida sobre Sandra Day O'Connor e com Alton sobre o escândalo da Abscam. Para coroar a noite, Mitchell teve um desempenho esplendoroso na partida de escaravelho.

"Eu não sabia que *groszy* era uma palavra", Phyllida disse, muito impressionada.

"É a moeda da Polônia. Cem *groszy* valem um *zloty*."

"Todos os seus amigos da universidade são tão cosmopolitas assim, Maddy?", Alton perguntou.

Quando Mitchell deu uma olhada para Madeleine, ela estava sorrindo para ele. E foi aí que aconteceu. Madeleine estava usando um robe. Ela estava de óculos. Estava com uma aparência ao mesmo tempo doméstica e sexy, totalmente além da capacidade daquele caminhãozinho e, ao mesmo tempo, ao alcance, graças a como ele parecia se integrar bem na família dela de primeira, e ao genro perfeito que daria. Por todas essas razões, Mitchell de repente pensou: "Eu vou casar com essa garota!". A certeza passou pelo corpo dele como eletricidade, uma sensação de destino.

"Palavra estrangeira não vale", Madeleine contestou.

Ele passou a manhã do Dia de Ação de Graças mudando cadeiras de lugar para Phyllida, e bebendo Bloody Marys e jogando sinuca com Alton. A mesa de bilhar tinha caçapas de couro trançado em vez de uma gaveta para recolher as bolas. Preparando uma tacada, Alton contou: "Uns anos atrás, eu percebi que esta mesa não estava no nível. O sujeito que a fábrica mandou disse que estava empenada, provavelmente por algum dos amigos das crianças ter sentado nela. Ele queria que eu comprasse uma base nova. Mas eu pus um pedacinho de madeira embaixo de um pé. Problema resolvido".

Logo chegou mais gente. Um primo de fala mansa chamado Doats, usando calças de um xadrez escocês, a sua esposa Dinky, uma loura com luzes no cabelo e dentes da última fase de De Kooning, com os filhos novinhos e um setter gordo, o Soneca.

Madeleine se ajoelhou para cumprimentar o Soneca, despenteando o pelo dele e o abraçando.

"O Soneca está tão gordo", ela disse.

"Sabe por que eu acho que isso aconteceu?", Doats falou. "É porque deram um jeito nele. O Soneca é eunuco. E os eunucos eram famosos por serem gordinhos, não é?"

A irmã de Madeleine, Alwyn, e o marido dela, Blake Higgins, apareceram por volta da uma. Alton preparava os drinques enquanto Mitchell tentava ajudar acendendo a lareira.

O jantar de Ação de Graças passou como um jato de mais vinho e brindes jocosos. Depois do jantar, todos se dirigiram à biblioteca, onde Alton começou a servir vinho do Porto. O fogo estava apagando, e Mitchell foi buscar mais lenha lá fora. A essa altura ele não sentia mais dor. Ergueu os olhos para o céu noturno cheio de estrelas, por entre os galhos dos pinheiros. Ele estava no meio de Nova Jersey, mas podia bem ser a Floresta Negra. Mitchell adorou a casa. Ele adorou toda aquela coisa grandiosa, distinta e embriagada da família Hanna. Voltando com a lenha, ele ouviu alguém tocando música. Madeleine estava ao piano, enquanto Alton cantava junto. A música era algo chamado "Til", uma favorita da família. A voz de Alton era surpreendentemente boa; ele tinha feito parte de um coral *a capella* em Yale. Madeleine era meio lenta nas mudanças de acordes, tocando um pouco sem jeito. Os óculos lhe escorregavam pelo nariz enquanto ela lia a partitura. Ela tinha tirado os sapatos para apertar os pedais descalça.

Mitchell ficou para o fim de semana. Na sua última noite em Prettybrook, quando estava deitado no quarto de hóspedes no sótão, lendo, ele ouviu a porta do corredor abrir e pés descalços começarem a subir a escada. Madeleine bateu de leve na porta e entrou.

Ela estava usando uma camiseta da Lawrenceville School, e mais nada.

Suas coxas, na altura da cabeça de Mitchell quando ela entrou, eram um pouco mais cheias do que ele tinha imaginado.

Ela sentou na beira da cama.

Quando perguntou o que ele estava lendo, Mitchell teve que olhar para lembrar o título. Ele estava maravilhosa e amedrontadamente ciente de estar nu, por sob o fino lençol. Sentia que Madelcine também estava ciente disso. Ele pensou em beijá-la. Por um momento pensou que Madeleine podia beijá-lo. E aí, como Madeleine não o beijou, como ele era um convidado ali e os pais dela estavam dormindo no andar de baixo, como, naquele momento glorioso, Mitchell sentiu que a maré tinha virado e que ele tinha todo o tempo do mundo para agir, ele não fez nada. Finalmente, Madeleine se levantou, com uma cara vagamente desapontada. Ela desceu a escada e apagou a luz.

Depois que ela saiu, Mitchell reviu a cena mentalmente, procurando um final diferente. Com medo de sujar a roupa de cama, ele foi para o banheiro, trombando com um velho colchão de molas, que caiu com estrondo. Quando tudo ficou quieto de novo, ele seguiu até o banheiro. Na minúscula pia do sótão, ele se descarregou, abrindo a torneira para enxaguar até a última gota.

Na manhã seguinte, eles pegaram o trem de volta para Providence, subiram a College Hill juntos, trocaram um abraço e se separaram. Uns dias depois, Mitchell passou no quarto de Madeleine. Ela não estava. No quadro de avisos dela havia um recado de alguém chamado Billy: "Sessão do Tarkovsky 7h30 Sayles. Não seja ☐". Mitchell deixou uma citação não assinada, um trecho da parte de Gerty MacDowell no *Ulysses*: "então a bengala estourou e foi como um suspiro de Oh! e todos gritaram Oh! Oh! em êxtases e jorrou dela uma corrente de fios de cabelo de chuva dourada...".

Passou uma semana e ele não teve notícia de Madeleine. Quando ligou, ninguém atendeu.

Ele voltou ao prédio dela. De novo ela tinha saído. No quadro de avisos alguém tinha desenhado uma flechinha apontando para a sua citação de Joyce com o texto "Quem que é o tarado?"

Mitchell apagou isso. Ele escreveu: "Maddy, me liga. Mitchell". Aí ele apagou isso e escreveu: "Consentes em um colóquio? M."

De volta ao seu quarto, Mitchell se examinou no espelho. Virou de lado, tentando se ver de perfil. Ele fingiu que estava conversando com alguém numa festa para ver que cara tinha de verdade.

Quando outra semana transcorreu sem notícias de Madeleine, Mitchell parou de ligar ou de ir ao quarto dela. Ele se pôs a estudar com certa fúria, passando períodos heroicamente longos ornamentando seus ensaios para as disciplinas de literatura, ou traduzindo as extensas metáforas de Virgílio sobre vinhedos e mulheres. Quando finalmente topou com Madeleine de novo, ela foi simpática como sempre. Pelo resto daquele ano eles continuaram próximos, indo juntos a leituras de poesia e de vez em quando jantando no Ratty, sozinhos ou com outras pessoas. Quando os pais de Madeleine fizeram uma visita na primavera, ela convidou Mitchell para jantar com eles no Bluepoint Grill. Mas ele nunca mais voltou à casa de Prettybrook, nunca mais acendeu a lareira deles, ou bebeu um gim-tônica no deque que dava para o jardim. Pouco a pouco, Mitchell deu um jeito de forjar uma vida social na universidade e, embora continuassem amigos, Madeleine foi se afastando para a sua própria vida. Mas ele nunca esqueceu a sua premonição. Numa noite de outubro, quase um ano depois de quando tinha ido a Prettybrook, Mitchell viu Madeleine atravessando o campus sob a luz purpúrea do crepúsculo. Ela estava com um cara louro de cabelo cacheado chamado Billy Bainbridge, que Mitchell conhecia do seu dormitório dos tempos de calouro. Billy frequentava aulas de estudos femininos e se referia a si próprio como um feminista. Naquele exato momento, Billy estava com uma sensível mão no bolso de trás da calça de Madeleine. Ela estava com a mão no bolso de trás da calça dele. Estavam andando daquele jeito, cada um apalpando um punhado do outro. No rosto de Madeleine havia uma estupidez que Mitchell nunca tinha visto antes. Era a estupidez de todas as pessoas normais. Era a estupidez dos afortunados e belos, de todo mundo que conseguia o que queria da vida e portanto continuava comum.

No Fedro de Platão, as falas do sofista Lísias e do primeiro Sócrates (antes de se arrepender) se apoiam neste princípio: de que quem ama é insuportável (por seu peso) para quem é amado.

Nas semanas que se seguiram ao seu rompimento com Leonard, Madeleine ficou quase o tempo todo na Narragansett, deitada na cama. Ela se arrastou para as últimas aulas. Perdeu quase toda a vontade de comer. À noite, uma mão invisível a sacudia repetidamente depois de poucas horas de sono. A dor era psicológica, um transtorno do sangue. Às vezes um minuto inteiro passava em meio a um pavor inominável — o tique-taque do relógio de cabeceira, a lua azul que emplastrava a janela como cola — antes de ela lembrar o fato terrível que tinha sido o motivo daquilo.

Ela esperava Leonard ligar. Criava fantasias em que ele aparecia na porta da casa dela, pedindo que ela voltasse. Quando ele não vinha, ela ficava desesperada e discava o número dele. A linha vivia ocupada. Leonard estava funcionando muito bem sem ela. Estava ligando para outras pessoas, outras garotas, provavelmente. Às vezes Madeleine ouvia o sinal de ocupado tanto tempo que se via tentando escutar a voz de Leonard por baixo dele, como se ele estivesse logo ali, do outro lado do ruído. Se ouvia o telefone dele tocar, a ideia de que Leonard pudesse atender a qualquer momento a deixava exultante, mas aí ela entrava em pânico e batia o telefone, sempre pensando que tinha ouvido a voz dele dizer "alô" no último momento. Entre as chamadas, ela ficava deitada de lado, pensando em ligar.

Graças ao amor, ela estava insuportável. Estava pesada. Esparramada na cama, evitando que os sapatos tocassem os lençóis (Madeleine continuava cuidadosa, apesar da tristeza), ela revia tudo que tinha feito para afastar Leonard. Ela havia sido carente demais, se enroscando no colo dele como uma menininha, querendo estar com ele o tempo todo. Tinha perdido a noção das suas próprias prioridades e tinha virado uma chata.

Só uma coisa permanecia da sua relação com Leonard: o livro que ela tinha jogado na cabeça dele. Antes de sair enfurecida do apartamento de Leonard naquele dia — e enquanto ele ficava deitado em senhorial nudez na cama, calmamente repetindo o nome dela com a insinuação de que ela estava exagerando —, Madeleine tinha percebido o livro aberto no chão como um pássaro inconsciente depois de trombar com uma janela. Pegar o livro provaria que Leonard estava certo: que ela tinha uma obsessão patológica pelos *Fragmentos de um discurso amoroso*; que, ao invés de desfazer as suas fantasias a respeito do amor, o livro tinha servido para reforçá-las; e que, como tudo isso provava, ela era não apenas uma sentimentalista, mas além disso uma péssima crítica literária.

Por outro lado, deixar *Fragmentos de um discurso amoroso* no chão — onde Leonard podia pegá-lo depois e examinar os trechos que ela tinha sublinhado, assim como as anotações nas margens (incluindo, na página 12, num capítulo intitulado "Na doce calma dos teus braços", apenas a exclamação "Leonard!") — não era possível. Assim, depois de pegar a bolsa, Madeleine num gesto ininterrupto catou também o Barthes, sem ousar verificar se Leonard tinha percebido. Cinco segundos depois ela tinha batido a porta.

Ela estava feliz de ter levado o livro. Agora, na sua condição taciturna, a prosa elegante de Roland Barthes era o seu único consolo. Terminar com Leonard não tinha diminuído em nada a importância de *Fragmentos de um discurso amoroso*. Havia mais capítulos sobre desilusão que sobre felicidade, a bem da verdade. Um capítulo se chamava "Demônios". Outro, "Suicídio". Ainda um outro, "Elogio das lágrimas". *A propensão particular do apaixonado ao choro [...]. A menor emoção amorosa, de felicidade ou de aborrecimento, faz Werther chorar. Werther chora frequentemente, muito frequente e abundantemente. Em Werther, é o apaixonado que chora ou é o romântico?*

Boa pergunta. Desde que tinha terminado com Leonard, Madeleine chorava quase sem parar. Ela chorava até dormir de noite. Chorava de manhã, escovando os dentes. Fazia muita força para não chorar na frente das amigas, e em geral conseguia.

Fragmentos de um discurso amoroso era a cura perfeita para a saudade. Era um manual de manutenção do coração, que usava apenas o cérebro como ferramenta. Se você usasse a cabeça, se você percebesse como o amor era construído socialmente e começasse a ver os sintomas como algo puramente mental, se você reconhecesse que estar "apaixonado" era apenas uma ideia, aí você conseguia se libertar dessa tirania. Madeleine sabia tudo isso. A questão era que não estava funcionando. Ela podia ler as desconstruções do amor de Barthes o dia inteiro sem sentir o seu amor por Leonard diminuir nem um tiquinho. Quanto mais ela lia *Fragmentos de um discurso amoroso*, mais se sentia apaixonada. Ela se reconhecia em cada página. Ela se identificava com o vago "eu" de Barthes. Ela não queria se ver libertada das suas emoções, mas sim ver confirmada a importância delas. Tratava-se de um livro escrito para os apaixonados, um livro sobre estar apaixonado que continha a palavra *amor* em praticamente todas as frases. E, ah, como ela amava aquele livro!

No mundo lá fora, o semestre, e assim a própria universidade, corria velozmente rumo ao fim. Suas colegas de quarto, ambas alunas de história da arte, já tinham encontrado empregos subalternos em Nova York — Olivia na Sotheby's, Abby numa galeria no Soho. Uma quantidade assustadora de amigos e conhecidos de Madeleine estava fazendo entrevistas no campus com bancos de investimento. Outros tinham conseguido bolsas ou estágios ou estavam se mudando para Los Angeles para trabalhar na televisão.

O máximo que Madeleine conseguia fazer no que se referia a se preparar para o futuro era se forçar a sair da cama uma vez por dia para olhar a sua caixa postal. Em abril tinha ficado tão distraída com o trabalho e o amor que não percebeu que o dia 15 tinha passado sem que chegasse uma carta de Yale. Quando finalmente se deu conta, estava deprimida demais por causa do fim do namoro para conseguir suportar outra rejeição. Por duas semanas, Madeleine nem foi até o correio. Por fim, quando se obrigou a ir esvaziar a caixa de correspondência entupida, ainda não havia uma carta de Yale.

Mas havia notícias das suas outras tentativas. A organização ESL lhe enviara uma efusiva carta de admissão ("Parabéns, Madeleine!") junto com um formulário de inscrição de professores e o nome de uma província chinesa, Shandong, onde ela iria dar aula. Havia também um material informativo com diversas sentenças em negrito que pulavam na cara dela:

As instalações sanitárias (chuveiros, vasos etc.) podem causar certa estranheza, mas a maioria dos nossos professores acaba gostando de viver "à moda rústica".

A dieta chinesa é bem variada, especialmente se comparada aos padrões americanos. Não se surpreenda se, depois de alguns meses na vila em que for ficar, você perceber que está comendo cobra com prazer!

Ela não enviou o formulário de inscrição.

Dois dias depois ela recebeu pelo correio do campus uma carta de recusa da Fundação Melvin e Hetty Greenberg que informava que ela não receberia a bolsa Greenberg para estudar hebraico em Jerusalém.

Já em casa, Madeleine enfrentou o monte de caixas para viagem. Uma semana antes de eles terminarem, Leonard tinha recebido um sim do Laboratório Pilgrim Lake. No que na época pareceu um gesto importante, ele tinha sugerido que eles fossem morar juntos no apartamento funcional que ele podia usar por causa do estágio. Se Madeleine entrasse em Yale, ela podia ir para lá nos fins de semana; se não entrasse, podia passar o inverno em Pilgrim Lake e se reinscrever. Imediatamente Madeleine tinha cancelado os seus outros planos e começado a embalar livros e roupas para mandar para o laboratório antes de eles chegarem. Como Madeleine andava questionando a intensidade dos sentimentos de Leonard por ela, ela ficou em êxtase com esse convite para morarem juntos, e isso, por sua vez, tinha sido bem determinante para a sua declaração de amor poucos dias depois. E agora, como um cruel lembrete daquele desastre, as caixas estavam largadas no quarto dela, sem ter para onde ir.

Madeleine arrancou as etiquetas com o endereço de destinatário e empurrou as caixas para o canto.

De alguma maneira, ela entregou a monografia. Ela entregou o último ensaio para Semiótica 211, mas não foi buscar depois do período de provas para ver a nota e os comentários de Zipperstein.

Quando o fim de semana da formatura foi chegando, Madeleine estava fazendo tudo que podia para ignorá-lo. Abby e Olivia tinham tentado convencê-la a ir ao baile do campus, mas as tempestades que cobriram a cidade, trazendo ventos que sopravam pelas mesas de coquetel e arrancavam os fios com lanternas coloridas, fizeram com que a comemoração fosse transferida para um ginásio qualquer, e ninguém que elas conheciam foi. Como precisavam manter suas famílias ocupadas, Abby e Olivia persistiram em ir à mariscada com o reitor Swearer no sábado à noite, mas depois de meia hora elas mandaram os pais de volta para o hotel. No domingo, as três colegas de quarto faltaram à cerimônia de graduação na Primeira Igreja Batista. Às nove da noite, Madeleine estava no quarto, enroscada na cama com os *Fragmentos de um discurso amoroso*, sem ler, só mantendo o livro por perto.

Não era dia de lençol limpo. Fazia tempo que não era mais dia de lençol limpo.

Alguém bateu na porta do quarto.

"Um segundinho." A voz de Madeleine estava rouca de tanto chorar. Ela estava com muco na garganta. "Entra."

A porta se abriu para revelar Abby e Olivia, perfiladas, como uma delegação.

Abby se adiantou velozmente e catou o Roland Barthes.

"A gente vai confiscar isso aqui", ela disse.

"Devolve."

"Você não está lendo esse livro", Olivia retrucou. "Você está chafurdando nele."

"Eu acabei de escrever um ensaio sobre o livro. Eu estava verificando um negócio."

Abby segurou o livro nas costas e balançou a cabeça. "Você não pode ficar aí deitada se lamentando. Esse fim de semana foi uma desgraça. Mas hoje tem uma festa na casa da Lollie e da Pookie e você tem que ir. Anda!"

Abby e Olivia achavam que era a romântica em Madeleine que estava chorando. Elas achavam que ela estava maluca, ridícula. Ela teria pensado a mesma coisa, se fosse uma delas se consumindo de dor. Um coração partido é engraçado para todo mundo, menos para quem está com ele partido.

"Devolve o meu livro", ela pediu.

"Eu devolvo se você for à festa."

Madeleine entendia por que as suas amigas trivializavam os seus sentimentos. Elas nunca tinham estado apaixonadas de verdade. Não sabiam o que ela estava encarando.

"A gente vai se formar amanhã!", Olivia insistia. "É a nossa última noite na universidade. Você não pode ficar no quarto!"

Madeleine desviou os olhos e esfregou o rosto. "Que horas são?", ela perguntou.

"Dez."

"Eu não tomei banho."

"A gente espera."

"Eu não tenho nada pra usar."

"Eu posso te emprestar um vestido", Olivia disse.

Elas ficaram ali, prestativas e irritantes ao mesmo tempo.

"Me dá o livro", Madeleine insistiu.

"Só se você for."

"Tá!", Madeleine aquiesceu. "Eu vou."

Relutantemente, Abby entregou o volume a Madeleine.

Madeleine ficou encarando a capa. "E se o Leonard estiver lá?", ela perguntou.

"Ele não vai estar", Abby disse.

"Mas e se estiver?"

Abby desviou os olhos e repetiu: "Vai por mim. Ele não vai".

* * *

Lollie e Pookie Ames moravam numa casa periclitante na Lloyd Avenue. Quando Madeleine e as suas amigas se aproximavam pela calçada, sob os olmos gotejantes, puderam ouvir o baixo pulsante e as vozes relaxadas pelo álcool que vinham de lá. Velas tremeluziam por trás das janelas embaçadas.

Elas deixaram os guarda-chuvas atrás das bicicletas na varanda e entraram pela porta da frente. Dentro, o ar era morno e úmido, como uma floresta tropical com cheiro de cerveja. A mobília de brechó tinha sido empurrada até as paredes para as pessoas poderem dançar. Jeff Trombley, que estava de DJ, tinha uma lanterna para ver o toca-discos, cujo facho vazava para um pôster de Sandino na parede atrás dele.

"Vocês entram primeiro", Madeleine disse. "Me digam se vocês virem o Leonard."

Abby fez cara de irritada. "Eu te falei que ele não vem."

"Ele pode vir."

"Ele ia vir por quê? Ele não gosta de gente. Olha, desculpa, mas agora que vocês terminaram, eu tenho que te dizer. O Leonard não é exatamente normal. Ele é esquisitão."

"Não é, não", Madeleine objetou.

"Será que dava pra você esquecer o cara, por favor? Será que dava pelo menos para você *tentar*?"

Olivia acendeu um cigarro e falou: "Meu Deus, se eu fosse ficar com medo de topar com os meus ex-namorados, eu não podia mais sair de casa!"

"Tá, tudo bem", Madeleine disse. "Vamos entrar."

"Finalmente!", Abby exclamou. "Anda. Vamos curtir hoje. É a nossa última noite."

Apesar da música alta, não tinha muita gente dançando. Tony Perotti, com uma camiseta dos Plasmatics, estava pogando, sozinho, no meio da pista. Debbie Boonstock, Carrie Mox e Stacy Henkel dançavam numa rodinha em volta de Marc Wheeland, que estava com uma camiseta branca e uma bermuda baggy. As panturrilhas dele eram imensas. Os ombros também. Enquanto as três meninas desfilavam diante dele, Wheeland olhava para o chão, marchando de um lado para o outro e, muito de vez em quando (era isso a dança), erguia minimamente os braços cobertos de músculos.

"Quanto tempo para o Marc Wheeland tirar a camiseta?", Abby comentou quando elas seguiam pelo corredor da entrada.

"Uns dois minutos", Olivia sugeriu.

A cozinha parecia coisa de filme de submarinos — escura, estreita, com uns canos serpenteando no alto e um piso molhado. Madeleine pisava em tampinhas de garrafa no que se espremia pela multidão.

Elas chegaram ao espaço aberto do lado de lá da cozinha somente para perceber que ele estava desocupado graças à presença de uma fedorenta caixa de areia de gatos.

"Eca!", Olivia disparou.

"Será que elas nunca limpam esse negócio?", Abby comentou.

Um carinha de boné estava parado com ar de proprietário na frente da geladeira. Quando Abby abriu a porta, ele lhes informou: "A Grolsch é minha".

"Como é que é?"

"Não peguem a Grolsch. É minha."

"Eu achei que isso aqui era uma festa", Abby disse.

"E é", o carinha disse. "Mas todo mundo sempre traz cerveja nacional. Eu trouxe importada."

Olivia ergueu-se em toda a sua estatura escandinava para lhe dar um olhar mortal. "Até parece que a gente queria cerveja", ela disse.

Ela se abaixou para olhar dentro da geladeira por si própria e constatou com desprazer: "Meu Deus, *só* tem cerveja".

Erguendo-se de novo, ela olhou imperativa pela cozinha até ver Pookie Ames e chamou por ela por sobre o barulho.

Pookie, que normalmente tinha uma echarpe afegã em volta da cabeça, hoje estava com um vestido de veludo preto e brincos de brilhante, com os quais parecia absolutamente em casa. "Pookie, socorro", Olivia disse. "A gente não pode tomar cerveja."

"Meu amor", Pookie respondeu, "tem Veuve Clicquot!"

"Onde?"

"Na gaveta de legumes."

"Genial!" Olivia puxou a gaveta e achou a garrafa. "Agora dá pra gente comemorar!"

Madeleine não era de beber muito. Mas a situação dela hoje exigia remédios tradicionais. Ela pegou um copinho de plástico de uma pilha e deixou que Olivia o enchesse.

"Pode ficar com a Grolsch", Olivia disse para o carinha.

Para Abby e Madeleine ela falou: "Eu vou levar a garrafa", e saiu a passo firme.

Cuidadosamente, elas conduziram os seus copos cheios de champanhe de volta pela multidão.

Na sala de estar, Abby propôs um brinde. "Meninas? A um grande ano morando juntas!"

Os copos de plástico não tiniram, só cederam.

A essa altura, Madeleine já estava bem segura de que Leonard não estava na festa. A ideia de que ele estivesse em outro lugar, no entanto, em outra festa de formatura, abriu um buraco no peito dela. Ela não sabia ao certo se fluidos vitais estavam sendo drenados dela ou se venenos estavam sendo injetados.

Na parede perto dela, um esqueleto de Dia das Bruxas estava ajoelhado diante de uma representação em tamanho real de Ronald Reagan, como se estivesse chupando o presidente. Perto do rosto sorridente de Reagan alguém tinha rabiscado: "Ossinho duro de roer!".

Nesse exato momento a pista de dança se alterou, caleidoscopicamente, para revelar Lollie Ames e Jenny Crispin dançando. Elas estavam dando um showzinho, esfregando os quadris uma contra a outra e se apalpando, enquanto também riam e passavam um baseado.

Perto dali, Marc Wheeland, agora oficialmente sentindo "calor demais", tirou a camiseta, que enfiou no bolso de trás. De peito nu, ele continuou dançando, fazendo o gostoso, o supino, o músculo do amor. As meninas em volta dele iam dançando mais perto.

Desde que terminou com Leonard, Madeleine vinha sendo tomada, quase que de hora em hora, pelos desejos sexuais mais avassaladores. Ela estava o tempo todo a fim. Mas os peitorais reluzentes de Wheeland não lhe geravam nada. Os desejos dela eram intransferíveis. Eles tinham o nome de Leonard gravado.

Ela estava fazendo o que podia para não parecer completamente patética. Infelizmente, as suas entranhas estavam começando a traí-la. Os seus olhos estavam cheios d'água. O vórtice no meio dela ficava maior. Rápido, ela subiu a escada da frente, achando o banheiro e trancando a porta atrás de si.

Pelos próximos cinco minutos, Madeleine chorou na pia enquanto a música no térreo sacudia as paredes. As toalhas de banho penduradas na porta não pareciam limpas, então ela usou bolos de papel higiênico para secar os olhos com cuidado.

Quando parou de chorar, Madeleine se recompôs na frente do espelho. A pele dela estava manchada. Os seios, de que ela normalmente se orgulhava, estavam ensimesmados, como que deprimidos. Madeleine sabia que essa autoavaliação podia não estar correta. Um ego ferido refletia a sua própria imagem. A possibilidade de que a cara dela não estivesse uma merda tão grande quanto parecia foi a única coisa que a fez destrancar a porta e sair do banheiro.

Num quarto no fim do corredor, duas garotas de rabo de cavalo e colar de pérola estavam deitadas na cama. Elas nem prestaram atenção quando Madeleine entrou.

"Eu achava que você me detestava", a primeira garota disse para a outra. "Desde Bolonha eu achei que você me detestava."

"Eu não disse que não te detestava", a segunda garota falou.

As prateleiras continham o Kafka de sempre, o Borges obrigatório, um Musil para ganhar uns pontinhos. Mais à frente, uma pequena sacada convidativa. Madeleine saiu do quarto.

A chuva tinha dado uma parada. Não havia luar, só o brilho dos postes, de um roxo adoentado. Uma cadeira de cozinha quebrada estava diante de uma lata de lixo de cabeça para baixo, que era usada como mesa. Na lata de lixo havia um cinzeiro e uma *Vanity Fair* empapada de chuva. Trepadeiras pendiam hirsutas de uma treliça oculta.

Madeleine se apoiou na gradinha vacilante, olhando para o jardim.

Provavelmente foi a amante nela que chorou, não a romântica. Ela não tinha desejos de pular. Ela não era como Werther. Além disso, eram só três metros de altura.

"Cuidado." Uma voz repentinamente disse atrás dela. "Você não está sozinha."

Ela se virou. Encostado na casa, meio obscurecido entre as trepadeiras, estava Thurston Meems.

"Eu te assustei?", ele perguntou.

Madeleine considerou por um momento. "Você não é exatamente de dar medo", ela disse. Thurston aceitou bem-disposto esse comentário. "Certo, mais do tipo *com* medo. A bem da verdade, eu estou escondido."

As sobrancelhas de Thurston estavam crescendo, emoldurando-lhe os olhos. Ele estava apoiado nos calcanhares dos tênis de cano alto, mãos nos bolsos.

"Você sempre vai a festas pra se esconder?", Madeleine perguntou.

"Essa coisa de festa dá uma realçada na minha misantropia", Thurston disse. "E *você* está aqui por quê?"

"Mesmo motivo", Madeleine respondeu, e para sua própria surpresa ela riu.

Para lhes dar espaço, Thurston arrastou a lata de lixo para o lado. Ele pegou o livro, levou bem perto do rosto para ver o que era e o arremessou violentamente da sacada. Veio um baque da grama molhada.

"Parece que você não gosta de *Vanity Fair*", Madeleine falou.

"'Vaidade de vaidades, diz o profeta'", Thurston citou, "e essa merda toda."

Um carro parou na rua e deu ré. Gente com engradados desceu ę se dirigiu à casa.

"Mais foliões", Thurston comentou, olhando lá de cima.

Seguiu-se um silêncio. Finalmente, Madeleine falou: "Então, sobre o que você escreveu o seu ensaio? Derrida?".

"*Naturellement*", Thurston disse. "E você?"

"Barthes."

"Que livro?"

"*Fragmentos de um discurso amoroso.*"

Thurston fechou bem os olhos de prazer, concordando com a cabeça. "É um puta livro."

"Você gosta?", Madeleine perguntou.

"O barato do livro", Thurston disse, "é que, ostensivamente, é uma desconstrução do amor. A ideia seria olhar friamente o projeto romântico inteiro, né? Mas parece um diário."

"Mas o meu ensaio é sobre isso!", Madeleine gritou. "Eu desconstruí a desconstrução do amor do Barthes."

Thurston continuava balançando a cabeça. "Eu queria ler."

"Sério?", a voz de Madeleine subiu meia oitava. Ela limpou a garganta para fazê-la baixar de novo. "Não sei se presta. Mas de repente."

"O Zipperstein é meio debiloide, você não acha?", Thurston disse.

"Eu achava que você gostava dele."

"Eu? Não. Eu gosto de semiótica, mas..."

"Ele nunca abre a boca!"

"Pois é", Thurston concordou. "Ele é inescrutável. Ele parece o Harpo Marx sem a buzina."

Madeleine se viu, inesperadamente, gostando de Thurston. Quando ele perguntou se ela queria tomar alguma coisa, ela disse sim. Eles voltaram para a cozinha, que estava ainda mais barulhenta e mais cheia que antes. O carinha do boné não tinha arredado pé.

"Você vai ficar a noite toda de guarda na frente da cerveja?", Madeleine lhe perguntou.

"Se for necessário", o carinha disse.

"Não pegue a cerveja desse sujeito", Madeleine disse a Thurston. "Ele cuida muito bem da cerveja dele."

Thurston já tinha aberto a geladeira e estava mexendo lá dentro, com a grande jaqueta de motociclista de couro caída aberta na frente da porta. "Qual que é a sua cerveja?", ele perguntou ao carinha.

"A Grolsch", o sujeito disse.

"Ah, um fã de Grolsch, então?", Thurston disse, mexendo nas garrafas. "Ligado nesse barato velha guarda, teutônico, de tampinha de cerâmica e borracha. Dá pra entender a sua preferência. O negócio é que eu não sei se chegou a passar pela cabeça da família Grolsch que essas garrafas de tampinha de borracha iam atravessar o oceano. Sabe como? Eu já tomei mais de uma Grolsch meio choca. Eu não pegava essas aí nem que me pagassem." Thurston agora estava com duas latinhas de Narragansett. "Essas aqui só tiveram que viajar coisa de dois quilômetros."

"Narragansett tem gosto de mijo", o carinha disse.

"Bom, você que deve saber."

E, com isso, Thurston tirou Madeleine dali. Ele a conduziu para fora da cozinha e pela sala da frente, fazendo sinais para que ela o seguisse até o lado de fora. Quando chegaram à varanda, ele abriu a jaqueta de motoqueiro para revelar duas garrafas de Grolsch escondidas.

"É melhor a gente dar o fora", Thurston disse.

Eles beberam as cervejas enquanto andavam pela Thayer Street, passando por bares cheios de outros formandos. Quando as cervejas acabaram eles entraram no Grad Center Bar, e do Grad Center Bar foram para o centro, de táxi, para um bar de velhotes de que Thurston gostava. O bar era dedicado ao boxe, decorado com fotos em preto e branco de Rocky Marciano e Cassius Clay nas paredes, um par de luvas Everlast autografadas em um mostruário empoeirado. Por algum tempo eles ficaram bebendo vodca com sucos saudáveis. Depois Thurston ficou com saudade de uma coisa chamada sidecar, que ele bebia quando viajava para esquiar com o pai. Ele tomou Madeleine pela mão e a levou até o outro lado da praça, para o Biltmore Hotel. O bartender ali não sabia fazer sidecar. Thurston teve que dar as instruções, anunciando grandiosamente: "O sidecar é a bebida de inverno perfeita. Conhaque para aquecer as vísceras, e um cítrico para espantar os resfriados".

"Não é inverno", Madeleine disse.

"Vamos fingir que é."

Um pouco mais tarde, quando Thurston e Madeleine adernavam pela calçada de braços dados, ela sentiu que ele estava se esgueirando de lado para dentro de mais um bar.

"Está na hora de uma cerveja purificante", ele disse.

Nos minutos seguintes Thurston explicou a sua teoria — mas não era uma teoria, era a sabedoria da experiência, testada e corroborada por Thurston e o nativo de Andover que era colega de quarto dele, de que, depois de enxugar imensas quantidades de "destilados", bourbon, principalmente, e uísque, gim, vodca, Southern Comfort, qualquer coisa que caísse nas mãos deles, basicamente, qualquer coisa que conseguissem surrupiar das "adegas parentais", Blue Nun, por um certo período, durante o "Inverno do Liebfraumilch", quando ficaram cuidando do chalé de esqui de um amigo em Stowe, e Pernod, uma vez, porque tinham ouvido dizer que era a coisa mais parecida com absinto por aí e eles queriam ser escritores e precisavam muito de absinto — mas ele já estava mudando de assunto. Ele estava se deixando empolgar por seu amor pelas digressões. E assim Thurston, trepando num banquinho e fazendo um sinal para o bartender, explicou que em cada um desses casos, com esses "embriagadores" todinhos, uma ou duas cervejas, depois, sempre diminuíam a severidade da ressaca mortal que inevitavelmente se seguia.

"Uma cerveja purificante", ele disse de novo. "É disso que a gente precisa."

Estar com Thurston não era nada parecido com estar com Leonard. Estar com Thurston era como estar com a família dela. Era como estar com Alton, tão meticuloso com aquelas taças de conhaque, supersticioso sobre beber vinho depois de uísque.

Sempre que Leonard falava dos pais bebendo, tudo era sobre como o alcoolismo era uma doença. Mas Phyllida e Alton bebiam bastante e pareciam relativamente preservados e responsáveis.

"Tá", Madeleine concordou. "Uma cerveja purificante."

E não ia ser legal? A crença de que uma Budweiser gelada — eles tinham longneck aqui; Thurston tinha entrado naquele bar por alguma razão — podia lavar os efeitos de uma noite inteira de bebedeira tinha lá a sua mágica. E, dada essa mágica, por que parar em uma? Era aquela hora da madrugada em que duas pessoas ganhavam a incumbência de pegar troco com o bartender e dar uma olhada nas listas do jukebox, com as cabeças se tocando enquanto liam os títulos das músicas. Era aquele momento atemporal da noite em que se tornava absolutamente necessário tocar "Mack the knife" e "I heard it through the grapevine" e "Smoke on the water" e dançar juntos entre as mesas do bar vazio. Uma cerveja purificante podia afogar os pensamentos sobre Leonard e anestesiar Madeleine das sensações de abandono e de repulsividade física. (E o Thurston estar ali fuçando nela não era mais um bálsamo?) Parecia que a cerveja estava funcionando, pelo menos. Thurston pediu duas Budweisers de saideira, escondendo as cervejas nos bolsos da jaqueta de couro, e eles foram bebendo enquanto subiam a College Hill até a casa de Thurston. A consciência de Madeleine estava maravilhosamente restrita a coisas que não tinham poder de feri-la: os arbustos urbanos desalinhados, a calçada flutuante, o tinir das correntes da jaqueta de Thurston.

Ela entrou no quarto dele sem ter registrado a escada que levava até ali. Uma vez lá, contudo, Madeleine lembrou bem o protocolo e começou a tirar a roupa. Ela deitou de costas, tentando agarrar os sapatos às gargalhadas, e acabou chutando-os dos pés. Thurston, ao contrário, ficou instantaneamente nu, a não ser pela cueca. Ele ficou deitado completamente imóvel, fundindo-se com os lençóis brancos como um camaleão.

No que se referia a beijos, Thurston era um minimalista. Ele apertava os lábios contra os dela e, assim que ela abria os seus, ele afastava a boca. Era como se ele estivesse limpando a boca em Madeleine. Esse esconde-esconde era meio desanimador. Mas ela não queria ficar triste. Madeleine não queria que as coisas corressem mal (ela queria que aquela cerveja purificante purificasse), e portanto ela esqueceu a boca de Thurston e começou a beijá-lo em outras partes. Naquele pescoço de Rick Ocasek, naquela barriga branca de vampiro, na parte da frente da cueca.

Ele permaneceu calado durante tudo isso, o Thurston, que era tão falante em aula.

Não estava claro para Madeleine o que ela buscava quando abaixou a cueca de Thurston. Ela se manteve separada da pessoa que fazia aquilo. Certas travas de porta com mola faziam um barulho ressonante quando se soltavam. Madeleine se sentiu compelida a fazer o que fez em seguida. O quanto aquilo era errado veio imediatamente à tona. Ia além da moral, direto para a biologia. A sua boca simplesmente não era o órgão que a natureza tinha projetado para aquela função. Ela se sentia oralmente distendida, como um paciente odontológico esperando o molde secar. Além disso, aquele molde não ficava quieto. Quem foi que teve uma ideia dessas, afinal? Quem foi o gênio que pensou que prazer e sufocamento eram irmãos? Havia um lugar melhor para ela colocar Thurston, mas já naquele momento, influenciada por pequenas deixas físicas — o cheiro desconhecido de Thurston, os chutinhos de sapo das pernas dele —, Madeleine soube que nunca ia deixá-lo entrar naquele outro lugar. Então ela teve que continuar fazendo o que estava fazendo, abaixando o rosto sobre Thurston enquanto ele inflava como um *stent* para alargar a artéria da garganta dela. A língua dela começou a executar manobras defensivas, tornou-se um escudo contra penetrações mais profundas, a sua mão era a de um guarda de trânsito fazendo sinal "Pare!". Com um olho, ela viu que Thurston tinha apoiado a cabeça num travesseiro para poder assistir.

O que Madeleine buscava aqui, com Thurston, não era nem remotamente Thurston. Era a autodegradação. Ela queria se humilhar, e tinha conseguido, embora não soubesse bem por quê, a não ser que tinha a ver com Leonard e com o quanto ela estava sofrendo. Sem terminar o que tinha iniciado, Madeleine levantou a cabeça, sentou sobre os calcanhares e começou a chorar de mansinho.

Thurston não se queixou. Ele só ficou piscando rápido, deitado imóvel. Caso ainda houvesse salvação para a noite.

Ela acordou, na manhã seguinte, na sua própria cama. Deitada de bruços, com as mãos atrás da cabeça, como a vítima de uma execução. O que podia ter sido preferível, naquelas circunstâncias. Podia ter sido um grande alívio.

No seu horror, aquela ressaca era consistente com o horror da noite anterior. Aqui, a turbulência emocional atingia expressão fisiológica: o gosto nauseabundo empapado de vodca na sua boca era o próprio sabor do arrependimento; o seu enjoo era autorreflexivo, como se ela não quisesse expelir o conteúdo do estômago, mas sim a sua humanidade. O único consolo de Madeleine era saber que ela continuava — tecnicamente — inviolada. Teria sido tão pior carregar dentro de si o lembrete da ejaculação de Thurston, escorrendo, vazando.

Esse pensamento foi interrompido pela campainha tocando, e pela percepção de que era o dia da formatura e os pais dela estavam na porta do prédio.

Na hierarquia sexual da universidade, os calouros homens estavam bem na base da pirâmide. Depois do seu fracasso com Madeleine, Mitchell tinha tido um ano longo e frustrante. Ele passou muitas noites com caras que estavam na mesma situação, examinando a lista dos alunos conhecida como Pig Book e escolhendo as meninas mais bonitas. *Tricia Parkinson, Cleveland, Ohio*, tinha um cabelão de Farrah Fawcett. Com aquela blusinha xadrez, *Jessica Kennison, Old Lyme, Massachusets*, parecia a fazendeirazinha dos sonhos. *Madeleine Hanna, Prettybrook, Nova Jersey*, tinha mandado um retrato preto e branco, apertando os olhos por causa do sol com o vento soprando-lhe o cabelo sobre a testa. Era uma imagem informal, nem calculada nem convencida, mas também não era o melhor dela. A maioria dos caras passava por cima da foto, concentrando-se nas belas mais bem iluminadas e mais óbvias. Mitchell não os alertava desse erro. Ele queria manter Madeleine Hanna como seu segredo particular e, para esse fim, apontava *Sarah Kripke, Tuxedo Park, Nova York*.

Quanto à sua própria fotografia no Pig Book, Mitchell tinha enviado uma foto recortada de um livro de história da Guerra Civil, que mostrava um ministro luterano de rosto estreito com uma cabeleira branca, uns óculos minúsculos e uma expressão de indignação moral. Os editores tinham obedientemente imprimido isso sobre a legenda *Mitchell Grammaticus, Grosse Pointe,*

Michigan. Usar o retrato daquele velho liberava Mitchell de ter que mandar uma foto de verdade, e de assim entrar no concurso de beleza que o Pig Book inevitavelmente virava. Era uma forma de apagar o seu eu corpóreo e substituí-lo por um indício de como ele era espirituoso.

Se Mitchell esperava que as suas colegas fossem ver essa foto jocosa e ficar interessadas nele, ficou melancolicamente desapontado. Ninguém deu muita bola. O rapaz cuja foto despertou os interesses femininos foi *Leonard Bankhead, Portland, Oregon*. Bankhead tinha apresentado uma estranha foto em que ele estava de pé num campo nevado, usando um boné de foguista comicamente alto. Mitchell não achava nem desachava Bankhead particularmente bonito. Mas, à medida que o primeiro ano se desenrolava, histórias a respeito dos sucessos sexuais de Bankhead começaram a se infiltrar nas zonas de privação que serviam de hábitat para Mitchell. John Kass, que tinha frequentado o segundo grau com um colega de quarto de Bankhead, dizia que Bankhead tinha feito o amigo dormir fora tantas vezes que ele finalmente acabou pedindo um quarto só para ele. Uma noite Mitchell viu o lendário Bankhead numa festa no West Quad, encarando o rosto de uma menina como se estivesse tentando se grudar no cérebro dela. Mitchell não entendia por que as meninas não conseguiam sacar qual era a de Bankhead. Ele achava que aquela reputação de Casanova diminuiria o encanto dele, mas teve o efeito contrário. Quanto mais meninas dormiam com Bankhead, mais meninas queriam dormir com ele. O que fez Mitchell perceber com desconsolo como sabia pouco sobre mulheres, para começo de conversa.

Felizmente, o primeiro ano chegou ao fim. Quando Mitchell voltou, no outono seguinte, havia toda uma safra nova de calouras, uma das quais, uma ruiva de Oklahoma, virou sua namorada durante o semestre de primavera. Ele esqueceu Bankhead. (A não ser por uma disciplina de est. relig. que ambos cursaram no segundo ano, ele mal o viu durante o resto dos anos de universidade.) Quando a garota de Oklahoma terminou com ele, Mitchell saiu com outras meninas, e dormiu com outras ainda, deixando as zonas de privação para trás. Aí, no último ano, dois meses antes do incidente com a pomada canforada, ele ouviu dizer que Madeleine estava de namorado novo e que o sortudo era Leonard Bankhead. Por dois ou três dias Mitchell se manteve apático, encarando e não encarando a notícia, até que acordou um dia inundado por sensações tão cruas de diminuição e desespero que era como se toda a sua autoestima (bem como o seu pau) tivesse encolhido até ficar do tamanho de uma ervilha. O sucesso de Bankhead com Madeleine revelava a verdade sobre Mitchell. Ele não estava à altura. Ele não contava. O lugar dele era aquele. Fora da disputa.

A sua perda teve um efeito monumental. Mitchell se recolheu às trevas para cuidar das feridas. O seu interesse no quietismo estivera previamente presente, e assim, com essa derrota fresca, não havia mais o que evitasse que ele se recolhesse completamente a si próprio.

Como Madeleine, Mitchell no começo queria se formar em letras. Mas depois de ler *As variedades da experiência religiosa* para uma disciplina de psicologia, ele mudou de ideia. Ele esperava que o livro fosse clínico e gélido, mas não era. William James descrevia "casos" de toda espécie, mulheres e homens que tinha conhecido ou com quem tinha se correspondido, pessoas que sofriam de melancolia, de doenças nervosas, de problemas digestivos, pessoas que ansiavam pelo suicídio, que tinham ouvido vozes e mudado de vida da noite para o dia. Ele relatava aqueles testemunhos sem farpas. Na verdade, o que era digno de nota naquelas histórias era a inteligência das pessoas que as contavam. Com aparente honestidade, essas vozes descreviam em detalhes como tinham perdido a vontade de viver, como tinham ficado enfermas, acamadas, abandonadas por amigos e família até que uma "nova ideia" lhes ocorrera, a ideia do seu verdadeiro lugar no universo, quando então todo o seu sofrimento chegara ao fim. Junto desses testemunhos, James analisava a experiência religiosa de homens e mulheres famosos, Walt Whitman, John Bunyan, Liev Tolstói, Santa Teresa, George Fox, John Wesley, e até Kant. Não havia nenhum motivo proselitista evidente. Mas o efeito, para Mitchell, foi de lhe dar consciência da centralidade da religião na história da humanidade e, mais ainda, do fato de que sentimentos religiosos não eram gerados por ir à igreja ou ler a Bíblia, mas sim pelas mais íntimas experiências interiores, de imensa alegria ou de dor atordoante.

Mitchell ficava voltando a um parágrafo sobre o temperamento neurótico, que tinha sublinhado e que parecia descrever a sua própria personalidade e, ao mesmo tempo, fazer com que ele se sentisse melhor com ela. Dizia:

Poucos de nós não são de alguma maneira enfermiços, ou mesmo doentes; e essas mesmas enfermidades nos auxiliam de maneiras inesperadas. Nesse temperamento nós temos a emotividade que é o sine qua non da percepção moral; temos a intensidade e a tendência à ênfase que são a essência do vigor moral prático; e temos o amor pela metafísica e pelo misticismo que levam nossos interesses para além da superfície do mundo sensível. O que, então, será mais natural do que ser esse o temperamento que vai nos apresentar às regiões da verdade religiosa, a confins do universo, que nosso robusto sistema nervoso de tipo filisteu, eternamente oferecendo os bíceps à apalpação, batendo no peito, e dando graças a Deus por não ter uma só fibra mórbida em sua composição, faria questão de esconder de seus orgulhosos donos?

Se existisse algo como a inspiração provinda de reinos mais elevados, pode muito bem ser que o temperamento neurótico fornecesse a principal condição para a necessária receptividade.

A primeira disciplina de estudos religiosos que Mitchell cursou (aquela em que Bankhead estava) era um curso chique e panorâmico sobre religiões do Oriente. Depois ele se inscreveu num seminário sobre o Islã. Daí Mitchell passou para coisas mais fortes — um curso sobre ética tomística, um seminário sobre o pietismo alemão — antes de seguir, no seu último semestre, para um curso chamado Religião e Alienação na Cultura do Século XX. Na primeira aula, o professor, um sujeito de cara fechada chamado Hermann Richter, examinou com suspeita os cerca de quarenta alunos socados na sala cheia. Erguendo o queixo, ele avisou com um tom sério: "Isto aqui é um curso rigoroso, abrangente e analítico sobre o pensamento religioso do século XX. Se algum de vocês está pensando que umas aulinhas sobre alienação *podem ser bacanas*, pode mudar de ideia".

Com um olhar furioso, Richter entregou o programa, que incluía *A ética protestante e o espírito do capitalismo*, de Max Weber; *Auguste Comte e o positivismo: escritos essenciais*; *A coragem de ser*, de Tillich; *O ser e o tempo*, de Heidegger, e *O drama do humanismo ateu*, de Henri de Lubac. Por toda a sala, caras de alunos caíram. Eles estavam esperando *O estrangeiro*, que já tinham lido no segundo grau. Na aula seguinte, sobravam menos de quinze alunos.

Mitchell nunca tinha tido um professor como Richter. Ele se vestia como um banqueiro. Usava ternos cinza risca de giz, camisas, gravatas conservadoras e sapatos lustrosos. Tinha todos os atributos reconfortantes do pai de Mitchell — a diligência, a sobriedade, a masculinidade —, enquanto vivia uma vida nada paterna, de cultivo intelectual. Toda manhã Richter recebia o *Frankfurter Allgemeine* no seu escaninho do departamento. Ele sabia citar, em francês, a reação dos irmãos Vérendrye ao verem as terras áridas de Dakota. Parecia mais vivido que a maioria dos professores e menos ideologicamente programado. A voz dele era baixa, kissingeriana, sem o sotaque. Era impossível imaginá-lo criança.

Duas vezes por semana eles se encontravam com Richter e examinavam inabalavelmente as razões que levaram a fé cristã, por volta de 1848, a expirar. O fato de que muita gente achava que ela ainda estava viva, que nunca tinha sequer ficado doente, era desconsiderado de saída. Richter não queria saber de bobagem. Se você não conseguia responder às perguntas de um Schopenhauer, então você tinha que se juntar ao pessimismo dele. Mas isso de maneira alguma era a única opção. Richter insistia que o niilismo que não fazia perguntas era tão intelectualmente falho quanto a fé que não fazia perguntas. Era possível pegar o cadáver do cristianismo, socar-lhe o peito e soprar-lhe na boca, para ver se o coração começava a bater de novo. *Eu não estou morto. Estou só dormindo.* Ereto, sempre de pé, cabelo grisalho bem aparado mas com sinais de esperança na sua figura, um cardo na lapela ou um pacote de presente para a filha se projetando do bolso do sobretudo, Richter fazia perguntas aos alunos e ouvia as respostas como se pudesse ser aqui, hoje: na sala 112 do Richardson Hall, que Dee Michaels, que fez o papel de Marilyn Monroe em uma produção local de *Nunca fui santa*, pudesse jogar uma escada de corda através do vácuo. Mitchell observava o detalhismo de Richter, sua compassiva revelação de erros, seu entusiasmo inabalado em presidir a reorganização geral de coisa de vinte mentes reunidas em torno da mesa de reuniões. Botar a cabeça daquelas crianças em ordem àquela altura, assim tão tarde.

Em que Richter acreditava não ficava claro. Ele não era um apologista cristão. Mitchell ficava observando Richter em busca de sinais de parcialidade. Mas eles não estavam lá. Ele dissecava cada pensador com o mesmo rigor. A sua aprovação não vinha fácil, e as suas reclamações eram abrangentes.

No fim do semestre, havia uma prova final que você podia levar para casa. Richter entregava uma única folha de papel com dez questões. Você podia consultar os seus livros. Não havia como colar. As respostas de questões como aquelas não estavam em lugar nenhum. Ninguém tinha formulado ainda.

Mitchell não lembrava tensão alguma no processo de responder a prova. Ele trabalhou duro, mas fluentemente. Ficou na mesa de jantar oval que usava de escrivaninha, cercado por um aglomerado de notas e livros. Larry estava fazendo pão de banana na cozinha. De vez em quando Mitchell ia pegar um pedaço. Aí ele voltava e começava de onde tinha parado. Enquanto escrevia, pareceu, pela primeira vez, que não estava mais na escola. Ele não estava respondendo questões para conseguir uma nota numa prova. Estava tentando diagnosticar o dilema em que se sentia posto. E também não era apenas o seu dilema, mas o de todo mundo que ele conhecia. Era uma sensação esquisita. Ele ficava escrevendo os nomes Heidegger e Tillich, mas estava pensando em si próprio e nos seus amigos. Todo mundo que ele conhecia estava convencido de que a religião era um engodo e Deus, uma ficção. Mas o que seus amigos punham no lugar da religião não parecia lá muito impressionante. Ninguém tinha resposta para o enigma da existência. Era como aquela música dos Talking Heads: "E você pode se perguntar, 'Como foi que eu vim parar aqui?'. E você pode se dizer, 'Essa não é a minha linda casa'. E você pode se dizer, 'Essa não é a minha linda esposa'". Enquanto respondia às perguntas discursivas, Mitchell ficava direcionando as respostas para as suas aplicações práticas. Ele queria saber por que estava aqui, e como viver. Era a maneira perfeita de terminar a sua carreira universitária. A educação finalmente havia levado Mitchell a sair para a vida.

Imediatamente depois de entregar a prova, ele a tirou completamente da cabeça. A formatura estava chegando. Ele e Larry estavam ocupados fazendo planos para a viagem. Compraram mochilas e sacos de dormir para temperaturas abaixo de zero. Estudaram mapas e guias de viagens baratas, esboçando itinerários possíveis. Uma semana depois da prova, Mitchell entrou no correio da Faunce House e encontrou uma carta em seu escaninho. Era do professor Richter, em papel timbrado da universidade. Pedia para ele ir vê-lo no seu gabinete.

Mitchell jamais tinha ido ao gabinete do professor Richter. Antes de ir, ele pegou dois cafés gelados no Blue Room — um gesto extravagante, mas estava calor, e ele gostava que seus professores lembrassem dele. Ele levou os copos altos tampados sob o sol do meio-dia até o edifício de tijolo à vista.

A secretária do departamento lhe disse onde encontrar Richter, e Mitchell subiu as escadas até o segundo andar.

Todos os gabinetes estavam vazios. Os budistas tinham ido embora para as férias de verão. Os islamitas estavam na capital, iluminando o Departamento de Estado quanto ao "quadro de referências" de Abu Nidal, que tinha acabado de detonar por controle remoto um carro-bomba dentro da embaixada francesa em Beirute Ocidental. Só a porta no fim do corredor estava aberta e, lá dentro, de gravata apesar do tempo abafado, Richter.

O gabinete de Richter não era a cela monástica de um professor ausente, habitada apenas nos horários de permanência. Nem era a salinha confortável de um chefe de departamento, com litografias e um tapete artesanal. O gabinete de Richter era formal, quase vienense. Havia estantes de livros com portas envidraçadas cheias de livros de teologia encadernados em couro, uma lente de aumento com cabo de marfim, um tinteiro de bronze. A escrivaninha era imensa, um baluarte contra a ignorância e a imprecisão insidiosas deste mundo. Atrás dela, Richter estava tomando notas com uma caneta tinteiro.

Mitchell entrou e disse: "Se um dia eu tiver um gabinete, professor Richter, é um gabinete assim que eu quero".

Richter fez uma coisa impressionante: ele sorriu. "Pode bem ser que o senhor tenha chance", ele disse.

"Eu trouxe um café gelado para o senhor."

Richter ficou olhando a oferenda do outro lado da mesa, levemente surpreso, mas tolerante. "Obrigado", ele agradeceu. Ele abriu um envelope pardo e tirou um maço de papéis. Mitchell reconheceu a sua prova. Parecia que ela estava toda coberta de notas, numa letra elegante.

"Sente", Richter disse.

Mitchell obedeceu.

"Eu dou aula nesta universidade há vinte e dois anos", Richter começou. "Em todo esse tempo, só uma vez eu recebi uma prova que demonstrasse a profundidade da inteligência e a argúcia filosófica que a sua demonstra." Ele se deteve. "O último aluno de quem eu pude dizer isso hoje é o decano do Seminário Teológico de Princeton."

Richter parou, como que esperando que Mitchell assimilasse as suas palavras. Ele não as assimilou totalmente. Mitchell estava satisfeito por ter ido bem. Estava acostumado a ir bem na escola, mas ainda assim gostava daquilo. A mente dele não foi mais longe que isso.

"O senhor se forma neste ano, não é mesmo?"

"Falta uma semana, professor."

"O senhor já considerou seriamente a possibilidade de seguir carreira acadêmica?"

"Seriamente, não."

"O que o senhor planeja fazer da vida?", Richter perguntou.

Mitchell sorriu. "É o meu pai que está escondido embaixo da sua mesa?"

Richter franziu a testa. Ele não estava mais sorrindo. De mãos postas, ele adotou uma nova abordagem. "Eu sinto pelo seu texto que o senhor está pessoalmente envolvido com questões de crença religiosa. Eu estou certo?"

"Acho que dá pra dizer isso", Mitchell disse.

"O seu sobrenome é grego. O senhor foi criado na tradição ortodoxa?"

"Batizado. E só."

"E agora?"

"Agora?" Mitchell se deu um momento. Ele estava acostumado a manter as suas investigações religiosas em silêncio. Parecia estranho ficar falando delas.

Mas a expressão de Richter era isenta. Ele estava inclinado para a frente, dedos entrelaçados sobre a mesa. Estava com os olhos desviados, oferecendo apenas o ouvido. Com esse encorajamento, Mitchell se abriu. Ele explicou que tinha chegado à universidade sem saber muito de religião, e que, lendo literatura inglesa, tinha começado a perceber o quanto era ignorante. O mundo havia sido formado por crenças de que ele nada sabia. "O começo foi esse", ele disse, "perceber como eu era estúpido."

"Sei, sei." Richter sacudia rápido a cabeça. A sua cabeça baixa sugeria uma experiência pessoal com estados de tormento mental. Richter continuou naquela posição, ouvindo. "Não sei, um dia eu estava de bobeira", Mitchell prosseguiu, "e me bateu que quase todos os escritores que eu estava lendo pras aulas acreditavam em Deus. Milton, pra começar. E George Herbert." O professor Richter conhecia George Herbert? O professor Richter conhecia. "E Tolstói. Tudo bem que Tolstói ficou meio exagerado, perto do fim. Rejeitando *Anna Kariênina*. Mas quantos escritores se rebelam contra o próprio gênio? Talvez fosse a obsessão de Tolstói pela verdade que fizesse ele ser tão grande, pra começo de conversa. O fato de ele estar disposto a desistir da sua arte era o que fazia ele ser um grande artista."

Novamente o som do assentimento da eminência gris por sobre o mata-borrão na escrivaninha. O tempo, o mundo lá fora, tinha deixado de existir por um momento. "Aí no último verão eu fiz uma lista de leituras pra mim mesmo", Mitchell disse. "Eu li um monte de Thomas Merton. O Merton me levou a São João da Cruz e São João da Cruz me levou ao Mestre Eckhart e *à Imitação de Cristo*. Agora eu estou lendo *A nuvem do não saber*."

Richter esperou um momento antes de perguntar: "A sua busca vem sendo puramente intelectual?".

"Não só", Mitchell respondeu. Ele hesitou e então confessou: "Eu também tenho ido à igreja".

"Qual?"

"Pode escolher." Mitchell sorriu. "Tudo quanto é tipo. Mas basicamente a católica."

"Eu consigo entender a atração pelo catolicismo", Richter disse. "Mas me colocando lá no tempo de Lutero, e considerando os excessos da Igreja na época, eu acho que teria ficado do lado dos cismáticos."

No rosto de Richter, Mitchell via agora a resposta à pergunta que tinha se feito durante todo o semestre. Ele hesitou e falou: "Então o senhor acredita em Deus, professor Richter?".

Em um tom firme, Richter especificou: "Eu tenho uma crença religiosa cristã".

Mitchell não sabia o que isso queria dizer, exatamente. Mas ele entendia por que Richter estava sendo detalhista. A designação lhe deixava espaço para reservas e dúvidas, acomodações e discordâncias históricas.

"Eu não tinha ideia", Mitchell disse. "Em sala eu não conseguia dizer se o senhor acreditava em alguma coisa ou não."

"São as regras do jogo."

Eles ficaram ali sentados, bebendo café gelado como bons amigos. E Richter fez a sua oferta.

"Eu quero que o senhor saiba que eu acho que o senhor tem potencial para realizar um trabalho relevante nos estudos teológicos cristãos contemporâneos. Se o senhor tiver qualquer inclinação nessa direção, eu lhe garantiria uma bolsa integral no Seminário Teológico de Princeton. Ou na Escola de Teologia de Harvard ou de Yale, se o senhor preferir. É raro eu me esforçar assim por causa de um aluno, mas neste caso eu me sinto obrigado a fazê-lo."

Mitchell nunca tinha considerado entrar para um programa teológico. Mas a ideia de estudar religião — de estudar *qualquer coisa*, ao invés de trabalhar das nove às cinco — lhe agradava. E assim ele disse a Richter que ia pensar seriamente no assunto. Ele ia fazer uma viagem, tirar um ano. Prometeu escrever para Richter quando voltasse para lhe dizer o que tinha decidido.

Considerando todas as dificuldades que se amontoavam em cima de Mitchell — a recessão, o seu diploma dúbio e, hoje, a recente recusa de Madeleine pela manhã —, a viagem era a única coisa com que ele contava. Agora, voltando ao apartamento para se vestir para o desfile de formatura, Mitchell dizia para si mesmo que não importava o que Madeleine achava dele. Logo ele iria embora.

O apartamento dele, na Bowen Street, ficava a apenas duas quadras do prédio muito mais bonito de Madeleine. Ele e Larry ocupavam o segundo andar de uma velha casa de tábuas que alugava cômodos. Em cinco minutos ele estava subindo a escada da frente.

Mitchell e Larry tinham decidido ir para a Índia uma noite depois de assistir a um filme de Satyajit Ray. Na hora não era uma coisa bem séria. Mas dali em diante, toda vez que alguém perguntava o que eles iam fazer depois da formatura, Mitchell e Larry respondiam: "A gente vai pra Índia!". A reação entre os amigos era universalmente positiva. Ninguém conseguia invocar um motivo sequer para que eles não fossem para a Índia. A maioria dizia que queria poder ir junto. O resultado foi que, sem nem comprar passagens ou um guia — sem nem saber muita coisa da Índia —, Mitchell e Larry começaram a ser vistos como bravos livres-pensadores que as pessoas invejavam. E assim finalmente eles decidiram que era melhor eles irem mesmo.

Pouco a pouco a viagem foi ganhando nitidez. Eles acrescentaram uma etapa europeia. Em março, Larry, que estudava artes cênicas, tinha conseguido um estágio de pesquisa com o professor Hughes, o que dava um lustro profissional à viagem e amansava os pais deles. Eles compraram um grande mapa amarelo da Índia e o penduraram na parede da cozinha.

A única coisa que quase fez os planos deles descarrilarem foi a "festa" que eles tinham dado umas semanas antes, durante a Semana de Estudos. Foi ideia do Larry. Mas o que Mitchell não sabia era que a festa não era uma festa de verdade, mas sim o projeto final de Larry para o curso de arte que eles faziam. No final veio à tona que Larry tinha "escalado" certos convidados como "atores", dando-lhes instruções sobre como se comportar na festa. A maioria dessas instruções envolvia xingar, cantar ou azucrinar os convidados, que não suspeitavam de nada. Na primeira hora da festa, o resultado foi que ninguém se divertiu. Amigos seus vinham lhe dizer que nunca tinham confiado em você, que você sempre teve mau hálito *et cetera*. Perto da meia-noite, os vizinhos de baixo, Ted e Susan (que, Mitchell podia ver agora, estavam com um figurino ridículo, de roupões atoalhados e chinelos felpudos, Susan de bobes), irromperam irritados pela porta, ameaçando chamar a polícia por causa da música alta. Mitchell tentou acalmar os dois. David Hayek, contudo, que tinha um e noventa e três, e que sabia da pegadinha, marchou cozinha adentro e ameaçou fisicamente os vizinhos. Em reação a isso, Ted sacou uma arma (falsa) do bolso do roupão, ameaçando matar Hayek, que se encolheu no chão, implorando pela vida, enquanto todo mundo ou congelava de medo ou corria para a porta, derramando cerveja por todo lado. Naquele momento Larry tinha acendido todas as luzes, subido numa cadeira e informado a todos — rá, rá — que nada ali era de verdade. Ted e Susan tiraram os roupões para revelar roupas normais por baixo. Ted mostrou a todo mundo que a arma era uma pistola de água. Mitchell não conseguia acreditar que Larry tinha deixado de avisá-lo, como coanfitrião, do projeto secreto por trás da festa. Ele não tinha ideia de que Carlita Jones, uma aluna da pós-graduação de trinta e seis anos de idade estava seguindo o script quando, no começo da noite, tinha se trancado com Mitchell no quarto, dizendo: "Vem, Mitchell. Vamos fazer sacanagem. Aqui no chão mesmo". Ele ficou muito surpreso ao ver que sexo oferecido assim tão abertamente (como, em geral, nas suas fantasias) provou ser na verdade não apenas indesejado, mas assustador. E no entanto, apesar de tudo isso e de como ficou enfurecido com Larry por ter usado a festa para preencher os requisitos finais do curso (ainda que Mitchell devesse ter suspeitado quando a própria professora de arte apareceu na festa), Mitchell soube naquela mesma noite, depois de terem todos saído — mesmo enquanto gritava com Larry, que estava vomitando pela sacada: "Anda! Vomita as tripas! Você merece!" —, que ele ia perdoar Larry por transformar a casa e a festa deles em arte performática de má qualidade. Larry era o melhor amigo dele, eles estavam indo para a Índia juntos, e Mitchell não tinha escolha.

Agora ele entrou no apartamento e foi direto para a porta de Larry, que abriu de supetão.

Num colchão tipo futon, com o rosto meio escondido sob uma moita de cabelo à la Garfunkel, Larry estava deitado de lado, seu corpo mirrado formando um Z. Ele parecia uma figura de Pompeia, alguém que tinha se enfiado num cantinho enquanto a lava e a cinza entravam pela janela. Presas com tachinhas na parede acima da cabeça dele estavam duas fotografias de Antonin Artaud. Na foto da esquerda, Artaud era jovem e incrivelmente belo. Na outra, tirada meros dez anos depois, o dramaturgo parecia um maníaco lívido. Eram a velocidade e a totalidade da desintegração física e mental de Artaud que atraíam Larry.

"Levanta", Mitchell lhe disse.

Quando Larry não reagiu, Mitchell pegou um roteiro de Samuel French no chão e jogou na cabeça dele.

Larry resmungou e virou de costas. Os olhos dele se abriram piscantes, mas ele não parecia ter pressa de recobrar a consciência. "Que horas são?"

"Está tarde. A gente tem que ir."

Depois de um longo momento, Larry sentou. Ele não era grande, tinha algo de fauno, de Puck no rosto, que, dependendo da luz ou de quanto ele tinha andado bebendo, podia ter tanto os zigomas altos de Rudolf Nureiev como as faces encovadas da figura em *O grito*, de Munch. Neste exato momento, estava em algum lugar no meio do caminho.

"Você perdeu uma bela festa ontem", ele disse.

O rosto de Mitchell nem se alterou. "Parei com isso de festa."

"Ai, ai, ai, Mitchell, não exagera. Você vai ser assim na nossa viagem? Um bolha?"

"Acabei de falar com a Madeleine", Mitchell contou com certa urgência na voz. "Ela decidiu começar a falar comigo de novo. Mas aí eu disse alguma coisa que ela não achou legal, e agora ela não está falando comigo de novo."

"Parabéns."

"Mas ela terminou com o Bankhead."

"Eu sei", Larry disse.

Um alarme disparou na cabeça de Mitchell. "Sabe como?", ele perguntou.

"Porque ontem ela saiu da festa com o Thurston Meems. Ela estava *caçando*, Mitchell. Eu disse pra você ir. Pena que você parou com isso de festa."

Mitchell se pôs mais ereto para amortecer a força dessa revelação. Larry sabia, claro, da obsessão de Mitchell por Madeleine. Larry tinha ouvido Mitchell enaltecer as virtudes e defender ou contextualizar os atributos mais questionáveis dela. Mitchell tinha revelado a Larry, como se revela apenas aos amigos de verdade, a dimensão das suas ideias malucas no que se referia a Madeleine. Ainda assim, Mitchell tinha lá o seu orgulho e não demonstrou nenhuma reação. "Levanta daí, bundão", ele disse, retirando-se para o corredor. "Eu não quero chegar atrasado."

De volta ao seu quarto, Mitchell fechou a porta e foi sentar na cadeira da escrivaninha, de cabeça baixa. Certos detalhes da manhã, previamente ilegíveis, estavam lentamente mostrando sua relevância, como uma escrita nas nuvens. O cabelo desgrenhado de Madeleine. Aquela ressaca.

Súbito, com uma determinação selvagem, ele rodou na cadeira e arrancou a tampa da caixa de papelão que estava em cima da escrivaninha. Dentro dela havia uma beca. Tirando-a dali, ele ergueu e passou o reluzente tecido acrílico pela cabeça e pelos ombros. A borla, o distintivo e o capelo estavam embrulhados em folhas de plástico separadas. Depois de rasgá-las, e de enfiar a borla no capelo com tanta força que deixou um amassado, Mitchell desfraldou as asas de morcego do chapéu e meteu-o na cabeça.

Ele ouviu Larry chinelar pela cozinha. "Mitchell", Larry gritou, "você acha que eu levo um baseado?"

Sem responder, Mitchell se pôs de pé diante do espelho que ficava atrás da porta do quarto. Os capelos tinham origem medieval. Eram tão velhos quanto *A nuvem do não saber*. Era por isso que tinham essa cara tão ridícula. Era por isso que ele ficava tão ridículo de capelo.

Ele lembrou uma citação do Mestre Eckhart: "Apenas a mão que apaga pode escrever o que é verdade".

Mitchell ficou pensando se devia apagar a si mesmo, ou o seu passado, ou outras pessoas, ou o que mais? Ele estava pronto para começar a apagar imediatamente, assim que soubesse o que eliminar.

Quando foi até a cozinha, Larry estava fazendo café, também de chapéu e de beca. Eles se olharam, achando um pouco de graça.

"Definitivamente, leve um baseado", Mitchell disse.

Madeleine fez um longo percurso para voltar para casa.

Estava em fúria contra todos e contra tudo, contra a sua mãe por fazê-la convidar Mitchell, para começo de conversa, contra Leonard por não ligar, contra o tempo por estar frio, e contra a universidade por acabar.

Era impossível ser amiga de um cara. Todos os caras que foram amigos dela acabaram querendo outra coisa, ou queriam outra coisa desde o começo, e tinham sido amigos só com segundas intenções.

Mitchell queria vingança. Era só isso mesmo. Ele queria machucar e conhecia os pontos fracos dela. Era absurdo ele dizer que não se sentia mentalmente atraído por ela. Ele não estava havia anos atrás dela? Ele não tinha dito que "amava a mente dela"? Madeleine sabia que não era tão inteligente quanto Mitchell. Mas será que Mitchell era tão inteligente quanto Leonard? Hein? Era isso que ela devia ter dito a Mitchell. Em vez de chorar e sair correndo, ela devia ter assinalado que Leonard estava perfeitamente satisfeito com o nível de inteligência dela.

Essa ideia, reluzente e triunfante, ficou fosca com o pensamento imediato de que ela e Leonard não estavam mais juntos.

Olhando a Canal Street pelas lentes distorcidas das lágrimas — elas estavam refratando a placa "Pare" num ângulo cubista —, Madeleine se deixou mais uma vez desejar o desejo proibido, de voltar com Leonard. Parecia que, se ela conseguisse só isso, todos os outros problemas seriam suportáveis.

O relógio do Citizens Bank marcava 8h47. Ela tinha uma hora para se vestir e subir a colina.

Lá na frente, o rio apareceu, verde e imóvel. Alguns anos atrás, ele pegou fogo. Durante várias semanas os bombeiros tinham tentado apagar o incêndio sem sucesso. O que trazia a pergunta de como, exatamente, apagar um rio em chamas? O que se podia fazer, quando o retardante era também o catalisador?

A apaixonada aluna de letras contemplava o simbolismo desse fato.

Em uma pracinha mirrada que nunca tinha percebido, Madeleine sentou num banco. Opiáceos naturais estavam inundando o seu organismo e, depois de alguns minutos, ela começou a se sentir um pouco melhor. Ela secou os olhos. De agora em diante, ela não ia ter que ver Mitchell nunca mais, se não quisesse. E nem Leonard. Apesar de nesse momento se sentir abusada, abandonada e envergonhada, Madeleine sabia que ainda era jovem, que tinha toda a vida pela frente — uma vida em que, se perseverasse, podia fazer alguma coisa especial — e que parte dessa perseverança significava superar momentos exatamente como esse, quando as pessoas faziam você se sentir pequena, não merecedora de amor, e roubavam a sua confiança.

Ela saiu do parque, subindo uma alamedazinha de paralelepípedos até a Benefit Street.

Na Narragansett, ela abriu a porta do saguão e pegou o elevador até o seu andar. Estava se sentindo cansada, desidratada, e ainda precisando de um banho.

Quando ela estava pondo a chave na fechadura, Abby abriu a porta pelo lado de dentro. O cabelo dela estava enfiado no capelo. "Oi! A gente estava achando que ia ter que sair sem você."

"Desculpa", Madeleine disse, "os meus pais são superlentos. Vocês me esperam? Bem rapidinho?"

Na sala de estar, Olivia estava pintando as unhas dos pés, com as pernas em cima da mesinha de centro. O telefone começou a tocar, e Abby foi atender.

"A Pookie disse que você saiu com o Thurston Meems", Olivia falou, aplicando o esmalte. "Mas eu disse pra ela que não tinha como isso ser verdade."

"Eu não quero falar disso", Madeleine cortou.

"O.K. Por mim...", Olivia disse. "Mas a Pookie e eu só queremos saber uma coisinha."

"Eu vou tomar um banho rapidinho."

"É pra você", Abby disse, estendendo o telefone.

Madeleine não estava com vontade de falar com ninguém. Mas era melhor do que ficar se esquivando de mais perguntas.

Ela pegou o fone e disse alô.

"Madeleine?" Era uma voz de homem, desconhecida.

"Isso."

"Aqui é o Ken. Auerbach." Como Madeleine não reagiu, a pessoa disse: "Eu sou amigo do Leonard".

"Ah", Madeleine falou. "Tudo bem?"

"Desculpa ligar no dia da formatura. Mas é que eu vou embora hoje e achei que era melhor ligar pra você antes de ir." Houve uma pausa durante a qual Madeleine tentava se dar conta da realidade do momento, e antes de ela conseguir Auerbach disse: "O Leonard está no hospital".

Assim que deu a notícia ele acrescentou: "Não se preocupe. Ele não está machucado. Mas ele está no hospital e eu achei que você devia saber. Se é que você ainda não sabia. De repente já sabia".

"Não, eu não sabia", Madeleine replicou no que lhe pareceu ser um tom calmo. Seguindo nessa inflexão, acrescentou: "Você pode esperar um minutinho?". Apertando o fone contra o peito, ela pegou o aparelho, que tinha um cabo extralongo, e levou-o da sala para o seu quarto, aonde ele mal chegava. Fechou a porta e pôs o fone na orelha. Estava com medo de que a sua voz pudesse falhar quando falou de novo.

"O que é que ele tem? Ele está legal?"

"Ele está *ótimo*", Auerbach lhe garantiu. "Fisicamente ele está ótimo. Eu estava com medo de te deixar maluca se ligasse, mas... pois é. Ele não está machucado nem nada."

"Então ele está o quê?"

"Bom, de início ele estava meio maníaco. Mas agora ele está deprimido mesmo. Assim, clinicamente, sabe."

Durante os próximos longos minutos, enquanto nuvens de chuva passavam por sobre o domo do capitólio enquadrado na janela dela, Auerbach contou a Madeleine o que tinha acontecido.

Tinha começado com Leonard não conseguindo dormir. Ele chegava nas aulas reclamando de cansaço. De início, ninguém deu muita bola. Estar cansado era em grande medida o equivalente de ser Leonard. Anteriormente, o cansaço de Leonard tinha tido a ver com as demandas inerentes de cada dia, com se levantar, se vestir, chegar ao campus. Não era que ele não estivesse dormindo; era que ficar acordado era insuportável. Em contraste com isso, o cansaço atual de Leonard tinha que ver com a noite. Ele estava se sentindo ligado demais para ir dormir, dizia, e aí começou a ficar acordado até as três ou quatro da manhã. Quando ele se forçava a apagar a luz e ir dormir, o seu coração disparava, e ele começava a suar. Ele tentava ler, mas a cabeça continuava disparada, e logo ele estava andando de um lado para o outro pelo apartamento.

Depois de uma semana assim, Leonard tinha ido até o departamento de saúde, onde um médico, acostumado a ver graduandos estafados perto do fim do semestre, receitou um sedativo e mandou Leonard parar de tomar café. Quando o remédio não funcionou, o médico receitou um calmante leve, e depois um mais forte, mas nem isso deu a Leonard mais que duas ou três horas de um sono raso, sem sonhos, insatisfatório, por noite.

Foi bem nessa época, Auerbach disse, que Leonard parou de tomar o lítio. Não estava claro se Leonard tinha feito isso de propósito ou simplesmente esqueceu. Mas logo, logo ele estava no telefone. Ele ligou para todo mundo. Ficava falando por quinze minutos, ou meia hora, ou uma hora, ou duas horas. De início, ele era divertido, como sempre. As pessoas ficavam felizes de ter notícias dele. Ele ligava para os amigos duas ou três vezes por dia. Depois cinco ou seis. Depois dez. Depois doze. Ele ligava do apartamento. Ligava de telefones públicos espalhados pelo campus, cujas localizações ele tinha decorado. Leonard sabia de um telefone no subsolo do laboratório de física, e de uma cabinezinha aconchegante no prédio da administração. Ele sabia de um telefone público com defeito na Thayer Street que reciclava as moedas. Ele sabia de telefones não vigiados no departamento de filosofia. De todos, e de cada um desses telefones, Leonard ligou para contar aos seus ouvintes o quanto estava cansado, e com insônia, que insônia, que cansaço. A única coisa que ele conseguia fazer, aparentemente, era falar ao telefone. Assim que o sol nascia, Leonard ligava para seus amigos madrugadores. Depois de passar a noite acordado, ele ligava para falar com pessoas que ainda não estavam a fim de conversa. Deles, partia para outras pessoas, gente que ele conhecia mal, ou mal conhecia, alunos, secretárias de departamentos, o seu dermatologista, o seu orientador. Quando ficava tarde demais na Costa Leste para ligar para qualquer um, Leonard revirava a agenda, procurando números de amigos na Costa Oeste. E quando ficava tarde para ligar para Portland ou San Francisco, Leonard encarava as terríveis três horas em que ficava sozinho no apartamento com a cabeça se desintegrando.

Foi essa a expressão que Auerbach usou, quando estava contando a história a Madeleine. "A cabeça se desintegrando." Madeleine ficou ouvindo, tentando encaixar o retrato que Auerbach esboçava no Leonard que ela conhecia, cuja cabeça era tudo menos fraca.

"Como assim?", Madeleine quis saber. "Você está dizendo que o Leonard está ficando louco?"

"Não é isso", Auerbach respondeu.

"Como assim a cabeça dele se desintegrando?"

"Foi o que ele disse que parecia. Pra ele", Auerbach explicou.

Quando a cabeça dele começou a desmontar, Leonard tentou evitar o desmoronamento falando com um fone de ouvido, para estender a mão e interagir com outra pessoa, para propiciar àquela pessoa uma descrição precisa do seu desespero, dos seus sintomas físicos, suas suposições hipocondríacas. Ele ligava para perguntar sobre as verrugas das pessoas. Será que elas nunca tiveram uma verruga com uma cara meio suspeita? Que sangrava ou mudava de forma? Ou uma coisinha vermelha no tronco do pênis? Será que podia ser herpes? Herpes era como? Qual era a diferença entre uma lesão de herpes e um cancro? Leonard forçava os limites da amizade masculina, Auerbach disse, ligando para os amigos e fazendo questionários sobre o estado das ereções deles. Será que eles já tinham ficado sem conseguir pôr de pé? Se sim, em que condições? Leonard começou a se referir às suas ereções como "Barbapapas". Eram ereções que dobravam, que eram moles como o velho bonequinho da infância. "De vez em quando eu fico super-Barbapapa", ele dizia. Ele ficava com medo de que ter viajado pelo Oregon de bicicleta durante um verão tivesse comprometido a sua próstata. Ele foi até a biblioteca e encontrou um estudo sobre disfunção erétil em atletas do Tour de France. Como Leonard era brilhante, e historicamente hilário, tinha acumulado uma bela reserva de boas impressões nas pessoas, lembranças de ótimos tempos com ele e, agora, no seu milhão de telefonemas, ele começou a se servir dessa reserva, de ligação em ligação, enquanto as pessoas esperavam acabar a sua cantilena e tentavam tirá-lo daquela depressão, e demorou bastante até ele esgotar aquela reserva de estima e admiração.

Os dias negros de Leonard sempre tinham feito parte do seu charme. Era um alívio ouvi-lo enumerar as suas fraquezas, as suas dúvidas a respeito da fórmula americana do sucesso. Tantas pessoas na universidade eram ligadas em ambição, com o ego vitaminado, inteligentes mas impiedosas, aplicadas mas insensíveis, brilhantes mas chatas, que todo mundo se sentia obrigado a ser animado, tudo-nos-conformes, positivo e operante, quando cada um sabia, no fundo do coração, que não era assim que realmente se sentia. As pessoas duvidavam de si próprias e tinham medo do futuro. Elas estavam intimidadas, assustadas e, assim, conversar com Leonard, que era tudo isso vezes dez, fazia as pessoas se sentirem menos mal, e menos sozinhas. Os telefonemas de Leonard eram como terapia por telefone. Além disso, ele estava pior que todo mundo! Ele era o dr. Freud e o dr. Destino, padre confessor e humilde penitente, terapeuta e ter-a-perda. Ele não estava se exibindo. Não estava fingindo. Ele falava honestamente e ouvia com compaixão. Nos seus melhores momentos, os telefonemas de Leonard eram uma espécie de arte e uma forma de sacerdócio.

E no entanto, Auerbach disse, mais ou menos nessa época o pessimismo de Leonard mudou. Ficou mais profundo; purificou-se. Ele perdeu o seu elemento cômico anterior, aquele ar de teatro, e virou desespero puro, sem aditivos, letal. O que quer que Leonard, que sempre tinha sido "deprimido", tivesse antes, não era depressão. *Aquilo* era depressão. Aquele monótono monólogo recitado por um cara que não tomou banho, deitado de costas no meio do piso. Aquela declamação monocórdia dos fracassos da sua vida ainda jovem, fracassos que na cabeça de Leonard já o deixavam condenado a uma vida de rendimentos sempre decrescentes. "Cadê o Leonard?", ele ficava perguntando, no telefone. Cadê o cara que conseguia escrever um ensaio de vinte páginas sobre Espinosa com a mão esquerda enquanto jogava xadrez com a direita? Cadê o Leonard professoral, fornecedor de informações obscuras sobre a história da tipografia flamenga em oposição à valona, verbalizador de disquisições a respeito dos méritos literários de dezesseis romancistas ganenses, quenianos e marfinenses, que tinham todos sido publicados nos anos 60 numa série de bolso chamada A Fazenda Africana que Leonard uma vez achou na Strand e comprou por cinquenta centavos cada volume e leu todos? "Cadê o Leonard?", Leonard perguntava. Leonard não sabia.

Logo os amigos de Leonard começaram a sacar que não fazia diferença para quem Leonard ligava. Ele esquecia quem estava na outra ponta da linha e, sempre que alguém dava um jeito de desligar, Leonard ligava para outra pessoa e continuava exatamente de onde tinha parado. E as pessoas estavam *ocupadas*. Elas tinham mais o que fazer. Então gradualmente os amigos dele começaram a inventar desculpas quando Leonard ligava. Eles diziam que tinham aula ou uma reunião com um professor. Eles encurtaram o tempo das conversas e, depois de um tempo, simplesmente pararam de atender o telefone. O próprio Auerbach tinha feito isso. Ele se sentia culpado agora, e era por isso que tinha ligado para Madeleine. "A gente sabia que o Leonard estava mal", ele disse, "mas a gente não sabia que ele estava *tão* mal assim."

Tudo isso levava ao dia em que o telefone de Auerbach tocou perto das cinco da tarde. Suspeitando que fosse Leonard, ele não atendeu. Mas o telefone ficou tocando sem parar e finalmente Auerbach não conseguiu mais suportar e atendeu.

"Ken?", Leonard disse com a voz trêmula. "Vão me dar um crédito incompleto, Ken. Eu não vou me formar."

"Quem foi que disse?"

"O professor Nalbandian acabou de ligar. Ele disse que não dá mais tempo de eu compensar os trabalhos que não entreguei. Aí ele vai me dar um incompleto."

Isso não foi uma surpresa para Auerbach. Mas a vulnerabilidade da voz de Leonard, aquele grito de criancinha-perdida-na-floresta, fez Auerbach querer dizer alguma coisa tranquilizadora. "Podia ser pior. Ele não vai te reprovar."

"Mas não é *isso*, Ken", Leonard disse, magoado. "O negócio é que ele é um dos meus professores, que eu espero que me escrevam umas cartas de recomendação. Eu fodi com tudo, Ken. Eu não vou me formar a tempo, com todo mundo. Se eu não me formar, eles vão cancelar o meu estágio no Pilgrim Lake. Eu não tenho grana, Ken. A minha família não vai me ajudar. Eu não sei como é que eu vou me virar. Eu só estou com vinte e dois anos e já fodi com a minha vida!"

Auerbach tentou argumentar com Leonard, acalmá-lo, mas, por mais que oferecesse alternativas, ele ficava fixado na situação terrível em que se encontrava. Reclamava que não tinha dinheiro, que a sua família não o ajudava como a dos outros caras de Brown, que a desvantagem que ele teve a vida toda, e agora isso, também, tinha levado àquele estado emocional precário. Eles ficaram dando voltas por mais de uma hora, Leonard respirando pesado no fone, com a voz soando cada vez mais desesperada, enquanto Auerbach ficava sem ter o que dizer e começava a oferecer táticas que pareciam tolas até para ele, por exemplo, que Leonard precisava parar de pensar tanto em si próprio, que ele devia sair e olhar as magnólias florindo nos gramados — ele tinha visto as magnólias? —, que ele podia tentar comparar a sua situação com a das pessoas que realmente estavam desesperadas, mineiros de ouro da América do Sul, ou tetraplégicos, ou pacientes com esclerose múltipla avançada, que a vida não era tão ruim quanto ele achava. E aí Leonard fez uma coisa que nunca tinha feito antes. Ele desligou na cara de Auerbach. Foi a única vez durante a sua mania telefônica que Leonard foi o primeiro a desligar, e isso assustou Auerbach. Ele ligou de novo e ninguém atendeu. Finalmente, depois de ligar para algumas pessoas que conheciam Leonard, Auerbach decidiu ir à Planet Street, onde encontrou Leonard num estado frenético. Depois de muita conversa, ele finalmente convenceu Leonard a ir com ele até o departamento de saúde, e o médico de lá internou Leonard para passar a noite. No dia seguinte, eles o mandaram para o Providence Hospital, onde ele estava agora na ala psiquiátrica, recebendo tratamento.

Com um pouco mais de tempo, Madeleine teria individualizado e identificado a confusão de emoções que a invadia. No primeiro plano havia pânico. Por trás dele havia constrangimento e raiva por ter sido a última a saber. Mas por baixo de tudo, fervilhando, havia uma estranha leveza.

"Eu conheço o Leonard desde que ele foi diagnosticado pela primeira vez", Auerbach disse. "No primeiro ano. Se ele toma o remédio dele, tudo bem. Ele sempre ficou bem. Só que ele precisa de um pouco de apoio agora. É basicamente por isso que eu liguei."

"Obrigada", Madeleine disse. "Que bom que você ligou."

"Até agora, eu e mais umas pessoas estamos dando conta, nisso dos horários de visitas. Mas hoje está todo mundo ocupado. E — sei lá — eu sei que o Leonard ia gostar de te ver."

"Ele disse isso?"

"Ele não *disse*. Mas eu estive com ele ontem à noite e sei que ele ia gostar."

Com isso, Auerbach lhe deu o endereço do hospital e o número do posto de enfermagem, e disse tchau.

Madeleine agora estava cheia de determinação. Pondo o fone firmemente no lugar, ela marchou para fora do quarto, entrando na sala de estar.

Olivia ainda estava com as pernas em cima da mesinha, deixando as unhas secar. Abby estava enchendo um copo com uma vitamina cor-de-rosa batida no liquidificador.

"Suas traidoras!", Madeleine gritou.

"O quê?", Abby disse, surpresa.

"Vocês sabiam!", Madeleine exclamou. "Vocês sabiam que o Leonard estava no hospital o tempo todo. Foi por isso que vocês disseram que ele não ia estar na festa."

Abby e Olivia trocaram olhares. Cada uma estava esperando a outra falar.

"Vocês sabiam e não me falaram!"

"A gente fez pro teu bem", Abby disse, com uma cara toda preocupada. "A gente não queria que você ficasse chateada e começasse a ficar obcecada. Assim, você nem estava indo pra aula direito, tá? Você estava começando a superar o Leonard e a gente achou que..."

"O que é que você ia achar se o Whitney estivesse internado e eu não te contasse?"

"Aí é diferente", Abby disse. "Você e o Leonard tinham terminado. Vocês não estavam nem se falando."

"É a mesma coisa", Madeleine disse.

"Eu ainda estou *saindo* com o Whitney."

"Como é que vocês podiam saber e não me contar?"

"O.K.", Abby disse. "*Desculpa*. A gente sente muito mesmo."

"Vocês mentiram pra mim."

Olivia sacudiu a cabeça, sem disposição para aceitar uma coisa dessas. "O Leonard é louco", ela disse. "Você sacou essa parte? Desculpa, Maddy, mas o Leonard é louco. Ele não queria sair de casa! Tiveram que chamar a segurança pra derrubar a porta dele."

Esses detalhes eram novos. Madeleine os absorveu para análise posterior. "O Leonard não é louco", ela contestou. "Ele só está deprimido. É uma doença."

Ela não sabia se era uma doença. Ela não sabia nada do assunto. Mas a velocidade com que tinha sacado do ar essa certeza tinha o benefício adicional de fazê-la acreditar no que estava dizendo.

Abby ainda estava com cara de compungida, olhos cintilantes, cabeça de lado. Tinha vitamina no lábio superior. "A gente só estava preocupada com você, Mad", ela disse. "A gente estava com medo de você poder usar isso pra voltar com o Leonard."

"Ah, então vocês estavam me protegendo."

"Não precisa ser sarcástica", Olivia falou.

"Eu não acredito que eu joguei fora o meu último ano de faculdade com vocês duas."

"Ah, até parece que foi um superprazer morar com você!", Olivia disse com uma alegria enfurecida. "Você e os seus *Fragmentos de um discurso amoroso*. Dá um tempo! Sabe aquele trecho que você vive citando? De como ninguém ia se apaixonar se não tivesse lido sobre a paixão? Bom, você só lê sobre paixão."

"Acho que você tem que concordar que foi bem simpático a gente te convidar pra morar aqui", Abby disse, lambendo a vitamina do lábio. "Assim, foi a gente que achou esse apê e pagou a caução e tudo."

"Eu queria que vocês nunca tivessem me convidado", Madeleine disse. "Aí de repente eu estaria morando com alguém de confiança."

"Vamos", Abby cortou, dando as costas para Madeleine com um ar de decisão. "A gente tem que ir pro desfile."

"As minhas unhas não secaram", Olivia disse.

"Vamos. A gente está atrasada."

Madeleine não ficou esperando ouvir mais. Dando as costas, ela foi para o quarto e fechou a porta. Quando teve certeza de que Abby e Olivia tinham saído, ela pegou as suas coisas de formatura — o capelo e a beca, a borla — e seguiu para o corredor de entrada. Eram 9h32. Ela tinha doze minutos para chegar ao campus.

O caminho mais rápido para subir a colina — e no qual ela não corria o risco de passar pelas amigas — era pela Bowen Street. Mas a Bowen Street tinha lá seus perigos. Mitchell morava ali e ela não estava nada a fim de topar com ele de novo. Ela dobrou cautelosamente a esquina e, como não o viu, passou correndo pela casa dele e começou a subida.

A trilha estava escorregadia por causa da chuva. Quando Madeleine chegou ao topo, os seus mocassins estavam cobertos de lama. A sua cabeça começou a latejar de novo e, à medida que andava apressada, uma rajada do cheiro do seu próprio corpo subia da gola do vestido. Pela primeira vez, ela examinou a mancha. Podia ser qualquer coisa. Mesmo assim, ela parou, enfiou a beca pela cabeça e continuou a subir.

Ela imaginou Leonard sitiado no apartamento, com o pessoal da segurança derrubando a porta, e uma ternura amedrontada tomou conta dela.

E no entanto havia essa leveza contrabalançando tudo, um balão que subia dentro dela apesar da emergência imediata...

Chegando à Congdon Street, ela ganhou velocidade. Em algumas quadras ela via a multidão. Policiais tinham parado o trânsito, e pessoas com capas de chuva estavam lotando a Prospect e a College Street, na frente do prédio das artes e da biblioteca. O vento estava crescendo de novo, os topos dos elmos sacudindo no alto o céu de trevas.

Passando pela torre Carrie, Madeleine ouviu uma banda marcial afinando. Alunos de pós-graduação e de medicina se perfilavam na Waterman Street, enquanto funcionários com roupas cerimoniais verificavam a formação. Ela queria passar pelo arco da Faunce House para chegar ao gramado, mas a fila de alunos bloqueava a passagem. Em vez de esperar, ela pegou o caminho mais longo passando pela Faunce House e descendo a escada do correio, com o intuito de chegar ao gramado pela passagem subterrânea. Quando cruzava aquele espaço, uma ideia lhe ocorreu. Ela verificou o relógio de novo. Eram 9h41. Ela tinha quatro minutos.

A caixa postal de Madeleine ficava na fileira mais baixa de caixas viradas para a frente. Para discar a combinação, ela pôs um joelho no chão, o que fez com que se sentisse esperançosa e ao mesmo tempo vulnerável. A porta de latão se abriu para a fenda enegrecida pelo tempo. Dentro havia um único envelope. Calma (pois o candidato de sucesso não exibia angústia nem pressa), Madeleine tirou-o dali.

Era uma carta de Yale, rasgada e embalada em um envelope de plástico do correio com um aviso impresso: "Esta correspondência foi danificada a caminho do destinatário. Lamentamos o atraso na entrega".

Ela abriu o plástico lacrado e delicadamente tirou o envelope de papel, tentando não rasgá-lo mais. Tinha ficado preso em alguma máquina de separação de correspondência. O selo registrava: "10 de abril, 1982".

O correio da Faunce House sabia tudo de cartas de admissão. Todo ano chegava uma batelada daquelas cartas, de faculdades de medicina, de direito, de programas de pós-graduação. Alunos se ajoelharam na frente dessas caixas, exatamente como ela agora fazia, para pegar cartas que os transformaram instantaneamente em bolsistas Rhodes, assistentes do Senado, focas de redação, alunos Wharton. Quando Madeleine abria o envelope, ocorreu-lhe que não era muito pesado.

Cara senhorita Hanna,
Esta carta é para informar-lhe que o Programa de Pós-Graduação em Letras da Universidade de Yale não poderá lhe oferecer uma vaga no próximo ano acadêmico de 1982-83. Nós recebemos muitas inscrições qualificadas todo ano e lamentamos não podermos sempre...

Ela não emitiu nenhum som. Não revelou nenhum sinal de desilusão. Suavemente, ela fechou a sua caixa, girando o botão, e, erguendo-se inteira, caminhou com boa postura pela agência do correio. Perto da porta, terminando o serviço que o correio tinha começado, ela rasgou a carta em duas, jogando os pedaços no cesto de lixo reciclável.

Os alunos A, B, C e D se inscreveram para a pós-graduação em Yale. Se A é o editor do jornal *The Harvard Crimson*; B é um bolsista Rhodes que publicou uma monografia sobre *Paraíso Perdido* na revista *Milton Quarterly*; C é um prodígio inglês de dezenove anos de idade que fala russo e francês e é parente da primeira-ministra Thatcher; e D é uma aluna de letras cuja inscrição continha um ensaiozinho bem mais ou menos sobre os conectivos no poema medieval *Pearl*, mais uma nota mediana na parte de lógica do teste de admissão, qual dos alunos está mais perdido que cachorro em dia de mudança?

Ela tinha sido reprovada lá em abril, dois meses atrás. O seu destino tinha sido selado antes mesmo de ela terminar com Leonard, o que significava que a única coisa com que ela vinha contando para ganhar algum ânimo nessas últimas três semanas era uma ilusão. Mais uma informação crucial que não lhe tinha sido fornecida.

Vieram gritos do gramado. Com resignação, Madeleine pôs o capelo na cabeça como se fosse um gorro de bobo da corte. Ela saiu da agência, subindo a escada até o gramado.

No verdejante espaço aberto, famílias esperavam que a procissão começasse. Três menininhas tinham subido no colo brônzeo da escultura de Henry Moore, sorrindo e soltando risadinhas, enquanto o pai delas se ajoelhava na grama para tirar fotografias. Batalhões de ex-alunos andavam cambaleantes de lá para cá, comemorando o encontro de antigos amigos, usando chapéus de palha ou bonés de Brown que ostentavam o ano das suas turmas.

Na frente do Sayles Hall as pessoas começaram a gritar. Madeleine ficou olhando enquanto um sujeito paleolítico, uma múmia de um ex-aluno envolvido num blazer listrado, era empurrado para o campo de visão dela por um séquito de netos e bisnetos. Dos braços da sua cadeira de rodas subia um buquê de balões de hélio rumo ao ar de primavera, cada balão vermelho pintado com um "Turma de 09" marrom. O velho estava com a mão erguida para receber os aplausos. Estava sorrindo com dentes compridos, macabros, o rosto resplandecente de satisfação por sob o chapéu de guarda da torre de Londres que trazia na cabeça.

Madeleine assistiu à passagem do velho. Naquele momento, a banda começou a música do desfile e a parada de formatura teve início. O reitor com cara de empresário, trajando vestes acadêmicas listradas de veludo e um gorro florentino molenga, puxava o desfile, segurando uma lança medieval. Atrás dele vinham plutocráticos conselheiros, e os macrocefálicos e ruivos membros vivos da família Brown, e prebostes e deões variados. Os formandos, caminhando aos pares, jorravam do arco Wayland e por sobre o gramado. A parada seguia passando pelo University Hall e na direção dos portões Van Wickle, onde os pais — inclusive Alton e Phyllida — estavam ansiosamente aglomerados.

Madeleine olhava o desfile, esperando um lugar em que pudesse entrar. Ela procurava o rosto de algum conhecido, a sua amiga Kelly Traub ou até Lollie e Pookie Ames. Ao mesmo tempo, o seu receio de topar com Mitchell de novo, ou com Olivia e Abby, fazia com que se contivesse, ficando um tanto atrás de um pai pançudo que equilibrava uma câmera de vídeo.

Ela não conseguia lembrar de que lado devia cair a borla, esquerdo ou direito.

A turma de formandos tinha perto de mil e duzentos membros. Eles continuavam passando, dois a dois, sorridentes e ridentes, socando o ar e se cumprimentando com as palmas das mãos no ar. Mas cada pessoa que passava naquele fluxo era alguém que Madeleine nunca tinha visto. Depois de quatro anos na universidade, ninguém era alguém que ela conhecesse.

Só uns cem formandos tinham passado até ali, mas Madeleine não esperou o resto. O rosto que ela queria ver não estava aqui, afinal. Dando as costas, ela voltou pelo arco da Faunce House e seguiu pela Waterman na direção da Thayer Street. Com pressa, quase começando a correr, ela chegou à esquina, onde o trânsito passava. Um minuto depois, fez sinal para um táxi e disse para o motorista levá-la ao Providence Hospital.

Eles estavam acabando de fumar o baseado quando a fila começou a andar.

Por meia hora Mitchell e Larry tinham ficado de pé na vociferante sombra do Wriston Quad, o ponto médio de uma longa linha negra de formandos que se estendia do gramado central pelo longo caminho até o arco coberto de hera e mais atrás deles, e saía pela Thayer Street. As calçadas estreitas davam forma à fila na frente e atrás, mas no espaço aberto do gramado ela inflava, tornando-se uma festa a céu aberto. As pessoas estavam se acotovelando, circulando.

Mitchell tapava o vento com o corpo para que Larry conseguisse acender o baseado. Estava todo mundo reclamando de como estava frio e andando para a frente e para trás para se manter aquecido.

Havia múltiplas maneiras de desafiar as solenidades do dia. Algumas pessoas usavam os capelos em ângulos bizarros. Outros tinham decorado os chapéus com adesivos ou com tinta. As meninas optavam por boás de plumas, ou óculos de férias na praia, ou brincos de espelhos como minibolas de discoteca. Mitchell observou que tais mostras de desobediência eram lugar-comum em cerimônias de formatura e, portanto, tão tradicionais quanto as formalidades que tentavam subverter, antes de pegar o baseado com Larry e de desafiar a solenidade do dia com o seu próprio lugar-comum.

"*Gaudeamus igitur*", ele disse, e deu uma tragada.

Como um ovo engolido por uma serpente negra, o sinal para começar a marchar estava abrindo caminho, por meio de um peristaltismo quase invisível, pelas curvas e voltas da parada reunida. Mas ninguém parecia ainda se mover. Mitchell apertava os olhos para ver lá na frente. Por fim, o sinal chegou às pessoas imediatamente à frente de Larry e Mitchell e, toda ao mesmo tempo, a fila inteira saltou adiante.

Eles passavam o baseado, fumando agora mais rápido.

Mais adiante na fila, Mark Klemke se virou, contorcendo as sobrancelhas, e disse: "Eu estou pelado embaixo dessa beca".

Muita gente tinha trazido câmeras. Anúncios lhes haviam dito para guardar este momento em filme, e portanto eles estavam gravando aquilo tudo.

Era possível se sentir superior aos outros e marginalizado ao mesmo tempo.

Eles põem você em fila no jardim de infância, por ordem alfabética. Nos passeios da quarta série você segura na mão do coleguinha para ir passando pelo boi-almiscarado ou pela turbina a vapor. A escola era uma fila perpétua, que acabava nesta aqui. Mitchell e Larry foram saindo lentamente da escuridão vegetal do Wriston Quad. O solo ainda estava meio frio, sem som. Algum engraçadinho tinha subido na estátua de Marco Aurélio para colocar um capelo na cabeça do estoico. O cavalo dele estava com um "82" pintado em seu flanco metálico. Depois de subir a escada que levava ao Leeds Theatre, eles continuaram, passando pelo Sayles e o Richardson Hall e chegando ao gramado. O céu parecia alguma coisa saída de um El Greco. O programa de alguém passou voando.

Larry ofereceu a bagana, mas Mitchell sacudiu a cabeça. "Eu estou chapado", ele disse.

"Eu também."

Eles estavam dando passinhos curtos, de prisioneiros acorrentados, chegando ao palco coberto na frente do University Hall diante de um mar de cadeiras brancas dobráveis. No topo da trilha, a fila parou. Sentir uma onda de cansaço lembrou a Mitchell por que ele não gostava de ficar chapado de manhã. Depois do primeiro choque de energia, o dia virava um pedregulho que você tinha que empurrar morro acima. Ele ia ter que parar de fumar maconha nessa viagem. Ele ia ter que tomar jeito.

A fila começou a andar de novo. Por entre os olmos, na distância, Mitchell entrevia o perfil dos prédios da cidade, e os portões Van Wickle erguiam-se logo à frente e, junto com mil colegas, Mitchell foi levado através deles.

As pessoas davam os gritinhos de praxe, jogando os capelos para o alto. A multidão lá fora era densa e sofria de grande carência de filhos. Dentre a massa de rostos de meia-idade, os dos pais do próprio Mitchell emergiam com surpreendente claridade. Deanie, com um blazer azul e uma capa de chuva London Fog, deu um sorriso enorme ao ver o filho mais novo, tendo aparentemente esquecido que nunca quis que Mitchell fizesse universidade na Costa Leste e fosse estragado pelos liberais. Lilian acenava com as duas mãos daquele jeito que as pessoas baixinhas têm de chamar atenção. Sob o poder alienante da marijuana, sem nem contar o de quatro anos de universidade, Mitchell ficou deprimido com a viseira de brim cafona que a sua mãe usava e com a falta geral de sofisticação de seus pais. Mas alguma coisa estava acontecendo com ele. Os portões já estavam fazendo alguma coisa com ele, porque, ao erguer a mão para responder ao aceno dos pais, Mitchell se sentiu de novo dez anos mais velho, com os olhos se enchendo de lágrimas, afogado de comoção diante desses dois seres humanos que, como figuras de um relato mítico, tinham durante toda a vida dele detido a capacidade de se fundir com o fundo da cena, de se transformar em pedra ou madeira, somente para voltarem à vida, em momentos-chave como este, para testemunhar a jornada do seu herói. Lilian estava com uma câmera. Ela tirava fotos. Era por isso que Mitchell não precisava nem pensar no assunto.

Larry e ele passaram voando pela multidão animada e desceram a College Street. Mitchell ficou de olho, tentando achar os Hanna, mas não os viu. Também não viu Madeleine.

No fim da descida, a procissão perdeu embalo, e a turma de formandos de 1982, deixando-se ficar pelo meio-fio, também se transformou em espectadora.

Mitchell tirou o capelo e enxugou a testa. Ele não estava muito a fim de comemorar. A universidade tinha sido moleza. A ideia de que se formar era algum tipo de façanha lhe parecia uma piada. Mas ele *tinha* se divertido, muito, e naquele exato momento estava reverentemente doidão, então ficou parado aplaudindo os colegas, tentando se juntar ao júbilo do dia da melhor forma que podia.

Ele não pensava em coisas religiosas, nem recitava a Oração de Jesus, quando percebeu o professor Richter descendo a colina, marchando na sua direção. Agora era a brigada discente, professores titulares e assistentes em trajes de gala, com as estolas doutorais orladas do veludo que representava as suas cátedras e forradas do cetim que representava as universidades em que *eles* tinham se formado, o carmim de Harvard, o verde de Dartmouth, o azul-claro de Tufts.

Foi uma surpresa para Mitchell ver o professor Richter participar de um desfile assim tão bobo. Ele podia ter ficado em casa lendo Heidegger, mas em vez disso estava aqui, perdendo tempo marchando morro abaixo em honra de mais uma cerimônia de formatura, e marchando com o que parecia ser plena satisfação.

No legítimo ponto final da sua carreira universitária, Mitchell ficou com essa visão chocante: Herr Doktor Professor Richter desfilando, com o rosto resplandecendo de alegria pueril que jamais havia demonstrado na sala de aula de Religião e Alienação. Como se Richter tivesse encontrado a cura para a alienação. Como se tivesse vencido os tempos atuais, contra todas as expectativas.

* * *

"Parabéns!", o taxista disse.

Madeleine ergueu os olhos, momentaneamente confusa, antes de lembrar o que estava vestindo.

"Obrigada", ela respondeu.

Como quase todas as ruas em volta do campus estavam fechadas, o taxista deu a volta na universidade, descendo a Hope Street até Wickenden.

"Você se formou em medicina?"

"Como assim?"

O taxista ergueu as mãos do volante. "A gente está indo pro hospital, né? Aí eu achei que de repente você estava pensando em ser médica."

"Não, eu não", Madeleine respondeu quase inaudivelmente, olhando pela janela. O taxista compreendeu a mensagem e ficou calado pelo resto do trajeto.

Quando o táxi atravessou o rio, Madeleine tirou o capelo e a beca. O interior do carro cheirava a aromatizador de ambiente, alguma coisa não invasiva, como baunilha. Madeleine sempre gostou de aromatizadores. Ela nunca tinha achado nada sobre isso até Leonard lhe dizer que aquilo indicava uma disposição, da parte dela, de evitar realidades desagradáveis. "Não é que a sala não esteja com um cheiro ruim", ele dissera. "É só que você não consegue cheirar a sala." Ela tinha ficado com a impressão de ter pegado Leonard em uma inconsistência lógica, e tinha exclamado, "Como é que uma sala pode estar cheirando mal se está cheirando bem?" E ele tinha respondido: "Ah, mas está cheirando mal, sim. Você está confundindo propriedades e substâncias".

Era esse o tipo de conversa que ela tinha com Leonard. Elas eram uma das razões por que ela gostava tanto dele. Você podia estar indo para qualquer lugar, fazendo qualquer coisa, e um aromatizador de ambientes levava a um pequeno simpósio.

Mas ela agora ficava imaginando se esses pensamentos multifacetados não tinham na verdade levado Leonard direto para onde ele estava agora.

O táxi encostou na frente de um hospital que evocava um Holiday Inn que envelhecera muito mal. Com oito andares, fachada de vidro, o prédio branco parecia maculado, como se tivesse absorvido a imundície das ruas vizinhas. Os vasos de concreto que flanqueavam a entrada não continham flores, só bitucas de cigarro. Uma figura aracnoide, que sugeria as agruras da vida operária e doenças relacionadas ao trabalho, se arrastava com um andador pelas portas automáticas que funcionavam perfeitamente.

No saguão com jeito de átrio, Madeleine dobrou duas vezes na direção errada antes de achar a recepção. A moça deu só uma olhada para ela antes perguntar: "Você veio ver o Bankhead?".

Madeleine foi apanhada de surpresa. Aí ela deu uma espiada na sala de espera e viu que era a única branca ali.

"Isso."

"Você ainda não pode subir. Já tem muita gente lá. Quando alguém descer eu deixo você subir."

Isso era outra surpresa. O colapso emocional de Leonard, e a bem da verdade toda a sua fachada de adulto não funcional, não batia com um excesso de visitantes no hospital. Madeleine ficou com ciúme desses outros desconhecidos.

Ela preencheu um formulário e sentou de frente para os elevadores. O carpete tinha um padrão pensado para melhorar o humor das pessoas, com quadrados azuis que emolduravam os desenhos de giz de cera de várias crianças: um arco-íris, um unicórnio, uma família feliz. As pessoas tinham trazido comida pronta para comer enquanto esperavam, caixinhas de isopor com frango à moda jamaicana e churrasquinho. Na cadeira diante dela, uma criancinha tirava uma soneca.

Madeleine ficou olhando o carpete sem proveito.

Depois de vinte longos minutos, as portas do elevador se abriram e dois rapazes brancos desceram. Felizmente, os dois eram homens. Um cara era alto, com um topete enorme, o outro, baixo, usando uma camiseta com a famosa fotografia de Einstein de língua de fora.

"Pra mim, ele pareceu legal", o primeiro cara disse. "Achei que ele estava melhor."

"Já foi pior que aquilo? Meu Deus, eu preciso de um cigarro."

Eles passaram sem perceber Madeleine.

Assim que eles saíram, ela foi até a recepcionista.

"Quarto andar", a mulher disse, entregando-lhe um passe.

O elevador de grande capacidade, projetado para acomodar camas e equipamento médico, subiu devagar, com Madeleine como a única ocupante. Passando pela Obstetrícia e a Reumatologia, pela Osteologia e a Oncologia, depois de todos os males que podiam acometer o corpo humano, e que não haviam acometido Leonard, o elevador a levou para a Ala Psiquiátrica, onde o que acometia as pessoas acometia a cabeça. Ela tinha sido preparada, pelo cinema, para um tipo de cárcere hostil. Mas, a não ser por um botão vermelho que abria as portas duplas pelo lado de fora (um botão que não tinha um correspondente pelo lado de *dentro*), mal havia sinal de confinamento. O corredor era verde-claro, com um linóleo muito polido, que rangia sob os pés. Um carrinho de comida estava encostado na parede. Os poucos pacientes visíveis nos quartos — *doentes mentais*, Madeleine não conseguia deixar de pensar — estavam matando tempo como fazem todos os convalescentes, lendo, dormindo um pouco, olhando pela janela.

No posto de enfermagem, ela perguntou por Leonard Bankhead e lhe apontaram a sala de visitas no fim do corredor.

Assim que Madeleine entrou na sala, a luz a fez piscar. A própria luminosidade da sala de visitas parecia uma terapia contra a depressão. Sombras eram proibidas. Madeleine entrecerrou os olhos, mirando as mesas de fórmica em volta dela onde pacientes de roupão e de chinelo estavam sentados sozinhos ou acompanhados por visitantes que usavam sapatos. Uma TV estava aparafusada a um canto, num suporte elevado, com o volume bem alto. Janelas distribuídas com regularidade davam vistas para telhados urbanos que se projetavam e caíam na direção da baía.

Leonard estava sentado numa cadeira a quatro metros dali. Um cara de óculos estava inclinado, falando com ele.

"Então, Leonard", o cara de óculos dizia. "Você inventou uma doencinha mental pra entrar aqui e ter ajuda. E agora você está aqui e teve ajuda, e você percebeu que de repente não está tão mal quanto achava."

Leonard parecia ouvir atentamente o que o cara dizia. Ele não usava um roupão do hospital, como Madeleine esperava, mas as suas roupas normais — camisa de operário, calça de carpinteiro, bandana azul na cabeça. A única coisa que estava faltando eram as botas Timberland. Leonard usava um chinelo do hospital, aberto na frente, de meias. A barba sempre por fazer estava um pouco maior que o normal.

"Você estava com uns problemas que a terapia não estava resolvendo", o cara de óculos disse, "e aí você teve que dar uma exagerada nos problemas pra fazer eles aparecerem numa arena maior, pra alguém resolver." Fosse quem fosse aquele cara, ele parecia tremendamente satisfeito com a própria interpretação. Ele se recostou na cadeira, olhando para Leonard como quem espera aplausos.

Madeleine aproveitou essa oportunidade para chegar até eles.

Ao vê-la, Leonard se levantou da cadeira.

"Madeleine. Oi", ele disse delicadamente. "Obrigado por vir."

E assim ficou estabelecido: a gravidade da situação de Leonard passava por cima do fato de que eles tinham terminado. Anulava. O que queria dizer que ela podia dar um abraço nele, se quisesse.

Mas ela não deu. Estava com medo de que o contato físico pudesse ser proibido.

"Você conhece o Henry?", Leonard perguntou, mantendo as formalidades. "Madeleine, Henry. Henry, Madeleine."

"Bem-vinda ao horário de visita", Henry disse. Ele tinha uma voz grave, a voz da autoridade. Estava com um paletó xadrez colorido que pinicava embaixo do braço e uma camisa branca.

A luminosidade terrível da sala tinha o efeito de tornar reflexivas as janelas que iam do piso ao teto, mesmo estando claro lá fora. Madeleine viu a imagem-fantasma de si própria olhando para um Leonard igualmente fantasmático. Uma moça que não tinha visitas — e que estava com um roupão de banho, com um cabelo maluco e despenteado — rodava pela sala, resmungando sozinha.

"Lugarzinho bacana, hein?", Leonard disse.

"Parece legal."

"É um hospital público. É pra cá que as pessoas vêm se não têm dinheiro pra ir pra um lugar que nem Silverlake."

"Leonard está um pouco decepcionado", Henry explicou, "por não estar na companhia de depressivos de primeira classe."

Madeleine não sabia quem era Henry ou por que ele estava ali. A jocosidade dele soava, na melhor das hipóteses, indelicada, se não maldosa de vez. Mas Leonard não parecia estar incomodado. Ele acolhia com uma carência apostólica tudo que Henry dizia. Isso e o seu jeito de vez por outra morder o lábio superior eram as únicas coisas que pareciam estranhas com ele.

"O lado positivo da baixa autoestima é a grandiosidade", Leonard observou.

"Isso mesmo", Henry disse. "Então, se você vai pirar, você quer pirar que nem o Robert Lowell."

Madeleine achou que a escolha da expressão *pirar* também estava longe de ser ideal. Ela ficou com um pouco de raiva de Henry por causa disso. Ao mesmo tempo, o fato de Henry fazer pouco da doença de Leonard sugeria que talvez não fosse assim tão sério.

Talvez Henry estivesse lidando com aquilo tudo do jeito certo. Ela estava ansiosa por qualquer dica. Mas leveza ela não conseguiria. Sentia-se dolorosamente constrangida e sem palavras.

Madeleine jamais estivera perto de alguém com uma doença mental confirmada. Ela evitava por instinto as pessoas instáveis. Por mais que essa atitude fosse dura, era parte e elemento de ser um Hanna, de ser uma pessoa positiva, privilegiada, protegida, exemplar. Se havia uma coisa que Madeleine Hanna não era, era uma pessoa mentalmente instável. Pelo menos era esse o plano. Mas em algum momento depois de encontrar Billy Bainbridge na cama com duas mulheres, Madeleine tinha se dado conta de uma capacidade de sentir uma tristeza desamparada que não era nada diferente da depressão clínica; e certamente nessas últimas semanas, soluçando no quarto por causa do fim do namoro com Leonard, ficando bêbada e transando com Thurston Meems, colocando as últimas esperanças na admissão num programa de pós-graduação em que ela nem tinha certeza se queria estudar, derrubada pelo amor, pela promiscuidade vazia, pela dúvida quanto a si própria, Madeleine reconheceu que ela e uma pessoa com uma doença mental não eram necessariamente categorias mutuamente excludentes.

Uma frase de Barthes de que ela lembrava: *Todo apaixonado é louco, dizem-nos. Mas conseguimos imaginar um louco apaixonado?*

"O Leonard está com medo que deixem ele aqui de uma vez, o que eu não acho que seja o caso." Henry começou a falar de novo. "Você está legal, Leonard. Só diga pro pessoal do departamento médico o que você me disse. Eles só estão deixando você aqui pra observação."

"Eles devem ligar daqui a pouco", Leonard informou a Madeleine.

"Você inventou uma doencinha mental pra entrar aqui e ter ajuda", Henry repetiu mais uma vez. "E agora você está melhor e está pronto pra ir pra casa."

Leonard se inclinava para a frente, todo ouvidos. "Eu só quero sair daqui", ele disse. "Eu tenho que terminar três créditos. Eu só quero terminar aqueles cursos e me formar."

Madeleine nunca tinha visto Leonard tão comportado. O aluninho bem-disposto, o paciente modelo.

"Que bom", Henry disse. "Isso é saudável. Você quer a sua vida de volta."

Leonard olhava de Henry para Madeleine e repetia roboticamente: "Eu quero a minha vida de volta. Eu quero sair daqui e terminar os meus cursos e me formar".

Uma enfermeira meteu a cabeça na sala.

"Leonard? Dra. Shieu no telefone pra você."

Ansioso como alguém que está sendo entrevistado para um emprego, Leonard se levantou. "É agora."

"Diga pra figura o que você me disse", Henry falou.

Quando Leonard saiu, os dois ficaram em silêncio. Finalmente Henry falou.

"Eu imagino que você seja a namorada do Leonard."

"Não está claro, a essa altura", Madeleine respondeu.

"Ele está em estado de fuga." Henry girava o indicador no ar. "Só um *loop* de fita, rodando sem parar."

"Mas você acabou de dizer pra ele que ele estava legal."

"Bom, é o que o Leonard quer ouvir."

"Mas você não é médico."

"Não. Mas eu sou aluno de psicologia. O que significa que eu li um montão de Freud." Ele abriu um sorriso amplo, sem jeito, coquete, de gato de Cheshire.

"E nós aqui", Madeleine replicou azeda, "vivendo em tempos pós-freudianos."

Henry aguentou esse cutucão com algo que parecia prazer. "Se você *é* a namorada do Leonard", ele disse, "ou se você está pensando em *virar* namorada do Leonard, ou se está pensando em voltar a ficar com ele, o meu conselho seria não fazer uma coisa dessas."

"E você é quem mesmo, afinal?"

"Só um cara que sabe, por experiência pessoal, como pode ser atraente pensar que a gente pode salvar alguém com o nosso amor."

"Eu podia jurar que a gente mal se conhece", Madeleine disse. "E que você não sabe nada de mim."

Henry se levantou. Com um ar levemente ofendido, mas com inabalada confiança, ele falou: "As pessoas não se salvam umas às outras. As pessoas se salvam sozinhas".

Ele a deixou com isso para pensar.

A mulher do cabelo despenteado estava encarando a tv, atando e desatando a faixa do roupão. Uma negra jovem, também de idade universitária, estava sentada a uma mesa com o que se afigurava ser os pais dela. Eles pareciam acostumados ao ambiente.

Depois de mais alguns minutos, Leonard voltou. A mulher do cabelo despenteado bradou: "Ô, Leonard. Você viu algum almoço por lá?".

"Não vi, não", Leonard respondeu. "Ainda não."

"Eu estava precisando de um almocinho."

"Mais uma meia horinha e já vai chegar", Leonard disse, obsequioso.

Ele tinha um ar mais de médico que de paciente. A mulher parecia confiar nele. Ela concordou com a cabeça e desviou o olhar.

Leonard sentou na cadeira e se inclinou para a frente, balançando o joelho.

Madeleine estava tentando pensar em alguma coisa para dizer, mas tudo que ela pensava soava como uma agressão. *Faz quanto tempo que você está aqui? Por que você não me falou? É verdade que te diagnosticaram três anos atrás? Por que você não me contou que estava tomando remédio? As minhas amigas sabiam e eu não!*

Ela se decidiu por "O que foi que a médica disse?".

"Ela não quer me dar alta ainda", Leonard disse equânime, criando coragem para encarar os fatos. "Ela não quer *falar* em me dar alta ainda."

"Só vá na dela. Só fique aqui e dê uma descansada. Eu aposto que dava pra você terminar os cursos aqui."

Leonard olhava de um lado para o outro, falando baixinho para que ninguém entreouvisse. "É meio que a única coisa que dá pra eu fazer. É que nem eu falei pra você, isso aqui é um hospital público."

"E isso quer dizer o quê?"

"Quer dizer que basicamente eles enfiam remédio nas pessoas."

"Você está tomando alguma coisa?"

Ele hesitou antes de responder. "Lítio, basicamente. Que eu já tomo faz um tempinho. Eles estão recalibrando a minha dose."

140

"E está funcionando?"

"Com uns efeitos colaterais, mas está. Essencialmente a resposta é sim."

Era difícil dizer se isso era um fato, ou se Leonard queria que fosse. Parecia que ele estava se concentrando intensamente no rosto de Madeleine, como se ele fosse lhe dar informações cruciais.

Abruptamente, ele se virou e contemplou o seu reflexo na janela, esfregando as bochechas.

"Eles só deixam a gente fazer a barba uma vez por semana", ele disse. "Um auxiliar de enfermagem tem que estar junto."

"Por quê?"

"Gilete. É por isso que eu estou com essa cara."

Madeleine deu uma espiada na sala para ver se alguém estava barbeado. Ninguém estava.

"Por que você não me ligou?", ela perguntou.

"A gente terminou."

"Leonard! Se eu soubesse que você estava deprimido, isso não ia fazer diferença."

"A gente ter terminado era a *razão* de eu estar deprimido", Leonard disse.

Essa era nova. Era, de uma forma inadequada mas bem real, uma boa-nova.

"Eu sabotei a gente", Leonard falou. "Agora eu percebo. Agora eu estou conseguindo pensar um pouco mais direito. Uma parte desse negócio de crescer numa família que nem a minha, uma família de alcoólatras, é que você começa a normalizar a doença e a disfuncionalidade. Doença e disfuncionalidade são coisas normais pra mim. O que não é normal é eu me sentir..." Ele se interrompeu. Inclinou a cabeça, com os olhos escuros focados no linóleo, enquanto continuava: "Lembra aquele dia que você disse que me amava? Lembra aquilo? Está vendo, você conseguiu fazer aquilo porque você é basicamente uma pessoa normal, que cresceu numa família amorosa e normal. Você conseguia correr um risco daqueles. Mas na *minha* família a gente não ficava dizendo que se amava. A gente ficava era gritando uns com os outros. Aí o que é que eu faço, quando você diz que me ama? Eu vou lá e solapo. Eu vou lá e rejeito aquilo tudo jogando o Roland Barthes na sua cara".

A depressão não acabava necessariamente com a aparência da pessoa. Só o jeito de Leonard mexer os lábios, que ficava chupando e mordendo de vez em quando, indicava que ele estava tomando algum remédio.

"E aí você foi embora", ele continuou. "Você se mandou. E você estava certa, Madeleine." Leonard agora olhava para ela, com o rosto cheio de dor. "Eu sou estragado", ele disse.

"Não é, não."

"Depois que você saiu naquele dia, eu deitei na cama e não me levantei por uma semana. Eu só fiquei lá deitado pensando como eu tinha sabotado a melhor chance que já tive de ser feliz na vida. A melhor chance que eu já tive de ficar com uma pessoa inteligente, linda e normal. O tipo de pessoa que podia formar um time comigo." Ele se inclinou para a frente e contemplou com intensidade os olhos de Madeleine. "Eu sinto muito", ele disse. "Eu sinto muito por eu ser o tipo de pessoa que faz uma coisa dessas."

"Não se preocupe com isso agora", Madeleine afirmou. "Você tem que se concentrar em ficar bom."

Leonard piscou três vezes uma atrás da outra. "Eu vou ficar pelo menos mais uma semana aqui", ele disse. "Eu estou perdendo a formatura."

"Você não teria ido mesmo."

Aqui, pela primeira vez, Leonard sorriu. "Você provavelmente está certa. Como é que foi?"

"Não sei", Madeleine disse. "Está sendo bem agora."

"Agora?" Leonard olhou pela janela, como se pudesse verificar. "Você está perdendo?"

Madeleine fez que sim. "Eu não estava no clima."

A mulher com o roupão de banho que estava rodando preguiçosamente pela sala agora vinha direto para eles. Sussurrando, Leonard disse: "Cuidado com essa aí. Ela pode cair em cima de você num minutinho".

A mulher chegou arrastando os chinelos e parou. Dobrando os joelhos, ela avaliava Madeleine detalhadamente.

"Você é o quê?", ela perguntou.

"Se eu sou o quê?"

"A sua família vem de onde?"

"Da Inglaterra", Madeleine disse. "Originalmente."

"Você parece a Candice Bergen."

Ela rodou nos calcanhares para dar um sorriso para Leonard. "E você é o 007!"

"Sean Connery", Leonard disse. "Sou eu!"

"Você parece um 007 todo ferrado!", a mulher disse. O tom dela era algo hostil. Leonard e Madeleine, sem se arriscar, não falaram mais nada até ela se afastar.

A mulher do roupão estava em casa aqui. Leonard, na opinião de Madeleine, não. Ele só estava aqui por causa da sua intensidade. Se ela tivesse sabido desde o começo desse lado maníaco-depressivo, da família problemática, do vício dele em analistas, Madeleine nunca teria se permitido ficar tão passionalmente envolvida. Mas agora que estava passionalmente envolvida, ela via pouco de que se arrepender. Sentir tão profundamente era algo que se autojustificava.

"E o laboratório de Pilgrim Lake?", ela perguntou.

"Sei lá." Leonard sacudia a cabeça.

"Eles estão sabendo?"

"Acho que não."

"É só em setembro", Madeleine disse. "Ainda está longe."

A TV tagarelava nos seus ganchos e correntes. Leonard mordeu o lábio superior do jeito novo e esquisito.

Madeleine segurou a mão dele.

"Eu ainda vou com você, se você quiser", ela disse.

"Vai?"

"Você pode terminar os seus cursos aqui. A gente pode passar o verão em Providence e daí se mudar pra lá em setembro."

Leonard estava quieto, assimilando isso tudo.

Madeleine perguntou: "Você acha que dá conta? Ou será que era melhor só dar uma descansada?".

"Acho que eu dou conta", Leonard disse. "Eu quero voltar ao trabalho."

Eles estavam calados, olhando um para o outro.

Leonard se inclinou para mais perto dela.

"'Depois da primeira confissão'", ele disse, citando Barthes de memória, "'eu te amo não quer dizer mais nada'."

Madeleine fechou a cara. "Você vai começar com isso de novo?"

"Não, mas... pense na frase. Quer dizer que a primeira confissão significa alguma coisa, *sim*."

Uma luz subiu aos olhos de Madeleine. "Então pra mim já foi, eu acho", ela disse.

"Não pra mim", Leonard falou, segurando a mão dela. "Não pra mim."

PEREGRINOS

Mitchell e Larry chegaram a Paris no fim de agosto, depois de um verão de tédio e de empregos desesperados.

Em Orly, erguendo a mochila da esteira de bagagem, Mitchell percebeu que estava com os braços doloridos por causa das vacinas que tinha tomado em Nova York dois dias antes: cólera no direito, tifo no esquerdo. Ele tinha sentido uma febrinha no voo. Os assentos de baixa prioridade dos dois ficavam na última fila, na frente dos malcheirosos banheiros. Mitchell tinha passado a longa noite transatlântica dormitando até que as luzes da cabine espocaram e uma comissária de bordo enfiou na cara dele um croissant semicongelado, que mesmo assim ele mordiscou enquanto o imenso jato de passageiros descia sobre a capital.

Quase que só entre franceses (a estação turística estava chegando ao fim), eles embarcaram num ônibus sem ar-condicionado e deslizaram silenciosamente até a cidade por estradas lisinhas. Descendo perto da Pont de l'Alma, eles pegaram as mochilas do porta-malas e começaram a subir com algum esforço a avenida que se iluminava. Larry, que falava francês, ia na frente, procurando o apartamento de Claire, enquanto Mitchell, que não tinha namorada em Paris e em nenhum outro lugar, não se esforçava para tentar conseguir uma aonde iam.

O jet lag se somava ao seu ligeiro delírio. Pelo relógio era de manhã, mas no corpo dele era a mais negra noite. O sol nascente o forçava a apertar os olhos. Parecia de alguma maneira cruel. E no entanto, no nível da rua, tudo tinha sido disposto para agradar ao olhar. As árvores estavam gordas de folhas do fim do verão. Elas usavam grades em torno dos troncos, como aventais. A largura da calçada acomodava banquinhas de jornal, gente passeando com cachorros, menininhas elegantes de dez anos de idade a caminho do parque. Um cheiro intenso de tabaco subia da sarjeta, que era o cheiro que Mitchell tinha imaginado que a Europa teria, telúrico, sofisticado e nocivo à saúde, tudo ao mesmo tempo.

Mitchell não queria começar a viagem por Paris. Mitchell quis ir para Londres, onde podia visitar o Globe Theatre, beber cerveja Bass e entender o que as pessoas falavam. Mas Larry tinha achado duas passagens extremamente baratas num voo fretado para Orly, e como o dinheiro deles tinha que durar os próximos nove meses, Mitchell não viu como podia recusar. Ele não tinha nada contra Paris, em si. Em qualquer outro momento, teria aproveitado qualquer chance de ir a Paris. O problema com Paris, na situação atual, era que a namorada de Larry estava fazendo um ano de intercâmbio lá e eles iam ficar no apartamento dela.

Essa também era a opção mais barata. E, portanto, indiscutível.

Enquanto Mitchell fuçava no cinto da mochila, a sua febre subiu um quarto de grau.

"Eu não sei se eu estou ficando com cólera ou com tifo", ele disse a Larry.

"Provavelmente os dois."

Fora as vantagens românticas, Paris atraía Larry porque ele era francófilo. Ele tinha passado um verão durante o ensino médio trabalhando num restaurante na Normandia, aprendendo a falar a língua e a cortar legumes. Na universidade, a sua proficiência em francês lhe rendera um quarto na French House. As peças que Larry dirigiu na Oficina de Produção, o teatro administrado pelos alunos, eram inevitavelmente de dramaturgos modernistas franceses. Desde que tinha ido fazer faculdade na Costa Leste, Mitchell tentava se livrar do que tinha de Meio-Oeste. Ficar sentado à toa no quarto de Larry, tomando o expresso lamacento que Larry fazia e ouvindo-o falar do Teatro do Absurdo parecia um bom começo. Com blusa preta de gola rulê e aqueles keds brancos, parecia que Larry acabava de sair, não de uma aula de história, mas do Actors Studio. Ele já tinha dependências plenamente adultas de cafeína e foie gras. Ao contrário dos pais de Mitchell, cujos entusiasmos artísticos se dirigiam a Ethel Merman e Andrew Wyeth, os pais de Larry — Harvey e Moira Pleshette — eram devotos da alta cultura. Moira cuidava do programa de artes visuais de Wave Hill. Harvey era membro do conselho do New York City Ballet e do Dance Theatre of Harlem. Durante a Guerra Fria, Irina Kolnoskova, segunda bailarina do balé de Kirov, tinha ficado escondida na casa dos Pleshette, em Riverdale, depois de desertar. Larry, que só tinha quinze anos na época, tinha ficado de leva e traz de garrafinhas de champanhe e bolachinhas salgadas para a cama da bailarina, onde Kolnoskova se alternava entre chorar, assistir a concursos de calouros e convencê-lo a massagear os seus pés jovens e incrivelmente deformados. Para Mitchell, as histórias de Larry — de embriagadas festas de elenco na casa da família, de topar com Leonard Bernstein se agarrando com um dançarino no corredor do primeiro andar, ou de Bem Vereen cantando uma música de *Pippin* no casamento da irmã mais velha de Larry — eram tão impressionantes quanto histórias de encontros com Joe Montana ou Larry Bird teriam sido para outro tipo de garoto. A geladeira dos Pleshette foi o primeiro lugar em que Mitchell encontrou sorvete gourmet. Ele ainda lembrava a empolgação: descer um dia para a cozinha, de manhã, com o majestoso Hudson visível pela janela, e abrir a geladeira para ver o potinho redondo de um sorvete de nome exótico. Não um guloso pote de dois litros, como os da casa de Mitchell em Michigan, não um sorvetinho barato de *nata*, nem de creme, chocolate ou morango, mas de um sabor com que ele nunca tinha sonhado, com um nome tão lírico quanto os poemas de Berryman que ele estava lendo para a aula de poesia americana: passas ao rum. Sorvete que também era um coquetel! Numa embalagem preciosa e pequenininha. Seis delas alinhadas ao lado de seis sacos de café francês escuro torrado da Zabar's. O que *era* a Zabar's? Como é que a gente chegava lá? O que era *gravlax*? Por que era laranja? Será que os Pleshette comiam peixe no café da manhã de verdade? Quem era Diaghilev? O que era um guache, um pentimento, um rugelach? *Por favor, me diga* — o rosto de Mitchell implorava calado durante as suas visitas. Ele estava em Nova York, a maior cidade do mundo. Ele queria aprender tudo, e Larry era o cara que podia lhe ensinar.

Moira nunca pagava as suas multas de estacionamento, só metia todas no porta-luvas. Quando Harvey descobria, ele gritava à mesa do jantar: "Isso é irresponsabilidade fiscal!". Os Pleshette frequentavam sessões de terapia familiar, com todos os seis indo semanalmente ver um psicanalista em Manhattan para examinar minuciosamente os seus conflitos. Como o pai de Mitchell, Harvey tinha servido na Segunda Guerra Mundial. Ele usava ternos cáqui e gravatas-borboleta, fumava charutos dominicanos e era em todos os sentidos um membro daquela geração superconfiante e supermadura que foi para a guerra. E no entanto uma vez por semana Harvey deitava num tatame, no chão do consultório de um terapeuta, e ouvia sem se queixar enquanto os seus filhos cuspiam xingamentos contra ele. O chão subvertia a hierarquia. Em decúbito dorsal, todos os Pleshette atingiam a igualdade. Só o terapeuta reinava no alto, na sua cadeira Eames.

No fim da guerra, Harvey tinha ficado mobilizado em Paris com o exército americano. Era uma época de que ele gostava de falar, com as suas lembranças exuberantes das *femmes parisiennes* muitas vezes fazendo a expressão de Moira se fechar. "Eu estava com vinte e dois anos e era tenente do exército americano. Nós estávamos dando as cartas. Nós tínhamos liberado Paris e a cidade era nossa! Eu tinha motorista. Nós passeávamos de carro pelas avenidas entregando meias de seda e barras de chocolate. Só isso já bastava." A cada quatro ou cinco anos, os Pleshette voltavam à França para uma viagem pelos sítios de guerra paternos. Em certo sentido, ao ir para Paris agora, com a mesma idade, Larry estava revivendo a juventude do pai, quando os americanos tomaram a cidade.

Não era mais assim. Não havia nada de americano na avenida que eles percorriam aos trancos. Lá no alto, um letreiro anunciava um filme chamado *Beau-père*, com um pôster que mostrava uma adolescente sem a parte de cima do biquíni, no colo do pai. Larry passou sem perceber.

Levaria anos para Mitchell chegar a compreender a disposição de Paris, anos para ele poder empregar a palavra *arrondissement*, e muito mais para entender que os distritos numerados da cidade ficavam dispostos em espiral. Ele estava acostumado com cidades quadriculadas. O fato de que o primeiro *arrondissement* pudesse encostar no décimo terceiro, sem que o quarto ou o quinto entrassem no meio, era inconcebível para ele.

Mas Claire não morava longe da torre Eiffel, e posteriormente Mitchell calcularia que o apartamento dela era no elegante sétimo, e que devia ser bem caro.

A rua dela, quando conseguiram encontrá-la, era uma sobrevivente das ruas de pedra da Paris medieval. A calçada era estreita demais para passarem com as mochilas, então eles tiveram que andar pela rua, ao lado dos carrinhos em miniatura.

O nome na campainha era "Thierry". Larry apertou. Depois de um longo intervalo, a fechadura abriu. Mitchell, que estava descansando apoiado na porta, caiu no saguão quando ela abriu.

"Andou muito?", Larry perguntou.

Novamente de pé, Mitchell se pôs de lado para deixar Larry entrar, depois bloqueou a passagem, forçando-o a descer os degrauzinhos da entrada, e passou na frente.

"Vai se foder, Mitchell", Larry disse num tom quase carinhoso.

Como caramujos rebocando as conchas, eles subiram lentamente a escadaria. Quanto mais subiam, mais escuro ficava. No sexto andar eles ficaram esperando na escuridão quase total até que uma porta abriu em um dos lados do corredor e Claire Schwartz entrou no quadro iluminado.

Ela segurava um livro, com uma expressão que era mais a da frequentadora de uma biblioteca que foi temporariamente perturbada do que a de uma garota que espera ansiosa pela chegada do namorado de além-mar. O seu cabelo comprido cor de mel estava caído na frente do rosto, mas ela passou a mão por ele, prendendo uma parte atrás da orelha direita. Isso pareceu deixar o seu rosto novamente aberto a emoções. Ela sorriu e exclamou: "Oi, amor!".

"Oi, amor", Larry respondeu, correndo até ela.

Claire era quase oito centímetros mais alta que Larry. Ela dobrou os joelhos quando eles se abraçaram. Mitchell ficou na sombra até eles terminarem.

Finalmente, Claire percebeu a presença dele e disse: "Nossa, oi. Entra".

Claire era dois anos mais nova que eles e ainda estava no segundo ano. Larry a conhecera numa oficina de teatro nas férias, na Universidade Estadual de Nova York — ele estava fazendo artes cênicas e ela, estudando francês —, e essa era a primeira vez que Mitchell a via. Ela usava uma blusa de camponesa, calça jeans, e longos brincos multiformes que pareciam sinos de vento em miniatura. As suas meias das cores do arco-íris tinham dedos separadinhos. O livro que ela segurava se chamava *Novos feminismos franceses*.

Apesar de frequentar como ouvinte um curso de Luce Irigaray na Sorbonne que se chamava A Relação Mãe-Filha: O Continente Mais Negro, Claire tinha seguido o exemplo materno ao providenciar toalhas para os hóspedes. O apartamento que ela sublocava não era a *chambre de bonne* normal de um aluno estrangeiro, com uma cama desmontável e um banheiro comunitário no corredor. Era elegantemente mobiliado, com pinturas emolduradas, uma mesa de jantar e um tapete kilim. Depois que Mitchell e Larry largaram as mochilas, Claire perguntou se eles queriam café.

"Eu estou morrendo de vontade de tomar um café", Larry disse.

"Eu faço na *pression*", Claire falou.

"Maravilha", Larry arrematou.

Assim que Claire largou o livro e foi para a cozinha, Mitchell deu uma olhada para Larry. "Oi, *amor?*", ele sussurrou.

Larry devolveu placidamente o olhar dele.

Estava dolorosamente claro que, se Mitchell não estivesse ali, Claire não estaria fazendo café. Se Larry e Claire estivessem sós, eles estariam celebrando o reencontro com sexo. Em outras circunstâncias, Mitchell teria dado um jeito de sumir. Mas ele não conhecia ninguém em Paris e não tinha para onde ir.

Ele fez o que podia, então, que era dar as costas e ficar olhando pela janela.

Aqui, temporariamente, a situação melhorou. A janela dava para uma vista de tetos e sacadas cinzentas, cada uma delas com o mesmo vaso rachado e o mesmo felino adormecido. Era como se toda a cidade de Paris tivesse concordado em aceitar um mesmo padrão discreto. Cada vizinho fazia o que podia para manter o nível, o que era difícil porque o ideal francês não era claramente delineado, como a organização e o verdor dos jardins americanos, mas era mais um desleixo pitoresco. Precisava coragem para deixar as coisas se desmontarem de um jeito tão lindo.

Dando as costas para a janela, Mitchell deu uma olhada pelo apartamento novamente e percebeu uma coisa inquietante: não havia lugar para ele dormir. Quando anoitecesse, Claire e Larry iam entrar na única cama juntinhos, deixando Mitchell com a opção de desenrolar o saco de dormir no chão na frente da cama. Eles iam apagar a luz. Assim que pensassem que ele estava dormindo, eles iam começar a se beijar, e durante a próxima hora, mais ou menos, Mitchell seria forçado a ouvir o seu amigo transar a um metro e meio de distância.

Ele pegou os *Novos feminismos franceses* da mesa de jantar logo ao lado.

A capa austera trazia um batalhão de nomes. Julia Kristeva. Hélène Cixous. Kate Millett. Mitchell tinha visto várias meninas na universidade lendo *Novos feminismos franceses*, mas nunca tinha visto um cara lendo aquele livro. Nem o Larry, que era baixinho e delicado e curtia tudo que fosse francês, tinha lido aquele livro.

De repente Claire exclamou, empolgada: "Eu adoro esse livro!".

Ela saiu da cozinha com um sorriso imenso e pegou o livro da mão dele. "Você já leu?"

"Eu só estava olhando."

"Eu estou lendo pra um curso que eu estou acompanhando. Eu acabei de ler um ensaio da Kristeva." Ela abriu o livro e folheou. O cabelo dela caiu na frente do rosto e ela o tirou dali com impaciência. "Eu ando lendo um monte de coisas sobre o corpo, e sobre como o corpo sempre foi associado ao feminino. Aí é interessante que, na religião ocidental, o corpo é sempre visto como pecaminoso. Você tem que mortificar o corpo e transcender o corpo. Mas o que a Kristeva diz é que a gente tem que olhar de novo pro corpo, especialmente o corpo materno. Ela é basicamente lacaniana, só que ela não concorda que o significado e a linguagem venham do medo da castração. Se não, ia ser todo mundo psicótico."

Como Larry, Claire era loura, de olhos azuis e judia. Mas enquanto Larry tinha pais pouco religiosos, que não iam ao templo nem durante as Grandes Festas e que davam Sedarim em que o *afikoman* não era um matzá, mas um bolinho comum (resultado de uma traquinagem infantil de anos atrás, que agora tinha perversamente se transformado em tradição própria), os pais de Claire eram judeus ortodoxos que viviam segundo a letra da lei. A casa gigante deles em Scarsdale não tinha dois conjuntos de louça por causa da dieta kosher, mas sim duas cozinhas. Havia sábados em que a empregada esquecia de deixar as luzes acesas e os Schwartz viviam na escuridão. Uma vez, o irmão mais novo de Claire tinha sido levado às pressas para o hospital, de ambulância (sustentando a sabedoria talmúdica de que uma emergência médica invalidava a proibição de andar de carro no sabá). Mesmo assim, o senhor e a senhora Schwartz tinham se recusado a ir com o filho na ambulância, seguindo, quase loucos de nervosismo, a pé até o hospital.

"O negócio com o judaísmo e o cristianismo", Claire disse, "e com quase tudo quanto é religião monoteísta, é que elas são todas patriarcais. Foram os homens que inventaram essas religiões. Então Deus é o quê? Adivinha? Homem."

"Cuidado aí, Claire", Larry disse. "O Mitchell se formou em estudos religiosos."

Claire fez uma careta: "Ai, meu Deus".

"Eu vou te dizer o que eu aprendi estudando religião", Mitchell falou com um leve sorriso. "Se você ler qualquer um dos místicos, ou qualquer teologia decente — católica, protestante, cabalista —, a única coisa em que todos eles concordam é que Deus está além de qualquer conceito ou categoria humanos. É por isso que Moisés não pode olhar pra Javé. É por isso que, no judaísmo, você não pode nem pronunciar o nome de Deus. A mente humana não consegue conceber o que é Deus. Deus não tem sexo nem nada assim."

"Então por que ele é um cara com uma barbona branca na Capela Sistina?"

"Porque é o que as massas querem."

"As massas?"

"Tem gente que precisa de uma imagem. Toda grande religião tem que ser inclusiva. E pra ser inclusivo você precisa acomodar níveis diferentes de sofisticação."

"Você está parecendo o meu pai. Toda vez que eu digo pra ele como o judaísmo é sexista, ele me diz que é tradição. Se é tradição, quer dizer que é bom. Você que se acostume."

"Eu não estou dizendo isso. Eu estou dizendo que pra algumas pessoas a tradição é boa. Pra outras, não é tão importante. Tem gente que acha que Deus se revela na história. Tem outros que acham que a revelação é progressiva, que talvez as regras de interpretação mudem com o tempo."

"A ideia toda de revelação é uma teleologia de araque."

Lá em Scarsdale, encarando o pai naquela sala de estar forrada de quadros de Chagall, Claire sem dúvida ficou exatamente como estava agora: pés separados, mãos nos quadris, torso levemente inclinado para a frente. Apesar de estar irritado com ela, Mitchell também estava impressionado — como o senhor Schwartz também deve ter ficado impressionado durante aquelas discussões — com a força da determinação de Claire.

Ele percebeu que ela esperava que ele respondesse e então disse: "Como assim de araque?".

"A ideia toda de Deus se revelar através da história é uma bobagem. Os judeus constroem o templo. Depois o templo é destruído. Aí os judeus têm que construir de novo pro Messias dar as caras? A ideia de que Deus está esperando por aí até umas coisas acontecerem — assim, se *existisse* isso de Deus, que ele ia dar bola pro que as pessoas estão fazendo — é superantropocêntrica e super, assim, masculina, tá! Antes de criarem as religiões patriarcais, as pessoas adoravam a Deusa. Os babilônios, os etruscos. A religião da Deusa era orgânica e ambiental — era o ciclo da natureza —, ao contrário do judaísmo e do cristianismo, que são a imposição da lei e o estupro da terra."

Mitchell deu uma olhada em Larry, para ver que ele concordava com a cabeça. Mitchell podia ter concordado também, se estivesse saindo com Claire, mas Larry parecia sinceramente interessado na Deusa dos babilônios.

"Se uma concepção de Deus masculina te desagrada", Mitchell disse a Claire, "por que substituir por uma feminina? Por que não se livrar da ideia toda de uma divindade com gênero?"

"Porque ela *tem* gênero. Ela *tem*. Já tem. Você sabe o que é uma mikvá?" Ela se virou para Larry. "Ele sabe o que é uma mikvá?"

"Eu sei o que é uma mikvá", Mitchell disse.

"O.K., então a minha mãe vai a uma mikvá todo mês depois da menstruação, certo? Pra se purificar. Pra se purificar de quê? Do poder de dar à luz? De criar a vida? Eles transformam o maior poder que a mulher tem numa coisa de que ela devia se envergonhar."

"Eu concordo com você, é um absurdo."

"Mas não é só a mikvá. A coisa toda da religião institucionalizada no Ocidente é pra dizer pras mulheres que elas são inferiores, impuras e subordinadas aos homens. E se você acredita mesmo nessas coisas, eu nem sei o que dizer."

"Você por acaso não estaria menstruada agora, né?", Mitchell perguntou.

O rosto expressivo de Claire se apagou. "Eu não acredito que você acabou de dizer isso."

"Eu só estava brincando", Mitchell disse. O rosto dele ficou repentinamente quente.

"Que coisinha mais sexista pra dizer."

"Eu estava *brincando*", ele repetiu, com a voz tensionada.

"Você precisa conhecer melhor o Mitchell", Larry disse. "Demora pra gente gostar dele."

"Eu sou da mesma opinião que você!", Mitchell tentou de novo com Claire, mas, quanto mais ele protestava, mais soava insincero, e finalmente ele desistiu.

Havia um lado positivo naquilo tudo: como para Larry e Mitchell parecia que era o meio da noite, não havia motivo para não começar a beber imediatamente. No começo da tarde eles estavam nos jardins de Luxemburgo, dividindo uma garrafa de *vin de table*. O céu tinha ficado nebuloso, cobrindo flores e trilhas louras de pedrisco de uma dura luz cinzenta. Uns velhos jogavam *boules* logo ao lado, dobrando o joelho e lançando bolas prateadas da ponta dos dedos. As bolas estalavam de um jeito gostoso quando batiam umas nas outras. O som de uma satisfatória aposentadoria social-democrática.

Claire tinha posto um vestidinho e um par de sandálias. Ela não depilava as pernas, que estavam com pelos parcos e claros, que iam sumindo pelas coxas. Ela parecia ter perdoado Mitchell. Ele, por sua vez, estava fazendo o que podia para ser simpático.

Sob a influência do vinho, Mitchell começou a se sentir mais feliz, com o jet lag temporariamente curado. Eles andaram pela margem do Sena, passando pelo Louvre e pelos jardins das Tulherias. Funcionários da limpeza pública varriam os parques e as calçadas, com uns uniformes impossivelmente limpos.

Larry disse que queria fazer um jantar e então Claire, que não comia mais kosher, levou os dois a uma feira perto do prédio dela. Larry mergulhou entre as barracas, cheirando os queijos e se encantando com os vegetais. Ele comprou cenoura, funcho e batata, conversando com os feirantes. A barraca da granja o fez parar e pôr a mão no peito. "Ai, meu Deus, *poularde de Bresse*! É isso que eu vou fazer!"

Já no apartamento de Claire, Larry desembrulhou o frango com um floreio. "*Polet bleu*. Sacaram? Eles têm esses pés azuis. É assim que a gente sabe que eles vieram de Bresse. A gente fazia assado no restaurante. Fica uma maravilha."

Ele pôs mãos à obra na cozinha minúscula, picando e salgando, derretendo manteiga, com três panelas no fogo ao mesmo tempo.

"Eu estou dormindo com a Julia Child", Claire disse, rindo. "Está mais pra Injúria Child", Mitchell disse.

Ela riu. "Meu bem", ela continuou, dando um beijo no rosto de Larry, "eu vou ler enquanto você fica aí pirando com esse franguinho, tá?"

Claire se ajeitou na cama com o seu livro de ensaios. Atacado por mais uma onda de exaustão, Mitchell queria poder deitar também. Em vez disso, ele abriu o zíper da mochila, escarafunchando entre as roupas para achar os livros que tinha levado. Mitchell tinha tentado levar o menor peso possível, botando dois itens de cada peça na mala, camisas, calças, meias, cuecas, mais um suéter. Mas quando chegou a hora de diminuir a pilha de leituras, ele tinha deixado o rigor de lado, levando um estoque que incluía a *Imitação de Cristo*, as *Confissões*, de Santo Agostinho, o *Castelo interior*, de Santa Teresa, as *Sementes de contemplação*, de Merton, *Uma confissão e outros escritos religiosos*, de Tolstói, e um gordo volume de *V.*, de Thomas Pynchon, além de uma edição em capa dura de *A biologia de Deus: para uma compreensão teísta do evolucionismo*. Por fim, antes de sair de Nova York, Mitchell passou a mão numa cópia de *Paris é uma festa* numa livraria na St. Mark's Place. O plano dele era mandar cada livro para casa quando acabasse de ler, ou dar para quem se interessasse.

Ele pegou o Hemingway, foi sentar à mesa de jantar e leu de onde tinha parado:

> *O conto estava se escrevendo sozinho e eu estava tendo que me virar para não ficar para trás. Pedi outro rum St. James e fiquei olhando a menina toda vez que erguia os olhos, ou quando apontava o lápis com um apontador de lápis com as aparas se enroscando no pires embaixo do meu copo.*
>
> *Eu te vi, linda, e você agora é minha, não importa por quem você esteja esperando nem importa se eu nunca mais te vir, pensei. Você é minha e Paris inteira é minha e eu sou deste caderno e deste lápis.*

Ele tentou imaginar como teria sido se tivesse sido Hemingway em Paris, nos anos 20. Escrever aquelas sentenças límpidas, aparentemente espartanas mas complexas, que iriam mudar para sempre o jeito de os americanos escreverem prosa. Fazer isso tudo e aí sair para jantar onde você sabia pedir o vinho sazonal perfeito para combinar com as suas *huîtres*. Ser um americano em Paris quando era legal ser americano.

"Você vai mesmo ler isso aí?"

Mitchell levantou a cabeça e viu Claire olhando fixamente para ele da cama.

"Hemingway?", ela disse dubiamente.

"Eu achei que seria bom pra ler em Paris."

Ela virou os olhos e voltou ao livro dela. E Mitchell voltou ao seu. Ou tentou. Só que agora ele só conseguia olhar fixamente para a página.

Ele tinha perfeita consciência de que certos autores outrora canônicos (sempre homens, sempre brancos) tinham caído em descrédito. Hemingway era misógino, homofóbico, homossexual reprimido, um assassino de animais selvagens. Mitchell achava que aí já era misturar alhos com bugalhos. Mas, se fosse discutir isso com Claire, ele corria o risco de ser rotulado de misógino. E, o que era mais preocupante, Mitchell tinha que se perguntar se não estaria sendo tão mecânico, ao recusar a acusação de misoginia, quanto as feministas universitárias eram ao fazê-la, e se a sua resistência não significava que ele era, bem no fundo, sujeito a certa misoginia. Por que, afinal, ele tinha trazido *Paris é uma festa*, para começo de conversa? Por que, sabendo o que sabia de Claire, ele tinha decidido sacar o livro da mochila naquele exato momento? Por que, a bem da verdade, a expressão *sacar* tinha acabado de aparecer na cabeça dele?

Relendo as frases de Hemingway, Mitchell reconhecia que elas realmente se dirigiam implicitamente ao leitor homem.

Ele cruzou e descruzou as pernas, tentando se concentrar no livro. Sentia-se constrangido por estar lendo Hemingway e com raiva por ter sido constrangido a ficar constrangido. Até parece que Hemingway era o escritor favorito dele! Ele mal tinha lido Hemingway!

Felizmente, logo depois, Larry anunciou que o jantar estava servido.

Em volta da mesinha feita para acomodar um parisiense solteiro, Claire e Mitchell se sentaram, enquanto Larry os servia. Ele trinchou o frango, confiscando carne branca, carne escura e coxas num prato, e ia servindo colheradas de vegetais úmidos.

"Hmmm", Claire disse.

O frango era magricela para padrões americanos, e inferior em termos cosméticos. Uma perna parecia ter acne.

Mitchell pôs um pedaço na boca.

"E aí?", Larry deu a deixa. "Falei ou não falei?"

"Falou", Mitchell disse.

Quando eles acabaram de comer, Mitchell fez questão de cuidar da louça. Ele empilhou os pratos na pia enquanto Larry e Claire levavam o resto do vinho para a cama. Claire tinha tirado as sandálias e agora estava descalça. Ela esticou as pernas no colo de Larry, dando golinhos do copo.

Mitchell enxaguava os pratos. O detergente europeu ou era ecológico ou subsidiado. De um jeito ou de outro, não fazia espuma direito. Mitchell deixou os pratos razoavelmente limpos e desistiu. Ele estava acordado, àquela altura, havia trinta e três horas.

Ele voltou para o cômodo principal. Na cama, Larry e Claire eram um Keith Haring: duas figuras humanas apaixonadas que se encaixavam perfeitamente. Mitchell observou os dois por um longo momento. Então, com súbita determinação, ele cruzou o quarto e botou a mochila nas costas.

"Onde é melhor pra achar um hotel por aqui?", ele perguntou.

Houve uma pausa antes de Claire dizer: "Você pode ficar aqui".

"Nem se incomode. Eu vou achar um hotel."

Ele prendeu a alça da cintura.

Sem discutir, Claire começou imediatamente a dar instruções. "Se você sair à direita aqui na frente do prédio e depois dobrar à esquerda na primeira rua, você vai chegar na avenue Rapp. Lá tem um monte de hotéis."

"Mitchell, fique aqui", Larry insistiu. "A gente não liga se você ficar."

Torcendo para que o tom fosse sem ressentimento, Mitchell disse: "Eu vou arranjar um quartinho por aí. A gente se vê amanhã".

Ele não percebeu que o corredor estava escuro até fechar a porta depois de sair. Não enxergando nada, estava prestes a bater de novo na porta de Claire quando percebeu um botão iluminado na parede. Ele o apertou e a luz do corredor acendeu.

Ele já estava passando pelo terceiro andar quando o temporizador desligou de novo as luzes. Dessa vez ele não conseguiu achar um botão, então teve que ir tateando por mais dois lances de escada até a entrada.

Quando chegou à rua, Mitchell notou que começara a chover.

Ele tinha previsto um momento assim, em que seria exilado do apartamentinho quente e seco para Larry poder arrancar as roupas de Claire e enfiar a cara no meio daquelas pernas equinas dela. O fato de ele ter previsto esse momento, mas não ter sido capaz de evitar que ele acontecesse, só parecia, enquanto ele virava na direção da avenue Rapp, confirmar a sua fundamental estupidez. Era a estupidez de uma pessoa inteligente, mas ainda era estupidez.

A força da chuva aumentou enquanto Mitchell andava a esmo pelos quarteirões vizinhos. A região, que parecera tão charmosa vista da janela de Claire, agora parecia menos, na rua, na chuva. As lojas estavam fechadas, cobertas de pichações, com as lâmpadas de vapor de sódio dos postes emitindo uma luz malévola.

Eles não tinham acabado de *sair* da universidade? Não tinham deixado para trás a política dos tempos da graduação? E no entanto aqui estavam eles, com uma aluna de estudos da questão feminina que fazia um programa de intercâmbio no exterior. Sob o pretexto de se tornar uma crítica do patriarcado, Claire aceitava acriticamente tudo quanto era teoria moderninha que lhe aparecesse pela frente. Mitchell estava contente de estar fora do apartamento dela. Ele estava feliz de estar na chuva! Valia a pena pagar um hotel se isso representava não ficar nem mais um segundo ouvindo Claire cuspir aquelas platitudes! Como é que o Larry aguentava sair com ela? Como é que o Larry podia ter uma namorada dessas? Qual era o problema daquele cara?

Era possível, claro, que um pouco da raiva que Mitchell sentia por Claire fosse equivocada. Era possível que a mulher com quem ele realmente estivesse puto fosse Madeleine. Durante todo o verão, enquanto Mitchell esteve em Detroit, ele viveu a ilusão de que Madeleine estivesse livre de novo. A ideia de que Bankhead tinha sido abandonado, e estava sofrendo, nunca deixava de animar Mitchell. Ele tinha até se convencido de que tinha sido *bom* Madeleine ter ficado com Bankhead. Ela precisava passar por uns caras desse tipo de uma vez. Precisava crescer, como Mitchell também cresceu, antes de eles poderem ficar juntos.

Aí, menos de quarenta e oito horas antes, na noite anterior ao embarque dele para Paris, Mitchell tinha encontrado Madeleine no Lower East Side. Ele e Larry tinham ido de trem de Riverdale para o centro da cidade. Estavam sentados no Downtown Beirut, perto das dez da noite, quando, do meio do nada, Madeleine apareceu com Kelly Traub. Larry tinha dirigido Kelly num espetáculo uma vez. Eles imediatamente começaram a falar de trabalho, deixando Madeleine e Mitchell sozinhos. De início, Mitchell tinha ficado com medo de que Madeleine ainda estivesse brava com ele, mas até na iluminação escassa do bar detonado ele podia ver que não era o caso. Ela parecia legitimamente feliz por vê-lo e, exaltado, Mitchell começou a beber doses de tequila. A noite começou aí. Eles saíram do Downtown Beirut e foram para outro lugar. Mitchell sabia que não adiantava. Ele estava prestes a ir para a Europa. Mas era verão em Nova York, as ruas estavam quentes como em Bancoc, e Madeleine se apertava contra ele enquanto eles atravessavam a cidade de táxi. A última coisa que Mitchell lembrava era ele parado na frente de outro bar, no Greenwich Village, com a visão embaçada, vendo Madeleine entrar em outro táxi, sozinha. Ele estava loucamente feliz. Mas quando voltou para o bar e começou a conversar com Kelly, descobriu que Madeleine não estava, a bem da verdade, nada livre. Madeleine e Bankhead tinham ficado juntos de novo logo depois da formatura e agora estavam de mudança para Cape Cod.

A única coisa que tinha mantido o ânimo dele durante o verão era uma ilusão. Agora, com essa decepção, Mitchell tentava esquecer Madeleine e se concentrar no fato de que os últimos três meses pelo menos tinham posto dinheiro no bolso dele. Ele tinha voltado para Detroit para não pagar aluguel. Os pais dele ficaram contentes de tê-lo em casa, e Mitchell ficou contente de ter a mãe para fazer comida e lavar a roupa enquanto ele vasculhava os classificados. Ele nunca tinha percebido como a universidade lhe dera poucas habilidades úteis. Não havia vagas para tutores de ensino religioso. O anúncio que lhe chamou a atenção dizia: "Precisa-se de Motoristas — Todos os Turnos". Graças apenas à sua carteira de motorista válida, Mitchell foi contratado naquela mesma noite. Ele cumpria turnos de doze horas, das seis da tarde às seis da manhã, cobrindo a zona leste de Detroit. Ao volante daqueles carros mal conservados, que ele tinha que alugar da empresa de táxi, Mitchell rodava por ruas desertas em busca de passageiros ou, para poupar gasolina, estacionava à margem do rio, esperando uma chamada pelo rádio. Detroit não era uma cidade de táxis. Quase ninguém andava a pé. Ninguém fazia sinal da calçada para ele, especialmente às três ou quatro da manhã. Os outros taxistas eram um grupinho esquálido. Em vez dos imigrantes destemidos ou dos nativos falastrões que ele esperava encontrar, a frota era formada por grandes otários. Eram caras que nitidamente tinham dado errado em todos os outros empregos que tiveram. Eles tinham dado errado como frentistas, tinham dado errado vendendo pipoca na frente do cinema, ajudando os cunhados a instalar canos de PVC em condomínios de baixo padrão, cometendo pequenos delitos, catando lixo, limpando jardins, tinham dado errado na escola e no casamento, e agora estavam aqui, dando errado como taxistas no desespero que era Detroit. O único outro motorista com uma educação, um diploma de direito, estava com seus sessenta anos e tinha sido dispensado do emprego anterior por instabilidade emocional. Tarde da noite, quando o tráfego pelo rádio se imobilizava, os motoristas se reuniam em um grupo à margem do rio, perto da antiga fábrica de cimento Medusa. Mitchell ouvia a conversa deles sem abrir a boca, deixando-se à parte para que não percebessem de onde vinha. Ele tentava parecer um cara tenso, na sua melhor imitação de Travis Bickle, para que ninguém viesse mexer com ele. Dava certo. Os outros caras o deixavam em paz. Aí ele saía, estacionava num beco sem saída e ficava lendo *Os manuscritos de Jeffrey Aspern* com uma lanterna.

Ele carregou uma mãe solteira com quatro filhos de uma casinha fuleira para outra às três da manhã. Transportou um traficante surpreendentemente cortês que ia fazer uma entrega. Levou um sereno sósia de Billy Dee Williams com cabelo crespo e correntes de ouro a passar uma conversa numa mulher que estava trancada em casa e não queria deixá-lo entrar, mas deixou.

O assunto das conversas dos taxistas quando se reuniam era sempre o mesmo: a informação de que um deles, dos trinta e tantos que estavam trabalhando, tinha ganhado uma grana de verdade. Toda noite pelo menos um motorista fazia duzentos ou trezentos contos. A maioria não parecia estar ganhando nada próximo disso. Depois de uma semana no emprego, Mitchell somou todas as suas corridas e subtraiu o que tinha gastado com o aluguel do carro e a gasolina. Ele dividiu esse valor pelo número de horas trabalhadas e chegou a um salário de setenta e seis centavos por hora. Basicamente, ele estava pagando a East Side Taxi para andar com um carro deles.

Mitchell passou o resto do verão servindo mesas num restaurante grego estilo taberna, novinho, em Greektown. Ele preferia os estabelecimentos mais antigos da Monroe Street, restaurantes como o Grecian Gardens ou o Hellas Café, aonde ia com os pais e os irmãos quando eram pequenos nas grandes ocasiões familiares — restaurantes cheios, naqueles tempos, não de suburbanos que iam ao centro da cidade para beber vinho barato e pedir aperitivos em chamas, mas de imigrantes com roupas formais e um ar de dignidade e deslocamento, uma renitente melancolia. Os homens davam os chapéus a uma moça, normalmente a filha do dono, que os empilhava direitinho no armário. Mitchell e os irmãos, com gravatinhas de abotoar, ficavam bem quietos à mesa, como as crianças não fazem mais, enquanto os avós e tios-avós conversavam em grego. Para passar o tempo, ele examinava os lóbulos monstruosos e as narinas cavernosas de todos eles. Ele era a única coisa que conseguia fazer os velhinhos sorrir: só de fazer carinho na bochecha dele ou de passar a mão por aquele cabelo ondulado. Entediado pelos longos jantares, Mitchell tinha permissão, enquanto os adultos tomavam café, para ir até o balcão, catar uma balinha do prato ao lado do caixa e esfregar a cara no vidro para ficar olhando os tipos de charutos à venda. No café do outro lado da rua, havia homens jogando gamão ou lendo jornais gregos exatamente como fariam em Atenas ou Constantinopla. Agora os seus avós gregos estavam mortos, Greektown estava virando um destino turístico kitsch, e Mitchell era só mais um suburbano, tão grego quanto as uvas artificiais que pendiam do teto.

O seu uniforme de cumim consistia de uma calça boca de sino de tergal marrom, uma camisa de tergal marrom com um colarinho gigante e um colete de tergal roxo que combinava com o estofamento dos sofás que cercavam as mesas. Toda noite o colete e a camisa ficavam cobertos de gordura, e a mãe dele tinha que lavar tudo da noite para o dia para ele poder usar no dia seguinte.

Certa vez, Coleman Young, o prefeito, entrou com um grupo de mafiosos. Um deles, pérfido de tão bêbado, dirigiu o olhar torto direto a Mitchell.

"Ô, seu filhadaputa. Chega mais."

Mitchell foi.

"Enche aqui o meu copo d'água, filhadaputa."

Mitchell encheu o copo.

O sujeito derrubou o guardanapo no chão. "Eu derrubei o guardanapo, filhadaputa. Pega ali."

O prefeito não estava com uma cara feliz, junto desse pessoal. Mas jantares assim eram ossos do ofício.

Em casa, Mitchell contava as gorjetas, dizendo aos pais como a Índia seria barata. "Dá pra viver com coisa de cinco dólares por dia. Talvez menos."

"Por que não a Europa?", Dean disse.

"A gente *vai* pra Europa."

"Londres é um lugar bacana. Ou a França. Vocês podiam ir pra França."

"A gente *vai* pra França."

"Não sei, não, isso da Índia", Lillian dizia, sacudindo a cabeça. "Você corre o risco de pegar alguma coisa por lá."

"Eu tenho certeza que você sabe", Dean disse, "que a Índia é um dos países ditos 'não alinhados'. Você sabe o que isso quer dizer? Quer dizer que eles não querem escolher entre os Estados Unidos da América e a Rússia. Eles acham que a Rússia e os Estados Unidos são moralmente equivalentes."

"Como é que a gente vai falar com você por lá?", Lillian perguntou.

"Vocês podem mandar as cartas pra American Express. Eles guardam lá."

"A Inglaterra é um lugar bacana", Dean disse. "Lembra aquela vez que a gente foi pra Inglaterra? Quantos anos você tinha?"

"Eu estava com oito anos", Mitchell disse. "Então eu já fui à Inglaterra. O Larry e eu queremos ir pra algum lugar diferente. Algum lugar não ocidental."

"Não ocidental, hein? Eu tenho uma ideia. Por que vocês não vão pra Sibéria? Por que vocês não visitam um daqueles gulags que eles têm lá no Império do Mal?"

"Sabe que a Sibéria ia ser bem interessante..."

"E se você ficar doente?", Lillian disse.

"Eu não vou ficar doente."

"Como é que você sabe que não vai ficar doente?"

"Deixa eu te perguntar uma coisa", Dean disse. "Quanto tempo você acha que vai durar essa viagem? Dois meses, três?"

"Está mais pra oito", Mitchell disse. "Depende do quanto durar o nosso dinheiro."

"E *aí* você vai fazer o quê, com esse diploma de religião?"

"Eu estou pensando em me matricular num instituto teológico."

"Instituto teológico?"

"Eles têm dois caminhos. O sujeito entra pra virar pastor ou professor. Eu ia pegar a rota acadêmica."

"E aí? Dar aula numa universidade?"

"De repente."

"Quanto ganha um professor de estudos religiosos?"

"Não tenho a menor ideia."

Dean se virou para Lillian. "Ele acha que é só um detalhe. Nível salarial. Bobagem."

"Eu acho que você ia dar um excelente professor universitário", Lillian disse.

"É mesmo?", Dean disse, contemplando a ideia. "Meu filho professor universitário. Acho que dá pra você conseguir estabilidade num emprego desses."

"Com sorte."

"Esse negócio de estabilidade no emprego é uma boa. É antiamericano. Mas é uma mão na roda."

"Eu tenho que sair", Mitchell disse. "Eu estou atrasado pro trabalho."

Ele estava atrasado, na verdade, para a catequese. Sem ninguém saber, tão escondido como se estivesse comprando drogas ou visitando uma casa de massagem, Mitchell vinha frequentando reuniões semanais com o padre Marucci, na Santa Maria, a igreja católica no fim da Monroe Street. Quando Mitchell tocou pela primeira vez a campainha da sacristia e explicou os seus motivos, o padre atarracado o olhou em dúvida. Mitchell explicou que estava pensando em se converter ao catolicismo. Ele falou do seu interesse por Merton, especialmente pelo relato da conversão do próprio Merton em *A montanha dos sete patamares*. Ele disse ao padre Marucci basicamente o que tinha dito ao professor Richter. Mas ou porque o padre Marucci não estava preocupado demais com novas conversões, ou porque já conhecia o tipo de Mitchell, ele não fez muito esforço. Depois de dar algum material de leitura para Mitchell, ele o mandou embora, dizendo que voltasse, se quisesse.

O padre Marucci era uma perfeita figura do velho filme *Com os braços abertos*, durão como Spencer Tracy. Mitchell ficava sentado no gabinete dele, apequenado pelo grande crucifixo na parede e pela pintura do Sagrado Coração de Jesus por cima da porta. Os aquecedores antiquados tinham radiadores com filigranas. A mobília era pesada e sólida, com persianas com puxadores que pareciam miniboias salva-vidas.

Com olhos estreitos e azuis, o padre o esquadrinhava.

"Você leu os livros que eu te dei?"

"Li, sim."

"Alguma pergunta?"

"Eu tenho mais uma preocupação que uma pergunta."

"Manda."

"Bom, eu fiquei pensando que, se eu vou virar católico, seria melhor eu dar um jeito de obedecer às regras."

"Não seria má ideia."

"A maioria eu tiro de letra. Mas eu não sou casado. Eu só tenho vinte e dois anos. Eu não sei quando eu *vou* casar. Pode levar um tempinho. Então a regra que me preocupa, principalmente, é a do sexo pré-marital."

"Infelizmente, não dá pra escolher."

"Eu sei."

"Olha, uma mulher não é uma melancia que você fura pra ver se é doce."

Mitchell gostou dessa. Era o tipo de conselho espiritual sem frescura de que ele precisava. Ao mesmo tempo, ele não via como aquilo facilitasse o celibato.

"Pense nisso", o padre Marucci disse.

Lá fora, as placas de neon de Greektown começavam a acender. De resto, o centro de Detroit estava vazio, só aquele pequeno clarão de uma quadra e, do outro lado da Woodward, um jogo noturno começando no Tiger Stadium. Na noite quente de verão, Mitchell conseguia sentir o cheiro do rio. Metendo o catecismo no bolso do colete, ele foi até o restaurante e começou a trabalhar.

Ele passou as oito horas seguintes atendendo mesas. Servia as pessoas que comiam. Os clientes deixavam pedaços de carne mastigada no prato, cartilagem. Se Mitchell achava o aparelho de alguma criança numa pilha de pilaf, ele o devolvia numa embalagem de papelão para evitar constrangimento. Depois de limpar as mesas, ele as arrumava de novo. Ele conseguia limpar uma mesa de quatro pessoas de uma tacada só, levando os pratos empilhados no braço.

P. O que significa o termo "carne" quando se refere ao homem todo?

R. Quando se refere ao homem todo, o termo "carne" significa o homem no seu estado de fraqueza e mortalidade.

Geri, a mulher do dono, gostava de se apropriar de uma mesa dos fundos. Era uma mulher grande, bagunçada, como um desenho de criança que não ficou dentro das linhas. Os garçons a mantinham sempre abastecida de uísque e refrigerantes. Geri começava as noites animada pela bebida, como quem espera uma festa. Mais tarde, ela ficava macambúzia. Para Mitchell, uma noite, ela disse: "Eu nunca devia ter casado com um grego. Você sabe como é que são os gregos? Eu vou te dizer. Eles são que nem os brimos. Mesma coisa. Cê é grego?"

"Meio", Mitchell disse.

"Lamento."

P. De que forma erguer-se-ão os mortos?
R. Os mortos erguer-se-ão nos seus próprios corpos.

Má notícia para Geri. Em outros empregos, Mitchell sempre tinha dado um jeito de pegar leve de vez em quando. Trabalhar em restaurante impossibilitava isso. A única folga dele eram os quinze minutos em que engolia o jantar. Mitchell raramente pedia o churrasquinho grego. A carne não era cordeiro, mas um composto de carne de boi e de porco, como uma lata de viandada de quarenta quilos. Três espetos giravam na vitrine, enquanto os chefs espetavam e cutucavam cada um deles, tirando fatias. A mulher de Stavros, um dos cozinheiros, tinha um problema de coração. Dois anos antes ela tinha entrado em coma. Todo dia antes de ir trabalhar, ele parava no hospital para sentar ao lado da cama dela. Ele não tinha nenhuma ilusão sobre as possibilidades de uma recuperação.

P. Quem diz que a oração é sempre possível, mesmo enquanto se cozinha?
R. É são João Crisóstomo (cerca de 400 d.C.) quem diz que a oração é sempre possível, mesmo enquanto se cozinha.

E assim o verão foi se arrastando. Cuidando das mesas, catando restos de comida, ossos e gordura, e guardanapos que as pessoas tinham usado para assoar o nariz, levando tudo para o imenso cesto de lixo forrado de plástico, acrescentando pratos gordurosos à pilha que jamais diminuía e fazia o lavador iemenita (o único sujeito com um trabalho pior que o seu) parecer um anão, Mitchell trabalhou sete dias por semana até conseguir juntar dinheiro para comprar uma passagem de avião para Paris e três mil, duzentos e oitenta dólares em cheques de viagem da American Express. Em uma semana ele partiu, primeiro para Nova York e, três dias depois, para Paris, onde agora se via sem ter onde ficar, caminhando na chuva pela avenue Rapp.

As sarjetas estavam transbordando. A chuva pingava no crânio de Mitchell, abrindo caminho gola abaixo. Um grupo de trabalhadores noturnos estava dispondo fardos de trapos na rua para conduzir o fluxo d'água. Mitchell andou mais três quadras até ver um hotel na outra esquina. Quando se encolheu na entrada do hotel, ele viu que ela já estava ocupada por outro mochileiro desafortunado, um sujeito com um poncho impermeável, com gotinhas de chuva caindo da ponta de um nariz comprido.

"Tudo quanto é hotel de Paris está lotado", o sujeito disse. "Eu já passei por todos."

"Você tocou a campainha?"

"Três vezes até agora."

Eles tiveram que tocar mais duas vezes para atrair a concierge. Ela chegou toda vestida, com o cabelo arrumado. Ela os examinou com um olhar gelado e disse alguma coisa em francês.

"Ela só tem um quarto", o sujeito informou. "Ela quer saber se a gente divide."

"Você chegou aqui antes", Mitchell disse generosamente.

"Vai ficar mais barato se a gente rachar."

A concierge levou os dois ao terceiro andar. Destrancando a porta, ela ficou de lado para que eles pudessem examinar o quarto.

Era só uma cama.

"*C'est bien?*", a mulher perguntou.

"Ela quer saber se tudo bem", o sujeito disse a Mitchell.

"A gente não tem muita escolha."

"*C'est bien*", o sujeito falou.

"*Bonne nuit*", a zeladora disse, e se retirou.

Eles tiraram as mochilas e as largaram no chão, onde poças d'água se formaram.

"Meu nome é Clyde", o sujeito disse.

"Mitchell."

Enquanto Clyde se lavava na minúscula pia do quarto, Mitchell pegou uma toalha de mão e foi ao banheiro, no fim do corredor. Depois de fazer xixi, ele puxou a corrente da descarga, sentindo-se um maquinista. Voltando ao quarto, ficou aliviado ao ver que Clyde já tinha entrado na cama e estava virado para a parede. Mitchell tirou a roupa e ficou só de cueca.

O problema era o que fazer com a bolsa do dinheiro.

Sem querer usar uma pochete, como um turista, e contudo sem querer carregar coisas de valor na bagagem, Mitchell tinha comprado uma carteira de pescador. Era à prova d'água, com um padrão de trutas saltando e um zíper reforçado. A carteira tinha presilhas elásticas para prender no cinto. Mas como usar a carteira no cinto seria a mesma coisa que usar uma pochete, Mitchell a tinha amarrado na presilha da calça com um barbante, jogando-a para trás do cós das calças. Ali ela estava segura. Mas agora ele tinha que achar um lugar para deixá-la durante a noite, enquanto dividia o quarto com um estranho.

Além dos cheques de viagem, a carteira continha o passaporte de Mitchell, o registro das vacinas, quinhentos francos trocados de setenta dólares no dia anterior, e um MasterCard recém-ativado. Depois de não terem conseguido dissuadir Mitchell de partir para a Índia, Dean e Lillian tinham insistido em lhe dar algo para as emergências. Mitchell sabia, contudo, que usar um cartão de crédito criaria um saldo contínuo de obrigações filiais, que ele então precisaria pagar em telefonemas mensais ou semanais para casa. O MasterCard era como um rastreador. Só depois de resistir à pressão de Dean por todo um mês é que Mitchell cedeu e aceitou o cartão, mas seu plano era jamais usá-lo.

De costas para a cama, ele desamarrou a carteira da presilha da calça. Considerou escondê-la embaixo da cômoda ou atrás do espelho, mas acabou indo com ela para a cama e colocando-a embaixo do travesseiro. Ele entrou na cama e apagou a luz.

Clyde continuava virado para a parede.

Por um longo tempo eles ficaram deitados sem falar. Finalmente Mitchell disse: "Você já leu *Moby-Dick*?".

"Faz um tempão."

"Lembra quando o Ishmael vai pra cama no albergue, no começo? Ele acende um fósforo e tem um índio, todo coberto de tatuagens, dormindo do lado dele?"

Clyde ficou calado por um momento, pensando nisso. "Qual de nós é o índio?", ele perguntou. "Chamai-me Ismael", Mitchell disse, no escuro.

O ciclo circadiano despertou Mitchell cedo. O sol ainda não estava no céu, mas a chuva tinha parado. Mitchell podia ouvir a profunda respiração noturna de Clyde. Ele conseguiu cair de novo no sono, e quando acordou era dia claro e Clyde não estava em lugar nenhum. Quando ele olhou embaixo do travesseiro, a carteira tinha desaparecido.

Ele saltou da cama, instantaneamente em pânico. Enquanto arrancava os cobertores e os lençóis e tateava por baixo do colchão, Mitchell pensou uma coisa. Os cheques de viagem eliminavam as preocupações das viagens. Em caso de perda ou roubo, você apresentava os números de série dos cheques à American Express e a empresa os substituía. Mas isso tornava os números de série tão importantes quanto os próprios cheques. Se alguém roubasse os seus cheques e você não tivesse os números de série, você estava bem ferrado. Como os cheques vinham com um aviso para você não deixá-los na bagagem, consequentemente você também não deveria levar os números de série na bagagem. Mas aí onde é que você podia levar os números? O único lugar seguro, Mitchell achou, era a carteira de pescador, junto com os próprios cheques de viagem. E foi lá que Mitchell meteu os números até pensar em alguma coisa melhor.

Ele tinha consciência de uma falha central nessa linha de raciocínio, mas até aquele momento parecia algo contornável.

A visão de uma humilhante volta para casa, depois de a sua volta ao mundo ter durado dois dias, surgiu-lhe em todo o seu horror. Mas aí ele olhou atrás da cama e viu a carteira no chão.

Estava saindo do hotel quando a concierge o deteve. Ela falou rápido, e em francês, mas ele entendeu a essência do que ela dizia: Clyde tinha pagado metade da diária; Mitchell devia a outra metade.

A taxa de câmbio era de pouco mais de sete francos por dólar. A parte de Mitchell na diária era de duzentos e oitenta francos, ou cerca de quarenta dólares. Se ele quisesse ficar com o quarto por mais uma noite, teria que pagar oitenta. Ele tinha esperança de conseguir viver na Europa com dez dólares por dia, então cento e vinte representavam quase duas semanas do seu orçamento. Mitchell lutou contra a tentação de ceder e pagar o hotel com o MasterCard. Mas a ideia de a fatura chegar na caixa de correio dos seus pais, fornecendo a informação de que na sua primeira noite fora de casa ele já estava ficando em hotéis, deu-lhe a força para resistir. Da carteira de pescador ele tirou duzentos e oitenta francos e os entregou à concierge. Dizendo a ela que não ficaria mais uma noite, ele voltou para o quarto e pegou a mochila, e foi buscar coisa mais barata.

Ele passou por duas pâtisseries já na primeira quadra. Nas vitrines, os doces coloridos ficavam em enrugadas forminhas de papel, como nobres com golas de babados. Ele ainda tinha duzentos e vinte francos, cerca de trinta dólares, e estava determinado a não descontar outro cheque naquele dia. Atravessando a avenue Rapp, entrou num parque e achou uma cadeira de metal onde podia ficar sentado à sombra e não gastar dinheiro.

O tempo ficara mais quente, com os céus azuis que a tempestade havia legado. Como no dia anterior, Mitchell ficou espantado com a beleza do entorno, das plantas e trilhas do parque. Ouvir uma língua estrangeira saindo da boca das pessoas permitia que Mitchell imaginasse que todos estavam tendo conversas inteligentes, até a mulher meio careca que parecia o Mussolini. Ele deu uma olhada no relógio. Eram nove e meia da manhã. Ele devia encontrar Larry só às cinco da tarde.

Mitchell tinha pedido (astuciosamente, ele pensou na ocasião) que os seus cheques fossem emitidos no valor de vinte dólares cada. Quantias baixas o encorajariam a economizar entre as visitas ao escritório da AmEx. Mas cento e sessenta e quatro cheques individuais de vinte dólares davam uma pilha grossa. Junto com o passaporte e outros documentos, os cheques abarrotavam a carteira de pescador, criando um volume nítido nas calças. Se Mitchell passasse a carteira para trás, ela pareceria menos um saquete, mas lembraria uma bolsa de colostomia.

Um aroma divino de pão soprava de uma boulangerie do outro lado da rua. Mitchell ergueu o nariz no ar, como um cachorro. No seu guia *Let's go: Europa*, ele achou o endereço de um albergue da juventude em Pigalle, perto do Sacré Coeur. Era uma viagem, e quando chegou lá estava suarento e meio tonto. O carinha do balcão, que tinha bochechas encovadas e óculos escuros de aviador, disse a Mitchell que o albergue estava lotado e falou para ele tentar uma pensãozinha barata na mesma rua. Ali, um quarto custava trezentos e trinta francos por noite, ou quase cinquenta dólares, mas Mitchell não sabia mais o que fazer. Depois de trocar mais dinheiro no banco, ele reservou um quarto, deixou a mochila e foi tentar salvar o que lhe restasse daquele dia.

Pigalle era ao mesmo tempo um lugar acabado e turístico. Um grupo de quatro americanos com sotaques sulinos estava na frente do Moulin Rouge, com os maridos fixados nas fotos das dançarinas, enquanto uma das mulheres provocava: "Se vocês comprarem uma coisinha pra gente na Cartier, a gente até deixa vocês entrarem pra ver o espetáculo". Adiante da entrada art nouveau da estação do metrô, uma prostituta fazia sinais pélvicos para os motoristas. Aonde quer que Mitchell fosse, pelas ruas inclinadas da região, a cúpula branca do Sacré Coeur continuava visível. Finalmente, ele subiu a colina e entrou pelas portas imensas da igreja. A abóbada parecia puxá-lo para o alto como líquido numa seringa. Imitando os outros fiéis, ele fez o sinal da cruz e se ajoelhou ao lado do banco antes de sentar, gestos que o fizeram sentir-se imediatamente reverente. Era incrível tudo isso ainda estar acontecendo. Fechando os olhos, Mitchell recitou a Oração de Jesus por cinco ou seis minutos.

Na saída, ele parou na lojinha de lembranças para examinar a parafernália. Havia cruzes de ouro, de prata, escapulários de várias cores e formatos, uma coisa chamada "Verônica", outra coisa chamada "Escapulário Negro das Sete Dores de Maria". Rosários reluziam no balcão de vidro, de contas negras, cada um deles um convite circular, com um crucifixo projetando-se da ponta.

Ao lado do caixa, um livrinho estava exposto com destaque. Chamava-se *Something beautiful for God* e ostentava na capa uma fotografia de Madre Teresa, com os olhos voltados para o céu. Mitchell pegou o livro e leu a primeira página:

Devo esclarecer, em primeiro lugar, que Madre Teresa solicitou que nada da natureza de uma biografia ou de um estudo biográfico a respeito dela fosse realizado. "A vida de Cristo", ela escreveu numa carta para mim, "não foi escrita durante a sua vida, e no entanto ele fez a maior obra deste mundo — redimiu o mundo e ensinou a humanidade a amar o seu Pai. A Obra é a Obra dele, e deve assim permanecer, nós todos somos somente instrumentos, que fazemos a nossa pequena parte e partimos." Eu respeito os desejos dela quanto a isso, assim como em todos os outros assuntos. O nosso tema principal aqui é o trabalho que ela e as suas Missionárias da Caridade — uma ordem que ela fundou — fazem juntas, e a vida que levam, juntas, a serviço de Cristo, em Calcutá e em outros lugares. Elas se dedicam especialmente aos mais pobres dentre os pobres; um campo extremamente amplo.

Alguns anos antes, ele teria devolvido o livro ao balcão, ou até ignorado totalmente o volume. Mas no seu novo estado de espírito, potencializado pelo tempo que tinha passado na catedral, ele foi olhando as ilustrações, que eram listadas assim: "Um quadro na frente da Casa dos Moribundos"; "Um bebê fragilizado acolhido no colo de Madre Teresa"; "Uma sofredora abraça Madre Teresa"; "Um leproso tendo as unhas cortadas"; "Madre Teresa ajuda um menino fraco demais para se alimentar".

Estourando o orçamento duas vezes na mesma manhã, Mitchell comprou o livro, pelo qual pagou vinte e oito francos.

Numa rua tranquila que saía da rue des Trois-Frères, ele tirou os números de série da AmEx da carteira e anotou no fim de *Something beautiful for God.*

Durante todo o dia, a fome de Mitchell ia e voltava. Mais à tarde, ela veio e ficou. Ao passar pelos cafés das calçadas, ele secava a comida no prato das pessoas. Logo depois das duas e meia, ele não resistiu mais e tomou um *café au lait,* de pé no balcão para economizar dois francos. Passou o resto do dia no Musée Jean Moulin porque era de graça.

Quando Mitchell chegou ao apartamento de Claire de tardinha, Larry abriu a porta. Lá dentro, em vez de uma langorosa atmosfera pós-coital, Mitchell detectou vestígios de tensão. Larry tinha aberto uma garrafa de vinho, que bebia sozinho. Claire estava na cama, lendo. Ela sorriu perfunctoriamente para Mitchell, mas não se levantou para cumprimentá-lo.

Larry perguntou: "E aí, achou um hotel?".

"Não, dormi na rua."

"Mentira."

"Tudo quanto era hotel estava lotado! Eu tive que dividir um quarto com um cara, na mesma cama."

Larry visivelmente gostou da notícia. "Desculpa, Mitchell", ele disse.

"Você foi pra cama com um cara?", Claire comentou. "Na primeira noite em Paris?"

"O encanto de Paris", Larry disse, enchendo um copo para Mitchell.

Depois de mais alguns minutos, Claire foi para o banheiro se lavar para o jantar. Assim que a porta se fechou atrás dela, Mitchell se inclinou para Larry. "Tudo bem, a gente já viu Paris. Agora, simbora."

"Muito engraçado, Mitchell."

"Você disse que a gente ia ter onde ficar."

"A gente tem onde ficar."

"*Você* tem."

Larry baixou a voz. "Eu vou ficar sem ver a Claire por seis meses, talvez mais. O que é que eu posso fazer? Ficar uma noite aqui e me mandar?"

"Boa ideia."

Larry ergueu os olhos para Mitchell. "Você está pálido pacas", ele disse.

"É porque eu passei o dia sem comer. E sabe por que eu não comi? Porque eu gastei quarenta dólares pra pagar um quarto!"

"Eu vou te compensar."

"Não era esse o plano", Mitchell disse.

"O plano era não ter planos."

"Só que você tem um plano. Trepar."

"E você não ia querer?"

"Claro que eu ia."

"Pois é, então."

Os dois amigos ficaram se encarando, sem que nenhum deles cedesse.

"Três dias e a gente cai fora", Mitchell disse.

Claire saiu do banheiro, segurando uma escova de cabelo. Ela se dobrou para a frente derrubando as longas madeixas, que quase tocaram o chão. Por trinta segundos inteirinhos ela ficou penteando a cabeleira com gestos descendentes antes de se levantar de um golpe e jogar o cabelo para trás, liso e avolumado.

Ela perguntou onde eles queriam comer.

Larry estava calçando seus tênis unissex. "Que tal um cuscuz?", Larry sugeriu. "Mitchell, você já comeu cuscuz?"

"Não."

"Ah, mas você *tem* que comer cuscuz."

Claire fez uma cara sarcástica. "Toda vez que alguém vem a Paris", ela disse, "tem que ir no Quartier Latin comer cuscuz. Cuscuz no Quartier Latin é tão automático!"

"Você quer ir em outro lugar?", Larry perguntou.

"Não", Claire respondeu. "Vamos ser previsíveis."

Quando eles chegaram à rua, Larry saiu abraçado com Claire, sussurrando na orelha dela. Mitchell foi atrás.

Eles ziguezaguearam pela cidade, sob a luz favorável do entardecer. As parisienses já eram bonitas; agora, ainda mais.

O restaurante aonde Claire os levou, nas ruelas estreitas do Quartier Latin, era pequeno e agitadíssimo, com paredes cobertas de azulejos marroquinos. Mitchell sentou de frente para a janela, olhando o fluxo de gente na rua. Em um dado momento, uma menina com cara de quem tinha vinte e pouquinhos, com um corte de cabelo Joana D'Arc, passou bem na frente da janela. Quando Mitchell olhou para ela, a moça fez uma coisa impressionante: ela devolveu o olhar. Ela encarou Mitchell com um comportamento abertamente sexual. Não que ela *quisesse* transar com ele, necessariamente. Só que ela não se incomodava de reconhecer, nesse entardecer de fins de verão, que ele era homem e ela, mulher, e que se ele a achava atraente, por ela tudo bem. Nenhuma americana jamais havia olhado Mitchell daquele jeito.

Deanie tinha razão: a Europa era um lugar bacana.

Mitchell ficou de olho na mulher até ela desaparecer. Quando ele virou de novo para a mesa, Claire estava encarando, sacudindo a cabeça.

"Paquerador", ela disse.

"Como?"

"No caminho pra cá você ficou paquerando todas as mulheres que passaram por nós."

"Não fiquei."

"Ficou, sim."

"Terra estrangeira", Mitchell disse, tentando levar na boa. "Eu estou com certos interesses antropológicos."

"Então você vê as mulheres como uma tribo que você tem que estudar?"

"Agora você vai ouvir, Mitchell", Larry disse. Ele obviamente não ia ajudar em nada.

Claire estava olhando para Mitchell com indisfarçado desprezo. "Você sempre transforma as mulheres em objeto ou é só quando está viajando pela Europa?"

"Só olhar pra elas não quer dizer que eu transformo as mulheres em objetos."

"O que é que você está fazendo com elas, então?"

"*Olhando.*"

"Porque você quer trepar com elas."

Isso era, mais ou menos, verdade. Subitamente, sob a luz fustigante dos olhos de Claire, Mitchell teve vergonha de si próprio. Ele queria que as mulheres o amassem, todas, começando pela mãe dele e partindo dali. Portanto, sempre que *qualquer* mulher ficava brava com ele, ele sentia a desaprovação materna despencando em cima dos seus ombros, como se tivesse sido um menino levado.

Como reação a essa vergonha, Mitchell fez outra coisa de hominho. Ele ficou quieto. Depois que eles fizeram pedidos, e que o vinho e a comida chegaram, ele se concentrou em comer e beber e disse muito pouco. Claire e Larry pareceram esquecer que ele estava ali. Eles conversavam e riam. Eles deram comida na boca um do outro.

Lá fora, a multidão aumentava. Mitchell fez o que pôde para não ficar olhando pela janela, mas de repente alguma coisa chamou a sua atenção. Era uma mulher com um vestido justo e botas pretas.

"Ai, meu Deus!", Claire gritou. "De novo!"

"Eu só estava olhando pela janela!"

"Você é um puta paquerador!"

"O que você quer que eu faça? Que eu use uma venda?"

Mas Claire agora estava satisfeita. Ela estava exultante com a sua vitória sobre Mitchell, cujo visível desconforto a tornava tão óbvia. O rosto dela corou de prazer.

"O seu amigo me odeia", ela disse, apoiando a cabeça no ombro de Larry.

Larry ergueu os olhos pra encontrar os de Mitchell, não sem certa simpatia. Ele abraçou Claire.

Mitchell não ficou com raiva de Larry por isso. Ele teria feito a mesma coisa se estivesse naquela posição.

Assim que o jantar acabou, Mitchell pediu licença, dizendo que estava a fim de dar uma volta.

"Não fique de mal comigo!", Claire pediu. "Você pode olhar todas as mulheres que você quiser. Eu juro que não abro a boca."

"Sem problema", Mitchell disse. "Eu só vou voltar pro meu hotel."

"Passe lá na casa da Claire amanhã de manhã", Larry falou, tentando suavizar a situação. "A gente pode ir ao Louvre."

De início era apenas a fúria que dava combustível a Mitchell. Claire não era a primeira universitária que o acusava de um comportamento sexista. Isso vinha acontecendo havia anos. Mitchell sempre tinha pensado que a geração do seu pai era a dos bandidos. Aqueles velhotes que nunca lavavam a louça ou dobravam as meias — eles é que eram o verdadeiro alvo do furor feminista. Mas aquela tinha sido só a primeira onda. Agora, nos anos 80, discussões sobre a divisão igualitária das tarefas domésticas, ou o sexismo inerente em segurar a porta "para uma dama", eram discussões datadas. O movimento tinha se tornado menos pragmático e mais teórico. A opressão masculina das mulheres não se referia só a certos atos, mas a toda uma forma de ver e de pensar. As feministas universitárias tiravam sarro de arranha-céus, dizendo que eles eram símbolos fálicos. Elas diziam a mesma coisa dos foguetes espaciais, apesar de que, se você parasse para pensar no assunto, os foguetes tinham a forma que tinham não por causa de falocentrismo, mas por causa de aerodinâmica. Será que um *Apollo 11* em formato de vagina teria conseguido chegar à Lua? A evolução tinha criado o pênis. Era uma estrutura bem útil para certas tarefas. E se funcionava para os pistilos das flores bem como para os órgãos inseminadores do *Homo sapiens*, isso era culpa de quem? Só da biologia. Mas não — tudo que fosse um projeto grande ou pretensioso, qualquer romance longo, qualquer escultura imensa ou edifício colossal tornava-se, na opinião das "mulheres" que Mitchell conheceu na universidade, uma manifestação da insegurança dos homens em relação ao tamanho do próprio pênis. E as meninas também ficavam o tempo todo falando de "relações masculinas". Toda vez que dois ou mais caras estavam se divertindo juntos, alguma menina tinha que fazer aquilo soar patológico. O que é que as amizades femininas tinham assim de tão sensacional?, Mitchell queria saber. Talvez umas "relações femininas" pudessem vir a calhar para elas.

Trovejando assim, falando em voz baixa, Mitchell se viu à beira do Sena. Ele começou a atravessar uma das pontes — o Pont Neuf. O sol tinha se posto e os postes estavam acesos. A meio caminho, em uma das áreas semicirculares com bancos, um grupo de adolescentes estava reunido. Um cara com um cabelo armado, meio Jean-Luc Ponty, dedilhava um violão enquanto os amigos dele ouviam, fumando e passando uma garrafa de vinho de um para o outro.

Mitchell olhou para eles enquanto passava. Nem quando adolescente ele foi um adolescente desse tipo.

Um pouco mais para a frente, ele se apoiou na mureta e ficou olhando o rio escuro lá embaixo. A raiva tinha desaparecido, substituída por um descontentamento generalizado consigo mesmo.

Era provavelmente verdade que ele objetificava as mulheres. Ele pensava nelas o tempo todo, não pensava? Olhava bastante para elas. E por acaso essa pensação e essa olhação toda não envolviam seios e lábios e pernas? Os seres humanos do sexo feminino eram objeto de um interesse e de um escrutínio intensíssimos por parte de Mitchell. E no entanto ele não achava que uma palavra como *objetificação* cobrisse o jeito que ele ficava por causa dessas encantadoras — mas inteligentes! — criaturas. O que Mitchell sentia quando via uma mulher bonita era mais como algo que tivesse vindo de um mito grego, como ser transformado, pela visão da beleza, em árvore, enraizado onde estivesse, para sempre, por puro desejo. Não era possível sentir por um objeto o que alguém como Mitchell sentia pelas garotas.

Excusez-moi: mulheres.

Havia outro ponto em favor de Claire. Durante todo o tempo em que ela ficou acusando Mitchell de transformar as mulheres em objetos, era ela que ele estava secretamente transformando em objeto. Ela tinha uma bunda tão incrível! Tão redonda e perfeita e viva. Toda vez que Mitchell esticava os olhos para a bunda dela, ele tinha a estranha sensação de que ela também estava olhando, de que a bunda de Claire não necessariamente concordava com a política feminista da dona, ou seja, que tinha mente própria. Além disso, Claire era namorada do seu melhor amigo. Ela era proibida. Isso aumentava demais a atração que ela exercia.

Um barco turístico flamejante em lâmpadas passou por sob a ponte.

Quanto mais Mitchell lia sobre religiões, as religiões do mundo em geral e o cristianismo em particular, mais percebia que os místicos estavam todos dizendo a mesma coisa. A iluminação vinha da extinção do desejo. O desejo não trazia realização, mas apenas uma saciedade temporária, até que aparecesse outra tentação. E isso só se você tivesse a sorte de conseguir o que queria. Se não conseguisse, você passava a vida toda com um anseio não correspondido.

Havia quanto tempo que ele secretamente esperava casar com Madeleine Hanna? E quanto desse desejo de casar com Madeleine vinha de gostar real e verdadeiramente dela como pessoa, e quanto vinha do desejo de possuí-la e, assim, satisfazer o seu ego?

Podia nem ser tão sensacional assim, casar com o seu ideal. Provavelmente, depois que você atingia o seu ideal, você ficava entediado e queria outro.

O trovador estava tocando uma música de Neil Young, reproduzindo a letra até o último anasalado e o último gemido sem saber o que ela queria dizer. Gente mais velha e mais bem-vestida passeava na direção dos edifícios banhados por holofotes nas duas margens. Paris era um museu que expunha precisamente a si própria.

Não ia ser legal se livrar disso tudo? Se livrar do sexo e do desejo? Mitchell podia quase imaginar conseguir, sentado numa ponte à noite com o Sena correndo. Ele ergueu os olhos e viu todas as janelas iluminadas ao longo do arco do rio. Pensou em todas as pessoas que estavam indo dormir ou lendo ou ouvindo música, todas as vidas contidas em uma grande cidade como essa, e, flutuando nos pensamentos, erguendo-se sobre os telhados, ele tentou sentir, vibrar junto com todos aqueles milhões de almas. Estava cansado de querer, de precisar, de esperar, de perder.

Por muito tempo os deuses se mantiveram em estreito contato com a humanidade. Aí eles ficaram com nojo, ou perderam o ânimo, e se recolheram. Mas talvez eles voltassem, talvez se aproximassem da alma vira-lata que ainda estava curiosa.

Voltando ao seu hotel, Mitchell ficou de bobeira no saguão só para ver se por acaso aparecia algum viajante amistoso falante de inglês. Ninguém apareceu. Ele subiu para o quarto, pegou uma toalha e tomou um banho morno no banheiro comum. Mantendo esse ritmo de gastos, o dinheiro de Mitchell nunca ia durar o bastante para ele chegar à Índia. Ele tinha que começar a viver de um jeito diferente no dia seguinte.

De volta ao quarto, ele puxou a colcha cor de burro quando foge e entrou nu na cama. A luminária de cabeceira era fraca demais para ler, então ele tirou a cúpula.

Parte do trabalho das Irmãs é apanhar os moribundos das ruas de Calcutá e trazê-los para um edifício que foi dado a Madre Teresa para essa finalidade (um antigo templo dedicado ao culto da deusa Kali), para que possam, nas palavras dela, morrer lá, diante dos olhos de um rosto cheio de amor. Alguns realmente morrem, outros sobrevivem e recebem cuidados. Esse Lar dos Moribundos é parcamente iluminado por pequenas janelas bem no alto das paredes, e Ken insistiu em dizer que era realmente impossível fotografar ali dentro. Nós só tínhamos uma luz pequena conosco, e era realmente impossível iluminar adequadamente o local no tempo de que dispúnhamos. Decidimos que, mesmo assim, Ken faria uma tentativa mas, por garantia, fizemos algumas imagens também em um pátio externo onde alguns dos internos estavam sentados tomando sol. No filme revelado, as fotos feitas dentro do prédio estavam tomadas por uma luz suave especialmente linda, enquanto as que fizemos a céu aberto estavam um pouco foscas e confusas.

Como explicar? Ken insistiu o tempo todo que, tecnicamente, o resultado é realmente impossível. Para provar, na sua missão fotográfica seguinte — no Oriente Médio — ele usou o mesmo tipo de película em uma luz igualmente ruim, com resultados completamente negativos... O Lar dos Moribundos de Madre Teresa transborda de amor, como se percebe imediatamente quando se entra. Esse amor é luminoso, como as auréolas que os artistas viram e representaram em volta da cabeça dos santos... Eu pessoalmente estou convencido de que Ken registrou o primeiro autêntico milagre fotográfico.

Mitchell largou o livro, apagando a luz e se esticando na cama calombenta. Ele pensou em Claire, primeiro com raiva, mas logo em termos eróticos. Imaginou ir ao apartamento dela e encontrá-la sozinha, e logo ela estava de joelhos na frente dele, pondo-o na boca. Mitchell se sentiu culpado por criar fantasias sobre a namorada do amigo, mas não o bastante para parar. Ele não gostava do que essa fantasia sobre Claire de joelhos na sua frente dizia a respeito dele, então em seguida se imaginou generosamente chupando Claire, fazendo ela gozar como nunca tinha gozado na vida. Nesse ponto ele mesmo gozou. Ele se virou de lado, pingando no carpete do hotel.

Quase imediatamente, a ponta do seu pênis ficou fria e ele o sacudiu mais uma vez e caiu de volta na cama, desolado.

Na manhã seguinte, Mitchell pôs a mochila no ombro e a carregou escada abaixo até o saguão, onde pagou o quarto e saiu. O café da manhã foi uma xícara de café e o biscoito que vinha com ela. O plano dele era tentar de novo o albergue da juventude ou, se fosse preciso, passar a noite no chão do apartamento de Claire. Mas, quando chegou ao prédio dela, ele viu Larry sentado à porta. A mochila dele estava ao seu lado. Ele parecia estar fumando um cigarro.

"Você não fuma", Mitchell disse, indo até ele.

"Eu estou começando." Larry deu umas tragadas no cigarro, experimentalmente.

"Por que você está com a mochila?"

Larry derramou todo o seu intenso olhar azul sobre Mitchell. O cigarro sem filtro estava grudado no seu grosso lábio inferior.

"A Claire e eu terminamos", ele disse.

"O que foi que aconteceu?"

"Ela acha que talvez prefira mulheres. Ela não sabe bem. Enfim, a gente vai ficar separado mesmo, então..."

"Ela te largou?"

Larry se encolheu, quase imperceptivelmente. "Ela diz que não quer 'exclusividade'."

Mitchell desviou os olhos para evitar que Larry se sentisse constrangido. "Faz sentido", ele bufou. "Você é só uma vítima sacrificial."

"De quê?"

"Macho sexista e aquela merda toda."

"Acho que era *você* que ela achava que era um macho sexista, Mitchell."

Mitchell poderia ter objetado, mas não o fez. Não havia necessidade. Ele tinha ganhado o amigo de volta.

Agora a viagem deles finalmente podia começar.

No seu aniversário de catorze anos, em novembro de 1974, Madeleine recebera um presente da irmã mais velha, Alwyn, que estava longe de casa, na universidade. O pacote tinha chegado pelo correio, embrulhado num papel de padrão psicodélico e lacrado com uma cera vermelha com marcas de luas crescentes e unicórnios. De alguma maneira Madeleine soube que não devia abrir aquilo na frente dos pais. Quando o levou para o quarto e já estava deitada na cama, ela arrancou o papel e achou dentro dele uma caixa de sapato, cuja tampa trazia as seguintes palavras escritas em tinta preta: "Kit de Sobrevivência da Jovem Solteira". Dentro, numa caligrafia tão infinitesimal que parecia feita com uma sovela, estava o seguinte bilhete.

Cara maninha,

Agora que você está com catorze anos e começou o ensino médio, eu achei que devia te informar umas coisinhas sobre SE-XO, pra você não arranjar, como diria a Figura Paterna, "problemas". A bem da verdade, eu não estou nada preocupada com a possibilidade de você arranjar problemas. Eu só quero que a minha irmãzinha se di-vir-ta!!! Então aqui vai o seu Kit de Sobrevivência da Jovem Solteira, novinho em folha, contendo tudo que uma mulher moderna e sensual precisa para se realizar plenamente. Namorado vendido separadamente.

Feliz aniversário,

Beijo, Ally

Maddy ainda estava com a roupa da escola. Segurando a caixa de sapato com uma das mãos, ela foi tirando os objetos com a outra. O primeiro, um embrulhinho de papel laminado, não lhe dizia nada, nem quando ela o virou de um lado para o outro e viu a figura com um elmo na frente. Apertando o pacotinho com o dedo, ela sentia alguma coisa escorregadia lá dentro.

Aí ela se deu conta. "Ai, meu Deus!", ela disse. "Ai-meu-Deus-eu-não-acredito!"

Ela correu para trancar a porta. Aí, pensando melhor, destrancou a porta e voltou correndo para a cama, onde pegou o pacotinho de papel laminado e a caixa, e foi com os dois para o banheiro, onde podia trancar a porta sem levantar suspeitas. Ela baixou a tampa do vaso e sentou.

Madeleine nunca tinha visto uma embalagem de camisinha antes, que dirá segurar uma na mão. Ela passou o polegar pelo pacote. O que o formato lá dentro implicava despertou sensações que ela não era exatamente capaz de descrever. O lúbrico meio em que boiava o preservativo era ao mesmo tempo repulsivo e fascinante. A circunferência do anel era simplesmente espantosa. Ela não tinha pensado muito nas dimensões da ereção masculina. Até aqui, as ereções dos meninos eram algo de que ela e as amigas riam pelos cantos e basicamente não mencionavam. Ela achava que tinha sentido uma, certa vez, durante uma dança na colônia de férias, mas não podia ter certeza: podia ser a fivela do cinto do menino. Na experiência dela, ereções eram ocorrências ocultas que aconteciam em outros lugares, como a dilatação da garganta de um sapo num pântano distante, ou um baiacu inflando num recife de corais. A única ereção que Madeleine tinha visto com os próprios olhos foi a de Wylie, o labrador da sua avó, que surgiu cruamente por entre a sua meinha peluda e se encoxou alucinado na perna dela. Uma coisa dessas bastava para fazer você não pensar em ereções nunca mais. A natureza desagradável daquela imagem, no entanto, não anulava a estrita natureza epifânica da camisinha que ela agora tinha nas mãos. A camisinha era um artefato do mundo adulto. Para além da vida dela, para além da escola, havia um sistema estabelecido de que ninguém falava, em que as companhias farmacêuticas fabricavam preservativos para os homens comprarem e desenrolarem em volta do pênis, legalmente, nos Estados Unidos da América.

Os próximos dois itens que Madeleine tirou da caixa eram parte de um conjunto humorístico, do tipo vendido em máquinas nos banheiros masculinos, que era onde Alwyn, ou mais provavelmente o namorado de Alwyn, devia ter pegado aquilo junto com a camisinha. O conjunto incluía: um anel vermelho de borracha coberto de protuberâncias balançantes e rotulado de "cócegas francesas"; um brinquedo de plástico azul que consistia de dois bonecos, um homem com o pênis ereto e uma mulher de quatro, cuja alavanca, quando Maddy a moveu para a frente e para trás, levava o garanhão de um centímetro e meio a cutucar a mulher no estilo cachorrinho; um tubinho de creme Pro-Long, que ela nem quis abrir; e duas bolas ocas Ben Wa que não vinham com instruções e pareciam, francamente, bolinhas de fliperama. No fundo da caixa estava a coisa mais estranha de todas, um pãozinho miniatura bem estreito com uma lanugem preta grudada. O pãozinho estava preso com durex a um cartão de sete por doze. Madeleine levou o cartão para mais perto do rosto para ler a etiqueta escrita à mão: "Cacetinho desidratado. Basta acrescentar água". Ela olhou de novo o minúsculo pãozinho, depois a lanugem, e aí largou o cartão e gritou: "Eca!".

Demorou um pouco para ela pegar aquilo de novo, encostando nas beiradas do cartão, o mais longe possível da lanugem. Deixando a cabeça bem para trás, ela reexaminou a lanugem para confirmar que eram, de fato, pentelhos. Da Alwyn, quase certamente, ainda que pudessem ser do namorado dela. Ela não teria hesitado em tentar esse tipo de verossimilhança. Os pelos eram pretos e enrolados e tinham sido cortados e colados à base do pãozinho. A ideia de que aquilo podiam ser os pentelhos de um cara revoltava e excitava Madeleine ao mesmo tempo. Mas eram provavelmente da Alwyn, aquela doida. Que irmã engraçada e maluca que ela tinha! Alwyn era completamente estranha e imprevisível, uma não conformista, vegetariana, protestando contra a guerra na universidade, e como Madeleine também queria ser algumas dessas coisas, ela amava e admirava a irmã (enquanto continuava a pensar que ela era totalmente doida). Ela pôs o cacetinho desidratado de volta na caixa e pegou de novo o casalzinho de plástico. Ela moveu a alavanca, observando o pênis do homem entrar na mulher reclinada.

A lembrança do Kit de Sobrevivência da Jovem Solteira voltava agora a Madeleine, em outubro, quando ela estava no pequeno aeroporto de Provincetown, esperando que Phyllida e Alwyn chegassem de Boston. Na noite anterior, inesperadamente, Phyllida ligara com a notícia de que Alwyn abandonara o marido, Blake, e que ela, Phyllida, tinha ido de avião a Boston para tentar intervir. Ela havia encontrado Alwyn hospedada no Hotel Ritz, estourando o limite do AmEx e enviando garrafas de leite materno para a casa em Beverly onde tinha deixado Richard, o filho de seis meses, aos cuidados do pai. Sem conseguir convencer Alwyn a voltar para casa, Phyllida decidira levá-la a Cape Cod na esperança de que Madeleine conseguisse pôr um pouco de juízo na cabeça dela. "A Ally só concordou em passar um dia", Phyllida disse. "Ela não quer que a gente caia em cima dela. Nós vamos chegar de manhã e saímos de tarde."

"O que é que eu vou dizer pra ela?", Madeleine havia perguntado.

"Diga o que você acha. Ela te escuta."

"Por que o papai não fala com ela?"

"Ele falou. Acabou numa gritaria generalizada. Eu não sei mais o que fazer, Maddy. Você não precisa fazer nada. Só seja a pessoa sensata e razoável que você é."

Ao ouvir isso, Madeleine quase quis rir. Ela estava desesperadamente apaixonada por um cara que tinha sido internado, duas vezes, como maníaco-depressivo. Nos últimos quatro meses, em vez de se concentrar na sua "carreira", ela ficara cuidando da convalescença de Leonard, fazendo comida para ele e lavando as roupas dele, acalmando a sua angústia e animando os seus frequentes momentos de tristeza. Ela vinha encarando os sérios efeitos colaterais provocados pela nova dose de lítio, mais alta, que ele estava tomando. Sem dúvida em grande medida por causa disso tudo, Madeleine tinha acabado, numa noite no fim de agosto, beijando Mitchell Grammaticus na frente do Chumley's na Bedford Street, beijando e gostando, antes de voltar correndo para Providence e para o leito de doente de Leonard. A última coisa que ela se achava naquele momento era sensata ou razoável. Estava apenas começando a viver como adulta e nunca tinha se sentido mais vulnerável, assustada ou confusa em toda a sua vida.

Depois que se mudou do apartamento na Benefit Street, em junho, Madeleine ficou no apartamento de Leonard, sozinha, até ele sair do hospital. Ela ficou empolgada por receber o encargo de cuidar das coisas dele. Punha os discos de Arvo Pärt de Leonard no estéreo, deitava no sofá e ouvia de olhos fechados exatamente como ele fazia. Ela folheava os livros dele, lendo os comentários nas margens. Ao lado de trechos densos de Nietzsche ou de Hegel, Leonard desenhava carinhas, sorridentes ou tristes, ou simplesmente punha um "!". À noite ela dormia com uma das camisas de Leonard. Tudo no apartamento tinha sido deixado exatamente como estava quando Leonard foi levado para o hospital. Havia um caderno aberto no chão, no qual parecia que Leonard tinha tentado entender quanto tempo o seu dinheiro ia durar. A banheira estava cheia de jornais. Às vezes, o vazio do apartamento fazia Madeleine querer chorar por causa de tudo que ele evocava da solidão de Leonard no mundo. Nenhuma foto dos pais ou da irmã dele em nenhum lugar. Aí um dia, de manhã, ao tirar um livro do lugar, ela encontrou uma fotografia embaixo dele. Era uma foto dela que ele tinha tirado na primeira viagem que eles fizeram a Cape Cod e que a mostrava deitada numa cama de hotel barato, lendo, e comendo um chocolate.

Depois de três dias, sem conseguir aguentar a imundície nem mais um minuto, ela não resistiu e começou a limpar. No Star Market, comprou um esfregão, um balde, um par de luvas de borracha e vários produtos de limpeza. Ela sabia que estava estabelecendo um precedente negativo mesmo enquanto estava limpando. Esfregou o chão, jogando baldes de água preta pela privada. Gastou sete rolos de papel absorvente, esfregando cracas do chão do banheiro. Jogou fora a cortina mofada do boxe e comprou uma nova, rosa-shocking, por vingança. Jogou fora tudo que estava na geladeira e esfregou bem as prateleiras. Depois de desnudar o colchão de Leonard, ela embolou os lençóis, com a intenção de deixá-los na lavanderia da esquina, mas em vez disso jogou-os numa lata de lixo atrás do prédio, colocando os seus no lugar. Ela pôs cortinas nas janelas e comprou uma cúpula de papel para a lâmpada exposta que pendia do teto.

Algumas folhas do fícus estavam começando a ficar marrons. Ao pôr a mão na terra, Madeleine viu que estava seca. Ela mencionou isso para Leonard um dia no horário de visitas.

"Você pode regar a minha árvore", ele disse.

"Nada a ver. Na última vez você me deixou arrasada."

"Você tem permissão pra regar a minha árvore."

"Mas isso não está parecendo um pedido."

"Será que você pode regar o meu fícus pra mim?"

Ela regou a árvore. À tarde, quando o sol entrava pela janela da frente, ela empurrava o vaso para a luz e borrifava as folhas.

Toda tarde ela ia ao hospital para ver Leonard.

A médica tinha ajustado a medicação de Leonard, eliminando o seu tique facial, e só isso já o fazia parecer muito melhor. O assunto principal dele eram as drogas todas que estava tomando, os seus usos e contraindicações. Dizer os nomes das drogas parecia deixá-lo mais calmo, como se estivesse pronunciando encantamentos: lorazepam, diazepam, clorpromazina, clordiazepóxido, haloperidol. Madeleine não conseguia lembrar tudo. Ela não tinha certeza se era Leonard que estava tomando esses remédios ou se outras pessoas da ala. A essa altura ele dominava bem os históricos clínicos de quase todos os outros pacientes. Eles o tratavam como um residente, discutindo os seus casos com ele e pedindo informações sobre as drogas que tomavam. Leonard operava no hospital como na escola. Ele era uma fonte de informação: o cara que dava respostas. De vez em quando ele tinha um dia ruim. Madeleine entrava na sala de visitas e o encontrava desanimado, tomado pelo desespero de não ter se formado e preocupado com a sua capacidade de lidar com os seus deveres em Pilgrim Lake: a lista de queixas de sempre. Ele ficava repetindo as queixas sem parar.

Leonard esperava ficar umas duas semanas no hospital. Mas acabou ficando vinte e dois dias. No dia da sua alta, no fim de junho, Madeleine foi até o centro para lhe dar uma carona com o seu carro novo, um conversível Saab com dezenove mil quilômetros. O carro era um presente de formatura dos pais. "Mesmo que nós não tenhamos visto você se formar", Alton brincou, discutindo o desaparecimento de Madeleine naquele dia. Entre a multidão de parentes diante do portão Van Wickle, Alton e Phyllida haviam ficado esperando Madeleine passar; como ela não passou, eles pensaram que de algum jeito tinham deixado de vê-la. Depois de andar em busca dela pela College Street, eles tentaram ligar no apartamento dela, mas não foram atendidos. Acabaram indo lá e deixando um bilhete para ela, dizendo que estavam preocupados e tinham decidido não voltar para Prettybrook "como pretendiam". Em vez disso, iam esperar por ela no saguão do Biltmore, que foi onde Madeleine os encontrou naquela tarde. Ela lhes disse que havia perdido o desfile porque Kelly Traub, que estava indo com ela, tinha caído e torcido o tornozelo, e ela teve que ajudá-la a chegar ao departamento médico. Madeleine não sabia bem se os seus pais tinham acreditado nela, mas, aliviados por vê-la bem, eles não fizeram muitas perguntas. Em vez disso, Alton tinha ligado uns dias depois para instruí-la a sair e comprar um carro. "Usado", ele estipulou. "Com um ou dois anos. Assim você evita muita depreciação." Madeleine seguiu as instruções, encontrando o conversível nos classificados do *Pro-Jo*. Era branco, com bancos individuais cor de areia na frente, e enquanto esperava diante do hospital Madeleine baixou a capota para Leonard poder vê-la quando a enfermeira o trouxesse na cadeira de rodas.

"Bela caranga", ele disse, entrando.

Eles trocaram um abraço longo, com Madeleine fungando, até que Leonard se afastou.

"Vamos embora daqui. Eu estou de saco cheio desse lugar."

Durante o restante das férias Leonard esteve tocantemente frágil. Ele falava em tons baixíssimos. Ficava assistindo beisebol na TV, segurando a mão de Madeleine.

"Você sabe o que *paraíso* quer dizer?", ele perguntou.

"Não quer dizer 'paraíso'?"

"Quer dizer 'jardim murado'. Vem do persa. Um estádio de beisebol é isso. Especialmente Fenway. Um jardim murado. Olha como é verde! É tão tranquilo ficar sentado e só olhar o campo lá."

"De repente você devia assistir golfe", Madeleine disse.

"Mais verde ainda."

O lítio deixava Leonard o tempo todo com sede, e esporadicamente com enjoo. Ele desenvolveu um leve tremor na mão direita. Durante as semanas que passara no hospital, ganhou quase sete quilos, e continuou engordando durante os meses de julho e agosto. O rosto e o corpo dele pareciam inchados, e ele estava com uma dobra de gordura, como a corcova de um búfalo, na nuca. Além da sede, Leonard tinha que fazer xixi constantemente. Tinha dor de estômago e sofria crises de diarreia. Pior de tudo, o lítio deixava a sua cabeça lenta. Leonard dizia que havia um "registro mais agudo" que ele não conseguia mais alcançar, intelectualmente. Para contrabalançar esse efeito, ele mascava ainda mais tabaco, e começou a fumar cigarro e também uns charutinhos malcheirosos de que ele aprendeu a gostar no hospital. As suas roupas fediam fumaça. A sua boca tinha gosto de cinzeiro e de alguma outra coisa também, um gosto metálico. Madeleine não gostava.

Como resultado de tudo isso, um efeito colateral dos efeitos colaterais, a libido de Leonard diminuiu. Depois de transar duas ou três vezes por dia com a empolgação de estarem juntos de novo, eles diminuíram o ritmo, e aí quase pararam totalmente de transar. Madeleine não sabia bem o que fazer. Será que ela devia prestar mais atenção no problema de Leonard, ou menos? Ela nunca tinha sido muito mão na massa, na cama. A vida não tinha exigido isso dela. Não parecia que os homens se incomodavam com isso, ou que sequer percebiam, sendo eles mesmos tão mão na massa. Uma noite, ela atacou o problema como atacaria uma deixadinha na quadra de tênis: disparou em linha reta, chegando aparentemente a tempo, aí se abaixou bem e devolveu a bola — que bateu na fita e caiu de novo, morta, do seu lado da quadra.

Depois disso, ela não tentou de novo. Ficou mais atrás, no seu jogo de fundo de sempre.

Tudo isso podia ter incomodado mais Madeleine se a carência de Leonard não fosse um atrativo tão grande para ela. Havia algo de agradável em ter o seu grande são-bernardo só para ela. Ele não queria mais sair nem para ir ao cinema. Agora só estava interessado na sua caminha de cachorro, na sua tigelinha de cachorro, e na sua dona. Ele deitava a cabeça no colo dela, queria ganhar carinho. Balançava o rabinho toda vez que ela entrava. Sempre tão demonstravelmente *ali*, o amigão peludão dela, o seu amigão babão do coração.

Nenhum deles tinha emprego. Os longos dias de verão passavam lentamente. Sem a população estudantil, College Hill estava sonolenta e verde. Leonard guardava os seus remédios e o seu estojinho de higiene embaixo da pia do banheiro. Ele sempre fechava a porta quando ia tomar os remédios. Duas vezes por semana, ele ia ver a terapeuta, Bryce Ellis, e voltava dessas consultas emocionalmente corroído e exausto. Caía no colchão por mais uma ou duas horas, e finalmente se levantava e punha um disco.

"Você sabe quantos anos Einstein tinha quando propôs a teoria restrita da relatividade?", ele um dia perguntou a Madeleine.

"Quantos?"

"Vinte e seis."

"E daí?"

"A maioria dos cientistas chega ao ápice lá pelos vinte e poucos. Eu estou com vinte e dois, quase vinte e três. Eu estou no meu apogeu intelectual neste exato momento. Só que eu tenho que tomar um remédio todo dia de manhã e de noite que me deixa bobo."

"O remédio não te deixa bobo, Leonard."

"Deixa, sim."

"Não me parece muito científico", ela continuou, "decidir que você nunca vai ser um grande cientista só porque não descobriu nada até os vinte e dois."

"São os fatos", Leonard disse. "Esquece o remédio. Nem normal, eu não estou nem perto de estar no caminho de quem vai fazer uma grande descoberta científica."

"Digamos que você não faça uma grande descoberta", Madeleine falou. "Como é que você sabe que você não vai fazer uma descobertinha minúscula que acabe sendo boa pras pessoas? Assim, de repente você não vai sacar que o espaço é curvo. De repente você vai dar um jeito de fazer um carro movido a água pra acabar com a poluição."

"Inventar um motor a hidrogênio ia ser uma descoberta imensa", Leonard disse macambúzio, acendendo um cigarro.

"Tudo bem, mas nem todos os cientistas eram novos. E o Galileu? Quantos anos ele tinha? E o Edison?"

"Será que dava pra gente mudar de assunto?", Leonard interrompeu. "Eu estou ficando deprimido."

Isso deixou Madeleine calada.

Leonard deu uma tragada longa no cigarro e exalou ruidosamente. "Não deprimido *deprimido*", ele disse, depois de um momento.

Por mais que Madeleine se dedicasse aos cuidados de Leonard, por mais que lhe agradasse vê-lo melhorar, ela às vezes precisava sair do apartamentinho sufocante. Para escapar da umidade, ela ia para o ar-condicionado da biblioteca. Jogava tênis com dois caras da equipe de tênis da universidade.

Vez por outra, sem querer voltar para o apartamento, Madeleine ficava andando pelo campus vazio, fazendo todo o esforço que podia para pensar em si mesma por alguns minutos. Ela parou para ver o professor Saunders, só para ficar perturbada pela visão do velho acadêmico de bermuda e sandália. Ela inspecionou as pilhas de livros na livraria College Hill, virtuosamente selecionando cópias usadas de *Little Dorrit* e *The vicar of Bullhampton*, que ela realmente pretendia ler. De vez em quando ela se dava um sorvete de presente e ficava sentada na escada do Hospital Trust, olhando outros casais passarem, de mãos dadas ou se beijando. Ela acabava o sorvete e seguia de volta para o apartamento, onde Leonard a esperava.

Durante todo o mês de julho a condição dele continuou delicada. Em agosto, no entanto, parecia que Leonard estava virando a página. Vez por outra ele soava como o Leonard de sempre. Um dia, fazendo torradas de manhã, Leonard ergueu um pacote de manteiga Land O'Lakes. "Eu tenho uma pergunta", ele disse. "Quem foi a primeira pessoa que percebeu que os joelhos da índia da Land O'Lakes parecem peitos? Algum sujeito lá em Terre Haute está tomando café, olha pra embalagem da manteiga e pensa: 'Joelhão, hein!'. Mas isso é só uma parte da história. Depois dessa sacada, outro cara teve que decidir recortar *outro* par de joelhos, do fundo da embalagem, e colar por trás da embalagem de manteiga que a índia está segurando na frente do peito, e aí recortar as bordas da embalagem na figura pra parecer que ela está mostrando os peitos. Isso tudo aconteceu sem nenhum tipo de documentação. Os elementos principais se perderam na poeira do tempo."

Eles começaram a sair do apartamento. Um dia foram até a Federal Hill comer pizza. Depois, Leonard insistiu para eles entrarem numa loja de queijos. Estava escuro lá dentro, cortinas fechadas. O cheiro era uma presença. Atrás do balcão, um velho de cabelos grisalhos estava ocupado fazendo alguma coisa que eles não podiam ver. "Está fazendo vinte e sete graus lá fora", Leonard sussurrou, "e esse cara não abre a janela. Isso porque ele está com a mistura bacteriana perfeita aqui dentro e não quer deixar ela escapar. Eu li um artigo que dizia que uns químicos de Cornell identificaram duzentas cepas diferentes de bactérias num recipiente de coalho. É uma reação aeróbica, então tudo que estiver no ar afeta o sabor. Os italianos sabem isso por instinto. Esse cara nem sabe o quanto ele sabe."

Leonard foi até o balcão. "Vittorio, tudo bem?"

O velho se virou para eles e apertou os olhos. "Oi, amigo! Mas cadê você esses dia? Faz tempo que eu não te vi."

"Eu estava meio mal, Vittorio."

"Nada sério, espero. Nem me conta! Eu nem quero saber, não. Eu já tenho os meus problema."

"O que é que você recomenda hoje?"

"Como assim, 'recomenda'? Queijo! O de sempre. O melhor. A tua namorada é quem?"

"Vittorio, Madeleine."

"Você gosta de queijo, mocinha? Ó, prova aqui. Leva um pouquinho. E faz ele ficar longe de você. Esse cara não presta."

Mais uma revelação sobre Leonard: ele era amigo do velhinho fazedor de queijo na Federal Hill. Vai ver era ali que ele estava quando Madeleine o via esperando o ônibus na chuva. Visitando o seu amigo Vittorio.

No fim de agosto eles fizeram as malas, deixando umas caixas num depósito e enfiando o resto no porta-malas e no banco traseiro do Saab, e zarparam para Cape Cod. Estava quente, trinta e poucos graus, e eles foram de capota abaixada até saírem de Rhode Island. Mas o vento dificulta conversar ou ouvir rádio, então eles levantaram a capota quando entraram em Massachusetts. Madeleine pôs uma fita do Pure Prairie League que Leonard tolerou até eles pararem num posto de gasolina que tinha um mercadinho, onde ele comprou um cassete dos maiores sucessos do Led Zeppelin e deixou tocando pelo resto do caminho, pela ponte Sagamore e a península. Num restaurante de beira da estrada em Orleans, eles pararam para comer sanduichinhos de lagosta. Leonard parecia animado. Mas, quando voltaram à estrada, com pínus passando dos dois lados, ele começou a fumar nervoso os seus charutinhos e a se mexer irrequieto no banco do passageiro. Era domingo. O trânsito quase todo vinha na direção oposta, turistas de fim de semana ou gente que alugava casas para o verão voltando agora para o continente, com equipamentos esportivos amarrados com cordas nas capotas dos carros. Em Truro, a Highway 6 se dividia e virava 6A, e eles a seguiram cuidadosamente, diminuindo de velocidade quando o azul do lago Pilgrim apareceu à direita. Perto da ponta do lago eles viram a placa do Laboratório Pilgrim Lake e desceram um caminho de pedrinhas que corria entre as dunas na direção da baía de Cape Cod.

"Quem foi que roubou a minha saliva?", Leonard disse, quando os prédios, onde iriam morar pelos próximos nove meses, apareceram. "Está com você? Porque eu não estou conseguindo achar a minha?"

Durante a breve visita que tinham feito na primavera passada, Madeleine estava ocupada demais com a sua nova relação para perceber muita coisa no Laboratório Pilgrim Lake, além da linda localização litorânea. Era incrível pensar que lendas como Watson e Crick tinham trabalhado ou ficado algum tempo naquela antiga colônia baleeira, mas a maioria dos nomes dos biólogos que agora estavam no Pilgrim Lake — inclusive o diretor atual do laboratório, David Malkiel — era nova para ela. O único laboratório de verdade que eles tinham visitado aquela vez não era muito diferente dos laboratórios de química em Lawrenceville.

Depois que eles se mudaram para Pilgrim Lake, contudo, Madeleine percebeu o quanto as suas primeiras impressões do lugar estavam erradas. Ela não esperava que houvesse seis quadras de tênis cobertas, ou uma academia cheia de aparelhos Nautilus, ou uma sala de projeção que exibia filmes novos nos fins de semana. Ela não esperava que o bar ficasse aberto vinte e quatro horas, ou que estivesse cheio de cientistas às três da manhã, esperando resultados de testes. Ela não esperava as limusines que traziam executivos de laboratórios farmacêuticos e celebridades de Logan para comer com o dr. Malkiel na sua sala de jantar particular. Ela não esperava aquela *comida*, os caros vinhos franceses e os pães e os azeites de oliva escolhidos a dedo pelo próprio dr. Malkiel. O diretor levantava quantias enormes de dinheiro para o laboratório, que então despejava sobre os cientistas residentes e usava para atrair outros como visitantes. Foi Malkiel que comprou a pintura de Cy Twombly que estava na parede do refeitório e que encomendou o Richard Serra que ficava atrás da Casa das Cobaias.

Madeleine e Leonard chegaram a Pilgrim Lake durante o Seminário de Verão de Genética. Leonard teve que cursar a famosa Disciplina da Levedura, ministrada por Bob Kilimnik, o biólogo em cuja equipe ele fora integrado. Ele saía toda manhã como um aluninho assustado. Ele reclamava que o seu cérebro não estava funcionando e que os dois outros estagiários da sua equipe, Vikram Jaitly e Carl Beller, que tinham, os dois, frequentado o MIT, eram mais inteligentes que ele. Mas era só uma aula de duas horas. O resto do dia era livre. Uma atmosfera relaxada dominava o laboratório. Vários alunos de pós-graduação estavam por lá (chamados de TPs, ou técnicos de pesquisa), inclusive várias mulheres com idade próxima à de Madeleine. Quase toda noite havia uma festa em que as pessoas faziam coisas ligeiramente estranhas, de nerds científicos, como servir daiquiris em balões de Erlenmeyer ou pratos de evaporação, ou fazer mariscos na autoclave em vez de cozinhar no vapor. Mesmo assim, era divertido.

Depois do Labor Day, as coisas ficaram mais sérias. Os TPs foram embora, o que diminuiu radicalmente a população feminina, pôs um fim às festas do verão e ao aroma de romance no ar. No fim de setembro, o *Sunday Telegraph* começou a publicar as cotações da Ladbrokes para os próximos prêmios Nobel. À medida que se passavam os dias e os outros prêmios de ciências eram entregues — para Kenneth Wilson em física e Aaron Klug em química —, as pessoas começaram a especular, à mesa do jantar, quem ganharia em fisiologia ou medicina. Os principais candidatos eram Rudyard Hill, de Cambridge, e Michael Zolodnek. Zolodnek era residente no Pilgrim Lake e morava numa das casas coloniais do lado de Truro do terreno. Aí, de manhã bem cedo no dia 8 de outubro, um som estrondoso acordou Madeleine e Leonard de um sono profundo. Indo à janela, eles viram um helicóptero pousar na praia na frente do prédio deles. Três furgões com antenas de transmissão estavam estacionados. Eles se vestiram às pressas e correram para o centro de conferências, onde ficaram sabendo, para o seu imenso prazer, que o Nobel tinha sido concedido, não a Michael Zolodnek, mas a Diane MacGregor. As cadeiras do anfiteatro já estavam tomadas por repórteres e pela equipe do Pilgrim Lake. De pé no fundo da sala, Madeleine e Leonard viram o dr. Malkiel acompanhar MacGregor a um pódio ornado por um buquê de microfones. MacGregor usava uma capa de chuva e umas galochas velhas, exatamente como nas poucas vezes que Madeleine tinha passado por ela na praia, andando com o seu grande poodle preto. Ela tinha tentado ajeitar o cabelo para a coletiva. Esse detalhe, junto com o seu porte minúsculo, dava-lhe algo de criança, apesar da idade.

No pódio, MacGregor sorria, cintilava e parecia sitiada, ao mesmo tempo. As perguntas começaram:

"Doutora MacGregor, onde a senhora estava quando recebeu a notícia?"

"Eu estava dormindo. Como agora, aliás."

"A senhora podia nos dizer de que trata o seu trabalho?"

"Podia. Mas aí *vocês* iam cair dormindo."

"O que a senhora pretende fazer com o dinheiro?"

"Gastar."

Essas respostas teriam deixado Madeleine encantada com Diane Mac-Gregor, se já não estivesse encantada. Ainda que nunca tivesse falado com MacGregor, tudo que ficara sabendo sobre a reclusa de setenta e três anos de idade tinha transformado MacGregor na bióloga favorita de Madeleine. Ao contrário de outros cientistas no laboratório, MacGregor não tinha assistentes. Ela trabalhava completamente sozinha, sem equipamentos sofisticados, analisando os misteriosos padrões de coloração no milho que plantava num terreno nos fundos de casa. Por algumas conversas com Leonard e outras pessoas, Madeleine entendeu o básico do trabalho de MacGregor — tinha a ver com transmissão de genes, e como as características são copiadas, transpostas ou deletadas —, mas o que ela admirava mesmo era o jeito solitário e determinado que MacGregor tinha de realizar esse trabalho. (Se Madeleine um dia fosse bióloga, Diane MacGregor era o tipo de bióloga que ela queria ser.) Outros cientistas no laboratório tiravam sarro de MacGregor por ela não ter telefone ou pela sua excentricidade geral. Mas se MacGregor era tão doida, por que será que todo mundo tinha que ficar o tempo todo falando dela? Madeleine achava que MacGregor deixava as pessoas incomodadas por causa da pureza da sua renúncia e da simplicidade do seu método científico. Eles não queriam que ela desse certo, porque isso invalidaria a lógica de terem equipes de pesquisa e orçamentos inflados. MacGregor também podia ser cabeça-dura e rude. As pessoas não gostam disso em ninguém, mas gostam menos ainda numa mulher. Ela estava apodrecendo no departamento de biologia da Universidade da Flórida, em Gainesville, quando o antecessor do dr. Malkiel, reconhecendo a genialidade dela, levantou o dinheiro para trazê-la ao Pilgrim Lake e lhe garantir um emprego vitalício. Essa era a outra coisa que Madeleine achava incrível sobre MacGregor. Ela estava em Pilgrim Lake desde 1947! Há trinta e cinco anos ela estava inspecionando o milho com uma paciência mendeliana, sem receber encorajamento ou respostas ao seu trabalho, simplesmente dando as caras todo dia, mergulhada no seu próprio processo de descoberta, esquecida pelo mundo e sem dar a mínima. E agora, finalmente, isso, o Nobel — o coroamento do trabalho de toda a sua vida. E embora ela parecesse bem satisfeita, dava para ver que não era atrás do prêmio que ela estava, afinal. A recompensa de MacGregor tinha sido o próprio trabalho, a sua realização diária, a conquista composta por milhões de dias comuns.

Lá do seu jeito, Madeleine entendia o que Diane MacGregor enfrentava num laboratório dominado por homens. Em cada jantar a que ela e Leonard compareciam, Madeleine inevitavelmente acabava na cozinha, ajudando as outras esposas e namoradas. Ela podia ter se negado a fazer isso, claro, mas aí só ia ficar parecendo que estava tentando provar alguma coisa. Além disso, era chato ficar sentada ouvindo as discussões competitivas dos homens. E aí ela lavava louça e acabava com raiva daquilo tudo. As suas únicas interações sociais, além dessas, eram jogar tênis com Greta, a jovem esposa de Malkiel — que tratava Madeleine como uma professora na academia — ou jogar conversa fora com as outras deitagiárias. Era esse o termo que se usava para as caras-metades dos estagiários: deitagiárias. Praticamente todos os estagiários eram homens. A maioria dos biólogos seniores eram homens também, e assim restava apenas Diane MacGregor, se você não contasse os técnicos de laboratório, para Madeleine escolher para torcer e tentar, à sua maneira, imitar.

Considerando que o estágio de Leonard cobria as despesas dos dois com alimentação e habitação, não havia motivo para Madeleine não passar o tempo todo lendo, dormindo e comendo. Mas ela não tinha intenção nenhuma de fazer isso. Apesar da sua dispersividade durante o verão, o futuro dela no mundo acadêmico tivera novo impulso. Junto com um A na monografia final, Madeleine recebera um bilhete pessoal do professor Saunders, que a encorajava a transformar a monografia num artigo mais curto e a encaminhá-lo a M. Myerson, da *Janeite Review*. "Pode ser publicável!", Saunders tinha escrito. Apesar do fato de que M. Myerson, na verdade, era Mary, a mulher do professor Saunders, e de que isso dava um ar de nepotismo a essa recomendação, uma brecha continuava sendo uma brecha. No gabinete de Saunders, quando Madeleine passou para vê-lo, ele também desacreditou em altos brados a recusa que ela recebera de Yale, dizendo que ela tinha sido vítima de um modismo intelectual.

Aí, num fim de semana de meados de setembro, Madeleine foi a uma conferência sobre literatura vitoriana no Boston College que lhe deu uma nova orientação. Na conferência, que aconteceu num hotel Hyatt com um saguão cheio de plantas e elevadores de vidro tubular, ela encontrou duas pessoas tão doidas por livros do século XIX quanto ela. Meg Jones era uma arremessadora de softball universitário, muito em forma, com um cabelo de duende e uma mandíbula forte. Anne Wong era uma pós-graduanda de Stanford com um rabinho de cavalo, um colar de coração Elsa Peretti, um relógio Seiko e um leve sotaque da sua Taiwan natal. Anne estava atualmente fazendo mestrado em poesia na Universidade de Houston, mas queria fazer doutorado em letras, para ganhar a vida e satisfazer os pais. Meg já estava no doutorado em Vanderbilt. Ela chamava Austen de "a divina Jane" e cuspia fatos e cifras a respeito dela como um apostador profissional. A família Austen teve oitos filhos, sendo Jane a mais nova. Ela sofria da doença de Addison, como John F. Kennedy. Ela teve tifo em 1783. *Razão e sentimento* foi publicado originalmente como *Elinor e Marianne*. Uma vez Austen aceitou um pedido de casamento de um homem chamado Bigg Wither, mas depois de uma noite de reflexão ela mudou de ideia. Ela foi enterrada na catedral de Winchester.

"Você está pensando em estudar Austen?", Anne Wong perguntou a Madeleine.

"Não sei. Na minha monografia tinha um capítulo sobre ela. Mas sabem quem eu acho incrível também? É meio constrangedor."

"Quem?"

"A senhora Gaskell."

"Eu adoro a senhora Gaskell!", Anne Wong gritou.

"Senhora Gaskell?", Meg Jones disse. "Eu estou tentando pensar numa resposta aqui."

O que Madeleine sentiu na conferência foi o surgimento de um novo tipo de academia. Elas estavam falando dos livros antigos que ela adorava, mas de jeitos diferentes. Os tópicos incluíam: "As Mulheres Proprietárias no Romance Vitoriano", "As Escritoras Vitorianas e a Questão Feminina", "A Masturbação na Literatura Vitoriana" e "A Prisão da Condição Feminina". Madeleine e Anne Wong assistiram à fala de Terry Castle sobre "a lésbica invisível" na literatura vitoriana, e viram de relance, e de longe, Sandra Gilbert e Susan Gubar saindo de uma fala sobre A *louca no sótão* em que não havia mais cadeiras livres.

O negócio dos vitorianos, Madeleine estava aprendendo, é que eles eram bem menos vitorianos do que a gente achava. Frances Power Cobbe morou abertamente com outra mulher, referindo-se a ela como sua "esposa". Em 1868, Cobbe publicou um artigo na *Fraser's Magazine* intitulado "Criminosos, idiotas, mulheres e menores. Essa classificação está correta?". As mulheres não tinham pleno acesso à aquisição e à herança de terras nos primeiros tempos da Inglaterra vitoriana. Elas não tinham pleno acesso à participação política. E foi sob essas condições, enquanto eram classificadas literalmente entre os idiotas, que as escritoras favoritas de Madeleine escreveram seus livros.

Vista dessa forma, a literatura dos séculos XVIII e XIX, especialmente a escrita por mulheres, era tudo menos uma coisa velha e sem graça. Contra todas as probabilidades, sem ninguém lhes dar o direito de pegar a pena ou de receber uma educação de verdade, mulheres como Anne Finch, Jane Austen, George Eliot, as irmãs Brontë e Emily Dickinson pegaram a pena assim mesmo e não apenas se juntaram ao grandioso projeto literário, mas, se você acreditasse em Gilbert e Gubar, criaram uma nova literatura, jogando um jogo de homens enquanto o subvertiam. Duas frases de *A louca no sótão* chamaram particularmente a atenção de Madeleine. "Em tempos recentes, por exemplo, enquanto os escritores homens parecem cada vez mais se sentir exauridos pela necessidade de um revisionismo que a teoria da 'angústia da influência' de Bloom descreve perfeitamente, as escritoras têm se visto como pioneiras em uma criatividade tão intensa que os seus pares entre os homens provavelmente não vivenciam desde o Renascimento, ou pelo menos desde a era do Romantismo. Filho de muitos pais, o escritor de hoje sente-se desesperadamente atrasado; filha de pouquíssimas mães, a escritora de hoje sente que está ajudando a criar uma tradução viável que por fim está definitivamente emergindo."

Durante dois dias e meio, Madeleine e as suas novas amigas assistiram a dezesseis conferências. Elas entraram de penetras num coquetel de uma convenção de corretores de seguros e comeram de graça. Anne pedia sex on the beach no bar do Hyatt, e ria toda vez. Ao contrário de Meg, que se vestia como um estivador, Anne usava vestidos floridos da Filene's Basement e sapatos de salto. Na última noite delas, já no quarto que dividiam, Anne deitou a cabeça no ombro de Madeleine e confessou que ainda era virgem. "Não bastava ser taiwanesa!", ela gritou. "Mas taiwanesa virgem! Eu estou perdida!"

Por mais que tivesse pouco em comum com Meg e Anne, Madeleine não lembrava de ter se divertido tanto assim na vida. Durante o fim de semana inteiro elas não perguntaram nenhuma vez se ela tinha namorado. Só queriam falar de literatura. Na última manhã da conferência, as duas trocaram endereços e números de telefone e se abraçaram todas ao mesmo tempo, prometendo se manter em contato.

"De repente nós todas acabamos no mesmo departamento!", Anne disse, animada.

"Duvido que alguém fosse contratar três vitorianistas", Meg falou pragmaticamente.

Na volta para Cape Cod, e ainda por vários dias depois, Madeleine sentia uma onda de felicidade toda vez que lembrava de Meg Jones chamando as três de "vitorianistas". A palavra tornava subitamente reais as suas vagas aspirações. Ela nunca teve uma palavra para o que queria ser. Numa parada na estrada, ela pôs quatro moedinhas num telefone público para ligar para os pais em Prettybrook.

"Pai, eu já sei o que eu quero ser."

"O quê?"

"Vitorianista! Eu estou saindo de uma conferência sensacional."

"Você tem que se especializar tão cedo? Você ainda nem começou o mestrado."

"Não, pai, é isso. Eu já sei! O campo está tão aberto!"

"Comece a pós-graduação antes", Alton disse, rindo. "Aí a gente conversa."

De volta ao Pilgrim Lake, à escrivaninha, ela tentou começar a trabalhar. Tinha trazido a maioria, se não todos os seus livros preferidos. Austen, Eliot, Wharton e James. Com Alton, que ainda tinha contatos na biblioteca Baxter, ela conseguiu descolar uma pilha imensa de crítica literária vitoriana num empréstimo de longo prazo. Depois de fazer as leituras necessárias e de tomar algumas notas a mais, Madeleine começou a condensar a sua monografia num tamanho publicável. Sua máquina de escrever Royal era a mesma em que tinha datilografado a monografia. Era a mesma máquina em que Alton tinha datilografado os *seus* trabalhos na universidade. Madeleine adorava aquela máquina de aço negro, mas as teclas começavam a emperrar. Às vezes, quando ela batia rápido, duas ou três teclas ficavam agarradas e ela tinha que separá-las com os dedos, ganhando uma noção mais clara da expressão *máquina de escrever manual*. Desgrudar as teclas ou trocar a fita deixava seus dedos manchados de tinta. A parte de dentro da máquina era repulsiva: havia bolas de poeira, raspas de borracha, pedacinhos de papel, migalhas de biscoitos e cabelo. Madeleine ficava espantada que aquilo ainda funcionasse.

Depois que descobriu o quanto a sua máquina era suja, ela não conseguia parar de pensar naquilo. Era como tentar dormir na grama depois de alguém ter mencionado vermes. Tentar limpar a Royal não era fácil. Aquilo pesava uma tonelada. Por mais que carregasse o trambolho inúmeras vezes até a pia para virá-lo de cabeça para baixo, nunca parava de cair detrito dali. Ela levou a máquina de volta para a escrivaninha, pôs uma folha de papel no tambor e começou a trabalhar de novo, mas a ideia persistente de que alguma gosma ainda continuava dentro da máquina, assim como o emperramento constante das teclas, fazia com que ela esquecesse o que estava escrevendo. Então ela voltou com a máquina para a pia e tirou o resto da sujeira com uma velha escova de dentes.

Dessa maneira, Madeleine tentava virar vitorianista.

Ela esperava estar com o ensaio condensado reescrito em dezembro, a tempo de incluí-lo como amostra da sua produção nos formulários de inscrição para a pós-graduação. Ter o artigo aceito pela *Janeite Review* àquela altura e listá-lo como "no prelo" no currículo seria um bônus. A recusa de Yale, como a de um namorado de que ela não sabia bem se gostava tanto assim, tinha previsivelmente aumentado o encanto da universidade. Mesmo assim, ela não ia ficar parada em casa esperando o telefonema. Ia testar todas as possibilidades dessa vez, e portanto andava flertando com a rica e velha Harvard, com a polida Columbia, a cerebral Chicago e a confiável Michigan, e até dando uma chance para o humilde Baxter College. (Se Baxter não a aceitasse no seu programa medíocre de letras, apesar de ela ser filha de um ex-reitor, Madeleine tomaria isso como um sinal de que deveria desistir de vez da ideia de virar acadêmica.) Mas ela não esperava entrar em Baxter. Ela rezava para não ter que ir para Baxter. E, para isso, começou a estudar de novo para os exames nacionais, com esperança de aumentar as suas notas nas seções de matemática e de lógica. Para se preparar para a prova de literatura, ela preenchia as lacunas da sua formação dando uma olhada no *Oxford book of English verse*.

Mas em nada disso — nem na escrita nem na leitura — ela avançou muito, pela simples e irrefutável razão de que o seu dever para com Leonard vinha na frente. Agora que eles estavam em Cape Cod, Leonard não tinha um terapeuta local com quem conversar. Ele tinha que se virar com terapia via telefone, uma vez por semana, com Bryce Ellis em Providence. Além disso, tinha começado a se consultar com um psiquiatra novo, o dr. Perlmann, no

Hospital Geral de Massachusetts, com quem não se identificava. Pressionado para render bem no laboratório, Leonard voltava toda noite ao apartamento e começava a desfiar as suas mazelas para Madeleine. Ele a tratava como uma alternativa à terapia. "Eu estava tremendo que nem louco, hoje. Eu mal estou conseguindo preparar as culturas por causa desse tremor. Eu fico derrubando tudo. Eu derrubei um béquer hoje. Ágar-ágar pra tudo quanto é lado. Eu sei o que o Kilimnik está pensando. Ele está pensando: 'Por que foram dar um estágio pra esse cara?'."

Leonard mantinha o seu diagnóstico em segredo em Pilgrim Lake. Ele sabia por experiência própria que quando as pessoas descobriam que ele tinha estado internado e, especialmente, que estava tomando um remédio duas vezes por dia para estabilizar o humor, elas o tratavam de modo diferente. Às vezes as pessoas o deixavam de lado, ou o evitavam. Madeleine tinha prometido não contar a ninguém, mas em agosto, em Nova York, tinha confessado a Kelly Traub. Ela tinha feito Kelly jurar segredo, mas Kelly inevitavelmente ia contar a uma pessoa, fazendo que ela jurasse segredo, e aquela pessoa contaria a uma pessoa, e assim por diante, e assim por diante, até que a situação de Leonard se tornasse um assunto comum.

Madeleine não podia se preocupar com isso agora. O que era importante, naquele dia de outubro, enquanto ela esperava o teco-teco que trazia Phyllida e Alwyn de Boston, era evitar que elas descobrissem. Se tudo desse certo, a crise marital de Alwyn desviaria a atenção do relacionamento de Madeleine mas, só para garantir, ela planejava reduzir ao máximo o tempo de contato da sua família com Leonard.

O minúsculo aeroporto consistia de uma única pista e um terminal com cara de galpão. Lá fora, sob o sol do outono, um grupo pequeno de pessoas esperava, ou batendo papo ou fitando o céu em busca de um avião que chegava.

Para ir encontrar a mãe, Madeleine pôs uns shorts de linho cáqui, uma blusa branca e um suéter marinho com uma gola V listrada. Uma coisa boa de ter saído da universidade — e de morar em Cape Cod, não longe de Hyannisport — era que nada impedia Madeleine de se vestir no estilo Kennedy em que se sentia mais à vontade. Ela sempre foi uma boêmia fracassada, afinal. No segundo ano, ela comprou uma camisa de boliche de cetim azul brilhante com o nome "Mel" bordado no bolso e passou a usá-la quando ia a alguma festa no apartamento de Mitchell. Mas deve ter usado um pouco demais aquela camisa, porque uma noite ele fez uma careta e disse: "O quê? Isso aí é a sua camisa descolada?".

"Como assim?"

"Você usa essa camisa de boliche toda vez que está comigo e com os meus amigos."

"O Larry tem uma igualzinha", Madeleine se defendeu.

"Tá, mas a dele está toda ferrada. A sua está em perfeitas condições. Parece o Luís xiv com uma camisa de boliche. Não devia ter 'Mel' escrito no bolso. Devia ter 'O Rei Sol'."

Madeleine sorriu sozinha, lembrando essa história. Àquela altura, Mitchell estava na França, ou na Espanha, em algum lugar. A noite em que ela topou com ele, em Nova York, tinha começado com a Kelly levando-a para uma produção mega-hiperalternativa de O jardim das cerejeiras. A criatividade da produção — cestos de pétalas de cerejeira estavam empilhados entre as cadeiras, de modo que a plateia podia sentir a fragrância do jardim que os Ranévski estavam vendendo com a sua propriedade — e as caras interessantes entre o público deixaram Madeleine consciente de que estava numa cidade grande. Depois da peça, Kelly levou Madeleine a um bar popular entre os recém-formados de Brown. Elas mal tinham entrado e encontraram Mitchell e Larry. Os rapazes estavam a caminho de Paris no dia seguinte, e num humor festivo de despedida. Madeleine tomou duas vodcas tônicas, enquanto Mitchell bebia tequila, e aí Kelly quis ir ao Chumley's no Village. Os quatro se espremeram num táxi, com Madeleine sentada no colo de Mitchell. Já passava bastante da meia-noite, janelas abertas para ruas tropicalmente cálidas, e ela não parecia minimizar o contato físico com Mitchell, mas sim se reclinar sobre ele. O fato de ignorarem o componente sexual de ela estar sentada no colo dele aumentava a excitação da situação. Madeleine olhava pela janela, enquanto Mitchell conversava com Larry. Cada solavanco transmitia informações secretas. Cruzando a cidade inteira pela Ninth Street. Se Madeleine estava se sentindo culpada, ela racionalizou que merecia uma noite desvairada depois do seu verão virtuoso. Além disso, ninguém estava de guardião da moral naquele táxi. Muito menos Mitchell, que, com o prosseguir da jornada, fez uma coisa descarada. Com a mão por baixo da camisa dela, ele começou a fazer carinho na sua pele, passando um dedo pelo seu torso. Ninguém estava vendo o que ele fazia. Madeleine deixou que continuasse, fingindo, ambos, estarem absorvidos pelas conversas com Kelly e Larry, respectivamente. Depois de várias quadras, a mão de Mitchell foi mais alto. O dedo dele tentou escorregar por sob o bojo direito do sutiã, quando ela travou o braço, e a mão dele recuou.

No Chumley's, Mitchell divertiu todo mundo contando a história do seu período de taxista no verão. Madeleine conversou um pouco com Kelly, mas não demorou muito para acabar numa esquina ao lado de Mitchell. Apesar da névoa causada pela vodca, ela tinha consciência de estar propositadamente deixando de mencionar o nome Leonard. Mitchell mostrou as marcas no braço onde tinha tomado vacina de tarde. Aí ele saiu correndo para comprar mais bebidas. Ela tinha esquecido o quanto Mitchell podia ser divertido. Em comparação com Leonard, Mitchell era tão fácil. Cerca de uma hora depois, quando Madeleine saiu para tentar pegar um táxi, Mitchell a seguiu, e quando ela se deu conta ele a estava beijando e ela o estava beijando também. Não durou muito, mas durou muito mais do que devia. Finalmente, ela se afastou e gritou: "Eu achava que você queria ser monge!".

"A carne é fraca", Mitchell disse, com um sorriso amarelo.

"Vai!", Madeleine falou, dando-lhe um soco no peito. "Vai pra Índia!"

Ele olhou para ela com aqueles olhões. Ele estendeu a mão e segurou as dela. "Eu te amo!", ele disse. E Madeleine surpreendeu a si própria ao responder, "Eu também te amo". Ela queria dizer que amava, mas não amava *amava*. Essa, pelo menos, era uma interpretação possível, e, na Bedford Street, às três da manhã, Madeleine decidiu não esclarecer mais as coisas. Dando mais um beijo em Mitchell, breve e seco, ela pegou um táxi e escapou.

Na manhã seguinte, quando Kelly perguntou o que tinha acontecido com Mitchell, Madeleine mentiu.

"Nada."

"Eu acho ele fofo", Kelly disse. "Ele é mais bonito do que eu lembrava."

"Você acha?"

"Ele é meio o meu tipo."

Ao ouvir isso, Madeleine recebeu outra surpresa: ela sentiu ciúme. Aparentemente, ela queria guardar Mitchell para si, mesmo enquanto o negava. O egoísmo dela não tinha limites.

"Ele provavelmente está num avião agora", ela disse, e deixou por isso mesmo.

No trem para Rhode Island, Madeleine começou a sofrer ondas de remorso. Ela decidiu que tinha que contar a Leonard o que havia acontecido, mas quando o trem chegou a Providence ela percebeu que isso só ia piorar a situação. Leonard ia pensar que estava perdendo a namorada por causa da doença. Ele ia se sentir sexualmente inadequado, e não ia estar errado, exatamente. Mitchell tinha ido embora, para fora do país, e logo Madeleine e Leonard iam se mudar para Pilgrim Lake. Com isso em mente, Madeleine deixou de confessar. Ela se jogou de novo na tarefa de amar e cuidar de Leonard, e depois de um tempo parecia que a experiência de beijar Mitchell aquela noite havia ocorrido numa realidade alternativa, onírica e efêmera.

Agora, por sobre a baía, provindo de Boston, abrindo caminho entre pequenas nuvens de algodão, o aviãozinho de dez lugares surgiu no céu de Cape Cod, descendo para a península. Em meio aos outros que recebiam outros, Madeleine viu o avião aterrissar e taxiar pela pista, com a força dos motores achatando os tufos de mato dos dois lados.

A equipe de terra levou uma escada de rodinhas até a porta da frente do avião, que abria por dentro, e os passageiros começaram a desembarcar.

Madeleine sabia que o casamento da irmã estava com problemas. Ela sabia que a sua tarefa hoje era ser prestativa e compreensiva. Mas quando Phyllida e Alwyn emergiram do avião, Madeleine não conseguiu evitar o desejo de estar dizendo tchau, e não oi. Ela tivera esperanças de postergar toda e qualquer visita familiar até os efeitos colaterais de Leonard terem diminuído, o que todos os médicos dele insistiam que aconteceria logo. Não era tanto que Madeleine tivesse vergonha de Leonard, mas sim que ficava desapontada por Phyllida vê-lo naquele estado. Leonard não era bem ele. Phyllida certamente ficaria com a impressão errada. Madeleine queria que a mãe conhecesse o Leonard de verdade, o cara por quem ela tinha se apaixonado, que ia dar as caras qualquer dia desses.

Além disso, Alwyn provavelmente seria desagradável. No tempo em que a sua irmã mais velha tinha lhe mandado o Kit de Sobrevivência da Jovem Solteira, na época em que acompanhava o ritmo dos anos 60 e gozava do direito que a década dava àquela geração de denunciar o que não achava legal e de reagir a qualquer capricho que tivesse — largar a universidade depois do primeiro ano, por exemplo, para viajar pelo país na garupa da moto do namorado, Grimm, ou ter um rato branco de estimação, surpreendentemente fofo, chamado Hendrix, ou trabalhar de aprendiz de um cerieiro que insistia em seguir antigos métodos celtas —, Alwyn parecia trilhar o caminho de uma criatividade antimaterialista e moralmente engajada. Mas quando Madeleine chegou à idade que Alwyn tinha então, percebeu que a iconoclastia da irmã e os seus votos libertaristas eram só parte de uma moda. Alwyn tinha feito as coisas que fez e manifestado as opiniões políticas que manifestou porque todos os amigos dela agiam e falavam daquele jeito. Teoricamente a gente devia lamentar ter perdido os anos 60, mas Madeleine não lamentava. Ela sentia que tinha sido poupada de muita bobagem, que a geração dela, ao mesmo tempo que herdou muita coisa boa daquela década, tinha também um saudável distanciamento dela, que a salvava do rebote que sofria quem foi maoísta num minuto e mãe suburbana em Beverly, Massachusetts, no outro. Quando ficou claro que Alwyn não ia passar a vida na garupa da moto de Grimm, quando Grimm a deixou num acampamento em Montana sem nem dizer adeus, Alwyn ligou para casa e pediu para Phyllida transferir o valor de uma passagem de avião para Newark e, um dia e meio depois, voltou para o seu antigo quarto em Prettybrook. Ela passou os dois anos seguintes (enquanto Madeleine terminava o segundo grau) trabalhando em vários empregos subalternos e frequentando uma universidade regional, estudando design gráfico. Durante aquele tempo, o encanto que Alwyn tivera aos olhos da irmã diminuiu bastante, se é que não desapareceu completamente. Mais uma vez, Alwyn se adaptou ao meio ambiente. Ela frequentava o bar local, o Apothecary, com amigos que também não tinham conseguido sair de Prettybrook, todos eles retornando às roupas imaturas e mal-ajambradas que usavam no segundo grau, calças de veludo, golas carecas, mocassins L. L. Bean. Uma noite, no Apothecary, ela conheceu Blake Higgins, um sujeito razoavelmente apresentável, medianamente tonto, que tinha estudado em Babson e morava em Boston, e logo Alwyn começou a visitá-lo e a se vestir como Blake, ou a família de Blake, queria que ela se vestisse, de um jeito mais chique, mais caro, com blusas ou vestidos Gucci ou Oscar de la Renta, nos preparativos para virar esposa. Alwyn estava casada havia quatro anos, na sua encarnação mais recente, e agora essa tentativa de formar uma identidade coerente também estava desmoronando, aparentemente, e Madeleine estava sendo convocada, como a irmã mais ajuizada, para ajudar a remendar.

Ela já estava vendo a mãe e a irmã descerem a escada, Phyllida segurando o corrimão e a juba de Janis Joplin de Alwyn, único vestígio da sua antiga identidade hippie, voando com a brisa. Quando elas avançavam pelo asfalto, Phyllida exclamou animada: "Nós somos da Academia Sueca! Viemos ver Diane MacGregor".

"Não é incrível ela ter ganhado?", Madeleine disse.

"Deve ter sido empolgante estar aqui."

Elas se abraçaram, e Phyllida falou: "Nós jantamos um dia desses com os Snyder. O professor Snyder se aposentou de Baxter, na área de biologia, e eu fiz ele explicar o trabalho da dra. MacGregor para mim. Portanto, eu estou totalmente atualizada no assunto! 'Transposões.' Eu quero muito conversar com o Leonard sobre isso".

"Ele está bem ocupado hoje", Madeleine disse, tentando soar casual. "A gente só soube que vocês vinham ontem à noite e ele tem que trabalhar."

"Claro, nós não queremos tomar o tempo dele. Nós só vamos dar um oizinho."

Alwyn estava com duas bolsas pequenas, uma em cada ombro. Ela tinha engordado e o rosto dela parecia mais sardento do que nunca. Ela se deixou ser abraçada por um momento antes de se afastar.

"O que foi que a mamãe te disse?", ela perguntou. "Ela te disse que fui eu que abandonei o Blake?"

"Ela disse que vocês estavam com problemas."

"Não. Eu fui embora. Cansei. Chega de casamento."

"Não seja dramática, querida", Phyllida falou.

"Eu não estou sendo dramática, mamãe", Alwyn disse. Ela fulminou Phyllida com o olhar mas, talvez com medo de confrontá-la diretamente, virou-se e dirigiu os seus argumentos a Madeleine. "O Blake trabalha a semana toda. Aí no fim de semana ele joga golfe. Ele parece um pai anos 50. E a gente mal usa babás. Eu tinha uma que morava com a gente, mas o Blake disse que não queria alguém o tempo todo lá em casa. Aí eu disse pra ele: 'Você nunca está em casa! Tente cuidar do Richard em tempo integral. Pra mim chega.'" Alwyn fez uma careta. "O problema agora é que os meus peitos vão explodir."

A céu aberto, na frente de outras pessoas, ela segurou os seios intumescidos com as duas mãos.

"Ally, por favor", Phyllida disse.

"Por favor o quê? Você não me deixou tirar leite no avião e agora quer o quê?"

"Não era exatamente uma situação de privacidade. E o voo era tão curtinho."

"A mamãe estava com medo que os caras do banco do lado ficassem doidos", Alwyn disse.

"Já não basta você insistir em amamentar o Richard em público, mas usar esse aparelho..."

"É uma bomba de leite, mamãe. Todo mundo usa. Você não usava porque a sua geração punha todas as crianças pra tomar leite em pó."

"Parece que vocês duas não tiveram nenhum problema."

Quando Alwyn engravidou, pouco mais de um ano atrás, Phyllida ficou empolgadíssima. Ela foi a Beverly para ajudar a decorar o quartinho. Ela e Alwyn foram juntas comprar roupas de bebê, e Phyllida mandou o antigo berço de gradinha de Alwyn e Maddy lá de Prettybrook. A solidariedade mãe-filha das duas durou até o parto. Assim que Richard veio ao mundo, Alwyn repentinamente se transformou numa especialista em puericultura e não gostava de nada de que a mãe gostasse. Quando Phyllida um dia trouxe uma chupeta, Alwyn agiu como se ela tivesse sugerido pôr vidro moído na papinha do bebê. Disse que a marca de lenços umedecidos que Phyllida comprou era "tóxica". Voou na jugular de Phyllida quando ela se referiu ao leite materno como "uma moda que ia passar". Por que Alwyn insistia em amamentar Richard por todo esse tempo era um mistério para Phyllida. Quando ela era uma mãe inexperiente, a única pessoa que ela conhecia e que insistia em amamentar os filhos no peito era Katja Fridliefsdottir, a vizinha islandesa. O processo todo de ter filhos tinha ficado extremamente complicado, na opinião de Phyllida. Por que Alwyn tinha que ler tantos livros? Por que ela precisava de uma "instrutora" de amamentação? Se a amamentação era tão "natural", como Alwyn dizia o tempo todo, por que a necessidade de uma instrutora? Por acaso Ally precisava de instrução para respirar, ou para dormir?

"Esse aqui deve ser o seu presente de formatura", Phyllida disse quando elas chegaram ao carro.

"Exatamente. E eu adorei. Obrigadíssima, mamãe."

Alwyn entrou no banco de trás com as bolsas. "Eu nunca ganhei um carro de você e do papai", ela disse.

"Você não se formou", Phyllida disse. "Mas nós ajudamos vocês com o depósito da casa."

Enquanto Madeleine ligava o carro, Phyllida continuou: "Eu queria era poder convencer o pai de vocês a comprar um carro novo. Ele ainda está andando com aquele Thunderbird horroroso dele. Dá pra imaginar? Eu li no jornal sobre um artista que quis ser *enterrado* no carro. Eu recortei a matéria pra dar para o Alton."

"Provavelmente o papai gostou da ideia", Madeleine disse.

"Não gostou, não. Ele anda muito solene quando o assunto é morte. Desde que fez sessenta. Ele anda fazendo tudo quanto é tipo de calistenia no porão."

Alwyn abriu o zíper de uma das bolsas e tirou a bomba de leite e uma mamadeira vazia. Ela começou a desabotoar a camisa. "Quanto tempo demora pra chegar na sua casa?", ela perguntou a Madeleine.

"Coisa de cinco minutos."

Phyllida deu uma olhada para trás para ver o que Alwyn estava fazendo. "Será que você pode erguer a capota, por favor, Madeleine?", ela pediu.

"Não se preocupe, mamãe", Alwyn disse. "Isso aqui é P-town. Todos os homens são gays. Ninguém está interessado."

Seguindo instruções, Madeleine ergueu a capota. Quando a capota parou de se mover e encaixou no lugar, ela saiu do estacionamento do aeroporto e foi para a Race Point Road. A estrada seguia entre dunas protegidas, brancas contra o céu azul. Depois da curva seguinte, umas poucas casas contemporâneas isoladas apareceram, com terraços e portas deslizantes, e aí elas já estavam entrando nas alamedas arborizadas de Provincetown.

"Se você está se sentindo tão assoberbada, Ally", Phyllida disse, "talvez fosse uma boa hora para desmamar o Ricardo Coração de Leão."

"Dizem que o nenê leva no mínimo seis meses pra desenvolver todos os anticorpos", Alwyn falou, bombeando.

"Eu não sei se isso é muito científico."

"Todos os estudos dizem pelo menos seis meses. Eu vou dar um ano."

"Bom", Phyllida disse, com um olhar matreiro para Madeleine, "então é melhor você voltar para casa e cuidar do seu filho."

"Eu não quero mais falar disso", Alwyn disse.

"Tudo bem. Vamos falar de outra coisa. Madeleine, o que você está achando daqui?"

"Eu estou adorando. Só que às vezes eu fico me sentindo estúpida. Todo mundo aqui é cobra em matemática. Mas é lindo, e a comida é incrível."

"E o Leonard, está gostando?"

"Ele está achando legal", Madeleine mentiu.

"E você tem o que fazer?"

"Eu? *Montes* de coisas. Eu estou reescrevendo a minha monografia pra apresentar pra *Janeite Review*."

"Você vai ser publicada? Que maravilha! Como é que eu faço pra assinar a revista?"

"O artigo ainda não foi aceito", Madeleine disse, "mas a editora quer ver, então eu estou com esperança."

"Se você quer uma carreira", Alwyn disse, "o meu conselho é não casar. Você acha que a situação está diferente e que hoje tem algum tipo de igualdade entre os sexos, que os homens estão diferentes, mas eu vou te contar. Eles não estão diferentes. Eles são uns bostinhas egoístas que nem o papai era. É."

"Ally, eu não gosto de ouvir você falar assim do seu pai."

"*Jawohl*", Alwyn disse, e ficou quieta.

A bela cidadezinha, com as suas casas antigas, pequenos quintais arenosos e roseirais mal-humorados, vinha esvaziando sem parar desde o fim das férias, com os grupos de turistas na Commercial Street desaparecendo e deixando apenas uma rala população de locais e de transplantados permanentes. Quando passaram pelo monumento da colonização, Madeleine parou o carro para que Phyllida e Alwyn pudessem ver. Os únicos turistas por ali eram uma família de quatro pessoas que encaravam a coluna de pedra.

"Não dá pra subir?", um dos meninos perguntou.

"É só pra olhar", a mãe disse.

Madeleine tocou em frente. Logo elas chegaram à outra ponta da cidade.

"O Norman Mailer não mora aqui?", Phyllida interrogou.

"Ele tem uma casa à beira-mar", Madeleine disse.

"Eu e o papai falamos com ele uma vez. Ele estava *muito* bêbado."

Em alguns minutos mais, Madeleine dobrou para o portão do Laboratório Pilgrim Lake e desceu a longa estradinha que levava até o estacionamento perto do refeitório. Ela e Phyllida desceram, mas Alwyn continuou ali sentada com a bomba. "Só deixa eu terminar esse lado", ela disse. "Eu faço o outro depois."

Elas ficaram esperando sob o sol brilhante do outono. Era meio-dia, no meio da semana. A única pessoa visível do lado de fora era um sujeito com um boné de beisebol fazendo uma entrega de frutos do mar para a cozinha. O jaguar antigo do dr. Malkiel estava estacionado algumas vagas adiante delas.

Alwyn terminou e começou a atarraxar a tampa da mamadeira. O leite dela parecia estranhamente verde. Abrindo o zíper da outra bolsa, que afinal era uma sacola térmica com uma bolsa de gelo, ela guardou a mamadeira e saiu do carro.

Madeleine resolveu dar um passeio rápido pelo complexo com a mãe e a irmã. Ela mostrou o Richard Serra, a praia e o refeitório antes de levá-las pelo píer para o prédio onde morava.

Quando passaram pelo laboratório de genética, Madeleine apontou para ele. "É ali que o Leonard trabalha."

"Vamos entrar e dar um oizinho", Phyllida sugeriu.

"Eu preciso ir primeiro para o apartamento da Maddy", Alwyn disse.

"Isso pode esperar. Nós já estamos aqui mesmo."

Madeleine ficou pensando se Phyllida estava tentando castigar Alwyn com isso, fazê-la sofrer pelos seus pecados. Como não queria mesmo ficar muito tempo no laboratório, para ela estava ótimo, e ela levou as duas para dentro. Ela demorou um pouco para se achar. Só tinha estado umas poucas vezes ali e os corredores pareciam todos iguais. Finalmente, ela viu a placa escrita à mão que dizia "Kilimnik Lab".

O laboratório era um iluminadíssimo espaço de desordem organizada. Havia caixas de papelão empilhadas nas prateleiras e nos cantos. Provetas e béqueres enchiam os armários nas paredes e estavam em formação rígida nas mesas do laboratório. Um frasco de spray de desinfetante havia sido deixado ao lado de uma pia, junto com uma caixa de alguma coisa chamada KimWipes.

Vikram Jaitly, usando um suéter berrante, estava sentado à sua mesa. Ele ergueu os olhos, caso Kilimnik estivesse entrando, mas, ao ver Madeleine, relaxou. Ela perguntou por Leonard.

"Ele está na sala de trinta graus", Vikram disse, apontando para o outro lado do laboratório. "Pode entrar."

Havia uma geladeira com cadeado ao lado da porta. Madeleine olhou pela janelinha e viu Leonard, de costas, na frente de uma máquina que vibrava. Ele estava de bandana, de bermuda e camiseta, o que não era exatamente o que ela queria. Mas agora não dava tempo de fazê-lo se trocar, então ela abriu a porta e elas entraram.

Vikram tinha falado literalmente. A sala estava quente. Tinha cheiro de padaria.

"Oi", Madeleine disse, "a gente chegou."

Leonard se virou. Ele não tinha feito a barba e estava com o rosto inexpressivo. A máquina atrás dele fazia um barulho chacoalhante.

"Leonard!", Phyllida disse. "Que bom finalmente conhecer você."

Isso sacudiu Leonard do seu torpor. "Oi", ele deu um passo à frente e estendeu a mão. Phyllida pareceu momentaneamente assustada, mas depois apertou a mão de Leonard e disse: "Espero que nós não estejamos atrapalhando você".

"Não, eu só estava cuidando do trabalho braçal aqui. E desculpa o cheiro. Tem gente que não gosta."

"Tudo em nome da ciência", Phyllida disse. Ela apresentou Alwyn.

Se Phyllida ficou surpresa com a aparência de Leonard, ela não demonstrou. Começou imediatamente a falar sobre os transposões da dra. MacGregor, narrando tudo que tinha aprendido na conversa ao jantar. Aí pediu que Leonard explicasse o seu trabalho.

"Bom", Leonard disse, "a gente está trabalhando com leveduras, e é aqui que a gente cria as leveduras. Esse negócio aqui é um agitador. A gente põe a levedura aqui pra arejar." Ele abriu a tampa e retirou um frasco cheio de um líquido amarelo. "Deixa eu mostrar pra vocês."

Ele levou as três até a sala principal e pôs o frasco sobre a mesa. "O experimento que a gente está fazendo é sobre os padrões de acasalamento da levedura."

Phyllida levantou as sobrancelhas. "Eu não sabia que as leveduras eram tão interessantes. Será que eu ouso perguntar mais detalhes?"

Quando Leonard começou a explicar a pesquisa em que estava envolvido, Madeleine relaxou. Esse era o tipo de coisa de que Phyllida gostava: receber informação dos experts de uma área, qualquer área.

Leonard tinha tirado um canudinho de vidro de uma gaveta e inserido no frasco. "Agora o que eu vou fazer é pipetar um pouco de levedura pra uma lâmina, pra gente poder dar uma olhada."

"Meu Deus, *pipeta*!", Alwyn disse. "Eu não ouvia essa palavra desde o segundo grau."

"Existem dois tipos de células de levedura, as haploides e as diploides.

Só as haploides se acasalam. Existem dois tipos de haploides: as células *a* e as células alfa. Na reprodução, as células *a* procuram as alfa e as alfa procuram as *a*." Ele pôs a lâmina no microscópio. "Deem uma olhada."

Phyllida deu um passo à frente e baixou o rosto até a lente.

"Eu não estou vendo nada", ela disse.

"É preciso arrumar o foco aqui." Quando Leonard ergueu a mão para mostrar, ela estava levemente trêmula, e ele segurou a borda da mesa.

"Ah, olha elas ali", Phyllida disse, arrumando o foco sozinha.

"Está vendo? São células de levedura. Se a senhora olhar bem, vai ver que umas são maiores que as outras."

"É mesmo!"

"As maiores são as diploides. As haploides são menores. Foque nas menores, nas haploides. Algumas provavelmente estão se alongando. É o que elas fazem antes de acasalar."

"Eu estou vendo uma com... uma protuberância na ponta."

"O nome disso é *shmoo*. É uma haploide se preparando pra acasalar."

"*Shmoo?*", Alwyn disse.

"Vem do *Ferdinando Buscapé*", Leonard explicou. "A tirinha de jornal."

"Quantos anos você acha que eu tenho?", Alwyn perguntou.

"Eu me recordo do Ferdinando Buscapé", Phyllida disse, ainda olhando o microscópio. "Ele era um caipirão. *Nada* engraçado, pelo que eu me lembro."

"Fale dos feromônios", Madeleine disse.

Leonard concordou com a cabeça. "As células de leveduras soltam feromônios, que são como que um perfume químico. As células *a* soltam um feromônio *a* e as células alfa soltam um feromônio alfa. É assim que elas se atraem."

Phyllida ficou mais um minuto com o olho fixo no microscópio, sem falar muito sobre o que estava vendo. Finalmente ela levantou a cabeça. "Bem, eu nunca mais vou pensar nas leveduras da mesma maneira. Quer dar uma olhadinha, Ally?"

"Não, obrigada. Pra mim chega de reprodução", Alwyn disse, azeda.

Ignorando isso, Phyllida falou: "Leonard, eu entendi a questão das células haploides e diploides. Mas me diga o que vocês estão tentando descobrir com elas".

"A gente está tentando sacar por que a progênie de uma dada divisão celular pode adquirir destinos diferentes de desenvolvimento."

"Ai, ai, ai. Acho que eu nem devia ter perguntado."

"Não é tão complicado. Lembra os dois tipos de células haploides, o tipo *a* e o tipo alfa?"

"Lembro."

"Bom, existem dois tipos de cada uma dessas haploides também. A gente chama de células-mães e células-filhas. As células-mães podem se dividir e criar células novas. As filhas, não. As células-mães também conseguem mudar de sexo — passar de *a* para alfa — para se reproduzir. A gente está tentando descobrir por que as células-mães conseguem fazer isso mas as filhas delas, não."

"Eu sei por quê", Phyllida disse. "Porque mamãe sabe tudo!"

"Existem milhões de razões possíveis pra essa assimetria", Leonard continuou. "A gente está testando uma possibilidade, que tem a ver com o gene HO. É complicado, mas basicamente o que a gente está fazendo é tirar o gene HO e colocar de volta ao contrário pra ele poder ser lido pela outra cadeia de DNA na outra direção. Se isso afetar a capacidade de mudança de sexo da célula-filha, quer dizer que é o HO que está controlando a assimetria."

"Infelizmente, acho que eu me perdi um pouco."

Essa foi a primeira vez que Madeleine ouviu Leonard se abrir sobre o seu trabalho. Até agora, ele só fazia reclamar. Ele não gostava de Bob Kilimnik, que o tratava como um criado. Dizia que o trabalho efetivo no laboratório era praticamente tão interessante quanto tirar piolhos com um pente. Mas agora Leonard parecia legitimamente interessado no que fazia. O rosto dele se animava enquanto falava. A felicidade de Madeleine ao vê-lo ganhar vida novamente fez com que ela esquecesse o fato de que ele estava acima do peso e usando bandana na frente da mãe dela, e a fez ouvir o que ele estava dizendo.

"O motivo de a gente estudar as células das leveduras é que elas são fundamentalmente como as células humanas, só que bem mais simples. As células haploides lembram os gametas, as nossas células sexuais. A esperança é que o que a gente descobrir sobre as células de leveduras possa se aplicar às células humanas. Então, se a gente entender como e por que elas se dividem, a gente pode aprender um pouco sobre como deter o processo. Existem alguns indícios de que a divisão das leveduras é análoga à divisão das células cancerosas."

"Então vocês estão procurando a cura do câncer?", Phyllida perguntou empolgada.

"Não nesse estudo aqui", Leonard disse. "Eu estava só falando em termos gerais. O que a gente está fazendo aqui é testar uma hipótese. Se o Bob estiver certo, isso vai ter grandes consequências. Se não, pelo menos a gente eliminou uma possibilidade. E a gente pode partir daí." Ele baixou a voz. "Na minha opinião, a hipótese desse estudo é meio doida. Mas ninguém pediu a minha opinião."

"Leonard, quando foi que você soube que queria ser cientista?", Phyllida perguntou.

"No segundo grau. Eu tive um professor maravilhoso de biologia."

"Você vem de uma longa linhagem de cientistas?"

"Não mesmo."

"Os seus pais fazem o quê?"

"O meu pai tinha um antiquário."

"Sei. Onde?"

"Em Portland. No Oregon."

"E os seus pais moram lá ainda?"

"A minha mãe mora. O meu pai está morando na Europa agora. Eles se divorciaram."

"Ah, entendi."

Aqui Madeleine disse: "É melhor a gente ir, mamãe".

"Como?"

"O Leonard precisa continuar com o trabalho dele."

"Ah, claro. Bom. Foi muito bom conhecer você. Eu sinto muito por nós termos tão pouco tempo hoje. Nós só pegamos o primeiro voo assim num impulso."

"Fiquem mais, da próxima vez."

"Eu ia adorar. Talvez eu possa voltar a fazer uma visita com o pai da Madeleine."

"Ia ser o máximo. Desculpa por eu estar tão ocupado hoje."

"Não precisa pedir desculpas. A marcha do progresso!"

"Parece mais que ele está rastejando", Leonard disse.

Assim que elas saíram, Alwyn exigiu ser levada ao apartamento de Madeleine. "Eu vou começar a vazar na minha roupa toda."

"Isso acontece mesmo?", Madeleine disse, arrepiada.

"Acontece, sim. É que nem ser uma vaca."

Madeleine riu. Ela estava tão aliviada que o encontro tivesse acabado que quase não se incomodava mais por ter que lidar com a emergência familiar agora. Ela levou Alwyn e Phyllida para o outro lado do estacionamento, até o prédio onde morava. Alwyn começou a desabotoar a blusa antes até de ter passado pela porta. Já lá dentro, ela se largou no sofá e tirou a bomba de leite novamente da bolsa. Abriu o lado esquerdo do sutiã para amamentação e encaixou a ventosa no seio.

"O pé-direito é bem baixo", Phyllida comentou, determinadamente desviando os olhos.

"Pois é", Madeleine disse. "O Leonard tem que se abaixar."

"Mas a vista é linda."

"Ah, meu Deus", Alwyn exclamou, suspirando de prazer. "Isso dá um alívio. Dizem que algumas mulheres têm orgasmos quando amamentam."

"Eu adoro vistas do mar."

"Está vendo o que você perdeu por não dar o peito pra nós, mamãe?"

Fechando os olhos, Phyllida disse em tom de ordem: "Será que você podia fazer isso em outro lugar, por favor?".

"A gente está em família", Alwyn retrucou.

"Você está na frente de uma *grande janela frontal*", Phyllida disse. "Qualquer um que passe por aqui pode ver tudo."

"Tudo bem. Jesus do céu! Eu vou usar o banheiro. Eu tenho que fazer xixi mesmo." Ela se levantou, segurando a bomba e a mamadeira que ia enchendo rapidamente, e foi para o banheiro. Fechou a porta.

Phyllida alisou a saia do conjuntinho que estava usando e sentou. Ela ergueu os olhos para os de Madeleine, sorrindo indulgente. "Nunca é fácil para o casamento quando chega um bebê. É um evento maravilhoso. Mas tensiona um pouco a relação. É por isso que é tão importante achar a pessoa certa para constituir família."

Madeleine estava determinada a ignorar todas as entrelinhas possíveis. Ela ia lidar só com o texto. "O Blake é ótimo", ela disse.

"Ele é maravilhoso", Phyllida concordou. "E a Ally é maravilhosa. E o Ricardo Coração de Leão é divino! Mas a situação na casa deles está pavorosa."

"Vocês estão falando de mim?", Alwyn perguntou do banheiro. "Parem de falar de mim."

"Quando você terminar aí", Phyllida respondeu em voz alta, "eu quero que nós três tenhamos uma conversinha."

Ouviu-se a descarga. Alguns segundos depois, Alwyn emergiu, ainda bombeando leite. "Não importa o que vocês digam, eu não vou voltar."

"Ally", Phyllida disse, empregando o seu tom mais complacente. "Eu entendo você estar passando por dificuldades no seu casamento. Eu posso imaginar que o Blake, como todo e qualquer membro da espécie masculina, deixe um pouco a desejar no que se refere a cuidar de crianças. Mas quem está sofrendo mais com você ter ido embora..."

"Um pouco a desejar!"

"... é o Richard!"

"É o único jeito do Blake se convencer que eu não estou brincando."

"Mas abandonar o seu filho!"

"Com o *pai*. Eu deixei o meu filhinho com o pai dele."

"Mas ele precisa da mãe nessa idade."

"A senhora só está com medo que o Blake não saiba cuidar dele. Que é exatamente o que eu quero provar."

"O Blake precisa trabalhar", Phyllida disse. "Ele não pode ficar em casa."

"Bom, agora ele vai ter que ficar."

Exasperada, Phyllida se levantou de novo e foi até a janela. "Madeleine", ela disse, "fale com a sua irmã."

Como irmã mais nova, Madeleine nunca tinha estado nessa situação. Ela não queria humilhar Alwyn. E no entanto havia algo de inebriante no fato de ter sido convidada a presidir o julgamento da irmã.

Tendo já removido a ventosa do seio, Alwyn agora limpava o mamilo com um punhado de papel higiênico, com a cabeça baixa dando-lhe um queixo duplo.

"Me fala o que anda rolando com vocês", Madeleine disse delicadamente.

Alwyn ergueu os olhos com uma expressão magoada, tirando o cabelo leonino do rosto com a mão livre. "Eu não sou mais eu!", ela gritou. "Eu sou a mãezinha. O *Blake* me chama de mãezinha. Primeiro era só quando eu estava com o Richard no colo, mas agora a gente está sozinho e ele diz também. Como se porque eu sou mãe ele achasse que eu sou a mãe *dele*, tá? É muito louco. Antes de a gente casar, a gente dividia todo o trabalho da casa. Mas no minuto em que a gente teve um filho o Blake começou a agir como se fizesse todo o sentido do mundo eu lavar toda a roupa e fazer as compras. Ele só trabalha, *o tempo todo*. Ele fica o tempo todo preocupado com grana. Ele não faz nada em casa. Mas nada *mesmo*. Nem transar comigo." Ela olhou para Phyllida. "Desculpa, mamãe, mas a Madeleine me perguntou como as coisas estavam." Ela olhou de novo para Madeleine. "É isso que está rolando. Não está rolando."

Madeleine complacentemente ouvia a irmã. Ela sabia que as queixas de Alwyn sobre o casamento eram queixas sobre os casamentos e os homens em geral. Mas, como todos os apaixonados, Madeleine acreditava que a relação dela era diferente de todas as outras, imune a esses problemas típicos. Por esse motivo, o principal efeito das palavras de Alwyn foi deixar Madeleine secreta e intensamente feliz.

"O que é que você vai fazer com isso?", Madeleine perguntou, indicando a mamadeira.

"Eu vou levar de volta pra Boston e mandar pro Blake."

"Isso é loucura, Ally."

"Valeu o apoio."

"Desculpa. Assim, parece que o Blake está sendo um merda mesmo. Mas eu concordo com a mamãe. Você precisa pensar no Richard."

"Por que isso é responsabilidade *minha*?"

"E não é óbvio?"

"Por quê? Porque eu tive um filho? Porque agora eu sou uma 'esposinha'? Você não sabe nada disso. Você mal saiu da faculdade."

"Ah, e por causa disso eu não posso ter opinião?"

"Por causa disso você precisa crescer."

"Eu acho que é você que está se recusando a crescer", Madeleine disse.

Os olhos de Alwyn viraram risquinhos. "Por que é que quando eu faço alguma coisa é sempre a louca da Ally? A louca da Ally que se muda pra um hotel. A louca da Ally que abandona o filho. Eu sou sempre a louca e a Maddy é sempre a razoável. Então tá."

"Bom, não sou eu que estou mandando leite materno pelo correio!"

Alwyn lhe deu um sorriso estranho, feroz. "Aposto que não tem nada errado com a sua vida."

"Eu não disse isso."

"Nada de louco na sua vida."

"Se um dia eu tiver um filho e me mandar, eu te dou o direito de me dizer que eu estou agindo que nem uma louca."

"Que tal se for quando você começar a namorar um louco?", Alwyn disse.

"Do que é que você está falando?", Madeleine perguntou.

"Você sabe do que eu estou falando."

"Ally", Phyllida disse, virando para elas, "eu não estou gostando do tom que você está usando com a sua irmã. Ela só está tentando ajudar."

"Talvez você devesse perguntar pra Maddy sobre os remédios no banheiro."

"Que remédios?"

"Você sabe do que eu estou falando."

"Você fuçou no meu armário?", Madeleine indagou, com a voz ficando aguda.

"Estavam bem em cima da pia!"

"Você ficou fuçando!"

"Parem com isso", Phyllida disse. "Ally, não importa onde estivessem, não é problema seu. E eu não quero ouvir mais *uma* palavra sobre isso."

"Faz muito sentido!", Alwyn gritou. "Você vem até aqui pra ver se o Leonard vai dar um bom marido, e quando descobre um problema sério — que talvez ele esteja, digamos, tomando *lítio* — você não quer ouvir. Já o *meu* casamento..."

"Você não devia ter lido o rótulo."

"Foi *você* que me mandou pro banheiro!"

"Não para invadir a privacidade da Maddy. Agora, vocês duas — chega."

Elas passaram o resto da tarde em Provincetown. Almoçaram num restaurante perto do cais dos Baleeiros, com redes de pesca penduradas nas paredes. Uma placa na parede informava aos fregueses que o estabelecimento fecharia em uma semana. Depois do almoço, as três caminharam caladas pela Commercial Street, olhando os prédios e parando nas lojas de lembranças e nas papelarias que ainda estavam abertas, e indo até o píer para ver os barcos de pesca. Elas fizeram tudo como se fosse uma visita de verdade (embora Madeleine e Alwyn mal estivessem se olhando) porque elas eram Hanna e era assim que os Hanna agiam. Phyllida até insistiu para elas tomarem um sundae, o que era incomum para ela. Às quatro horas, elas voltaram para o carro. No caminho para o aeroporto, Madeleine pisava no acelerador como quem esmaga um inseto, e Phyllida teve que pedir para ela ir mais devagar.

O avião para Boston estava na pista quando elas chegaram, com as hélices já girando. Clãs mais felizes, despedindo-se uns dos outros, trocavam abraços ou acenos. Alwyn foi se juntar aos passageiros que esperavam sem dizer adeus a Madeleine, engatando logo uma conversa com outro passageiro para mostrar o quanto as outras pessoas a achavam simpática e agradável.

Phyllida não disse nada até estar prestes a passar pelo portão.

"Espero que o vento tenha diminuído. A vinda foi meio sacudida."

"Parece que está mais calmo", Madeleine disse, olhando para o céu.

"Por favor, agradeça de novo o Leonard em nome de nós duas. Foi muito gentil ele arranjar tempo num dia de trabalho."

"Tudo bem."

"Tchau, querida", Phyllida disse, e aí atravessou a pista e subiu a escada para o aviãozinho.

Nuvens se acumulavam no oeste enquanto Madeleine voltava a Pilgrim Lake. O sol já estava começando a descer, com o ângulo da sua luz deixando as dunas com cor de caramelo. Cape Cod era um dos poucos lugares da Costa Leste onde se podia ver o sol se pôr. As gaivotas se jogavam direto contra a água, como se estivessem tentando arrebentar os seus cérebros minúsculos.

Já no apartamento, Madeleine ficou na cama um tempo, fitando o teto. Ela foi à cozinha, esquentou água para fazer chá mas não fez, e acabou comendo meia barra de chocolate. Por fim, tomou uma longa ducha. Estava saindo do banho quando Leonard chegou.

Ela se enrolou numa toalha e foi até ele, pondo os braços em volta do seu pescoço. "Obrigada", ela disse.

"Pelo quê?"

"Por aguentar a minha família. Por ser tão simpático."

Ela não conseguia saber se era a camiseta de Leonard que estava molhada, ou se era ela. Ela ergueu o rosto para ele, implorando um beijo. Ele não parecia querer, então ela se pôs na ponta dos pés e tomou a iniciativa. Sentiu o leve laivo metálico mas seguiu em frente, metendo a mão por baixo da camiseta dele. Ela deixou a toalha cair no chão.

"Ah, então está certo", Leonard disse. "Esse é o meu prêmio por ser bonzinho?"

"É o seu prêmio por ser bonzinho."

Ele a levou, meio desajeitadamente, de costas até o quarto, colocou-a na cama e começou a tirar a roupa dela. Madeleine ficou deitada de costas, esperando, calada. Quando Leonard subiu nela ela reagiu, com beijos e carinhos nas costas. Ela estendeu a mão e segurou o pênis de Leonard. Sua surpreendente rigidez, depois de meses que isso não acontecia, fez com que ele parecesse duas vezes maior do que Madeleine lembrava. Ela não tinha percebido o quanto sentia saudade dele. Leonard se pôs de joelhos, com os olhos escuros pairando por cada aspecto do corpo dela. Ele se apoiou num braço e segurou o pau, mexendo-o circularmente, quase colocando nela, mas não até o fim. Por um louco instante, Madeleine considerou deixar. Ela não queria quebrar o clima. Queria se entregar ao risco para mostrar a ele o quanto o amava. Ela arqueou as costas, guiando-o. Mas quando Leonard entrou mais fundo, Madeleine pensou melhor e disse: "Espera".

Ela tentou ser o mais rápida que conseguia. Jogando as pernas para o lado da cama, ela abriu a gaveta do criado-mudo e tirou o estojo do diafragma. Ela retirou o disco, com aquele cheiro de borracha. O tubo de espermicida estava todo amassado. Com a pressa, Madeleine apertou muito forte e saiu muito gel, que pingou na coxa dela. Ela abriu as pernas, contorcendo o objeto em forma de oito, e o inseriu bem no fundo, até senti-lo se abrir num estalo. Depois de esfregar a mão no lençol, ela rolou de volta para Leonard.

Quando ele começou a beijá-la ela sentiu de novo o gosto azedo, metálico, mais forte do que nunca. Ela percebeu, com uma sensação de peso, que não estava mais excitada. Mas isso não tinha importância. O que era importante era que eles completassem o ato. Com isso em mente, ela esticou a mão para ajudar o andamento daquilo tudo, mas Leonard não estava mais duro. Como se não tivesse percebido, Madeleine recomeçou a beijá-lo. Com desespero ela começou a se nutrir da boca azeda de Leonard, tentando parecer excitada para excitá-lo também. Mas depois de meio minuto Leonard se afastou. Rolou pesadamente para o lado dele, de costas para ela, e ficou calado.

Seguiu-se um longo momento gélido. Pela primeira vez na vida Madeleine se arrependeu de ter conhecido Leonard. Ele tinha defeito, e ela não, e não havia o que ela pudesse fazer sobre isso. A crueldade dessa ideia parecia gostosa e doce, e Madeleine se deixou levar por ela por mais um minuto.

Mas aí isso também desapareceu, e ela ficou com pena de Leonard e se sentiu culpada por ser tão egoísta. Esticou o braço e acariciou as costas de Leonard. Ele estava chorando agora e ela tentou consolá-lo, dizendo as coisas necessárias, com beijos no rosto, dizendo que o amava, ela o amava, tudo ia ficar bem, ela o amava demais.

Ela se enroscou nele, e os dois ficaram quietos.

E aí eles devem ter caído no sono, porque quando ela acordou de novo o quarto estava escuro. Ela se levantou e se vestiu. Pondo a jaqueta, ela saiu do prédio e foi para a praia.

Eram pouco mais de dez horas. As luzes do refeitório e do bar ainda brilhavam fortes. Bem na frente dela, a meia-lua iluminava fiapos de nuvens que seguiam velozes sobre a baía escura. O vento estava forte. Soprando na cara de Madeleine, ele parecia pessoalmente interessado nela. Viera lá de longe, por sobre todo um continente, para lhe entregar uma mensagem.

Ela se concentrou no que a médica no Providence Hospital tinha dito, na única vez em que elas conversaram. Às vezes demorava um pouco para acertar a dosagem direito, ela disse. Os efeitos colaterais normalmente eram mais fortes no início. Como Leonard tinha funcionado bem com o lítio no passado, não havia razão para ele não voltar a funcionar assim no futuro. Era só uma questão de recalibrar a dose. Muitos pacientes com psicose maníaco-depressiva tinham vidas longas e produtivas.

Ela esperava que isso tudo fosse verdade. Estar com Leonard fazia Madeleine se sentir excepcional. Era como se, antes de conhecê-lo, o sangue dela circulasse cinza pelo corpo, e agora ele estivesse todo oxigenado e vermelho.

Ela morria de medo de virar a pessoa meio morta que tinha sido.

Enquanto ela estava parada encarando as ondas negras, chegou-lhe um som aos ouvidos. Baques macios que se aproximavam dela pela areia. Madeleine virou quando uma forma escura disparou, passando perto do chão. Em mais um segundo ela reconheceu o grande poodle de Diane MacGregor, disparado num galope. A boca do cachorro estava aberta, língua desfraldada, corpo distendido e direcionado como uma flecha.

Alguns momentos depois, a própria MacGregor apareceu.

"O seu cachorro me deu um susto", Madeleine disse. "Parecia um cavalo."

"Eu sei muito bem o que você quer dizer", MacGregor disse.

Ela estava usando a mesma capa de chuva da coletiva de duas semanas atrás. O cabelo grisalho lhe caía solto dos dois lados do rosto inteligente e vincado.

"Para onde ela foi?", MacGregor perguntou.

Madeleine apontou. "Ela seguiu rumo estibordo."

MacGregor apertou os olhos para ver no escuro.

Elas ficaram juntas na praia, sem sentir necessidade de falar mais.

Finalmente, Madeleine rompeu o silêncio. "Quando é que a senhora vai à Suécia?"

"Como? Ah, em dezembro." MacGregor parecia desinteressada. "Eu não entendo por que os suecos poderiam querer levar alguém à Suécia em dezembro, não é?"

"No verão ia ser melhor."

"Mal vai ter sol! Acho que é por isso que eles inventaram os prêmios. Pros suecos terem alguma coisa pra fazer no inverno."

De repente a poodle passou correndo de novo, cortando a areia.

"Eu não sei por que me deixa tão feliz ver a minha cachorra correr", MacGregor disse. "É como se um pedaço de mim fosse de carona." Ela sacudiu a cabeça. "A que ponto chegamos. Vida vicária, via poodle."

"Podia ser pior."

Depois de mais algumas passagens, a poodle voltou, saltitando diante da dona. Ao perceber Madeleine, o animal foi cheirá-la e começou a esfregar a cabeça contra as pernas de Madeleine.

"Ela não é muito ligada a mim", MacGregor disse, olhando de maneira objetiva. "Ela vai com qualquer um. Se eu morresse, ela ia me esquecer rapidinho. Não é verdade?", ela falou, chamando a poodle e coçando vigorosamente embaixo do queixo dela. "Ia sim. Ah ia, ah ia."

Depois que eles deixaram Paris, indo da França à Irlanda, e então voltaram ao sul, atravessando a Andaluzia e o Marrocos, Mitchell começou a escapar para igrejas sempre que podia. Era a Europa, afinal, e havia igrejas em todo lugar, catedrais espetaculares bem como capelas tranquilas, todas ainda funcionando (apesar de normalmente estarem vazias), cada uma delas aberta a um peregrino errante, mesmo um peregrino como Mitchell, que não sabia bem se cabia na definição. Ele entrou nesses espaços escuros e supersticiosos para ficar olhando afrescos desbotados ou pinturas brutas e sangrentas de Cristo. Espiou dentro de relicários poeirentos que continham os ossos de são fulano de tal. Tocado, solene, acendeu velas votivas, sempre com o mesmo desejo inadequado: de que um dia, de alguma maneira, Madeleine fosse sua. Mitchell não acreditava que as velas funcionassem. Ele era contra orações com pedidos. Mas se sentia um pouquinho melhor por acender uma vela para Madeleine e pensar nela um minuto, na paz de uma antiga igreja espanhola, enquanto, lá fora, o mar de fé se recolhia "sob as vastas margens lúgubres e as telhas desnudadas deste mundo".*

Mitchell tinha perfeita consciência de estar agindo de um jeito estranho. Mas não tinha importância porque ninguém estava ali para ver. Em rígidos bancos de igreja, cheirando cera de velas, ele fechava os olhos e ficava o mais imóvel que podia, abrindo-se ao que quer que estivesse ali e que pudesse se interessar por ele. Talvez não houvesse nada. Mas como é que você podia saber sem jamais mandar um sinal? Era isso que Mitchell estava fazendo: mandava um sinal para a sede da empresa.

Nos trens, ônibus e barcos que os levavam a esses lugares, Mitchell lia os livros da mochila, um por um. A mente de Tomás de Kempis, autor da *Imitação de Cristo*, não se abria facilmente para ele se conectar. Partes das *Confissões* de Santo Agostinho, especialmente as informações sobre a sua juventude hedonista e a esposa africana, eram muito iluminadoras. Mas *O castelo interior*, de Santa Teresa D'Ávila, revelou-se uma leitura eletrizante. Mitchell devorou o livro na balsa noturna entre Le Havre e Rosslare. Da Gare St. Lazare, eles foram à Normandia para visitar o restaurante em que Larry tinha trabalhado durante o segundo grau. Depois de um almoço gigante com a família de proprietários, seguido de uma noite na casa deles, foram até Le Havre para fazer a travessia. O mar estava grosso. Os passageiros ficavam acordados no bar, ou tentavam dormir no piso da cabine aberta. Explorando sob o convés, Mitchell e Larry obtiveram acesso a um saguão de oficiais vazio, com camas e uma jacuzzi, e em meio a esse luxo injustificado Mitchell leu sobre o progresso da alma na direção de uma união mística com Deus. *O castelo interior* descrevia uma visão que Santa Teresa teve a respeito da alma. "Para começar com algum fundamento: que é considerar nossa alma como um castelo todo feito de um diamante ou claríssimo cristal, onde há muitos apo-

---

* *Down the vast edges drear and naked shingles of the world.* Trecho do poema "Dover Beach", de Matthew Arnold. (N. T.)

sentos, assim como há no céu muitas moradas." De início a alma restava nas trevas do lado de fora dos muros do castelo, atormentada pelas serpentes peçonhentas e os ferrões dos insetos que eram os seus pecados. Mas pelo poder da graça algumas almas saíram rastejando desse pântano e bateram à porta do castelo. "Por fim entram nas primeiras peças do porão; mas entram com elas tantos vermes, que nem permitem que vejam a beleza do castelo, ou que sosseguem; já lhes basta ter entrado." A noite toda, enquanto a balsa jogava e caturrava, e Larry dormia, Mitchell lia como a alma progredia pelas outras cinco moradas, edificando-se com sermões, mortificando-se com penitências e jejuns, praticando caridade, meditando, rezando, indo a retiros, abandonando os antigos hábitos e ficando mais perfeita, até se tornar a prometida do Esposo. "Quando Nosso Senhor decide ter piedade dos sofrimentos, tanto passados quanto presentes, que padece esta alma em seu anseio por Ele [...] antes de consumar o matrimônio celestial, Ele a leva para sua morada, que é a sétima; pois assim como Ele tem um lugar no céu, também tem na alma, onde ninguém senão Ele pode habitar, e que pode ser chamado de segundo céu." O que impressionava Mitchell no livro não era tanto esse tipo de imagens, que pareciam emprestadas do Cântico dos Cânticos, mas o seu lado pragmático. O livro era um guia para a vida espiritual, relatado com grande especificidade. Por exemplo, ao descrever a união mística, Santa Teresa escrevia: "Pode vos parecer assim que esta alma estará fora de si, pois está tão inebriada que não pode entender mais nada. Mas está muito mais ocupada que antes, em tudo que seja do serviço de Deus". Ou, em outro trecho: "Essa presença não é tão total, ou tão nítida como se manifesta na primeira vez ou em outras em que Deus quer lhe dar esse presente; porque, se fosse assim, seria impossível cuidar de outras coisas, ou até viver entre as mais gentes". Isso soava autêntico. Soava como algo que Santa Teresa, escrevendo quinhentos anos atrás, tinha sentido, tão real quanto o jardim do outro lado da sua janela no convento em Ávila. Dava para você ver a diferença entre uma pessoa que inventava coisas e outra, que usava uma linguagem metafórica para descrever uma experiência inefável, mas real. Logo que o sol nasceu, Mitchell subiu ao convés. Ele estava meio tonto de sono e atordoado pelo livro. Enquanto encarava o oceano cinzento e o litoral enevoado da Irlanda, imaginou em que cômodo estava a sua alma.

Eles passaram dois dias em Dublin. Mitchell fez Larry visitar os santuários de Joyce, a Eccles Street e a torre Martello. Larry levou Mitchell para ver o grupo do "teatro pobre" de Jerzy Grotowski. No dia seguinte, foram de carona para o oeste. Mitchell tentou prestar atenção à Irlanda, e especialmente ao County Cork, de onde vinha o lado materno da sua família. Mas choveu o tempo todo, uma neblina cobria os campos, e a essa altura ele estava lendo Tolstói. Alguns livros passavam por cima do barulho da vida e agarravam você pelo colarinho para falar somente das mais verdadeiras das coisas. *Uma confissão* era um desses livros. Ali, Tolstói narrava uma fábula russa sobre um homem que, perseguido por um monstro, pula dentro de um poço. Quando está caindo poço adentro, no entanto, ele vê que no fundo há um dragão, esperando para devorá-lo. Nesse mesmo momento ele percebe um ramo saindo da parede, e se agarra a ele, e fica dependurado. Isso evita que o homem caia na goela do dragão ou seja devorado pelo monstro lá em cima, mas há ainda um outro probleminha. Dois camundongos, um preto e um branco, estão andando para cima e para baixo pelo ramo, roendo-o. É só uma questão de tempo antes de eles cortarem o ramo, provocando a queda do homem. Enquanto o homem contempla o seu destino inescapável, ele percebe uma outra coisa: da ponta do ramo que está segurando pingam gotinhas de mel. O homem estica a língua para lamber as gotas. Essa, diz Tolstói, é a nossa condição humana: nós somos o homem agarrado ao ramo. A morte nos espera. Não há saída. E assim nós nos distraímos lambendo qualquer gota de mel que possamos alcançar.

A maioria das coisas que Mitchell leu na universidade não transmitia sabedoria com S maiúsculo. Mas essa fábula russa, sim. Era verdade quanto às pessoas em geral e era verdade quanto a Mitchell em particular. Afinal, o que ele e os seus amigos estavam fazendo, senão se agarrar a um raminho, com a língua de fora para pegar o doce? Ele pensou nas pessoas que conhecia, com seus excelentes corpos jovens, suas casas de veraneio, suas roupas bacanas, suas drogas poderosas, seu liberalismo, seus orgasmos, seus penteados. Tudo que eles faziam era ou agradável em si mesmo ou pensado para gerar prazer no final. Até os seus conhecidos que eram "politizados" e que protestavam contra a guerra em El Salvador faziam isso em grande medida para se refestelarem na atraente luz das cruzadas. E os artistas eram os piores, os pintores e escritores, porque acreditavam que estavam vivendo pela arte, quando na verdade estavam alimentando o seu narcisismo. Mitchell sempre se orgulhara da sua disciplina. Ele estudava mais do que todo mundo que conhecia. Mas essa era só a sua maneira de se segurar mais forte no ramo.

O que Larry achava da lista de leituras de Mitchell não ficava claro. Ele quase sempre limitava a sua reação a levantar uma dourada sobrancelha de Riverdale. Por terem sido membros da cena artística universitária, Larry e Mitchell estavam acostumados com pessoas que passavam por transformações radicais. Moss Runk (era o nome de uma menina) tinha chegado em Brown como uma corredora da equipe de cross-country de bochechinhas de maçã. No terceiro ano, já se recusava a usar roupas especificamente femininas ou masculinas. Ao invés disso, ela se cobria com vestes disformes que ela mesma fazia com um feltro cinza grosso que parecia quente. O que você fazia com uma pessoa como Moss Runk, se você era Mitchell e Larry, era fingir não notar. Quando Moss se dirigia a eles no Blue Room, andando daquele jeito meio *hovercraft* por causa da túnica comprida, você escorregava mais para lá para ela poder sentar. Se alguém perguntava o que ela era, exatamente, você dizia: "A Moss é assim!". Apesar das roupas esquisitas, Moss Runk ainda era a mesma animada nativa de Idaho que sempre tinha sido. Outras pessoas achavam que ela era estranha, mas não Mitchell e Larry. Seja lá o que a tinha levado à sua drástica decisão estilística, não era algo que Mitchell e Larry fossem perguntar. O silêncio deles registrava a sua solidariedade com Moss contra todas as pessoas convencionais nos seus coletes estofados e tênis Adidas, que estavam se formando em economia ou engenharia, passando o último período de total liberdade da vida sem fazer nada nem remotamente diferente. Mitchell e Larry sabiam que Moss Runk não ia conseguir usar seus trajes andróginos para sempre. (Outra coisa bacana dessa Moss era que ela queria ser diretora de escola secundária.) Ia chegar o dia em que, para conseguir emprego, Moss teria que pendurar o feltro cinza e vestir uma saia, ou um terninho. Mitchell e Larry não queriam estar por perto para ver.

Larry tratava o interesse de Mitchell pelo misticismo cristão da mesma maneira. Ele percebia. Deixava claro que tinha percebido. Mas não fazia comentários, por enquanto.

Além disso, Larry passava por suas próprias transformações na estrada. Ele comprou uma echarpe roxa de seda. O seu tabagismo, que Mitchell tinha achado que era uma afetação passageira, tornou-se frequente. Primeiro Larry comprava cigarros soltos, o que aparentemente era possível, mas logo estava comprando maços inteiros de Gauloises Bleues. Estranhos começaram a filar cigarros dele, uns caras magrelos, com jeito de ciganos, que punham o braço no ombro de Larry, à moda europeia. Mitchell se sentia a tia velha de Larry, esperando que essas conversinhas acabassem.

Além disso, Larry não parecia estar sofrendo o bastante com o rompimento. Houve um momento, na balsa para Rosslare, em que ele foi ao convés fumar um cigarro meditabundo. Ficou subentendido que ele estava pensando em Claire. Mas ele jogou o cigarro no mar, a fumaça foi embora, e pronto.

Da Irlanda eles voltaram a Paris e pegaram o trem noturno para Barcelona. O tempo estava quase ameno. Pelas Ramblas, havia vida selvagem à venda, macacos com caras sábias, papagaios em tecnicolor. Indo mais para o sul, eles passaram uma noite em Jerez e uma em Ronda, antes de seguirem para três dias em Sevilha. Aí, percebendo o quanto estavam perto do Norte da África, eles decidiram continuar rumo sul até Algeciras e pegar a balsa pelo estreito de Gibraltar até Tânger. Eles passaram os primeiros dias no Marrocos sem conseguir comprar haxixe. O guia tinha o endereço de um bar em Tétouan onde era fácil conseguir haxixe, mas incluía uma advertência, no pé da mesma página, comparando as prisões marroquinas ao presídio turco de *O expresso da meia-noite*. Finalmente, na cidadezinha de Chaouen, nas montanhas, eles entraram no hotel e encontraram dois dinamarqueses sentados no saguão, com um pedaço de haxixe do tamanho de uma bola de softball na mesa diante deles. Mitchell e Larry passaram os dias seguintes gloriosamente chapados. Eles vagaram pela estreita colmeia de ruas, ouvindo os emotivos gritos dos muezins, e tomaram copos bem verdes de chá de hortelã na praça da cidade. Chaouen era pintada de um azul-claro para se misturar com o céu. Nem as moscas conseguiam achar a cidade.

Foi no Marrocos que eles perceberam que as mochilas eram um equívoco. Os caras mais legais que eles encontravam não eram os das expedições, com todo o equipamento de camping. Os caras mais legais eram os viajantes que acabavam de voltar de Ladakh carregando apenas uma sacola. Mochilas eram desajeitadas. Elas marcavam você como turista. Mesmo que não fosse um bamboleante americano obeso, de mochila você passava a ser. Mitchell ficava entalado entrando em vagões de trem e tinha que sacudir os braços alucinadamente para se liberar. Mas se livrar das mochilas era impossível porque, como voltaram à Europa em outubro, o tempo já estava ficando mais fresco.

Deixando o calor da França meridional, eles seguiram para o outono, a brisa de Lausanne. Eles tiraram os suéteres da mala.

Na Suíça Mitchell teve a brilhante ideia de usar o MasterCard para comprar coisas que iam deixar os seus pais assustados quando a fatura chegasse. Durante três semanas ele fez gastos de: sessenta e cinco francos suíços (vinte e nove dólares e cinquenta e sete centavos) por um cachimbo tirolês e tabaco na Totentanz: Cigarren und Pfeifen; setenta e dois francos suíços (trinta e dois dólares e setenta e cinco centavos) por uma refeição em um restaurante de Zurique chamado Das Bordell; duzentos e trinta e quatro xelins austríacos (treze dólares) por uma edição de *Nascido de novo*, memórias de Charles Colson; e sessenta e duas mil e quinhentas liras (quarenta e três dólares e cinquenta e quatro centavos) pela assinatura de uma revista comunista, publicada em Bolonha, a ser entregue uma vez por mês no endereço da família Grammaticus em Detroit.

Eles chegaram a Veneza numa tarde acolchoada de nuvens, em fins de outubro. Sem dinheiro para pagar uma gôndola, eles passaram as suas cinco horas na cidade atravessando pontes e lances de escada que pareciam todos levar, como num desenho de Escher, de volta à mesma *piazza*, com a mesma fonte rumorejante e o mesmo duo de velhinhos. Depois de achar uma *pensione* barata, eles saíram para visitar a piazza San Marco. No lusco-fusco do museu do palácio do Doge, Mitchell se viu encarando um misterioso objeto numa vitrine. Feito de elos metálicos já muito enferrujados, o objeto consistia de um cinto circular de onde pendia um outro cinto. A etiqueta dizia: *cintura di castità*.

"O cinto de castidade foi a coisa mais pavorosa que eu já vi na vida", Mitchell disse depois, jantando num restaurante barato.

"É por isso que as pessoas dizem Idade das Trevas", Larry falou.

"E põe trevas nisso." Ele se inclinou para a frente, baixando a voz. "Tinha duas aberturas. Uma na frente pra vagina, e uma atrás pro cu. Com uns dentes de metal serrilhado. Se você fosse cagar com um treco daqueles, a merda ia sair que nem creme de cobrir bolo."

"Valeu a imagem, hein", Larry disse.

"Imagine ficar com um negócio daqueles por meses a fio. Por anos! Como é que você ia limpar aquilo?"

"Você ia ser a rainha", Larry disse. "Ia ter alguém pra limpar pra você."

"Uma dama de companhia."

"Uma das graças do emprego de rainha."

Eles encheram de novo os copos de vinho. Larry estava de bom humor. A velocidade com que tinha esquecido Claire era atordoante. Talvez ele não gostasse tanto assim dela. Talvez desgostasse de Claire tanto quanto Mitchell. O fato de que Larry tivesse conseguido esquecer Claire em questão de semanas, enquanto Mitchell continuava sofrendo por Madeleine — mesmo sem ter ficado com Madeleine — queria dizer, de duas, uma: ou o amor de Mitchell por Madeleine era puro e verdadeiro, do tipo que abalava as estruturas; ou ele era viciado em se sentir melancólico, *gostava* de sofrer por amor, e a "emoção" que sentia por Madeleine — algo amplificada pelo correr do chianti — era somente uma forma pervertida de egotrip. Ou seja, nem de longe era amor.

"Você não sente saudade da Claire?", Mitchell perguntou.

"Sinto, sim."

"Mas é que não parece."

Larry recebeu o comentário olhando nos olhos de Mitchell, mas não abriu a boca.

"Como é que ela era na cama?"

"Ora, ora, Mitchell", Larry ralhou levemente.

"Ah, vai. Como que ela era?"

"Ela era *insana*, Mitchell. Totalmente insana."

"Conta."

Larry tomou um gole de vinho, considerando. "Ela era atenciosa. Era o tipo de menina que diz: 'Legal. Deite de costas'."

"E aí ela te chupava?"

"Hum, é."

"'Deite de costas.' Igual ao médico."

Larry fez que sim.

"Isso parece bem decente."

"Não era tão genial assim."

Isso Mitchell já não aguentou. "Como assim!", ele gritou. "Tá reclamando de quê?"

"Eu não curtia tanto assim."

Mitchell se afastou da mesa, como que para se distanciar de tamanha heresia. Ele secou o copo de vinho e pediu mais um.

"Isso vai estourar o nosso orçamento", Larry advertiu.

"Não faz mal."

Larry pediu mais vinho também.

Ficaram bebendo vinho até o dono do restaurante lhes dizer que estava fechando. Cambaleando até o hotel, eles caíram na grande cama de casal. Em um momento, dormindo, Larry rolou para cima de Mitchell, ou Mitchell sonhou isso. Ele estava com uma ereção. Pensou que podia vomitar. Alguém no sonho dele estava chupando o seu pau, ou Larry estava, e aí ele acordou ouvindo Larry dizer: "Nossa, você está fedendo", mas sem se afastar dele. E aí Mitchell apagou de novo, e de manhã os dois agiram como se nada tivesse acontecido. Talvez nada tivesse acontecido.

No fim de novembro eles chegaram à Grécia. De Brindisi, pegaram uma balsa que cheirava a diesel para o Pireu, e acharam um quarto num hotel não muito longe da praça Syntagma. Olhando da sacada do hotel, Mitchell teve uma revelação. A Grécia não fazia parte da Europa. Aquilo era o Oriente Médio. Prédios altos de tetos cinza como aquele em que ele estava se estendiam até o enevoado horizonte. Vigas de aço se projetavam dos tetos e dos exteriores, fazendo com que os prédios parecessem farpados, eriçados contra a atmosfera acre. Ele podia estar em Beirute. A espessa mistura de neblina e fumaça se juntava ao gás lacrimogêneo todo dia enquanto a polícia enfrentava manifestantes pelas ruas. Passeatas de protesto aconteciam constantemente, contra o governo, contra a interferência da CIA, contra o capitalismo, contra a OTAN e a favor da volta dos mármores de Elgin. A Grécia, berço da democracia, travada pelo direito de expressão. Nos cafés, todo mundo tinha opinião formada, e ninguém conseguia fazer nada.

Algumas viúvas velhas, trajando preto da cabeça aos pés, faziam Mitchell lembrar a sua avó. Ele reconhecia os doces e as massas, o som do idioma. Mas a maioria das pessoas parecia estrangeira para ele. Os homens, no geral, só chegavam no ombro dele. Mitchell se sentia um sueco, olhando por cima deles. Aqui e ali ele via uma semelhança facial, mas era só isso. Entre os anarquistas e poetas de dentes amarelos no bar diante do hotel, ou os taxistas com pescoço de gorila que o levavam de um lado para o outro, ou os reverendos sacerdotes ortodoxos que ele via na rua e nas capelas fumacentas, Mitchell nunca tinha se sentido tão americano.

Em todos os lugares em que eles comiam, a comida era morna. Mussaca e pastítsio, cordeiro com arroz, batata frita, quiabo com molho de tomate — tudo era mantido em bandejas nas cozinhas abertas, poucos graus acima da temperatura ambiente. Larry passou a pedir peixe grelhado, mas Mitchell, fiel às suas lembranças, continuou a comer os pratos que a sua avó fazia para ele quando menino. Ele continuava na esperança de receber um prato quente de mussaca, mas depois da quarta fatia em três dias ele percebeu que os gregos *gostavam* de comida morna. Junto com essa percepção, como se a ignorância anterior o tivesse protegido, vieram os seus primeiros problemas de estômago. Ele foi voando para o hotel e passou três horas em cima de uma privada estranhamente baixa, olhando uma edição de I *Kathimerini*. As fotos mostravam o primeiro-ministro Papandreu, uma revolta na Universidade de Atenas, a polícia disparando gás lacrimogêneo e uma mulher incrivelmente enrugada que a legenda da foto identificava, impossivelmente, como Melina Mercouri.

O alfabeto grego foi a derrota final para ele. Aos doze anos ele gostava de ficar sentado aos pés da yayá, netinho querido que era, para aprender o alfabeto grego. Mas ele nunca tinha passado do sigma e agora tinha esquecido tudo que não fosse A e Ω.

Depois de três dias em Atenas, eles decidiram partir para o Peloponeso de ônibus. Antes de sair, passaram no escritório da American Express para descontar uns cheques de viagem. Mas primeiro Mitchell foi até o guichê de serviços gerais perguntar se havia alguma carta para eles. A mulher entregou dois envelopes a Mitchell. Ele reconheceu a caligrafia florida no primeiro como a da sua mãe. Mas foi o segundo envelope que fez o coração dele pular. Na frente, o nome dele e o destinatário "A/C American Express" tinham sido datilografados numa máquina manual que estava precisando de uma fita nova. Os *as* e os *is* do sobrenome dele estavam quase desbotados. Virando o envelope ele viu o remetente: M. Hanna, Laboratório Pilgrim Lake, Starbuck #12, Provincetown, MA 02657.

Rapidamente, como se o envelope contivesse algo impuro, Mitchell enfiou a carta no bolo de trás da calça. Na fila para os guichês de caixa, o que ele abriu foi a carta de Lilian.

Caro Mitchell,
    Desde que nós compramos o apartamento em Vero Beach, eu e o seu

pai somos "aves de arribação", mas este ano nós ganhamos uma medalha! Terça-feira nós fizemos um voo com o "Herbie", de Detroit até Fort Myers. Foi bem chique, ir de avião particular, e a viagem levou só seis horas. (Eu lembro quando a gente levava vinte e quatro horas de carro!) Eu gostei de ver a terra passando lá embaixo. A gente não voa tão alto quanto num avião de passageiros de verdade, então dá para ver muito do terreno, os rios todos se torcendo para lá e para cá e, claro, as fazendas, que me lembravam as colchas velhas de retalhos da vovó. Mas eu não posso dizer que a viagem tenha propiciado muita conversa. Mal dá para escutar com o barulho do motor e o seu pai estava quase o tempo todo de fone de ouvido, para poder acompanhar o "tráfego", então eu só podia conversar com o Kerbi, que estava no meu colo. (Acabei de perceber que Herbie e Kerbi rimam.)

O seu pai foi me apontando as coisas pelo caminho. Nós passamos bem em cima de Atlanta, e por cima de uns pântanos bem grandes, que me deixaram meio tensa. Se a gente precisasse pousar ali, não tinha nada num raio de quilômetros, só cobras e jacarés.

Como você pode ver por tudo isso, a sua mãe não foi exatamente uma "copilota" modelo. O Dean me dizia para não me preocupar, que ele estava com tudo "sob controle". Mas a viagem foi tão sacudida que era impossível eu conseguir ler o meu livro. Eu só conseguia ficar olhando pela janela, e depois de um tempo até os lindos Estados Unidos não são assim tão interessantes. Mas nós chegamos inteiros, pelo menos, e agora estamos em Vero, onde o tempo está, como sempre, quente demais. O Winston vem de Miami para o Natal (ele tem uma gravação na véspera do Natal, parece, e só pode vir no dia). O Nick e a Sally vêm de avião com o fofinho do Nick amanhã de noite. O Dean e eu estamos planejando ir buscar os três no aeroporto de Ft. Lauderdale para levar a um lugarzinho muito simpático que nós achamos em Fort Pierce, saindo da A1A, à beira-mar.

Vai ser estranho não ter o nosso "nenê" aqui para o Natal este ano. Eu e o seu pai estamos muito empolgados por você e o Larry terem essa chance de "ver o mundo". Depois do quanto você trabalhou na universidade, você merece. Eu penso em você todo dia e tento imaginar onde você pode estar e o que você pode estar fazendo. Normalmente eu sei onde você está mo-

rando e dormindo. Até na universidade a gente normalmente sabia como era a cara do seu apartamento, então não era difícil imaginar você ali. Mas agora eu quase nunca sei onde você está, e agradeço tanto qualquer postalzinho que você manda. Nós recebemos o seu postal de Veneza com a flechinha apontando para "o nosso hotel". Eu não consegui distinguir o hotel propriamente dito, mas fico feliz que seja "barato e sujinho", como você disse no texto. Veneza parece um lugar mágico, um ambiente perfeito para um jovem "literato" conseguir inspiração.

O Kerbi está com um lugar nas costas quase sem pelo já. Ele anda lambendo ali sem parar. O jeito que ele se torce que nem um pretzel para alcançar a coceira sempre me faz rir. (Eu queria era poder fazer isso quando <u>eu</u> ficasse com coceira nas costas!) Se não melhorar em uns dias, eu vou ter que levar o Kerbi ao veterinário.

Eu estou escrevendo esta carta aqui no pátio de casa, embaixo de um guarda-sol, tentando ficar na sombra. Até no inverno, o sol aqui seca a minha pele, por mais que eu me entupa de hidratante. Neste exato momento, o seu "velho pai" está sentado na sala de estar, discutindo com algum político na TV (vou te poupar os termos pesados, mas o significado é "Nem f----!"). Eu não entendo como alguém pode ver tanta notícia num dia só. O Dean me pediu para te dizer, quando você chegar à Grécia, para você não deixar de dizer para "aquele bando de socialistas dar 'graças a Deus por Ronald Reagan'".

E por falar em "Deus", chegou um pacote para você, dos "Padres e irmãos paulinos", lá na casa do lago em Michigan, antes da gente sair. Eu sei que você está pensando em entrar para a teologia e que isso pode ter alguma coisa a ver, mas eu fiquei pensando um pouco. A sua última carta — não o postal de Veneza, mas aquela no papel azul que dobra e vira carta (acho que o nome daquilo é aerograma?) — não parecia você. O que você queria dizer com aquilo de o "Reino de Deus" não ser um lugar e sim um estado de espírito e que você achava que tinha visto "lampejos" do reino. Você sabe que eu passei anos tentando achar uma igreja para levar você e o seu irmão, e que eu nunca acreditei muito em nada, por mais que quisesse. Então eu acho que entendo o seu interesse por religião. Mas esse "misticismo" todo de que você fala nas cartas e a "Negra noite da *alma" podem soar meio "doidos", como o seu irmão Winston diria. Você já está longe há meses, Mitchell. A gente não tem te visto, e é difícil imaginar direito como você está. Eu fico feliz que o Larry esteja viajando com você, porque eu acho que ia ficar ainda mais preocupada se você estivesse viajando sozinho. Eu e o seu pai ainda não estamos muito empolgados por você estar indo à Índia, mas você já é adulto e pode fazer o que quiser. <u>Mas nós estamos com muito medo de não haver como entrar em contato com você, ou de você não ter como entrar em contato conosco, em caso de emergência.</u>*

O.K., já chega de conselhos da mamãe. Apesar da saudade que nós sentimos de você, e vamos sentir mais ainda no Natal, eu e o seu pai estamos felizes por você ter conseguido embarcar nessa grande aventura. Desde o dia em que você nasceu, Mitchell, você foi o presente mais valioso do mundo para nós, e apesar de eu não saber bem se acredito em "Deus", eu dou graças a "alguém lá em cima" todo santo dia por nos dar um filho tão maravilhoso, amoroso e talentoso como você. Desde que você era pequenininho eu sempre soube que você ia crescer e ser grandes coisas. Como a vovó sempre te disse: "Mire alto, menino, mire alto".

Eu achei uma escrivaninha muito bonita em um antiquário em Vero e vou mandar pôr aqui no quarto de hóspedes, para ficar tudo pronto para quando você vier visitar a gente. Com toda a experiência que você está ganhando nessa viagem, você pode querer

Mitchell só pôde chegar até aqui antes de a pessoa atrás dele lhe dar um tapinha no ombro. Era uma mulher, mais velha que ele, trinta e poucos anos de idade.

"Tem um caixa livre", ela disse.

Mitchell agradeceu. Pondo a carta de Lilian de volta no envelope, ele foi até o guichê aberto. Enquanto assinava os cheques, o guichê ao lado ficou livre e a mulher que estava atrás dele na fila foi até ali. Ela sorriu para Mitchell, e ele devolveu o sorriso. Quando o caixa acabou de contar as suas dracmas, Mitchell voltou para procurar por Larry.

Como não o viu, sentou em uma cadeira no saguão e sacou a carta de Madeleine. Ele não sabia bem se queria lê-la. Na última semana, desde aquela noite em Veneza, quando tomou aquele porre inenarrável, Mitchell estava recuperando o equilíbrio emocional. Ou seja, ele agora pensava em Madeleine duas ou três vezes por dia em vez de dez ou quinze. O tempo e a distância estavam funcionando. A carta, no entanto, ameaçava anular tudo isso em breve. Em um mundo de máquinas Selectric da IBM e de belas Olivettis, Madeleine insistia em datilografar os seus trabalhos em uma máquina antiga, de modo que os textos dela acabavam parecendo alguma coisa de um arquivo. O fato de Madeleine ser apaixonada por coisas antiquadas como aquela máquina de escrever tinha deixado Mitchell com esperança de que ela pudesse amá-lo. Somada à fidelidade de Madeleine à máquina velha havia a incapacidade dela com tudo que era mecânico, o que explicava por que ela não tinha trocado a fita, deixando o *a* e o *s* sem tinta (porque essas teclas estavam gastas por serem muito usadas). Obviamente, apesar de todo o seu brilhantismo científico, Bankhead era autocentrado, ou preguiçoso demais, ou talvez até *contra* ela usar uma máquina manual. A carta de Madeleine deixava claro que Bankhead era o cara errado para ela e que Mitchell era o certo, e ele ainda nem tinha aberto o envelope.

Mitchell sabia o que devia fazer. Se estava levando a sério a vontade de manter o equilíbrio emocional, de se desligar das coisas terrenas, ele devia levar a carta para a lata de lixo do outro lado do saguão e jogá-la fora. Era isso que ele devia fazer.

Em vez disso, ele pôs a carta na mochila, bem no fundo, no bolso interno, para não ter que pensar no assunto.

Quando ergueu de novo os olhos, ele viu a mulher da fila se aproximar. Ela tinha cabelo comprido, liso e louro, zigomas altos e olhos estreitos. Não estava maquiada e as suas roupas eram esquisitas. Por baixo de um camisetão, ela usava uma saia que lhe ia até o tornozelo. Estava de tênis de corrida.

"Primeira vez na Grécia?", ela perguntou, sorrindo excessivamente, como uma vendedora.

"É."

"Faz tempo que você chegou?"

"Só três dias."

"Eu cheguei há três meses. Quase todo mundo vem pra ver a Acrópole. E é linda. De verdade. As antiguidades são uma coisa impressionante. Mas o que me pega é a história. E eu não estou falando de história antiga. Eu estou falando da história cristã. Aconteceu tanta coisa aqui! Onde é que você acha que os tessalonicenses moravam? Ou os coríntios? São João Apóstolo escreveu o Apocalipse na ilha de Patmos. E isso não para. O evangelho foi revelado na Terra Santa, mas foi na Grécia que a evangelização começou. Qual é o *seu* motivo pra estar aqui?"

"Eu sou grego", Mitchell disse. "Foi aqui que eu comecei."

A mulher riu. "Você está guardando essa cadeira pra alguém?"

"Eu estou esperando o meu amigo."

"Eu vou só sentar um minutinho", a mulher falou. "Se o seu amigo chegar eu saio."

"Tudo bem", Mitchell disse. "A gente já vai sair."

Ele achou que isso tinha terminado a conversa. A mulher sentou e começou a fuçar na bolsa, procurando alguma coisa. Mitchell deu mais uma olhada pelo escritório tentando achar Larry.

"Eu vim aqui estudar", a mulher começou de novo. "No Instituto Bíblico. Eu estou aprendendo *koiné*. Você sabe o que é *koiné*?"

"É a língua em que foi escrito o Novo Testamento. A antiga forma demótica do grego."

"Uau. Quase ninguém sabe isso. Fiquei impressionada." Ela se inclinou para ele e perguntou baixinho: "Você é cristão?".

Mitchell hesitou antes de responder. A pior coisa da religião eram as pessoas religiosas.

"Eu sou ortodoxo grego", ele disse finalmente.

"Bom, isso é ser cristão."

"O patriarca vai gostar de saber disso."

"Você tem um belo senso de humor, né?", a mulher disse, pela primeira vez sem sorrir. "Você provavelmente usa isso pra passar por cima de um monte de problemas da vida."

A provocação funcionou. Mitchell virou a cabeça para olhar diretamente para ela.

"A Igreja Ortodoxa é como a Igreja Católica", a mulher disse. "Eles são cristãos, mas nem sempre acreditam na Bíblia. Eles têm tantos rituais que isso às vezes desvia da mensagem."

Mitchell decidiu que era hora de tomar uma iniciativa. Ele se levantou. "Muito prazer", ele falou. "Boa sorte com a *koiné*."

"Muito prazer!", a mulher disse. "Posso te fazer só uma pergunta antes de você ir embora?"

Mitchell ficou esperando. O olhar fixo dela era enervante.

"Você está salvo?"

É só dizer que sim, Mitchell pensou. É dizer que sim e se mandar.

"É difícil dizer", ele respondeu.

Ele imediatamente percebeu o erro. A mulher se levantou, com os olhos azuis como um laser em cima dele. "Não, não é", ela disse. "Não é nem um pouco difícil. É só pedir pra Jesus Cristo entrar no seu coração que ele entra. Foi o que eu fiz. E mudou a minha vida. Eu não fui sempre cristã. Eu passei quase a vida toda longe de Deus. Não conhecia Deus. Não pensava em Deus. Eu não estava nas drogas nem nada disso. Eu não estava batendo perna na noite. Mas tinha um vazio dentro de mim. Porque eu estava vivendo pra mim."

Para sua surpresa, Mitchell se viu ouvindo o que ela dizia. Não aquele palavrório fundamentalista sobre ser salvo ou aceitar o Senhor. Mas o que ela dizia da própria vida dela.

"É engraçado. Você nasce nos Estados Unidos. Você cresce e o que é que eles te dizem? Eles te dizem que você tem direito de buscar a felicidade. E que o jeito de ser feliz é ter bastante coisa legal, né? Eu fiz tudo isso. Eu tinha casa, emprego, namorado. Mas eu não estava feliz. Eu não estava feliz porque a única coisa que eu fazia todo dia era pensar em mim mesma. Eu achava que o mundo girava em volta do meu umbigo. E, ora, vejam só... Não gira."

Isso soava bem lógico, e verdadeiro. Mitchell achou que podia concordar com isso e cair fora.

Mas, antes de ele poder fazer isso, a mulher disse: "Quando a gente estava na fila, você estava lendo uma carta. Era da sua mãe".

Mitchell ergueu o queixo. "Como é que você sabe?"

"Eu acabei de sentir."

"Você leu por cima do meu ombro."

"Não mesmo!", ela disse, dando-lhe um tapinha de brincadeira. "Para com isso. Deus simplesmente pôs no meu coração neste exato momento que você estava lendo uma carta da sua mãe. Mas eu quero te dizer uma coisa. O Senhor te mandou uma carta aos cuidados da American Express também. Sabe qual carta é essa? Eu. *Eu* sou a carta. O Senhor me mandou sem eu nem saber, pra eu poder ficar atrás de você na fila e te dizer que o Senhor te ama, que Ele morreu por você."

Foi aí, perto dos elevadores, que Larry surgiu.

"Olha o meu amigo ali", Mitchell disse. "Foi um prazer."

"O prazer foi *meu*. Se divirta na Grécia e fique com Deus."

Ele já estava quase no meio do saguão quando ela lhe deu outro tapinha no ombro.

"Eu só queria deixar isso aqui com você."

Na mão dela havia um Novo Testamento de bolso. Verde, como uma folha de árvore.

"Fique com isso e leia os Evangelhos. Leia a Boa-Nova de Jesus. E lembre, não é complicado. É simples. A única coisa importante é você aceitar Jesus Cristo como o seu Senhor e Salvador e aí você vai ter a vida eterna."

Para se livrar dela, para calar-lhe a boca, Mitchell pegou o livro e seguiu para fora do saguão.

"Onde é que você estava?", ele perguntou a Larry quando chegou até ele. "Eu estou te esperando há quase uma hora."

Vinte minutos depois, eles estavam a caminho do Peloponeso. O ônibus viajou quilômetros pela bacia superlotada da cidade antes de subir para uma estrada litorânea. Os outros passageiros levavam trouxas no colo: o butim da visita à cidade grande. A cada quilômetro e pouco, um pequeno santuário marcava o ponto de uma morte por acidente. O motorista parou para deixar uma moeda em uma caixinha de oferendas. Depois, ele encostou o ônibus num café de beira de estrada e, sem mais explicações, entrou para almoçar, enquanto os passageiros esperavam pacientemente em seus assentos. Larry desceu para fumar um cigarro e tomar um café. Mitchell sacou a carta de Madeleine da mochila, deu mais uma olhada e guardou-a de novo.

Eles chegaram a Corinto no meio da tarde. Depois de se arrastarem pelo Templo de Apolo sob uma garoa fina, eles se dirigiram a um restaurante para sair da chuva, e Mitchell pegou o seu Novo Testamento para refrescar a memória do que São Paulo tinha escrito aos Coríntios por volta de 55 d.C. Ele leu:

Está escrito: Destruirei a sabedoria dos sábios, e anularei a prudência dos prudentes.

E:

Porque sois carnais

Ouve-se dizer constantemente que se comete, em vosso meio, a luxúria.

Penso que seria bom ao homem não tocar mulher alguma. Todavia, considerando o perigo da incontinência, cada um tenha sua mulher, e cada mulher tenha seu marido. Aos solteiros e às viúvas, digo que lhes é bom se permanecerem assim, como eu. Mas, se não podem guardar a continência, casem-se. É melhor casar do que abrasar-se.

A mulher que tinha lhe dado o Novo Testamento de bolso tinha deixado o cartão dela dentro, com um número de telefone em Atenas. O nome dela era Janice P.

Ela deve ter lido por cima do meu ombro, Mitchell decidiu.

O inverno estava chegando. De Corinto eles pegaram um micro-ônibus rumo ao sul, na direção de Mâni, passando a noite na cidadezinha montanhesa de Andritsena. A temperatura estava cortante e o ar, com aroma de pinho; a *retsina* local era de um rosa brilhante. O único quarto que eles conseguiram era em cima de uma taverna. Não havia aquecimento. Com nuvens de trovoada chegando do norte, Larry entrou em uma das camas, reclamando do frio. Mitchell ficou de suéter. Quando teve certeza de que Larry dormia, ele pegou a carta de Madeleine e começou a lê-la com a fraca luz vermelha do abajur de cabeceira.

Para sua surpresa, a carta propriamente dita não era datilografada, mas escrita com a letrinha minúscula de Madeleine. (Ela podia até parecer normal por fora, mas, quando você via a letra dela, sabia que ela era deliciosamente complicada por dentro.)

31 de agosto de 1982

Caro Mitchell,

Eu estou escrevendo esta carta no trem, o mesmo trem da Amtrak que eu e você pegamos quando você foi a Prettybrook passar o feriado de Ação de Graças no segundo ano. Aquela vez estava mais frio, as árvores estavam sem folhas, e o meu cabelo estava cortado em camadas, com ondas (ainda eram os anos 70, se é que você lembra). Mas não parecia que isso estivesse te incomodando.

238

Eu nunca te disse isso, mas durante toda a viagem de trem eu estava pensando em dormir com você. Para começo de conversa, dava para ver que você estava muito a fim. Eu sabia que isso ia te deixar feliz e eu queria te deixar feliz. Fora isso, eu achava que ia ser bom para mim. Eu só tinha dormido com um cara àquela altura. Eu tinha medo que a virgindade fosse como furar a orelha. Se você não ficasse de brinco, o furo podia fechar. Enfim, eu fui para a universidade preparada para ser tão fria e bandida quanto os caras. E você apareceu nessa pequena janela de oportunidade.

Aí é claro que você foi arrasadoramente querido no fim de semana inteiro. Os meus pais te adoraram, a minha irmã começou a dar em cima de você — e eu fiquei possessiva. Afinal de contas, você era *meu* convidado. Aí eu subi até o sótão uma noite e sentei na sua cama. E você fez exatamente nada. Depois de cerca de meia hora, eu desci de novo. De início eu só estava me sentindo ofendida. Mas depois de um tempo eu fiquei emputecida. Eu decidi que você não era homem para ficar comigo e tal. Eu jurei que nunca ia dormir com você, nunca, nem se você quisesse. Aí, no dia seguinte, a gente voltou de trem para Providence, e a gente riu a viagem inteira. Eu percebi que era muito melhor assim. Pela primeira vez na vida eu queria ter um amigo; não uma amiga e não um namorado. Fora a nossa escorregada recente, é isso que você tem sido para mim. Eu sei que isso não te deixou feliz. Mas para mim tem sido incrível, e eu sempre achei que, bem no fundo, você concordaria comigo.

O segundo ano já passou faz tempo. A gente está nos anos 80. As árvores às margens do Hudson estão verdes e cheias de folhas e eu estou me sentindo uns cem anos mais velha. Você não é o menino que veio comigo neste trem, Mitchell. Eu não preciso mais ter pena de você, ou ir para a cama com você por afeto e por piedade. Você vai se dar muito bem. Pra dizer a verdade, eu preciso me cuidar com você agora. Você foi bem agressivo ontem à noite. Jane Austen diria "inoportuno". Eu te disse para não me beijar, mas você foi lá e me beijou. E mesmo que, depois que começou, eu não tenha chegado exatamente a reclamar (eu estava bêbada!), eu acordei hoje de manhã, na casa da Kelly, me sentindo tão culpada e tão confusa que decidi que tinha que te escrever imediatamente.

(O trem está balançando. Espero que dê para ler isso aqui.)

Eu tenho um <u>namorado</u>, Mitchell. A gente está namorando sério. Eu não quis falar sobre o meu namorado ontem porque você sempre fica puto quando eu falo, e porque, para falar a verdade, eu vim à cidade para esquecer do meu namorado por uns dias. O Leonard e eu andamos tendo uns problemas. Eu não posso explicar muito. Mas está sendo difícil para ele, para mim, e difícil para a nossa relação. Enfim, se eu não estivesse pirando, eu não ia ter bebido tanto ontem à noite e não ia ter acabado te beijando. Eu não estou dizendo que eu não ia ter vontade. Só que não ia ter deixado.

Se bem que é estranho, porque agora, enquanto eu escrevo, uma parte de mim quer descer na próxima estação e voltar a Nova York para te encontrar. Mas é tarde demais para isso. O seu avião provavelmente já decolou. Você está a caminho da Índia.

O que é bom. <u>Porque não funcionou!</u> Você não virou o amigo que não era a amiguinha nem o namorado. Você virou só mais um homem inoportuno. Então o que eu estou fazendo nesta carta é proativamente terminar com você. A nossa relação sempre desafiou categorizações, então acho que faz sentido que esta carta também desafie.

Caro Mitchell,

Eu não quero mais ficar com você (mesmo que a gente não esteja junto).

Eu quero começar a sair com outras pessoas (mesmo que eu já esteja saindo com outro).

Eu preciso de um tempo para mim mesma (mesmo que você não esteja ocupando o meu tempo).

Certo? Sacou, agora? Eu estou desesperada. Estou tomando medidas desesperadas.

Imagino que eu vá ficar muito triste, sem você na minha vida. Mas eu já estou mais do que confusa sobre a minha vida e o meu relacionamento sem você me confunde ainda mais. Eu quero terminar com você, por mais que seja difícil — e por mais que soe bobo. Eu sempre fui uma pessoa saudável. Neste exato momento, eu acho que estou desmontando.

Divirta-se muitíssimo na sua viagem. Veja todos os lugares e as paisagens que você quiser, viva tudo que você está procurando. Quem sabe um

dia, no aniversário de cinquenta anos da nossa formatura, você veja uma velhinha enrugada vir na sua direção sorrindo, e vou ser eu. Quem sabe aí você possa me contar as coisas que viu na Índia.
Se cuide,
Maddy

P.S. 27 *de setembro*
Eu estou andando com esta carta de um lado para o outro faz quase um mês, pensando se mando ou não mando. E acabo não mandando. Eu estou em Cape Cod agora — até aqui de biólogos! — e pode ser que eu não sobreviva.

P.P.S. 6 *de outubro*
Acabei de falar com a sua mãe pelo telefone. Eu percebi que não tinha o seu endereço. A sua mãe disse que você estava "na estrada" e não dava para te achar, mas que em algum momento você ia pegar a sua correspondência no escritório da AmEx em Atenas. Ela me deu o endereço. Aliás, de repente você devia ligar para os seus pais. A sua mãe parecia preocupada. Certo. Vou mandar.
M.

Em algum ponto sobre o telhado da taverna, no negro céu grego, duas nuvens de tempestade colidiram, largando torrentes de chuva sobre a vila e transformando em cataratas as ruelas íngremes. Cinco minutos depois, enquanto Mitchell lia a carta pela segunda vez, a luz acabou.

No escuro, ele ficou deitado sem dormir, avaliando a situação. Ele entendia que a carta de Madeleine era um documento arrasador. E estava devidamente arrasado. Por outro lado, Madeleine estava dispensando Mitchell havia tanto tempo que as recusas dela eram uma lenga-lenga que ele mal ouvia, procurando os possíveis atos falhos ou as afirmações escondidas, realmente importantes. Quanto a isso ele via muita coisa positiva. Havia a empolgante revelação de que Madeleine quis dormir com ele naquele longínquo feriado de Ação de Graças. Havia um calor na missiva que não parecia característico de Madeleine, mas prometia todo um lado novo nela. Ela estava com medo de que o buraco fosse fechar? *Madeleine* tinha escrito isso? Ele já tinha ouvido dizer que as mulheres tinham a mente tão suja quanto os homens, mas nunca tinha acreditado. Mas se Madeleine estava pensando em sexo naquele trem, enquanto virava as páginas da *Vogue*, se ela tinha ido ao sótão determinada a trepar, então era óbvio que ele nunca tinha sido capaz de entender aquela menina. Essa ideia o sustentou por um bom tempo, enquanto a tempestade retumbava no alto. Entre todas as outras coisas que Madeleine podia ter decidido fazer, ela sentou e escreveu uma carta para Mitchell. Ela disse que gostou de beijá-lo e que sentia ímpetos de descer do trem e voltar a Nova York. Ela datilografou o nome de Mitchell e lambeu o envelope e datilografou o endereço dela como remetente, para ele poder responder, para ele saber onde achá-la, se quisesse procurar.

Toda carta era uma carta de amor.

É claro que, enquanto carta de amor, essa aqui podia ser bem melhorzinha. Não era muito promissor, por exemplo, o fato de Madeleine dizer que não queria vê-lo por meio século. Era algo desanimador ela ter insistido que estava "namorando sério" (ainda que fosse animador o fato de eles estarem tendo "problemas"). Basicamente, o que Mitchell tirou da carta foi o doloroso fato de que tinha perdido a sua chance. A sua chance com Madeleine veio cedo, no segundo ano, e ele deixou de aproveitá-la. Isso o deixou ainda mais deprimido porque sugeria que ele estava condenado a ser um *voyeur* na vida, um coadjuvante, um fracassado. Era bem como Madeleine disse: ele não era homem para ela.

Os dias que se seguiram foram uma tribulação para o espírito. Em Kalamata, uma cidade litorânea que não tinha cheiro de azeitona, como Mitchell esperava, mas de gasolina, ele encontrou os seus duplos. O garçom do restaurante, o mecânico de barcos, o filho do dono do hotel, o caixa do banco: todo mundo tinha exatamente a cara dele. Mitchell era até parecido com alguns ícones da igreja local, caindo aos pedaços. Em vez de lhe dar uma sensação de volta ao lar, a experiência exauriu Mitchell, como se ele tivesse sido xerocado sem parar, como se fosse uma reprodução desbotada de algum original mais nítido, mais escuro.

O tempo ficou mais frio. À noite a temperatura caía para quase cinco graus. Aonde quer que fossem, estruturas semiacabadas se erguiam das encostas pedregosas. Para encorajar novas construções, o parlamento grego tinha aprovado uma lei que isentava as casas inacabadas do pagamento de impostos. Os gregos, ardilosamente, responderam deixando os últimos andares das suas casas perpetuamente incompletos, enquanto moravam confortavelmente embaixo. Por duas noites geladas, na vila de Itylo, Mitchell e Larry dormiram por um dólar por cabeça no terceiro andar inacabado de uma casa que pertencia à família Lamborghos. O filho mais velho, Iannis, tinha puxado conversa com eles quando eles desceram do ônibus na praça da cidade. Logo ele já estava lhes mostrando o teto, atulhado de vergalhões e blocos de concreto, onde podiam dormir a céu aberto, usando os sacos de dormir e as esteiras isolantes térmicas pela primeira e única vez na viagem.

Apesar da barreira da língua, Larry começou a passar tempo com Iannis. Enquanto Mitchell tomava café no único café da vila, ainda sofrendo as secretas agruras causadas pela carta de Madeleine, Iannis e Larry faziam caminhadas pelas encostas cheias de cabras em torno da cidade. Iannis tinha a cabeleira negra e a camisa aberta no peito como um astro pop grego. Tinha dentes ruins, e era meio parasita, mas bem simpático, se você estivesse a fim de ser simpático, o que não era o caso de Mitchell. Quando Iannis se ofereceu para levá-los de carro de volta a Atenas, contudo, Mitchell não viu como recusar, e na manhã seguinte eles partiram no minúsculo carro iugoslavo de Iannis, Larry sentado na frente, Mitchell atrás, no banco da sogra.

O Natal estava chegando. As ruas em volta do hotel, um prediozinho cinza sem graça a que Iannis os levou, estavam decoradas com luzes. A temperatura era a única coisa que lhes lembrava que era hora de seguir para a Ásia. Depois que Iannis foi cuidar das suas coisas, Larry e Mitchell foram a uma agência de viagens para comprar as passagens de avião. Atenas era famosa pelas passagens baratas, e não se fez de rogada: por menos de quinhentos dólares, cada um deles conseguiu um bilhete Atenas-Calcutá-Paris, com a data da volta em aberto, pela Air India, saindo na noite seguinte.

Iannis levou os dois a um restaurante de frutos do mar naquela noite, e a três bares diferentes, antes de deixá-los de volta no hotel. Na manhã seguinte, Mitchell e Larry foram até a Plaka e compraram bolsas novas e menores. Larry escolheu uma bolsa a tiracolo de cânhamo, com as cores do arco-íris; Mitchell, uma mochila militar escura. No hotel, eles transferiram os pertences essenciais para as malas novas, tentando mantê-las o mais leves possível. Eles se livraram das blusas, das calças compridas, dos tênis, dos sacos e das esteiras de dormir, dos livros e até do xampu. Mitchell separou sua Santa Teresa, seu Santo Agostinho, seu Thomas Merton, seu Pynchon, livrando-se de tudo, menos do fino volume de bolso de *Something beautiful for God*. O que não era mais necessário, eles colocaram nas mochilas velhas e levaram para o correio, mandando para os Estados Unidos pelo lento porte marítimo. Ao voltarem à rua eles bateram as mãos no alto, sentindo-se como viajantes de verdade pela primeira vez, livres, leves e soltos.

O humor animado de Mitchell não durou muito tempo. Entre os itens que ele guardara estava a carta de Madeleine e, quando eles voltaram ao hotel, ele se trancou no banheiro para ler de novo. Dessa vez ela pareceu mais terrível, mais definitiva do que antes. Ao sair do banheiro ele deitou na cama e fechou os olhos.

Larry estava fumando na sacada. "A gente ainda não foi ver a Acrópole", ele disse. "A gente tem que ir."

"Eu já vi", Mitchell resmungou.

"A gente não subiu."

"Eu não estou a fim agora."

"Você vem até Atenas e não vai ver a Acrópole?"

"Eu te encontro lá", Mitchell disse.

Ele esperou Larry sair para se dar o direito de chorar. Era uma combinação de coisas, a carta de Madeleine, em primeiríssimo lugar, mas também os aspectos da personalidade dele que a fizeram sentir que uma carta como aquela era necessária, a sua falta de jeito, a sua agressividade, a sua timidez, tudo que fazia dele quase, mas não exatamente, o cara certo para ela. A carta parecia um veredito sobre toda a vida dele até aqui, que o condenava a acabar onde estava, deitado numa cama, sozinho, num quarto de hotel em Atenas, carregando tanto o peso da pena que sentia de si próprio que não conseguia nem ir ver a merda da Acrópole. A ideia de que ele estivesse em algum tipo de peregrinação parecia ridícula. Era tudo tão absurdo! Ah, se ele pudesse não ser ele! Se pudesse ser outro, um cara diferente!

Mitchell sentou, enxugando os olhos. Inclinando-se para o lado, ele puxou o Novo Testamento do bolso de trás. Ele abriu o livro e tirou o cartão que a mulher tinha lhe dado. Dizia "Instituto Bíblico de Atenas" no alto e tinha a bandeira grega com a cruz dourada. O telefone dela estava escrito embaixo.

Mitchell discou do telefone do quarto. A ligação não se completou nas duas primeiras vezes (ele estava com o prefixo errado), mas na terceira tentativa começou a tocar. Para o seu grande espanto, a mulher da fila da AmEx, Janice P., com a voz soando muito próxima, foi quem atendeu.

"Alô?"

"Oi. É o Mitchell. A gente se conheceu um dia desses na American Express."

"Louvado seja Deus!", Janice disse. "Eu fiquei rezando por você. E agora você ligou. Louvado seja Deus!"

"Eu achei o seu cartão, então..."

"Você está pronto para aceitar o Senhor no seu coração?"

Aquilo foi meio súbito. Mitchell olhou para o teto. Tinha uma rachadura de fora a fora.

"Estou", ele respondeu.

"Louvado seja Deus!", Janice disse de novo. Ela parecia realmente feliz, entusiasmada. Ela começou a falar de Jesus e do Espírito Santo, enquanto Mitchell ouvia, experimentalmente. Ele estava e não estava entrando na dela. Queria ver como era.

"Eu disse que o nosso encontro não tinha sido por acaso!", Janice continuou. "Deus pôs no meu coração que eu devia falar com você, e agora você está pronto pra ser salvo! Louvado seja Jesus." Logo ela já estava falando dos Atos dos Apóstolos, e do Pentecostes, e de Jesus subindo aos céus mas dando aos cristãos o dom do Espírito Santo, o Consolador, o vento que excede toda a inteligência. Ela explicou os dons do Espírito, falar em línguas, curar os doentes. Parecia animadíssima por causa de Mitchell, mas também se pudesse falar com qualquer outra pessoa. "O espírito quer soprar ao vento. É tão real quanto o vento. Quer rezar comigo agora, Mitchell? Quer cair de joelhos e aceitar Jesus como o seu Senhor e Salvador?"

"Agora não dá."

"Onde é que você está?"

"No hotel. No saguão."

"Então espere até estar sozinho. Entre sozinho num quarto e caia de joelhos e peça para Deus entrar no seu coração."

"Você já falou em línguas?", Mitchell perguntou.

"Uma vez eu recebi o dom das línguas, sim."

"Como é que acontece?"

"Eu pedi. Às vezes você tem que pedir. Um dia eu estava rezando e simplesmente pedi para receber as línguas. De repente, o quarto ficou bem quente. Parecia Indiana no verão. *Úmido*. Tinha uma presença ali. Dava pra sentir. E aí eu abri a boca e Deus me deu o dom das línguas."

"O que foi que você disse?"

"Eu não sei. Mas tinha um homem lá, um cristão, que reconheceu a língua que eu estava falando. Era aramaico."

"A língua de Jesus."

"Foi o que ele disse."

"Será que eu também posso falar em línguas?"

"Você pode pedir. Claro que pode. Quando você tiver aceitado Jesus como o seu Senhor e Salvador, você simplesmente pede que o Pai te dê o dom das línguas, em nome de Jesus."

"E aí?"

"Abra a boca!"

"E vai acontecer, assim sem mais nem menos?"

"Eu vou rezar por você. Louvado seja Deus!"

Depois de desligar, Mitchell saiu para ver a Acrópole. Ele foi com as duas camisas que ainda tinha para não ficar com frio. Chegando à Plaka, ele passou pelas barraquinhas de lembranças que vendiam imitações de urnas e pratos gregos, sandálias, *kombolói*. Uma camiseta num cabide proclamava "Me dê um beijo, porque eu sou grego!". Mitchell começou a subir a íngreme trilha poeirenta em zigue-zague que levava ao antigo platô.

Quando chegou ao topo, ele se virou e olhou para Atenas lá embaixo, uma banheira gigante cheia de uma espuma suja. Nuvens rodopiavam dramaticamente no alto, atravessadas por raios de sol que caíam como holofotes sobre o mar distante. A altitude majestosa, o cheiro limpo dos pinheiros e a luz dourada davam à atmosfera uma verdadeira sensação de claridade ática. O Partenon estava coberto de andaimes, assim como um templo vizinho, menor. Fora isso, e um único posto de guarda do outro lado do cume, não havia sinais do mundo oficial em nenhum lugar, e Mitchell se sentiu livre para andar por onde quisesse.

O vento sopra onde quer.

Ao contrário de todos os outros pontos turísticos famosos que Mitchell tinha visto na vida, a Acrópole era mais impressionante ao vivo; nenhum cartão-postal, nenhuma fotografia podia lhe fazer justiça. O Partenon era maior e mais lindo, concebido e construído de maneira mais heroica do que ele tinha imaginado.

Larry não estava em parte alguma. Mitchell caminhava sobre as pedras, atrás do pequeno templo. Quando teve certeza de que ninguém o via, ele caiu de joelhos.

Quem sabe ficar ouvindo uma mulher falar sem parar sobre a "vida por Cristo" representasse exatamente o tipo de rebaixamento de que Mitchell precisava para poder morrer para o seu antigo eu presunçoso. E se os mansos fossem *mesmo* herdar a terra? E se a verdade fosse simples, para todo mundo poder entender, e não complexa, para você precisar de um mestrado? Será que a verdade não podia ser percebida por um órgão que não fosse o cérebro, e será que não era esse todo o sentido da fé? Mitchell não sabia as respostas a essas perguntas, mas enquanto olhava do alto da antiga montanha, sagrada para Atena, deu asas a uma ideia revolucionária: de que ele e todos os seus amigos esclarecidos não sabiam nada da vida, e de que talvez aquela mulher (maluca?) soubesse algo grande.

Mitchell fechou os olhos, de joelhos na Acrópole.

Ele tinha consciência de uma tristeza infinita dentro de si.

Me dê um beijo, porque eu estou morrendo.

Ele abriu a boca. Esperou.

O vento soprou, erguendo a sujeira dentre as pedras. Mitchell sentia o gosto da poeira na língua. Mas era só isso.

Nada. Nem uma sílaba de aramaico. Depois de mais um minuto, ele se levantou e sacudiu a poeira da roupa.

Ele desceu rápido da Acrópole, como quem foge de um desastre. Estava se sentindo ridículo por ter tentado falar em línguas e, ao mesmo tempo, desapontado por não ter conseguido. O sol estava se pondo e a temperatura, caindo. Na Plaka, vendedores de lembrancinhas fechavam as barracas, placas de neon piscavam nas vitrines dos restaurantes e dos cafés da vizinhança.

Ele passou pelo hotel três vezes sem reconhecê-lo. Enquanto esteve fora, o elevador tinha quebrado. Mitchell subiu pelo poço da escada até o segundo andar e seguiu pelo corredor sem alma, para pôr a chave na fechadura.

Assim que abriu a porta, houve uma movimentação no quarto escuro, furtiva e veloz. A mão de Mitchell buscou o interruptor na parede e, quando o achou, revelou Larry e Iannis no centro do quarto. Larry estava deitado, com a calça pelas canelas, enquanto Iannis estava de joelhos ao lado da cama. Reunindo não pouca compostura, dadas as circunstâncias, Larry disse: "Surpresa, Mitchell!". Iannis se encolheu, desaparecendo.

"Oi", Mitchell disse, e apagou a luz. Saindo do quarto, ele fechou a porta atrás de si.

Num restaurante do outro lado da rua, Mitchell pediu uma garrafa de *retsina* e um prato de queijo feta com azeitonas, sem nem tentar falar um pouco de grego, só apontando. Agora tudo fazia sentido. Por que Larry tinha esquecido Claire tão rápido. Por que ele desaparecia tantas vezes para fumar um cigarrinho com uns europeus esquisitões. Por que ele andava usando aquela echarpe roxa. Larry era uma pessoa em Nova York e uma pessoa diferente agora. Isso fazia Mitchell se sentir muito próximo do amigo, mesmo que agora suspeitasse que a viagem dos dois acabasse ali. Larry não ia pegar o avião para a Índia com Mitchell hoje à noite. Larry ia ficar mais um tempo em Atenas com Iannis.

Depois de uma hora, Mitchell voltou para o hotel, onde tudo isso se confirmou. Larry jurou que ia encontrá-lo na Índia, a tempo de eles trabalharem para o professor Hughes. Os dois se abraçaram, e Mitchell levou a sua leve mochila militar para a entrada do hotel, para pegar um táxi para o aeroporto.

Às nove daquela noite ele estava com o cinto afivelado na classe econômica de um 747 da Air India, saindo do espaço aéreo da cristandade a oitocentos e quarenta quilômetros por hora. As comissárias de bordo estavam de sári. O jantar foi um delicioso pot-pourri de pratos vegetarianos. Na verdade ele nunca tinha pensado que ia falar em línguas. Ele não sabia de que aquilo lhe teria servido, mesmo que tivesse conseguido.

Mais tarde, quando as luzes da cabine se apagaram e os outros passageiros tentavam dormir, Mitchell acendeu a sua luz de leitura. Ele leu *Something beautiful for God* pela segunda vez, prestando muita atenção às fotografias.

LANCE GENIAL

Logo depois de saber que a mãe de Madeleine não só não tinha gostado dele mas estava ativamente tentando separá-los, numa época do ano em Cape Cod em que a brevidade do dia espelhava a potência reduzida do seu cérebro, Leonard encontrou a coragem necessária para tomar o destino, na forma do seu problema mental, com as próprias mãos.

Era um lance genial. O motivo de Leonard não ter pensado nisso antes era só mais um efeito colateral das drogas. O lítio era muito bom em gerar um estado mental em que tomar lítio parecia uma boa ideia. Isso tendia a deixar você bem paradinho onde estava. Ficar parado onde estava, pelo menos, era basicamente o que Leonard vinha fazendo nos últimos seis meses, desde que saíra do hospital. Ele havia pedido que seus psiquiatras — tanto a dra. Shieu no Providence Hospital quanto o seu novo terapeuta, Perlmann, no Mass General — explicassem a bioquímica em torno do carbonato de lítio (Li_2CO_3). Atendendo ao pedido, porque Leonard era um "cientista" como eles, os psiquiatras falaram de neurotransmissores e neurorreceptores, diminuições na liberação da noradrenalina, aumentos da síntese de serotonina. Listaram, mas não discutiram muito, os possíveis lados negativos da ingestão do lítio, e basicamente para discutir ainda outras drogas que seriam úteis para minimizar esses efeitos colaterais. No final de tudo, eram assuntos de farmacologia e nomes de fármacos demais para Leonard digerir, especialmente naquele estado mental comprometido.

Quatro anos antes, quando Leonard havia sido oficialmente diagnosticado como maníaco-depressivo, no segundo semestre do primeiro ano da faculdade, ele não pensava muito no que o lítio fazia com ele. Só queria se sentir normal de novo. O diagnóstico parecia só mais uma coisa — como a falta de dinheiro e a sua família ferrada — que ameaçava dificultar sua trajetória, bem quando ele estava começando a sentir que sua sorte finalmente tinha mudado. Ele tomava os remédios duas vezes por dia, como um aluno nota dez. Começou a fazer terapia, primeiro com um conselheiro de saúde mental no departamento de saúde, antes de encontrar Bryce Ellis, que ficou com pena da pobreza estudantil de Leonard e cobrava conforme ele pudesse pagar. Por três anos Leonard tratou a doença como uma disciplina que fosse pré-requisito para outra em que ele não estava muito interessado, fazendo o mínimo possível para passar.

Leonard havia crescido numa casa art nouveau cujo antigo dono tinha sido assassinado na sala. A história macabra do número 133 da Linden Street tinha deixado a casa à venda por quatro anos até o pai de Leonard, Frank, comprá-la por metade do preço originalmente pedido. Frank Bankhead tinha uma loja de gravuras antigas em Nob Hill, especializada em litogravuras inglesas. Era um mercado horroroso, mesmo naqueles tempos, sendo a loja um lugar aonde Frank podia ir por dias a fio para fumar o seu cachimbo e esperar a hora do coquetel. Menino, Leonard aprendeu com Frank que os Bankhead eram uma família "tradicional" de Portland, como ele se referia às famílias que tinham chegado ao Oregon quando este ainda fazia parte do Território do Noroeste. Não havia muitos sinais desse fato, nenhuma Bankhead Street no centro da cidade, nenhuma placa antiga de comércio ou um marcador de bronze que dissesse "Bankhead" em lugar algum, nenhum busto de um Bankhead na Oregon Historical Society. Mas o que existia eram os ternos de tweed de Frank, e seus modos antiquados. Existia a sua loja, cheia de coisas que podiam interessar a um nativo, mas um nativo de lugares como Bath, ou Cornualha, ou Glasgow. Havia cenas de caça, cenas de festins em tabernas londrinas, esboços de punguistas, dois Hogarths de primeira qualidade de que Frank nunca conseguia se separar, e muita porcaria.

A lojinha mal se pagava. Os Bankhead sobreviviam de uma renda cada vez menor, de ações que Frank tinha herdado do avô. Muito de vez em quando, num leilão organizado pelos herdeiros de algum colecionador, ele punha as mãos numa gravura valiosa que depois revendia com lucro (às vezes indo de avião para Nova York para fechar a venda). Mas a trajetória do negócio era descendente, em contraste com as pretensões sociais dele, e foi por isso que Frank se interessou pela casa.

Ele soube dela por um cliente que morava no bairro. O antigo dono, um solteirão chamado Joseph Wierznicki, tinha morrido esfaqueado, bem na entrada da sala, com tal violência que a polícia disse que o crime era "pessoal". Ninguém havia sido detido. A história chegou aos jornais, com fotos das paredes e do piso respingados de sangue e tudo mais. E podia ter acabado aí. No seu devido tempo, a casa foi posta à venda. Operários limparam e reformaram a sala. Mas uma determinação regimental que exigia que os corretores revelassem qualquer informação que pudesse afetar o valor de revenda os obrigava a mencionar o histórico criminal da casa. Quando os compradores em potencial ouviam falar do assassinato, eles davam uma pesquisada (se ainda estivessem interessados) e, assim que viam as fotos, desistiam de fazer uma oferta.

A mãe de Leonard se negava até a pensar na ideia. Ela não se achava capaz de suportar a tensão de uma mudança, especialmente para uma casa assombrada. Rita passava quase o tempo todo no quarto, folheando revistas ou assistindo a *The Mike Douglas show*, com o seu copinho de "água" no criado-mudo. De vez em quando ela se transformava numa verdadeira tempestade de atividade doméstica, decorando cada centímetro quadrado da casa no Natal ou preparando complexos jantares de seis pratos. Desde que Leonard se conhecia por gente, sua mãe estava ou se escondendo dos outros ou tentando impressioná-los à força. A única pessoa que ele conhecia que conseguia ser tão imprevisível quanto Rita era Frank.

Estava aí um joguinho de salão bem divertido: de que lado da família provinha a sua instabilidade mental. Havia tantas fontes possíveis, tantas frutas podres nas árvores genealógicas dos clãs Bankhead e Richardson. Os dois lados eram povoados por alcoólatras. A irmã de Rita, Ruth, levou uma vida louca, sexual e financeiramente. Ela havia sido presa algumas vezes e havia tentado suicídio ao menos uma vez, que ele soubesse. E aí vinham os avós de Leonard, cuja retidão tinha em si algo de desespero, como se servisse para conter uma maré de impulsos rebeldes. Apesar da aparência certinha do seu pai, Leonard sabia que além de misantropo ele era depressivo, que se inclinava, quando estava bêbado, a perorar contra a "ralé", e que tinha ataques de grandeza, em que falava de se mudar para a Europa e viver em grande estilo.

A casa combinava com a imagem que Frank fazia de si próprio. Era uma casa muito melhor, muito maior do que ele poderia bancar em situação normal, com uma marcenaria detalhada na sala de estar, uma lareira azulejada e quatro quartos. Numa tarde, indo para casa cedo depois do trabalho, ele levou Rita e Leonard para verem a casa. Quando chegaram, Rita se negou a sair do carro. Então Frank levou Leonard, que na época tinha apenas sete anos, sozinho. Eles passearam pela casa com o corretor de imóveis, com Frank apontando onde seria o quarto novo de Leonard no primeiro andar e o jardim onde, se quisesse, ele podia construir uma casa na árvore.

Ele levou Leonard para o carro, onde Rita estava sentada.

"O Leonard tem uma coisa para te dizer", Frank disse.

"O quê?", Leonard perguntou.

"Não se faça de espertinho. Você sabe perfeitamente bem."

"Não tem mancha de sangue, mãe", Leonard disse.

"E o que mais?", Frank estimulou.

"O piso todo é novinho. Na frente. Trocaram todas as lajotas."

Rita continuou sentada rigidamente no banco da frente. Ela estava com os óculos escuros que sempre usava quando saía, mesmo no inverno. Finalmente, ela tomou um longo gole do copo de "água" — ele a acompanhava por toda parte, cubinhos de gelo tinindo — e saiu do carro.

"Me dá a mão", ela disse para Leonard. Juntos, sem Frank, eles subiram a entrada e atravessaram a varanda para entrar na casa. Viram todos os cômodos juntos.

"O que você achou?", Rita perguntou quando eles terminaram.

"Acho que é bacana."

"Você não ia achar esquisito morar aqui?"

"Não sei."

"E a sua irmã?"

"Ela *quer* mudar pra cá. O papai disse pra ela como que era aqui. Ele disse que ela podia escolher o carpete dela."

Antes de dar a sua resposta, Rita exigiu que Frank a levasse jantar no Bryant. Leonard queria ir para casa jogar beisebol, mas eles o obrigaram a ir junto. No Bryant, Frank e Rita pediram martínis, vários. Logo, logo eles estavam rindo e se beijando, e tirando sarro da relutância de Leonard em comer as ostras que eles haviam pedido. Rita subitamente decidira que o assassinato era uma atração. Dava uma "história" para a casa. Na Europa, as pessoas estavam acostumadas a morar em casas em que alguém tinha sido assassinado ou envenenado.

"Eu não sei por que você está com tanto medo de morar lá", ela repreendia Leonard.

"Mas eu não estou com medo", ele disse.

"Nunca vi tanta frescura, não é?", ela perguntou a Frank.

"Não, nunca", Frank concordou.

"Mas eu não estou de frescura", Leonard retrucou, frustrado. "Era você. Eu nem quero saber onde a gente vai morar."

"Ah, então tá, acho que a gente nem vai levar você junto, se você continuar desse jeito!"

Eles continuaram rindo e bebendo, enquanto Leonard saiu da mesa batendo os pés e foi encarar o jukebox, revirando as músicas sem parar.

Isso tudo, Leonard posteriormente soube por seus terapeutas, era basicamente violência psíquica. Não por ter sido obrigado a morar numa casa onde um assassinato havia acontecido, mas por ter sido o intermediário nas questões dos pais, pelo fato de constantemente lhe pedirem opinião antes de ele ter maturidade para dá-la, de lhe fazerem sentir que ele era de alguma maneira responsável pela felicidade deles e, depois, pela infelicidade. Dependendo do ano e do terapeuta com quem estivesse se consultando, ele tinha aprendido a atribuir praticamente toda e qualquer faceta do seu caráter a uma reação psicológica às brigas dos pais: a preguiça, a ambição, a tendência de se isolar, a tendência de seduzir, a hipocondria, a sensação de invulnerabilidade, a baixa autoestima, o narcisismo.

Os sete anos seguintes foram caóticos. Havia festas na casa o tempo todo. Algum vendedor de antiguidades de Cincinnati ou de Charleston sempre estava na cidade e precisava de atenção. Frank presidia esses alcoólicos festins, enchendo o copo de todo mundo, os adultos brindando, gritando, mulheres caindo das cadeiras, vestidos se erguendo. Homens de meia-idade iam entrando no quarto de Janet. Leonard e Janet tinham que servir bebidas e aperitivos nessas festas. Em muitas noites, depois que os convidados tinham ido embora e às vezes enquanto ainda estavam lá, surgiam discussões, com Frank e Rita gritando um com o outro. Nos seus quartos, cada um em um andar, Leonard e Janet aumentavam o volume do som para tapar o barulho. As brigas eram sobre dinheiro, o fracasso de Frank nos negócios, os gastos de Rita. Quando Leonard fez quinze anos, o casamento dos seus pais estava acabado. Frank trocou Rita por uma belga chamada Sara Coorevits, uma vendedora de antiguidades de Bruxelas que ele conheceu numa exposição em Manhattan e com quem, depois se soube, estava tendo um caso havia cinco anos. Meses depois, Frank vendeu a loja e se mudou para a Europa, como sempre tinha dito que faria. Rita se recolheu ao seu quarto, deixando que Janet e Leonard se virassem sozinhos para terminar o segundo grau. Seis meses depois, com os credores rondando, Rita de forma algo heroica resolveu se mexer e arrumar um emprego na Associação Cristã de Moços da cidade, chegando depois, de forma um tanto miraculosa, a ser uma diretora que todas as meninas adoravam e chamavam de "dona Rita". Ela vivia trabalhando até tarde. Janet e Leonard faziam cada um o seu jantar e iam para o quarto. E parecia que o que tinha sido assassinado na casa era a família deles.

Mas isso eram as ideias de um depressivo. Um *aspirante* a depressivo, naquela época. Era isso que era esquisito na doença de Leonard, o seu começo quase agradável. De início os dias ruins dele estavam mais para melancolia que para desespero. Havia algo gostoso em andar pela cidade sozinho, sentindo-se abandonado. Havia até uma sensação de superioridade, de estar *certo* em não gostar das coisas de que os outros meninos gostavam: futebol americano, *cheerleaders*, James Taylor, carne vermelha. Um amigo, Godfrey, curtia umas bandas como Lucifer's Friend e Pentagram, e por um tempo Leonard ficou bastante na casa de Godfrey ouvindo esses discos. Como os pais de Godfrey não toleravam aquela barulheira infernal, Godfrey e Leonard os ouviam com fones de ouvido. Primeiro Godfrey punha os fones, baixava a agulha no disco e começava a se contorcer em silêncio, indicando pelas expressões faciais alucinadas o grau da depravação em que se refestelava. Aí vinha a vez de Leonard. Eles tocavam as músicas de trás para a frente para ouvir as mensagens satânicas. Analisavam as letras que tratavam de bebês mortos e as capas putrefatas dos discos. Para conseguir realmente ouvir música ao mesmo tempo, Leonard e Godfrey roubaram dinheiro dos pais e compraram ingressos para shows no Paramount. Esperar na fila, sob a garoa constante de Portland, com centenas de outros adolescentes desajustados foi o mais perto que Leonard chegou de se sentir fazendo parte de alguma coisa. Eles viram Nazareth, Black Sabbath, Judas Priest e Motordeath, uma banda que francamente era uma bosta, mas cujos shows tinham mulheres nuas realizando sacrifícios animais. Era possível ser um fã das trevas, um gourmet do desespero.

Por um certo tempo a Doença — que na época ainda não tinha nome — arrulhou para ele. Ela dizia "Chega mais". Leonard achava elogioso o fato de sentir *mais* que os outros; ele era mais emocional, *mais profundo*. Assistir a um filme "pesado" como *Caminhos perigosos* deixava Leonard abalado, incapaz de falar, e só três meninas e os seus abraços durante uma hora inteira o faziam voltar a si. Inconscientemente, ele começou a fazer a sua sensibilidade render. Ele estava "deprimido pacas" na sala de estudos do colégio ou "deprimido pacas" numa festa, e sem demora se formava um grupinho em volta dele, com cara de preocupação.

Era um aluno irregular. Os professores o rotulavam de "inteligente mas desmotivado". Ele deixava de fazer a lição de casa, preferindo ficar esticado no sofá vendo televisão. Assistia a *The Tonight Show*, à sessão coruja e ao filme que passava depois da sessão coruja. De manhã estava exausto. Caía no sono na aula, renascendo depois para ficar de bobeira com os amigos. Aí voltava para casa, permanecia acordado de novo até tarde, vendo TV, e o ciclo se repetia.

E *ainda* não era a Doença. Ficar deprimido por causa do estado do mundo — a poluição do ar, a fome, a invasão do Timor Leste — não era a Doença. Ir para o banheiro e ficar olhando o rosto no espelho, percebendo as veias fantasmagóricas por baixo da pele, examinando os poros do nariz até ficar convencido de que era uma criatura horrenda que mulher nenhuma seria capaz de amar — nem isso era a Doença. Isso era um prelúdio caracterológico, mas não era químico ou somático. Era a anatomia da melancolia, não a anatomia do cérebro dele.

Leonard sofreu a sua primeira crise real de depressão no outono do segundo ano do colegial. Numa noite de quinta-feira, Godfrey, que tinha acabado de tirar a carteira, veio buscar Leonard com o Honda dos pais. Eles deram uma volta com o som no máximo. Godfrey tinha ficado mole. Ele insistiu em ouvir Steely Dan.

"Isso é muito ruim", Leonard disse.

"Não, cara, você tem que dar uma chance."

"Vamos escutar Sabbath."

"Eu não curto mais esse som, cara."

Leonard olhou para o amigo. "Qual é a sua?", ele perguntou, embora já soubesse a resposta. Os pais de Godfrey eram religiosos (não metodistas, como a família de Leonard, mas gente que lia mesmo a Bíblia). Tinham mandado Godfrey para uma colônia de férias da igreja no verão e lá, entre árvores e pica-paus, os ministros deram jeito nele. Ele ainda bebia e fumava maconha, mas tinha desistido de Judas Priest e Motordeath. Leonard não se incomodava com isso, não muito. Também estava ficando cansado daquilo. Mas isso não significava que não fosse encher um pouco o saco de Godfrey.

Ele fez um gesto na direção do toca-fitas de oito canais. "Isso é coisa de veado."

"Eles tocam muito bem", Godfrey insistiu. "Donald Fagen estudou no conservatório."

"Deixa eu te dizer uma coisa, se a gente vai ficar andando de carro ouvindo essa música de bicha, era melhor eu baixar a calça e deixar você me chupar de uma vez."

Com isso, Leonard revistou o porta-luvas em busca de algo mais atraente, achando uma fita do Big Star de que ele gostava muito.

Um pouco antes da meia-noite, Godfrey deixou-o em casa e Leonard entrou e foi direto para a cama. Quando acordou na manhã seguinte, tinha algo errado com ele. Dor no corpo. Membros que pareciam entalados em cimento. Ele não queria se levantar, mas Rita entrou no quarto, gritando que ele ia se atrasar. Leonard deu um jeito de conseguir descer da cama e se vestir. Sem tomar café, ele saiu de casa, esquecendo a mochila, e foi até a Cleveland High. Uma tempestade se aproximava; crepuscular, a luz cobria viadutos e fachadas de lojinhas mequetrefes. O dia inteiro, Leonard arrastou o corpo de uma aula para a outra, nuvens ominosas, cor de chagas, aglomerando-se lá fora. Ele teve que emprestar papel e caneta dos outros alunos. Duas vezes ele se trancou num cubículo do banheiro e, sem um motivo discernível, começou a chorar. Godfrey, que tinha bebido tanto quanto Leonard, parecia estar perfeito. Eles foram almoçar juntos, mas Leonard não estava com fome.

"Que é que você tem, meu? Está chapado?"

"Não. Acho que eu peguei alguma coisa."

Às três e meia, em vez de aparecer para o trcino do time B de futebol americano, Leonard foi direto para casa. Uma sensação de morte iminente, de malevolência universal, o perseguiu durante todo o caminho. Ramos de árvores gesticulavam ameaçadoramente na sua visão periférica. Cabos de telefone pendiam como pítons entre os postes. Mas, quando olhou para o céu, ele ficou surpreso ao ver que não havia nuvens. Nada de tempestade. Tempo claro, sol se derramando. Ele percebeu que estava com alguma coisa nos olhos.

Já no quarto, ele tirou os seus livros de medicina da estante, tentando entender o que tinha. Ele havia comprado uma coleção completa numa venda de garagem; seis manuais imensos ilustrados em cores com títulos deliciosamente macabros: *Atlas das doenças dos rins*, *Atlas das doenças do cérebro*, *Atlas das doenças da pele*, e assim por diante. Os livros de medicina foram a primeira coisa que fez Leonard curtir biologia. Ele sentia uma atração mórbida pelas fotografias dos sofredores anônimos. Gostava de mostrar fotos particularmente nojentas a Janet para fazê-la gritar. O *Atlas das doenças da pele* era o melhor para isso.

Nem com as luzes acesas no quarto Leonard conseguia enxergar muito bem. Ele tinha impressão de que havia algo fisicamente atrás dos seus olhos, tapando a luz. No *Atlas das doenças do sistema endócrino* ele encontrou uma coisa chamada adenoma pituitário. Era um tumor, normalmente pequeno, que se formava na glândula pituitária, e muitas vezes pressionava o nervo óptico. Causava cegueira e alterava o funcionamento da pituitária. Isso, por sua vez, levava a "pressão baixa, fadiga e incapacidade de lidar com situações difíceis ou tensas". Com muita atividade pituitária você virava um gigante; com muito pouca, um trapo nervoso. Por mais que parecesse impossível, aparentemente Leonard sofria das duas coisas ao mesmo tempo.

Ele fechou o livro e prostrou-se na cama. Parecia que estava sendo violentamente esvaziado, como se um grande ímã puxasse seu sangue e seus fluidos para a terra. Começou a chorar de novo, sem conseguir parar, com a cabeça parecendo o lustre da casa dos avós em Buffalo, aquele que ficava alto demais para eles alcançarem, e que cada vez que ele ia visitar tinha uma lâmpada acesa a menos. A cabeça dele estava como um lustre velho, escurecendo.

Quando Rita voltou para casa à noite e encontrou Leonard todo vestido, na cama, disse para ele se preparar para o jantar. Quando ele falou que não estava com fome ela pôs um prato a menos na mesa. Ela não entrou mais no quarto dele naquela noite.

Do seu quarto no primeiro andar, Leonard conseguia ouvir a mãe e a irmã falando sobre ele enquanto comiam. Janet, que não ficava normalmente do lado dele, perguntou o que ele tinha. Rita disse: "Nada. É só preguiça". Ele escutou as duas lavando a louça, Janet indo para o quarto depois do jantar e conversando no telefone.

Na manhã seguinte, Rita mandou Janet dar uma olhada nele. Ela chegou bem perto da cama.

"O que é que você tem?"

Até essa pequena demonstração de preocupação fazia Leonard querer cair no choro de novo. Ele teve que lutar contra essa vontade, cobrindo o rosto com um braço.

"Você está fingindo?", Janet sussurrou.

"Não", ele conseguiu soltar.

"Está fedendo aqui."

"Vá embora, então", Leonard disse, apesar de querer que ela ficasse, de querer acima de tudo que a sua irmã ficasse na cama ao lado dele como fazia quando eram pequenos.

Ele ouviu os passos de Janet saindo do quarto e descendo o corredor. Ele ouviu a voz dela dizer: "Mãe, acho que ele está doente de verdade".

"Provavelmente ele tem alguma prova e não estudou", Rita replicou, com um riso falso cacarejado.

Logo elas saíram e a casa ficou quieta.

Leonard ficou embaixo das cobertas, sepultado. O cheiro ruim que Janet tinha detectado era o corpo dele apodrecendo. Ele estava com as costas e o rosto cobertos de espinhas. Tinha que se levantar e se lavar com Phisoderm, mas não tinha energia.

No canto do quarto estava a sua velha mesa de hóquei, Bruins contra Blackhawks. Aos doze anos de idade Leonard tinha atingido o nível necessário para vencer a irmã mais velha e todos os seus amigos. Ele insistia em sempre jogar com os Bruins. Tinha inventado nomes para cada jogador, um italiano, um irlandês, um índio e um franco-canadense. Ele registrava as estatísticas de cada jogador num caderninho reservado para isso, com um desenho de um taco de hóquei e um disco em chamas na capa. Enquanto jogava, manejando as varinhas de metal para mover os jogadores pelo gelo e usando os controles para bater no disco, Leonard fazia a narração. "DiMaglio tabela com o vidro. Ele passa para McCormick. McCormick entrega a Urso Adormecido, que passa para Lecour, que bate e é gol!" Sem parar, com a sua voz penetrante, pré-púbere, Leonard ia descrevendo as suas vitórias unilaterais, anotando os gols de Lecour e os passes de Urso Adormecido antes de esquecer. Ele era obcecado pelas estatísticas, louco para aumentar o saldo de gols de Lecour nem que fosse jogando contra Janet, que mal sabia mexer na mesa. Como Janet odiava jogar hóquei de mesa com Leonard! E como ela tinha razão, ele agora via. Leonard só pensava em ganhar. Ganhar o fazia se sentir bem, ou pelo menos melhor, a respeito de si próprio. Não fazia diferença se a outra pessoa sabia jogar ou não.

A Doença, que em outros aspectos distorcia a sua percepção, dava uma clareza dolorosa a esses defeitos de personalidade.

Mas não era só a si próprio que Leonard desprezava. Ele odiava os esportistas da escola, odiava os "tiras" de Portland com os seus carrões, o balconista da 7-Eleven que disse que se Leonard queria ler a *Rolling Stone* ele tinha que comprar a revista; odiava todo e qualquer político, empresário, proprietário de armas de fogo, fanáticos religiosos, hippies, gordos, a reintrodução da pena de morte na execução por pelotão de fuzilamento de Gary Gilmore em Utah, todo o estado de Utah, os Philadelphia 76ers por ganharem dos Portland Trailblazers, e acima de tudo Anita Bryant.

Ele não foi à escola por uma semana. No fim do domingo já estava de pé novamente. Isso se devia em grande medida ao surgimento de Godfrey na janela do quarto de Leonard na sexta à tarde. Perto das três e meia, Janet chegou da escola, largando os livros na mesa da cozinha. Alguns minutos depois, Leonard sentiu o cheiro da minipizza congelada que ela esquentava no forninho elétrico. Logo ela estava ao telefone com o namorado. Leonard ficou ouvindo a irmã, pensando como ela soava falsa e como Jimmy, o namorado dela, não sabia como ela era de verdade, quando alguém bateu na janela do quarto. Era Godfrey. Quando o viu ali, Leonard pensou que talvez não estivesse tão deprimido quanto achava. Ficou feliz ao ver o amigo. Ele esqueceu tudo que odiava no mundo e se levantou para abrir a janela.

"Você podia entrar pela porta da frente", Leonard disse.

"Eu não", Godfrey respondeu, entrando pela janela. "Eu prefiro sempre os fundos."

"Você devia tentar a velhinha aí do lado. Ela está te esperando agora mesmo."

"E que tal a sua irmã?"

"O.K., pode ir embora então."

"Eu trouxe erva", Godfrey anunciou.

Ele ergueu o saquinho. Leonard meteu o nariz lá dentro e a depressão sumiu mais um pouquinho. Parecia com o cheiro da floresta tropical da Amazônia, parecia que você estava pondo a cabeça no meio das pernas de uma nativa que nunca tinha ouvido falar do cristianismo. Eles foram atrás da garagem para fumar um pouco da erva, embaixo do beiral do telhado para evitar a chuva. E foi ali, figurativamente, que Leonard passou basicamente o resto do segundo grau, embaixo de um beiral, fumando maconha na garoa. Estava sempre chovendo em Portland e sempre havia um beiral por perto, atrás da escola, embaixo da Steel Bridge no Waterfront Park, ou sob as goteiras dos galhos de um pínus fustigado pelo vento no quintal da casa de alguém. Leonard não sabia bem como conseguiu, mas de alguma maneira ele tinha se arrastado para a escola na segunda-feira seguinte. Ele se acostumou a chorar em segredo no banheiro pelo menos duas vezes por dia e a fingir que estava bem quando saía. Sem saber o que estava fazendo, ele começou a se automedicar, ficando chapado quase todo dia, tomando cerveja em casa ou na casa de Godfrey à tarde, indo a festas no fim de semana e ficando totalmente torto de bêbado. A casa virava um salão de festas todo dia de semana à tarde. Os carinhas chegavam com engradados e maconha. Eles sempre queriam ouvir a história do assassinato. Leonard enfeitava a narrativa, dizendo que ainda havia manchas de sangue quando eles se mudaram. "Ó, pode ser que ainda tenha, se vocês olharem direitinho." Janet fugia dessas festas como quem foge de uma boca de lobo. Ela sempre ameaçava contar, mas nunca contou. Pelas cinco da tarde Leonard e os seus amigos estavam à solta pelas ruelas, andando de skate e trombando com tudo, rindo histericamente dos tombos espetaculares.

Nada disso representava saúde mental, mas o deixava de pé. A Doença ainda não estava bem estabelecida dentro dele. Era possível conseguir uma anestesia durante os dias ou as semanas de depressão.

E aí aconteceu uma coisa incrível. No terceiro ano, Leonard começou a tomar jeito. Houve algumas razões. A primeira foi o fato de Janet ter saído de casa para cursar o Whitman College, em Walla Walla, Washington, no fim de agosto, a quatro horas e meia de carro de Portland. Apesar de terem basicamente se ignorado enquanto cresciam, Leonard achou a casa vazia sem ela. A partida de Janet tornou ainda mais insuportável morar naquela casa. E lhe mostrou uma saída.

Era uma questão de ovo ou galinha. Leonard nunca soube dizer o que veio antes, o seu desejo de virar um aluno melhor, ou a energia e a concentração que permitiram que conseguisse. Daquele mês de setembro em diante, ele mergulhou nos estudos. Começou a fazer as leituras recomendadas e a entregar os trabalhos no prazo. Prestava o mínimo de atenção que lhe bastava para tirar A em matemática. Foi bem em química, embora preferisse biologia, que lhe parecia mais tangível, mais "humana", de certa forma. À medida que as notas de Leonard subiam, ele era posto em turmas adiantadas, o que ele achou ainda melhor. Era divertido ser um dos inteligentes. Na aula de inglês, eles estavam lendo *Henrique IV, Parte 2*. Leonard não conseguia deixar de se identificar secretamente com a fala de Henrique, em que ele se despedia da sua vida anterior de lassidão. Ainda que estivesse muito atrasado em matemática no começo do ano letivo, quando fez os exames de seleção, na primavera ele estava mais que atualizado, e gabaritou tanto a parte de matemática quanto a verbal. Ele descobriu em si mesmo uma capacidade de concentração prolongada, estudando por dez horas seguidas, fazendo pausas só para engolir um sanduíche. Ele começou a terminar os trabalhos antes do prazo. Leu *Ontogênese e filogênese* e *Darwin e os grandes enigmas da vida*, de Stephen Jay Gould, só porque estava a fim. Escreveu uma carta de fã a Gould e recebeu um postal do grande biólogo. "Caro Leonard, muito obrigado pela carta. Continue gramando. S. J. Gould." Na frente havia um retrato de Darwin da National Portrait Gallery. Leonard pendurou o cartão em cima da escrivaninha.

Dois anos depois, quando Leonard podia olhar para trás já contando com uma descoberta médica, ele começou a suspeitar que tivesse passado os últimos dois anos de escola em um estado limítrofe de mania. Toda vez que queria achar uma palavra, ela estava lá. Sempre que ele precisava defender algum ponto de vista, parágrafos inteiros se formavam na sua cabeça. Ele podia simplesmente abrir a boca em sala e falar sem parar, e ainda fazer as pessoas rirem. Melhor ainda, essa nova confiança e esses novos resultados permitiam que ele fosse generoso. Ele ia bem na escola sem se exibir, com aquela insuportável persona hóquei de mesa já absolutamente desaparecida. Com a tarefa escolar sendo agora uma coisa tão fácil, Leonard tinha tempo de ajudar os amigos com a lição *deles*, sem jamais fazer que se sentissem mal por causa das dificuldades que tinham, explicando matemática pacientemente para uns caras que não sacavam nada de matemática. Leonard estava se sentindo melhor do que nunca na vida. A sua média foi de oito e meio a nove e meio em apenas um semestre. No quarto ano, ele fez quatro provas avançadas e tirou dez em biologia, inglês e história, e nove em espanhol. Será que era ruim o sangue dele conter um antídoto para a depressão que sentira na primavera passada? Bom, se fosse, ninguém estava reclamando, nem os professores, nem a mãe, e certamente não o conselheiro universitário na Cleveland High. A bem da verdade, foi a lembrança desses dois últimos anos de escola, quando a Doença ainda não tinha dentes e era mais benção que maldição, que deu a Leonard a ideia do seu lance genial.

Leonard se inscreveu em três universidades, todas na Costa Leste, porque a Costa Leste era bem longe. Das que o aceitaram, a que dava um apoio financeiro maior era Brown, um lugar de que ele não sabia muita coisa, mas que tinha sido bem recomendado pelo conselheiro. Depois de muito falatório de longa distância ao telefone com Frank, que agora reclamava dos impostos europeus e se dizia pobre, Leonard conseguiu fazer o pai concordar em pagar a moradia e a alimentação. Foi aí que ele mandou a sua carta de aceite para Brown.

Quando ficou claro que Leonard estava indo para bem longe, Rita tentou compensar o tempo perdido. Ela tirou uma semana de folga para fazer uma viagem de carro com Leonard. Eles foram a Walla Walla para ver Janet, que tinha passado as férias em Whitman, trabalhando na biblioteca. Rita surpreendeu Leonard ao ficar cheia de lágrimas ao volante, dizendo o quanto tinha orgulho dele. Como se já fosse um adulto maduro, Leonard subitamente entendeu a dinâmica entre ele e Rita. Ele entendeu que ela por natureza preferia Janet, se sentia culpada por causa disso, e achava defeitos nele para justificar o seu parti pris. Leonard entendeu que, por ser homem, ele fazia Rita lembrar de Frank, e que ela consciente ou inconscientemente o mantinha ligeiramente à distância por causa disso. Entendeu que sem perceber tinha assumido as atitudes de Frank, fazendo pouco de Rita quando pensava nela como Frank fazia em voz alta. Em resumo, Leonard entendeu que toda a sua relação com a mãe havia sido determinada por uma pessoa que não estava mais ali.

No dia em que ele partiu para Providence, Rita o levou até o aeroporto. Eles ficaram esperando juntos no saguão antes da hora do voo. Rita, de óculos escuros, grandes e redondos como a última moda, e com uma echarpe de chiffon atada no cabelo, estava sentada imóvel como uma esfinge.

"Mas como é longe essa universidade que você escolheu", ela disse. "É pra eu pensar que é pessoal?"

"É uma universidade boa", Leonard respondeu.

"Não é Harvard", Rita continuou. "Ninguém ouviu falar dessa aí."

"É uma das mais tradicionais dos Estados Unidos!", Leonard protestou.

"O seu pai dá importância a essas coisas. Eu não."

Leonard queria ficar irritado com ela. Mas ele entendia, com aquele novo cérebro adulto, que Rita estava denegrindo a sua nova universidade só porque era alguma coisa que ele queria e que não era ela. Por um momento, ele viu as coisas do ponto de vista dela. Primeiro Frank tinha ido embora, depois Janet e agora ele. Rita estava completamente só.

Ele parou de pensar nisso porque estava ficando triste. Assim que pôde ele se levantou, abraçou a mãe e seguiu para o embarque.

Leonard não derramou nenhuma lágrima até estar sentado no avião. Ele virou para a janela, escondendo o rosto. A decolagem o deixou empolgado — a mera força envolvida naquilo. Ele ficou encarando a turbina, espantado com o empuxo necessário para arrancá-lo da terra com uma velocidade tão grande. Recostado, fechando os olhos, ele incitava os motores, como se eles estivessem realizando um ato necessário de violência. Ele só olhou de novo pela janela quando Portland já estava bem longe.

No começo, parecia que todo mundo que Leonard conhecia na universidade era da Costa Leste. O seu colega de quarto, Luke Miller, era da capital. As meninas do quarto da frente, Jennifer Talbot e Stephanie Friedman, eram de Nova York e da Filadélfia, respectivamente. O resto das pessoas daquele corredor era de Teaneck, Stamford, Amherst, Portland (Maine) e Cold Spring. Na sua terceira semana no campus, Leonard conheceu Lola Lopez, uma menina com carinha de Bambi, compleição de caramelo e um cabelo afro arrumadinho, que era do Spanish Harlem. Ela estava sentada no gramado, lendo Zora Neale Hurston, quando Leonard fingiu que precisava de ajuda para chegar ao Ratty. Ele perguntou de onde ela vinha e como se chamava, e quando ela disse, ele perguntou qual era a diferença entre o Spanish

Harlem e o Harlem normal. "Eu tenho que terminar isso aqui pra aula", Lola disse, e voltou ao livro.

Os únicos nativos da Costa Oeste que Leonard conheceu eram da Califórnia, que era outro planeta. "Des-Oregonize a Califórnia", diziam vários adesivos em carros com placas do Estado Dourado, que encontravam resposta no mote dos vizinhos: "Bem-vindo ao Oregon. Divirta-se. Agora vá para casa". Mas pelo menos os californianos que Leonard conheceu na universidade sabiam de onde ele era. Todos os outros, do Sul, do Nordeste, ou do Meio-Oeste, só queriam saber da chuva. "Chove muito lá?" "Me disseram que chove o tempo todo." "Você gosta da chuva de lá?"

"Seattle é pior", Leonard lhes dizia.

Ele não se incomodava muito com isso. Tinha feito dezoito anos em agosto e a Doença, como se estivesse esperando que ele chegasse à idade de poder beber, começou a inundá-lo de narcóticos. Se havia duas coisas que a mania fazia eram deixar você acordado a noite toda e permitir sexo ininterrupto: o que é basicamente a definição de faculdade. Leonard estudava na Biblioteca Rockefeller toda noite até a meia-noite, como um aluno de yeshiva recitando a Torá. Com a décima segunda badalada ele seguia para o West Quad, onde sempre tinha alguma festa, normalmente no seu próprio quarto. Miller, um aluno da escola Milton que já tinha tido quatro anos longe de casa para refinar os seus métodos dionisíacos, aparafusou dois alto-falantes imensos no teto. Ele deixava uma garrafa tamanho família de óxido nitroso que parecia um torpedo prateado no canto do quarto, ao lado da cama. Qualquer menina que sugasse aquela mangueira inevitavelmente desmaiava nos seus braços como uma donzela em perigo. Leonard descobriu que não precisava desses estratagemas. Sem nem fazer muita força, ele tinha virado aquilo que as mulheres queriam. Em dezembro ele já tinha começado a ouvir histórias sobre uma lista no banheiro feminino do Airport Lounge, uma lista dos caras mais bonitos do campus, que incluía o seu nome. Uma noite Miller entregou um bilhete de uma aluna de letras toda encolhida chamada Gwyneth, com o cabelo pintado de vermelho e umas unhas pretas de bruxa. O bilhete dizia: "Eu quero o seu corpo".

E ela conseguiu. E todas as outras. Uma imagem representativa do primeiro ano de Leonard na universidade seria a de um cara erguendo a cabeça de um ato de cunilíngua só pelo tempo de dar um pega no *bongo* e dizer uma resposta correta em aula. Não dormir tornava mais fácil passar a perna nas meninas. Você podia sair da cama de uma menina às cinco da manhã, atravessar o campus e escorregar para baixo dos lençóis de outra. Tudo correu às mil maravilhas, as notas de Leonard estavam boas, ele estava ocupadíssimo erótica e intelectualmente — até ele passar uma semana sem dormir durante um período de provas. Depois da última prova, ele deu uma festa no quarto, apagou na cama com uma garota que não conseguia reconhecer no dia seguinte, não porque não a conhecesse (a garota, na verdade, era Lola Lopez), mas porque a depressão que se seguiu o cegou para tudo que não fosse a sua agonia. Ela colonizou cada célula do seu corpo, um concentrado de angústia que parecia secretado, gota a gota, nas suas veias como um subproduto tóxico dos dias anteriores de mania.

Mania de verdade, dessa vez. Tantos graus de magnitude além do espírito animado dos tempos do segundo grau que mal se parecia com eles. A mania era um estado mental absolutamente tão perigoso quanto a depressão. Mas no começo parecia uma onda de euforia. Você ficava completamente cativante, completamente encantador; todo mundo te adorava. Ela fazia você correr riscos físicos ridículos, como pular de um dormitório do terceiro andar em um monte de neve, por exemplo. Fazia você gastar o auxílio estudantil de um ano em cinco dias. Era como ter uma festa alucinada dentro da cabeça, uma festa em que você era o anfitrião bêbado que se recusava a deixar qualquer um sair, que segurava as pessoas pelo colarinho e dizia: "Ah, vai. Mais uminha!". Quando aquelas pessoas inevitavelmente sumiam, você saía e achava outras, qualquer uma, qualquer coisa para a festa não parar. Você não conseguia parar de falar. Tudo que você dizia era brilhante. Você acabou de ter a melhor ideia do mundo. Vamos de carro pra Nova York! Hoje de noite! Vamos subir no List e ver o sol nascer! Leonard fazia as pessoas fazerem essas coisas. Ele as conduzia em noitadas incríveis. Mas a certa altura as coisas começaram a mudar. Parecia que a mente dele estava transbordando. Palavras viravam outras palavras dentro da sua cabeça, como padrões num caleidoscópio. Ele ficava fazendo trocadilhos. Ninguém entendia do que ele estava falando. Ele ficou nervoso, irritadiço. Agora, quando olhava para pessoas que estavam rindo das piadas dele uma hora antes, ele via que elas estavam ressabiadas, preocupadas com ele. E aí ele corria para a noite, ou o dia, ou a noite, e achava outras pessoas para ficar com ele, para que a festa enlouquecida pudesse prosseguir...

Como um bêbado numa carraspana, Leonard depois apagou completamente. Ele acordou ao lado de Lola Lopez em um estado de colapso absoluto. Mas Lola conseguiu colocá-lo de pé. Ela o levou pelo braço até o departamento de saúde, dizendo para ele não se preocupar, para segurar nela que tudo ia ficar bem.

Pareceu especialmente cruel, portanto, três dias depois, no hospital, quando o médico entrou no quarto para dizer a Leonard que ele sofria de algo que nunca iria desaparecer, algo que só podia ser "controlado", como se uma vida de controle, para um cara de dezoito anos com tudo pela frente, pudesse ainda ser uma vida.

Em setembro, quando Madeleine e Leonard haviam acabado de chegar ao Pilgrim Lake, o capim estava com um lindo tom verde-claro. Ele ondulava e se curvava como se a paisagem fosse um biombo japonês pintado. Riachinhos de água salgada corriam pelos alagados, e os pinheiros se aglomeravam em bosques discretos. O mundo, aqui, se reduzia ao seus constituintes básicos — areia, mar, céu — mantendo as espécies de flores e de árvores ao mínimo.

À medida que os veranistas iam embora e o tempo esfriava, a pureza da paisagem só aumentava. As dunas ganhavam um tom de cinza que combinava com o céu. Os dias foram ficando perceptivelmente mais curtos. Era o ambiente perfeito para a depressão. Estava escuro quando Leonard levantava de manhã e escuro quando ele voltava do laboratório. Ele estava com o pescoço tão gordo que não conseguia abotoar o colarinho das camisas. A prova de que o lítio estabilizava o humor das pessoas se confirmava toda vez que Leonard se via nu no espelho e não se matava. Ele queria. Ele achava que tinha todo o direito. Mas não conseguia acumular o necessário desprezo por si próprio.

Isso deveria ter feito com que ele se sentisse melhor, mas se sentir "bem" também era uma coisa que ele não conseguia alcançar. Tanto os seus altos quanto os seus baixos estavam aplainados, deixando-o com a sensação de viver bidimensionalmente. Ele estava tomando uma dose diária mais alta de lítio, mil e oitocentos miligramas, com complicações correspondentemente severas. Quando reclamava com o dr. Perlmann na consulta semanal no Mass General, a uma hora e meia de distância, o garboso psiquiatra de cabeça reluzente sempre dizia a mesma coisa: "Tenha paciência". Perlmann parecia mais interessado na vida de Leonard no Laboratório Pilgrim Lake do que no fato de que a assinatura dele agora parecia a de um velho de noventa anos. Perlmann queria saber como era o dr. Malkiel. Queria ouvir fofoca. Se Leonard tivesse ficado em Providence, sob os cuidados da dra. Shieu, já estaria com uma dose mais baixa, mas agora estava de volta à estaca zero.

Na biblioteca em Pilgrim Lake, Leonard tentava saber mais sobre o remédio que estava tomando. Lendo no ritmo de um aluno de segunda série, chegando mesmo a mexer os lábios, Leonard ficara sabendo que os sais de lítio vinham sendo usados para transtornos do humor desde o século XIX. Depois, em grande medida porque as pessoas não conseguiram patentear o remédio para ganhar dinheiro, a terapia caiu em desfavor. O lítio já tinha sido usado para tratar gota, hipertensão e doenças cardíacas. Foi o ingrediente-chave da 7 Up (originalmente chamada Soda Litiada de Lima-Limão Bib-Label) até os anos 50. Atualmente, havia testes sendo feitos para verificar a eficácia do lítio como tratamento para a coreia de Huntington, síndrome de Tourette, enxaqueca e cefaleia em salvas, doença de Ménière e paralisia periódica hipocalêmica. Os laboratórios farmacêuticos trabalhavam de trás para frente. Em vez de começarem com uma doença e desenvolverem uma droga que a tratasse, eles desenvolviam drogas e aí tentavam entender para que elas serviam.

O que Leonard sabia do lítio sem qualquer leitura era que o remédio o deixava entorpecido e com o raciocínio embotado. Ele estava sempre com a boca seca, por mais que tomasse água, e com gosto de corrimão. Por causa dos tremores nas mãos, ele não tinha mais coordenação (não conseguia mais jogar pingue-pongue, nem pegar uma bola). E, apesar de todos os seus médicos insistirem que não era culpa do lítio, a libido de Leonard estava muito reduzida. Ele não estava impotente ou incapacitado; só não tinha muito interesse. Provavelmente isso tinha algo a ver com o quanto o lítio o fazia se sentir feio e prematuramente envelhecido. Na farmácia de Provincetown, Leonard ia comprar não só lâminas de barbear, mas também Mylanta e Anusol. Ele vivia saindo da farmácia agarrado a uma sacolinha plástica, com medo de que a transparência da sacola revelasse o produto constrangedor que ela continha, e portanto apertando-a ainda mais contra os peitinhos no vento de Cape Cod. Leonard frequentava a farmácia de P-Town para evitar a lojinha de conveniência do laboratório, onde corria o risco de topar com algum conhecido. Para Madeleine não ir junto, ele tinha que inventar uma desculpa, sendo a mais incontornável de todas, claro, a sua psicose maníaco-depressiva. Ele não invocava a doença de cara. Ele só resmungava que *queria ficar sozinho*, e Madeleine desistia.

Em consequência dos seus problemas físicos e mentais, havia outro problema que ele tinha que enfrentar: a relação de poder tinha mudado na sua vida com Madeleine. No começo *Madeleine* é que era a parte carente. Ela ficava com ciúme quando Leonard conversava com outras nas festas. Ela dava sinais de insegurança. Finalmente, ela tinha jogado a toalha completamente e dito "Eu te amo". Em reação a isso, Leonard tinha agido de maneira fria e cerebral, imaginando que ao manter Madeleine em dúvida podia prendê-la cada vez mais. Mas Madeleine o surpreendeu. Ela terminou com ele na hora. Quando Madeleine foi embora, Leonard se arrependeu do incidente barthesiano. Ele se torturava por ter sido tão otário. Passou inúmeras consultas com Bryce analisando a sua motivação. E embora o diagnóstico de Bryce — de que Leonard tinha medo da intimidade e portanto tinha tirado sarro da declaração de Madeleine para se proteger — fosse basicamente na mosca, isso não trazia Madeleine de volta. Leonard sentia saudade dela. Ele ficou deprimido. Estupidamente, ele parou de tomar o lítio, na esperança de se sentir melhor. Mas só se sentiu angustiado. Angustiado e deprimido. Ele alugou a orelha de todos os amigos, falando incessantemente sobre a saudade que tinha de Madeleine, sobre quanto queria voltar com ela e como tinha ferrado o melhor namoro que já tivera. Sabendo que seus amigos estavam ficando cansados disso, Leonard modulou seus monólogos, em parte graças a um instinto natural de contador de histórias, de variar a narração, e em parte porque, a essa altura, as suas angústias estavam se multiplicando. Então ele falava com os amigos sobre sua falta de grana e sua falta de saúde, até finalmente perder a noção do que estava dizendo e de quem estava ouvindo. Foi mais ou menos aí que Ken Auerbach apareceu, com dois caras da segurança, e levou Leonard pra o departamento de saúde. E a coisa mais louca de todas era que, quando foi transferido para o hospital no dia seguinte, Leonard estava *puto*. Ele estava puto por ser internado na ala psiquiátrica sem ter tido antes o direito de um surto maníaco completo. Ele devia ter ficado acordado três noites seguidas. Devia ter comido oito garotas e cheirado coca e tomado gelatina de vodca na barriga de uma stripper chamada Lua-Estrela. Em vez disso, a única coisa que Leonard fizera tinha sido ficar sentado em casa, abusando da agenda, gastando a boa vontade telefônica dos conhecidos e despirocando de vez no presídio psiquiátrico com os outros malucos.

Quando ele saiu, três semanas depois, a dinâmica tinha mudado totalmente. Agora *ele* era a parte carente. É verdade, Madeleine estava de novo com ele, o que era uma coisa maravilhosa. Mas a felicidade de Leonard se via comprometida pelo medo constante de perdê-la novamente. A sua deformidade punha a beleza de Madeleine em relevo. Ao lado dela, na cama, ele se sentia como um eunuco roliço. Cada pelinho das pernas dele brotava de um folículo inflamado. Às vezes, quando Madeleine estava dormindo, Leonard delicadamente afastava as cobertas para olhar a pela rósea, reluzente dela. O que era interessante em ser a parte carente era o quanto você se sentia apaixonado. Quase valia a pena. Essa dependência era aquilo de que Leonard tinha passado a vida se protegendo, mas agora não conseguia mais. Tinha perdido a capacidade de ser um bosta. Agora ele estava de quatro, e a sensação era ao mesmo tempo esplêndida e aterradora.

Madeleine havia tentado dar uma animada no apartamentinho de Leonard enquanto ele estivera internado. Havia posto lençóis novos na cama e pendurado cortinas nas janelas e uma cortina cor-de-rosa no boxe. Tinha esfregado o chão e as bancadas. Ela declarava estar feliz por viver com ele e se ver livre de Olivia e Abby. Mas durante o longo verão quente Leonard começou a ver por que Madeleine podia acabar se cansando de viver à míngua com o namorado quase miserável. Sempre que uma barata saía correndo da torradeira, ela fazia cara de quem ia vomitar. Ela entrava no chuveiro de sandálias, para se proteger do mofo. Na primeira semana depois da volta de Leonard, Madeleine ficava todo dia com ele. Mas na semana seguinte ela começou a ir à biblioteca ou a marcar encontros com o seu ex-orientador. Leonard não gostava que Madeleine saísse do apartamento. Ele suspeitava que o motivo de ela sair não era o amor por Jane Austen ou pelo professor Saunders, mas sim ficar longe dele. Além de ir à biblioteca, Madeleine jogava tênis duas ou três vezes por semana. Um dia, tentando convencê-la a não ir, Leonard disse que estava quente demais para jogar tênis. Ele sugeriu que ela trocasse o jogo pelo ar-condicionado de um cinema com ele.

"Eu preciso fazer exercício", Madeleine disse.

"Eu já faço você se exercitar", ele se vangloriou em vão.

"Não esse tipo."

"Por que é que você sempre joga contra homens?"

"Porque os homens conseguem ganhar de mim. Eu preciso de competição."

"Se eu dissesse isso, você ia me chamar de chauvinista."

"Olha, se a Chrissie Evert morasse em Providence, eu jogaria com *ela*. Mas todas as mulheres que eu conheço aqui jogam muito mal."

Leonard sabia como soava o que ele estava dizendo. Soava como o discurso de toda namorada chata que ele já tinha tido. Para parar de falar essas coisas, ele fez bico e, no silêncio que se seguiu, Madeleine pegou a raquete e a lata de bolas e saiu.

Assim que ela partiu, Leonard levantou-se de um salto e correu para a janela. Olhou-a sair do prédio com a roupa branca de tênis, cabelo preso, uma munhequeira atoalhada no pulso do braço com que sacava.

Havia algo no tênis — os rituais aristocráticos, o silêncio bem-comportado a que os espectadores eram forçados, a insistência pretensiosa em contar "quinze, trinta, quarenta" em vez de "um, dois, três" e de dizer "iguais" em vez de "empate", a exclusividade da própria quadra, onde só duas pessoas tinham direito de se mover com liberdade, a rigidez de guardas de honra dos juízes de linha e as corridinhas servis dos pegadores de bolas — que fazia claramente daquele esporte um passatempo reprovável. O fato de Leonard não conseguir dizer isso a Madeleine sem deixá-la com raiva sugeria a profundidade do abismo social entre eles. Havia uma quadra de tênis pública perto da casa dele em Portland, velha e rachada, quase sempre semialagada. Ele e Godfrey gostavam de ir lá fumar maconha. Foi o mais perto que Leonard chegou de jogar tênis. Pelo contrário, por duas semanas inteiras entre junho e julho, Madeleine levantou cedo todo dia para assistir *Café da Manhã em Wimbledon* na sua Trinitron portátil, que tinha instalado no apartamento de Leonard. Do colchão, Leonard observava grogue a sua namorada mordiscar muffins ingleses enquanto assistia aos jogos. Era aquele o lugar de Madeleine: em Wimbledon, na Quadra Central, fazendo reverência para a rainha.

Ele via Madeleine ver Wimbledon. Ficava feliz de olhar para ela ali. Não queria que ela fosse embora. Se ela fosse, ele ficaria sozinho de novo, como tinha sido ao crescer numa casa com a sua família, como era dentro da sua cabeça e muitas vezes dentro dos seus sonhos, e como tinha sido no quarto da ala psiquiátrica.

Ele mal lembrava os primeiros dias no hospital. Eles lhe deram clorpromazina, um antipsicótico que o derrubou. Ele dormiu catorze horas. Antes de ser internado, a enfermeira-chefe tirou todas as coisas cortantes dentre seus pertences (a navalha, o cortador de unha). Tirou o cinto dele. Ela lhe perguntou se tinha algo de valor, e Leonard entregou a carteira, que continha seis dólares.

Ele acordou num quarto pequeno, de um só leito, sem telefone nem TV. De início parecia um quarto normal de hospital, mas aí ele começou a perceber as pequenas diferenças. A armação da cama e as dobradiças da bandeja presa a ela eram soldadas, sem parafusos ou rebites que um paciente pudesse retirar para se cortar. O gancho atrás da porta não estava preso, mas pendurado num elástico que esticava sob excesso de peso, para evitar que alguém se enforcasse ali. Leonard não tinha permissão de fechar a porta. Não havia fechadura na porta, nenhuma das portas daquela ala tinha, nem as dos banheiros. A vigilância era uma marca distintiva da enfermaria psiquiátrica: ele estava constantemente ciente de ser observado. Estranhamente, isso era reconfortante. As enfermeiras não ficavam surpresas com o estado dele. Não achavam que fosse culpa dele. Elas tratavam Leonard como se ele tivesse se machucado numa queda ou num acidente de carro. Seus cuidados semientediados provavelmente fizeram mais que qualquer outra coisa — inclusive os remédios — para ajudar Leonard a enfrentar aqueles primeiros dias negros.

Leonard era um paciente "autointernado", o que queria dizer que ele podia ir embora quando quisesse. Ele tinha assinado um formulário de consentimento, no entanto, em que concordava em avisar o hospital vinte e quatro horas antes de sair. Ele consentia em receber medicação, obedecer às regras da enfermaria, manter padrões de higiene corporal e geral. Ele assinava qualquer coisa que lhe colocavam na frente. Uma vez por semana ele tinha permissão de fazer a barba. Um auxiliar de enfermagem lhe trazia uma navalha descartável, ficava por ali enquanto ele a usava, e aí a levava de volta. Eles o mantinham preso a uma agenda rígida, acordando-o às seis da manhã para o café e conduzindo-o por toda uma série de atividades diárias, terapia, terapia de grupo, aula de artesanato, mais terapia de grupo, ginástica, tudo isso antes do horário de visitas da tarde. As luzes se apagavam às nove da noite.

Todo dia a dra. Shieu passava para falar com ele. Shieu era baixinha, com uma pele de papel e sempre em estado de alerta. Ela parecia interessada basicamente em uma coisa: se Leonard estava ou não estava se sentindo suicida.

"Bom dia, Leonard, como é que você está hoje?"

"Exausto. Deprimido."

"Você está se sentindo suicida?"

"Não ativamente."

"Isso foi uma piada?"

"Não."

"Planos?"

"Como assim?"

"Você está planejando se machucar? Está com fantasias sobre esse tipo de coisa? Imaginando situações?"

"Não."

Os maníaco-depressivos, depois ele soube, sofriam um risco de suicídio maior que os depressivos. A prioridade número um da dra. Shieu era manter seus pacientes vivos. Sua segunda prioridade era deixá-los melhores o suficiente para sair do hospital antes que a cobertura dos planos de saúde acabasse, em trinta dias. Sua busca por esses objetivos (que ironicamente reproduzia a visão em túnel do próprio estado maníaco) a levava a confiar muito numa terapia farmacológica. Ela automaticamente dava clorpromazina aos pacientes esquizofrênicos, uma droga que era comparada a uma "lobotomia química". Todos os outros médicos receitavam sedativos e estabilizadores de humor. Leonard passava as suas sessões matutinas de terapia com a residente psiquiátrica discutindo todas as coisas que ele, Leonard, estava tomando. Como ele estava "tolerando" o Valium? Estava se sentindo enjoado? Constipado? Estava. A clorpromazina podia provocar discinesia tardia (movimentos repetitivos, que normalmente envolviam a boca e os lábios), mas isso normalmente era temporário. A residente prescrevia outros medicamentos para combater os efeitos colaterais de Leonard e, sem lhe perguntar como ele estava se *sentindo*, mandava-o embora.

A psicóloga clínica, Wendy Neuman, pelo menos demonstrava algum interesse pelo histórico emocional de Leonard, mas ele só a via na terapia de grupo. Reunidos nas cadeiras dobráveis da sala de reuniões, eles formavam um grupo variado junto com os viciados em drogas, uma perfeita democracia do colapso. Havia uns caras mais velhos com tatuagens que diziam "Desaparecido em Combate" e negros que jogavam xadrez o dia inteiro, uma contadora de meia-idade que bebia tanto quanto um time de rúgbi inglês, e uma baixinha, aspirante a cantora, cuja doença mental assumia a forma de um desejo de ter a perna direita amputada. Para estimular as discussões, eles passavam um livro de um para o outro, um volume de capa dura bem maltratado, com a lombada rachada. O livro se chamava *Out of darkness, light* e continha testemunhos de pessoas que tinham se recuperado de doenças mentais ou aprendido a conviver com um diagnóstico crônico. Tinha um pé no religioso, embora professasse não ter. Eles ficavam sentados sob a indelicada fluorescência da sala de reuniões, cada um lendo um parágrafo em voz alta antes de passar o livro para o próximo. Alguns tratavam o livro como se fosse um objeto misterioso. Eles não sabiam o que era *deidade*. Não sabiam pronunciar *canhestro*. O livro estava tremendamente desatualizado. Alguns participantes se referiam à depressão como "melancolia" ou "coisa ruim". Quando o livro chegava a Leonard, ele lia o seu parágrafo em voz alta com uma cadência e uma dicção que deixavam claro que ele tinha chegado direto de College Hill ao hospital. Ele tinha impressão, naqueles primeiros dias, de que as doenças mentais admitiam uma hierarquia, de que ele era uma forma superior de maníaco-depressivo. Se tratar uma doença mental consistia de duas partes, uma de medicação e outra de terapia, e se a terapia andava mais rápido quanto mais você fosse inteligente, então muita gente do grupo estava em desvantagem. Eles mal conseguiam lembrar o que tinha acontecido com eles na vida, o que diria traçar conexões entre eventos. Um cara tinha um tique facial tão pronunciado que parecia literalmente sacudir a cabeça e expulsar as ideias coerentes lá de dentro. Ele se contorcia e esquecia o que estava dizendo. Os problemas dele eram fisiológicos, a fiação básica do cérebro tinha defeito. Ouvi-lo falar era como ouvir um rádio sintonizado entre estações: vez por outra um *non sequitur* entrava aos gritos. Leonard comiseradamente prestava atenção enquanto as pessoas falavam da própria vida. Ele tentava encontrar consolo no que elas diziam. Mas a sua ideia central era o quanto elas estavam pior que ele. Essa crença fazia com que ele se sentisse melhor, e assim ele se agarrava a ela. Mas aí vinha a vez de Leonard contar a *sua* história, e ele abria a boca e saía o monte de baboseiras mais bem articuladas e moduladas que se podia imaginar. Ele falava sobre os eventos que levaram ao seu colapso. Ele recitava pedaços do DSM III que aparentemente tinha decorado sem perceber.

Ele exibia a sua inteligência porque era o que estava acostumado a fazer. Ele não conseguia parar.

Foi quando Leonard percebeu algo crucial sobre a depressão. Quanto mais inteligente você era, *pior* ficava. Quanto mais afiado o seu cérebro, mais ele cortava você em pedacinhos. Enquanto falava, por exemplo, Leonard percebeu Wendy Neuman cruzando os braços sobre o peito, como que se defendendo da insinceridade gritante do que ele dizia. Para reconquistá-la, Leonard admitiu a sua insinceridade, dizendo: "Não, eu retiro isso. Eu estou mentindo. Mentir é o que mais faço. Faz parte da minha doença". Ele espiava Wendy para ver se ela estava caindo nessa, ou se considerava tudo aquilo ainda mais insincero. Quanto mais de perto Leonard monitorava as reações dela, mais longe ficava de dizer a verdade sobre si próprio, até que a voz dele sumia, num sentimento de constrangimento e ruborização, uma ferida aberta de autoengano.

A mesma coisa acontecia nas consultas com a dra. Shieu, mas de uma maneira diferente. Sentado na poltrona piniquenta do consultório de Shieu, Leonard não se sentia consciente da sua fala educada. Mas a cabeça dele continuava com a análise lance a lance da disputa que ocorria ali. Para poder ser liberado do hospital, Leonard deixava claro que não tinha pensamentos suicidas. Ele sabia, no entanto, que a dra. Shieu estava atenta a qualquer tentativa de negar desejos suicidas (já que os suicidas eram táticos brilhantes no que se referia a conseguir uma oportunidade para se matar). Portanto, Leonard não queria parecer animado *demais*. Ao mesmo tempo, não queria que parecesse que nem estava melhorando. Enquanto respondia às perguntas da médica, Leonard se sentia como se estivesse sendo interrogado por causa de um crime. Ele tentava, quando conseguia, dizer a verdade, mas, quando a verdade não se encaixava em seus planos, ele dava uma enfeitada, ou mentia descaradamente. Ele percebia cada mudança da expressão facial da dra. Shieu, interpretando-as como favoráveis ou desfavoráveis, e adequando a cada uma delas as suas respostas. Muitas vezes ele tinha a impressão de que a pessoa que respondia às perguntas na cadeira piniquenta era um boneco que ele controlava, que isso tinha sido verdade durante toda a sua vida, e que a sua vida tinha virado uma preocupação tão grande com a operação do boneco que ele, o ventríloquo, tinha deixado de ter uma personalidade, virando só um braço que recheava as costas de um fantoche.

O horário de visita não trazia alívio. Os amigos que apareciam se dividiam em dois grupos. Havia os emocionados, basicamente mulheres, que tratavam Leonard com as pontas dos dedos, como se ele pudesse quebrar, e havia os piadistas, basicamente homens, que achavam que a melhor forma de ajudá-lo era tirar sarro das visitas hospitalares em geral. Jerry Heidmann lhe trouxe um cartão de melhoras todo meloso, Ron Lutz, uma bexiga de hélio com um sorriso. Pelo que saía da boca dos seus amigos durante o horário de visitas, Leonard gradualmente entendeu que eles achavam que a depressão era como estar "deprimido". Eles achavam que era como estar de mau humor, só que pior. Portanto, eles tentavam fazê-lo se sacudir e acordar. Traziam barras de chocolate. Diziam que devia considerar tudo que a vida tinha de bom.

Como era de se esperar, os pais dele não tomaram um avião para vir vê-lo. Frank ligou uma vez, depois de pegar o número com Janet. Durante a curta conversa (outros pacientes estavam esperando para usar o telefone público), Frank disse três vezes para Leonard "aguentar firme". Ele convidou Leonard para ir a Bruxelas quando estivesse melhor. Frank estava pensando em se mudar para Amsterdam agora, para morar numa casa-barco. "Apareça aqui, que a gente pode dar um passeio de barco pelos canais", ele disse, antes de desligar. Rita culpou a hérnia de disco (primeira vez que ele ouviu ela falar disso) pela sua incapacidade de viajar. Mas ela falou com a dra. Shieu e ligou uma noite para Leonard, no telefone do posto de enfermagem. Era tarde, cerca de dez da noite, mas a enfermeira da noite o deixou atender.

"Alô?"

"O que é que eu vou fazer com você, Leonard? Hein? Você pode me dizer?"

"Eu estou no hospital, mãe. Eu estou na ala psiquiátrica."

"Eu sei, Leonard. É por isso que eu estou ligando, meu Deus. A médica disse que você parou de tomar o remédio."

Leonard admitiu ficando quieto.

"O que é que você tem de errado, Leonard?", Rita perguntou.

A raiva cresceu dentro dele. Por um momento, aquilo lembrou os velhos tempos. "Bom, vejamos. Pra começar, os meus pais são alcoólatras. Uma é provavelmente maníaco-depressiva também, só que ainda não foi diagnosticada. Eu herdei a doença dela. Nós dois sofremos da mesma forma de mal.

Nós não somos gente de ciclo rápido. A gente não vai do ápice ao fundo do poço em questão de horas. A gente surfa umas ondas enormes de mania ou de depressão. O meu cérebro fica em jejum dos neurotransmissores de que ele precisa pra regular o mau humor e aí às vezes fica entupido. Eu sou ferrado biologicamente por causa da minha genética e psicologicamente por causa dos meus pais, é isso que eu tenho de errado, *mãe*."

"E ainda fica agindo que nem criança quando fica doente", Rita disse. "Eu lembro como você ficava reclamando quando pegava qualquer gripinha."

"Isso não é uma gripe."

"Eu sei que não", Rita concordou, soando compungida pela primeira vez, e preocupada. "Isso é sério. Eu falei com a médica. Eu estou preocupada com você."

"Não está parecendo."

"Estou, sim. Estou, sim. Mas, Leonard, querido, me escute. Você agora é adulto. Quando isso aconteceu da outra vez, e eles me disseram que você estava no hospital, eu saí correndo. Não foi? Mas eu não posso ficar saindo correndo o resto da vida toda vez que você esquece de tomar o remédio. É só isso, sabe? É que você esquece as coisas."

"Eu já estava doente", Leonard disse. "Foi por isso que eu parei de tomar o lítio."

"Isso não faz sentido. Se você estivesse tomando o remédio, não teria ficado doente. Agora, Leonard, querido, me escute. Você não tem mais plano de saúde. Você tinha se dado conta? Eles tiraram você do meu plano quando você fez vinte e um. Não se preocupe. Eu vou pagar o hospital. Eu vou pagar, dessa vez, apesar de eu não estar nadando em dinheiro. Você acha que o seu pai vai ajudar? Não. Mas eu vou. Mas quando você sair, você tem que fazer um plano de saúde."

Quando Leonard ouviu isso, sentiu sua ansiedade explodir. Ele agarrou o telefone, com a visão ficando escura. "Como é que eu vou arrumar um plano de saúde, mãe?"

"Como assim? Você termina a faculdade e vai procurar emprego como todo mundo."

"Eu não vou me formar!", Leonard gritou. "Eu fiquei com três créditos incompletos!"

"Então complete os incompletos. Você tem que começar a ser responsável, Leonard. Você está me ouvindo? Agora você é adulto e eu não posso cuidar de você. Tome o remédio pra isso não acontecer de novo."

Em vez de ir ela mesma a Providence, Rita enviou a irmã de Leonard. Janet chegou para passar um fim de semana em um voo de San Francisco, onde tinha conseguido um emprego no departamento de vendas da Gump's. Ela estava morando com um cara mais velho, divorciado, que tinha uma casa em Sausalito, e mencionou uma festa de aniversário que estava perdendo e o chefe exigente, para impressionar Leonard com a dimensão do sacrifício que fazia para vir segurar a mão dele. Janet parecia realmente acreditar que os problemas dela eram mais relevantes que qualquer coisa que Leonard estivesse enfrentando. "Eu poderia ficar deprimida se me desse esse direito", ela disse. "Mas eu não me dou esse direito." Ela ficou visivelmente assustada com alguns dos outros pacientes que estavam no saguão e olhava sem parar para o relógio. Foi um alívio quando ela finalmente foi embora na segunda-feira.

A essa altura os exames finais tinham começado. O fluxo de visitantes de Leonard se reduziu a um ou dois por dia. Ele começou a viver pelas pausas para fumar. À tarde e à noite a enfermeira-chefe entregava cigarros e outros produtos de tabaco. Mascar tabaco era proibido, então Leonard pegava o que os outros caras da idade dele, James e Maurice, curtiam também, uns charutinhos úmidos chamados Backwoods que vinham num saquinho de papel-alumínio. Eles desciam em grupo, acompanhados por Wendy Neuman ou por um segurança, até o térreo do hospital. Em uma área asfaltada delimitada por uma cerca alta, eles passavam um único isqueiro de um para o outro e acendiam os cigarros. O Backwood era doce e batia forte. Leonard ficava dando baforadas, andando para a frente e para trás e olhando para o céu. Ele se sentia como o Homem de Alcatraz, só que sem os pássaros. Com o passar dos dias, começou a se sentir mensuravelmente melhor. A dra. Shieu atribuía essa melhora ao lítio que começava a fazer efeito. Mas Leonard achava que tinha muito a ver com a boa e velha nicotina, com sair e ficar vendo uma única nuvem singrar pelo céu. Às vezes ele ouvia carros buzinando, ou crianças gritando, ou, uma vez, o que parecia uma bola rápida rebatida com uma pancada seca num campo de beisebol vizinho, um som que o acalmou instantaneamente, o *plonk* sólido da madeira contra o couro. Leonard lembrava a sensação de jogar no time das crianças e acertar uma bola perfeita. Foi aí que a sua recuperação começou. Só o fato de conseguir lembrar que, uma vez, em tempos antigos, a felicidade era assim tão simples.

E quando Madeleine apareceu no saguão, perdendo a formatura, Leonard só precisou olhar para ela para saber que queria estar vivo de novo.

Só havia um probleminha. Não o deixavam sair. A dra. Shieu não queria arriscar e ficava adiando a data da alta de Leonard. E assim Leonard continuava a ir às sessões de grupo, e a desenhar durante as aulas de artesanato, e a jogar badminton ou basquete na ginástica.

Nas sessões de grupo, só havia uma paciente que impressionava Leonard profundamente. O nome dela era Darlene Withers. Ela era uma figurinha atarracada e sentava com os pés em cima da cadeira dobrável, abraçando os joelhos, sempre a primeira a falar. "Oi, o meu nome é Darlene. Eu sou viciada e alcoólatra e sofro de depressão. Eu estou internada pela terceira vez por depressão. Estou aqui tem três semanas já e, doutora, prontinha pra sair quando a senhora me mandar."

Ela dava um sorriso largo. Quando sorria, o seu lábio superior se curvava para trás, empurrando para fora uma faixa cor-de-rosa reluzente da parte inferior. O apelido dela em casa era Três Beiços. Leonard passava uma bela parte do tempo com o grupo esperando para ver Darlene sorrir.

"Eu me identifico com essa história porque a escritora, ela disse que a depressão dela vinha de falta de autoestima", Darlene começou. "E isso é um negócio que eu tenho que lidar aqui todo dia. Assim, ultimamente eu ando meia chateada por causa do meu namorado atual. Eu tava namorando firme quando me internaram. Mas desque eu entrei, nem ouvi falar do meu namorado. Ele não veio fazer visita nem nada. Aí eu acordei hoje me sentindo um trapo mesmo. 'Cê é uma gorda, Darlene. Cê não é bonita. Por isso que ele não vem.' Mas aí eu comecei a pensar no meu namorado... e sabe o que mais? Ele tem mau hálito. De verdade! Toda vez que o sujeito chega em mim eu tenho que cheirar aquele bafo fedorento. Por que que eu ia querer ficar com um namoro com um cara desse, que nunca escova os dente, com essa falta de higiente oral? E a resposta que me veio foi: É isso que você anda achando de você mesma, Darlene. Que cê é tão rastaquera que tem que ficar com qualquer um que te queira."

Darlene era uma inspiração para a enfermaria. Muitas vezes ela ficava sentada num canto do saguão cantando sozinha.

"Está cantando por quê, Três Beiços?"

"Cantando pra não chorar. Você que devia tentar, em vez de ficar com essa cara de bunda."

"Quem falou que eu fico com cara de bunda?"

"Ficar com cara de bunda não livra a tua cara! Eles tinham era que arranjar um diagnóstico novo em folha só pra você. Transtorno de Chupar Limão. É isso que cê tem."

Segundo as histórias que contava no grupo, Darlene foi expulsa da escola no segundo ano do colegial. Ela tinha sido violentada pelo padrasto e saiu de casa com dezessete anos. Ela trabalhou, por pouco tempo, como prostituta em East Providence, um tema de que falou com surpreendente franqueza numa reunião e nunca mais mencionou. Quando chegou aos vinte, estava viciada em heroína e álcool. Para se livrar da heroína e do álcool, ela se converteu. "Eu ficava me chapando pra aliviar a dor, sabe como? Ficava tão doida que nem sabia onde que eu tava. Logo, logo eu perdi o emprego, o apartamento. Perdi tudo. A minha vida tinha chegado num ponto que não dava mais pra eu viver. Eu acabei me mudando pra casa da minha irmã. Agora, a minha irmã, ela tem um cachorro que chama Grover. O Grover é mestiço de pit bull. Às vez, de noite, quando eu chegava no apartamento da minha irmã, eu levava o Grover pra passear. Por mais que fosse tarde. Quando cê sai pra passear com um pit bull ninguém nem te enche o saco. Você aparece na rua e tudo mundo fica meio 'Puta que pariu!'. Eu ia com o Grover num cemitério, porque lá tinha grama. E aí nessa noite que eu tou falando a gente lá atrás da igreja, e eu bêbada, pra variar, e eu dou uma olhada pro Grover, e o Grover olha pra mim, e do nada ele me fala: 'Por que você está se matando, Darlene?'. Juro por Deus! Eu sei que era só na minha cabeça. Mas, mesmo assim, é *verdade*. Da boca dum cachorro! No outro dia eu fui no médico, e o médico me mandou pra casa dos crente e quando eu vi eles já tavam me internando lá. Nem me deixaram eu ir pra casa antes. Me ponharam direto num quarto pra desintoxicar. *Aí*, quando eu fiquei limpa é que a depressão me pegou. Parecia que tava esperando pra eu largar da droga e da birita pra ela poder me foder bem direitinho. Desculpa o palavrão, doutora. Eu fiquei na casa três mês. Isso tem dois ano. E tou aqui de novo. A vida anda meio dura, poblema com dinheiro, com a vida emocional. A minha vida está ficando *melhor*, mas não está ficando mais fácil. Eu só preciso é continuar com esses pograma a nível dos vício e ficar tomando os remédio a nível da doença. Se tem uma coisa que eu aprendi, entre vício e depressão? Depressão é bem pior. Depressão não dá pra *largar*. Não dá pra *sair* da depressão. Depressão é que nem um machucado que não sara nunca. Um machucado dentro da cabeça. Cê só tem que cuidar pra não encostar onde dói. Mas vai tá sempre lá. Eu só tenho isso. Obrigada pela atenção. Paz."

Leonard não achou surpreendente Darlene ser religiosa. As pessoas sem esperança muitas vezes eram. Mas Darlene não parecia fraca, crédula ou estúpida. Apesar de viver se referindo ao seu "Poder Superior", e de falar às vezes com "o meu Poder Superior que eu prefiro chamar de Deus", ela parecia singularmente racional, inteligente e desprovida de preconceitos. Quando Leonard falava para o grupo, desfraldando a longa fita embaraçada das baboseiras que dizia, ele sempre dava uma espiada e via Darlene encorajadoramente atenta, como se o que ele estivesse dizendo não fosse baboseira, ou como se, mesmo que fosse, Darlene compreendesse a sua necessidade de dizer aquilo tudo, de tirar aquilo tudo da sua frente para poder descobrir algo verdadeiro e importante a respeito de si próprio. A maioria dos pacientes com problemas com drogas abraçava a inclinação religiosa dos programas de doze passos. Wendy Neuman tinha o maior jeito de humanista secular, na opinião de Leonard, mas nunca se inclinava para um ou outro lado da discussão, no que estava obviamente certa. Era claro que todo mundo naquela enfermaria estava pendurado por um fio. Ninguém queria dizer ou fazer qualquer coisa que pudesse atrapalhar a recuperação de alguém. Dessa maneira, a enfermaria era muito diferente do mundo lá fora, e moralmente superior a ele.

Mas Leonard não conseguia acreditar em Deus. A irracionalidade da fé religiosa era uma coisa nítida para ele muito antes de a leitura de Nietzsche confirmar as suas suposições. A única disciplina de religião que ele frequentou foi um curso panorâmico lotado de alunos, chamado Introdução à Religião do Oriente. Leonard não lembrava por que tinha se inscrito. Era o segundo semestre, logo depois de ele ter sido diagnosticado na primavera, e ele estava indo devagar. Ele ficava no fundo do anfiteatro cheio de gente, lia pelo menos metade dos textos e aparecia nas aulas, mas nunca abria a boca. O que ele mais lembrava dessa disciplina era um carinha que aparecia com uns ternos velhos meio frouxos e uns sapatos surrados, um visual meio pastor bêbado ou Tom Waits. Ele andava com uma pasta preta com cantos de metal, o tipo de coisa que podia esconder cinquenta mil em dinheiro vivo em vez de um volume de bolso dos Upanixades editado por Mircea Eliade e um resto de um pedaço de bolo embrulhado num guardanapo de papel. O que Leonard achava legal naquele cara era o jeito que ele tinha de corrigir delicadamente as opiniões desavisadas que surgiam na mesa dos seminários. A sala inteira estava tomada por hippies, vegetarianos de macacão e camisetas de batique. A opinião dessa rapaziada era que a religião do Ocidente era culpada por tudo que havia de ruim no mundo, o estupro do planeta, os matadouros, os testes com animais, enquanto a religião do Oriente era ecológica e pacífica. Leonard não tinha nem o desejo nem a energia de discutir essas questões, mas gostava quando o Jovem Tom Waits discutia. Por exemplo, quando eles discutiram o conceito de ainsa, o Jovem Waits ofereceu a observação de que o Sermão da Montanha defendia basicamente a mesma coisa. Ele impressionou Leonard ao mencionar que Schopenhauer tinha tentado despertar o interesse do mundo europeu pelo pensamento vedântico já em 1814, e que as duas culturas estavam se misturando havia bastante tempo. O que ele defendia, repetidamente, era que a verdade não era propriedade de nenhuma fé específica e que, se olhasse de perto, você encontrava um momento em que todas elas convergiam.

Num outro dia, eles saíram do assunto geral. Alguém mencionou Gandhi e como a crença dele na não violência tinha inspirado Martin Luther King, o que tinha levado à Lei dos Direitos Civis. O que a pessoa em questão queria dizer era que tinha sido na verdade um hindu quem tinha transformado a América, uma nação pretensamente cristã, num lugar mais justo e democrático.

Foi aí que o Jovem Waits se manifestou. "Gandhi era influenciado por Tolstói", ele disse.

"Como?"

"Gandhi tirou a sua filosofia da não violência de Tolstói. Eles trocaram cartas."

"Ahn, o Tolstói não viveu, assim, no século XIX, meu?"

"Ele morreu em 1912. Gandhi vivia escrevendo cartas de fã pra ele. Ele chamava Tolstói de 'grande mestre'. Então você está certo. Martin Luther King pegou a não violência de Gandhi. Mas Gandhi pegou de Tolstói, que pegou do cristianismo. Então a filosofia gandhiana na verdade é basicamente o pacifismo cristão."

"Você está dizendo que Gandhi era cristão?"

"Essencialmente, sim."

"Bom, mas isso está errado. Os missionários cristãos tentaram o tempo todo converter Gandhi, mas nunca funcionou. Ele não conseguia aceitar umas coisas do tipo da ressurreição e da Imaculada Conceição."

"Isso não é o cristianismo."

"É, sim!"

"Isso são só mitos que cresceram em volta das ideias centrais."

"Mas o cristianismo é *cheio* de mitos. Por isso que o budismo é tão melhor. O budismo não te força a acreditar em nada. Você nem precisa acreditar cm um deus."

O Jovem Waits bateu com os dedos na pasta antes de responder. "Quando o Dalai Lama morre, os budistas tibetanos acreditam que o espírito dele reencarna em outro bebê. Os monges andam pelo interior do país todo, examinando todos os recém-nascidos pra ver qual é. Eles levam pertences pessoais do Dalai Lama falecido para balançar sobre o rosto dos bebês. Dependendo da reação dos bebês, por um processo secreto — que eles não podem explicar a ninguém —, eles escolhem o novo Dalai Lama. E não é incrível que o bebê certo sempre nasça no Tibete, onde os monges podem encontrá-lo, em vez de nascer, digamos, em San José? E que seja sempre menino?"

Na ocasião, encantado por Nietzsche (e semiadormecido), Leonard não quis entrar naquela discussão, cuja verdade não era que todas as religiões eram igualmente válidas, mas que eram todas igualmente sem sentido. Quando o semestre acabou, ele esqueceu o Jovem Waits. Não pensou mais nele por dois anos, até que começou a sair com Madeleine, quando, olhando um maço de fotos que ela guardava na escrivaninha, encontrou várias em que o Jovem Waits aparecia. Um número inquietante de fotos, na verdade.

"Quem é esse *cara*?", Leonard perguntou.

"É o Mitchell."

"Mitchell das quantas?"

"Grammaticus."

"Ah, Grammaticus. Eu fiz uma disciplina de religião com ele."

"Faz sentido."

"Vocês namoraram?"

"Não!", Madeleine objetou.

"Vocês parecem bem próximos." Ele ergueu uma fotografia em que Grammaticus estava deitado com a cabeça encaracolada no colo dela.

Madeleine pegou a foto, de cara fechada, e a pôs de volta na escrivaninha. Ela explicou que conhecia Grammaticus desde o primeiro ano, mas que eles tinham brigado. Quando Leonard perguntou qual o motivo da briga, ela pareceu querer desviar do assunto e disse que era complicado. Quando Leonard perguntou por que era complicado, Madeleine admitiu que ela e Grammaticus sempre haviam tido uma amizade platônica, pelo menos platônica por parte dela, mas mais recentemente ele ficara "meio apaixonado" por ela e magoado porque ela não tinha correspondido.

A informação não tinha incomodado Leonard na época. Ele avaliou Grammaticus segundo uma escala animal — comparando tamanhos de galhadas — e saiu com uma nítida vantagem. No hospital, contudo, com tempo de sobra, Leonard começou a pensar se não havia mais por trás daquela história. Ele imaginava um Grammaticus devasso subindo em Madeleine por trás. A imagem de Grammaticus comendo Madeleine, ou de Madeleine chupando Grammaticus, continha a mistura certa de dor e estímulo para sacudir Leonard do seu estado sexual amortecido. Por motivos que Leonard não conseguia avaliar — mas que provavelmente tinham a ver com auto-humilhação —, a ideia de Madeleine traindo-o levianamente com Grammaticus o deixava excitado. Para quebrar o tédio do hospital, ele se torturava com a sua fantasia pervertida se masturbando no cubículo do banheiro, enquanto com a mão livre mantinha a porta sem tranca fechada.

Mesmo depois de ter voltado com Madeleine, Leonard continuava se atormentando assim. No dia em que recebeu alta, uma enfermeira o levou para fora e o colocou no carro novo de Madeleine. Afivelado no banco do carona, ele se sentia como um recém-nascido que Madeleine levava para casa pela primeira vez. A cidade tinha ficado consideravelmente mais verde enquanto Leonard estivera internado. Estava com uma aparência linda e lassa. Os alunos tinham sumido, e College Hill estava deserta e tranquila. Eles voltaram para o apartamento de Leonard. Começaram a morar juntos. E como Leonard não era um bebê, como ele era um filho da puta doente e bem crescido, ele passava cada minuto em que Madeleine não estava imaginando-a chupando o parceiro de tênis no vestiário, ou sendo curvada para a frente por cima das pilhas de livros na biblioteca. Um dia, uma semana depois da volta de Leonard, Madeleine mencionou que tinha encontrado Grammaticus na manhã do dia da formatura e que eles tinham feito as pazes. Grammaticus voltara para casa para morar com os pais, mas Madeleine andou falando bastante ao telefone enquanto Leonard esteve no hospital. Ela disse que ia pagar por todos os interurbanos, e agora Leonard se via verificando as contas da Bell Nova Inglaterra em busca de chamadas para códigos do Meio-Oeste. Recente e perturbadoramente, ela deu de levar o telefone para o banheiro e ficar conversando com a porta fechada, explicando depois que não queria atrapalhar. (Atrapalhar o quê? Ele deitado na cama, engordando que nem um bezerro na baia? Lendo o mesmo parágrafo de O *anticristo* que já tinha lido três vezes?)

No fim de agosto, Madeleine foi de carro a Prettybrook para ver os pais e pegar umas coisas em casa. Uns dias depois de voltar, ela mencionou de passagem que tinha visto Grammaticus em Nova York, quando ele estava indo para Paris.

"Você encontrou com ele assim, sem mais nem menos?", perguntou Leonard, no colchão.

"É, com a Kelly. Num bar que ela quis que eu conhecesse."

"Você trepou com ele?"

"O quê?!"

"Vai ver você trepou com ele. Vai ver você quer um cara que não esteja tomando doses cavalares de lítio."

"Ai, meu Deus, Leonard, eu já te falei. Eu não me incomodo com isso. A médica disse que não é nem por causa do lítio, tá?"

"A médica fala um monte de coisa."

"Bom, faça-me o favor. Não fale assim comigo. Eu não gosto, tá? E soa muito feio."

"Desculpa."

"Você está ficando deprimido? Você está parecendo deprimido."

"Não estou. Eu não estou nada."

Madeleine deitou na cama, enroscando-se nele. "Nada? Você não está sentindo isso?" Ela pôs a mão no zíper da calça dele. "Isso é gostoso?"

"É."

Por um tempinho funcionou, mas não durou. Se, em vez de sentir a mão de Madeleine, Leonard tivesse imaginado Madeleine com as mãos em Grammaticus, ele poderia ter gozado. Mas a realidade não lhe bastava mais. E isso era um problema maior e mais profundo até que a sua doença, um problema que ele nem sabia como começar a tentar resolver. Então ele fechou os olhos e abraçou Madeleine com força.

"Desculpa", ele disse de novo. "Desculpa, desculpa."

Leonard se sentia melhor na companhia de pessoas que tinham as mesmas dificuldades dele. Durante o verão ele se manteve em contato com alguns pacientes que conhecera no hospital. Darlene se mudara para o apartamento de uma amiga em East Providence e Leonard tinha ido visitá-la uma ou duas vezes. Ela parecia hiperativa. Não conseguia ficar sentada quieta e falava sem parar, sem dizer muito coisa com coisa. Ela perguntava: "Então, Leonard, tá legal?", sem esperar pela resposta. Algumas semanas depois, no fim de julho, a irmã de Darlene, Kimberly, ligou para Leonard, dizendo que ela não atendia o telefone. Eles foram juntos até o apartamento de Darlene, onde a encontraram no meio de um surto psicótico. Ela achava que os vizinhos estavam conspirando para expulsá-la do prédio. Que estavam espalhando boatos a respeito dela para o proprietário. Ela tinha medo de sair, até para levar o lixo. O apartamento estava com cheiro de comida estragada, e Darlene tinha começado a beber de novo. Leonard teve que ligar para a dra. Shieu e explicar a situação, enquanto Kimberly convencia Darlene a tomar um banho e trocar de roupa. De algum jeito eles conseguiram fazer com que Darlene, com imensos olhos apavorados, entrasse no carro, e a levaram ao hospital, onde a dra. Shieu preparava os formulários de internação. Na semana seguinte, Leonard foi visitar Darlene todo dia. Ela normalmente estava fora de si, mas ele achava tranquilizador visitá-la. Ele esquecia de si próprio enquanto estava lá.

A única coisa que fez Leonard aguentar o resto do verão foi a perspectiva de ir para Pilgrim Lake. No começo de agosto chegou um envelope do laboratório. Dentro dele, em páginas lindamente impressas, cada uma delas gravada com logotipo tão proeminente que quase chegava a ser topográfico, havia materiais de orientação. Havia uma carta endereçada ao "Senhor Leonard Bankhead, Estagiário de Pesquisa" e assinada pessoalmente por David Malkiel. O pacote arrefeceu os medos de Leonard de que as autoridades pudessem saber da sua hospitalização e rescindissem o contrato dele. Ele leu a lista de pesquisadores e as universidades de onde eles vinham, e viu o seu nome bem onde deveria estar. Junto com a informação sobre os alojamentos e outras conveniências, o envelope continha um formulário para Leonard elencar as suas "preferências de campo de pesquisa". As quatro áreas de pesquisa no Pilgrim Lake eram: Câncer, Biologia Vegetal, Biologia Quantitativa e Genômica e Bioinformática. Leonard pôs "1" ao lado de Câncer, "2" ao lado de Biologia Vegetal, "3" ao lado de Biologia Quantitativa e "4" ao lado de Genômica e Bioinformática. Não era muita coisa, mas preencher o formulário e reenviá-lo ao laboratório representou a primeira realização pessoal de Leonard naquele verão, o único sinal tangível de que ele tinha um futuro na pós-graduação.

Quando eles chegaram a Pilgrim Lake no último fim de semana de agosto, os sinais proliferaram. Eles receberam a chave de um apartamento amplo. Os armários da cozinha estavam equipados com pratos novinhos e panelas e tigelas quase novas. A sala de estar tinha um sofá, duas cadeiras, uma mesa de jantar e um balcão. A cama era tamanho queen e todas as luzes e o encanamento funcionavam. Dividir o apartamentinho sem mobília de Leonard durante o verão inteiro tinha parecido mais um improviso do que morar juntos. Mas havia uma empolgação de recém-casados no ato de entrar pela porta daquela nova residência à beira-mar. Leonard imediatamente parou de se sentir como um inválido de que Madeleine estivesse cuidando e começou a se sentir mais ele mesmo.

Essa confiança renovada durou até o jantar de boas-vindas no domingo à noite. Atendendo aos pedidos de Madeleine, Leonard foi de gravata e paletó. Ele achou que ia destoar, mas, quando chegaram ao bar adjacente ao refeitório, quase todos os homens estavam com paletós e gravatas, e Leonard teve que admirar a capacidade de Madeleine de intuir essas coisas. Eles pegaram os crachás, viram onde iriam se sentar e se juntaram à rígida recepção formal. Mal passaram dez minutos conversando com as pessoas quando os outros dois caras que iriam ficar na equipe de Leonard apareceram para se apresentar. Carl Beller e Vikram Jaitly já se conheciam do MIT. Apesar de estarem no Pilgrim Lake havia tão pouco tempo quanto Leonard (ou seja, dois dias), eles irradiavam uma sensação de quem tudo sabe sobre o laboratório e o seu funcionamento.

"Então", Beller perguntou, "o que foi que você marcou como preferência de pesquisa? Na primeira escolha."

"Câncer", Leonard disse.

Beller e Jaitly pareceram se divertir com isso.

"Foi o que todo mundo marcou", Jaitly comentou. "Coisa de noventa por cento."

"Aí o que aconteceu", Beller explicou, "foi que câncer tinha um monte de gente e eles acabaram dando a segunda ou a terceira opção pra um monte de gente."

"E a gente é o quê?"

"A gente está em Genômica e Bioinformática", Beller falou.

"Eu pus essa por último", Leonard disse.

"É mesmo?", Jaitly estranhou. "Quase todo mundo pôs Quantitativa por último."

"O que você acha de um laboratório de leveduras?", Beller perguntou.

"Eu sou meio fã de drosófilas", Leonard disse.

"Que pena. As leveduras serão o nosso mundo pelos próximos nove meses."

"Eu estou feliz só de estar aqui", Leonard concluiu, com legítima since-ridade.

"Claro, vai ficar ótimo no currículo da gente", Jaitly disse, catando um aperitivo de uma bandeja que passava. "E os mimos são incríveis. Mas até num lugar desses dá pra você ficar preso num beco sem saída pra carreira."

Como todos os outros pesquisadores, Leonard ficara torcendo para ser alocado na equipe de um biólogo famoso, talvez até do próprio dr. Malkiel. Minutos depois, contudo, quando apareceu o líder da equipe deles, Leonard apertou os olhos para ler o crachá sem reconhecer o nome. Bob Kilimnik era um sujeito de seus quarenta anos que falava alto e não tinha interesse em manter contato visual. O paletó de tweed que ele usava parecia quente demais para aquele clima.

"Então, o pessoal está todo aqui", Kilimnik disse. "Bem-vindos ao Labo-ratório Pilgrim Lake." Ele acenou com um braço, apontando para o exube-rante refeitório, os garçons de casacas brancas e as fileiras de mesas enfeitadas por buquês de flores do campo. "Não se acostumem. A pesquisa científica normalmente não é assim. Via de regra é pizza e café solúvel."

Assistentes administrativos começaram a levar todo o grupo para a mesa. Depois de sentarem, o garçom informou que era noite da lagosta. Na mesa, além de Madeleine, estavam a mulher de Beller, Christine, e a namorada de Jaitly, Alicia. Leonard ficou satisfeito ao ver que Madeleine era mais bonita que as outras duas. Alicia morava em Nova York e reclamou que tinha que en-carar a viagem de carro depois do jantar. Christine queria saber se todo mundo tinha um bidê no apartamento, e qual era a daquele negócio. Enquanto os aperitivos eram servidos e uma garrafa de Pouilly-Fuissé passava de mão em mão, Kilimnik pediu que Beller e Jaitly lhe dessem notícias de vários professores do MIT, que parecia conhecer pessoalmente. Quando o prato principal chegou, ele começou a explicar os detalhes da sua pesquisa com as leveduras.

Havia diversas razões possíveis para a incapacidade que Leonard sentiu de acompanhar boa parte do que Kilimnik dizia. Para começo de conversa, Leonard ficou um pouco desorientado pela presença do dr. Malkiel, que, enquanto Kilimnik falava, apareceu no outro lado do salão. Elegante, cabelo grisalho penteado para trás sobre uma testa alta, Malkiel levou a esposa para o refeitório particular que já estava cheio de cientistas veteranos e executivos da biomedicina. Outra coisa que distraía Leonard era a quantidade de louça e de talheres na mesa, e a dificuldade de comer lagosta com aqueles tremores. Com o aventalzinho plástico amarrado no pescoço, ele tentava partir as garras, mas elas escorregavam sobre o prato. Ele estava com medo de usar o garfinho minúsculo para arrancar a cauda da lagosta, e finalmente pediu que Madeleine fizesse isso para ele, usando como desculpa o fato de vir da Costa Oeste e estar acostumado a comer caranguejo. Apesar disso tudo, de início Leonard acompanhou a conversa. As vantagens de trabalhar com as leveduras eram óbvias. As leveduras eram organismos eucarióticos simples. Tinham um tempo de geração curto (entre uma hora e meia e duas). As células de leveduras podiam ser transformadas com facilidade, fosse através da inserção de novos genes ou da recombinação homóloga. As leveduras eram organismos descomplicados, especialmente na comparação com plantas ou animais, e havia relativamente poucas sequências não codificantes para atrapalhar. Isso tudo ele entendeu. Mas enquanto Leonard punha um pouco de lagosta na boca, o que só lhe gerou náuseas, Kilimnik começou a falar de "assimetrias de desenvolvimento entre as células-filhas". Ele mencionou cepas "homotálicas" e "heterotálicas" de leveduras, e discutiu dois estudos aparentemente bem conhecidos, o primeiro de Oshima e Takano, e o segundo de Hicks e Herskowitz, como se esses nomes devessem significar alguma coisa para Leonard. Beller e Jaitly concordavam com a cabeça.

"Moléculas clivadas de DNA introduzidas nas leveduras promovem uma eficiente recombinação homóloga nas extremidades clivadas", Kilimnik disse. "Se nós nos guiarmos por isso, deve ser possível pôr os nossos segmentos artificiais perto de CDC36 no cromossomo."

A essa altura Leonard já tinha parado de comer e só bebericava água. Parecia que seu cérebro estava derretendo, escorrendo pelas orelhas como as tripas verdes da lagosta no prato. Quando Kilimnik seguiu dizendo: "Trocando em miúdos, o que a gente vai fazer é colocar um gene HO invertido nas células-filhas para ver se isso altera a capacidade de mudar de sexo e se reproduzir", as únicas palavras que Leonard entendeu foram *sexo* e *reproduzir*. Ele não sabia o que era o gene HO. Estava com dificuldade para lembrar a diferença entre *Saccharomyces cerevisiae* e *Schizosaccharomyces pombe*. Felizmente, Kilimnik não fez perguntas. Ele disse que qualquer coisa que eles não soubessem, iam aprender na Aula de Leveduras, que ele mesmo daria.

Depois desse jantar, Leonard fez o melhor que pôde para entrar no ritmo dos outros. Ele leu os artigos relevantes, o Oshima, o Hicks. O material não era difícil, pelo menos não em linhas gerais. Mas Leonard mal conseguia terminar uma frase sem se distrair. A mesma coisa acontecia na Aula de Leveduras. Apesar dos efeitos estimulantes de um naco de tabaco na bochecha, Leonard sentia a cabeça apagando por intervalos de dez minutos enquanto Kilimnik explicava coisas no quadro-negro. As suas axilas ficavam em chamas com o medo de poder ser chamado a qualquer minuto e fazer papel de bobo.

Quando a Aula de Leveduras acabou, a ansiedade de Leonard rapidamente virou tédio. O trabalho dele era preparar DNA, cortá-lo com enzimas de restrição e unir as partes restantes. Isso tomava tempo, mas não era lá muito difícil. Ele podia ter visto mais prazer no trabalho se Kilimnik dissesse uma palavra de encorajamento ou pedisse a opinião dele sobre qualquer coisa. Mas o líder da equipe mal ia ao laboratório. Ele passava quase o dia todo no escritório, analisando as amostras, e mal erguia os olhos quando Leonard entrava na sala. Leonard se sentia como uma secretária que ia deixar a correspondência para ser assinada. Quando passava por Kilimnik nas instalações do laboratório ou no refeitório, muitas vezes ele nem o reconhecia.

Beller e Jaitly eram tratados um pouco melhor, mas não muito. Eles começaram a resmungar sobre pedir transferência para outras equipes. Os caras do lado estavam trabalhando com moscas de fruta geneticamente alteradas, tentando achar a causa da esclerose lateral amiotrófica. Quanto a Leonard, ele usava a ausência de Kilimnik para fazer pausas frequentes, indo fumar atrás do laboratório, na brisa fresca do mar.

A sua meta principal no laboratório era esconder a doença. Quando terminava de preparar o DNA, Leonard tinha que colocá-lo na eletroforese, o que significava lidar com o gel das cubetas. Ele sempre tinha que esperar Jaitly e Beller virarem as costas para tirar os pentes da agarose, porque nunca sabia, de um momento para o outro, como podia estar o tremor. Depois de conseguir preparar o gel e rodar uma corrida de cerca de uma hora, ele tinha que pôr brometo de etídio nas amostras e revelar o DNA com luz ultravioleta. E quando tudo isso estava pronto, tinha que começar de novo com a próxima amostra.

Essa era a tarefa mais dura de todas: não misturar as amostras. Preparar uma cadeia de DNA depois da outra, separar, etiquetar e armazenar cada uma, apesar da sua atenção vacilante e dos pequenos apagões mentais.

Ele contava os minutos até a hora de ir embora todo dia. A primeira coisa que fazia, quando chegava em casa toda noite, era entrar no chuveiro e escovar os dentes. Depois disso, sentindo-se momentaneamente limpo, sem gosto ruim na boca, ele se arriscava a deitar com Madeleine na cama ou no sofá e a pôr seu cabeção desgraçado no colo dela. Era a hora preferida de Leonard. Às vezes Madeleine lia em voz alta seus romances. Se ela estivesse de saia ele descansava a cabeça naquelas coxas superlisas. Toda noite, quando chegava a hora do jantar, Leonard dizia: "Vamos ficar em casa". Mas toda noite Madeleine o fazia se vestir e eles iam para o refeitório, onde Leonard tentava não deixar transparecer a sua náusea ou derrubar o copo d'água.

Em fins de setembro, quando Madeleine foi para a sua conferência vitoriana em Boston, Leonard quase desmontou. Por três dias inteirinhos ele morreu de saudade dela. Ficava telefonando para o quarto dela no Hyatt, sem que ninguém atendesse. Quando Madeleine ligava, ela normalmente estava correndo para chegar a um jantar ou uma palestra. Às vezes ele podia ouvir outras pessoas com ela, gente feliz, funcional. Leonard tentava manter Madeleine no telefone o máximo possível, e assim que ela desligava ele contava as horas até que fosse permitido ligar de novo para ela. Quando a hora do jantar ia chegando, ele tomava um banho, punha uma roupa limpa e seguia pelo píer para o refeitório, mas a perspectiva de se digladiar com Beller e Jaitly a respeito de algum assunto técnico o convencia a acabar comprando uma pizza congelada no mercadinho vinte e quatro horas embaixo do refeitório. Ele esquentava a comida em casa e assistia *Hill Street Blues*. No domingo, com a ansiedade crescendo, ele telefonou para o dr. Perlmann para explicar o que estava sentindo. Perlmann ligou para a farmácia de P-Town para passar uma receita de Lorax e Leonard pegou o Honda de Jaitly emprestado para ir buscá-lo, dizendo que ia comprar um remédio para alergia.

E, assim, lá estava ele, três semanas e meia depois do começo do estágio, tomando o seu lítio e o seu Lorax, espalhando Anusol entre as nádegas toda manhã e toda noite, tomando um copo de Metamucil junto com o suquinho de laranja matinal, engolindo, conforme o caso, um comprimido para náusea cujo nome ele esquecia. Totalmente só no seu esplêndido apartamento, entre os gênios e os pretensos gênios, no fundo da terra da decadência.

Na segunda à tarde Madeleine voltou da conferência reluzindo de entusiasmo. Ela lhe falou das novas amigas que tinha feito, Anne e Meg. Disse que queria se especializar no período vitoriano, mesmo que Austen fosse da Regência e, tecnicamente, não fizesse parte. Ela falou sem parar sobre o fato de ter conhecido Terry Castle, e sobre como Castle era brilhante, e Leonard ficou aliviado ao descobrir que Terry Castle era mulher (e aí menos aliviado ao descobrir que ela gostava de mulheres). A empolgação de Madeleine sobre o futuro parecia ainda mais viva em contraste com a súbita falta dessa empolgação em Leonard. Ele estava mais ou menos bom agora, mais ou menos saudável, mas não sentia mais a energia ou a curiosidade de sempre, não sentia o seu antigo espírito animal. Eles saíam para passear pela praia, ao pôr do sol. Ser maníaco-depressivo não deixava Leonard menos alto. Madeleine ainda se encaixava perfeitamente no braço dele. Mas até a natureza estava ferrada para ele agora.

"Você está sentindo algum cheiro aqui?", ele perguntava.

"Cheiro de mar."

"Pra mim não tem cheiro nenhum."

Às vezes eles iam a Provincetown para almoçar ou jantar. Leonard tentava, tanto quanto podia, pensar em uma coisa de cada vez. Ele fazia o seu trabalho no laboratório e aguentava as noites. Tentava manter os níveis de estafa ao mínimo. Mas uma semana depois de o Nobel de MacGregor ser anunciado, Madeleine contou a Leonard, durante o passeio da tardinha, que a irmã dela, Alwyn, estava passando por uma "crise conjugal" e que a mãe e a irmã viriam para Cape Cod para discutir a situação.

Leonard sempre teve pavor de conhecer os pais das namoradas. Se houve uma bênção no fato de Madeleine ter terminado com ele na primavera passada e no seu colapso subsequente, foi a anulação da obrigação de conhecer o senhor e a senhora Hanna no dia da formatura. Durante o verão, sem muita pressa de se fazer ver naquele estado trêmulo e inchado, Leonard tinha dado um jeito de adiar o encontro, se escondendo em Providence. Mas não tinha mais como adiar.

O dia começou de maneira memorável, ainda que meio cedo demais, com o som de Jaitly e Alicia mandando ver no apartamento de cima. O prédio cm que eles moravam, Starbuck, era um celeiro reformado e não tinha absolutamente nenhum tipo de isolamento acústico. Não era só que parecesse que Jaitly e Alicia estivessem no mesmo quarto que eles. Parecia que estavam na mesma cama, enfiados entre Madeleine e Leonard, mostrando como era que se fazia aquilo.

Quando as coisas acalmaram, Leonard se levantou para mijar. Ele tomou três comprimidos de lítio com o café da manhã, olhando o dia nascer por sobre a baía. Na verdade estava se sentindo razoavelmente bem. Ele achou que ia ser um dos dias bons. Vestiu uma roupa um pouco melhor que o normal, calça cáqui e uma camisa branca. No laboratório, pôs Violent Femmes no som e começou a preparar amostras. Quando Jaitly chegou, Leonard não parava de sorrir para ele.

"Dormiu bem, Vikram?"

"Dormi, sim."

"Não se ralou no colchão?"

"O quê, você estava... seu merdinha!"

"A culpa não é minha. Eu só estava deitadão, na minha."

"Tá bom, mas é que a Alicia só vem no fim de semana. Você tem a Madeleine aqui o tempo todo."

"Isso lá é verdade, Vikram. Isso lá é verdade."

"Dava pra escutar mesmo?"

"Nada! Eu só estou enchendo o saco."

"Não fale nada pra Alicia. Ela vai ficar morrendo de vergonha! Você jura?"

"O seu segredo operístico está a salvo comigo", Leonard disse.

Mas lá pelas dez horas a neblina mental começou a se instalar. Leonard ficou com dor de cabeça. Ele estava com os tornozelos tão inchados por causa da retenção de líquido que se sentia como Godzilla marchando para cá e para lá na sala de trinta graus. Mais tarde, quando tirava um pente do gel, a mão de Leonard tremeu, criando bolhas na amostra, e ele teve que jogar tudo fora e começar de novo.

Ele estava com problemas digestivos, também. Tomar os comprimidos com café, de barriga vazia, tinha sido uma má ideia. Sem querer empestear o banheiro do laboratório, Leonard voltou para o apartamento na hora do almoço, aliviado por descobrir que Madeleine já tinha saído para ir buscar a mãe e a irmã. Ele se trancou na privada com *The atrocity exhibition*, torcendo que fosse rápido, mas a sessão de propulsão o deixou com uma sensação tão grande de sujeira que ele tirou a roupa e tomou um banho. Depois, em vez de vestir de novo as roupas boas, ele pôs uma bermuda e uma camiseta e amarrou uma bandana na cabeça. Ele ia encarar mais tempo na sala de trinta graus e queria conforto. Meteu uma latinha de tabaco Skoal na meia e seguiu com os pés pesados para o laboratório.

Madeleine trouxe a mãe e a irmã à tarde. Phyllida era ao mesmo tempo mais formal e menos intimidante do que ele tinha imaginado. O sotaque elitista, como Leonard nunca tinha ouvido a não ser num noticiário dos anos 30, era efetivamente atordoante. Nos primeiros dez minutos, enquanto lhe mostrava o laboratório, ele ficou pensando que ela estava fingindo. A experiência toda foi como receber uma visita de Sua Majestade. Phyllida era só penteado e bolsinha, cheia de interrogações em tom agudo, e de vontade de pôr o olho no microscópio para ser informada sobre o recente trabalho científico do súdito. Leonard gostou de descobrir que Phyllida era inteligente, e até tinha senso de humor. Ele entrou em modo nerd, explicando as particularidades das leveduras, e, por um momento, se sentiu um biólogo de verdade.

A parte difícil do encontro foi com a irmã. Apesar de Madeleine insistir que sua família era "normal" e "feliz", o clima que Leonard sentia em Alwyn sugeria outra situação. A hostilidade que vinha dela era tão fácil de ver quanto uma amostra corada com azul de bromofenol. Aquele rosto sardento e rechonchudo tinha os mesmos ingredientes do de Madeleine, mas misturados nas proporções erradas. Ela nitidamente tinha sofrido a vida toda por ser a irmã mais feia. Parecia que estava entediada com tudo o que ele dizia, e sofrendo algum desconforto físico. Leonard ficou aliviado quando Madeleine levou Alwyn e Phyllida embora.

No geral, ele achou que a visita tinha ido razoavelmente bem. Ele não tinha tremido de um jeito muito visível; tinha conseguido dar conta da parte dele na conversa e olhar para Phyllida com um interesse polido. Naquela noite, quando ele voltou para casa, Madeleine veio recebê-lo usando apenas uma toalha de banho. E depois a toalha caiu também. Ele a levou para a cama, tentando não pensar demais. Ao tirar a bermuda, ficou mais calmo ao ver que estava com uma ereção perfeitamente adequada. Tentou aproveitar essa janela de oportunidade, mas o pragmatismo do método anticoncepcional fechou a janela tão rápido quanto ela tinha sido aberta. E aí, constrangedoramente, ele começou a chorar. A apertar o rosto contra o colchão e chorar. Quem podia dizer se isso era emoção de verdade? Talvez fosse só o remédio fazendo alguma coisa com ele. A presença calculista que morava no sótão da cabeça dele imaginou que chorar ia deixar Madeleine mais mole, ia trazê-la mais perto. E funcionou. Ela o acolheu, esfregando-lhe as costas, sussurrando que o amava.

Naquele momento, ele deve ter caído no sono. Quando acordou, estava sozinho. A fronha estava úmida, assim como o lençol por baixo dele. O relógio da cabeceira informava 10h17. Ele ficou deitado no escuro, com o coração aos pulos, tomado pelo medo de que Madeleine tivesse ido embora para sempre. Depois de meia hora, Leonard se levantou da cama e engoliu um Lorax; logo caiu no sono de novo.

Na sexta-feira seguinte, no escritório de Perlmann no Mass Gen, Leonard argumentou.

"Eu estou tomando mil e oitocentos miligramas desde junho. A gente já está em outubro. São quatro meses."

"E parece que você está tolerando o lítio muito bem."

"Bem? Olha a minha mão." Leonard estendeu o braço. Estava firme como um rochedo. "É só esperar. Daqui a pouquinho vai começar a tremer."

"Os seus níveis estão bons. Função renal, tireoide — as duas estão boas. Os seus rins eliminam as drogas muito rápido. É por isso que você precisa de uma dose tão alta para manter o seu lítio em nível terapêutico."

Leonard tinha ido para Boston com Madeleine, no Saab. Na noite anterior, um pouco antes das dez, Kilimnik havia chamado Leonard no seu apartamento, dizendo que precisava de uma nova leva de amostras para a manhã seguinte e que Leonard devia prepará-las naquela noite. Leonard foi ao laboratório no escuro, fez as corridas do gel, revelou o DNA e deixou as imagens dos fragmentos na mesa de Kilimnik. Quando estava saindo, percebeu que Beller ou Jaitly tinham deixado um dos microscópios ligado. Estava prestes a apagar a lâmpada quando percebeu que havia uma lâmina no *charriot*. Então ele se curvou para dar uma olhada.

Ficar ao microscópio ainda causava em Leonard o mesmo espanto que sentiu na primeira vez que usou um deles, em um modelo usado, de brinquedo, que ganhou de Natal quando tinha dez anos. Era sempre uma sensação cinética, como se não estivesse tanto olhando por uma lente objetiva, mas sim mergulhando de cabeça no mundo microscópico. Por ter ficado ligada, a ocular estava incomodamente quente. Leonard girou o parafuso macrométrico e depois o micrométrico e lá estavam elas: um bando de células haploides de levedura ondulando como criancinhas no mar em Race Point Beach. Leonard podia ver as células com tanta clareza que ficava surpreso por elas não reagirem à sua presença; mas elas permaneciam alheias, como sempre, nadando no seu pequeno círculo de luz. Mesmo no meio livre de emoções da solução de ágar-ágar, as células haploides pareciam considerar indesejável a sua condição solitária. Uma haploide, no quadrante esquerdo inferior, estava se orientando para a célula haploide ao seu lado. Havia algo belo e coreográfico nesse gesto. Leonard teve vontade de assistir a toda a performance, mas ia demorar horas e ele estava cansado. Desligando a luz, ele atravessou a escuridão que o separava do seu prédio. Quando chegou, já passava das duas.

No dia seguinte, Madeleine o levou até Boston. Ela ia de motorista dele toda semana, feliz por poder passar uma hora espiando as livrarias da Harvard Square. Enquanto eles seguiam pela Route 6, sob um céu baixo da mesma cor cinzenta das casas coloniais espalhadas pela paisagem, Leonard examinava Madeleine com o canto do olho. Sob o regime de nivelamento da universidade, tinha sido possível ignorar a diferença da criação dos dois. Mas a visita de Phyllida tinha mudado esse fato. Leonard agora entendia de onde vinham as peculiaridades de Madeleine: por que mesmo a prosódia dela tinha um quê ascendente; por que ela gostava de molho inglês; por que ela acreditava que dormir com as janelas abertas, mesmo nas noites mais geladas, fazia bem para a saúde. Os Bankhead não eram uma família de ficar de janela aberta. Eles preferiam as janelas e as cortinas fechadas. Madeleine era pró-sol e antipoeira; ela era pró-faxina de primavera, a favor de bater tapetes na grade da varanda, de deixar a casa ou o apartamento tão livre de teias e fuligem quanto de se manter a mente livre de indecisão ou ruminações melancólicas. A forma confiante com que Madeleine dirigia (ela sempre insistia que os atletas davam os melhores motoristas) traduzia uma simples fé em si própria que Leonard, apesar de toda a sua inteligência e originalidade intelectual, não tinha. Você saía com uma menina primeiramente porque o mero fato de vê-la deixava você com as pernas bambas. Você se apaixonava e ficava desesperado com a possibilidade de que ela fosse embora. E, no entanto, quanto mais você pensava nela, menos sabia quem ela era. Você torcia para que o amor transcendesse todas as diferenças. Era torcer. Leonard não ia desistir. Ainda não.

Ele se inclinou para a frente, abriu o porta-luvas e revirou as fitas, tirando uma cassete de Joan Armatrading. Ele pôs a fita.

"Isso de maneira nenhuma sinaliza aprovação da minha parte", ele disse.

"Eu adoro essa fita!", Madeleine exultou, de forma previsível e cativante. "Aumenta aí!"

As árvores de fim de outono estavam nuas na entrada de Boston. Ao longo do rio Charles, corredores usavam calças de moletom e blusas com capuz, exalando vapor.

Leonard estava quarenta e cinco minutos adiantado para a consulta. Em vez de entrar no hospital, ele caminhou até um parque próximo. O parque estava mais ou menos no mesmo estado em que ele estava. O banco em que ele sentou parecia ter sido roído por castores. A dez metros dali, uma estátua de um Minuteman, toda grafitada, erguia-se da grama cheia de mato. Com os seus rifles de pederneira, os Minutemen tinham lutado pela liberdade, e tinham vencido. Mas se estivessem tomando lítio, eles não teriam sido homens-minuto. Teriam sido homens-quinze-minutos, ou homens-meia-hora. Teriam demorado a carregar os rifles e chegar ao campo de batalha, e àquela altura os ingleses teriam vencido.

Às duas horas, Leonard foi ao hospital para argumentar com Perlmann.

"Muito bem, você parou de tomar o lítio de propósito. Mas a questão é: por que você fez uma coisa dessas?"

"Porque eu estava de saco cheio. Eu estava de saco cheio de como o remédio me deixava."

"Que era como?"

"Apagado. Lento. Semivivo."

"Deprimido?"

"Sim", Leonard concedeu.

Perlmann se deteve para sorrir. Ele pôs uma das mãos no alto da careca como que para conter uma sacada brilhante. "Você estava se sentido horrível *antes* de parar de tomar o lítio. E é nessa dose que você quer que eu te ponha de novo."

"Doutor Perlmann, eu estou com essa dose nova, mais alta, há mais de quatro meses. E eu estou sofrendo uns efeitos colaterais muito piores do que qualquer coisa que eu já tenha sentido. O que estou dizendo é que a impressão que eu tenho é de que eu estou sendo lentamente envenenado."

"E eu estou dizendo, como seu psiquiatra, que se fosse esse o caso nós estaríamos vendo as provas nos seus exames de sangue. Nada do que você descreveu dos seus efeitos colaterais parece anormal. Eu preferiria que os efeitos tivessem diminuído mais do que já diminuíram, mas às vezes demora mais. Para a sua altura e o seu peso, mil e oitocentos miligramas não é tanto. Agora, eu estou disposto a considerar baixar a sua dose em algum momento. Eu estou aberto. Mas a realidade é que você é um paciente relativamente novo para mim. Eu tenho que levar isso em consideração para avaliar o seu caso."

"Então, quando eu vim ser seu paciente eu me pus de novo no fim da fila."

"Metáfora errada. Não há fila."

"Só uma porta fechada, então. Só Joseph K. tentando entrar no castelo."

"Leonard, eu não sou crítico literário. Eu sou psiquiatra. Vou deixar as comparações para você."

Quando Leonard saiu do elevador no saguão do hospital estava se sentindo exausto de tanto discutir e implorar. Apesar do perigo de encontrar criancinhas doentes e ficar ainda mais deprimido, ele se escondeu na lanchonete para tomar um café e comer um doce. Ele comprou um jornal, que leu inteiro, matando mais que uma hora. Quando saiu para encontrar Madeleine, às cinco, os postes estavam acesos, com a lúgubre luz de novembro morrendo. Alguns minutos depois, o Saab surgiu do crepúsculo, deslizando para o meio-fio.

"Como é que foi?", Madeleine perguntou, se esticando para ganhar um beijo.

Leonard prendeu o cinto de segurança, fingindo que não tinha notado. "Eu estava em *terapia*, Madeleine", ele respondeu friamente. "Terapia não 'vai'."

"Eu só perguntei."

"Não, não perguntou. Você quer um relatório dos progressos. 'Você está melhorando, Leonard? Você vai parar de ser um zumbi agora, Leonard?'"

Passou um momento para Madeleine absorver o que ele dissera. "Eu entendo que você possa ter visto assim, mas não era o que eu queria dizer. Mesmo."

"Só me tire daqui", Leonard disse. "Eu odeio Boston. Eu sempre odiei Boston. Toda vez que eu vim a Boston me aconteceu alguma coisa ruim."

Nenhum dos dois falou por um tempo. Depois de sair do hospital, Madeleine entrou na Storrow Drive, seguindo o rio Charles. Era o caminho mais longo, mas Leonard não estava a fim de dizer isso.

"Então é pra eu não me preocupar com você?", ela perguntou.

"Você pode se preocupar comigo", Leonard replicou numa voz mais baixa.

"Então?"

"Então que o Perlmann não vai baixar a minha dose. A gente ainda está esperando que o meu sistema se aclimate."

"Bom, eu fiquei sabendo uma coisa interessante hoje", Madeleine disse animada. "Eu estava numa livraria e achei um artigo sobre psicose maníaco-depressiva e umas possibilidades de cura que eles estão estudando." Ela se virou para sorrir para ele. "Aí eu comprei. Está no banco de trás."

Leonard não esboçou nenhum movimento. "Curas", ele disse.

"Curas e novos tratamentos. Eu não li tudo ainda."

Leonard encostou a cabeça no banco, suspirando. "Eles ainda nem entenderam o *mecanismo* do maníaco-depressivo. O que a gente sabe sobre o cérebro é ridiculamente insignificante."

"Eles dizem isso no artigo", Madeleine prosseguiu. "Mas estão começando a entender muito mais. O artigo é sobre as pesquisas mais recentes."

"Você está me escutando? Não tem como, sem saber a causa de uma doença, você conseguir desenvolver uma cura."

Madeleine lutava para abrir caminho entre duas pistas de trânsito pesado para tentar chegar à saída para a estrada. Com uma voz determinadamente alegre, ela disse: "Desculpa, querido, mas parte de ser maníaco-depressivo significa que você é, sabe, meio depressivo. Às vezes você sai criticando as coisas antes de saber direito do que se trata".

"E você é uma otimista que nunca ouviu falar de uma cura em que não acreditasse."

"Só leia o artigo", Madeleine disse.

Depois do cruzamento com a Route 3, eles pararam para pôr gasolina. Suspeitando que Madeleine, sem querer provocar mais atritos, seria leniente se ele fumasse no carro, Leonard comprou um maço de Backwood. Quando estavam na estrada de novo, ele acendeu um, abrindo um pouco a janela. Era a única coisa boa que tinha acontecido no dia inteiro.

Quando chegaram a Cape Cod, o humor dele tinha melhorado um pouco. Procurando ser mais simpático, ele esticou o braço para o banco de trás e pegou a revista, tentando ler com a luz fraca do painel. Mas aí ele gritou:

"*Scientific American*! Você está de brincadeira?"

"Que é que tem?"

"Isso aqui não é ciência. É jornalismo. Não tem nem um conselho científico!"

"Eu não vejo que diferença faz."

"E não é de se estranhar. Porque você não sabe nada de ciência."

"Eu só estava tentando ajudar."

"Sabe como é que você pode ajudar? Dirija", Leonard disse, nervoso. Ele abriu a janela e jogou a revista fora.

"Leonard!"

"Dirija!"

Eles não se falaram durante o resto da viagem até Pilgrim Lake. Quando saíram do carro, na frente do prédio em que moravam, Leonard tentou abraçar Madeleine, mas ela se livrou do braço dele e subiu sozinha.

Ele não a seguiu. Depois dessa ausência, ele tinha que voltar ao laboratório, e era melhor que ficassem separados um tempo.

Ele subiu até o píer que atravessava as dunas, passou pelo jardim de esculturas e chegou ao laboratório de genética. Já estava escuro lá fora, com o agregado de edifícios do laboratório prateando sob uma meia-lua. O ar estava gélido. O vento trazia consigo o cheiro de gaiola de rato da Casa dos Animais localizado à direita dele. Ele estava quase contente de ir trabalhar. Precisava ocupar a cabeça com coisas não emocionais.

O laboratório estava vazio quando ele chegou. Jaitly tinha deixado um post-it que dizia, cripticamente: "Cuidado com o dragão". Leonard ligou o som, pegou uma Pepsi na geladeira, pela cafeína, e começou a trabalhar.

Estava trabalhando havia uma hora quando, para sua surpresa, a porta se abriu e Kilimnik entrou. Ele foi direto para cima de Leonard, com um olhar ameaçador.

"O que foi que eu te pedi para fazer ontem à noite?", Kilimnik disse com uma voz ríspida.

"Você pediu para eu fazer umas corridas de amostras."

"Um trabalhinho bem simples, não é?"

Leonard queria dizer que teria sido mais fácil se Kilimnik não tivesse ligado tão tarde, mas achou mais sábio ficar calado.

"Olha esses números", Kilimnik asseverou.

Ele estendeu as imagens para Leonard, que as pegou, obediente.

"São os mesmos números da série que você me deu *dois dias atrás*", Kilimnik disse. "Você misturou as amostras! O que é que você tem? Você é retardado?"

"Desculpa", Leonard disse. "Eu vim para cá ontem à noite logo depois que você ligou."

"E fez um trabalhinho porco", Kilimnik gritou. "Como é que eu posso fazer um estudo se os meus técnicos de laboratório não seguem os protocolos mais elementares?"

Chamar Leonard de "técnico de laboratório" era para ofender. Leonard acusou o golpe.

"Me desculpe", ele disse de novo, em vão.

"Vai embora", Kilimnik falou, dispensando-o com um gesto. "Vai descansar um pouco. Eu não quero que você estrague mais nada hoje."

Leonard só podia obedecer. Mas assim que saiu do laboratório ele ficou tão enfurecido que quase voltou para jogar algumas coisas na cara de Kilimnik. Kilimnik tinha caído em cima dele por ter misturado as amostras, mas a verdade era que não fazia muita diferença. Estava abundantemente claro — para Leonard, pelo menos — que trocar o gene HO para a outra cadeia de DNA não ia mudar a assimetria entre células-mães e filhas. Havia mil outras causas possíveis para essa assimetria. No fim do experimento, entre dois e seis meses, Kilimnik ia poder provar, definitivamente, que a posição do gene HO não tinha efeito na assimetria das células de levedura em reprodução e que, portanto, eles estavam uma palhinha mais perto de desencavar a agulha.

Leonard imaginou dizer essas coisas para Kilimnik. Mas sabia que nunca ia fazer isso. Ele não tinha para onde ir se perdesse o estágio. E estava fracassando, fracassando nos trabalhos mais simples.

Já atrás do prédio em que morava, ele fumou os Backwoods até o cartucho de papel-alumínio ficar vazio.

Madeleine estava sentada no sofá quando ele entrou. O telefone estava no seu colo, mas ela não estava falando. Não olhou para ele.

"Oi", Leonard disse. Ele queria pedir desculpas, mas isso se provou mais difícil do que ir até a geladeira pegar uma cerveja Rolling Rock. Ele ficou de pé na cozinha, mamando na garrafa verde.

Madeleine continuava no sofá.

Leonard tinha esperança de que, se ignorasse a briga anterior, podia parecer que ela nem tinha acontecido. Infelizmente, o telefone no colo de Madeleine sugeria que ela estivera falando com alguém, provavelmente uma das amigas, para discutir o mau comportamento dele. Um pouco depois, de fato, ela rompeu o silêncio.

"A gente pode conversar?", ela pediu.

"Pode."

"Você tem que fazer alguma coisa com a sua raiva. Você perdeu o controle no carro hoje. Foi de dar medo."

"Eu estava transtornado", Leonard disse.

"Você estava violento."

"Ah, por favor."

"Estava mesmo", Madeleine insistiu. "Você me deixou com medo. Eu achei que você ia me bater."

"A única coisa que eu fiz foi jogar a revista fora."

"Você estava enfurecido."

Ela continuou falando. O discurso dela parecia ensaiado ou, se não ensaiado, alimentado por frases que não eram dela, frases fornecidas por quem quer que fosse que esteve com ela ao telefone. Madeleine estava dizendo coisas sobre "violência verbal" e sobre ser "refém do humor de outra pessoa" e ter "autonomia no relacionamento".

"Eu entendo que você esteja frustrado porque o doutor Perlmann fica te enrolando", ela disse. "Mas não é culpa minha e você não pode ficar descontando em mim. A minha mãe acha que a gente tem estilos diferentes de discutir. É importante que as pessoas numa relação tenham regras sobre o jeito de discutir. O que é e o que não é aceitável. Mas quando você perde o controle daquele jeito..."

"Você discutiu isso com a sua mãe?" Leonard fez um gesto na direção do telefone. "Era disso que você estava falando?"

Madeleine tirou o telefone do colo e o pôs de volta na mesa de centro. "Eu falo com a minha mãe sobre um monte de coisas."

"Mas ultimamente eu sou o assunto principal."

"Às vezes."

"E o que diz a sua mãe?"

Madeleine baixou a cabeça. Como quem não se dá tempo para pensar duas vezes, ela disse rapidamente: "A minha mãe não gosta de você".

As palavras atingiram Leonard como um golpe físico. Não era só o conteúdo da declaração, que já era bem ruim. Era a decisão de Madeleine de fazê-la. Uma coisa dessas, depois de dita, não era desdita com facilidade. De agora em diante ela estaria ali, sempre que Leonard e Phyllida estivessem na mesma sala. Isso evocava a possibilidade de que Madeleine não contasse que isso fosse acontecer no futuro.

"Como assim, a sua mãe não gosta de mim?"

"Ela só não gosta."

"Do *quê*, em mim?"

"Eu não quero falar disso. Não é isso que a gente está discutindo."

"Agora a gente está. A sua mãe não gosta de mim? Ela só me viu uma vez."

"E não correu nada bem."

"Quando ela esteve aqui? O que foi que aconteceu?"

"Bom, pra começo de conversa, você apertou a mão dela."

"E daí?"

"E daí que a minha mãe é das antigas. Via de regra, ela não aperta a mão de um homem. E, se aperta, é ela quem toma a iniciativa."

"Desculpa. Eu estou meio enferrujado no meu manual de etiqueta."

"E a roupa que você estava usando. A bermuda e a bandana."

"É quente no laboratório", Leonard protestou.

"Eu não estou justificando a sensação da minha mãe", Madeleine disse. "Eu só estou explicando. Você não causou uma primeira impressão boa. Só isso."

Leonard conseguia ver como isso podia ser verdade. Ao mesmo tempo, ele não acreditava que essa falha de boas maneiras pudesse ter levado Phyllida a se virar tão definitivamente contra ele. Mas havia outra possibilidade.

"Você contou pra ela que eu sou maníaco-depressivo?", ele perguntou. Madeleine olhou para o chão. "Ela sabe."

"Você contou!"

"Não, eu não contei. Foi a Alwyn. Ela achou os seus remédios no banheiro."

"A sua irmã mexeu nas minhas coisas? E eu é que sou mal-educado?"

"Eu tive uma briga enorme com ela por causa disso", Madeleine disse.

Leonard foi até o sofá e sentou perto de Madeleine, segurando as mãos dela. Ele estava se sentindo, súbita e constrangedoramente, à beira das lágrimas.

"É por isso que a sua mãe não gosta de mim?", ele perguntou numa voz que inspirava pena. "Por causa da minha doença?"

"Não é só isso. É só que ela acha que nós não somos certos um pro outro."

"Nós somos perfeitos um pro outro!", ele disse, tentando sorrir, e olhando nos olhos dela em busca de uma confirmação.

Mas Madeleine não deu essa confirmação. Em vez disso, olhou fixamente para suas mãos entrelaçadas, franzindo o rosto.

"Eu não sei mais", ela disse.

Ela tirou as mãos das dele, metendo-as debaixo dos braços.

"Mas o que é, então?", Leonard insistiu, desesperado para saber. "É por causa da minha família? É porque eu sou pobre? É porque eu precisei de auxílio estudantil?"

"Não tem nada a ver com isso."

"A sua mãe está com medo de eu passar a doença pros nossos filhos?"

"Leonard, pare."

"Parar por quê? Eu quero saber. Você me diz que a sua mãe não gosta de mim, mas não diz por quê."

"Ela só não gosta, ponto."

Ela se levantou e pegou o casaco na cadeira. "Eu vou dar uma volta", ela disse.

"Agora eu saquei por que você comprou aquela revista", Leonard falou, incapaz de evitar o tom amargo. "Você está torcendo pra achar uma cura."

"E o que isso tem de errado? Você não ia gostar de ficar bem?"

"Eu sinto muito por sofrer de uma doença mental, Madeleine. Eu sei que é terrivelmente rude. Se os meus pais tivessem me criado melhor, talvez eu não fosse assim."

"Isso não é justo!", Madeleine gritou, tomada pela primeira vez por uma raiva verdadeira. Ela lhe deu as costas, como que enojada, e saiu do apartamento.

Leonard ficou cravado onde estava. Os olhos dele se encheram de água, mas se ele piscasse bem rápido nenhuma lágrima caía. Por mais que odiasse o lítio, ele era um amigo. Leonard podia sentir a imensa maré de tristeza à espera de cobri-lo todo. Mas havia uma barreira invisível que evitava que toda a realidade daquele fato o atingisse. Era como espremer um saquinho cheio d'água e sentir todas as propriedades do líquido sem se molhar. Então pelo menos isso ele tinha para agradecer. A vida que estava destruída não era integralmente sua.

Ele ficou sentado no sofá. Pela janela via as ondas na noite, cristas brilhando ao luar. A água negra estava lhe dizendo coisas. Estava lhe dizendo que ele tinha vindo do nada e voltaria ao nada. Ele não era tão inteligente quanto achava. Ia fracassar em Pilgrim Lake. Mesmo que conseguisse não perder o estágio até maio, ele não seria chamado de volta. Ele não tinha dinheiro para uma pós-graduação, nem para alugar um apartamento. Não sabia mais o que fazer da vida. O medo com que tinha crescido, o medo de não ter dinheiro, que nem todas as bolsas e estágios que ganhou conseguiram erradicar, estava de volta sem ter perdido nada da sua força. A imunidade de Madeleine à miséria, ele agora percebia, sempre tinha sido uma das coisas que o levaram a ela. Ele achava que não se importava com dinheiro até esse momento, quando percebeu que, se ela fosse embora, o dinheiro dela iria junto. Leonard não acreditou nem por um minuto que a objeção da mãe de Madeleine a ele estivesse ligada apenas à doença. A doença era só o mais confessável dos preconceitos dela. Ela não podia ter ficado muito empolgada por ele ser apenas da Portland tradicional, em vez de ser de uma família tradicional, ou por ele parecer um membro de uma gangue de motociclistas, ou cheirar a charutos baratos de posto de gasolina.

Ele não foi atrás de Madeleine. Já tinha dado mostras de fraqueza e desespero suficientes. Agora era hora, na medida do possível, de mostrar um pouco de brio e se manter firme. Esse objetivo ele atingiu caindo lentamente de lado até estar encolhido em posição fetal no sofá.

Leonard não estava pensando em Madeleine, ou em Phyllida, ou Kilimnik. Ali, deitado no sofá, ele pensava nos pais, aqueles dois seres de dimensões planetárias que orbitavam toda a sua existência. E aí ele embarcou, de volta ao passado eternamente recorrente. Se você crescia numa casa em que não era amado, você não sabia que existia alternativa. Se você crescia com pais emocionalmente aleijados, que eram infelizes no casamento e tinham a tendência de repassar essa infelicidade aos filhos, você não sabia que eles estavam fazendo isso. Era só a sua vida. Se você sujava as calças, aos quatro anos de idade, quando já devia ser bem grandinho, e depois lhe serviam um prato de fezes na mesa do jantar — se diziam para você comer aquilo porque você gostava, não era verdade, você devia gostar de merda ou não ia se sujar tantas vezes —, você não sabia que isso não estava acontecendo nas outras casas do bairro. Se o seu pai abandonava a família, e sumia, para nunca mais voltar, e a sua mãe parecia guardar rancor de você, quando você crescia, por ser do mesmo sexo que o seu pai, você não tinha em quem se apoiar. Em todos esses casos, o estrago acontecia antes que você soubesse que ele existia. A pior parte era que, com o passar dos anos, essas lembranças, pelo fato de você guardá-las desse jeito, numa caixinha secreta dentro da cabeça, tirando-as dali de vez em quando para revirá-las, viravam uma coisa parecida com bens muito estimados. Elas eram a sua chave da infelicidade. A prova de que a vida não era justa. Se você não era uma criança privilegiada, você não sabia que não era privilegiado até ficar mais velho. E aí só conseguia pensar nisso.

Difícil dizer quanto tempo passou enquanto Leonard ficou no sofá. Mas bem depois uma luz chegou aos seus olhos, e ele repentinamente sentou. Aparentemente o cérebro dele não era completamente inútil, porque ele acabava de ter uma ideia brilhante. Uma ideia de como não perder Madeleine, derrotar Phyllida e ser mais esperto que Kilimnik, tudo ao mesmo tempo. Ele saltou do sofá. Ao se dirigir ao banheiro ele já se sentia três quilos mais leve. Estava tarde. Era hora de tomar o lítio. Ele abriu o frasco e tirou quatro comprimidos de trezentos miligramas. Era para ele tomar três. Mas ele tomou só dois. Tomou seiscentos miligramas em vez dos novecentos de sempre, e aí pôs o resto dos comprimidos de volta no frasco e fechou a tampa...

Demorou um pouco para acontecer alguma coisa. A droga fazia charme para ir e vir. Nos primeiros dez dias Leonard se sentiu gordo, lerdo e bobo como sempre. Mas em algum momento da segunda semana ele passou por momentos de um estado mental de alerta e de um humor mais animado que pareciam muito com a versão mais antiga e melhor que ele conhecia de si próprio. Usando com sabedoria esses momentos, Leonard começou a correr e a malhar na academia. Ele perdeu peso. A corcova de bisão desapareceu.

Leonard entendia por que os psiquiatras faziam o que faziam. O imperativo deles, quando confrontados com um paciente maníaco-depressivo, era detonar com todos os sintomas de uma vez por todas. Dada a alta taxa de suicídios entre os maníacos-depressivos, esse era o procedimento mais prudente. Leonard concordava. Onde ele discordava era no gerenciamento da doença. Os médicos aconselhavam paciência. Eles insistiam que o corpo ia se adaptar. E, em certa medida, ele se adaptava mesmo. Depois de um tempo, você tinha tomado remédio por tanto tempo que não conseguia mais lembrar como era ser normal. Era *assim* que você se adaptava.

Uma maneira melhor de tratar a psicose maníaco-depressiva, Leonard achava, era encontrar o ponto justo dos estágios mais baixos da mania onde os efeitos colaterais eram nulos e a energia saía pelo ladrão. O negócio era aproveitar os frutos da mania sem surtar. Era como manter um motor operando com eficiência máxima, pistões a toda, combustão perfeita gerando velocidade máxima, sem superaquecer ou quebrar.

O que será que tinha acontecido com a noção de bem-estar? Onde ela andava? Agora só lhe davam uma ideia de mais-ou-menos-estar. Assim-assim-estar. Os médicos não queriam arriscar, porque era perigoso e difícil demais. O que precisava surgir era alguém ousado, desesperado e inteligente o bastante para experimentar com doses que estivessem fora das recomendações clínicas, ou seja: alguém como o próprio Leonard.

Primeiro, ele simplesmente foi tomando menos comprimidos. Mas aí, com a necessidade de reduzir em quantidades menores que trezentos miligramas, começou a cortar os comprimidos com um estilete. Isso até que funcionava, mas às vezes fazia os comprimidos voarem para o chão, onde ele não conseguia encontrá-los. Finalmente, Leonard comprou um cortador de comprimidos na farmácia de P-Town. As drágeas oblongas de trezentos miligramas de lítio ele cortava facilmente pela metade, mas era mais difícil cortá-las em quatro. Leonard tinha que colocar o comprimido entre uns pinos esponjosos dentro do cortador e fechar a tampa para a lâmina descer. Quando dividia um comprimido em cinco ou seis partes, Leonard tinha que chutar. Ele foi devagar, baixando a dose diária para mil e seiscentos miligramas por uma semana e aí para mil e quatrocentos. Como isso era o que Perlmann tinha prometido fazer em seis meses, Leonard se dizia que só estava dando uma acelerada no processo. Mas aí ele levou a dose até mil e duzentos miligramas. E aí foi para mil. E finalmente chegou a quinhentos.

Em um caderno Moleskine, Leonard mantinha um registro preciso das dosagens diárias, acompanhado de notas sobre o seu estado mental e físico durante o dia todo.

30/11: *Manhã: 600 mg. Noite: 600 mg.*
Boca seca. Cabeça seca. Tremor pior, na melhor das hipóteses. Forte gosto metálico na saliva.

03/12: *Manhã: 400 mg. Noite: 600 mg.*
Um bom período hoje de manhã. Como uma janela que se abriu na torre de Londres da minha cabeça e me deixou enxergar por alguns minutos. Muito alucinante. Embora o patíbulo ainda possa estar em construção. Tremor possivelmente menor, também.

06/12: *Manhã: 300 mg. Noite: 600 mg.*
Quatro quilos a menos. Boa energia mental quase o dia todo. Tremor parecido. Menos sede.

08/12: *Manhã: 300 mg. Noite: 500 mg.*
Passei o dia sem precisar usar o banheiro. Alerta o dia todo. Li 150 páginas do Ballard sem precisar emergir para respirar. Sem boca seca.

10/12: *Manhã: 200 mg. Noite: 300 mg.*
Um pouquinho exuberante demais no jantar. M. tirou o meu copo de vinho de perto de mim, achando que eu estava bebendo demais. Vou aumentar as doses pelos próximos dois dias até chegar a 300 mg para estabilizar. Hipóteses: Possível que a função renal não esteja tão boa quando o dr. P. acha? Ou que haja flutuações? Se o lítio não é eliminado do corpo, será que se pode presumir que permaneça um excesso de lítio no sistema, fazendo as

*suas maldades? Se for isso, será que pode ser essa a causa do cérebro de
zumbi, dos problemas digestivos, do torpor etc.? A dose diária portanto
pode ser mais alta, efetivamente, do que os médicos pensam. Algo a se pensar.*

14/12: Manhã: 300 mg. Noite: 600 mg.
*De volta ao planeta Terra, em termos de humor. E também nenhum retor-
no perceptível dos efeitos colaterais. Ficar com essa dose uns dias, depois
baixar de novo.*

A ideia de que ele estava fazendo um trabalho científico relevante foi entrando tão devagar na cabeça de Leonard que ele não reconheceu a sua chegada. De repente, ela simplesmente estava *lá*. Ele estava seguindo a tradição
de ousadia de cientistas como J. B. S. Haldane, que se enfiou numa câmara
de descompressão para estudar os efeitos do mergulho em águas profundas
(e perfurou o tímpano), ou de Stubbins Ffirth, que derramou vômito de um
paciente de febre amarela nos cortes da sua pele para provar que a doença
não era contagiosa. O herói de Leonard nos tempos da escola, Stephen Jay
Gould, tinha recebido um diagnóstico de mesotelioma peritoneal bem no
ano passado, com uma perspectiva de oito meses de vida. Os boatos eram de
que Gould tinha desenvolvido o seu próprio tratamento experimental, e estava indo bem.

Leonard planejava confessar o que estava fazendo ao dr. Perlmann assim
que tivesse reunido informações suficientes para provar a sua hipótese. Enquanto isso, tinha que fingir que estava seguindo ordens. Isso envolvia simular
efeitos colaterais que já tinham desaparecido. Ele também tinha que calcular
quando os remédios iam acabar naturalmente, para ir pegar mais com uma
frequência que não despertasse suspeitas. Tudo isso era fácil de fazer agora que
ele conseguia pensar com clareza de novo.

O problema de ser o super-homem era que todo mundo ficava tão lento... Até num lugar como Pilgrim Lake, onde todo mundo tinha QI alto, as
pausas na fala das pessoas eram tão longas que Leonard podia ir deixar a roupa na lavanderia e voltar antes que elas tivessem terminado a frase. Então ele
terminava as frases para elas. Para poupar tempo a todo mundo. Se você pres-
tasse atenção, era incrivelmente fácil prever o predicado de uma sentença a

partir do sujeito. A maioria das pessoas tinha um repertório conversacional muito pequeno. Mas elas não gostavam quando você terminava as frases por elas. Ou: elas gostavam no começo. No começo, elas achavam que aquilo indicava uma compreensão mútua entre vocês. Mas se você fazia sem parar, elas ficavam irritadas. O que tudo bem, já que isso significava que você não ia mais ter que perder tempo falando com elas.

Isso era mais duro para a pessoa que morava com você. Madeleine andava reclamando do quanto Leonard estava "impaciente". O tremor podia ter desaparecido, mas ele estava sempre batendo o pé. Finalmente, naquela tarde, enquanto ajudava Madeleine a estudar para os exames de seleção, Leonard, descontente com a velocidade com que Madeleine fazia o diagrama de um problema de lógica, arrancou a caneta da mão dela. "Isso aqui não é aula de artes", ele disse. "Você vai ficar sem tempo se fizer tão devagar assim. *Anda com isso.*" Ele desenhou o diagrama em coisa de cinco segundos, antes de se recostar e cruzar as mãos sobre o peito com um ar satisfeito.

"Dá a minha caneta", Madeleine disse, arrancando-a dele.

"Eu só estou te mostrando como é que faz."

"Você podia sair daqui, por favor?" Madeleine gritou. "Você está tão irritante!"

E foi assim que Leonard se viu, alguns minutos depois, saindo do apartamento para deixar Madeleine estudar. Ele decidiu caminhar até Provincetown e perder mais peso. Apesar do frio, ele estava apenas com uma blusa, luvas e o seu novo chapéu de inverno — um chapéu de caçador, forrado de pele, com abas que cobriam as orelhas e podiam ser amarradas embaixo do queixo. O céu de inverno estava azul quando ele ia saindo do terreno do laboratório para a Shore Road. O lago, que ainda não tinha congelado, estava cheio de junco de água doce. As dunas em volta pareciam relativamente altas, pontilhadas de tufos de grama, a não ser em trechos de areia branca no alto, em que o vento varria tudo.

Ficar sozinho aumentava o volume de informação que o bombardeava. Não havia ninguém por ali para distraí-lo do fluxo. Enquanto Leonard andava, as ideias iam se empilhando na cabeça dele como o tráfego aéreo sobre o aeroporto Logan mais a nordeste. Havia um ou dois jumbos cheios de Grandes Ideias, uma esquadra de 707s carregada de impressões sensórias (a cor do céu, o cheiro do mar), além de Learjets que levavam ricos impulsos solitários que queriam viajar de maneira anônima. Esses aviões todos pediam permissão para pousar simultaneamente. Da torre de controle que ficava na sua cabeça Leonard controlava o tráfego pelo rádio, dizendo para uns ficarem circulando enquanto dava ordens para outros seguirem para outro aeroporto. O fluxo de tráfego era infinito; a tarefa de coordenar as suas chegadas era constante do minuto em que Leonard acordava até o minuto em que ia dormir. Mas àquelas alturas ele já era veterano, depois de duas semanas no Aeroporto Internacional Ponto-Justo. Acompanhando o desenrolar das coisas na tela do radar, Leonard conseguia acolher todos os aviões como previsto, enquanto fazia um comentariozinho sarcástico com o controlador sentado ao lado e comia um sanduíche, fazendo tudo parecer fácil. Nada mais que a sua obrigação.

Quanto mais frio você ficava, mais calorias queimava.

O seu humor fervilhante, o bombear estável do coração e o chapelão macio de pele bastavam para manter Leonard aquecido enquanto caminhava, passando pelas casas grandes à beira-mar e pelos chalezinhos que se apertavam pelas ruelas menores. Mas, quando ele finalmente chegou ao centro da cidade, ficou surpreso ao ver como estava deserto, mesmo para um fim de semana. As lojas e os restaurantes tinham começado a fechar depois do feriado do Labor Day. Agora, duas semanas antes do Natal, só umas poucas ainda estavam funcionando. O Lobster Pot tinha fechado. O Napi estava aberto. O Front Street estava aberto. O Crown & Anchor tinha fechado.

Ele ficou satisfeito, portanto, ao encontrar um grupinho vespertino reunido diante do Governor Bradford. Sentando num banco do bar, ele ergueu os olhos para a televisão, tentando parecer alguém com uma ideia na cabeça, e não cinquenta. Quando o bartender chegou, Leonard disse: "Você é o governador Bradford?".

"Eu não."

"Eu queria uma caneca de Guinness, por favor", Leonard pediu, girando no banco e dando uma olhada nos outros fregueses. A sua cabeça estava ficando quente, mas ele não queria tirar o chapéu.

Das quatro fêmeas presentes no bar, três estavam envolvidas em cuidados com a aparência, passando a mão pelo cabelo para indicar a sua disponibilidade para a cópula. Os machos correspondiam falando num tom mais grave e às vezes encostando nas fêmeas. Se você ignorava qualidades humanas como a fala e as roupas, os comportamentos primatas ficavam mais nítidos.

Quando chegou a sua Guinness, Leonard girou de novo para beber.

"Você precisa refinar a técnica do seu trevo", ele disse, olhando para o copo.

"Perdão?"

Leonard apontou para o colarinho de espuma. "Isso aqui nao está parecendo um trevo. Parece um oito."

"Você é bartender?"

"Não."

"Então, acho que isso não é do seu governo."

Leonard deu um sorriso amarelo. Disse "Saúde" e começou a sugar a cerveja preta cremosa. Parte dele queria ficar no bar o resto da tarde. Ele queria ver um jogo de futebol e beber cerveja. Queria ficar assistindo às manobras das fêmeas humanas e ver quais outros comportamentos primatas elas exibiam. Ele também era primata, claro, e, no contexto atual, um macho competidor. Os machos competidores só criavam problema. Podia ser divertido ver o que ele podia gerar. Mas ele sentiu uma energia ruim vindo do bartender e ficou a fim de andar mais um pouco; então, quando terminou de beber, ele puxou uma nota de dez dólares da calça e deixou-a no bar. Sem esperar o troco, ele saltou do banco e mergulhou no ar que estava de gelar os ossos.

O céu já tinha começado a escurecer. Passava pouco das duas e o dia já estava morrendo. Erguendo a cabeça, Leonard sentiu o seu ânimo morrer com ele. A empolgação mental anterior começava a desaparecer. Tinha sido um equívoco beber a Guinness. Enfiando as mãos nos bolsos da calça, Leonard ficou balançando de pé para a frente e para trás. E foi só isso. Como mais uma confirmação do seu lance de gênio, assim que a sua energia caiu ele começou a sentir que ela se reabastecia, como se umas valvulazinhas minúsculas nas artérias dele estivessem esguichando o elixir da vida.

Feito leve pela química do seu cérebro, ele saltitava pela Commercial Street. Mais na frente, um cara de boné e jaqueta de couro descia a escada do Vault. A música pulsante lá dentro escapou para a rua até ele fechar a porta.

O homossexualismo era um tópico interessante, de um ponto de vista darwinista. Um traço que predispunha uma população animal a relações sexuais estéreis deveria ter resultado no desaparecimento desse traço. Mas os meninos do Vault eram prova do contrário. Deve ser algum tipo de transmissão autossômica, com os genes ligados àquela característica indo de carona num ou noutro cromossomo mais boa-praça.

Leonard seguiu em frente. Ele olhou para as esculturas de madeira trazidas pelo mar nas galerias de arte fechadas e para os cartões homoeróticos nas vitrines de uma papelaria, ainda aberta. Nesse exato momento ele percebeu uma coisa surpreendente. Do outro lado da rua, uma loja de balas de goma parecia estar aberta. A placa de neon estava acesa na vitrine e ele podia ver uma figura andando lá dentro. Algo misterioso mas insistente, algo que atraía a sua própria natureza de primata, o levou a se aproximar. Ele entrou na loja, ativando um sino sobre a porta. O objeto de interesse de que as suas células tentavam avisá-lo era afinal uma adolescente que estava atrás do balcão. Ela era ruiva, tinha zigomas altos e usava uma blusa amarela justa.

"Pois não?"

"Então. Eu queria saber uma coisa. Ainda é tempo de ver baleias?"

"Hum, não sei."

"Mas aqui tem barcos de ver baleia, né?"

"Acho que é mais lá pelo verão."

"Ah! Ah!", Leonard emitiu, sem saber o que dizer depois. Ele estava agudamente consciente do quanto era pequeno e perfeito o corpo da menina. Ao mesmo tempo, o cheiro açucarado do lugar o fazia lembrar uma loja em que entrava quando era pequeno, sem dinheiro para comprar nada. Agora, ele fingiu que estava interessado nas balinhas das prateleiras, cruzando as mãos atrás das costas e olhando por tudo.

"Gostei do chapéu", a menina disse.

Leonard se virou e deu um sorriso largo. "Mesmo? Obrigado. Comprei há pouquinho."

"Mas você não está com frio sem casaco?"

"Não aqui com você", Leonard falou.

Os seus sensores registraram um pequeno aumento de tensão nela, então ele acrescentou rapidamente: "Como é que vocês estão abertos no inverno?".

E foi uma boa escolha. A menina teve uma chance de desabafar. "Porque o meu pai quer acabar com o meu fim de semana inteiro."

"A loja é do seu pai?"

"É."

"Então você é meio que a herdeira das balinhas."

"Pois é", disse a menina.

"Sabe o que é que você devia dizer pro seu pai? Você devia dizer que é dezembro. Ninguém quer bala de goma em dezembro."

"Mas é isso que eu *digo* pra ele. Ele diz que as pessoas ainda vêm pro fim de semana, então a gente tem que ficar aberto."

"Quantos clientes vieram hoje?"

"Uns três. E agora você."

"Você me considera um cliente?"

Ela trocou de posição, apoiando o corpo numa perna, e ficou cética. "Bom, você está aqui."

"Eu definitivamente estou aqui", Leonard disse. "Como é que você se chama?"

Ela hesitou. "Heidi."

"Oi, Heidi."

Talvez tenha sido o rubor no rosto dela, ou aquela blusa justa, ou era só parte de ser um super-homem bem ao lado de uma supermenina, mas por alguma razão Leonard podia sentir de longe que já estava ficando duro. Isso era um dado clínico relevante. Ele queria estar com o caderninho Moleskine para anotar.

"Heidi", Leonard disse. "Oi, Heidi."

"Oi", ela falou.

"Oi, Heidi", Leonard repetiu. "Hi-de-ho. O Homem do Hi De Ho. Você já ouviu falar do Homem do Hi De Ho, Heidi?"

"Hã, hã."

"Cab Calloway. Um jazzista famoso. O Homem do Hi De Ho. Não sei bem por que chamavam ele assim. Hi-ho, Silver. Hi-Lili Hi-Lo."

Ela franziu a testa. Leonard viu que estava perdendo e disse: "É um prazer conhecer você, Heidi. Mas me conte uma coisa. Vocês fazem as balas de goma?".

"No verão, sim. Agora não."

"E vocês usam goma de tinturaria?"

"Hã?"

Ele se aproximou do balcão, o suficiente para pressionar a ereção contra o vidro da frente.

"É só que eu sempre fiquei pensando por que as pessoas dizem bala de *goma*. Assim, vocês usam água *com* goma, ou vocês têm que usar *goma pura*?"

Heidi se afastou um passo do balcão. "Eu tenho que fazer umas coisas lá nos fundos", ela disse. "Então, se você quer alguma coisa."

Por alguma razão Leonard fez uma reverência. "Ide em frente", ele falou.

"Não quero impedir vossa lida. Foi legal falar com você, Heidi-Ho. Quantos anos você tem?"

"Dezesseis."

"Você tem namorado?"

Ela não parecia querer dizer. "Tenho."

"Ele é um cara de sorte. Ele devia estar aqui agora, pra te fazer companhia."

"O meu pai já vai chegar."

"Que pena que eu não vou poder conhecer o seu pai", Leonard continuou, se apertando contra o balcão. "Eu podia dizer pra ele parar de acabar com os seus fins de semana. Mas, antes de ir, acho que eu vou comprar umas balinhas."

Mais uma vez ele examinou as prateleiras. Quando se abaixou, o chapéu caiu e ele o pegou no ar. Reflexos perfeitos. Como Fred Astaire. Ele podia fazer o chapéu dar uma cambalhota no ar e cair direitinho na cabeça, se quisesse.

"As balas de goma têm sempre uma cor pastel," ele comentou. "Por que isso?"

Dessa vez Heidi nem reagiu.

"Você sabe o que eu acho que é, Heidi? Eu acho que as cores pastel são a paleta de cores do litoral. Eu vou levar essas aqui, verde pastel, que são da cor da grama das dunas, e vou levar umas cor-de-rosa, que são como o sol se pondo sobre a água. E vou levar essas branquinhas, que parecem a espuma do mar, e essas amarelas, que são como o sol sobre a areia."

Ele levou os quatro sacos para o balcão, e aí decidiu levar mais uns sabores. Laranja. Aniz. Morango. Ao todo, sete sacos.

"Você quer tudo isso?", Heidi perguntou, incrédula.

"Por que não?"

"Não sei. É um montão."

"Eu gosto um montão de um montão", Leonard disse.

Ela registrou a compra dele. Leonard pôs a mão no bolso e tirou o dinheiro.

"Pode ficar com o troco", Leonard disse. "Mas eu preciso de uma sacola pra carregar isso tudo."

"Eu não tenho uma sacola que caiba tudo isso. A não ser que você queira um saco de lixo."

"Um saco de lixo está perfeito", Leonard disse.

Heidi desapareceu nos fundos da loja. Ela voltou com um saco de lixo bem grosso, verde-escuro, de cem litros, e começou a pôr os sacos de bala dentro. Ela teve que se curvar para fazer isso.

Leonard ficou encarando os peitinhos dela dentro da blusa justa. Ele soube exatamente o que fazer. Esperou até ela erguer o saco de lixo para o balcão. Então, pegando o saco, ele disse: "Quer saber? Como o seu pai não está aqui...". E segurando os pulsos dela ele se inclinou e beijou a menina. Nada longo. Nada profundo. Só um selinho na boca, surpreendendo-a totalmente. Ela abriu uns olhos imensos.

"Feliz natal, Heidi", ele disse, "Feliz natal", e saiu como um turbilhão pela porta.

Ele agora sorria loucamente. Com o saco de lixo no ombro, como um marujo, ele caminhava pela rua. A sua ereção não tinha diminuído. Ele tentava lembrar qual tinha sido a dose daquela manhã, avaliando se podia precisar de um tantinho a mais.

A lógica do seu lance de gênio se baseava numa única premissa: de que a psicose maníaco-depressiva, longe de ser um problema, era uma vantagem. Era uma característica selecionada. Se não fosse selecionado, o "transtorno" teria desaparecido há muito tempo, teria sido eliminado da população no processo de reprodução, como tudo que não aumentava as chances de sobrevivência. A vantagem era óbvia. A vantagem era a energia, a criatividade, a sensação de brilhantismo, quase, que Leonard sentia naquele exato momento. Não havia como saber quantas das grandes figuras históricas tinham sido maníaco-depressivas, quantas inovações científicas e artísticas tinham ocorrido durante episódios de mania.

Ele aumentou a velocidade, correndo para chegar em casa. Saiu da cidade e passou pelo lago de novo, pelas dunas.

Madeleine estava no sofá, com o lindo rosto enfiado na apostila do exame, quando ele entrou.

Leonard jogou o saco de lixo no chão. Sem dizer uma palavra, ele ergueu Madeleine do sofá e a carregou para o quarto, deitando-a na cama.

Ele soltou o cinto, tirou as calças e ficou parado diante dela, com um sorriso fixo.

Sem as preliminares de sempre, ele arrancou o fusô e a calcinha de Madeleine e mergulhou nela até o fim. O seu pau parecia espantosamente duro. Ele estava dando a Madeleine o que Phyllida nunca poderia dar e, portanto, estava exercendo a sua vantagem. Ele sentia as coisas mais maravilhosas na ponta do pênis. Quase chorando com aquele prazer, ele exclamou: "Eu te amo, eu te amo", e foi sincero.

Depois, eles ficaram deitados enroscados, retomando o fôlego.

Madeleine disse manhosa, contente: "Acho que você melhorou *mesmo*".

E com isso Leonard sentou na cama. A cabeça dele não estava lotada de ideias. Havia apenas uma. Saindo da cama e se ajoelhando, Leonard pegou as mãos de Madeleine com as suas, muito maiores. Ele tinha acabado de perceber a solução para todos os seus problemas, românticos, financeiros e estratégicos. Um lance de gênio merecia outro.

"Case comigo", ele disse.

O SONO DO SENHOR

Mitchell nunca tinha nem trocado fralda de nenê. Nunca tinha cuidado de um doente, ou visto alguém morrer, e agora estava aqui, cercado por uma massa de moribundos, e o seu trabalho era ajudá-los a morrer em paz, sabendo que eram amados.

Nas últimas três semanas, Mitchell vinha trabalhando de voluntário na Casa dos Moribundos Miseráveis. Ele estava cumprindo cinco dias por semana, das nove da manhã até pouco depois da uma, e fazendo tudo o que era preciso fazer. Isso incluía dar remédios aos homens, dar comida, fazer massagens na cabeça deles, sentar na cama deles e lhes fazer companhia, olhar para a cara deles e segurar-lhes as mãos. Não era uma coisa que você precisasse aprender a fazer, e mesmo assim, nos seus vinte e dois anos na Terra, Mitchell tinha feito poucas dessas coisas e, algumas delas, nunca antes.

Ele estava viajando havia quatro meses, visitando três continentes e nove países diferentes, mas Calcutá parecia o primeiro lugar que conhecia de verdade. Isso tinha parcialmente a ver com o fato de estar sozinho. Ele sentia falta de Larry por perto. Antes de Mitchell sair de Atenas, quando haviam feito o plano de se reencontrarem na primavera, a discussão tinha desviado para o motivo de Larry ficar na Grécia. O fato de Larry agora estar transando com homens não era grande coisa no quadro geral. Mas iluminava de um jeito complicado a amizade dos dois — e especialmente a noite de bebedeira em Veneza — e deixava ambos constrangidos.

Se Mitchell tivesse sido capaz de corresponder ao afeto de Larry, a sua vida podia estar bem diferente neste momento. Como estava, a coisa toda começava a parecer bem cômica e shakespeariana: Larry amava Mitchell, que amava Madeleine, que amava Bankhead. Ficar sozinho, na cidade mais pobre do planeta, onde não conhecia ninguém, os telefones públicos eram inexistentes e o correio era lento, não punha fim a essa farsa romântica, mas tirava Mitchell do palco.

O outro motivo que fazia Calcutá parecer real era o fato de ele estar ali com um objetivo. Até agora ele só tinha visitado pontos turísticos. O melhor que ele podia dizer das suas viagens até então era que elas traçavam a rota de uma peregrinação que o levara até o ponto em que estava.

Ele passou a primeira semana na cidade explorando o ambiente. Assistiu à missa em uma igreja anglicana com um rombo no telhado e uma congregação composta por seis octogenários. Num teatro comunista, ele encarou uma montagem de três horas de *Mãe coragem* em bengali. Ele subiu e desceu a Chowringhee Road, passando por astrólogos que liam cartas desbotadas de tarô e barbeiros que cortavam cabelo acocorados no meio-fio. Um mascate chamara Mitchell a examinar as suas ofertas: um par de óculos de grau e uma escova de dentes usada. A manilha largada na rua era tão grande que uma família podia acampar ali dentro. No Banco da Índia, o empresário na frente de Mitchell na fila usava um relógio de pulso com bateria solar. Os policiais que cuidavam do trânsito eram tão expressivos quanto Toscanini. As vacas eram esquálidas e usavam maquiagem, como modelos. Tudo que Mitchell via, provava ou cheirava era diferente daquilo a que ele estava acostumado.

A partir do momento em que o seu avião aterrissou no Aeroporto Internacional de Calcutá às duas da madrugada, Mitchell descobriu que a Índia era o lugar perfeito para alguém desaparecer. A viagem até a cidade tinha se dado quase que na escuridão total. Pela janela traseira cortinada do táxi Ambassador, Mitchell distinguia linhas de eucaliptos que contornavam a estrada sem luzes. Os prédios de apartamentos, quando chegaram a eles, eram desajeitados e escuros. A única luz vinha das fogueiras que ardiam no meio dos cruzamentos.

O táxi o levou à Casa de Hóspedes do Exército da Salvação, na Sudder

Street, e era ali que ele estava desde então. Seus colegas de quarto eram um alemão de trinta e sete anos chamado Rüdiger e um nativo da Flórida chamado Mike, um ex-vendedor de utensílios domésticos. Os três dividiam uma pequena casa de hóspedes que ficava na frente do superlotado edifício principal. As redondezas da Sudder Street constituíam o exíguo distrito turístico da cidade. Do outro lado da rua ficava um hotel cheio de palmeiras que recebia a velha guarda dos visitantes da Índia, especialmente ingleses. A algumas quadras dali, pela Jawaharlal Nehru Road, ficava o Oberoi Grand com os seus porteiros de turbantes. O restaurante da esquina, que tentava atrair uma clientela de mochileiros, servia panqueca de banana e hambúrgueres feitos de búfalo d'água. Mike dizia que dava para se conseguir um bom *bhang lassi* na outra rua.

A maioria das pessoas não ia à Índia para se voluntariar numa ordem de freiras católicas. A maioria das pessoas ia para visitar um *ashram*, para fumar *ganja* e viver quase de graça. Um dia, no café da manhã, Mitchell entrou numa sala de jantar e viu Mike dividindo uma mesa com um californiano de seus sessenta anos, todo vestido de vermelho.

"Alguém sentado aqui?", Mitchell perguntou, apontando para uma cadeira vazia.

O californiano, cujo nome era Herb, ergueu os olhos para Mitchell. Herb se considerava uma pessoa de inclinações espirituais. O seu jeito de não desviar os olhos de você transmitia essa ideia. "A nossa mesa é a sua mesa", ele disse.

Mike mordiscava uma torrada. Depois que Mitchell sentou, Mike engoliu e se dirigiu a Herb: "Então, continue".

Herb deu um golinho no chá. Ele estava perdendo cabelo e tinha uma barba felpuda e grisalha. No pescoço ele carregava um medalhão com uma fotografia de Bhagwan Shree Rajneesh.

"Tem uma energia incrível em Poona", Herb falou. "Dá pra sentir quando você está lá."

"Eu ouvi falar da energia", Mike disse, piscando para Mitchell. "Eu queria ir fazer uma visita. Onde é que fica Poona, exatamente?"

"Sudeste de Bombaim", Herb respondeu.

Originalmente os rajneeshees — que se referiam a si próprios como "devotos" — usavam roupas cor de açafrão. Mas recentemente o Bhagwan havia decidido que já tinha muito açafrão por aí. Então ele soltou a ordem para os seus discípulos começarem a usar vermelho.

"O que é que vocês fazem por lá?", Mike quis saber. "Me disseram que vocês fazem umas orgias."

Havia tolerância no leve sorriso de Herb. "Deixa eu tentar dizer isso de um jeito que você possa entender", ele prosseguiu. "Não são os atos por si sós que são bons ou maus. É a intenção dos atos. Pra muita gente, é melhor deixar tudo bem simples. Sexo é ruim. Papai do céu não gosta. Mas pra outras pessoas, que, digamos, atingiram um nível mais alto de iluminação, as categorias de bom e mau desaparecem."

"Então você está dizendo que vocês fazem orgia lá?", Mike persistiu.

Herb olhou para Mitchell. "O nosso amigo aqui está meio obcecado."

"Tudo bem", Mike disse. "E levitação? Me disseram que tem gente que levita."

Herb segurou a barba grisalha com as duas mãos. Finalmente ele concedeu: "Tem gente que levita".

Durante toda essa discussão Mitchell se concentrou em passar manteiga nas torradas e soltar cubinhos de açúcar mascavo na xícara de chá. Era importante engolir o máximo possível de torradas antes que os garçons parassem de servir.

"Se eu fosse pra Poona iam me deixar entrar?", Mike perguntou.

"Não", Herb disse.

"Se eu fosse todo de vermelho, eles iam deixar?"

"Pra ficar no *ashram* você tem que ser um devoto sincero. O Bhagwan ia ver que você não é sincero, não importa a roupa que você vestir."

"Mas eu estou interessado mesmo", Mike insistiu. "É só brincadeira essa coisa do sexo. A filosofia toda e tal, é interessante."

"Você é um puta enrolão, Mike", Herb retrucou. "Eu sei reconhecer falsidade."

"Será?", Mitchell disse de repente.

O desafio que havia ali era claro, mas Herb manteve a equanimidade, bebericando o seu chá. Ele deu uma espiada na cruz de Mitchell. "Como é que vai a sua amiga Madre Teresa?", ele perguntou.

"Está ótima."

"Eu li em algum lugar que ela acabou de voltar do Chile. Aparentemente ela é bem amiga do Pinochet."

"Ela viaja bastante pra levantar dinheiro", Mitchell disse.

"Meu", Mike se lamentava, "eu estou começando a ficar com pena de mim. Você tem o Bhagwan, Herbie. O Mitchell tem a Madre Teresa. E eu tenho quem? Ninguém."

Como o próprio refeitório, a torrada tentava ser inglesa, sem conseguir. As fatias tinham a forma certa. Tinham *cara* de pão. Mas em vez de serem torradas elas tinham sido grelhadas na brasa e estavam com gosto de cinza. Até as fatias que não estavam queimadas tinham um gosto esquisito, nada a ver com pão.

Ainda tinha gente chegando para o café, descendo aos poucos dos dormitórios do primeiro andar. Um grupo de neozelandeses queimados de sol entrou, cada um deles carregando um pote de Vegemite para passar no pão; as duas mulheres tinham os olhos pintados de kajal e anéis nos dedos dos pés.

"Sabe por que eu vim pra cá?", Mike prosseguiu. "Eu vim porque eu perdi o emprego. A economia está indo pras cucuias, aí eu pensei, quer saber? Eu vou é pra Índia. A taxa de câmbio é insuperável."

Ele começou a recitar uma lista detalhada de todos os lugares onde tinha ficado e das coisas que tinha comprado a preço de banana. Passagens aéreas, pratos de curry vegetariano, cabanas na praia de Goa, massagens em Bancoc.

"Eu fiquei em Chiang Mai com as tribos das montanhas — vocês já visitaram as tribos das montanhas? Os caras são muito loucos. A gente estava com um guia que levou todo mundo pra selva. A gente estava numa cabana e um dos caras da tribo, o xamã ou sei lá o quê, ele me aparece com um pouco de ópio. Custava coisa de cincão! Um pedação assim, ó. Cara, como a gente ficou chapado." Ele se virou para Mitchell. "Você já usou ópio?"

"Uma vez", Mitchell disse.

Diante disso os olhos de Herb aumentaram. "Isso é surpresa pra mim. De verdade. Eu achava que o cristianismo não aprovava esse tipo de coisa."

"Depende da intenção de quem fuma", Mitchell ironizou.

Herb apertou os olhos. "Um certo alguém está meio hostil hoje", ele disse.

"Não", retrucou Mitchell.

"Está, sim. Um certo alguém está."

Se Mitchell ainda pretendia virar um bom cristão, ele ia ter que parar de se irritar tanto com as pessoas. Mas talvez fosse pedir demais começar por Herb.

Felizmente, não demorou muito para Herb levantar-se da mesa.

Mike esperou até que ele não pudesse mais ouvir. Aí ele disse: "Poona. Lembra *puta*. Fazer essas orgias faz parte da coisa lá com eles. O Bhagwan faz os caras usarem camisa de vênus. Sabe o que é que eles dizem um pros outros? Eles dizem 'Eu te como'".

"De repente você devia entrar", Mitchell sugeriu.

"'Eu te como'", Mike tirou sarro. "Meu. E as meninas engolem. Chupa o meu pau pra ganhar paz interior. Puta engodo."

Ele bufou de novo e se levantou da mesa. "Eu tenho que ir cagar", ele disse. "Taí uma coisa que eu não me acostumo aqui. Essas privadas asiáticas. Só uns buracos no chão, aquilo respinga tudo. Nojento pra cacete."

"Tecnologia diferente", Mitchell disse.

"Não é civilizado", Mike opinou e, com um aceno, saiu do refeitório.

Vendo-se sozinho, Mitchell tomou mais chá e ficou olhando em volta, observando a elegância decadente do refeitório, a varanda azulejada cheia de vasos de plantas, as colunas brancas maculadas pelos cabos elétricos que levavam energia para ventiladores com pás de vime no teto. Dois garçons indianos com paletós brancos corriam entre as mesas, servindo viajantes que matavam tempo com suas echarpes de seda e calças de algodão com barbantes na cintura. O sujeito de cabelo comprido e barba ruiva bem na frente de Mitchell estava todo vestido de branco, como John Lennon na capa de *Abbey Road*.

Mitchell sempre achou que tinha nascido tarde demais para ser hippie. Mas estava errado — 1983 tinha chegado e a Índia estava cheia de hippies. Na opinião de Mitchell, os anos 60 eram um fenômeno anglo-americano. Não parecia certo que os europeus continentais, que não tinham nem produzido um rock decente, tivessem direito de cair nesse embalo, de dançar *watusi*, de formar comunas, de cantar músicas do Pink Floyd com sotaques pesados. O fato de os suecos e os alemães que ele encontrava na Índia ainda estarem usando colares de continhas nos anos 80 apenas confirmava o preconceito de Mitchell, de que a participação deles nos anos 60 tinha sido imitativa, na melhor das hipóteses. Eles gostavam da parte do nudismo, da ecologia, do sol-e-saúde. Na opinião de Mitchell, a relação dos europeus com os anos 60, e com cada vez mais coisas hoje em dia, era essencialmente de espectadores. Eles tinham ficado olhando de fora do campo e, depois de um tempo, tentavam entrar no jogo.

326

Mas os hippies não eram as únicas figuras cabeludas naquele refeitório. Ninguém menos que Jesus Cristo em pessoa olhava da parede dos fundos. O mural, que até onde Mitchell pudesse saber devia existir em todas as sedes do Exército da Salvação no mundo inteiro, mostrava o Filho do Homem iluminado por um raio de luz celeste, com os penetrantes olhos azuis cravados nos frequentadores.

Uma legenda proclamava:

Cristo é o Cabeça da Família.
O Conviva Invisível em Todas as Refeições.
O Ouvinte Calado de Todas as Conversas.

Numa mesa comprida bem na frente do mural, um grupo grande estava reunido. Os homens desse grupo deixavam o cabelo curto. As mulheres preferiam saias compridas, blusinhas fechadas e sandálias com meias. Eles estavam sentados bem retos, com o guardanapo no colo, dialogando em tons graves, sérios.

Esses eram os outros voluntários de Madre Teresa.

E se você tivesse fé e praticasse atos de bondade, e se você morresse e fosse para o céu, e se todo mundo que você encontrasse lá fosse gente de quem você não gostava? Mitchell já tinha tomado café na mesa dos voluntários. Os belgas, austríacos, suíços e outros tinham lhe dado uma acolhida calorosa. Eles tinham sido rápidos ao passar a geleia. Tinham feito perguntas polidas sobre Mitchell e polidamente também forneceram informações sobre si próprios. Mas eles não contavam piadas e pareciam levemente torturados por aquelas que ele fazia. Mitchell tinha visto aquelas pessoas em ação no Kalighat. Tinha visto aquelas pessoas realizarem tarefas difíceis, sujas. Ele as considerava seres humanos impressionantes, especialmente em comparação com alguém como Herb. Mas não se sentia em casa com eles.

E não era por falta de esforço. No seu terceiro dia em Calcutá, Mitchell tinha se dado ao luxo de fazer a barba numa barbearia. Num estabelecimento caindo aos pedaços, o barbeiro pôs panos quentes no rosto de Mitchell, passou espuma e depois navalha nas bochechas, e terminou correndo um aparelho de massagem a pilha pelos ombros e pelo pescoço de Mitchell. Finalmente, o barbeiro virou a cadeira para Mitchell ficar de frente para o espelho.

Mitchell se olhou com atenção. Viu o seu rosto pálido, os seus olhos grandes, o nariz, os lábios e o queixo, e alguma coisa errada com aquilo tudo. O defeito nem era físico, não era declarado pela natureza, mas pelas pessoas, ou não pelas pessoas, mas pelas mulheres, ou não pelas mulheres, mas por Madeleine Hanna. Por que ela não gostava dele tanto assim? Mitchell examinou a sua imagem refletida, em busca de uma pista. Alguns segundos depois, em resposta a um impulso que era quase violento, ele disse para o barbeiro que queria cortar o cabelo.

O barbeiro mostrou uma tesoura. Mitchell sacudiu a cabeça. O barbeiro mostrou uma máquina elétrica, e Mitchell fez que sim.

Tiveram que negociar a regulagem, concordando, depois de algumas passadas, com um pente número quatro. Em cinco minutos estava acabado. Mitchell tinha sido tosado dos seus cachos castanhos, que se amontoavam no chão. Um menino com um calçãozinho esfarrapado varreu o cabelo para a sarjeta da rua.

Depois de sair da barbearia, Mitchell ficou olhando o seu reflexo dramático nas vitrines da avenida. Ele parecia um fantasma de si próprio.

Uma vitrine em que Mitchell parou para se ver foi a de uma joalheria. Ele entrou e localizou a caixa de medalhões religiosos. Havia cruzes, crescentes islâmicos, estrelas de Davi, símbolos de yin e yang, e outros emblemas que ele não reconhecia. Depois de deliberar entre cruzes de vários estilos e tamanhos, Mitchell escolheu uma. O joalheiro pesou os itens e os embrulhou de maneira elaborada, pondo-os num saquinho de cetim, colocando o saquinho numa caixa de madeira entalhada e embalando a caixa com um papel enfeitado, antes de selar o pacote todo com cera. Assim que Mitchell voltou para a rua ele rasgou o pacote precioso e tirou a cruz. Era de prata, com esmalte azul. Não era pequena. De início ele usou a cruz por dentro da camiseta, mas uma semana mais tarde, depois de ter se tornado oficialmente um voluntário, começou a usá-la por fora, assim todos, inclusive os doentes e moribundos, poderiam ver.

Mitchell chegou com medo de acabar saindo correndo dali depois de dez minutos. Mas as coisas correram melhor que o esperado. No primeiro dia, um sujeito simpático, de ombros largos, que cuidava de uma fazenda de apicultura no Novo México, levou-o para conhecer tudo.

"Você vai ver que não tem muita organização por aqui", o apicultor disse, conduzindo Mitchell pelo corredor que ficava entre as fileiras de leitos. "Tem gente chegando e saindo o tempo todo, então você tem que se encaixar onde der." A casa era muito menor que *Something beautiful for God* tinha levado Mitchell a imaginar. A ala dos homens continha menos de cem leitos, talvez mais perto de setenta e cinco. A seção feminina era menor ainda. O apicultor levou Mitchell para ver o depósito, onde eles guardavam os remédios e curativos. Eles passaram pela cozinha preta de fuligem e a lavanderia igualmente primitiva. Uma freira estava de pé diante de um tonel de água fervente, cutucando a roupa suja com uma vara comprida, enquanto outra carregava os lençóis molhados para o telhado, para estender.

"Faz quanto tempo que você está aqui?", Mitchell perguntou ao apicultor.

"Umas duas semanas. Trouxe a família toda. São as nossas férias de Natal. E de ano-novo. A minha mulher e os meus filhos estão trabalhando num dos orfanatos. Eu pensei que isso aqui ia ser meio duro pras crianças. Mas cuidar de uns nenezinhos fofinhos? Tudo bem!" Com aquela pele bronzeada e aqueles cachos louros, o apicultor parecia uma lenda do surfe ou um *quarterback* mais velho. O olhar dele era firme e sereno. "Duas coisas me fizeram vir pra cá", ele disse, antes de deixar Mitchell por conta própria. "Madre Teresa e Albert Schweitzer. Uns anos atrás eu estava numa totalmente Schweitzer. Li tudo que o cara escreveu. Quando eu vi, já estava fazendo uns cursos na área de medicina. De *noite*. Biologia. Química orgânica. Eu tinha vinte anos a mais que todo mundo ali. Mas eu não desisti. Terminei os cursos obrigatórios no ano passado, me inscrevi em dezesseis faculdades de medicina, e uma me aceitou. Começo no ano que vem."

"O que é que você vai fazer com as abelhas?"

"Vou vender a fazenda. Virar a página. Começar de novo. Pode escolher o clichê."

Mitchell pegou leve naquele primeiro dia, se acomodando. Ele ajudou a servir o almoço, pondo conchas de *daal* nas tigelas. Levou copos d'água para os pacientes. No geral, os homens eram mais limpos e estavam mais saudáveis do que ele tinha previsto. Coisa de uma dúzia deles eram anciãos, com rostos esqueléticos, deitados imóveis nas camas, mas muitos eram de meia-idade, e alguns até eram jovens. Muitas vezes era difícil saber do que eles estavam sofrendo. Não havia prontuários pendurados nas camas. O que ficava claro era que aqueles homens não tinham mais aonde ir.

A freira encarregada, a irmã Louise, era uma mandona de óculos pretos de armação de chifre. Ela passava o dia todo parada na frente da casa, latindo as suas ordens. Tratava os voluntários como um incômodo. As outras freiras eram todas delicadas e gentis. Mitchell ficava pensando como elas tinham a força necessária, pequenas e frágeis como eram, para levantar os miseráveis da rua e colocá-los na ambulância, e como carregavam os corpos para fora, quando alguém morria.

Os outros voluntários eram um pessoalzinho variado. Havia um grupo de irlandeses que acreditavam na infalibilidade papal. Havia um ministro anglicano que dizia que a ressurreição era "uma bela ideia". Havia um nativo de Nova Orleans de sessenta anos (gay), que, antes de vir para Calcutá, tinha feito o caminho dos peregrinos na Espanha, parando para correr com os touros em Pamplona. Sven e Ellen, o casal luterano de Minnesota, usavam coletes de safári que combinavam, com bolsos cheios de barras de chocolate que as freiras proibiam que eles distribuíssem. Os dois estudantes de medicina franceses carrancudos ficavam ouvindo walkman enquanto trabalhavam e não falavam com ninguém. Havia casais que vinham se voluntariar por uma semana e universitários que ficavam um semestre ou um ano. Fossem quem fossem, e viessem de onde viessem, todos faziam o possível para seguir a filosofia reinante.

Toda vez que Mitchell tinha visto Madre Teresa na televisão, falando com algum presidente ou recebendo um prêmio humanitário, parecendo, toda vez, uma velha de um conto de fadas que entrava de penetra num baile elegante, toda vez se dirigindo ao microfone que inevitavelmente estava alto demais para ela, de modo que precisava erguer hieraticamente o rosto para falar — o rosto ao mesmo tempo de uma menininha e de uma avó e tão indefinível quanto o estranho sotaque daquela voz do Leste Europeu que saía de uma boca sem lábios —, toda vez que Madre Teresa falava era para citar Mateus 25,40: "Quando o fizeste a um destes meus pequeninos irmãos, a mim o fizeste". Era nessa escritura, expressão ao mesmo tempo de uma crença mística e guia prático para a realização de obras de caridade, que ela havia fundado a sua obra. Os corpos na Casa dos Moribundos Miseráveis, alquebrados, doentes, eram os corpos de Cristo, divinamente imanente em cada um. O

330

que se esperava de você aqui era que interpretasse essa escritura literalmente. Acreditasse nela com a força e a sinceridade suficientes para que, por alguma alquimia da alma, acontecesse: você olhar nos olhos de um moribundo e ver Cristo olhando de volta.

Isso não tinha acontecido com Mitchell. Ele não esperava que acontecesse, mas no fim da sua segunda semana já estava incomodamente consciente de que realizava somente as tarefas mais simples e menos exigentes da Casa. Ele não tinha dado nenhum banho, por exemplo. Dar banho nos pacientes era o principal serviço que os voluntários estrangeiros ofereciam. Toda manhã, Sven e Ellen, que tinham uma firma de paisagismo em Minnesota, passavam pela fileira de camas, ajudando homens a chegar ao banheiro no outro lado do prédio. Se os homens estavam fracos ou doentes demais para andar, Sven pedia para o apicultor ou o ministro anglicano ajudarem a carregar a maca. Enquanto Mitchell ficava sentadinho aplicando massagens na cabeça dos doentes, via pessoas que tinham aparências nada extraordinárias realizarem a tarefa extraordinária de limpar e enxugar os doentes e moribundos que povoavam a Casa, trazendo-os de volta para a cama com o cabelo molhado e o corpo mirrado embrulhado em lençóis limpos. Dia após dia, Mitchell dava um jeito de não ajudar nisso. Ele tinha medo de dar banho naqueles homens. Tremia ao pensar na aparência que teriam aqueles corpos, nas doenças ou chagas que estariam sob aquelas vestes, e temia seus eflúvios corpóreos, temia tocar com as mãos a sua urina e os seus excrementos.

Quanto à Madre Teresa, Mitchell só a tinha visto uma vez. Ela não trabalhava mais diariamente na casa. Tinha asilos e orfanatos por toda a Índia, assim como em outros países, e passava quase o tempo todo supervisionando a organização. Mitchell tinha ouvido dizer que a melhor maneira de ver a Madre Teresa era frequentar a missa na Casa Mãe, e então um dia, antes do sol nascer, ele saiu do Exército da Salvação e caminhou pelas ruas escuras e silenciosas até o convento da A. J. C. Bose Road. Ao entrar na capela à luz de velas, Mitchell tentou não demonstrar o quanto estava empolgado — sentia-se como um fã que conseguiu entrar no camarim do ídolo. Ele se juntou a um grupinho de estrangeiros. No chão diante deles outras freiras já estavam rezando, não apenas de joelhos, mas prostradas diante do altar.

Uma onda de cabeças de voluntários se virando fez com que ele percebesse que Madre Teresa tinha entrado na capela. Ela parecia impossivelmente minúscula, do tamanho de uma menina de doze anos. Depois de ir até o centro da capela, ela se ajoelhou e tocou o chão com a testa. A única coisa que Mitchell podia ver eram as solas dos pés descalços de Madre Teresa. Eram rachados e amarelos — os pés de uma velha — mas pareciam investir-se de um significado extremo.

Na manhã de sexta-feira, da sua terceira semana na cidade, Mitchell levantou da cama, escovou os dentes com água tratada com iodo, tomou um comprimido de cloroquina (contra a malária) e, depois de jogar um pouco de água da torneira no rosto e na cabeça careca, saiu para tomar café. Mike se juntou a ele, mas não comeu (estava com problemas no estômago). Rüdiger veio para a mesa com um livro. Terminando rápido, Mitchell desceu de novo para o jardim e saiu para a Sudder Street.

Era começo de janeiro, e estava mais frio do que Mitchell esperava que fosse na Índia. Quando ele passou pelos riquixás na frente do portão principal, os condutores chamaram por ele, mas Mitchell os dispensou com um aceno, horrorizado com a ideia de empregar um ser humano como animal de tração. Chegando à Jawaharlal Nehru Road, ele entalou no trânsito. Quando seu ônibus chegou, dez minutos depois, perigosamente adernado por causa dos passageiros pendurados nas portas, o céu de inverno tinha derretido a neblina, e o dia estava esquentando.

O nome da região de Kalighat, no sul, vinha do templo de Kali que ficava no seu coração. O templo não era uma visão das mais impressionantes, um edifício tipo filial-local, com uma sede em outro lugar, mas as ruas à sua volta eram febris e coloridas. Mercadores vendiam parafernália religiosa — guirlandas de flores, jarros de ghee, tétricos pôsteres da deusa Kali com a língua de fora — para peregrinos que se amontoavam entrando e saindo pela porta do templo. Bem atrás do templo, dividindo uma parede com ele, na verdade — o motivo por que os voluntários se referiam àquele lugar como "Kalighat" —, ficava a casa.

Abrindo caminho entre a multidão que estava lá fora, Mitchell passou pela porta discreta e desceu os degraus que levavam ao espaço semissubterrâneo. A sala com aparência de túnel era mal iluminada, e a única luz vinha das janelas no nível da rua, altas, na parede exterior, através das quais se podiam ver as pernas dos pedestres que passavam. Mitchell esperou os olhos se acostumarem. Lentamente, como se as suas camas de rodinhas estivessem vindo de um mundo inferior, os corpos fragilizados apareceram em três camadas sombrias. Já capaz de ver, Mitchell percorreu toda a extensão da enfermaria para ir até o depósito nos fundos. Lá ele encontrou a médica irlandesa, consultando uma folha de notas escritas à mão. Os óculos dela tinham escorregado pelo nariz e ela teve que inclinar a cabeça para trás para ver quem havia entrado.

"Ah, você chegou", ela disse. "Eu vou terminar isso aqui já, já."

Ela se referia ao carrinho de remédios. Diante do carrinho, ela colocava comprimidos na bandeja com caixinhas numeradas que ficava na parte de cima. Atrás dela, caixas de artigos médicos subiam até o teto. Mesmo Mitchell, que não sabia nada sobre farmacêutica, podia ver que havia um problema de redundância: era um excesso absoluto de algumas coisas (como ataduras de gaze e, por algum motivo, enxaguante bucal) e uma escassez de antibióticos de amplo espectro, como a tetraciclina. Algumas organizações enviavam os remédios dias antes de acabar a validade, conseguindo deduções de impostos. Muitos dos fármacos tratavam doenças que grassavam em países ricos, como hipertensão e diabetes, e não ofereciam ajuda para males indianos comuns, como tuberculose, malária ou tracoma. Quase não havia analgésicos — nada de morfina, nada de derivados de opiáceos. Só paracetamol da Alemanha, aspirina da Holanda e xarope para tosse de Liechtenstein.

"Olha esse aqui", a médica disse, apertando os olhos para ler num frasco verde. "Vitamina E. Boa para a pele e a libido. Bem o que esse pessoal aí precisa."

Ela jogou o frasco no lixo, gesticulando na direção do carrinho. "É todo seu", ela concluiu.

Mitchell manobrou o carrinho para sair do depósito e começou a percorrer a fileira de leitos. Dar os remédios era um dos trabalhos de que ele gostava. Era relativamente fácil, íntimo mas perfunctório. Ele não sabia a que se destinavam os comprimidos. Só garantia que chegassem às pessoas certas. Alguns homens conseguiam sentar e tomar os comprimidos sozinhos. A outros ele precisava dar apoio para a cabeça e ajudar com a água. Os homens que mascavam *paan* tinham chagas sangrentas e abertas na boca. Os mais velhos muitas vezes nem tinham mais dentes. Um depois do outro os homens abriam a boca, deixando Mitchell pôr comprimidos na língua deles.

333

Não havia comprimidos para o homem do leito 24. Mitchell rapidamente percebeu por quê. Uma atadura desbotada cobria metade do seu rosto. A gaze de algodão estava enfiada fundo na carne, como que grudada diretamente no crânio. Os olhos do homem estavam fechados, mas os lábios, abertos numa careta. Enquanto Mitchell assimilava tudo isso, uma voz grave disse por trás dele.

"Bem-vindo à Índia."

Era o apicultor, com mais gaze, esparadrapo e uma tesoura nas mãos.

"Infecção por estafilococos", ele explicou, com um gesto na direção do homem coberto pelas ataduras. "O sujeito provavelmente se cortou fazendo a barba. Uma coisinha de nada. Aí ele vai se lavar no rio, ou fazer o *puja*, e babau. As bactérias entram no corte e começam a comer o rosto. A gente trocou o curativo dele três horas atrás e já precisa trocar de novo."

O apicultor era cheio de informações desse tipo, tudo parte do seu interesse pela medicina. Aproveitando-se da falta de pessoal médico treinado, ele operava na enfermaria quase como um residente, recebendo ordens dos médicos e executando os procedimentos propriamente ditos — limpar feridas ou tirar vermes de carne necrosada com uma pinça.

Agora ele se ajoelhava, espremendo o corpo no espaço estreito entre as camas. Quando largou a gaze e o esparadrapo delicadamente na cama, o homem abriu o olho que estava bom, com cara de medo.

"Tudo bem, meu chapa", o apicultor disse. "Eu sou seu amigo. Estou aqui pra ajudar."

O apicultor era uma pessoa profundamente sincera, profundamente boa. Se Mitchell era uma alma doente, segundo as categorias de William James, então o apicultor definitivamente tinha uma mente sã. ("Penso naqueles que, quando a infelicidade lhes é oferecida ou proposta, recusam-se ativamente a senti-la, como se fosse algo mau ou errado.") Era inspirador pensar no apicultor, cuidando das suas abelhinhas no deserto, criando os filhos e continuando violentamente apaixonado pela esposa (ele vivia falando disso), produzindo mel para tudo quanto era lado. E dessa vida perfeita surgira a necessidade de se livrar dela, de levá-la para dentro da dificuldade real, até da privação, para aliviar o sofrimento dos outros. Foi para estar entre pessoas como o apicultor que Mitchell tinha ido a Calcutá, para ver como eram essas pessoas e para ver se a bondade delas pegava.

O apicultor virou o rosto ensolarado para encarar Mitchell.

"Está segurando a onda hoje?", ele perguntou.

"Tudo bem. Eu só estou dando os remédios."

"É bom te ver por aqui. Você está vindo tem quanto tempo, já?"

"Estou na terceira semana."

"Bacana! Tem gente que sai se borrando no segundo dia. Continue firme. A gente precisa de todo mundo por aqui."

"Tudo bem", Mitchell disse, e seguiu empurrando o carrinho.

Ele terminou os leitos da primeira e da segunda fileiras e voltou para chegar às que ficavam do outro lado da ala, contra a parede interna. O homem do leito 57 estava apoiado num cotovelo, olhando Mitchell de um jeito altivo. Ele tinha um rosto fino, aristocrático, cabelo curto e uma pele pálida.

Quando Mitchell lhe ofereceu os seus comprimidos, o homem disse: "De que é que me servem esses remédios?".

Momentaneamente espantado com o inglês dele, Mitchell respondeu: "Eu não sei exatamente pra que é que eles servem. Eu posso perguntar pra doutora".

O homem alargou as narinas. "Eles são paliativos, na melhor das hipóteses." Ele não esboçou nenhum gesto para pegar os comprimidos. "Você vem de onde?", ele perguntou a Mitchell.

"Eu sou americano."

"Um americano jamais ia ficar apodrecendo numa instituição como esta. Isso não é verdade?"

"Provavelmente, não", Mitchell admitiu.

"Eu também não deveria estar aqui", o homem declarou. "Anos atrás, antes da minha doença, eu tive a felicidade de poder servir ao Departamento de Agricultura. Talvez você se lembre da fome que assolou a Índia. George Harrison fez o seu famoso show beneficente para Bangladesh. *Isso* é o que todo mundo lembra. Mas a situação na Índia era igualmente calamitosa. Hoje, como resultado das mudanças que nós implementamos naquela época, a Mãe Índia novamente alimenta seus filhos. Nos últimos quinze anos a produção agrícola *per capita* subiu cinco por cento. Nós não importamos mais cereais. Nós estamos cultivando cereais em quantidades suficientes para alimentar uma população de setecentos milhões de almas."

"Bom saber", Mitchell disse.

O homem continuou como se Mitchell nem tivesse aberto a boca. "Eu perdi o meu emprego graças ao nepotismo. Há muita corrupção neste país. Muita corrupção! Aí, alguns anos depois, eu desenvolvi uma infecção que destruiu os meus rins. Eu só tenho vinte por cento da função renal. Enquanto eu falo aqui com você, as impurezas estão se acumulando no meu sangue. Estão se acumulando em níveis intoleráveis." Ele encarava Mitchell com olhos duros, injetados. "A minha situação requer diálise semanal. Eu venho tentando dizer isso às irmãs, mas elas não entendem. Umas camponesas idiotas!"

O agrônomo continuou mais um momento sem desviar os olhos. Então, surpreendentemente, abriu a boca como uma criança. Mitchell pôs os comprimidos na boca do homem e esperou que ele engolisse.

Quando Mitchell acabou, foi procurar a médica, mas ela estava ocupada na enfermaria feminina. Foi só quando ele já tinha servido o almoço e estava prestes a sair que teve chance de falar com ela.

"Tem um cara aqui que diz que precisa de diálise", ele contou para a médica.

"Eu não duvido", ela disse, sorrindo triste, e, acenando com a cabeça, foi em frente.

O fim de semana chegou, e Mitchell estava livre para fazer o que quisesse. No café da manhã ele encontrou Mike curvado sobre a mesa, olhando fixamente uma fotografia.

"Você já esteve na Tailândia?", ele perguntou quando Mitchell sentou.

"Ainda não."

"Lugarzinho incrível." Mike entregou a foto para Mitchell. "Saca só essa menina."

A fotografia mostrava uma tailandesa esbelta, não exatamente bonita mas muito nova, parada na varanda de uma cabana de bambu. "O nome dela é Meha", Mike disse. "Ela queria casar comigo." Ele deu uma risadinha. "Pois é, eu sei. Ela trabalha de *escort girl* num bar. Mas quando a gente se conheceu ela tinha começado a trabalhar fazia coisa de uma semana. A gente nem fez nada no começo. Só conversa. Ela falou que queria aprender inglês, por causa do trabalho, aí a gente ficou no bar e eu ensinei umas palavras pra ela. Meu, ela tem *dezessete* anos. Sacou? Aí uns dias depois eu voltei no bar e ela estava lá de novo e eu levei ela comigo pro hotel. E aí a gente foi junto passar um fim de semana em Phuket. Ela meio que era a minha namorada. Enfim, a gente volta pra Bancoc e ela me fala que quer casar comigo. Dá pra acreditar? Ela disse que queria voltar pros Estados Unidos comigo. Eu até pensei no assunto um pouquinho, falando sério. Você acha que eu consigo arranjar uma mulher dessas lá nos esteites? Que ia cozinhar e limpar a casa pra mim? E que é supergostosa? Nem a pau, meu. Foi-se o tempo. Hoje em dia as americanas só querem saber de cuidar delas mesmas. Elas basicamente são tudo uns *homens*. Então, é, eu pensei no assunto. Mas aí um dia eu estou dando uma mijada e me dá uma queimação no bilau. Eu achei que ela tinha me passado alguma coisa! Aí eu fui no bar e dei um puta esporro na mina. Acabou que não era nada. Só um espermicida, sei lá, que tinha entrado no meu pau. Eu fui lá pedir desculpa, mas a Meha não quis falar comigo. Ficou lá sentada com um outro cara. Um holandês gordão."

Mitchell devolveu a fotografia.

"O que você achou?", Mike insistiu. "Ela é bonita, né?"

"Provavelmente foi uma boa ideia você não ter casado com ela."

"Eu sei. Eu sou um imbecil. Mas eu vou te contar, cara, ela era sexy. Santo Deus." Ele sacudiu a cabeça, pondo a foto de volta na carteira.

Sem ter aonde ir num sábado, Mitchell se deixou ficar mais meia hora no café. Depois que os garçons pararam de servir e levaram o prato dele embora, ele entrou meio a esmo na bibliotequinha do segundo andar, espiando as prateleiras de títulos religiosos ou inspirativos. A única pessoa além dele era Rüdiger, que estava sentado com as pernas cruzadas no chão, descalço, como sempre. Ele tinha um cabeção, com olhos cinzentos bem separados, e era levemente prognata. Estava usando as roupas que ele mesmo fazia, umas calças justas avermelhadas que iam até a canela e uma túnica sem manga cor de cúrcuma recém-moída. Aquelas roupas confortáveis, mais o seu corpo exíguo e os pés descalços, lhe rendiam certa semelhança com um acrobata de circo. Rüdiger era uma presença mercurial. Ele estava na estrada havia dezessete anos, direto, tendo visitado, segundo ele mesmo, todos os países do mundo, a não ser a Coreia do Norte e o Iêmen do Sul. Ele tinha chegado a Calcutá *de bicicleta*, percorrendo os dois mil quilômetros desde Bombaim numa dez marchas italiana e dormindo a céu aberto à beira da estrada. Assim que chegou à cidade ele vendeu a bicicleta, fazendo dinheiro suficiente para viver pelos próximos três meses.

Agora ele estava sentado imóvel, e lendo. Ele não ergueu os olhos quando Mitchell entrou.

Mitchell pegou um livro da estante, *O deus que intervém*, de Francis Schaeffer. Mas, antes que pudesse abri-lo, Rüdiger repentinamente se manifestou.

"Eu cortei o cabelo também", ele falou, passando a mão pelo áspero couro cabeludo. "Eu tinha cachos muito lindos. Mas a vaidade, era muito *pesado*."

"Não sei bem se foi vaidade no meu caso."

"Então foi o quê?"

"Meio que um processo de purificação."

"Mas é mesma coisa! Eu sei que tipo você é", Rüdiger disse, examinando Mitchell de perto e fazendo que sim com a cabeça. "Você acha que não tem vaidade. Talvez você não tem tanto assim no corpo. Mas provavelmente você é mais vaidoso do quanto você é *inteligente*. Ou do quanto você é *bom*. Então talvez, no seu caso, cortar cabelo só deixou a vaidade mais pesado!"

"Pode ser", Mitchell disse, esperando o que ainda viria.

Mas Rüdiger rapidamente mudou de assunto. "Eu estou lendo um livro que é maravilha. Eu estou lendo esse livro dês ontem e eu estou pensando cada minuto: Nossa!".

"Qual é?"

Rüdiger ergueu um volume verde de capa dura toda gasta. *"The answers of Jesus to Job*. No Antigo Testamento, Jó sempre faz perguntas para Deus. 'Por que você faz coisas tão terrível pra mim? Eu sou servo fiel.' Ele fica perguntando sem parar. Mas e Deus responde? Não. Deus não fala nada. Mas *Jesus* é outra história. O sujeito que está escrevendo esse livro tem a teoria que o Novo Testamento é a resposta direta para Livro de Jó. Ele faz uma análise textual inteirinha, linha por linha, e deixa eu te falar, é coisa *rigorosa*. Eu entro na biblioteca aqui e acho esse livro e é batuta, como vocês diriam."

"A gente não fala 'batuta'", Mitchell disse.

Rüdiger ergueu as sobrancelhas, ceticamente. "Quando eu fui na América eles diziam 'batuta' sempre."

"E isso foi quando, 1940?"

"1973!", Rüdiger objetou. "Benton Harbor, Michigan. Eu trabalho para um impressor bom três meses. Lloyd G. Holloway. Lloyd G. Holloway e a mulher dele, Kitty Holloway. Filhos: Buddy, Julie, Karen Holloway. Eu estava com ideia de ser impressor. E Lloyd G. Holloway, que era o meu mestre, sempre dizia 'batuta'."

"Legal", Mitchell concedeu. "De repente lá em Benton Harbor. Eu também sou do Michigan."

"Por favor", Rüdiger pediu querendo cortar o assunto. "Vamos não tentar entender um o outro por autobiografia."

E com isso ele voltou ao seu livro.

Depois de ler dez páginas de *O Deus que intervém* (Francis Schaeffer tinha uma fundação na Suíça em que, Mitchell tinha ouvido dizer, dava para ficar de graça), ele pôs o livro de volta na estante e saiu da biblioteca. Passou o resto do dia andando pela cidade. O receio de Mitchell, de não estar à altura do que se esperava dele no Kalighat, coexistia nele, curiosamente, com um surto de uma verdadeira sensação de religiosidade. Boa parte do tempo em Calcutá ele estivera tomado por uma espécie de êxtase, como uma febre baixa. A sua prática de meditação havia se aprofundado. Ele passava por sensações de queda repentina, como se estivesse se movendo em alta velocidade. Durante minutos inteiros ele esquecia quem era. Fora, nas ruas, ele tentava, e muitas vezes conseguia, desaparecer para si próprio para estar, paradoxalmente, mais presente.

Não havia como descrever direito essa sensação. Mesmo Thomas Merton só conseguia dizer coisas como "Habituei-me a andar de um lado para o outro entre as árvores ou junto ao muro do cemitério, na presença de Deus". O negócio era que agora Mitchell sabia do que Merton estava falando, ou achava que sabia. Enquanto se embevecia com as maravilhas da cidade, o empoeirado campo de polo, as vacas sagradas com aqueles chifres pintados, ele havia se habituado a andar por Calcutá na presença de Deus. Além de tudo, agora lhe parecia que isso nem precisava ser difícil. Era algo que qualquer criança sabia fazer, manter uma conexão plena e direta com o mundo. De alguma maneira a gente esquecia quando ia crescendo, e tinha que aprender de novo.

Algumas cidades viraram ruínas e algumas foram construídas sobre ruínas, mas outras englobam as suas próprias ruínas enquanto ainda estão crescendo. Calcutá era uma cidade desse tipo. Mitchell caminhava pela Chowringhee Road, olhando para os prédios, repetindo uma frase que ele lembrava da leitura de Gaddis, *o acúmulo do tempo nas paredes*, e pensando sozinho que os ingleses tinham deixado uma burocracia que os indianos só tinham tornado mais complexa, impondo aos sistemas financeiro e governamental a pletora de hierarquias do panteão hindu, os níveis e mais níveis do sistema de castas, de maneira que descontar um cheque de viagem era como desfilar diante de uma série de semideuses, um homem para verificar o seu passaporte, outro para carimbar o cheque, outro para fazer uma cópia em carbono da transação, enquanto ainda outro anotava a quantia, antes de você poder receber o dinheiro do caixa. Tudo documentado, verificado, escrupulosamente arquivado, e aí esquecido para sempre. Calcutá era uma concha, a concha de um império, e de dentro dessa concha nove milhões de indianos escorriam. Sob a superfície colonial da cidade jazia a Índia de verdade, o antigo país dos *rajputs*, dos nababos e dos mongóis, e esse país também irrompia de *baghs* e becos e, em alguns momentos, especialmente à noite, quando os mascates-músicos tocavam os seus instrumentos pelas ruas, era como se os ingleses nem tivessem passado por ali.

Havia cemitérios cheios de mortos ingleses, florestas de obeliscos erodidos em que Mitchell só conseguia ler umas poucas palavras. *Tenente James Barton, marido de. 1857–18–. Rosalind Blake, esposa do Coronel Michael Peters. Dormindo o sono do Senhor, 1887.* Trepadeiras tropicais invadiam o cemitério, e palmeiras cresciam perto de mausoléus familiares. Cascas quebradas de coco jaziam espalhadas sobre o pedrisco. *Rebecca Winthrop, oito meses de idade. Mary Holmes. Morreu no parto.* A estatuária era vitoriana e extravagante. Anjos vigiavam tumbas com seus rostos gastos. Templos apolíneos abrigavam os restos de oficiais da Companhia das Índias Orientais, colunas caídas, frontões tortos. *De malária. De tifo.* Um zelador veio ver o que Mitchell estava fazendo. Não havia onde ficar sozinho em Calcutá. Até um cemitério deserto tinha o seu guarda. *Dormindo o sono do senhor. Dormindo o sono. Dormindo.*

No domingo ele foi ainda mais cedo para a rua e ficou quase o dia todo fora, voltando à Casa de Hóspedes a tempo para o chá da tarde. Na varanda, ao lado de um vaso de plantas, ele tirou um aerograma azul novinho da mochila e começou a escrever uma carta para a família. Em parte porque usava os aerogramas como uma extensão do seu diário, e estava portanto escrevendo mais para si próprio do que para os pais, e em parte por causa da influência dos diários do Getsêmani, de Merton, as cartas que Mitchell enviava da Índia eram documentos estranhíssimos. Mitchell escrevia todo tipo de coisa, para ver se era verdade. Depois que escrevia, ele esquecia. Levava as cartas para o correio e as postava sem nem pensar no efeito que causariam nos seus desorientados pais em Detroit. Ele abriu aquela carta com uma descrição detalhada do homem com a bochecha consumida pela infecção de estafilococos. Isso levou a uma anedota sobre um leproso que Mitchell tinha visto na rua no dia anterior. Daí Mitchell foi para uma discussão das opiniões equivocadas que as pessoas tinham sobre a lepra, e de como a doença nem era "tão contagiosa assim". Depois, ele escreveu um cartãozinho para Larry, em Atenas, dando como endereço para resposta o Exército da Salvação. Ele tirou a carta de Madeleine da mochila, pensou em responder, e a guardou de novo.

Enquanto Mitchell terminava, Rüdiger apareceu na varanda. Ele sentou e pediu um bule de chá.

Depois que o chá chegou, ele disse: "Então me diz uma coisa. Por que você veio na Índia?".

"Eu queria ir pra algum lugar diferente dos Estados Unidos", Mitchell respondeu. "E queria ser voluntário da Madre Teresa."

"Então você veio fazer boas obras."

"Tentar, pelo menos."

"Interessante isso das bons obras. Eu sou alemão, então claro que eu sei tudo de Martinho Lutero. A questão é que, por mais que a gente tenta ser bom, não consegue ser tão bom assim. Aí Lutero diz que precisa justificação pela fé. Mas, saca só, leia um pouco de Nietzsche se quiser saber dessa ideia. Nietzsche achava que Martinho Lutero só estava facilitando pra todo mundo. Não se preocupem se não conseguirem fazer boas obras, pessoal. Só acreditem. Tenham fé. A fé vai justificar vocês! Certo? Pode ser que sim, pode ser que não. Nietzsche não era contra o cristianismo, que nem todo mundo pensa. Nietzsche só achava que existia um Cristo só, que era o Cristo. Depois dele, acabado."

O raciocínio dele tinha se transformado em devaneio. Ele olhava para o teto, sorrindo, com um brilho no rosto. "Ia ser bom ser cristão assim. O primeiro cristão. Antes de tudo ficar *kaput*."

"É isso que você quer ser?"

"Eu sou só um viajante. Eu viajo, levo tudo que preciso comigo, e não tenho problemas. Eu só pego emprego se preciso. Eu não tenho esposa. Eu não tenho filho."

"Você não tem sapato", Mitchell apontou.

"Eu tinha sapato. Mas aí eu percebo que é bem melhor andar sem. Eu vou por tudo sem sapato. Até em Nova York."

"Você andou descalço em Nova York?"

"É maravilhoso descalço em Nova York. É como andar por cima de um túmulo gigante!"

O dia seguinte era uma segunda. Mitchell foi postar a carta cedinho, então chegou atrasado ao Kalighat. Um voluntário que ele nunca tinha visto já estava com o carrinho de remédios. A médica irlandesa voltara para Dublin e no lugar dela estava um novo médico que só falava italiano.

Privado da sua atividade matinal de sempre, Mitchell passou a hora seguinte à toa pela enfermaria, vendo o que podia fazer. Em um leito na fileira de trás estava um menino de oito ou nove anos, com uma caixinha com um daqueles bonecos de mola que saltam. Mitchell nunca tinha visto uma criança no Kalighat, e foi sentar na cama dele. O menino, que estava com a cabeça raspada e tinha umas olheiras escuras, entregou o brinquedo para Mitchell. Ele viu de pronto que estava quebrado. A tampa não travava para segurar o boneco. Segurando a tampa com o dedo, Mitchell gesticulou para o menino girar a alavanca e, no momento adequado, soltou a tampa, fazendo o boneco de mola pular. O menino adorou. E fez Mitchell repetir a brincadeira sem parar.

A essa altura já passava das dez. Cedo demais para servir o almoço. Cedo demais para ir embora. A maioria dos outros voluntários dava banho nos pacientes, ou tirava os lençóis sujos das camas, ou limpava os protetores de plástico que cobriam os colchões — ou seja, faziam as tarefas sujas e malcheirosas que Mitchell também deveria fazer. Por um momento ele se decidiu a começar agora mesmo, *imediatamente*. Mas aí viu o apicultor vindo na direção dele, com uma braçada de roupa de cama suja, e com um reflexo involuntário Mitchell voltou por sob a arcada e subiu as escadas até o teto.

Ele disse a si mesmo que só ia dar uma subidinha até o telhado, coisa de um ou dois minutos, para ficar longe do cheiro de desinfetante da enfermaria. Tinha voltado naquele dia por um motivo, e o motivo era acabar com aquela frescura, mas antes de fazer isso ele precisava de um pouco de ar.

No teto, duas voluntárias penduravam roupa molhada no varal. Uma delas, com sotaque americano, dizia: "Eu falei para a Madre que eu estou pensando em tirar umas férias. De repente ir pra Tailândia e passar uma ou duas semanas esticada na praia. Eu estou aqui há quase seis meses."

"E ela disse o quê?"

"Ela disse que a única coisa importante na vida é a caridade."

"É por isso que ela é santa", a outra mulher acrescentou.

"Será que não dá pra eu virar santa e ir pra praia também?", a americana disse, e as duas começaram a rir.

Enquanto elas conversavam, Mitchell foi para o outro lado do telhado. Olhando para baixo, ele se surpreendeu ao perceber que via o pátio interno do templo de Kali logo ao lado. Em um altar de pedra, seis cabeças de cabra, recém-cortadas, estavam bem alinhadinhas, com os pescoços peludos brilhando de sangue. Mitchell fazia toda a força para ser ecumênico, mas no que se referia a sacrifícios de animais ele tinha os seus limites. Ficou olhando mais um tempo as cabeças das cabras, e aí, com súbita determinação, desceu de novo as escadas e achou o apicultor.

"Voltei", ele disse.

"Bom garoto", o apicultor falou. "Bem na hora. Estou precisando de uma mãozinha."

Ele levou Mitchell até um leito no meio da enfermaria. Nele estava um homem que, mesmo em comparação com os outros velhos do Kalighat, afigurava-se especialmente esquelético. Enrolado no lençol ele parecia antigo e marrom como uma múmia egípcia, uma semelhança que o rosto encovado e o nariz curvo como uma lâmina enfatizavam. Mas, ao contrário de uma múmia, o homem estava com os olhos bem abertos. Eram azuis e estavam aterrorizados e pareciam encarar alguma coisa que só ele enxergava. O tremor incessante dos seus membros ampliava a sensação de pavor extremo que ele trazia no rosto.

"Esse cavalheiro precisa de um banho", o apicultor disse com a sua voz grave. "Alguém pegou a maca, então a gente vai ter que carregá-lo."

Não estava muito claro como eles iam dar jeito naquilo. Mitchell foi para o pé da cama, esperando enquanto o apicultor tirava o lençol do velho. Exposto dessa maneira, o velho parecia ainda mais seco. O apicultor o pegou por baixo dos braços, Mitchell segurou-lhe os tornozelos e, dessa maneira indelicada, eles o ergueram do colchão e o levaram para o corredor.

Eles logo perceberam que deveriam ter esperado a maca. O velho era mais pesado do que tinham imaginado, e desajeitado de carregar. Ele se curvava entre eles como a carcaça de um animal. Eles tentaram ter o máximo cuidado, mas quando começaram a andar pelo corredor não havia onde largar o homem. Era melhor levá-lo o mais rápido possível para o banheiro e, apressados, começaram a tratar o velho menos como uma pessoa que carregavam e mais como um objeto. O fato de que ele não parecia estar consciente do que acontecia só encorajava essa postura. Em duas ocasiões eles bateram o velho contra outros leitos, com força. Mitchell trocou a pegada nos tornozelos do velho, quase o deixando cair, e eles passaram aos tropeços pela enfermaria feminina e chegaram ao banheiro nos fundos.

Um cômodo de pedra amarela, com uma laje em um dos lados, onde eles largaram o velho, o banheiro era iluminado por uma luz enevoada penetrando por uma única janela com treliça de pedra. Torneiras de latão se projetavam das paredes, e um grande ralo, como num abatedouro, ficava enterrado no meio do piso.

Nem Mitchell nem o apicultor reconheciam que tinham feito um trabalhinho porco carregando o velho. Ele agora estava deitado de costas, com os membros ainda tremendo violentamente e os olhos arregalados, como que projetando um horror sem fim. Lentamente, eles tiraram a sua roupa de hospital pela cabeça. Por baixo dela, uma bandagem empapada cobria a virilha do velho.

Mitchell não estava mais com medo. Estava pronto para o que quer que precisasse ser feito. Era a hora. Era para isso que ele viera.

Com tesouras de ponta redonda, o apicultor recortou a fita adesiva. O cueiro manchado de pus se desmontou em dois pedaços, revelando a fonte da agonia do velho.

Um tumor do tamanho de uma toranja tinha invadido o seu escroto. De início, o mero tamanho do inchaço dificultava a sua identificação como um tumor; parecia mais uma bexiga cor-de-rosa. O tumor era tão grande que tinha esticado a pele normalmente enrugada do escroto, que agora estava rija como a de um tambor. No alto do calombo, como o bico amarrado de uma bexiga, o pênis murcho do homem pendia para um lado.

Quando a bandagem caiu, o velho moveu as mãos contorcidas para se cobrir. Era o primeiro sinal de que ele sabia que eles estavam ali.

O apicultor abriu a torneira, testando a temperatura da água. Ele encheu um balde. Erguendo-o, começou a verter a água lenta, cerimonialmente, sobre o velho.

"Este é o corpo de Cristo", o apicultor disse.

Ele encheu outro balde e repetiu o processo, entoando:

"Este é o corpo de Cristo."

"Este é o corpo de Cristo."

"Este é o corpo de Cristo."

Mitchell encheu também um balde e começou a verter água sobre o velho. Ele ficou imaginando se a água caindo não aumentava a dor do homem. Não havia como saber.

Eles lavaram o velho com sabão antisséptico, com as mãos nuas. Lavaram-lhe os pés, as pernas, a bunda, o peito, os braços, o pescoço. Nem por um segundo Mitchell acreditou que o corpo canceroso sobre a laje fosse o corpo de Cristo. Ele banhou o homem com a maior delicadeza possível, esfregando em volta da base do tumor, que estava peçonhentamente avermelhado e vazava sangue. Tentava fazer o homem sentir menos vergonha, fazer com que soubesse, nos seus últimos dias, que não estava só, não totalmente, e que as duas figuras estranhas que lhe banhavam, por mais que fossem desajeitadas e inexperientes, ainda assim buscavam fazer o melhor que podiam por ele.

Depois que enxaguaram e enxugaram o homem, o apicultor ajeitou uma nova bandagem. Eles o vestiram com roupas limpas e o levaram de volta para a enfermaria masculina. Quando o depositaram na cama, o velho ainda estava com o olhar cego fixado no alto, tremendo de dor, como se eles nem tivessem estado ali.

"Bem, valeu mesmo", o apicultor disse. "Olha, leva essas toalhas pra lavanderia, por favor."

Mitchell pegou as toalhas, só um pouco ressabiado com o que podia haver nelas. De maneira geral, estava orgulhoso do que tinha acabado de acontecer. Ao se curvar sobre o cesto de roupa suja, o crucifixo se afastou do seu peito em um movimento de pêndulo, projetando uma sombra na parede.

Ele estava indo dar mais uma espiada no menininho quando viu o agrônomo. O homem, pequeno e enérgico, estava sentado na cama, com o rosto consideravelmente mais amarelo que na sexta-feira anterior, com a icterícia tomando até o branco dos olhos, que tinham uma cor assustadoramente alaranjada.

"Oi", Mitchell disse.

O agrônomo lhe virou um olhar cortante, mas não abriu a boca.

Como não tinha nenhuma boa notícia sobre a perspectiva da diálise, Mitchell sentou na cama e, sem perguntar, começou a fazer massagem nas costas do agrônomo. Ele esfregou os ombros, o pescoço e a cabeça do homem. Depois de quinze minutos, ao terminar, Mitchell perguntou: "Tem alguma coisa que eu possa trazer para o senhor?".

O agrônomo pareceu pensar no assunto. "Eu quero cagar."

Mitchell foi tomado de surpresa. Mas antes de poder fazer ou dizer qualquer coisa, um jovem indiano sorridente apareceu na frente deles. Era o barbeiro. Ele ergueu uma caneca de espuma, um pincel e uma navalha.

"Vamos fazer a barba!", ele anunciou com um tom jovial.

Sem mais preliminares, começou a cobrir de espuma o rosto do agrônomo.

O agrônomo não teve energia para resistir. "Eu tenho que cagar", ele disse de novo, com um pouco mais de urgência.

"Barba, barba", o barbeiro repetiu, com as únicas palavras que conhecia fora da sua língua nativa.

Mitchell não sabia onde ficavam as comadres. Estava com medo do que ia acontecer se não achasse uma logo, e estava com medo do que ia acontecer se achasse. Ele virou as costas, procurando ajuda.

Todos os outros voluntários estavam ocupados. Nenhuma freira por perto.

Quando Mitchell se virou de novo para ele, o agrônomo tinha esquecido completamente da sua presença. Estava agora com os dois lados do rosto cobertos de espuma. Ele fechou os olhos, fazendo uma careta, enquanto dizia desesperado, furioso, aliviado: "Eu estou cagando!".

O barbeiro, absorto, começou a fazer a barba dele.

E Mitchell começou a andar. Já sabendo que ia se arrepender desse momento por muito tempo, talvez pelo resto da vida, mas incapaz de resistir ao doce impulso que percorria cada nervo do seu corpo, Mitchell se dirigiu à frente da casa, passando direto por Mateus 25, 40, e subiu a escada que levava ao mundo iluminado e caído lá no alto.

A rua estava forrada de peregrinos. Dentro do templo de Kali, onde ainda se matavam cabras, ele ouviu o som dos pratos percutidos. Eles subiram num crescendo e então se calaram. Mitchell seguiu para o ponto de ônibus, indo no sentido contrário da massa de pedestres. Olhou para trás para ver se era seguido, se o apicultor estava no seu encalço para levá-lo de volta. Mas ninguém o tinha visto sair.

O ônibus coberto de fuligem que chegou estava ainda mais lotado que o normal. Mitchell teve que subir no para-choque traseiro com um grupo de rapazes e se segurar como pôde. Uns minutos depois, quando o ônibus parou por causa do trânsito, ele subiu para o bagageiro da capota. Os passageiros de lá, também jovens, sorriram para ele, achando graça em ver um estrangeiro andar no teto. Enquanto o ônibus troava rumo ao distrito central, Mitchell examinava a cidade que passava lá embaixo. Bandos de moleques de rua pediam esmolas nas esquinas. Cachorros sem dono com focinhos feiosos fuçavam no lixo ou dormiam deitados de lado sob o sol do meio-dia. Nos distritos mais distantes, as fachadas das lojas e as casas eram humildes, mas à medida que se aproximavam do centro da cidade os prédios de apartamentos ficavam mais grandiosos. As fachadas de gesso estavam descascando, as grades de ferro das sacadas, quebradas ou ausentes. Mitchell estava numa altura que lhe permitia ver até dentro das salas. Algumas tinham cortinas de veludo e uma mobília com entalhes elaborados. Mas a maioria estava vazia, com nada além de uma esteira no chão em que se sentava uma família inteira, almoçando.

Ele desceu perto do escritório da Rede Ferroviária Indiana. No interior mal iluminado, presidido por um retrato em preto e branco de Gandhi, Mitchell ficou esperando na fila para comprar a sua passagem. A fila andava devagar, o que lhe dava tempo de sobra para examinar os horários de partida e decidir para onde ia. Rumo sul, para Madras? Subir as montanhas para Darjeeling? Por que não ir até o Nepal de uma vez?

O sujeito atrás dele dizia para a mulher: "Como eu já te expliquei, se a gente for de ônibus vai ter que fazer três desvios. Muito melhor ir de trem".

Um trem sairia da estação Howrah para Benares naquela noite, às 8h24. Chegaria à cidade sagrada às margens do Ganges no dia seguinte, ao meio-dia. Por uma passagem de segunda classe com uma poltrona-leito, Mitchell teria que pagar cerca de oito dólares.

A velocidade com que ele saiu do escritório da ferroviária e foi comprar provisões para a viagem parecia a de alguém que estava fugindo. Comprou água mineral, tangerinas, uma barra de chocolate, um pacote de bolachas e um pedaço de um queijo estranhamente esfarelado. Ele ainda não tinha almoça-

do, então parou num restaurante para comer uma tigela de curry vegetariano com *parathi*. Depois disso, conseguiu achar um *Herald Tribune* e entrou
num café para ler. Ainda com tempo livre, deu um passeio de despedida pela
vizinhança, parando para sentar perto de um *bagh* verde-limão que refletia
as nuvens que se moviam sobre a sua cabeça. Passava das quatro quando ele
voltou para a Casa de Hóspedes.

Fazer as malas levou um minuto e meio. Ele enfiou a camiseta e a bermuda extras na sacola, junto com o estojinho de higiene, o seu Novo Testamento de bolso e o seu diário. Enquanto fazia isso, Rüdiger entrou, trazendo
um rolo de alguma coisa embaixo do braço.

"Hoje", ele anunciou satisfeito, "encontrei gueto do couro. Tem gueto de
tudo nessa cidade. Eu estou andando e encontro esse gueto e me dá esse ideia
de me fazer uma superpochete de couro para carregar passaporte."

"Uma pochete de passaporte", Mitchell disse.

"Sim, você precisa passaporte para provar para o mundo que existe. O
pessoal da aduana, eles não podem olhar para você e *ver* que você é uma pessoa. Não! Eles têm que olhar uma fotografiazinha de você. Aí eles acreditam
que você existe." Ele mostrou a Mitchell o rolo de couro curtido. "De repente
eu faço uma para você também."

"Tarde demais. Eu estou indo embora", Mitchell disse.

"Então, está animadinho, hein? Onde você vai?"

"Benares."

"Você devia ficar no Albergue do Iogue lá. O melhor lugar."

"Boa. Vou, sim."

Dando impressão de formalidade, Rüdiger estendeu a mão.

"Quando eu vi você primeira vez", ele disse, "eu pensei cá comigo mesmo: 'Eu não sei desse aí. Mas ele está aberto'."

Ele olhou nos olhos de Mitchell como se o estivesse chancelando e lhe
desejando o bem. Mitchell se virou e foi embora.

Ele estava atravessando o pátio quando topou com Mike.

"Está de saída?", Mike perguntou, percebendo a sacola.

"Decidi dar uma viajada", Mitchell disse. "Mas, olha só, antes de eu ir,
lembra aquela lojinha de *lassi* de que você me falou? Que tinha *bhang lassi*?
Você pode me mostrar onde fica?"

Mike ficava feliz de poder ajudar. Eles saíram pelo portão da frente e atravessaram a Sudder Street, passaram pelo vendedor de *tchai* do outro lado e entraram no labirinto de ruelas estreitas que se seguia. Enquanto caminhavam, um mendigo apareceu, estendendo a mão e gritando: "*Bakchich*! *Bakchich*!".

Mike seguiu em frente, mas Mitchell parou. Revolveu o bolso e tirou vinte paisas, que pôs na mão imunda do mendigo.

"Quando eu cheguei aqui eu dava dinheiro pros mendigos. Mas aí eu percebi que não faz sentido. Não acaba nunca", Mike falou.

"Jesus disse que a gente tem que dar pra quem pedir", Mitchell disse.

"É", Mike disse, "mas obviamente Jesus nunca esteve em Calcutá."

A loja de *lassi* afinal nem era uma loja, e sim um carrinho estacionado na frente de uma parede coberta de escaras. Havia três jarros em cima do carrinho, com toalhas por cima para afastar as moscas.

O mascate explicou o que havia em cada um deles, apontando. "*Lassi* salgado. *Lassi* doce. *Bhang lassi*."

"A gente veio tomar *bhang lassi*", Mike disse.

Isso divertiu os dois homens que estavam à toa apoiados na parede, presumivelmente amigos do mascate.

"*Bhang lassi*!", eles exclamaram. "*Bhang*!"

O mascate serviu dois copos altos. O *bhangh lassi* era marrom esverdeado. Havia pedaços visíveis boiando nele.

"Esse negócio vai foder com você", Mike disse, levando o copo à boca.

Mitchell deu um gole. Tinha gosto de chorume de valeta. "Por falar em foder", ele disse, "posso ver aquela foto da menina que você conheceu na Tailândia?"

Mike deu um sorriso lúbrico, enquanto pescava a foto na carteira. Ele a entregou a Mitchell, que, sem olhar para ela, imediatamente a rasgou ao meio e a jogou no chão.

"Qualé!"

"Foi-se", Mitchell disse.

"Você rasgou a minha foto! Por que você foi fazer uma coisa dessas?"

"Eu estou te ajudando. Isso é ridículo."

"Vá se foder!", Mike grunhiu, com os dentes expostos, como um rato. "Seu bostinha, seu monstrinho cristão!"

"Bom, vejamos o que é pior. Ser um monstrinho cristão ou comprar prostitutas menores de idade?"

"Uuuu, lá vem um mendigo", Mike disse sarcasticamente. "Acho que vou dar uma graninha pra ele. Eu sou tão bonzinho! Eu vou salvar o mundo!"

"Uuuu, lá vem uma putinha tailandesa. Acho que ela gostou de mim! Eu vou casar com ela! Vou levar ela pra casa pra cozinhar e limpar a minha casa. Eu não consigo arrumar mulher no meu país porque eu sou um gordo encostado e desempregado. Então eu vou ficar com uma tailandesinha."

"Quer saber? Vá se foder você *e* a Madre Teresa! Tchau, babaca. Se divirta com as freirinhas. Tomara que elas te toquem uma bronha, porque você precisa."

Essa pequena troca de ideias com Mike tinha deixado Mitchell com um humor soberbo. Depois de terminar o *bhang lassi*, ele voltou mais uma vez ao Exército da Salvação. A varanda estava fechada, mas a biblioteca ainda estava aberta. No canto dos fundos, sentado no chão e usando o Francis Schaeffer como mesa, ele começou a preencher mais um aerograma.

Cara Madeleine,

Para citar Dustin Hoffman, deixa eu te dizer em alto e bom som: <u>*Não case com esse cara*</u>*!!! Ele não presta para você.*

Obrigado pela carta simpática e comprida. Eu recebi em Atenas coisa de um mês atrás. Desculpa não ter respondido antes. Eu tenho feito o possível para não pensar em você.

Acabei de tomar um bhang lassi. Lassi, caso você nunca tenha tomado, é uma bebida indiana muito refrescante, feita de iogurte. Bhang é maconha. Eu pedi o lassi para um vendedor de rua faz cinco minutos, o que é só uma das muitas maravilhas do subcontinente.

Agora o negócio é o seguinte. Quando a gente falava de casamento (eu quero dizer em abstrato) você tinha uma teoria de que as pessoas casavam em um de três estágios possíveis. O Primeiro Estágio são as pessoas tradicionais que casam com os namoradinhos de escola, normalmente nas férias logo depois da formatura. As pessoas do Segundo Estágio casam lá pelos vinte e oito. E aí tem as pessoas do Terceiro Estágio, que casam numa onda final, com uma sensação de desespero, lá pelos trinta e seis, trinta e sete ou até trinta e nove.

Você disse que nunca ia casar assim que saísse da universidade. Você tinha planos de esperar a sua "carreira" estar firme e casar lá pelos trinta. Secretamente, eu sempre achei que você era do Segundo Estágio, mas

350

quando eu te vi, na formatura, eu percebi que você era decidida e incorrigivelmente. Primeiro Estágio. Aí chegou a sua carta. Quanto mais eu lia, mais entendia o que você não estava dizendo. Por baixo da sua caligrafia miudinha está um desejo reprimido. Talvez seja para isso que a sua caligrafia miudinha serve desde sempre, tentar evitar que os seus desejos secretos explodam a sua vida.

Como é que eu sei isso? Digamos que durante as minhas viagens eu me familiarizei com estados interiores que abolem as distâncias entre as pessoas. Por vezes, apesar de a gente estar longe fisicamente, eu me aproximei muito de você, cheguei até as suas mansões mais secretas. Eu consigo sentir o que você está sentindo. <u>Daqui</u>.

Eu tenho que ir rápido com isso. Eu tenho que pegar um trem noturno e acabei de perceber que a minha visão está ficando meio cintilante nas bordas.

Agora, não seria justo eu te dizer isso tudo sem te dar mais alguma coisa em que pensar. Uma oferta, você pode dizer. Mas a natureza dessa oferta não é algo que um jovem cavalheiro (nem um como eu, que desistiu de usar cuecas) pode confiar plenamente a uma carta. Trata-se de algo que eu vou ter que te dizer pessoalmente.

Quando isso vai acontecer eu não sei bem. Eu estou na Índia há três semanas e só vi Calcutá. Eu quero ver o Ganges e é para lá que eu vou agora. Quero visitar Nova Déli e Goa (onde tem o corpo incorruptível de são Francisco Xavier exposto numa catedral). Eu tenho vontade de visitar o Rajastão e a Caxemira. O Larry ainda planeja me encontrar em março (espera só eu te contar do Larry!) para a gente fazer a nossa pesquisa com o professor Hughes. Enfim, eu estou escrevendo esta carta porque, se você realmente é Primeiro Estágio, pode não dar tempo de eu interromper pessoalmente. Eu estou longe demais para atravessar correndo a Bay Bridge com o meu carro esporte e deter a cerimônia (e eu nunca ia travar a porta com um crucifixo).

Não sei se você vai receber esta carta. Vou ter que confiar na fé, em outras palavras, que é uma coisa que eu ando tentando fazer ultimamente com um sucesso bem limitado.

Esse bhang lassi *é bem forte, sabe. Eu ando em busca da realidade final, mas neste exato momento tem umas realidadezinhas mundanas que eu aceitava de bom grado. Eu não estou falando de qualquer coisa, não. Mas tem um programa de pós-graduação em Princeton. E Yale e Harvard têm programas de estudos religiosos. Existem uns apartamentinhos vagabundos em Nova Jersey e New Haven onde duas pessoas estudiosas podiam ser estudiosas juntas.*

Mas nada disso. Não ainda. Não agora. Por favor, atribua qualquer elemento indecoroso do que eu tenha escrito ao poder do frapê bengali. Eu só queria mesmo era te escrever um bilhetinho. Podia ter sido um postal. Eu só queria dizer uma coisa.

Não case com esse cara.

Não case, Mad. Não.

Quando ele chegou ao térreo, a noite tinha caído. Uma multidão andava pelo meio da rua, fios de lâmpadas amarelas suspensos como num carnaval. Músicos de rua sopravam as suas flautas de madeira e os seus trombones de plástico, tentando atrair os passantes, e os restaurantes estavam abertos.

Mitchell caminhava sob as árvores imensas, com a cabeça zumbindo. O ar parecia delicado contra o rosto dele. De certa forma, o *bhang* era supérfluo. A quantidade de sensações que bombardeavam Mitchell quando ele chegou à esquina — o buzinar incessante dos táxis, o pulsar dos motores dos caminhões, os gritos de homens-formigas empurrando carrinhos com pilhas de nabos ou de sucata — o teria deixado tonto mesmo que ele estivesse completamente sóbrio no meio do dia. Era como um barato bônus, que se somava ao barato original. Mitchell estava tão absorto que esqueceu aonde ia. Ele poderia ter ficado na esquina a noite toda, olhando o trânsito andar mais um metro. Mas de repente, invadindo a sua visão periférica, um riquixá parou ao lado dele. O *wallah* do riquixá, um homem moreno descarnado com uma toalha verde enrolada na cabeça, fez sinal para Mitchell, apontando para o assento vazio. Mitchell olhou para trás, para a muralha impenetrável do trânsito. Olhou para o assento. E quando se deu conta estava subindo no riquixá.

O *wallah* se abaixou para pegar os longos cabos de madeira do riquixá. Com a velocidade de um corredor quando é dada a largada, ele mergulhou no trânsito.

Eles ficaram muito tempo andando lateralmente pelo engarrafamento.

O *wallah* serpenteava entre os veículos. Sempre que encontrava uma fresta ao lado de um ônibus ou de um caminhão ele se enfiava por ali até se ver forçado a voltar novamente a contrapelo. O riquixá parava e andava, dobrava, acelerava e abrupto se detinha, como um brinquedo de bate-bate.

O assento do riquixá parecia um trono, estofado com um vinil vermelho brilhante e decorado por uma imagem de Ganesha. O toldo estava abaixado, e assim Mitchell podia ver as grandes rodas de madeira dos dois lados. Vez por outra eles encostavam em outro riquixá, e Mitchell olhava seus camaradas exploradores ao lado. Um brâmane, com o sári expondo uma dobra de gordura na barriga. Três aluninhas fazendo a lição de casa.

As buzinas e os gritos pareciam estar dentro da cabeça de Mitchell. Ele se agarrava à sacola, confiando no *wallah* para chegar aonde ia. As costas escuras do indiano brilhavam de suor, com os músculos e tendões que trabalhavam por baixo delas tensos como cordas de piano. Depois de quinze minutos ziguezagueando, eles saíram da avenida principal e ganharam velocidade, passando por uma vizinhança quase sem iluminação.

O vinil vermelho do assento chiava como uma poltrona de lanchonete. Ganesha, cabeça de elefante, tinha os cílios fuliginosos de uma estrela de Bollywood. De repente o céu se iluminou e Mitchell ergueu os olhos e viu os suportes de aço da ponte. Ela se erguia no ar como uma roda-gigante, aureolada de lâmpadas coloridas. Lá embaixo estava o rio Hooghly, do negro mais absoluto, refletindo a placa de neon vermelho de uma estação de trem na margem de lá. Mitchell se inclinou no assento para ver a água lá embaixo. Se caísse do riquixá agora, ia despencar dezenas de metros. Ninguém jamais saberia.

Mas ele não caiu. Mitchell continuou sentado bem reto no riquixá, carregado como um *sahib*. Ele planejava dar uma gorjeta enorme ao *wallah* quando chegassem à estação. O salário de uma semana, pelo menos. Enquanto isso, aproveitava o passeio. Estava em êxtase. Estava sendo carregado para longe, embarcação dentro de outra embarcação. Ele agora entendia a oração de Jesus. Entendia *piedade*. Entendia *pecador*, certamente. Ao passar pela ponte, os lábios de Mitchell não se mexiam. Ele não estava pensando. Nada. Era como se, como Franny tinha prometido, a oração tivesse assumido o controle e estivesse se repetindo no seu coração.

Senhor Jesus Cristo, tende piedade de mim, pecador.
Senhor Jesus Cristo, tende piedade de mim, pecador.
Senhor Jesus Cristo, tende piedade de mim, pecador.
Senhor Jesus Cristo, tende piedade de mim, pecador.
Senhor Jesus Cristo, tende piedade de mim, pecador.
Senhor Jesus Cristo, tende piedade de mim, pecador.
Senhor Jesus Cristo, tende piedade de mim, pecador.
Senhor Jesus Cristo, tende piedade de mim, pecador.
Senhor Jesus Cristo, tende piedade de mim, pecador.
Senhor Jesus Cristo, tende piedade de mim, pecador.
Senhor Jesus Cristo, tende piedade de mim, pecador.
Senhor Jesus Cristo, tende piedade de mim, pecador.
Senhor Jesus Cristo, tende piedade de mim, pecador.

E ÀS VEZES ELES FICAVAM MUITO TRISTES

Quando Alton Hanna se tornou reitor do Baxter College em meados dos anos 60, deixando a sua posição de diretor da faculdade no Connecticut College para se mudar para Nova Jersey, as filhas dele não vieram de bom grado. Na sua viagem inaugural ao Estado Jardim, as meninas tinham começado a apertar o nariz e dar gritinhos assim que viram a placa de "Bem-vindos a Nova Jersey", muito antes de o carro passar de verdade por qualquer refinaria de petróleo. Alwyn reclamava de saudade dos coleguinhas. Madeleine achava a casa nova assustadora e gelada. Ela sentia medo de dormir em seu quarto enorme. Alton tinha levado as filhas para Prettybrook pensando que iam gostar da casa espaçosa e do quintal verdejante. A notícia de que elas preferiam a casinha atulhada da família em New London, um lugar que era basicamente só escadas, não foi o que ele queria ouvir.

Mas houve poucas coisas boas de se ouvir naquela década turbulenta. Alton tinha chegado a Baxter num momento em que o financiamento da universidade estava desaparecendo e o corpo discente estava em festiva rebelião. No seu primeiro ano no cargo, manifestantes estudantis haviam ocupado o prédio da reitoria. Armados de uma abrangente lista de exigências — a eliminação dos requisitos de rendimento acadêmico, o estabelecimento de um departamento de estudos afro-americanos, a proibição da presença de agentes de recrutamento militar no campus e o descadastramento de financiadores que estivessem envolvidos com o Exército ou com a indústria petroleira —, eles tinham montado acampamento nas passadeiras orientais da sala de espera do escritório de Alton. Enquanto o reitor se reunia com o líder dos estudantes, Ira Carmichael, um garoto nitidamente brilhante com roupas militares e a braguilha acintosamente aberta, cinquenta graduandos hirsutos cantavam palavras de ordem do outro lado da porta. Em parte para mostrar que esse tipo de coisa não seria tolerado enquanto ele estivesse por ali, e em parte porque era republicano e apoiava a Guerra do Vietnã, Alton finalmente mandou a guarda civil retirar à força os estudantes do prédio. Isso teve o previsível efeito de inflamar ainda mais as tensões. Logo uma efígie com a legenda "Hiroshima Hanna" queimava no gramado da universidade, com a sua cabeça calva ampliada de maneira disforme e com o formato de um cogumelo nuclear. Embaixo da janela do escritório de Alton, um verdadeiro enxame de manifestantes se reunia todo dia, uivando, querendo o sangue dele. Às seis, quando os alunos dispersavam (a dedicação deles à causa não ia a ponto de pular o jantar), Alton realizava a sua fuga noturna. Atravessando o gramado, onde os restos chamuscados da sua efígie ainda pendiam de um olmo, ele corria para o carro no estacionamento da administração e ia para casa, em Prettybrook, encontrar as filhas ainda protestando em altos brados contra a mudança para Nova Jersey.

Com Alwyn e Madeleine, Alton estava disposto a negociar. Ele comprou Alwyn com aulas de equitação no Prettybrook Country Club. Logo ela estava desfilando de calças de montaria e um paletó de joqueta, havia estabelecido uma ligação quase sexual com uma égua alazã chamada Riviera Red e nunca mais mencionou New London. Madeleine, ele dobrou com decoração de interiores. Num fim de semana, Phyllida levou Madeleine a Nova York. Ao chegar em casa no domingo à noite, ela disse a Madeleine que havia uma surpresa para ela no quarto. Madeleine subiu correndo as escadas e viu as paredes do quarto cobertas de reproduções do seu livro preferido de todos os tempos naquela época, *Madeline*, de Ludwig Bemelmans. Enquanto ela esteve em Manhattan, um aplicador de papel de parede tinha tirado com vapor o padrão antigo para substituí-lo por este, novo, que Phyllida tinha mandado imprimir em um fabricante de papel de parede em Trenton. Entrar no quarto dela era como entrar nas páginas de *Madeline*. Em uma das paredes ficava

358

o austero refeitório do colégio religioso de Madeline, em outra, o ressoante dormitório das meninas. Por todo o quarto, múltiplas Madelines realizavam atos de bravura, uma fazendo careta ("E ao leão assustador Madeline disse 'não, senhor'"), outra equilibrada audaciosamente numa ponte sobre o Sena, ainda outra erguendo a camisola para exibir a cicatriz da apendicite. Os verdes-escuros e rabiscados dos parques parisienses, o motivo repetido da babá Clavel "correndo cada vez mais", segurando a touca com uma mão enquanto a sua sombra se alongava com a premonição de que "algo não está bem" e, perto do bocal da lâmpada, o soldado perneta, de muleta, embaixo de uma legenda que dizia "E às vezes eles ficavam muito tristes" — a noção que as ilustrações transmitiam de Paris, uma cidade tão organizada quanto as "duas filas, retinhas, de meninas", tão colorida quanto a paleta em tons pastel de Bemelmans, um mundo de instituições cívicas e estátuas de heróis militares, de conhecidos cosmopolitas como o filho do embaixador da Espanha (uma figura fogosa, para Maddy, aos seis anos de idade), a Paris dos livros de histórias, que não era desprovida de insinuações de erros ou infortúnios adultos, que não dourava a pílula da realidade mas a encarava com nobreza, a singular vitória da humanidade representada por uma grande cidade que, embora fosse imensa, não assustava Madeleine, que era pequena — algo disso tudo se comunicara a Madeleine quando ela era menina. E também havia o seu nome, tão parecido, e as conhecidas marcas de classe social, e a sensação que ela tinha de si própria, tanto antes quanto agora, de ser a única num grupo de meninas a respeito da qual um escritor podia escrever um livro.

Ninguém tinha um papel de parede como o dela. E foi por isso que, enquanto cresceu na Wilson Lane, Madeleine nunca tirou o papel.

Ele já estava desbotado pelo sol, e descascava nas emendas. Um painel, que mostrava um bouvier nos jardins de Luxemburgo, estava manchado de amarelo por causa de uma infiltração no telhado. Se voltar a morar com os pais já não parecesse suficientemente regressivo, acordar em seu antigo quarto, cercada pelo papel de parede de livro infantil, completava o processo. E portanto Madeleine fez a coisa mais adulta que podia fazer, naquelas circunstâncias: estendeu a mão esquerda pela cama — a mão com a aliança dourada — e tateou-a para ver se o marido estava deitado ao seu lado.

Ultimamente Leonard ia para a cama por volta da uma ou duas da manhã. Mas ele achava difícil dormir na cama de casal — andava de novo com insônia — e muitas vezes se mudava para um dos quartos de hóspedes, que provavelmente era onde estava agora. O espaço ao lado dela estava vazio.

Madeleine e Leonard estavam morando com os pais dela porque não tinham para onde ir. O estágio de Leonard no Pilgrim Lake acabara em abril, uma semana antes do casamento. Eles tinham acertado o aluguel de um apartamentinho em Provincetown para o verão, mas depois que Leonard fora hospitalizado, em Monte Carlo, no começo de maio, eles tiveram que desistir. Ao voltar aos Estados Unidos, duas semanas depois, Madeleine e Leonard se mudaram para Prettybrook, que, além de ser um lugar tranquilo onde Leonard podia se recuperar, ficava perto de instalações psiquiátricas de primeira qualidade na Filadélfia e em Nova York. Também era uma boa base de pesquisas para procurar um apartamento em Manhattan. No meio de abril, enquanto Madeleine estava em lua de mel na Europa, haviam chegado cartas de programas de pós-graduação, via agência de correios Pilgrim Lake, à Wilson Lane. Harvard e Chicago disseram não, mas Columbia e Yale mandaram cartas de aceite. Por ter sido recusada por Yale no ano anterior, Madeleine ficou feliz de devolver a gentileza. Ela não queria morar em New Haven; queria morar em Nova York. Quanto mais cedo ela e Leonard achassem um lugar lá, mais cedo podiam começar a botar a vida — e aquelas oito semanas de casamento — em ordem.

Com isso em mente, Madeleine levantou da cama para ligar para Kelly Traub. Ela usou o telefone do escritório de Alton no primeiro andar, uma salinha bege, ao mesmo tempo cheia de coisas e tremendamente organizada, que dava para o jardim dos fundos. A sala tinha o cheiro do pai dela, ainda mais com a umidade de junho, e ela não gostava de ficar muito tempo lá; era quase como enfiar o nariz nos roupões antigos de Alton. Ao discar o número do escritório de Kelly, Madeleine olhava para o jardineiro lá embaixo, que borrifava um arbusto com uma garrafa de alguma coisa que tinha cor de chá gelado.

A secretária no escritório de Kelly disse que a "senhorita Traub" estava com outra ligação e perguntou se Madeleine queria ficar esperando na linha. Madeleine disse que esperava na linha.

No ano seguinte à formatura, enquanto Madeleine estava em Cape Cod, Kelly perseguia com limitado sucesso uma carreira de atriz. Ela tinha conseguido um papel pequeno numa peça original de um único ato, montada num fim de semana no porão de uma igreja em Hell's Kitchen, e também tinha aparecido numa performance a céu aberto de um artista norueguês, que envolvia seminudez e não pagava nada. Para pagar as contas, Kelly tinha ido trabalhar na imobiliária do pai no Upper West Side. O emprego era flexível, o salário era razoavelmente bom e lhe dava bastante tempo para comparecer aos testes de elenco. Também fazia dela a pessoa ideal para você procurar se precisasse de um apartamento perto de Columbia.

Depois de mais um minuto, a voz de Kelly surgiu na linha.

"Sou eu", Madeleine disse.

"Maddy, oi! Que bom que você ligou."

"Eu ligo todo dia."

"Eu sei, mas hoje eu estou com o apê perfeito pra você. Está preparada? 'Riverside Drive. Um quarto. Pré-guerra. Vista para o rio Hudson. Escritório possível segundo quarto. Entregue 10 de agosto.' Você tem que vir ver hoje ou dançou."

"Hoje?", Madeleine disse sem muita convicção.

"Não é dos meus. Eu fiz o corretor prometer que não ia mostrar até amanhã."

Madeleine não sabia bem se podia fazer uma coisa dessas. Ela já tinha ido procurar apartamento na cidade três vezes na última semana. Como não era uma boa ideia deixar Leonard sozinho, tinha pedido para Phyllida ficar com ele todas as vezes. Phyllida dizia que não se incomodava com isso, mas Madeleine sabia que a mãe ficava nervosa.

Por outro lado, o apartamento parecia ideal. "Qual é a transversal?", ela perguntou.

"É a 77", Kelly disse. "Você vai ficar a cinco quadras do Central Park. A cinco pontos da Columbia. Fácil de chegar na Penn Station, também, como você disse que queria."

"Está perfeito."

"Além disso, se você vier hoje, eu te levo numa festa."

"Festa?", Madeleine disse. "Eu tenho uma vaga lembrança."

"É na casa do Dan Schneider. Bem pertinho do meu escritório. Vai ter um monte de gente de Brown, pra você poder rever e tal."

"Primeiro deixa ver se eu consigo ir aí."

O obstáculo em potencial não era segredo para nenhuma das duas. Depois de um momento Kelly perguntou numa voz mais baixa: "Como é que está o Leonard?".

Essa era difícil de responder. Madeleine estava sentada na cadeira da escrivaninha de Alton, com os olhos nos pinheiros no fundo do jardim. Segundo o último médico de Leonard — não o psiquiatra francês, dr. Lamartine, que tinha cuidado dele em Mônaco, mas o novo especialista no Penn, dr. Wilkins —, ele não tinha "risco pronunciado de comportamento suicida". Isso não queria dizer que Leonard não fosse um suicida em potencial, só que o risco era relativamente baixo. Baixo o bastante, pelo menos, para não fazer com que ele fosse hospitalizado (embora isso ainda pudesse mudar). Na semana anterior, numa tarde chuvosa de quarta-feira, Alton e Madeleine tinham ido de carro para a Filadélfia para falar a sós com o dr. Wilkins, no escritório dele no Penn Medical Center. Madeleine tinha saído da experiência com a sensação de que Wilkins era como qualquer expert bem informado e bem-intencionado, um economista, por exemplo, que fazia previsões com base nos dados disponíveis, mas cujas conclusões não eram de maneira alguma definitivas. Ela fizera todas as perguntas em que havia conseguido pensar a respeito de possíveis sinais de risco e medidas preventivas. Ouviu as respostas criteriosas mais insatisfatórias de Wilkins. E então ela voltou de carro para Prettybrook e retomou a rotina de viver e dormir com o seu novo marido, imaginando, a cada vez que ele saía do quarto, se era para cometer um ato de violência contra si próprio.

"O Leonard está na mesma", ela finalmente falou.

"Bom, você devia vir ver esse apartamento", Kelly disse. "Venha às seis que aí a gente pode ir pra festa. Só uma passadinha, coisa de uma hora. Você vai se animar um pouco."

"Eu vou ver. Te ligo depois."

No banheiro, um cheiro de grama recém-cortada penetrava pela tela da janela enquanto ela escovava os dentes. Ela se olhou no espelho. Estava com a pele seca, e meio roxinha embaixo dos olhos. Nenhuma grande deterioração — ainda tinha só vinte e três anos —, mas diferente de um ano atrás. Havia sombras naquele rosto que permitiam a Madeleine extrapolar como seria o seu rosto quando estivesse mais velha.

No térreo, ela encontrou Phyllida ajeitando flores na pia da lavanderia. As portas deslizantes de vidro que davam para o deque estavam abertas, uma borboleta amarela voejava sobre os arbustos.

"Bom dia", Phyllida disse. "Dormiu bem?"

"Mal."

"Tem uns muffins do lado da torradeira."

Madeleine foi se arrastando sonolenta pela cozinha. Tirou um muffin da embalagem e começou a parti-lo com os dedos.

"Use um garfo, querida", Phyllida sugeriu.

Mas era tarde demais: a parte de cima do muffin tinha se aberto toda torta. Madeleine largou as metades irregulares na torradeira e apertou a alavanca.

Enquanto o muffin torrava, ela se serviu de café e sentou à mesa da cozinha. Devidamente desperta, disse: "Mamãe, eu tenho que ir à cidade hoje à noite pra ver um apartamento".

"Hoje?"

Madeleine fez que sim.

"Eu e o seu pai temos um coquetel hoje à noite", Phyllida disse, sugerindo que não poderiam ficar com Leonard.

O muffin pulou. "Mas, mamãe?" Madeleine persistiu. "Parece que é o apartamento perfeito. É na Riverside Drive. Com vista."

"Mil perdões, querida, mas essa festa está na minha agenda há três meses."

"A Kelly diz que vai vender fácil. Eu tenho que ir hoje." Ela estava se sentindo mal por pressionar assim. Phyllida e Alton tinham sido tão bonzinhos com tudo, tão prestativos com Leonard no seu momento de necessidade, que Madeleine não queria abusar mais deles. Por outro lado, se ela não achasse um apartamento, ela e Leonard não poderiam se mudar.

"Talvez o Leonard possa ir com você", Phyllida propôs.

Madeleine pegou a metade maior do muffin da torradeira, sem falar nada. Ela havia levado Leonard à cidade ainda na semana passada, e não tinha sido legal. No meio da multidão na Penn Station, ele começou a hiperventilar e eles tiveram que pegar o primeiro trem para voltar a Prettybrook.

"De repente eu nem vou", ela disse finalmente.

"Você pelo menos podia perguntar ao Leonard se ele gostaria de ir", Phyllida sugeriu.

"Eu pergunto quando ele acordar."

"Ele *está* acordado. Acordou faz tempo. Ele está ali na varanda."

Isso foi uma surpresa para Madeleine. Leonard andava dormindo até mais tarde. Levantando, ela pegou o café, o muffin e os levou para o deque ensolarado.

Leonard estava na parte mais baixa, na sombra, sentado na cadeira de Adirondack em que vinha passando boa parte do tempo. Ele parecia grande e cabeludo, como uma criatura de Sendak. Estava com uma camiseta preta e uma bermuda preta larga. Os pés, com uns tênis velhos de basquete, estavam apoiados na grade da varanda. Plumas de fumaça se erguiam da região da frente do rosto dele.

"Oi", Madeleine disse, aparecendo ao lado da cadeira dele.

Leonard coaxou uma saudação e continuou fumando.

"Tudo bem?", ela perguntou.

"Eu estou um trapo. Não conseguia dormir, aí eu tomei um sonífero lá pelas duas. Aí eu acordei lá pelas cinco e vim pra cá."

"Você comeu alguma coisa?"

Leonard ergueu o maço de cigarros.

Um cortador de grama soou num jardim vizinho. Madeleine sentou no braço largo da cadeira. "A Kelly ligou", ela mentiu. "O que você acha de ir comigo pra cidade hoje à noite? Lá por quatro e meia?"

"Não é uma boa ideia", Leonard disse de novo com a voz coaxante.

"Tem um apartamentinho de um quarto na Riverside Drive."

"Vai você."

"Eu quero que você venha comigo."

"Não é uma boa ideia", ele repetiu.

O barulho do cortador se aproximava. Veio até a cerca antes de se afastar de novo.

"A mamãe vai num coquetel", Madeleine disse.

"Você pode me deixar sozinho, Madeleine."

"Eu sei."

"Se eu quisesse me matar, eu podia me matar de noite, quando você está dormindo. Eu podia me afogar na piscina. Eu podia ter feito isso hoje de manhã."

"Você não está me deixando mais tranquila sobre isso de ir à cidade", Madeleine disse.

"Olha, Mad, eu não estou muito bem. Eu estou um trapo e os meus nervos estão uma desgraça. Acho que eu não encaro outra viagem a Nova York. Mas eu estou legal aqui na varanda. Você pode me deixar aqui."

Madeleine fechou bem os olhos. "Como é que a gente vai morar em Nova York se você não quer nem procurar apartamento?"

"É um paradoxo", Leonard disse. Ele apagou o cigarro, jogou a bituca nos arbustos e acendeu outro. "Eu estou me monitorando, Madeleine. Eu só consigo fazer isso. Eu estou ficando melhor em me monitorar ultimamente. E eu não estou pronto pra me enfiar num metrô com um bando de nova-iorquinos abafados e suados..."

"A gente pega um táxi."

"Ou ficar andando num táxi abafado, no calor. Mas o que eu posso fazer é cuidar de mim mesmo direitinho bem aqui. Eu não preciso de babá. Eu estou te dizendo isso. O meu médico está te dizendo isso."

Ela o esperou terminar antes de fazer a conversa voltar ao tópico em questão. "O negócio é que, se esse apê for legal, a gente vai ter que decidir na hora mesmo. Eu posso te ligar de um orelhão depois da visita."

"Você pode decidir sem mim. É o *seu* apartamento."

"É de nós dois."

"É você que vai pagar", Leonard disse. "É você que precisa morar em Nova York."

"Você também quer morar em Nova York."

"Não quero mais."

"Você *disse* que queria."

Leonard se virou e olhou para ela pela primeira vez. Esses momentos, por mais que isso fosse estranho, eram o que ela temia: quando ele olhava para ela. Os olhos de Leonard tinham algo de vazio. Era como olhar dentro de um poço fundo e seco.

"Por que você não se divorcia de mim de uma vez?", ele disse.

"Pare."

"Eu não ia te culpar. Eu ia entender completamente." A expressão dele ficou mais suave e se tornou pensativa. "Você sabe o que eles fazem no Islã quando querem se divorciar? O marido repete três vezes: 'Eu me divorcio de ti, eu me divorcio de ti, eu me divorcio de ti'. E pronto. Os homens casam com prostitutas e se divorciam delas quando acabou. Pra não cometer adultério."

"Você está tentando me deixar triste?", Madeleine disse.

"Desculpa." Ele estendeu o braço e pegou a mão dela. "Desculpa, desculpa."

Eram quase onze horas quando Madeleine voltou para dentro. Ela disse a Phyllida que tinha decidido não ir à cidade. De volta ao escritório de Alton, ela ligou para Kelly, pensando que talvez a amiga pudesse ir ver o apartamento e descrevê-lo para ela pelo telefone, e que ela podia decidir com base nisso. Mas Kelly estava com outro cliente, então Madeleine deixou um recado. Enquanto esperava Kelly retornar a ligação, Leonard apareceu na escada dos fundos, chamando o nome dela. Ela saiu e o encontrou parado no corredor, segurando o corrimão da escada com as duas mãos.

"Mudei de ideia", ele disse. "Eu vou."

Madeleine tinha se casado com Leonard tomada por uma força muito parecida com a mania. Do dia em que Leonard começou a fazer experiências com a dose do lítio até o momento, em dezembro, em que ele irrompeu no apartamento com aquela proposta maluca, Madeleine tinha sido levada por uma onda igualmente turbulenta de emoções. Ela, também, ficou insanamente feliz. Ela, também, ficou hipersexual. Ficou se sentindo majestosa, invencível, e sem medo de correr riscos. Ouvindo uma música linda dentro da cabeça, ela não tinha escutado o que os outros diziam.

Na verdade, a comparação ia ainda mais longe porque, antes de ficar maníaca, Madeleine tinha estado quase tão deprimida quanto Leonard. As coisas de que ela gostou no Pilgrim Lake quando eles chegaram — a paisagem, a atmosfera exclusiva — não compensavam o ambiente social desagradável. Com o passar dos meses, ela não fez nenhuma grande amizade. As poucas cientistas do laboratório ou eram muito mais velhas que Madeleine ou a tratavam com a mesma condescendência dos cientistas homens. A única deitagiária com que Madeleine se dava bem era Alicia, namorada de Vikram, mas ela só aparecia um ou dois fins de semana por mês. A obsessão de Leonard com o segredo da sua situação não levava a grandes vidas sociais, tampouco. Ele não gostava de estar com as pessoas. Jantava o mais rápido possível e nunca queria ficar conversando no bar depois. Às vezes ele insistia em comer massa em casa, apesar de o laboratório ter um chef profissional contratado. Toda vez que Madeleine ia ao bar sem Leonard, ou jogava tênis com Greta Malkiel, ela não conseguia relaxar. Ela ficava paranoica se alguém perguntasse sobre Leonard, principalmente se perguntassem como ele estava "se sentindo". Ela não conseguia ser ela mesma e sempre saía cedo, voltando para o apartamento, trancando a porta e fechando as persianas. No final Madeleine tinha mesmo uma louca no sótão: era o seu namorado de um metro e noventa.

E aí, em outubro, Alwyn encontrou o lítio de Leonard e as coisas ficaram ainda mais complicadas. Depois que Phyllida voltou para Boston, e de Boston para Nova Jersey, Madeleine ficou esperando o inevitável telefonema. Uma semana depois, no começo de dezembro, ele aconteceu.

"Eu fiquei tão feliz por ter tido a chance de visitar o famoso Laboratório Pilgrim Lake! Foi impressionantíssimo."

Era a excessiva animação da voz de Phyllida que preocupava. Madeleine se preparou.

"E o Leonard foi tão simpático de tirar um tempinho para mostrar o laboratório dele para nós duas. Eu ando dando um cursinho aqui para os meus amigos todos. O meu título é 'Tudo o que você sempre quis saber sobre leveduras mas tinha medo de perguntar'." Phyllida ria baixinho de prazer. Aí, limpando a garganta, ela mudou de assunto. "Eu achei que você ia querer ficar a par dos desdobramentos da situação chez Higgins."

"Não quero."

"Pois me agrada relatar que tudo está bem melhor. A Ally *saiu* do Ritz e voltou para casa com o Blake. Graças à nova babá — que o seu pai e eu estamos pagando — houve um cessar fogo."

"Eu disse que não dou a mínima", Madeleine disse.

"Ah, Maddy", Phyllida a repreendeu de leve.

"Mas não dou mesmo. Por mim a Ally pode é se divorciar."

"Eu sei que você está brava com a sua irmã. E você tem todo direito de estar."

"A Ally e o Blake nem se gostam."

"Eu não acho que isso seja verdade", Phyllida disse. "Eles têm lá as suas diferenças, como qualquer casal. Mas eles vêm basicamente do mesmo lugar, e eles se entendem. A Ally tem sorte de ter o Blake. Ele é uma pessoa muito estável."

"O que é que você quer dizer com isso?"

"Só isso."

"Mas é uma palavra curiosa pra você escolher."

Phyllida suspirou na linha. "Nós precisamos ter essa conversa, mas eu não sei se agora é a hora certa."

367

"Por que não?"

"Bom, é uma discussão séria."

"Isso só está acontecendo porque a Ally é uma abelhuda. Senão, você não ia saber de nada."

"Verdade. Mas o fato é que eu *sei*."

"Você não gostou do Leonard? Ele não foi simpático?"

"Ele foi muito simpático."

"Parecia que ele tinha alguma coisa errada?"

"Não exatamente, não. Mas eu andei aprendendo bastante coisa sobre a doença maníaco-depressiva esta semana. Sabe a Lily, filha dos Turner?"

"A Lily Turner é uma chapada."

"Bom, ela com certeza está tomando drogas agora. E vai ficar o resto da vida tomando drogas."

"E isso quer dizer o quê?"

"Isso quer dizer que essa doença é *crônica*. As pessoas ficam assim a vida *inteira*. Não existe cura. As pessoas ficam sendo hospitalizadas e liberadas, elas têm ataques, não conseguem segurar um emprego. E as famílias embarcam na mesma viagem. Querida? Madeleine? Você está aí?"

"Estou", Madeleine disse.

"Eu sei que você sabe tudo isso. Mas eu quero que você pense no que significaria se casar com uma pessoa com uma... com uma doença mental. Isso para nem falar da ideia de criar uma família com ele."

"Quem disse que eu vou me casar com o Leonard?"

"Bom, eu não sei. Mas eu só estou falando, se você for."

"Digamos que o Leonard tivesse outra doença, mamãe. Digamos que ele tivesse diabetes ou alguma coisa assim. Você ia agir do mesmo jeito?"

"Diabetes é uma doença horrorosa!", Phyllida gritou.

"Mas você não ia se *incomodar* se o meu namorado precisasse de insulina pra ficar bem. Isso ia ser normal, né? Não ia parecer algum tipo de *fracasso moral*."

"Eu nem mencionei moralidade."

"E nem precisa!"

"Eu sei que você acha que eu não estou sendo justa. Mas eu estou só tentando te proteger. É uma coisa muito difícil passar a vida com alguém instável desse jeito. Eu li um artigo de uma mulher que foi casada com um maníaco-depressivo, e eu literalmente fiquei de cabelo em pé. Eu vou mandar para você."

"Não mande."

"Vou mandar!"

"Eu vou jogar fora!"

"Isso é a mesma coisa que enfiar a cabeça na areia."

"Foi por isso que você ligou?", Madeleine perguntou. "Pra me dar um sermão?"

"Não. Pra falar a verdade, eu liguei por causa do Dia de Ação de Graças. Eu estava pensando se vocês tinham planos."

"Não sei", Madeleine disse, com a boca tensa de raiva.

"A Ally e o Blake vêm para cá com o Ricardo Coração de Leão. Nós iríamos adorar ter você e o Leonard também. Não vai ter grandes festas este ano. A Alice vai estar de folga no fim de semana e eu não consigo dar jeito de lidar com o forno como ela. Aquilo está virando uma antiguidade, já. Mas claro que o seu pai acha que está funcionando direitinho. Ele, que nunca faz nem mingau."

"Você também não cozinha muito."

"Mas eu tento. Ou pelo menos tentava quando vocês eram pequenas."

"Você nunca cozinhou", Madeleine disse, tentando ser má.

Phyllida continuava inabalada. "Acho que eu ainda consigo fazer um peru", ela disse. "Então, se você e o Leonard quiserem vir, nós vamos adorar ter vocês por aqui."

"Não sei", Madeleine enfatizou.

"Não fique brava comigo, Maddy."

"Eu não estou brava. Eu tenho que desligar. Tchau."

Ela passou uma semana sem ligar para a mãe. Sempre que o telefone tocava num horário phyllidesco, ela não atendia. Na segunda-feira seguinte, contudo, chegou uma carta da mãe. Dentro havia um artigo intitulado "Casada com a Psicose Maníaco-Depressiva".

Eu conheci o meu marido, Bill, três anos depois de me formar na universidade em Ohio. A minha primeira impressão foi a de que ele era um homem alto, bonito e um pouquinho tímido.

Eu e Bill estamos casados há vinte anos. Durante esse tempo, ele foi in-

ternado numa enfermaria psiquiátrica três vezes. Isso sem nem mencionar as inúmeras ocasiões em que ele se internou voluntariamente.

Quando a doença dele está sob controle, Bill é o mesmo homem confiante e atencioso por quem eu me apaixonei, e com quem me casei. Ele é um dentista maravilhoso, muito estimado e respeitado pelos pacientes. É claro que tem tido dificuldades para manter uma clientela estável, e ainda mais para manter um consultório junto com outros dentistas. Por esse motivo, várias vezes nós tivemos que nos mudar para outro lugar do país, onde Bill achava que havia necessidade de serviços odontológicos. Os nossos filhos já passaram por cinco escolas diferentes e isso foi difícil para eles.

Não tem sido fácil para os nossos meninos, Terry e Mike, crescer com um pai que um dia pode estar torcendo à beira do campo de beisebol em que eles estão jogando e, no outro, falando sem parar coisas que não fazem sentido e agindo de maneira inadequada com desconhecidos, ou se trancando no nosso quarto e se recusando a sair por dias a fio.

Eu sei que a taxa de divórcio para as pessoas casadas com maníacos-depressivos é muito alta. Houve muitas ocasiões em que eu achei que ia virar mais um dado nas estatísticas. Mas a minha família e a minha fé em Deus sempre me diziam para aguentar um dia a mais, e aí outro dia depois. Eu tenho que lembrar que Bill tem uma doença, e que a pessoa que faz essas coisas malucas não é ele de verdade, mas a doença assumindo o controle.

Bill não me falou da sua situação antes do noivado. Outros relacionamentos dele tinham acabado quando as namoradas (e, em um caso, a noiva) ficaram sabendo da doença. Bill diz que não queria me perder do mesmo jeito. Ninguém da família dele me contou também, muito embora eu tenha ficado muito próxima à irmã de Bill. Mas isso foi em 1959 e falar em doenças mentais era basicamente um tabu.

Com toda honestidade, eu não sei se teria feito diferença. Nós éramos tão jovens quando nos conhecemos, e estávamos tão apaixonados que eu acho que podia ter feito vista grossa, mesmo se Bill tivesse me contado que era maníaco-depressivo no nosso primeiro encontro (na Feira Estadual de Ohio, caso vocês queiram saber). É claro que eu não sabia naquele tempo o que agora sei sobre essa doença terrível, ou sobre o quanto ela pode custar para os filhos e as famílias. Ainda assim, acho que teria casado com

*Bill de qualquer maneira, sabendo de tudo — porque ele era "o cara certo"
para mim.*

*Mas, como eu disse brincando para ele no dia do nosso casamento:
"Daqui em diante, é melhor você não me esconder mais nada!".*

O artigo continuava, mas Madeleine não leu mais. Na verdade, ela amassou bem as folhas. Para garantir que Leonard não ia encontrá-las, ela enfiou a bolinha de papel numa caixa de leite vazia e enterrou a caixa no fundo da lata de lixo.

Parte da sua raiva tinha a ver com a mente estreita de Phyllida. Outra parte tinha a ver com o medo de que ela pudesse estar certa. Um verão longo e quente com Leonard no seu apartamento sem ar-condicionado, seguido por dois meses no apartamento do Pilgrim Lake, tinham deixado Madeleine com uma boa ideia do que seria ser "casada com a psicose maníaco-depressiva". De início, o drama da reconciliação tinha obnubilado todas as dificuldades. Era empolgante alguém precisar dela como Leonard precisava. Mas à medida que o verão ia passando, e Leonard não melhorava perceptivelmente — sobretudo depois que eles se mudaram para Cape Cod e ele pareceu, na verdade, piorar —, Madeleine começou a se sentir sufocada. Era como se Leonard tivesse trazido seu apartamentinho quente e abafado com ele, como se fosse lá que ele morasse, emocionalmente, e se qualquer pessoa que quisesse ficar com ele tivesse que se enfiar também naquele espaço psíquico abafado. Era como se, para amar Leonard plenamente, Madeleine tivesse que ficar andando pela mesma floresta escura em que ele estava perdido.

Chega uma hora, quando você está perdido na floresta, em que a floresta começa a parecer acolhedora. Quanto mais Leonard se afastava das outras pessoas, tanto mais se apoiava em Madeleine, e quanto mais ele se apoiava nela, mais fundo ela se dispunha a ir. Ela parou de jogar tênis com Greta Malkiel. Ela nem fingia que queria tomar alguma coisa com as outras deitagiárias. Para se vingar de Phyllida, Madeleine recusou o convite para passar o Dia de Ação de Graças na casa dos pais. Em vez disso, ela e Leonard comemoraram em Pilgrim Lake, ceando no refeitório com o grupinho minguado dos funcionários que ficou por lá. No resto do fim de semana do feriado, Leonard não quis sair de casa. Madeleine sugeriu irem de carro a Boston, mas ele não se mexeu.

Os longos meses de inverno se empilhavam na frente de Madeleine como as dunas congeladas sobre o lago Pilgrim. Dia após dia, ela ficava sentada à escrivaninha, tentando trabalhar. Comia cookies ou tortilhas, com a esperança de que isso lhe desse energia para escrever, mas as guloseimas a deixavam letárgica, e ela acabava tirando uma soneca. Depois vieram os dias em que ela achava que não podia aguentar mais, em que ficava deitada na cama decidindo que não era uma pessoa assim tão boa, que era egoísta demais para devotar a vida a cuidar de um outro. Ela ficava fantasiando romper com Leonard, ir para Nova York, arrumar um namorado atlético que fosse simples e feliz.

Finalmente, quando as coisas ficaram muito negras, Madeleine não aguentou mais e contou os seus problemas à mãe. Phyllida ouviu sem fazer muitos comentários. Ela sabia que o telefonema de Madeleine indicava uma mudança significativa na política da relação das duas, e assim se limitou a murmurar no outro lado da linha, satisfeita com o ganho de território. Quando Madeleine falou dos seus planos para o futuro, das universidades em que ia se inscrever, Phyllida discutiu as diversas opções sem se referir a Leonard. Ela não perguntou o que Leonard iria fazer ou se ele ia gostar de se mudar para Chicago ou Nova York. Ela simplesmente não mencionou o nome dele. E Madeleine o mencionava cada vez menos, tentando ver como seria se ele não estivesse mais na sua vida. Às vezes isso parecia uma traição, mas eram só palavras, até aqui.

E aí, no começo de dezembro, com uma magia que lembrava os primeiros dias que eles passaram juntos, as coisas começaram a mudar. O primeiro sinal de que os efeitos colaterais de Leonard estavam diminuindo foi que as mãos dele pararam de tremer. Durante o dia, ele não ficava mais correndo para o banheiro de dez em dez minutos, ou tomando água sem parar. Os tornozelos dele pareciam menos inchados, e o seu hálito, mais doce.

Quando ela se deu conta, Leonard já estava malhando. Ele começou a usar a sala de ginástica, a levantar pesos e a andar na bicicleta ergométrica. O estado de espírito dele ficou mais animado. Ele começou a sorrir e a fazer piadas. Ele até se mexia mais rápido, como se os seus membros não estivessem mais tão pesados.

A experiência de ver Leonard melhorar era como ler certos livros difíceis. Era como atravessar os últimos romances de Henry James, ou as páginas sobre reforma agrária em *Anna Kariênina,* até você de repente chegar de novo num trecho bom, que ia ficando cada vez melhor até você ficar tão encantado que quase *agradecia* o pedaço chato porque acabava aumentando o seu prazer final. De repente, Leonard era como antigamente, extrovertido, animado, carismático e espontâneo. Numa noite de sexta-feira, ele disse para Madeleine vestir sua pior roupa e calçar galochas. Ele a levou para a praia, carregando um cesto e duas pás de jardim. A maré estava baixa, com o leito do mar exposto reluzindo sob a lua.

"Aonde é que você está me levando?", ela quis saber.

"Um negócio meio Moisés, aqui", Leonard disse. "Um negócio meio mar Vermelho."

Eles entraram bastante na areia úmida, com as galochas afundando. O cheiro era forte, de peixe, de marisco, meio podre: o cheiro do caldo primordial. Eles abaixavam o rosto, perto do leito do mar, cavando e escorregando. Quando Madeleine olhou para trás, para a praia, ficou assustada como estavam longe. Em menos de meia hora eles tinham enchido o cesto.

"Desde quando você entende de catar ostras?", Madeleine perguntou.

"Eu catava no Oregon", Leonard disse. "Regiãozinha excelente pra ostras, lá em casa."

"Eu achei que a única coisa que você fazia quando era novo era fumar maconha e ficar sentado no quarto."

"Eu dava uma visitada na natureza de vez em quando."

Depois de arrastar o cesto já pesado de volta até a praia, Leonard declarou a sua intenção de dar uma festa da ostra. Ele saiu batendo nas portas dos outros, convidando todo mundo, e logo já estava na pia da cozinha, limpando e descascando ostras, enquanto o apartamento enchia. Tudo bem que ele estava fazendo a maior sujeirama; as tábuas rústicas do piso do celeiro tinham passado por coisa pior. Durante a noite toda, bandejas de ostras saíam da cozinha. As pessoas chupavam a gosma trêmula e opalina direto da concha, bebendo cerveja. Perto da meia-noite, quando a festa começava a se esvaziar, Leonard passou a falar do cassino dos índios em Sagamore Beach. Será que alguém estava a fim de apostar? Jogar um blackjack? Ainda nem era tão tarde. Era noite de sexta! Um grupinho se enfiou no Saab de Madeleine, com as mulheres sentadas no colo dos caras. Enquanto Madeleine dirigia pela Highway 6, Leonard enrolou um baseado na tampa do porta-luvas e explicou os meandros do processo de contar as cartas. "Os crupiês num cassino desse tipo provavelmente vão usar só um baralho. É mole." Os dois caras, totalmente nerds, ficaram empolgados com os detalhes matemáticos. Quando chegaram ao cassino, eles estavam animadões para tentar, e seguiram para mesas diferentes.

Madeleine nunca tinha estado num cassino. Ela ficou ligeiramente horrorizada com a clientela, uns sujeitos de pele manchada e de boné e umas mulheres corpulentas, com roupas de moletom, estacionadas diante dos caça-níqueis. Nenhum indígena à vista. Madeleine foi com as outras duas deitagiárias para o bar, onde pelo menos as bebidas eram baratas. Perto das três da manhã, os dois caras voltaram, ambos contando a mesma história. Já tinham conseguido ganhar umas centenas de dólares quando o crupiê trocou de baralho, o que bagunçou a contagem, e eles perderam tudo. Leonard apareceu um pouco depois, igualmente cabisbaixo, antes de sorrir e puxar mil e quinhentos dólares do bolso.

Ele disse que podia ter ganhado mais se o crupiê não tivesse começado a suspeitar. O crupiê chamou o gerente, que ficou olhando Leonard ganhar mais algumas vezes antes de sugerir que talvez fosse hora de ele parar enquanto estava ganhando. Leonard aceitou a dica, mas a noite ainda não tinha acabado para ele. No estacionamento, ele teve outra ideia. "Já está tarde demais pra voltar pra Pilgrim Lake agora. A gente está chapado demais. Vamos, a gente tem o fim de semana inteiro!" Quando Madeleine se deu conta, eles já estavam se registrando num hotel em Boston. Leonard pagou um quarto para cada casal com o dinheiro que ganhou. Na noite seguinte eles se reuniram no bar do hotel, e a festa continuou. Eles foram jantar na Back Bay e depois seguiram de bar em bar. Leonard destacava notas de uma pilha que ia diminuindo, dando gorjetas, pagando comida e bebidas.

Quando Madeleine perguntou se ele sabia o que estava fazendo, Leonard disse: "Isso aqui é dinheiro de jogo. Quantas vezes a gente vai conseguir fazer uma coisa dessas na vida? Na minha opinião, é cair de boca".

O fim de semana já estava virando lenda. Os caras ficavam entoando "Leonard! Leonard!" e trocando tapinhas nas mãos. Os quartos do hotel tinham hidro, frigobar, serviço de quarto vinte e quatro horas, e umas camas imensas. No domingo de manhã as meninas reclamaram brincando que não conseguiam andar de tão machucadas.

Madeleine também não estava andando muito bem. Na primeira noite deles no hotel, Leonard tinha saído do banheiro, nu e sorridente.

"Olha isso aqui", ele disse, olhando para si próprio. "Dava pra pendurar um casaco."

E dava mesmo. Se eles precisavam de um sinal garantido de que Leonard estava se sentindo melhor, não havia sinal mais óbvio. Leonard estava de volta à ativa. "Eu estou compensando o tempo perdido", ele disse, depois da terceira vez que transaram. Por mais que fosse gostoso, por mais que fosse maravilhoso ser devidamente atendida depois de meses de carestia, Madeleine notou que o relógio agora estava marcando 10h08 da manhã. Lá fora estava dia claro. Ela deu um beijo em Leonard e implorou que ele *por favor* a deixasse dormir.

Ele deixou, mas assim que Madeleine acordou ele a desejou de novo. Ele ficava dizendo o quanto o corpo dela era lindo. Ele não se cansava dela, nem naquele fim de semana nem nas semanas que se seguiram. Madeleine sempre tinha achado que o sexo com Leonard era muito bom, mas para seu espanto ficou melhor, mais profundo, mais físico e ao mesmo tempo mais tocante. E mais ruidoso. Agora eles diziam coisas um para o outro. Ficavam de olhos abertos e de luz acesa. Leonard perguntava o que Madeleine queria que ele fizesse e, pela primeira vez na vida, ela não se sentia inibida demais para responder.

Uma noite, no apartamento do lago, Leonard perguntou: "Qual é a sua fantasia sexual mais secreta?".

"Não sei."

"Ah, conta."

"Eu não tenho."

"Quer saber a minha?"

"Não."

"Então me conte a sua."

Para apaziguá-lo, Madeleine pensou um momento. "Vai parecer esquisito, mas acho que seria ser mimada."

"Mimada?"

"Assim, mimada mesmo, no cabeleireiro, lavarem o meu cabelo, limpeza facial, pedicure, massagem, e aí, sabe, pouco a pouco..."

"Eu nunca ia ter pensado nisso como fantasia", Leonard disse.

"Eu te falei que era bobo."

"Opa, é a *sua* fantasia. Não existe isso de bobo nesse caso."

E por cerca de uma hora depois disso Leonard tentou realizar a fantasia. Enquanto Madeleine reclamava, ele levou uma das cadeiras da sala para o quarto. Ele encheu a banheira. Embaixo da pia da cozinha ele achou duas velas simples, levou as duas para o banheiro e acendeu. De cabelo preso e mangas enroladas, ele surgiu como um criado à disposição dela. No que presumivelmente era a ideia que ele tinha da voz de um cabeleireiro — um cabeleireiro hétero — ele disse: "Senhorita? Seu banho está pronto".

Madeleine queria rir. Mas Leonard continuava sério. Ele a levou para o banheiro à luz de velas. Ele virou as costas, com cortesia profissional, enquanto ela tirava a roupa e entrava na água quente aromatizada. Leonard se ajoelhou ao lado da banheira e, com uma xícara, começou a molhar o cabelo dela. A essa altura Madeleine tinha entrado na brincadeira. Ela imaginou que as mãos de Leonard eram de um desconhecido bonito. Exatamente duas vezes, as mãos dele se deixaram escorregar para os flancos dos seios dela, como quem testa limites. Madeleine achou que Leonard podia ir mais longe. Ela achou que Leonard podia acabar dentro da banheira, mas ele desapareceu, voltando com um roupão atoalhado. Envolvendo-a com o roupão, conduzindo-a até a cadeira e erguendo-lhe os pés, ele colocou uma toalha quente no rosto dela e, pelo que pareceu ser uma hora (mas provavelmente foram vinte minutos), fez-lhe uma massagem. Ele começou nos ombros, foi para os pés e as panturrilhas, subiu para as coxas, parando bem pertinho daquele lugar, e passou para os braços. Finalmente, abrindo o roupão, e agora pressionando mais, como quem assume o controle, ele esfregou hidratante na barriga e no peito dela.

A toalha ainda estava sobre os olhos dela quando Leonard a ergueu da cadeira e a levou para a cama. A essa altura, Madeleine se sentia totalmente limpa, totalmente desejável. O hidratante cheirava a damasco. Quando Leonard, agora também nu, desatou a faixa do roupão dela e o abriu, quando lentamente entrou nela, ele era e não era ele mesmo. Era um estranho que a possuía e era seu familiar namorado de sempre, tudo ao mesmo tempo.

Ela tinha medo de perguntar a Leonard qual era a sua fantasia secreta. Mas num espírito de reciprocidade, um ou dois dias depois, ela perguntou. A fantasia de Leonard era o contrário da dela. Ele queria uma mulher dormindo, uma bela adormecida. Queria que ela fingisse que estava dormindo quando ele entrasse escondido no quarto dela e na cama. Queria sentir o corpo dela mole e quente enquanto lhe arrancava a roupa e queria que ela nem recobrasse totalmente a consciência até ele estar dentro dela, quando ele já estava tão excitado que não parecia mais se importar com o que ela fizesse.

"Mas essa foi fácil", ela disse depois.

"Você deu sorte. Podia ser uma coisa meio mestre-e-escravo."

"Sei."

"Podia ter a ver com clister."

"Chega!"

O espírito exploratório que agora dominava o quarto deles teve um forte efeito em Madeleine. E a levou, um tempo depois, a confessar a Leonard uma noite, quando ele quis repetir a cena do cabeleireiro, que ser mimada não era a sua fantasia secreta de verdade. A sua fantasia secreta *secreta* era uma coisa que ela nunca tinha contado e que mal podia admitir para si própria. Era o seguinte: toda vez que Madeleine se masturbava (isso já era difícil de confessar) ela se via como uma menininha, apanhando. Ela não sabia por que fazia isso. Ela não tinha qualquer lembrança de ter apanhado na infância. Os pais dela não acreditavam em surras. E não era bem uma fantasia; ou seja, ela não queria que Leonard a surrasse. Mas, por algum motivo, pensar em si própria como uma menininha que estava apanhando sempre tinha ajudado Madeleine a atingir o orgasmo quando se masturbava.

Bom, era isso: a coisa mais constrangedora que ela podia contar a alguém. Uma coisa esquisita sobre ela que a deixava transtornada quando pensava muito naquilo, e era por isso que ela não pensava muito naquilo. Ela não tinha controle sobre isso, mas mesmo assim se sentia culpada.

Leonard não via as coisas desse jeito. Ele sabia o que fazer com essa informação. Primeiro, ele foi até a cozinha e encheu um copo grande de vinho para Madeleine. Ele a fez beber o vinho. Depois tirou a roupa dela, virou-a de bruços e começou a transar com ela. Enquanto fazia isso ele batia nela, e ela odiou. Ela o mandou parar. Disse que não estava gostando. Era só uma coisa em que ela pensava de vez em quando; ela não queria que acontecesse. Para! Agora! Mas Leonard não parava. Ele continuava. Ele segurou Madeleine contra a cama, e bateu nela de novo. Ele pôs os dedos dentro dela e lhe bateu mais um pouco. Ela agora estava furiosa com ele. Ela tentou levantar.

E foi aí que aconteceu. Alguma coisa se partiu dentro dela. Madeleine esqueceu quem era, e o que era decente. Ela simplesmente começou a gemer, com o rosto contra o travesseiro, e quando finalmente gozou ela gozou melhor do que nunca, e gritava, com o corpo ainda percorrido por espasmos por vários minutos.

Ela não o deixou fazer aquilo de novo. Não virou um costume. Toda vez que pensava naquilo depois, ela ficava tomada de vergonha. Mas o potencial de fazer aquilo de novo agora estava sempre no ar. A expectativa de que Leonard a dominasse daquele jeito, e não desse ouvidos a ela, e fizesse o que queria, forçando-a a admitir o que queria de verdade — agora estava entre eles.

Depois disso, eles voltaram ao sexo normal, que estava ainda melhor depois dessa suspensão. Eles transavam várias vezes por dia, em todos os cômodos do apartamento (o quarto, a sala, a cozinha). Eles transaram no Saab com o motor em ponto morto. O bom e velho sexo sem invencionices, como o Criador pretendia que fosse. Os quilos extras de Leonard iam derretendo, e ele ia ficando esguio de novo. Estava com tanta energia que malhava duas horas sem parar. Madeleine gostava daqueles músculos novos. E não era só isso. Uma noite, ela encostou a boca na orelha de Leonard e disse, como se fosse novidade: "Você está tão *grande!*". E era verdade. O senhor Barbapapa fazia parte do passado. O calibre de Leonard preenchia Madeleine de uma forma que era não somente satisfatória, mas alucinante. Cada milímetro de movimento, entrando ou saindo, era perceptível na bainha do corpo dela. Ela o desejava o tempo todo. Ela nunca tinha pensado muito no pênis dos outros carinhas, e nem tinha prestado muita atenção neles, na verdade. Mas o de Leonard era muito singular para ela, quase uma terceira presença na cama. Ela às vezes se via sopesando-o judiciosamente com a mão. Será que tudo se reduzia ao elemento físico, no fim? Será que o amor era isso? A vida era tão injusta. Madeleine tinha pena de todos os homens que não eram Leonard.

De maneira geral, a rápida melhora do relacionamento de Madeleine, em praticamente todos os campos, já teria sido suficiente para explicar por que ela aceitou a súbita proposta de Leonard naquele mês de dezembro. Mas foi uma convergência de fatores que acabou dando o último empurrãozinho. O primeiro dizia respeito ao quanto Leonard foi prestativo com as inscrições para o mestrado. Depois que decidiu se reinscrever, Madeleine tinha a opção de fazer de novo o exame padronizado. Leonard a encorajou a fazer isso, auxiliando-a com a matemática e a lógica. Ele deu uma lida no texto que ela ia anexar (o novo ensaio que ia mandar para *The Janeite Review*), marcando trechos em que a argumentação estava frouxa. Uma noite antes do fim do prazo, ele datilografou a informação biográfica e endereçou os envelopes. E no dia seguinte, depois que eles deixaram as inscrições no correio de Provincetown, Leonard jogou Madeleine na cama, arrancou-lhe as calças e começou a chupá-la, apesar de ela reclamar que precisava tomar banho. Ela tentou escapulir, mas ele a segurou com força, falando como ela tinha um gosto bom, até que ela finalmente acreditou nele. Ela relaxou de um jeito profundo, que era menos sexual que existencial. Então finalmente era verdade: Leonard igual relaxamento máximo.

Uns dias depois, Leonard a pediu em casamento, e Madeleine disse sim.

Ficou esperando o momento em que aquilo pareceria uma má ideia. Por um mês eles não contaram a ninguém. No Natal, ela levou Leonard para a casa da sua família, em Prettybrook, desafiando os pais a não gostar dele. O Natal era sempre um grande evento na casa dos Hanna. Eles tinham nada menos que três árvores, decoradas com temas diferentes, e davam uma festa anual de Natal para cento e cinquenta convidados. Leonard lidou com essas festividades com suma elegância, batendo papo com os amigos de Alton e Phyllida, juntando-se ao coro de canções natalinas e deixando uma boa impressão em todo mundo. Nos dias seguintes, ele se provou capaz de assistir a jogos de boliche com Alton e, como filho de um vendedor de antiguidades, de dizer coisas inteligentes sobre as litografias de Thomas Fairland na biblioteca. Caiu neve no dia seguinte ao Natal, e Leonard estava na rua cedinho, com aquele chapéu de caçador ligeiramente absurdo, limpando com uma pá a neve das calçadas e da entrada da casa. Toda vez que Phyllida puxava Leonard para uma conversa, Madeleine ficava nervosa, mas aparentemente nada deu errado. O fato de ele estar dez quilos mais magro do que estava em outubro, e inquestionavelmente bonito, não pôde deixar de ser notado por Phyllida. Mas Madeleine não quis estender a visita, para não dar sopa ao azar, e eles foram embora depois de três dias, para passar o ano-novo em Nova York antes de voltar a Pilgrim Lake.

Duas semanas depois, Madeleine ligou para comunicar a notícia do noivado.

Nitidamente apanhados de surpresa, Alton e Phyllida não souberam como reagir. Eles soaram profundamente surpresos, e desligaram rápido o telefone. Alguns dias depois, começou uma campanha postal. Mensagens separadas, escritas à mão, vieram de Alton e de Phyllida, questionando a adequação de ela ficar "presa" assim tão cedo. Madeleine respondeu essas missivas, o que gerou novas cartas. Na sua segunda carta, Phyllida foi mais específica, repetindo seus avisos sobre os riscos de se casar com um maníaco-depressivo. Alton repetiu o que tinha dito na primeira carta, enquanto defendia um contrato pré-nupcial para proteger os "interesses futuros" de Madeleine. Madeleine não respondeu e, uns dias depois, chegou uma terceira carta de Alton, em que ele reafirmava a sua posição em termos menos jurídicos. A única coisa que as cartas conseguiram foi revelar o quanto os pais dela estavam impotentes, como um regime ditatorial isolado que ficava brandindo os sabres, mas não podia bancar as ameaças que fazia.

A última aposta deles foi empregar um intermediário. Alwyn ligou de Beverly.

"Então parece que você ficou noiva", ela disse.

"Você está ligando pra me dar parabéns?"

"Parabéns. A mamãe está *tão* puta..."

"Graças a você", Madeleine disse.

"Ela ia acabar descobrindo."

"Não ia, não."

"Bom, agora ela está sabendo." O choro de Richard ao fundo invadia o aparelho de Madeleine. "Ela não para de me ligar, pedindo pra eu fazer você 'tomar juízo'."

"É por isso que você está ligando?"

"Não", Alwyn respondeu. "Eu disse pra ela que, se você quer se casar com o cara, isso é problema seu."

"Obrigada."

"Você ainda está brava comigo por causa dos comprimidos?", Alwyn perguntou.

"Estou. Mas vai passar."

"Você tem certeza que quer se casar com ele?"

"Tenho, sim."

"Então tudo bem. É você que vai carregar a cruz."

"Ei, que maldade!"

380

"É *brincadeira*."

A rendição oficial dos pais, em fevereiro, só trouxe mais atrito. Quando Alton e Madeleine pararam de discutir a respeito do acordo pré-nupcial, e se um documento desses, pela sua própria natureza, invalidava a confiança de que qualquer casamento precisava para poder sobreviver, quando o documento já havia sido redigido por Roger Pyle, o advogado de Alton na cidade, e assinado pelos dois envolvidos, Phyllida e Madeleine começaram a discutir por causa da cerimônia do casamento propriamente dita. Madeleine queria uma coisinha íntima. Phyllida, consciente das aparências, queria dar a festa grandiosa que daria se Madeleine estivesse se casando com alguém mais adequado. Ela propôs uma cerimônia tradicional na paróquia deles, a Igreja Episcopal da Trindade, seguida de uma recepção na casa da família. Madeleine disse não. Alton sugeriu então uma cerimônia informal no Century Club, em Nova York. Madeleine concordou sem muita convicção. Mas, uma semana antes de mandarem os convites, ela e Leonard deram com uma velha igreja de marinheiros na periferia de Provincetown. E foi ali, num espaço rude e solitário no extremo de uma península deserta, uma paisagem que merecia estar num filme de Bergman, que Madeleine e Leonard se casaram. Os amigos mais leais de Phyllida e Alton fizeram a viagem de Prettybrook até Cape Cod. Os tios, as tias e os primos de Madeleine estavam lá, bem como Alwyn, Blake e Richard. A família de Leonard compareceu, pai, mãe e irmã, que pareciam, todos, muito mais simpáticos do que na descrição feita por Leonard. A maioria dos quarenta e seis convidados era de colegas da universidade de Madeleine e Leonard, que trataram a cerimônia menos como um rito religioso que como uma ocasião para gritar e assoviar.

No jantar do ensaio para a cerimônia, Leonard tocou uma canção de amor letã no *kokle*, enquanto Kelly Traub, cujos avós eram de Riga, cantava junto. Ele fez um brinde simples no jantar do casamento, aludindo tão delicadamente ao seu colapso que só quem já estava por dentro entendeu a referência, e agradecendo a Madeleine por ser seu "anjo da guarda vitoriano". À meia-noite, depois de vestirem as roupas de viagem, eles foram de limusine para o Four Seasons em Boston, onde imediatamente pegaram no sono. Na manhã seguinte, viajaram para a Europa.

Em retrospecto, Madeleine achou que podia ter sacado os primeiros sinais mais rápido se não estivesse em lua de mel. Ela estava tão empolgada por estar em Paris, no apogeu da primavera, que na primeira semana tudo pareceu perfeito. Eles ficaram no mesmo hotel em que Phyllida e Alton tinham passado a lua de mel *deles*, um três estrelas que já estava longe dos seus melhores anos, cheio de garçons grisalhos que carregavam bandejas em ângulos precários. Mas o hotel era cem por cento francês. (Leonard disse que viu um ratinho de boina.) Não havia outros americanos lá, e dava para o Jardin des Plantes. Leonard nunca tinha ido à Europa. Madeleine ficou feliz de lhe mostrar a cidade, de saber mais do que ele sobre algum assunto.

Os restaurantes o deixavam nervoso. "Tem quatro garçons servindo a nossa mesa", ele disse na terceira noite deles na cidade, durante um jantar num restaurante com vista para o Sena. "Quatro. Eu contei. Tem um cara só pra varrer migalhinha de pão."

Em um francês de terceiro ano bem decente, Madeleine fez os pedidos para os dois. O primeiro prato era uma vichyssoise.

Depois de provar, Leonard disse: "Imagino que era pra isso aqui ser frio mesmo".

"Era."

Ele concordou com a cabeça. "Sopa fria. Um novo conceito."

O jantar foi tudo que ela queria que a sua lua de mel pudesse ser. Leonard estava tão bonito, com o fraque do casamento. Madeleine também estava se sentindo linda, de braços e ombros nus, cabelo arrumado na nuca. Os dois nunca voltariam a estar tão perfeitos, fisicamente. Tinham toda uma vida juntos pela frente, e ela se estendia como as luzes às margens do rio. Madeleine já conseguia se imaginar contando aos filhos a história da "Primeira Vez em que o Papai Tomou Sopa Fria". O vinho tinha subido. Ela quase disse isso em voz alta. Ela não estava pronta para ter filhos! E no entanto já estava pensando neles.

Eles passaram os dias seguintes visitando pontos turísticos. Para surpresa de Madeleine, Leonard estava menos interessado nos museus e nas igrejas do que nas mercadorias nas vitrines. Ele ficava parando nos Champs-Élysées para admirar coisas pelas quais nunca tinha demonstrado interesse — ternos, camisas, abotoaduras, gravatas Hermès. Caminhando pelas ruas estreitas do Marais, ele parou na frente de uma alfaiataria. Na vitrine levemente empoeirada havia um manequim vestido com uma capa de ópera preta. Leonard entrou para dar uma olhada.

"Isso é muito bacana", ele falou, examinando o forro de veludo.

"É uma *capa*", Madeleine disse.

"A gente nunca ia achar uma coisa dessas nos Estados Unidos", Leonard disse.

E ele comprou a capa, gastando uma fatia grande demais (na opinião dela) da última parcela da bolsa do laboratório. O alfaiate embrulhou a peça de roupa e a pôs numa caixa, e logo Leonard estava saindo com ela porta afora. A capa era um estranho objeto de desejo, sem dúvida, mas não seria o primeiro suvenir esquisito que alguém comprava em Paris. Madeleine logo esqueceu essa história.

Naquela noite, uma tempestade varreu a cidade. Perto das duas da manhã, eles foram acordados pela água que pingava do teto em cima da cama. Uma ligação para a recepção rendeu um mensageiro com um balde, nenhum pedido de desculpas, e uma vaga promessa de que um *ingénieur* viria de manhã. Ajustando bem direitinho o balde, e deitando em sentidos opostos na cama, Madeleine e Leonard conseguiram encontrar uma posição em que ficassem secos, embora os pingos não os deixassem dormir.

"É o nosso primeiro contratempo matrimonial", Leonard disse baixinho, no escuro. "Nós estamos lidando com ele. Estamos resolvendo."

Foi só quando eles saíram de Paris que as coisas pareceram piorar. Na Gare de Lyon eles pegaram um trem noturno para Marselha, ocupando uma romântica cabine-leito que impossibilitava qualquer romance. Com a sua desordem, a sua sensação de perigo e a sua população miscigenada, Marselha parecia uma cidade americana, ou meramente menos francesa. Uma atmosfera mediterrâneo-arábica prevalecia; o ar cheirava a peixe, óleo de motor e verbena. Mulheres de xale chamavam fileiras de criancinhas morenas. Em um bar de zinco na primeira noite, em algum momento depois das duas da manhã, Leonard ficou instantaneamente amigo de um grupo de marroquinos com camisas de times de futebol e calças jeans do mercado das pulgas. Madeleine estava exausta; ela queria voltar para o hotel, mas Leonard insistiu que eles tinham que tomar um *café cognac*. Ele tinha aprendido umas palavras nos últimos dias, empregando-as de vez em quando como se isso quisesse dizer que ele falava francês de verdade. Quando aprendia um termo de gíria (a palavra *branché*, por exemplo, quando se referia a pessoas, significava que elas eram "descoladas"), Leonard contava para Madeleine como se fosse *ele* o falante fluente. Ele corrigia a pronúncia dela. No começo ela achou que ele devia estar brincando, mas não parecia ser o caso.

De Marselha eles seguiram viajando pelo litoral. Quando o garçom do carro-restaurante chegou para pegar os pedidos deles, Leonard insistiu em pedir em francês. Ele acertou as palavras, mas a sua pronúncia era atroz. Madeleine repetiu o pedido. Quando ela terminou, Leonard estava lançando um olhar fulminante para ela.

"O que foi?"

"Por que você pediu pra mim?"

"Por que o garçom não te entendeu."

"Ele me entendeu bem direitinho", Leonard insistiu.

Já era noite quando eles chegaram a Nice. Depois de fazerem o check-in no hotel, eles foram para um restaurantezinho logo ao lado. Durante todo o jantar Leonard se manteve ciosamente distante. Bebeu bastante vinho da casa. Os olhos dele brilhavam toda vez que a jovem garçonete chegava até a mesa. A refeição quase inteira passou sem que Madeleine e Leonard conversassem, como se estivessem casados há vinte anos. Ao voltarem para o hotel, Madeleine usou o banheiro compartilhado e malcheiroso. Enquanto fazia xixi, ela leu o aviso em francês que dizia para não jogar nenhum tipo de papel no vaso. Virando a cabeça, ela localizou a fonte do fedor: o cesto de papel estava transbordando de papel higiênico sujo.

Com ânsia de vômito, ela voltou correndo para o quarto. "Ai, meu Deus!", ela disse. "Esse banheiro é tão nojento!"

"Você que é princesinha."

"Vai lá! Você vai ver."

Leonard foi calmamente para o banheiro com a escova de dentes e voltou, sem se perturbar.

"A gente tem que mudar de hotel", Madeleine disse.

Leonard deu um sorrisinho amarelo. Com os olhos vidrados, ele atestou com uma voz afetada: "A princesa de Prettybrook está chocada!".

Assim que eles foram para a cama, Leonard a segurou pelo quadril e a virou de bruços. Ela sabia que não devia deixar Leonard transar com ela depois de ter sido tratada daquele jeito a noite toda. Ao mesmo tempo, estava se sentindo tão triste e indesejada que ser tocada representou um alívio imenso. Ela estava assinando um pacto horrendo, que podia ter consequências para toda a sua vida de casada. Mas não conseguia dizer não. Deixou Leonard virá-la e possuí-la, sem carinho, por trás. Ela não estava pronta e no começo doeu. Leonard não deu bola, penetrando cegamente. Ela podia ser qualquer uma. Quando acabou, Madeleine começou a chorar, primeiro baixinho, depois menos. Ela queria que Leonard ouvisse. Mas ele estava dormindo, ou fingindo.

Quando ela acordou na manhã seguinte, Leonard não estava no quarto. Madeleine queria ligar para a mãe, mas era madrugada na Costa Leste. E era perigoso falar abertamente do comportamento de Leonard. Ela nunca conseguiria apagar o que dissesse. Em vez disso, levantou e revirou o nécessaire dele em busca dos frascos de remédios. Um estava pela metade. Leonard tinha enchido o outro antes do casamento, para não ficar sem enquanto eles estivessem na Europa.

Segura de que ele estava tomando os remédios, Madeleine ficou sentada na beira da cama tentando entender como devia lidar com a situação.

A porta abriu e Leonard entrou de supetão. Ele estava com um sorriso enorme, agindo como se nada tivesse acontecido.

"Acabei de achar um hotel novo pra gente", ele disse. "Bem melhor. Você vai gostar."

A tentação de ignorar a noite passada era grande. Mas Madeleine não queria estabelecer um mau precedente. O peso do casamento caiu sobre ela pela primeira vez. Ela não podia simplesmente jogar um livro em Leonard e ir embora, como tinha feito no passado.

"A gente precisa conversar", ela disse.

"O.K. Que tal conversar no café?"

"Não. Agora."

"O.K.", ele disse de novo, um pouco mais baixo. Ele olhou em volta do quarto, procurando um lugar para sentar, mas não havia nenhum, então ele ficou de pé.

"Você foi tão sacana comigo ontem", Madeleine começou. "Primeiro você ficou puto quando eu fiz o pedido pra você. Aí você fingiu que eu nem estava lá no jantar. Você ficou flertando com a garçonete..."

"Eu não estava flertando com a garçonete."

"Estava, sim! Você estava flertando com ela. E aí, a gente volta pra cá e você — você — me usou como seu eu fosse um pedaço de carne!" Dizer isso a fez cair no choro mais uma vez. A voz dela tinha ficado aguda e infantil de um jeito que ela odiava, mas não conseguia evitar. "Você se comportou como se estivesse... com aquela garçonete!"

"Eu não quero estar com a garçonete, Madeleine. Eu quero estar com você. Eu te amo. Eu te amo tanto."

Eram exatamente essas as palavras que Madeleine queria ouvir. A sua inteligência lhe dizia para desconfiar delas, mas uma outra parte dela, mais fraca, reagia com felicidade.

"Você não pode me tratar desse jeito nunca mais", ela disse, ainda aos soluços.

"Eu não vou. Nunca."

"Se você fizer isso de novo, acabou."

Ele a abraçou, apertando o rosto contra o cabelo dela. "Isso nunca mais vai acontecer", ele sussurrou. "Eu te amo. Desculpa."

Eles foram comer num café. Leonard estava um anjo, puxando a cadeira dela, comprando uma *Paris Match* numa banquinha para ela, oferecendo brioches do cestinho.

Os dois dias seguintes correram bem. O tempo em Nice estava nublado, com as praias cheias de seixos. Na esperança de tirar a maior vantagem possível da sua dieta pré-casamento, Madeleine tinha trazido um biquíni, recatado pelos padrões da Côte d'Azur, mas ousado para ela. Mas estava meio frio para nadar. Eles usaram as espreguiçadeiras que o hotel reservava para eles só uma vez, por umas duas horas, antes que as nuvens de chuva os empurrassem para dentro.

Leonard continuava atencioso e delicado, e Madeleine esperava que as brigas deles tivessem chegado ao fim.

O plano era passar os últimos dois dias em Mônaco, antes de voltar de trem para Paris por causa do voo. Em um fim de tarde sem nuvens, o primeiro dia quente e realmente ensolarado da viagem, eles embarcaram no trem para um trajeto de vinte minutos. Num minuto estavam passando por ciprestes e enseadas brilhantes, no outro estavam chegando às instalações caríssimas e lotadíssimas de Monte Carlo.

Um táxi Mercedes os levou por uma estradinha que subia um penhasco até o hotel, sobre porto e cidade.

O recepcionista do balcão, que usava uma echarpe, disse que eles tinham sorte de chegar naquele momento. O Grande Prêmio começava na próxima semana e o hotel estaria lotado. Mas agora era relativamente tranquilo, perfeito para um casal em lua de mel.

"A Grace Kelly está por aí?", Leonard perguntou, do nada.

Madeleine se virou para ele. Ele estava com um sorriso enorme, os olhos vidrados de novo.

"A princesa faleceu no ano passado, monsieur", o recepcionista replicou.

"Eu tinha esquecido", Leonard disse. "Meus sinceros pêsames para você e os seus compatriotas."

"Obrigado, monsieur."

"Mas isso aqui nem é um país de verdade, né?"

"Perdão, monsieur?"

"Não é um reino. É só um principado."

"Nós somos uma nação independente, monsieur", o recepcionista disse, ficando rígido.

"Porque eu estava aqui imaginando o quanto a Grace Kelly sabia de Mônaco antes de casar com o príncipe Rainier. Sabe, ela provavelmente imaginou que ele era chefe de um país de verdade."

A expressão do funcionário agora estava impassível. Ele mostrou a chave do quarto deles. "Madame, monsieur, espero que gostem da estada."

Assim que entraram no elevador, Madeleine falou: "O que é que te deu?".

"O que foi?"

"Aquilo foi tão grosseiro!"

"Eu só estava brincando com ele", Leonard disse com o seu sorriso excêntrico. "Você já viu o filme do casamento da Grace Kelly? O príncipe Rainier está de farda, como se tivesse um reino importante para defender. Aí você chega aqui e saca que o país inteiro cabe num estádio de futebol. É um cenário. Por isso que ele casou com uma atriz."

"Aquilo foi tão constrangedor!"

"Sabe o que mais é uma piada?", Leonard continuou, como se não a tivesse ouvido falar. "Isso de eles se chamarem de monegascos. Eles tinham que inventar um nome especial e mais comprido pra eles porque o país em que eles moram é tão insignificante."

Leonard entrou rispidamente no quarto, jogando a valise em cima da cama. Ele saiu para a sacada, mas em alguns segundos voltou a entrar. "Você quer champanhe?", ele perguntou.

"Não", Madeleine respondeu.

Ele foi até o telefone e ligou para o serviço de quarto. Leonard estava funcionando muito bem. As qualidades que demonstrava — extroversão, vitalidade, atrevimento — eram as que tinham atraído Madeleine, para começo de conversa. Só que agora estavam amplificadas, como um aparelho de som com o volume tão alto que soava distorcido.

Quando o champanhe chegou, Leonard pediu ao garçom para levá-lo à sacada.

Madeleine foi até lá para falar com ele.

"Desde quando você gosta de champanhe?", ela perguntou.

"Desde que eu cheguei a Monte Carlo." Leonard ergueu a mão e apontou. "Está vendo aquele prédio? Acho que é o cassino. Eu não consigo lembrar em qual filme do 007 ele aparece. De repente a gente devia ir lá dar uma olhada depois do jantar."

"Leonard?", Madeleine disse com uma voz delicada. "Querido? Se eu te perguntar uma coisa, você jura que não fica bravo?"

"O que é?", ele disse, já soando irritado.

"Você está se sentindo bem?"

"Eu estou chuchu beleza."

"Você está tomando os comprimidos?"

"Estou. Estou tomando os comprimidos, sim. Na verdade" — ele entrou no quarto para pegar o lítio na valise e depois voltou —, "está bem na hora do remédio." Jogando um comprimido na boca, ele o engoliu com mais champanhe. "Viu? Eu estou chuchu beleza."

"Isso nem é uma coisa que você fale, 'chuchu beleza'."

"Aparentemente eu digo, sim." Ele riu com essa.

"Talvez fosse bom você ligar pro seu médico. Só pra garantir."

"Quem? O Perlmann?", Leonard fez pouco. "*Ele* é que devia ligar pra *mim*. Eu podia dar aula pra aquele cara."

"Do que é que você está falando?"

"Nada", Leonard disse, olhando para a distante marina cheia de iates lá embaixo. "Só que eu estou fazendo umas descobertas que um cara como o Perlmann nem ia conseguir *imaginar*."

A partir daí a noite foi piorando. Depois de acabar com a garrafa de champanhe praticamente sozinho, Leonard insistiu em pedir outra. Quando Madeleine se negou a deixá-lo pedir, ele ficou bravo e desceu para o bar. Começou a pagar bebidas para os outros clientes, um grupo de banqueiros suíços com as namoradas. Quando Madeleine foi atrás dele uma hora depois, Leonard agiu como se estivesse animadíssimo por revê-la. Ele a beijou e a abraçou, tudo muito exagerado.

"Essa aqui é a minha linda esposa", ele disse. Ele a apresentou aos banqueiros. "Esses são o Till e o Heinrich. E o nome dessas moças eu esqueci, mas nunca vou esquecer esses rostinhos lindos. O Till e o Heinrich conhecem um restaurante ótimo aqui e vão levar a gente. É o melhor da cidade, né, Till?"

"É muito bom", o suíço disse. "Um segredo local."

"Que bom. Porque eu não quero ir num lugar que tenha turista americano, sabe como? Ou de repente a gente devia ir direto pro cassino. Dá pra comer no cassino?" Era difícil dizer se os europeus viam como ele estava agindo estranho ou se consideravam essa familiaridade excessiva como uma característica americana. Eles pareciam se divertir na companhia de Leonard.

Foi aí que Madeleine fez uma coisa de que se arrependeu. Em vez de arrastar Leonard para um médico (embora não soubesse bem como fazer uma coisa dessas), ela voltou para o quarto. Pegando os comprimidos de Leonard onde ele os havia deixado, ela pediu para a telefonista do hotel fazer uma ligação internacional para o número do dr. Perlmann, que estava escrito no rótulo. Perlmann não estava no consultório, mas depois que Madeleine disse que era uma emergência a secretária pegou o número do hotel e prometeu que o dr. Perlmann retornaria a ligação em breve.

Depois que quinze minutos se passaram sem resposta, Madeleine desceu de novo para o bar, mas Leonard e os banqueiros suíços não estavam mais lá. Ela olhou no restaurante do hotel e no pátio interno, e não viu sinal deles. Cada vez mais alarmada, ela voltou ao quarto apenas para ver que Leonard tinha passado por lá enquanto ela estava fora. A valise dele estava aberta e havia roupas jogadas no chão. Não havia um bilhete. Naquele momento o telefone tocou. Era o dr. Perlmann.

Madeleine contou tudo o que tinha acontecido ao psiquiatra de Leonard numa longa rajada de palavras.

"Certo, eu preciso que você se acalme", Perlmann disse. "Você consegue fazer isso para mim? Eu estou ouvindo muita ansiedade na sua voz. Eu posso ajudar, mas você tem que se acalmar, certo?"

Madeleine se recompôs. "Certo."

"Agora, você sabe aonde o Leonard pode ter ido?"

Ela pensou um momento. "O cassino. Ele disse que queria jogar."

"Então me escute", Perlmann disse, com a voz firme. "O que você tem que fazer é levar o Leonard ao hospital mais próximo. Ele precisa ser avaliado por um psiquiatra. Imediatamente. Essa é a primeira coisa. Eles vão saber cuidar dele no hospital. Quando vocês chegarem lá, dê o meu número para eles."

"E se a gente não for para o hospital?"

"Você precisa fazê-lo ir", Perlmann afirmou.

O taxista desceu a estrada com os faróis acesos. O caminho se retorcia. Às vezes o mar estava na frente deles, negro e vazio, e parecia que eles corriam o risco de mergulhar do desfiladeiro, mas aí o carro fazia uma curva, e surgiam as luzes da cidade, cada vez mais perto. Madeleine pensava se devia procurar a polícia. Ela tentava pensar como se dizia "maníaco-depressivo" em francês. A única palavra que lhe vinha à cabeça, *maniaque*, parecia dura demais.

O táxi entrou na área densamente povoada em torno do porto. O trânsito foi ficando mais pesado quando eles se aproximaram do cassino. Cercado por jardins projetados e fontes iluminadas, o Cassino de Monte Carlo era uma construção estilo Beaux-Arts, com elaboradas torres de bolo de casamento e um teto de cobre em formato de cúpula. Havia seis fileiras de Lamborghinis e Ferraris estacionados na frente do prédio, com as luzes da marquise refletidas nos capôs. Madeleine teve que mostrar o passaporte para poder entrar. Os cidadãos de Mônaco eram proibidos por lei de entrar no cassino. Ela comprou um ingresso para o salão principal e foi entrando.

Assim que entrou, ela perdeu a esperança de encontrar Leonard. Tudo bem que o Grande Prêmio não tinha começado, mas o cassino estava entupido de turistas. Eles estavam aglomerados em torno das mesas, mais bem-vestidos que os jogadores que ela tinha visto no cassino indígena, mas com a mesma voracidade canina no rosto. Três sauditas, de óculos escuros, estavam sentados em torno de uma mesa de bacará. Um homem de mais de um metro e oitenta com uma gravata de caubói jogava dados. Um grupo de alemães, com paletós bávaros de lapela de veludo, admirava os afrescos do teto e as janelas de vitral, falando em tons animados. Poderia ter sido interessante para Madeleine, em outra ocasião. Mas agora cada aristocrata ou jogador milionário era só uma pessoa no caminho. Ela tinha vontade de empurrá-los para longe. Tinha vontade de chutá-los, para machucar.

Lentamente, ela abriu caminho até o meio do salão, concentrando-se nas mesas em que se jogavam cartas. Começou a parecer menos provável que Leonard estivesse ali. Talvez ele tivesse ido jantar com os banqueiros suíços. Talvez a melhor ideia fosse voltar para o hotel e esperar. Ela se aproximou mais. E ali, numa cadeira com assento de veludo castanho na mesa de blackjack, estava Leonard.

Ele tinha feito alguma coisa com o cabelo — tinha molhado ou posto gel, de modo que estava emplastrado para trás. E estava usando a capa preta.

A pilha de fichas dele era menor que a dos outros jogadores. Ele estava inclinado para a frente, concentrado, olhos fixos no crupiê. Madeleine calculou que seria melhor não interrompê-lo.

Vendo-o assim, com os olhos alucinados, com aquela roupa exótica, com o cabelo liso de um vampiro, Madeleine percebeu o que nunca tinha aceitado — nunca tinha assumido completamente: a realidade da doença de Leonard. No hospital, quando Leonard se recuperava do colapso, o comportamento dele tinha sido peculiar, mas compreensível. Ele era como alguém que estivesse desorientado depois de um acidente de carro. Aquilo — aquela mania — era diferente. Leonard parecia um louco de verdade, e ela estava se borrando de medo.

Maniaque não era tão errado assim. Afinal, *maníaco* se referia a quê, se não à mania?

A vida toda ela evitara gente desequilibrada. Ficara longe dos maluquinhos na escola primária. Evitara as meninas sombrias e suicidas no colegial, que vomitavam comprimidos. O que será que os doidos tinham que te fazia evitar essas pessoas? A inutilidade de discutir racionalmente com elas, certamente, mas também havia algo mais, algo como um medo do contágio. O cassino, com aquela atmosfera trepidante, cheia de fumaça, parecia uma projeção da mania de Leonard, uma zona histérica, cheia dos ricos mais bizarros, abrindo a boca para fazer as suas apostas ou pedir álcool aos gritos. Madeleine teve um reflexo de dar as costas e fugir. Dar um passo adiante a comprometeria com uma vida inteira de fazer a mesma coisa. De se preocupar com Leonard, de ficar atenta a ele o tempo todo, de imaginar o que tinha acontecido se ele estivesse meia hora atrasado para chegar em casa. Ela só tinha que dar as costas e ir embora. Ninguém poderia culpá-la.

E aí, é claro, ela deu o passo. Foi até lá e ficou parada, em silêncio, atrás da cadeira de Leonard.

Havia mais uma meia de dúzia de jogadores em torno da mesa, todos homens.

Ela entrou no campo de visão dele e disse: "Querido?".

Leonard olhou de viés. Não parecia surpreso por vê-la. "Oi, amor", ele falou, voltando a se concentrar nas cartas. "Desculpa eu saltar fora daquele jeito. Mas eu estava com medo de você não me deixar jogar. Você está brava comigo?"

"Não", Madeleine disse com uma voz tranquilizadora. "Eu não estou brava."

"Que bom. Porque eu estou achando que estou com sorte hoje." Ele piscou para ela.

"Querido, eu preciso que você venha comigo."

Leonard jogou o pingo. Mais uma vez ele se inclinou para a frente, concentrado no crupiê. Ao mesmo tempo, disse: "Lembrei o filme do 007 que tem esse cassino. *Nunca mais outra vez*".

O crupiê deu as primeiras duas cartas.

"Mais uma", Leonard pediu.

O crupiê deu mais uma carta a Leonard.

"Outra."

A carta seguinte acabou com o jogo dele. Um crupiê recolheu as cartas de Leonard e outro levou as suas fichas.

"Vamos embora", Madeleine disse.

Leonard se inclinou para ela conspiratoriamente. "Ele está usando dois baralhos. Eles acham que eu não consigo contar dois, mas estão errados."

Ele jogou outro pingo e o ciclo se repetiu. O crupiê tinha dezessete e Leonard achou que podia ganhar. Com treze, ele pediu mais uma carta, e recebeu um valete.

O crupiê catou as últimas fichas de Leonard.

"Estou fora", Leonard disse.

"Vamos, querido."

Ele virou aquele olhar vidrado para ela. "Você não me emprestava uma grana, né?"

"Não agora."

"Na riqueza e na pobreza", Leonard disse. Mas ele sc levantou da cadeira.

Madeleine levou Leonard pelo braço pelo cassino. Ele foi de bom grado. Quando estavam chegando ao topo da escadaria, contudo, Leonard parou. Ele ergueu o queixo e fez uma cara estranha. Com um sotaque inglês, ele disse: "O nome é Bond. James Bond". Erguendo subitamente os braços, ele se envolveu na capa como Drácula. Antes de Madeleine poder reagir, ele saiu correndo, batendo a capa como se tivesse asas, com uma expressão louca de alegria, animada, confiante.

Ela tentou ir atrás dele, mas os saltos a impediram de correr. Finalmente, ela tirou os sapatos e saiu correndo descalça do cassino. Mas Leonard não estava mais à vista.

Ele não voltou naquela noite.

Ele também não voltou no dia seguinte.

A essa altura ela já estava em contato com Mark Walker do consulado em Marselha. Mexendo seus pauzinhos com ex-alunos de Baxter, Alton tinha dado um jeito de falar pessoalmente com o embaixador americano na França. O embaixador Galbraith anotara as informações de Madeleine e as encaminhara a Walker, que ligou para Madeleine para dizer que as autoridades de Mônaco, da França e da Itália haviam sido todas notificadas da situação e que ele entraria em contato assim que soubesse de mais alguma coisa. Enquanto isso, Phyllida tinha ido direto para o aeroporto de Newark e embarcado num voo noturno para Paris. Na manhã seguinte ela pegou uma conexão para Mônaco, chegando ao hotel de Madeleine logo depois do meio-dia. Durante as dezoito horas que se passaram entre a ligação e a entrada de Phyllida no quarto, Madeleine experimentou diversas emoções. Houve momentos em que ela ficou brava com Leonard por ele ter fugido, e outros em que se repreendeu por não ter reconhecido antes que alguma coisa estava errada. Ela estava enfurecida com os banqueiros suíços e, por alguma razão, com as namoradas deles, por terem atraído Leonard para longe do hotel. Estava alucinada de medo de que Leonard pudesse se machucar, ou ser preso. Às vezes se via tomada por autocomiseração, ciente de que só ia ter uma lua de mel de verdade na vida e que ela tinha sido arruinada. Pensou em ligar para a mãe de Leonard, ou a irmã dele, mas não tinha o número delas, e não queria falar com elas, afinal, porque de alguma maneira as culpava também.

E aí Phyllida chegou, com um mensageiro a tiracolo, roupa em ordem e cabelo no lugar. Tudo que Madeleine odiava na mãe — aquela retidão imperturbável, aquela falta de emoções visíveis — era exatamente o que mais queria naquele momento. Ela desmontou, soluçando, no colo da mãe. Phyllida reagiu pedindo um almoço no quarto. Ela esperou que Madeleine comesse uma refeição completa antes de fazer a primeira pergunta sobre o que tinha acontecido. Logo depois, Mark Walker ligou com a notícia de que uma pessoa que combinava com a descrição de Leonard havia dado entrada, naquela manhã bem cedo, no Hospital Princesa Grace, sofrendo de psicose e de pequenos ferimentos causados por uma queda. O homem, que tinha sotaque americano, havia sido encontrado na praia, sem camisa e sem sapatos, e sem nenhum documento. Walker se ofereceu para vir de Marselha e acompanhar Madeleine e Phyllida ao hospital para ver se aquela pessoa, como parecia provável, era Leonard.

Enquanto esperavam por Walker, Phyllida disse para Madeleine se lavar e ficar apresentável, insistindo que isso a faria se sentir mais no controle de si própria, o que realmente aconteceu. Walker, um modelo de eficiência e tato, pegou as duas com um carro do consulado, com chofer. Grata por essa ajuda, Madeleine fez o que pôde para não parecer alguém que estava caindo aos pedaços.

O Hospital Princesa Grace, rebatizado em homenagem à ex-estrela do cinema americano, era onde a atriz havia morrido um ano antes, depois de um acidente automobilístico. Ainda se viam sinais de luto no hospital: uma guirlanda negra colocada sobre o retrato a óleo da princesa no saguão da entrada; quadros de avisos cobertos de cartas de pêsames do mundo todo. Walker apresentou as duas ao dr. Lamartine, um psiquiatra magro, com cara de caveira, que explicou que Leonard estava naquele momento sob sedação pesada. Eles estavam administrando um antipsicótico fabricado pela Rhône-Poulenc que não estava disponível nos Estados Unidos. Ele havia tido resultados excelentes com o remédio anteriormente, e não via motivo para este caso ser diferente. Os resultados clínicos da droga eram tão impressionantes, na verdade, que a recusa da FDA em aprová-la era um mistério — ou talvez não tão misteriosa assim, ele acrescentou em tom de queixa profissional, já que a droga não era americana. Naquele momento ele pareceu lembrar de Leonard. Os ferimentos físicos dele eram os seguintes: um dente lascado, hematomas no rosto, uma costela quebrada e outros ferimentos superficiais. "Ele está dormindo agora", o médico disse. "Vocês podem entrar para vê-lo, mas, por favor, deixem-no dormir."

Madeleine entrou sozinha. Antes de abrir a cortina em volta da cama, ela pôde sentir o cheiro do tabaco que exalava da pele de Leonard. Ela quase esperava vê-lo sentado e fumando na cama, mas a pessoa que encontrou não foi nem o Leonard errático e alucinado nem o outro, abatido, recolhido, nem maníaco nem depressivo mas meramente inerte, a vítima de um acidente. Um cateter entrava no braço dele. O lado direito do seu rosto estava inchado; o lábio superior havia sido suturado, com a carne em volta da sutura já roxo escuro, começando a formar uma casca. O médico tinha dito para ela não acordá-lo, mas ela se curvou sobre ele e delicadamente levantou o seu lábio superior. O que viu a fez engolir em seco: os dois dentes da frente de Leonard tinham quebrado na raiz. A língua rósea luzia atrás da fresta.

O que havia acontecido nunca ficou totalmente claro. Leonard estava alucinado demais para lembrar das últimas trinta e seis horas. Do Cassino de Monte Carlo ele tinha ido para o restaurante onde os banqueiros suíços jantavam. Ele não tinha dinheiro, mas convenceu os suíços de que conhecia um método infalível para contar cartas. Depois do jantar, eles o levaram ao cassino Loews, que era americano, e lhe deram um dinheiro inicial. O acordo era dividir os lucros meio a meio. Dessa vez, seja de propósito seja por sorte, Leonard se deu bem no começo. Ele pegou um certo embalo. Logo tinha ganhado mil dólares. Nesse momento a noite ficou mais maluca. Eles saíram do cassino e visitaram uma série de bares. As namoradas dos banqueiros ainda estavam por lá, ou talvez tivessem ido embora. Ou ele estava com outro grupo de banqueiros àquela altura. Em um dado momento ele voltou ao Loews. O crupiê de lá usava um baralho só. Apesar da mania, ou por causa dela, Leonard conseguia contar as cartas sem misturar tudo na cabeça. Mas talvez ele estivesse sendo menos discreto do que deveria sobre o que estava fazendo. Depois de uma hora, o gerente chegou e expulsou Leonard do cassino, avisando-o para nunca mais voltar. Àquela altura Leonard tinha ganhado quase dois mil dólares. E era aqui que a memória dele se apagava. O resto da história Madeleine reconstituiu a partir dos relatórios da polícia. Depois de ser expulso do Loews pela última vez, Leonard tinha sido visto num "estabelecimento" na mesma região da cidade. Em algum momento do dia seguinte, ele acabou no Hôtel de Paris com um grupo de pessoas que podiam ou não ser os banqueiros suíços. Num certo momento, bebendo nos quartos deles, geminados, Leonard tinha apostado que conseguia pular de uma sacada para a outra, ao lado. Isso, felizmente, foi num segundo andar. Ele tinha tirado os sapatos para fazê-lo, mas não conseguiu. Ele escorregou, bateu a bochecha e a boca na grade da sacada e caiu lá embaixo. Sangrando, meio enlouquecido, ele foi até a praia. Num dado momento ele tirou a camisa e foi nadar. Foi quando voltou do mar e tentou entrar de novo no hotel que a polícia o pegou.

O antipsicótico francês era mesmo um remédio milagroso. Em dois dias Leonard estava lúcido de novo. Ele estava tão cheio de remorsos, tão horrorizado pelo seu comportamento e pela tentativa de alterar a medicação que tomava, que passava as visitas de Madeleine ou pedindo desculpas ou calado pelo arrependimento. Ela lhe dizia para esquecer. Ela dizia que não era culpa dele.

Pelo tempo que durou a estada de Phyllida em Mônaco, do momento em que ela chegou até o momento em que partiu, uma semana depois, ela não disse nenhuma vez "Eu te avisei". Madeleine adorou a mãe por causa disso. Ficou surpresa de ver como Phyllida era prática, como permaneceu inabalada quando ficou claro o que era o "estabelecimento" que Leonard visitara. Ao saber disso, Madeleine havia sido reduzida às lágrimas mais uma vez. Mas Phyllida disse com um senso de humor negro: "Se esse for o seu único motivo de preocupação nesse casamento, vai ser uma sorte". Ela também disse, compassiva: "Ele não estava em pleno juízo, Maddy. Você tem que esquecer essa história. Esqueça e pronto". Ocorreu a Madeleine que Phyllida estivesse falando por experiência pessoal, que o casamento dos seus pais fosse mais complicado do que ela jamais houvesse suspeitado.

Mas as visitas de Phyllida ao paciente eram constrangedoras. Ela e Leonard ainda mal se conheciam. Assim que Leonard "saiu da floresta", ela voltou a Nova Jersey para preparar a casa para a chegada de Madeleine e Leonard.

Madeleine ficou no hotel. Sem nada para fazer além de assistir à programação francesa nos dois canais que a TV do seu quarto pegava, e determinada a nunca mais pôr os pés no cassino, Madeleine passava horas no Musée Océanographique. Ficar sentada sob aquela iluminação submarina, vendo criaturas aquáticas deslizarem pelos tanques a acalmava. No começo ela comia sozinha, no restaurante do hotel, mas a presença dela atraía demais a atenção dos homens. Então ela passou a ficar no quarto, chamando o serviço de quarto e bebendo mais vinho do que estava acostumada.

Parecia que ela tinha envelhecido vinte anos em duas semanas. Não era mais uma noivinha e nem mesmo uma moça.

Em um dia límpido de maio, Leonard teve alta. De novo, como tinha feito um ano antes, Madeleine ficou esperando na frente de um hospital enquanto uma enfermeira o trazia numa cadeira de rodas. Eles voltaram de trem para Paris e ficaram num hotel modesto na margem esquerda.

Na véspera do seu voo para os Estados Unidos, Madeleine deixou Leonard no quarto enquanto saiu para comprar cigarro para ele. O clima de verão estava lindo, as flores do parque com cores tão brilhantes que lhe doíam nos olhos. Mais adiante, ela viu uma coisa impressionante, um bando de aluninhas guiadas por uma freira. Elas atravessavam a rua, em direção ao pátio da escola. Sorrindo pela primeira vez em semanas, Madeleine ficou vendo as meninas caminharem. Ludwig Bemelmans tinha escrito algumas sequências para *Madeline*. Numa delas, Madeline entrava para um circo cigano. Em outra, era salva de afogamento por um cachorro. Mas, apesar de todas as suas aventuras, Madeline nunca tinha passado dos oito anos de idade. Que pena. Uns exemplos poderiam ter sido úteis para Madeleine, novos fascículos da série. Madeline fazendo o *baccalauréat*. Madeline estudando na Sorbonne. ("E para Camus, o escritor, Madeline só dizia 'não senhor'.") Madeline adotando o amor livre, ou entrando para uma comuna, ou viajando para o Afeganistão. Madeline participando dos protestos de 1968, jogando pedras na polícia, ou gritando: "Embaixo da calçada, a praia".

Será que Madeline casou com Pepito, o filho do embaixador espanhol? Será que o cabelo dela ainda era ruivo? Será que ela ainda era a menor e mais corajosa?

Não exatamente numa fila dupla reta, mas com bastante disciplina, as meninas sumiram pelas portas do colégio religioso. Madeleine voltou para o hotel, onde Leonard, ainda cheio de ataduras, vítima de um outro tipo de guerra, esperava.

Eles sorriram para as coisas boas
E fecharam o rosto para as ruins
E às vezes ficavam muito tristes.

No extremo dos trilhos, o trem da Northeast Corridor surgiu numa névoa de fuligem e distorção causada pelo calor. Madeleine estava de pé na plataforma, do outro lado da linha amarela, apertando os olhos por trás dos óculos tortos. Depois de duas semanas perdidos, os óculos tinham aparecido ontem no fundo do cesto de roupa suja. O grau agora já estava fraco, com as lentes não menos arranhadas e a armação não mais tão na moda como havia estado três anos atrás. Ela ia ter que ceder e comprar uns óculos novos antes de começar o mestrado.

Assim que confirmou que o trem estava chegando, ela tirou os óculos e os meteu na bolsa. Ela se virou para procurar por Leonard, que, já reclamando da umidade, tinha entrado na sala de espera com um ar-condicionado muito fraquinho.

Era um pouco antes das cinco. Cerca de uma dúzia de pessoas, além deles, esperavam o trem.

Madeleine meteu a cabeça pela porta da sala de espera. Leonard estava sentado num banco, encarando o chão, com os olhos foscos. Ele ainda vestia a camiseta e a bermuda pretas, mas tinha prendido o cabelo num rabo de cavalo. Ela o chamou pelo nome.

Leonard ergueu os olhos e lentamente levantou. Ele tinha levado uma eternidade para sair de casa e entrar no carro, e Madeleine havia ficado com medo de que eles pudessem perder o trem.

As portas do trem já tinham aberto antes de Leonard emergir para a plataforma e seguir Madeleine para o vagão mais próximo. Eles escolheram um assento para dois, para não terem que sentar com mais ninguém. Madeleine tirou um exemplar já bem manuseado de *Daniel Deronda* da bolsa e se acomodou.

"Você trouxe alguma coisa pra ler?", ela disse.

Leonard sacudiu a cabeça. "Eu vou só ficar olhando as lindas paisagens de Nova Jersey."

"Tem umas partes bonitas em Nova Jersey", Madeleine disse.

"Reza a lenda", Leonard disse, olhando para fora.

A viagem de cinquenta e nove minutos no trem não ofereceu muitos argumentos para defender aquele ponto de vista. Quando não estavam passando pelos quintais dos trechos entre as zonas urbanas, estavam entrando em mais uma cidade moribunda, como Elizabeth, ou Newark. O pátio de uma prisão de segurança mínima se destacava contra os trilhos, com os presidiários de uniformes brancos, como numa convenção de padeiros. Perto de Secaucus começaram os alagadiços verde-claros, surpreendentemente bonitos se você não levantasse os olhos para as chaminés e as docas de carga circundantes.

Eles chegaram à Penn Station na hora do rush. Madeleine levou Leonard para longe das escadas rolantes lotadas, na direção de uma escadaria menos frequentada, onde subiram até o saguão. Alguns minutos depois eles saíram para o calor e a luz da Oitava Avenida. Era pouco depois das seis.

Quando eles entraram na fila dos táxis, Leonard encarava os edifícios em torno, como se estivesse com medo de que pudessem desmoronar em cima dele.

"'Nova York,'" ele disse. "Eu 'coração' esta cidade."

Foi a última piadinha dele. Quando entraram num táxi e já estavam seguindo para o centro, Leonard perguntou ao motorista se ele podia, por favor, ligar o ar-condicionado. O motorista disse que estava quebrado. Leonard abriu o vidro, metendo a cabeça pela janela como um cachorro. Por um momento, Madeleine se arrependeu de ter trazido Leonard com ela.

Aquela premonição no Cassino de Monte Carlo havia sido mais precisa do que ela percebera na época. Ela já tinha se transformado na esposa trêmula, na guardiã sempre-a-postos. Tinha se tornado "casada com a psicose maníaco-depressiva". Não era novidade para Madeleine que Leonard podia se matar enquanto ela dormia. Já havia passado pela cabeça dela que a piscina podia ser um convite ao oblívio. Dos vinte e um sinais da lista que Wilkins havia lhe dado, Madeleine tinha posto uma marquinha do lado de dez: mudança no padrão de sono; falta de disposição para conversar; negligência no trabalho; negligência na aparência; afastar-se das pessoas/atividades; perfeccionismo; inquietação; tédio excessivo; depressão; e mudança na personalidade. Entre os sinais que Leonard não exibia constavam os fatos de que ele não tinha tentado cometer suicídio antes (embora tivesse falado no assunto), não usava drogas (no momento), não tendia a sofrer acidentes, não falava que queria morrer e não se desfazia dos seus pertences. Por outro lado, hoje de manhã, quando Leonard disse que não queria mais se mudar para Nova York e se referiu ao apartamento como sendo "dela", ele tinha dado indícios de alguém que estava se desfazendo dos seus pertences. Leonard não parecia mais se importar com o futuro. Ele não sabia o que ia fazer. Ele não queria um escritório. Ele estava usando aquela bermuda havia duas semanas.

Dez sinais de alerta entre vinte e um. Não era muito tranquilizador. Mas quando ela contou isso ao dr. Wilkins, ele disse: "Se o Leonard não mostrasse nenhum sinal de alerta, você não estaria aqui. A sua tarefa é reduzir o número, pouco a pouco, para três ou quatro. Talvez um ou dois. Com o tempo eu tenho certeza que nós conseguiremos".

"E até lá, como é que fica?", Madeleine perguntou.

"Até lá nós temos que ir com muito cuidado."

Ela estava tentando ir com cuidado, mas não era fácil. Madeleine trouxera Leonard a Nova York para evitar o perigo de deixá-lo em casa sem ninguém para cuidar dele. Mas agora que ele estava na cidade, havia o perigo de ele ter um ataque de pânico. Ela tinha tido que escolher entre deixá-lo em Prettybrook, e ficar preocupada, e trazê-lo a Nova York com ela, e ficar preocupada. Em geral, se preocupava menos se pudesse ficar de olho nele.

Ela era o que ficava entre Leonard e a morte. Era assim que ela se sentia. Como Madeleine conhecia os sinais de alerta, ficava constantemente atenta para ver se eles surgiam. Pior, ficava atenta a qualquer mudança no humor de Leonard que pudesse ser *precursora* de um dos sinais de alerta. Ela estava atenta a *sinais* dos sinais de alerta. E aí a coisa se tornava confusa. Por exemplo, ela não sabia se Leonard acordar cedo constituía uma nova mudança no padrão de sono dele, se era parte da mudança anterior do seu padrão de sono, ou se indicava um fato novo e benéfico. Ela não sabia se o perfeccionismo dele anulava a sua falta de ambição, ou se eram dois lados da mesma moeda. Quando você ficava entre alguém que você amava e a morte, era difícil ficar acordada e era difícil dormir. Quando Leonard ficava acordado, assistindo televisão de madrugada, Madeleine o vigiava da cama. Ela nunca conseguia cair de verdade no sono até ele subir e entrar na cama ao lado dela. Ela ficava ouvindo os barulhos que ele fazia lá embaixo. Era como se o coração dela tivesse sido removido cirurgicamente do corpo e estivesse sendo mantido num local remoto, ainda conectado a ela e bombeando sangue por suas veias, mas exposto a perigos que ela não podia ver: o coração dela numa caixa em algum lugar, a céu aberto, desprotegido.

Eles chegaram à Oitava Avenida, dobrando na Broadway e no Columbus Circle. Leonard botou a cabeça de volta para dentro do carro como se testasse de novo a temperatura, e aí se esticou para fora da janela mais uma vez.

O taxista entrou à esquerda na rua 72. Alguns minutos depois eles desciam a Riverside Drive. Kelly os esperava na calçada em frente ao prédio.

"Desculpa!", Madeleine disse, saindo do táxi. "O trem atrasou."

"Você sempre diz isso", Kelly falou.

"E sempre é verdade."

Elas se abraçaram, e Kelly perguntou: "Então, você vai na festa?".

"A gente vai ver."

"Você tem que ir! Eu não posso ir sozinha."

Durante todo esse tempo, o táxi estava em ponto morto na esquina. Finalmente Leonard desceu. Com passos pesados ele conseguiu ir do sol para a sombra do toldo.

Kelly, que era uma atriz bem decente, sorriu para Leonard como se não tivesse nem ouvido falar da doença dele e ele estivesse com uma cara ótima. "Oi, Leonard. Tudo bem?"

Como sempre, Leonard tratou isso como uma pergunta de verdade. Ele suspirou e respondeu: "Eu estou exausto".

"*Você* está exausto?", Kelly disse. "Imagina eu! Eu já mostrei uns quinze apartamentos pra Maddy. Agora chega. Se vocês não ficarem com esse aqui eu demito vocês dois."

"Você não pode demitir a gente", Madeleine falou. "Nós é que somos os clientes."

"Então eu me demito." Ela levou os dois para o saguão fresco, coberto de painéis de madeira. "Sério, Maddy. Eu estou com um outro imóvel, mais perto de Columbia, se você quiser dar uma olhada. Mas duvido que seja tão legal quanto este aqui."

Depois de deixarem os nomes com o porteiro, eles tomaram o elevador até o décimo segundo andar. Na frente do apartamento, Kelly ficou fuçando na bolsa para achar as chaves certas, o que demorou um pouco, mas finalmente ela abriu a porta e fez os dois entrarem.

Até agora, Kelly levara Madeleine para ver apartamentos que davam para poços de ventilação, ou eram vizinhos de uns verdadeiros cortiços, ou eram minúsculos e infestados de baratas, ou cheiravam a xixi de gato. Mesmo que

Madeleine não estivesse desesperada para sair da casa dos pais, o apartamento de um quarto em que entrava agora a teria deixado de queixo caído. Era um clássico, com paredes recém-pintadas de branco, sancas de gesso e piso de parquete. O quarto comportaria bem uma cama tamanho queen, a cozinha modular tinha sido reformada, o escritório era usável, a sala de estar era menor do que deveria, mas tinha o charme de uma lareira que não funcionava. Havia até uma sala de jantar. Mas o principal atrativo era a vista. Encantada, Madeleine abriu a janela da sala de estar e se inclinou para fora. O sol, que ainda ia levar algumas horas para se pôr, cobria de lantejoulas as águas do rio e dava um leve tom rosa às pedras normalmente cinza das Palisades. Ao norte estavam os picos transparentes da ponte George Washington. Um ruído de trânsito vinha da West Side Highway. Madeleine olhou para a calçada na frente do prédio. Era uma bela altura. De repente ela ficou com medo.

Ela voltou para dentro e chamou por Leonard. Como ele não respondeu, ela chamou de novo, já descendo o corredor.

Leonard estava no quarto com Kelly. A janela estava fechada.

Ela escondeu o seu alívio examinando o guarda-roupa do quarto. "Esse guarda-roupa é meu", ela disse. "Eu tenho mais roupa que você. Mas você pode ficar com o escritório."

Leonard não abriu a boca.

"Você viu o escritório?"

"Vi."

"E aí?"

"Legal."

"Sem botar pressão nem nada", Kelly retomou, "mas vocês têm que decidir, assim, no máximo em meia hora. O outro corretor lá da firma quer começar a mostrar este apartamento hoje à noite."

"Hoje?", Madeleine falou, sem estar pronta para isso. "Eu achei que você tinha dito amanhã."

"Foi o que ele disse. Mas agora ele mudou de ideia. As pessoas estão que nem loucas atrás deste apartamento."

Madeleine olhou para Leonard, tentando ler os pensamentos dele. Então ela cruzou os braços de maneira decidida. A não ser que se mudasse para o meio do deserto, ela ia ter que aceitar os riscos inerentes de morar com ele em Manhattan. "O.K., eu fico", ela disse. "Está perfeito. Leonard, a gente vai ficar com ele, né?"

Leonard se virou para Kelly e disse: "A gente pode conversar um minutinho?".

"Claro! Numa boa. Eu vou para a sala de estar."

Quando ela saiu, Leonard foi até a janela. "Quanto custa isto aqui?"

"Nem se preocupe com isso."

"Eu nunca ia poder pagar um apartamento deste. Eu não sei se isso vai me fazer bem."

Era uma conversa razoável de se ter uma ou duas vezes. Mas eles tinham tido essa conversa umas cem vezes. Tinham passado por uma versão dela naquela manhã. A triste verdade era que qualquer lugar que Leonard pudesse bancar seria um lugar em que Madeleine se recusaria a morar.

"Querido", ela disse. "Não se preocupe com o aluguel. Pague o quanto você puder. Eu só quero ver a gente feliz."

"Eu estou dizendo que eu não sei se eu iria conseguir ficar feliz aqui."

"Se eu fosse o marido, a gente nem estaria falando deste assunto. Ia ser normal o marido pagar uma parte maior do aluguel."

"O fato de eu me sentir como a mulher, aqui, meio que é exatamente o problema."

"Por que você veio ver o apartamento, então?", Madeleine perguntou, frustrada. "O que é que você achava que a gente ia fazer? A gente não pode ficar morando pra sempre com os meus pais. Como é que *isso* te deixa, morar com os meus pais?"

Os ombros de Leonard caíram. "Eu sei", ele disse, soando legitimamente triste. "Você tem razão. Desculpa. Só que é duro pra mim. Você consegue entender como isso pode ser duro pra mim?"

Parecia melhor concordar com a cabeça.

Leonard ficou olhando pela janela pelo que pareceu ser meio minuto. Finalmente, respirando uma vez, ele falou: "Tá. Vamos ficar com ele".

Madeleine não perdeu tempo. Ela disse a Kelly que eles ficariam com o apartamento e se ofereceu para fazer um cheque no valor do depósito. Mas Kelly tinha uma ideia melhor. Ela sugeriu que eles assinassem o contrato de uma vez, o que lhes pouparia outra viagem à cidade. "Vocês podem ir tomar um café enquanto eu redijo o contrato. Vai levar uns quinze minutinhos."

O plano fazia sentido, e então os três pegaram o elevador para voltar para o saguão e seguiram mais uma vez para as ruas sufocantes.

Enquanto eles iam para a Broadway, Kelly apontava os serviços locais, as lavanderias, o chaveiro e o restaurantezinho da esquina, que tinha ar-condicionado.

"Vocês esperam aqui", Kelly disse, apontando para o restaurante. "Eu volto em quinze minutos. Meia horinha no máximo."

Madeleine e Leonard pegaram uma mesa que dava para a rua. O restaurante tinha murais helênicos e um cardápio de doze páginas. "Vai ser o nosso restaurante", Madeleine disse, olhando em volta satisfeita. "A gente pode vir aqui todo dia de manhã."

O garçom chegou para pegar o pedido deles.

"Vocês já sabem o que vão querer, pessoal?"

"Dois cafés, por favor", Madeleine pediu, sorrindo. "E o meu marido vai querer uma fatia de torta de maçã com uma fatia de cheddar em cima."

"Tá na mão", o garçom disse, afastando-se.

Madeleine esperava que Leonard fosse achar graça. Mas para sua surpresa os olhos dele se encheram de lágrimas.

"O que foi?"

Ele sacudiu a cabeça, sem olhar para ela. "Eu tinha esquecido isso", ele disse com uma voz rouca. "Parece que faz tanto tempo."

Lá fora, sombras se alongavam na calçada. Madeleine ficou olhando o trânsito na Broadway, tentando evitar uma sensação cada vez mais forte de desesperança. Ela não sabia mais como animar Leonard. Tudo que ela tentava dava na mesma. Ela tinha medo de que Leonard nunca mais fosse ficar feliz, que ele tivesse perdido a capacidade. Naquele exato momento, em que deviam estar empolgados com o apartamento novo, ou dando uma olhada na vizinhança, eles estavam sentados num sofazinho de vinil, um evitando os olhos do outro e sem abrir a boca. Pior ainda, Madeleine sabia que Leonard entendia aquela situação. O sofrimento dele era realçado pela consciência de que ele o estava impondo a ela. Mas ele não conseguia deter aquela sensação. Enquanto isso, do outro lado da janela de vidro laminado, o entardecer do verão se punha sobre a avenida. Homens chegavam do trabalho, gravata afrouxada, carregando o paletó. Madeleine tinha perdido a noção dos dias, mas pela cara relaxada das pessoas e o pessoal que se acumulava à porta do bar na outra esquina ela podia dizer que era noite de sexta. O sol ainda ficaria no alto por várias horas, mas a noite — e o fim de semana — estava oficialmente aberta.

O garçom trouxe a torta de maçã, com dois garfos. Mas nenhum deles comeu.

Depois de vinte minutos, Kelly voltou, com papéis na mão. Ela havia feito duas emendas ao contrato-padrão, uma que estipulava a necessidade de aprovação para sublocação, e outra que proibia animais de estimação. No alto da página, tinha datilografado o nome completo de Madeleine e Leonard, e preenchido as quantias referentes ao aluguel e ao depósito de caução. Sentando-se à mesa e servindo-se de torta, ela instruiu Madeleine a fazer os cheques para cobrir a caução e o primeiro mês de aluguel. Aí fez Madeleine e Leonard assinarem.

"Parabéns. Vocês são oficialmente nova-iorquinos. Agora a gente pode comemorar."

Madeleine quase tinha esquecido. "Leonard", ela disse. "Sabe o Dan Schneider? Ele vai dar uma festa hoje."

"Fica a coisa de três quadras daqui", Kelly falou.

Leonard olhava fixamente para a sua xícara de café. Madeleine não conseguia saber se ele estava vendo como se sentia (se automonitorando) ou se a cabeça dele tinha parado. "Eu não estou muito a fim de festa", ele disse.

Não era o que Madeleine queria ouvir. Ela queria comemorar. Ela tinha acabado de assinar o contrato de aluguel de um apartamento em Manhattan e não queria pegar o trem de volta a Nova Jersey. Ela deu uma olhada no relógio. "Ah. São só sete e quinze. Vamos só dar uma passadinha."

Leonard não disse que sim, mas não disse que não. Madeleine levantou para pagar a conta. Enquanto ela estava no caixa, Leonard saiu para acender um cigarro. Ele estava ficando mais ávido pelos cigarros. Chupava o filtro como se estivesse entupido e necessitasse de uma força extra. Quando ela saiu com Kelly, parecia que a nicotina já tinha amaciado Leonard, tanto que ele as acompanhou pela Broadway sem reclamar.

Ele ficou calado quando eles chegaram ao prédio de *Schneider*, bem na frente da estação de metrô da rua 79, e enquanto subiam de elevador até o sétimo andar. Mas, quando entraram no apartamento, Leonard repentinamente travou e agarrou o braço de Madeleine.

"O que foi?", Madeleine quis saber.

Ele olhava para a sala de estar, no outro extremo do corredor, que estava cheia de gente que falava alto para encobrir a música.

"Eu não vou dar conta", ele disse.

Kelly, pressentindo problemas em potencial, continuou direto em frente. Madeleine a viu se juntar ao nó de corpos com roupas exíguas.

"Como assim, não vai dar conta?"

"Muito quente aqui. Muita gente."

"Você quer ir embora?", ela disse, sem conseguir esconder a exasperação.

"Não", Leonard disse, "agora a gente já está aqui."

Ela pegou a mão dele e o levou para a festa, e, por um tempo, tudo correu razoavelmente bem. As pessoas vinham dizer oi e lhes dar parabéns pelo casamento. Leonard se provou capaz de manter uma conversa.

Dan Schneider, barbado e corpulento, mas de avental, se aproximou de Madeleine com um drinque na mão. "Olha só, eu ouvi dizer que a gente vai ser vizinho." Ainda era cedo, mas ele já estava falando embolado. Começou a contar sobre a vizinhança, onde comprar e onde comer. Enquanto ele descrevia seu restaurante favorito para pegar comida chinesa, Leonard se destacou do grupo, desaparecendo no que parecia ser um quarto.

Havia algo de erótico na atmosfera do apartamento quente. Todo mundo tinha começado a suar visivelmente. Algumas mulheres usavam blusas de alcinhas, sem sutiã, e Adam Vogel, sentado no sofá, esfregava um cubo de gelo no pescoço. Dan disse para Madeleine pegar uma bebida e sumiu.

Madeleine não foi atrás de Leonard no quarto. Ela estava a fim de não se preocupar com ele por alguns minutos. Em vez disso, ela foi se juntar a Kelly na mesa das bebidas, que estava coberta de garrafas de Jim Beam, biscoitos Oreo, copos e gelo. "Little Red Corvette" tocava no aparelho de som.

"Só tem Bourbon", Kelly disse.

"Qualquer coisa", Madeleine estendeu um copo. Ela pegou um Oreo e começou a mordiscar o biscoito.

Antes mesmo que ela se virasse, Pookie Ames caiu em cima dela, vinda da cozinha.

"Maddy! Você voltou! Como é que foi em Cape Cod?"

"Foi ótimo", ela mentiu.

"Não ficou meio lúgubre e depressivo no inverno?"

Pookie queria ver a aliança, mas mal olhou para ela quando Madeleine a mostrou. "Eu não consigo acreditar que você casou", ela disse. "É tão retrógrado."

"Eu sei!"

"Cadê o seu namorado? Quer dizer, marido?"

Era impossível dizer, pela cara de Pookie, o quanto ela sabia.

"Ele está aqui em algum lugar."

Outros amigos abriram caminho para falar com ela. Ela abraçava as pessoas e lhes dizia que estava de mudança para a cidade.

Pookie começou a contar uma história. "Aí eu estou lá de garçonete no Dojo, e ontem à noite um cliente me chama e fala: 'Acho que tem um rato na minha salsicha'. E eu dou uma olhada — e tem um rabinho saindo pela ponta. Assim, cozinharam o rato inteiro dentro da salsicha, tá?"

"Ah, não!"

"E uma das vantagens do emprego é que a gente pode comer de graça, então..."

"Que coisa mais nojenta!"

"Mas espera só. Depois disso, eu levei a salsicha de rato pro meu gerente. Porque eu não sabia o que fazer. E ele me fala: 'Diga pro cliente que a gente não vai cobrar'."

Madeleine estava começando a se divertir. O uísque era tão doce que parecia uma forma alcoólica de Coca-Cola. Era bom estar cercada de gente que ela conhecia. Isso lhe dava a sensação de que se mudar para Nova York tinha sido a decisão correta. O isolamento do Pilgrim Lake tinha sido parte do problema. Ela terminou o drinque e se serviu de mais um.

Quando estava se afastando do bar, ela percebeu um sujeito de aparência bem decente dando uma sacada nela do outro lado da sala. Ela andava se sentindo tão enfermeira e tão dessexualizada ultimamente que foi uma surpresa agradável. Ela devolveu o olhar por um momento antes de desviar os olhos dele.

Kelly apareceu e sussurrou: "Tudo bem?".

"O Leonard está no quarto."

"Pelo menos ele veio."

"Ele está me deixando louca." Imediatamente ela se sentiu culpada por ter dito isso, e pegou mais leve. "Ele só está muito cansado. Foi um amor ele ter vindo."

Kelly se aproximou de novo. "O Dan Schneider está querendo me dobrar com álcool."

"E daí?"

"Eu estou dobrável."

Pela meia hora seguinte Madeleine circulou pela festa, revendo pessoas. Ela ficou o tempo todo esperando Leonard reaparecer. Depois de mais quinze minutos, como ele não reapareceu, ela foi dar uma olhada.

O quarto estava cheio de mobília rústica e gravuras shakespearianas. Leonard, de pé perto da janela, conversava com um cara que estava de costas. Madeleine já tinha entrado quando percebeu que era Mitchell.

Provavelmente havia pessoas que seria mais constrangedor encontrar com Leonard, mas naquele momento Madeleine não conseguia pensar quem seriam elas. Mitchell tinha cortado o cabelo e estava ainda mais magro. Era difícil decidir o que era mais chocante: ele repentinamente estar ali, a aparência estranha dele, ou o fato de ele estar conversando com Leonard.

"Mitchell!", ela disse, tentando não parecer assustada. "O que foi que você fez com o cabelo?"

"Dei uma cortadinha", ele respondeu.

"Eu quase nem te reconheci. Quando foi que você voltou?"

"Faz três dias."

"Da Índia?"

Mas aí Leonard interferiu. "A gente estava no meio de uma conversa aqui", ele disse, irritado.

Madeleine trocou de apoio abruptamente, como quem toma um saque no contrapé. "Eu só vim ver se você já queria ir embora", ela falou baixinho.

"Eu *quero* sair. Mas primeiro eu quero terminar essa conversa."

Ela olhou para Mitchell como se ele pudesse ter algo contra. Mas ele também parecia ansioso para que ela saísse. E então ela deu um tchauzinho, tentando parecer alguém que está no comando da situação, e se retirou dali.

De volta à festa, ela tentou se divertir de novo. Mas estava preocupada demais. Ficou imaginando qual seria o assunto da conversa de Leonard e Mitchell. Estava com medo de que o assunto fosse ela. Ver Mitchell tinha despertado uma emoção que Madeleine não conseguia identificar direito. Era como se ela estivesse empolgada e arrependida ao mesmo tempo.

Depois de quinze minutos, Leonard finalmente saiu do quarto, dizendo que queria ir embora. Ele não olhou nos olhos dela. Quando ela disse que queria dizer tchau para Kelly, ele falou que ia esperar lá fora.

Madeleine estava agudamente consciente, enquanto procurava por Kelly e a agradecia de novo pela ajuda para achar um apartamento, de que Mitchell ainda estava na festa em algum lugar. Ela não queria conversar sozinha com ele, porque a vida dela já estava bem complicada sem mais essa. Ela não queria explicar a situação em que se encontrava ou encarar as recriminações de Mitchell ou sentir o que conversar com ele podia acabar fazendo ela sentir. Mas quando estava prestes a sair cla o viu e se deteve, e ele veio até ela.

"Acho que eu tenho que te dar parabéns", ele disse.

"Obrigada."

"Foi meio repentino. Seu casamento."

"Foi."

"Acho que isso te põe no Estágio Um."

"Acho que põe."

Mitchell estava usando sandálias de dedo e calças jeans com a barra enrolada. Os pés dele eram muito brancos. "Você recebeu a minha carta?", ele perguntou.

"Que carta?"

"Eu te mandei uma carta. Da Índia. Pelo menos acho que mandei. Eu estava meio chapado na hora. Você não recebeu mesmo?"

"Não. Dizia o quê?"

Ele olhou para ela como se não estivesse acreditando. Isso a deixou incomodada.

"Acho que não faz mais diferença agora", ele disse.

Madeleine olhou para a porta. "Eu tenho que ir", ela falou. "Você está ficando onde?"

"No sofá do Schneider."

Eles ficaram parados sorrindo um para o outro por um longo momento, e aí de repente Madeleine estendeu o braço e esfregou a cabeça de Mitchell. "O que você foi fazer com os cachinhos!", ela resmungou. Mitchell ficou de cabeça baixa enquanto ela passava a mão pelas cerdas do seu couro cabeludo. Quando ela parou, ele levantou o rosto. Com o cabelo raspado, os olhos dele pareciam ainda mais implorantes.

"Você vai passar por Nova York de novo?", ele perguntou.

"Não sei. Pode ser." Ela deu mais uma olhada para a porta. "Se eu passar, eu te ligo. De repente a gente podia almoçar juntos."

Não havia mais nada a fazer a não ser lhe dar um abraço. Enquanto o abraçava, Madeleine ficou espantada com o cheiro acre de Mitchell. Parecia quase íntimo demais respirar aquilo.

Leonard estava fumando no corredor quando ela saiu. Ele procurou onde jogar a bituca mas, sem achar um lugar, levou-a para o elevador. Enquanto a cabine descia, Madeleine se apoiou no ombro dele. Ela estava se sentindo meio bêbada. "Foi bacana", ela disse. "Você se divertiu?"

Leonard jogou a bituca no chão, esmagando-a com o sapato.

"Isso é um não?"

A porta abriu e Leonard passou pelo saguão sem dizer uma só palavra. Madeleine o seguiu até a calçada, onde finalmente disse: "O que é que você tem?".

Leonard a encarou. "O que é que eu tenho? O que é que você acha? Eu estou *deprimido*, Madeleine. Eu estou sofrendo de *depressão*."

"Eu sei disso."

"Sabe mesmo? Eu não sei, não. Senão você não ia dizer umas coisas idiotas que nem essa."

"Eu só perguntei se você tinha se divertido! Pelo amor de Deus!"

"Deixa eu te dizer o que acontece quando uma pessoa está clinicamente deprimida", Leonard começou com o seu irritante jeito doutoral. "O que acontece é que o cérebro manda um sinal de que está morrendo. O cérebro deprimido manda esse sinal, e o corpo recebe, e depois de um tempo o corpo também acha que está morrendo. E aí o *corpo* começa a parar de funcionar. É por isso que a depressão *dói*, Madeleine. É por isso que é um sofrimento *físico*. O cérebro acha que está morrendo, e aí o corpo acha que está morrendo, e aí o cérebro registra isso, e eles ficam trocando esses sinais e se retroalimentando." Leonard se inclinou para ela. "É isso que está acontecendo dentro de mim neste exato momento. É o que está acontecendo comigo a cada minuto de cada dia. E é por isso que eu não respondo quando você me pergunta se eu me diverti na festa."

Ele estava sendo hiperarticulado, mas o cérebro dele estava morrendo. Madeleine tentou assimilar o que Leonard dizia. Ela sentia o calor do uísque e da cidade. Agora que estavam no térreo, de volta à Broadway, ela estava descontente por ir para casa. Por mais de um ano ela cuidara de Leonard, torcendo para ele ficar bom, e agora ele estava pior do que nunca. Saindo de uma festa em que todas as outras pessoas pareciam felizes e saudáveis, ela achava a situação monstruosamente injusta.

"Será que não dá pra você simplesmente ficar uma hora numa festa sem isso parecer uma tortura?"

"Não, Madeleine, não dá. O problema é esse."

Uma onda de pessoas subia pela boca do metrô. Madeleine e Leonard tiveram que sair de lado para que elas pudessem passar.

"Eu entendo que você está deprimido, Leonard. Mas você está tomando remédios pra isso. As outras pessoas tomam remédio e ficam bem."

"Então você está dizendo que eu sou errado até pra ser maníaco-depressivo."

"Eu estou dizendo que quase parece que você às vezes *gosta* de ser deprimido. Como se você não fosse receber tanta atenção se não fosse deprimido. Eu estou dizendo que, só porque você está deprimido, isso não significa que você pode gritar comigo porque eu te perguntei se você se divertiu!"

De repente o rosto de Leonard ficou com uma expressão estranha, como se ele estivesse se divertindo de um jeito macabro. "Se eu e você fôssemos células de levedura, sabe o que a gente ia fazer?"

"Eu não quero saber de levedura!", Madeleine disse. "Eu estou cansada de levedura."

"Se ela tiver escolha, o estado ideal da célula de levedura é ser diploide. Mas se estiver num ambiente com falta de nutrientes, sabe o que acontece?"

"Eu não dou a mínima!"

"A diploide se divide de novo em haploides. Umas haploidezinhas solitárias. Porque, numa crise, é mais fácil sobreviver como célula isolada."

Madeleine sentiu os olhos enchendo de lágrimas. O calor do uísque não era mais cálido, mas sim uma queimação no peito dela. Ela tentou piscar para evitar as lágrimas, mas uma gota lhe correu pelo rosto. Ela jogou a lágrima para longe com o dedo. "Por que você está fazendo isso?", ela gritou. "Você quer que a gente termine? É isso que você quer?"

"Eu não quero acabar com a sua vida", Leonard disse com uma voz mais delicada.

"Você não está acabando com a minha vida."

"As drogas só deixam tudo mais lento. Mas o fim é inevitável. A questão é: como desligar essa coisa de uma vez?" Ele estava batendo com a ponta do indicador na cabeça. "Isso está me rasgando em dois, e eu não consigo desligar. Madeleine, escuta. *Escuta*. Eu não vou ficar bem."

Estranhamente, dizer isso pareceu deixá-lo satisfeito, como se estivesse feliz por deixar a situação bem clara.

Mas Madeleine insistia. "Vai, sim! Você só acha isso agora porque você *está* deprimido. Mas não é isso que o médico diz."

Ela estendeu os braços e abraçou o pescoço dele. Ela estava tão feliz há pouco, sentindo que a vida deles finalmente dava uma virada. Mas agora tudo parecia uma piada de mau gosto, o apartamento, Columbia, tudo. Eles ficaram na entrada do metrô, um daqueles casais que choram abraçados em Nova York, ignorados por todos que passavam, ganhando perfeita privacidade no meio de uma cidade fervilhante numa noite quente de verão. Madeleine não disse mais nada porque não sabia o que dizer. Até "eu te amo" parecia inadequado. Ela tinha dito isso para Leonard tantas vezes em situações como essa, que tinha medo de que a frase estivesse perdendo a força.

Mas ela devia ter dito mesmo assim. Devia ter mantido os braços em volta do pescoço de Leonard e se recusado a soltar, porque, assim que ela parou de abraçá-lo, com súbita convicção, Leonard deu as costas e saiu correndo pela escadaria do metrô. A princípio Madeleine ficou surpresa demais para reagir. Mas aí ela correu atrás dele. Quando chegou ao pé da escada, ela não o viu. Ela passou pela bilheteria e foi até a outra saída. Pensou que Leonard tinha voltado a subir para a rua, até que o viu do outro lado das catracas, andando na direção dos trilhos. Enquanto revirava a carteira em busca de moedas para comprar um bilhete, ela sentiu o estrondo de um trem que chegava. O vento se movia pelo túnel, erguendo coisinhas jogadas pelo chão. Percebendo que Leonard devia ter pulado a catraca, Madeleine decidiu fazer como ele. Ela correu e saltou a barreira. Dois adolescentes próximos riram, ao vê-la fazer isso, uma mulher com jeito de ser do Upper East Side, de vestido. As luzes do trem apareceram no túnel. Leonard tinha chegado à beira da plataforma. O trem entrava rugindo na estação e Madeleine, correndo, pôde ver que ia chegar tarde.

E aí o trem diminuiu a velocidade e parou. Leonard ainda estava lá, esperando o trem.

Madeleine chegou até ele. Ela o chamou pelo nome.

Leonard se virou e olhou para ela, com os olhos vazios. Ele estendeu os braços e pôs as mãos com ternura nos ombros dela. Com uma voz suave tocada por piedade, por tristeza, Leonard disse: "Eu me divorcio de ti, eu me divorcio de ti, eu me divorcio de ti".

E aí ele a empurrou para trás, não sem certa força, e entrou no trem antes de as portas fecharem. Ele não se virou para olhar para ela pela janela. O trem começou a andar, primeiro devagar o bastante para parecer que Madeleine conseguiria fazê-lo parar com a mão — fazer tudo parar, o que Leonard tinha acabado de dizer, o empurrão, e a falta de resistência dela, a sua colaboração —, mas logo a velocidade já era maior que a sua capacidade de deter o trem ou de mentir para si própria; e agora o lixo pelo chão da estação rodopiava e as rodas do trem gritavam e as luzes dentro do vagão piscavam e piscavam, como as luzes de um candelabro quebrado, ou as células de um cérebro moribundo, enquanto o trem sumia na escuridão.

O KIT DE SOBREVIVÊNCIA DA JOVEM SOLTEIRA

Havia muitas coisas a admirar sobre os quakers. Eles não tinham uma hierarquia clerical. Não recitavam um credo, não toleravam sermões. Eles tinham estabelecido a igualdade entre os sexos nas suas Reuniões já no século XVII. Praticamente todo movimento social americano que você pudesse lembrar havia sido apoiado e muitas vezes liderado pelos quakers, da abolição da escravidão, passando pelos direitos da mulher, a luta contra o álcool (tá, uma bola fora), os direitos civis, e chegando ao ambientalismo. A Sociedade dos Amigos se reunia em lugares simples. Eles ficavam sentados em silêncio, esperando a Luz. Eles estavam na América mas não eram da América. Eles se recusavam a lutar as guerras da América. Quando o governo americano deteve cidadãos japoneses em campos de prisioneiros durante a Segunda Guerra Mundial, os quacres formaram uma vigorosa oposição ao procedimento, e apareceram para dar adeus quando as famílias de japoneses foram embarcadas nos trens. Os quacres tinham um ditado: "A verdade, de qualquer fonte". Eles eram ecumênicos e tolerantes, permitindo que agnósticos e até ateus participassem das suas Reuniões Anuais. Foi esse espírito de inclusão, sem dúvida, que levou o pequeno grupo presente na Casa de Reuniões dos Amigos, em Prettybrook, a acolher Mitchell quando ele começou a aparecer nas manhãs quentes de verão do mês de julho.

A Casa de Reuniões ficava no fim de uma trilha de pedrisco logo depois do Campo de Batalha de Prettybrook. Estrutura simples de pedras sem argamassa, com uma varanda de madeira branca e uma só chaminé, o prédio não tinha mudado desde a data da sua construção — 1753, segundo a placa de bronze —, a não ser pelo acréscimo da luz elétrica e de um sistema de calefação. O quadro de avisos na frente tinha uma filipeta de uma marcha antinuclear, uma petição para intervir junto ao governo em favor de Mumia Abu-Jamal, condenado por assassinato no ano anterior, e vários panfletos sobre o mundo quacre. O interior, coberto por painéis de carvalho, estava cheio de bancos de madeira dispostos em direções opostas, de modo que os presentes ficavam uns de frente para os outros. A luz entrava por lucarnas que se projetavam de um teto de uma marcenaria irretocável, curvo, de tábuas cinzentas.

Mitchell gostava de sentar nos últimos bancos, atrás de uma coluna. Ali se sentia menos em evidência. Dependendo da Reunião (havia duas Reuniões de Primeiro Dia, uma às sete da manhã e a outra às onze), qualquer coisa entre três ou quatro e três dúzias de Amigos estariam no cômodo aconchegante, que lembrava um chalé nas montanhas. Na maior parte do tempo, o único som era o zumbido distante da Route 1. Podia se passar uma hora inteira sem ninguém abrir a boca. Em outros dias, em reação a necessidades interiores, as pessoas falavam. Numa manhã, Clyde Pettengill, que usava bengala, levantou para lamentar o recente acidente na usina nuclear de Embalse, na Argentina, onde houvera *perda total do agente de resfriamento*. A sua esposa, Mildred, sentiu-se compelida a falar depois dele. Sem se levantar, como o seu marido fizera, mas permanecendo sentada de olhos fechados, ela falou numa voz clara, com o seu lindo rosto de velhinha erguido em sorridente reminiscência. "Talvez seja por ser verão, não sei, mas hoje eu estou lembrando de quando eu era menininha e ia às Reuniões. O verão sempre pareceu a época mais difícil para ficar sentada quietinha. Então a minha avó desenvolveu uma estratégia. Antes de a Reunião começar, ela tirava um caramelo da bolsa. Ela dava um jeito de eu ver o doce. Mas aí ela não me dava. Ficava segurando na mão. E se eu fosse boazinha e me comportasse como uma mocinha educada, a minha avó me dava o doce depois de uns quarenta e cinco minutos. Agora eu estou com oitenta e dois anos, quase oitenta e três, e sabem o quê? Eu me sinto exatamente do mesmo jeito daquele tempo. Eu ainda estou esperando que ponham aquele caramelo na minha mão. Não é mais o doce que eu estou esperando. É só um dia de verão que nem hoje, com o sol parecendo um grande caramelo lá no céu. Estou vendo que fiquei poética agora. Isso quer dizer que é melhor eu parar."

Quanto a Mitchell, ele nunca abria a boca nas Reuniões. O Espírito não o levava a falar. Ele ficava sentado no banco, aproveitando a calma da manhã e o cheiro bolorento da Casa de Reuniões. Mas sentia que tinha direito a ter uma iluminação.

A vergonha que sentia por ter fugido do Kalighat não havia desaparecido, mesmo com a passagem de seis meses. Depois de sair de Calcutá, Mitchell viajara pelo país sem um plano definido, como um fugitivo. Em Benares, ele tinha ficado no Albergue do Iogue, indo até os *ghats* funerais toda manhã para ver os corpos serem cremados. Pagou um barqueiro para levá-lo pelo Ganges. Depois de cinco dias, pegou um trem para voltar a Calcutá, seguindo rumo sul. Foi a Madras, ao antigo entreposto francês de Pondicherry (lar de Sri Aurobindo), e a Madurai. Passou só uma noite em Trivandrum, no extremo sul da costa malabar, e aí começou a subir o litoral oeste. Em Kerala, os índices de alfabetização dispararam e Mitchell fazia as suas refeições usando folhas das florestas em vez de pratos. Ele se manteve em contato com Larry, escrevendo para a AmEx de Atenas e, no meio de fevereiro, eles se reencontraram em Goa.

Em vez de voar até Calcutá, como o seu bilhete originalmente estipulava, Larry trocou seu destino para Bombaim e foi a Goa de ônibus. Eles tinham combinado de se encontrar na estação rodoviária ao meio-dia, mas o ônibus de Larry atrasou. Mitchell entrou e saiu três vezes, examinando os passageiros que desembarcavam de diferentes ônibus multicoloridos antes de Larry finalmente descer de um deles lá pelas quatro da tarde. Mitchell estava tão feliz por vê-lo que não conseguia parar de sorrir e dar tapinhas nas costas de Larry.

"Meu garoto!", ele dizia. "Você conseguiu!"

"O que foi que aconteceu, Mitchell?", Larry perguntou. "Ficou com a cabeça entalada num cortador de grama?"

Eles passaram a semana seguinte numa cabana alugada na praia. A cabana tinha teto de palha e um piso de concreto desagradavelmente utilitário. As outras cabanas estavam cheias de europeus, que na sua maioria andavam por ali sem roupa. Na encosta do morro, coberta de terraços, homens goenses se aglomeravam entre as palmeiras para ficar secando as ocidentais impudicas lá embaixo. Quanto a Mitchell, ele se sentia translucidamente branco demais para se expor e ficava na sombra, mas Larry corria o risco das queimaduras, passando uma boa parte da cada dia na praia com a sua echarpe de seda enrolada na cabeça.

Durante os dias serenos, tomados pelo Zéfiro, e as noites frescas, eles trocavam histórias sobre o tempo que passaram separados. Larry ficou impressionado com a experiência de Mitchell no Kalighat. Ele não parecia achar que três semanas de trabalho voluntário não tivessem relevância.

"Eu acho genial você ter feito isso", ele disse. "Você trabalhou para Madre Teresa! Não que eu fosse querer fazer um negócio desses. Mas você, Mitchell, é bem a sua cara."

As coisas com Iannis não tinham dado muito certo. Quase que imediatamente ele começara a perguntar quanto dinheiro a família de Larry possuía. Ao saber que o pai de Larry era advogado, Iannis perguntou se ele poderia ajudá-lo a conseguir um visto de permanência. Ele agia de forma possessiva ou distante, dependendo das circunstâncias. Se eles iam a um bar gay, Iannis ficava insanamente enciumado se Larry mal olhasse para outro cara. No resto do tempo não deixava Larry encostar nele com medo de que as pessoas pudessem saber do segredo deles. Ele começou a chamar Larry de "bicha", agindo como se ele, Iannis, fosse hétero e só estivesse experimentando. Isso ficou cansativo, assim como ficou cansativo matar tempo em Atenas por dias e dias enquanto Iannis voltava para casa, no Peloponeso. E assim finalmente Larry foi até a agência de viagens e trocou a data da passagem.

Era consolador saber que os relacionamentos homossexuais eram tão ferrados quanto os heterossexuais, mas Mitchell não teceu comentários. Durante os três meses seguintes, enquanto eles viajavam pelo subcontinente, Iannis nunca mais foi mencionado. Eles visitaram Mysore, Cochin, Mahabalipuram, sem ficar mais do que uma ou duas noites em cada lugar, voltando rumo norte, chegando a Agra em março e seguindo para Varanasi (eles às vezes usavam os nomes híndis agora) e de volta a Calcutá para se encontrarem com o professor Hughes e começar o trabalho de assistentes de pesquisa. Com Hughes eles acabaram em vilarejos distantes, sem encanamento. Eles defecavam lado a lado, agachados em campos abertos. Tiveram aventuras, viram homens santos caminharem sobre brasas quentes, filmaram entrevistas com grandes coreógrafos da dança de máscaras indiana e conheceram um legítimo marajá, que tinha palácio mas não tinha dinheiro e usava um guarda-chuvinha esfarrapado como guarda-sol. Em abril o tempo já estava ficando quente. As monções ainda iam demorar alguns meses, mas Mitchell já sentia o clima se tornar desagradável. No fim de maio, oprimido pelo aumento das temperaturas e pela sensação de falta de rumo, ele decidiu que era hora de ir para casa. Larry queria ver o Nepal, e ficou mais umas semanas.

De Calcutá, Mitchell voltou de avião a Paris, passando uns dias num hotel decente e se servindo do seu cartão de crédito pela última vez. (Ele não conseguiria justificar esse uso quando voltasse aos Estados Unidos.) Bem quando começava a se acostumar com o fuso horário europeu, pegou um voo para o aeroporto JFK. E assim ele estava sozinho, em Nova York, quando soube que Madeleine se casara com Leonard Bankhead.

A estratégia de Mitchell, de esperar que a recessão passasse, não tinha funcionado. A taxa de desemprego estava em pouco mais de dez por cento no mês em que ele voltou. Da janela do ônibus que o levava a Manhattan, Mitchell via lojas fechadas, com as vitrines cobertas de sabão. Havia mais gente morando nas ruas, além de um novo termo para elas: sem-teto. A carteira dele continha duzentos e setenta dólares em cheques de viagem e uma nota de vinte rúpias que havia guardado como suvenir. Sem querer bancar um hotel em Nova York, ele tinha ligado da Grand Central para Dan Schneider, perguntando se podia dormir na casa dele uns dias, e Schneider disse que sim.

Mitchell pegou o ônibus até a Times Square, daí pulou para o trem 1 na rua 79. Schneider atendeu o interfone e estava na porta quando Mitchell chegou ao andar dele. Eles trocaram um abraço ligeiro e Schneider disse: "Porra, Grammaticus. Você está meio vencido, aí".

Mitchell confessou que tinha parado de usar desodorante na Índia.

"Tá bom, mas isso aqui não é a Índia", Schneider sentenciou. "E é verão. Vai comprar um perfuminho, cara."

Schneider só usava preto, para combinar com a barba e as botas de caubói. O apartamento dele era impecável, com estantes embutidas e uma coleção de cerâmicas iridescentes feitas por um artista que ele "colecionava". Ele tinha um emprego bacana de redator de projetos no Manhattan Theatre Club e gostava de pagar bebidas para Mitchell no Dublin House, o bar que ficava perto do prédio. Enquanto tomavam canecas de Guinness, Schneider deixou Mitchell a par de todas as fofocas de Brown que ele tinha perdido enquanto esteve na Índia. Lollie Ames tinha se mudado para Roma e estava namorando um cara de quarenta anos. Tony Perotti, o anarquista do campus, tinha virado bundão e entrado na faculdade de direito. Thurston Meems tinha feito uma fita com sua música pseudo-naïf em que ele mesmo se acompanhava num tecladinho Casio. Tudo isso estava bem engraçado, até Schneider subitamente disparar: "Ah, merda! Eu esqueci. A sua menina, a Madeleine, casou! Desculpa, cara".

Mitchell não esboçou reação nenhuma. A notícia era tão devastadora que o único jeito de ele sobreviver era fingir que não estava surpreso. "Eu sabia que isso ia acontecer", ele disse.

"É, fazer o quê? Sorte do Bankhead. Ela é gostosa. Mas não sei o que ela vê naquele cara. Ele parece o Tropeço." Schneider continuou reclamando de Bankhead, e de caras como o Bankhead, caras altos com bastante cabelo, enquanto Mitchell sugava a espuma amarga de cima da cerveja.

Essa inércia simulada valeu pelos próximos minutos. E como tinha funcionado tão bem, Mitchell se manteve assim no dia seguinte, até que o preço a pagar por toda essa emoção não assimilada o acordou, às quatro da manhã, com a força de uma facada. Ele estava deitado no sofazinho elegantemente gasto de Schneider, olhos estalados. Três alarmes de carro tocavam, cada um deles aparentemente centrado no peito de Mitchell.

Os dias que se seguiram estiveram entre os mais dolorosos da vida de Mitchell. Ele andava à toa pelas ruas que pareciam um forno, suando, lutando contra uma necessidade premente e infantil de berrar. Parecia que uma bota enorme tinha descido do céu para esmigalhá-lo com o calcanhar como se ele fosse uma das bitucas de cigarro na calçada. Ele ficava pensando: "Perdi. Morri. Ele me matou". Era quase um prazer se denegrir dessa maneira, então ele continuava. "Eu sou um merda. Eu nunca tive chance. É ridículo. Olha a minha cara. Só olha. Feio, careca, louco, carola, imbecil, UM MERDA!"

Ele se desprezava. Decidiu que a sua crença de que Madeleine se casaria com ele nascia da mesma credulidade que o levara a pensar que poderia levar uma vida santa, cuidando dos doentes e moribundos em Calcutá. Era a mesma credulidade que o fazia recitar a Oração de Jesus, e a usar um crucifixo, e a pensar que podia evitar que Madeleine se casasse com Bankhead enviando-lhe uma carta. Esse lado sonhador, avoado — essa estupidez inteligente —, era responsável por tudo que havia nele de imbecil, por sua fantasia de se casar com Madeleine e pelas autorrenúncias que ele acumulava para o caso de a fantasia não se realizar.

Duas noites depois, Schneider deu uma festa, e tudo mudou. Mitchell, que não se sentia muito festivo, tinha saído enquanto a festa rolava. Depois de dar cinco ou seis voltas na quadra, ele voltou para a casa de Schneider só para ver o apartamento ainda mais cheio. Ao se esconder no quarto, com a intenção de ficar se lamentando sozinho, ficou face a face com sua nêmesis, Bankhead, que estava sentado na cama, fumando. Para surpresa ainda maior de Mitchell, Bankhead e ele tinham entrado numa discussão séria. Mitchell tinha consciência, claro, de que o fato de Bankhead estar na festa significava que Madeleine também devia estar lá. Um dos motivos que o motivavam a falar com Bankhead era que ele estava morrendo de medo de sair do quarto e topar com ela. Mas aí Madeleine apareceu por conta própria. Primeiro, Mitchell tentou fingir que não tinha percebido, mas finalmente se virou — e foi como era sempre. A mera presença física de Madeleine atingiu Mitchell com toda a sua força abaladora. Ele se sentiu como o carinha no comercial das fitas Maxell, com o cabelo todo soprado para trás, mesmo que não tivesse mais cabelo. As coisas foram rápidas dali em diante. Bankhead expulsou Madeleine dali, por alguma razão. Um pouco depois, ele foi embora da festa. Mitchell conseguiu falar com Madeleine antes de ela sair também. Mas vinte e cinco minutos depois ela voltou, nitidamente transtornada, procurando por Kelly. Mas ao ver Mitchell ela foi direto até ele, apertou o rosto contra o seu peito, e começou a tremer.

Ele e Kelly levaram Madeleine para o quarto e fecharam a porta. Enquanto a festa corria solta lá fora, Madeleine lhes contou o que tinha acontecido. Mais tarde, quando Madeleine já havia ficado mais calma, ela ligou para os pais. Juntos, eles decidiram que a melhor coisa a fazer era Madeleine voltar de táxi para Prettybrook. Como ela não queria ficar sozinha, Mitchell se ofereceu para ir com ela.

Ele estava na casa dos Hanna desde então, fazia quase um mês. Eles tinham posto Mitchell no quarto do sótão em que havia passado o feriado de Ação de Graças do segundo ano. O quarto tinha ar-condicionado, mas

Mitchell tinha ficado terceiro-mundista e preferia deixar as janelas abertas de noite. Ele gostava de sentir o cheiro dos pinheiros e de ser acordado pelos pássaros de manhã. Acordava cedo, antes de todo mundo na casa, e muitas vezes dava longos passeios antes de voltar para tomar café com Madeleine lá pelas nove.

Foi num desses passeios que Mitchell descobriu a Casa de Reuniões dos Amigos. Ele tinha parado no campo de batalha para ler o marco histórico ao lado da única árvore sobrevivente. Na metade do texto, Mitchell se deu conta de que o Carvalho Liberdade que o marcador celebrava tinha morrido de ferrugem anos atrás, e que a árvore que agora crescia ali era uma mera substituta, uma variedade mais resistente a infestações por insetos, mas menos imponente e menos bonita. O que já era uma aula de história. Aplicável a tantas coisas nos Estados Unidos. Ele começou a caminhar de novo, seguindo finalmente a trilha de pedrisco que levava para o estacionamento cercado por árvores do complexo quacre.

Vários carros econômicos — dois Hondas, dois Golfs e um Fiesta — estavam apontados para o muro do cemitério. Além da primitiva Casa de Reuniões, que ficava perto do bosque, havia ainda um parquinho mal-ajambrado e um prédio comprido, com muitas alas, paredes de alumínio e teto de asfalto, que abrigava a pré-escola, o escritório e a recepção. Os adesivos nos para-choques dos carros tinham o Planeta Terra ao lado do slogan SALVE A NOSSA MÃE, ou simplesmente PAZ. Os Amigos de Prettybrook tinham lá a sua cota de membros ripongas de sandalinha franciscana, mas, à medida que ia conhecendo melhor o grupo durante aquele verão, Mitchell via que o estereótipo ia só até um certo ponto. Havia quacres mais velhos, como os Pettengills, que tinham modos formais e eram dados a roupas simples. Havia um sujeito de barba grisalha e suspensórios que parecia Burl Ives. Joe Yamamoto, um engenheiro químico que era professor na Rutgers, e a sua esposa, June, eram presenças constantes na reunião das onze. Claire Ruth, uma gerente de banco na cidade, tinha frequentado escolas quacres; a filha dela, Nell, trabalhava com crianças com deficiência na Filadélfia. Bob e Eustacia Tavern eram aposentados — Bob era astrônomo amador, Eustacia, uma ex-professora de escola primária que agora redigia cartas inflamadas para o *Prettybrook Packet* e *The Trentonian* sobre contaminação por pesticida no sistema de abastecimento de água da região de Delaware. Normalmente havia também alguns visitantes, budistas americanos que estavam na cidade para alguma conferência, ou algum seminarista.

Até Voltaire aprovava os quacres. Goethe se considerava um admirador deles. Emerson disse: "Eu sou mais quacre que qualquer outra coisa. Acredito na voz calma, pequena". Sentado no banco de trás, Mitchell tentava fazer a mesma coisa. Mas era difícil. A sua cabeça estava tomada por sonhos e devaneios. O motivo de ele ainda não ter ido embora de Prettybrook era que Madeleine não queria que ele fosse. Ela lhe disse que se sentia melhor quando ele estava por perto. Ela erguia os olhos para ele, enrugando lindamente a testa, e dizia: "Não vá embora. Você tem que me salvar dos meus pais". Eles passavam quase todos os minutos do dia juntos, todo dia. Ficavam sentados no deque, lendo, ou iam a pé até a cidade para tomar café ou um sorvete. Com Bankhead fora da história e Mitchell pelo menos fisicamente no lugar dele, a sua credulidade crônica começou a se acender. No silêncio da Reunião Quacre, Mitchell ficava pensando, por exemplo, se Madeleine ter se casado com Bankhead podia fazer parte do grande plano geral, um plano que era mais complexo do que ele originalmente tinha imaginado. Talvez ele tivesse chegado bem na hora em Nova York.

Toda semana, quando os mais velhos trocavam apertos de mão, declarando que a Reunião chegara ao fim, Mitchell abria os olhos para perceber que não tinha acalmado a mente nem fora levado a falar. Ele ia até a mesa de piquenique lá fora, onde Claire Ruth preparava sucos e frutas e, depois de conversar um pouquinho, seguia de volta para o meio do drama que se desenrolava na casa dos Hanna.

Nos primeiros dias depois do desaparecimento de Leonard, eles tinham ficado concentrados em achá-lo. Alton entrou em contato com a polícia de Nova York e com a polícia do estado de Nova York, apenas para ouvir nas duas vezes que um marido abandonar a esposa era considerado uma questão pessoal e não preenchia os requisitos para uma investigação por desaparecimento. Depois, Alton tinha ligado para o dr. Wilkins, no Penn. Quando perguntou ao psiquiatra se ele tinha visto Leonard, Wilkins citou a confidencialidade do paciente e declinou de responder. Isso enfureceu Alton, que não só tinha encaminhado Leonard para Wilkins, para começo de conversa, mas também pagava o tratamento dele. Mesmo assim, o silêncio de Wilkins a respeito indicava que Leonard estava em contato com ele e possivelmente ainda estava na região. Também sugeria que Leonard estava tomando os remédios.

Mitchell então começou a ligar para todo mundo que conhecia em Nova York para ver se alguém tinha visto ou conversado com Bankhead. Em dois dias ele chegou a três pessoas diferentes — Jesse Kornblum, Mary Stiles e Beth Tolliver — que diziam que sim. Mary Stiles contou que Bankhead estava na região do Dumbo, no apartamento de uma pessoa indeterminada. Bankhead havia ligado para Jesse Kornblum no trabalho com tanta frequência que finalmente ela parou de aceitar as ligações. Beth Tolliver tinha encontrado Bankhead num restaurantezinho de Brooklyn Heights e disse que ele parecia triste pelo fim do casamento. "Eu fiquei com a impressão de que era a Maddy que tinha largado *dele*", ela disse. Foi assim que as coisas ficaram por mais de uma semana, até que Phyllida pensou em ligar para a mãe de Bankhead, em Portland, e soube de Rita que Leonard estava em Oregon havia dois dias.

Phyllida descreveu a ligação como uma das mais estranhas da sua vida. Rita agia como se a questão fosse desimportante, como uma briguinha de namorados de escola. A opinião dela era que Leonard e Madeleine tinham cometido um erro bobo e que Rita e Phyllida, como mães, deviam ter visto onde aquilo ia dar desde o começo. Phyllida teria ficado ofendida com essa opinião se não estivesse tão óbvio que Rita havia bebido. Phyllida ficou na linha o suficiente para estabelecer que, depois de passar duas noites com a mãe, Leonard tinha ido para uma cabana na floresta com um velho amigo de escola, Godfrey, onde eles planejavam passar o verão.

Nesse momento Phyllida perdeu a compostura. "Senhora Bankhead", ela disse, "ora, eu, eu — eu simplesmente não sei o que dizer! Madeleine e Leonard ainda estão casados. Leonard é o marido da minha filha, o *meu* genro, e agora a senhora me diz que ele foi morar na floresta!"

"Você me perguntou onde ele estava. Eu falei."

"Será que não tinha lhe ocorrido que a Madeleine podia querer saber disso? Será que não lhe ocorreu que nós podíamos estar preocupados com Leonard?"

"Ele foi embora ontem."

"E quando é que a senhora ia nos informar isso?"

"Eu não sei se eu estou gostando do seu tom de voz."

"O meu tom de voz é irrelevante. O que é relevante é que Leonard disse para Madeleine que quer se divorciar, depois de dois meses de casados. Agora, o que o pai da Madeleine e eu estamos tentando estabelecer é se o Leonard está levando isso a sério, se está em sã consciência, ou se é mais um aspecto da doença dele."

"Que doença?"

"A psicose maníaco-depressiva!"

Rita riu lentamente, com gordos gorgolejos na garganta. "O Leonard sempre foi teatral. Ele devia ter sido ator."

"A senhora tem o telefone do Leonard?"

"Eu acho que não tem telefone naquela cabana. É um lugarzinho bem rústico."

"A senhora acha que vai ter notícias do Leonard em breve?"

"É difícil dizer, com ele. Eu não fiquei sabendo muita coisa dele do dia do casamento até ele me aparecer de repente aqui em casa."

"Bom, se a senhora ficar sabendo de alguma coisa, por favor, peça para ele ligar para a Madeleine, que ainda é a esposa dele diante da lei. Essa situação tem de ser esclarecida de um jeito ou de outro."

"Nisso eu concordo com você", Rita disse.

Depois de saberem que Bankhead não estava em perigo imediato, e especialmente que ele tinha metido um continente inteiro entre si e a sua mulher e sogros, Alton e Phyllida passaram a adotar um enfoque diferente. Mitchell os via conversando na casa de chá, como se não quisessem que Madeleine ouvisse. Uma vez, na volta de um passeio matinal, ele surpreendeu os dois sentados no carro, na garagem. Não ouviu o que diziam, mas supôs. Então uma noite, quando todos tinham ido para o deque para um drinque depois do jantar, Alton tocou no assunto que estava na cabeça de todos.

Era pouco depois das nove, com o crepúsculo virando noite. A bomba da piscina estava se esforçando por trás da sua cerca, acrescentando um som de jorro ao zumbido onidirecional dos grilos. Alton tinha aberto uma garrafa de Eiswein. Assim que terminou de encher todos os copos, ele se sentou ao lado de Phyllida na espreguiçadeira de vime e disse: "Eu gostaria de convocar uma reunião geral da família".

O dinamarquês velho dos vizinhos, ouvindo atividade, latiu três vezes em cumprimento do dever, e aí começou a fuçar junto da base da cerca. O ar estava pesado de cheiros de jardim, florais e herbais.

"O assunto que eu gostaria de apresentar à plenária é a situação com Leonard. À luz da conversa da Phyl com a senhora Bankhead..."

"A pirada", Phyllida disse.

"Eu acho que é hora de reavaliar os nossos caminhos daqui em diante."

"Você quer dizer o meu caminho", Madeleine intercedeu.

Na outra ponta do quintal a piscina soluçou. Um pássaro precipitou-se de um ramo num rasante, só um pouco mais negro que o céu.

"A sua mãe e eu estamos pensando se você sabe o que planeja fazer."

Madeleine tomou um gole de vinho. "Não sei", ela disse.

"Ótimo. Muito bem. Foi por isso que eu convoquei essa reunião. Agora, primeiro eu proponho que nós definamos as alternativas. Em segundo lugar, proponho que nós tentemos determinar os resultados possíveis de cada alternativa. Depois de termos feito isso, nós podemos comparar esses resultados e julgar qual seria o melhor procedimento. Todos concordam?"

Como Madeleine não respondeu, Phyllida falou: "Concordamos".

"Na minha opinião, Maddy, há duas alternativas", Alton prosseguiu. "Um: você e o Leonard se reconciliam. Dois: não."

"Eu não estou com vontade de falar disso agora", Madeleine foi taxativa.

"Mas, Maddy, só pense comigo. Vamos pensar na reconciliação. Você acha que é uma possibilidade?"

"Acho que sim", Madeleine disse.

"E como?"

"Não sei. Tudo é possível."

"Então você acha que o Leonard vai voltar por conta própria?"

"Eu disse que não *sei*."

"Você está disposta a ir para Portland procurar por ele? Porque, se você não sabe se o Leonard vai voltar, e não está disposta a ir procurar por ele, eu diria que as chances de uma reconciliação são bem exíguas."

"Talvez eu vá *mesmo* pra lá!", Madeleine disse, erguendo a voz.

"O.K. Muito bem", Alton disse. "Vamos supor que você vá. Nós te mandamos para Portland amanhã de manhã. E aí? Como é que você pretende achar o Leonard? Nós nem sabemos onde ele está. E vamos supor que você *ache* o Leonard. O que é que você vai fazer se ele não quiser voltar?"

"Não devia ser a Maddy quem faz alguma coisa nessa história", Phyllida disse, de cara fechada. "O Leonard é que devia vir para cá e implorar de joelhos pra ela voltar."

"Eu não quero falar disso", Madeleine repetiu.

428

"Querida, nós temos que falar disso", Phyllida disse.

"Não temos, não."

"Eu sinto muito, mas temos, sim!", Phyllida insistiu.

Durante todo esse tempo, Mitchell ficou sentado em silêncio na sua cadeira de Adirondack, tomando vinho. Parecia que os Hanna tinham esquecido que ele estava ali, ou eles já o consideravam parte da família e não se importavam que ele os visse em seu lado mais indócil.

Mas Alton tentou diminuir a tensão. "Vamos deixar a reconciliação de lado por um momento", ele disse num tom mais baixo. "Vamos dizer que sobre isso nós ainda não chegamos a um acordo. Existe uma alternativa que é mais definida. Agora, suponha que você e o Leonard não se reconciliem. Só suponha. Eu tomei a liberdade de conversar com Roger Pyle..."

"O senhor contou pra *ele*?", Madeleine gritou.

"Confidencialmente", Alton disse. "E a opinião profissional do Roger é que, numa situação como essa, em que um dos envolvidos se recusa a entrar em contato, o melhor a fazer é pedir uma anulação."

Ele se deteve. Ele se recostou. A palavra tinha sido dita. Parecia que dar voz àquela palavra tinha sido o objetivo principal de Alton desde o começo, e agora que tinha falado ele estava momentaneamente perdido. Madeleine estava com uma carranca.

"Uma anulação é uma coisa bem mais simples que um divórcio", Alton continuou. "Por várias razões. Ela representa uma invalidação do casamento. É como se o casamento nunca tivesse acontecido. Com uma anulação você não é uma divorciada. É como se você nunca tivesse casado. E o melhor é que você não precisa dos dois envolvidos para conseguir uma anulação. O Roger também deu uma olhada nos estatutos em Massachusetts e descobriu que as anulações são concedidas pelos seguintes motivos." Ele foi contando nos dedos. "Um: bigamia. Dois: impotência por parte do homem. Três: doença mental."

Aqui ele parou. Parecia que os grilos cantavam mais alto e, por sobre o escuro do quintal, como se fosse uma linda noite de verão, vaga-lumes magicamente começaram a piscar.

O silêncio foi rompido pelo som do copo de vinho de Madeleine se estilhaçando contra o deque. Ela se ergueu de um salto. "Eu vou entrar!"

"Maddy, nós precisamos discutir isso."

"A única coisa que vocês sabem fazer quando aparece um problema é falar com o advogado!"

"Bom, eu estou feliz por ter ligado para o Roger a respeito daquele acordo pré-nupcial que você não queria assinar", Alton disse, imprudentemente.

"Certo!", Madeleine disparou. "Graças a Deus que eu não perdi dinheiro! A minha vida toda está acabada, mas pelo menos eu não perdi o meu capital! Isso aqui não é uma reunião de colegiado, papai. É a minha vida!" E, com isso, ela fugiu para o quarto.

Nos três dias seguintes, Madeleine se recusou a comer com os pais.

Ela pouco descia. Isso punha Mitchell numa posição desagradável. Como única pessoa imparcial na casa, dependia dele manter a comunicação entre os envolvidos. Ele se sentia como Philip Habib, o enviado especial ao Oriente Médio, que via toda noite no noticiário. Fazendo companhia para Alton na hora do coquetel, Mitchell assistia Habib se encontrando com Yasser Arafat, ou Hafez al-Assad, ou Menachen Begin, indo de um para o outro, levando mensagens, adulando, incentivando, ameaçando, bajulando e tentando evitar que uma guerra total estourasse. Depois do seu segundo gim-tônica, Mitchell se inspirava a traçar paralelos. Nas barricadas do seu quarto, Madeleine era como uma facção da OLP escondida em Beirute, emergindo vez por outra para jogar uma bomba escada abaixo. Alton e Phyllida, ocupando o resto da casa, eram como os israelenses, inflexíveis e mais bem armados, procurando estender um protetorado ao Líbano e tomar decisões em nome de Madeleine. Nas suas missões especiais para o território de Madeleine, Mitchell ouvia as queixas dela. Ela dizia que Alton e Phyllida em nenhum momento haviam gostado de Leonard. Eles não queriam que ela se casasse com ele. Era verdade que eles tinham tratado bem o genro depois do colapso, e nem sequer tinham *mencionado* a palavra divórcio até que Leonard a dissesse primeiro. Mas agora Madeleine sentia que os pais estavam secretamente felizes por Leonard ter ido embora, e ela queria que eles pagassem por isso. Depois de reunir o máximo possível de informações sobre as opiniões de Madeleine, Mitchell voltava para o térreo para novas tratativas com Alton e Phyllida. Ele descobriu que eles estavam muito mais do lado de Madeleine do que ela supunha. Phyllida admirava a fidelidade da filha a Leonard, mas achava que se tratava de uma situação condenada. "A Madeleine acha que pode salvar o Leonard", ela disse. "Mas a verdade é que ou ele não pode ou não quer ser salvo." Alton se fazia de durão, dizendo que Madeleine tinha que "diminuir as perdas sofridas", mas ficava claro nos seus silêncios constantes, e nas bebidas fortes que tomava enquanto Habib se arrastava com a sua calça xadrez por mais um trecho de deserto asfaltado na TV, o quanto ele estava sofrendo por causa de Madeleine.

Seguindo o exemplo diplomático, Mitchell foi dando corda, deixando todos desabafar até que eles finalmente pediram conselhos.

"O que é que você acha que eu devo fazer?", Madeleine lhe perguntou, três dias depois de ter explodido com Alton. Antes da festa de Schneider, a resposta de Mitchell teria sido simples. Ele teria dito: "Se divorcie do Bankhead e case comigo". Mesmo agora, visto que Bankhead não dava mostras de querer continuar casado e tinha desaparecido nas matas do Oregon, não parecia haver muita esperança de uma reconciliação. Como é que você pode ficar casado com alguém que não quer ficar casado com você? Mas a opinião de Mitchell a respeito de Bankhead tinha passado por uma mudança significativa desde aquela conversa com ele, e ele agora se via tomado, incomodamente, por algo que parecia empatia e até mesmo afeto pelo seu antigo rival.

O assunto do longo diálogo dos dois no quarto de Schneider tinha sido, por mais que possa parecer surpreendente, religião. E, mais surpreendente ainda, foi Bankhead que começou a discussão. Ele havia começado mencionando a disciplina de estudos religiosos que eles tinham feito juntos. Disse que tinha ficado impressionado com um monte de coisas que Mitchell tinha dito naquela turma. A partir daí, Bankhead começou a fazer perguntas sobre as inclinações religiosas de Mitchell. Ele parecia irrequieto e inerte ao mesmo tempo. Havia um ar de desespero no seu interrogatório, tão forte e tão pungente quanto o tabaco dos cigarros que não parava de enrolar enquanto conversavam. Mitchell lhe disse o que podia. Ele prestou testemunho da sua variedade específica da experiência religiosa. Bankhead ouviu aplicada, receptivamente. Parecia ansioso por qualquer ajuda que Mitchell pudesse fornecer. Ele perguntou se Mitchell meditava. Perguntou se ele ia à igreja. Depois que Mitchell disse tudo que podia, ele perguntou por que Bankhead estava interessado. E aí Bankhead o surpreendeu mais uma vez. "Você é bom de guardar segredo?" Apesar de eles mal se conhecerem, apesar de, em certos pontos de vista, Mitchell ser a última pessoa em quem Bankhead deveria querer confiar, ele contou a Mitchell uma experiência que tinha tido recentemente, numa viagem à Europa, que tinha mudado a sua atitude em relação às coisas. Ele estava na praia, ele disse, no meio da noite. Estava olhando para o céu estrelado quando de repente sentiu que podia sair voando para o espaço, se quisesse. Ele não tinha contado essa experiência a ninguém porque não estava em plena posse das faculdades mentais na ocasião, e isso tendia a desacreditar a experiência. Mas mesmo assim, no momento em que a ideia lhe ocorreu, aconteceu: ele de repente estava no espaço, passando, flutuando, pelo planeta Saturno. "Não parecia nem um pouco uma alucinação", Bankhead disse. "Eu tenho que sublinhar isso. Parecia o momento mais lúcido da minha vida." Por um minuto, ou dez minutos, ou uma hora — ele não sabia —, ele tinha pairado na órbita de Saturno, examinando os anéis, sentindo o brilho quente do planeta no rosto, e aí estava de volta à Terra, na praia, todo ferrado. Bankhead disse que a visão, ou o que quer que aquilo tivesse sido, foi o momento mais assombroso da vida dele. Ele disse que "pareceu religioso". Ele queria saber a opinião de Mitchell sobre o que tinha acontecido. Será que estava tudo bem pensar naquela experiência como uma coisa religiosa, se foi o que pareceu, ou isso ficava invalidado pelo fato de ele estar tecnicamente louco na ocasião? E se aquilo era inválido, por que ele ainda estava encantado?

Mitchell tinha respondido que, até onde ele as entendia, as experiências místicas eram significativas apenas na medida em que alteravam a concepção de realidade da pessoa, e se essa concepção alterada levava a uma alteração de comportamento e de ação, a uma perda do ego.

Naquele momento, Bankhead acendeu mais um cigarro. "O negócio comigo é o seguinte", ele disse numa voz baixa, íntima. "Eu estou pronto para o salto kierkegaardiano. O meu coração está pronto. O meu cérebro está pronto. Mas as minhas pernas não se mexem. Eu posso ficar dizendo 'Pulem' o dia inteiro. Não acontece nada."

Depois disso, Bankhead ficou com uma cara triste e imediatamente distante. Ele disse tchau e saiu do quarto.

A conversa mudou a atitude de Mitchell em relação a Bankhead. Ele não conseguia mais odiá-lo. A parte de Mitchell que teria se deliciado com a queda de Bankhead não estava mais em funcionamento. Durante toda a conversa, Mitchell sentiu o que tantas pessoas tinham sentido antes, o abraço imensamente satisfatório da atenção total e inteligente de Bankhead. Mitchell sentiu que, em outras circunstâncias, Leonard Bankhead podia ter sido o seu melhor amigo. Ele entendeu por que Madeleine tinha se apaixonado por ele, e por que tinha se casado com ele.

Além disso, Mitchell não podia deixar de respeitar Bankhead pelo que havia feito. Era possível que ele conseguisse se recuperar da depressão; na verdade, com o tempo, era mais que provável. Bankhead era um cara esperto. Ele podia se pôr de pé. Mas todo e qualquer sucesso que ele tivesse na vida não viria fácil. Ele sempre estaria à sombra da doença. Bankhead quis salvar Madeleine disso. Estava muito longe de resolver os problemas e quis fazer isso sozinho, com efeitos colaterais mínimos.

E assim o verão correu. Mitchell continuou na casa dos Hanna e fazendo longos passeios até a Casa de Reuniões dos Amigos. Sempre que ele sugeria que já era hora de ir embora, Madeleine lhe pedia para ficar um pouco mais, e ele ficava. Dean e Lillian não conseguiam entender por que ele não vinha direto para casa, mas o alívio por ele não estar mais na Índia lhes dava paciência de esperar mais um pouco para ver o rosto do filho.

Julho virou agosto e Bankhead ainda não tinha ligado. Num fim de semana, Kelly Traub veio a Prettybrook, trazendo as chaves do novo apartamento de Madeleine. Lentamente, fazendo um pouquinho por dia, Madeleine começou a embalar as coisas que queria levar consigo para Manhattan. No depósito escaldante do sótão, com uma saia de tênis e a parte de cima de um biquíni, com as costas e os ombros reluzindo, ela escolheu a mobília que seria enviada e olhou nos armários, procurando copos e outras coisinhas. Mas ela mal estava comendo. Tinha ataques de choro. Queria ficar repassando sem parar a cadeia dos eventos, começando pela lua de mel e indo até a festa na casa de Schneider, como se pudesse achar um momento em que, se tivesse agido de outra maneira, nada daquilo teria acontecido. A única ocasião em que Madeleine se iluminava era quando uma antiga amiga dela passava pela casa — e quanto mais antigas e doidinhas elas fossem, melhor: ela adorava certas ex-alunas de Lawrenceville que tinham nomes como Weezie. Com as amigas Madeleine parecia conseguir voltar por vontade própria aos seus tempos de menina. Ela ia fazer compras na cidade com essas amigas. Passava horas provando roupas. Em casa, elas ficavam deitadas à beira da piscina, tomando sol e lendo revistas, enquanto Mitchell se recolhia para a sombra da varanda, olhando para elas de longe com desejo e repulsa, exatamente como ele tinha feito na escola. Às vezes Madeleine e as amigas, entediadas, tentavam convencer Mitchell a nadar um pouco, e ele largava o Merton e ficava parado ao lado da piscina, tentando não grudar os olhos no corpo seminu de Madeleine que cortava a água.

"Vamos, Mitchell!", ela pedia.

"Eu não tenho roupa de banho."

"Só vista uma bermuda."

"Eu sou contra bermudas."

Aí as meninas de Lawrenceville iam embora e Madeleine ficava inteligente de novo, tão solitária, desafortunada e recolhida quanto uma governanta. Ela se juntava a Mitchell na varanda, onde os livros que o sol esquentara e o café gelado esperavam por ela.

Vez por outra, com o passar dos dias, Alton ou Phyllida tentavam persuadir Madeleine a decidir o que queria fazer. Mas ela desconversava.

Setembro estava chegando. Madeleine escolheu as disciplinas que ia cursar, uma sobre o romance do século XVIII (*Pamela, Clarissa, Tristram Shandy*) e outra sobre trilogias, ministrada de uma perspectiva pós-estruturalista por Jerome Shilts. A chegada de Madeleine a Columbia, ela descobriu, coincidiria com a primeira turma de mulheres a serem admitidas como pós-graduandas na universidade, e ela considerou isso um bom augúrio.

Por mais que Madeleine quisesse Mitchell por perto, por mais próximos que tivessem ficado naquele verão, ela não dava nenhum sinal de que o que sentia por ele tivesse mudado de maneira significativa. Ela ficou mais livre nas suas ações, trocando de roupa na frente dele, só dizendo: "Não olhe". E ele não olhava. Ele desviava os olhos e a *ouvia* tirar a roupa. Dar em cima de Madeleine parecia injusto. Seria tirar vantagem da tristeza dela. Os apalpões de algum carinha eram a última coisa de que ela precisava naquele momento.

Num sábado à noite, tarde, enquanto Mitchell estava lendo na cama, ele ouviu a porta do sótão abrir. Madeleine foi até o quarto dele. Mas em vez de sentar na cama ela simplesmente meteu a cabeça na porta e disse: "Queria te mostrar uma coisa". E desapareceu. Mitchell ficou esperando enquanto ela arrastava os pés pelo sótão, mexendo nas caixas. Depois de uns minutos ela voltou, segurando uma caixa de sapatos. Na outra mão ela trazia uma revista acadêmica.

"Tchã!", Madeleine disse, passando a revista para ele. "Chegou pelo correio hoje." Era um exemplar da *Janeite Review*, editada por M. Myerson, que continha um ensaio de uma certa Madeleine Hanna intitulado "Achei que você nunca ia pedir: reflexões sobre o romance de casamento". Era uma coisa maravilhosa de se ver, mesmo que um erro de impressão tivesse trocado a ordem de duas páginas do ensaio. Madeleine estava com a cara mais feliz dos últimos meses. Mitchell lhe deu parabéns, quando então ela passou a lhe mostrar a caixa. Estava coberta de pó. Madeleine tinha desenterrado aquela caixa de um dos armários enquanto embalava as coisas. A caixa de sapato estava lá havia cerca de dez anos. Na tampa, com tinta preta, constavam as palavras "Kit de Sobrevivência da Jovem Solteira". Madeleine explicou que Alwyn tinha dado aquilo para ela no seu aniversário de catorze anos. Ela mostrou todos os itens que estavam na caixa para Mitchell, as bolas Ben Wa, o cutucador francês, os fornicadores plásticos e, claro, o cacete desidratado, que agora era difícil identificar. Os ratos tinham roído o pãozinho. Em algum momento durante tudo isso, Mitchell tomou coragem para fazer o que teve medo de fazer aos dezenove anos. Ele disse: "Você devia levar isso aí pra Nova York. É bem o que você precisa". E quando Madeleine olhou para ele, ele ergueu o braço e a puxou para a cama.

O torvelinho de detalhes que se seguiu foi demais para a capacidade de Mitchell de sentir algum prazer imediato. Enquanto tirava a roupa de Madeleine, camada por camada, ele se viu confrontado pela realidade física de coisas que imaginava fazia tempo. Uma tensão desconfortável pairava entre os dois, com o resultado de que depois de um tempo nenhum deles se sentia totalmente real. Será que isso aqui era mesmo o seio de Madeleine que ele estava pondo na boca, ou era alguma coisa que ele tinha sonhado, ou estava sonhando agora? Por quê, se finalmente estava ali diante dele em carne e osso, ela parecia tão sem cheiro e vagamente estrangeira? Ele fez o que pôde; ele perseverou. Pôs a cabeça entre as pernas de Madeleine e abriu a boca, como quem canta, mas o espaço de alguma maneira lhe era hostil, e as respostas que ela entoava soavam distantes. Ele se sentiu muito só. Isso não chegou tanto a desapontar Mitchell quanto a confundi-lo. Num dado momento, enquanto Madeleine estava com a boca no mamilo dele, ela gemeu e disse: "Você precisa começar a usar desodorante, de verdade, Mitchell". Não muito depois disso, ela dormiu.

Os pássaros o acordaram cedo, e ele percebeu que era Primeiro Dia. Vestindo-se rápido, dando um beijo no rosto de Madeleine, ele saiu para a Casa de Reunião dos Amigos. O caminho até lá passava pelo bairro dos Hanna, de casas grandes e mais antigas, pela cidadezinha inutilmente exótica que era Prettybrook, com a sua pracinha e a estátua de Washington atravessando o Delaware (a uns vinte e cinco quilômetros dali), e por uma série de ruas arborizadas e pela lateral de um campo de golfe até que terminasse a cidade e começasse o campo de batalha. O cenário passava por Mitchell como se ele estivesse assistindo numa tela. Ele estava feliz demais para se envolver naquilo, e apesar de caminhar ele se sentia como quem ainda está parado. Ficava levando as mãos ao nariz para inalar o cheiro de Madeleine. Que, também, era mais fraco do que ele teria desejado. Mitchell sabia que na noite passada eles tinham feito um amor imperfeito, talvez até ruinzinho, mas tinham todo o tempo de que precisassem para acertar a mão.

Portanto, no seu primeiro ato de fidelidade, Mitchell parou na farmácia e comprou um desodorante Mennen Speed Stick. Ele levou o desodorante num saco de papel até a Casa de Reuniões e ficou com ele no colo depois de se sentar.

Ia ser um dia quente. Por esse motivo, tinha mais gente na reunião das sete do que o normal, para aproveitar a temperatura mais baixa. Quase todos os Amigos já tinham se recolhido em si mesmos, mas Joe e June Yamamoto, que estavam de olhos abertos, acenaram com a cabeça, dando as boas-vindas.

Mitchell sentou, fechou os olhos e tentou esvaziar a cabeça. Mas era impossível. Nos primeiros quinze minutos, ele só conseguiu pensar em Madeleine. Ele lembrava a sensação de estar abraçado com ela, e os barulhos que eles tinham feito. Ele ficava pensando se Madeleine o convidaria a se mudar com ela para Riverside Drive. Ou será que ia ser melhor ele arrumar um apartamento dele, pertinho, e ir devagar? De um jeito ou de outro, ele tinha que voltar para Detroit e ver os pais. Mas não precisava ficar muito lá. Podia voltar para Nova York, e arrumar um emprego, e ver o que acontecia.

Sempre que se apanhava pensando nessas coisas, ele delicadamente desviava a atenção.

Por um tempo ele se aprofundou. Ficou inspirando e expirando, e ouvindo, entre outros corpos ouvintes. Mas alguma coisa estava diferente hoje. Quanto mais Mitchell ia fundo dentro de si, mais desorientado ele ficava. Em vez da felicidade anterior, ele sentia um desconforto insidioso, como se o chão estivesse prestes a ceder embaixo dele. Ele não podia prestar testemunho de que o que sentiu então fosse uma Imanência da Luz. Embora os quacres acreditassem que Cristo se revelava a todos, sem intermediários, e que cada um era capaz de participar de uma revelação contínua, as coisas que Mitchell viu não eram revelações de relevância universal. Uma voz calma, pequena, falava com ele, mas dizia coisas que ele não queria ouvir. De repente, como se realmente estivesse em contato com o seu Eu Profundo e pudesse ver a sua situação de maneira objetiva, Mitchell compreendeu por que fazer amor com Madeleine tinha parecido tão estranho e vazio. Era porque Madeleine não estava indo a ele; ela só estava abandonando Bankhead. Depois de se opor aos pais durante todo o verão, Madeleine estava cedendo à necessidade de uma anulação. Para deixar isso claro para si própria, ela tinha ido até o quarto de Mitchell no sótão.

Ele era o kit de sobrevivência dela.

A verdade se derramou sobre ele como uma luz, e se algum dos Amigos próximos percebeu Mitchell enxugando os olhos, eles não deram sinal.

Ele passou os últimos dez minutos chorando, o mais baixo que podia. Em algum momento, a voz também disse a Mitchell que, além de nunca morar com Madeleine, ele também nunca iria para a escola de teologia. Não estava claro o que ele faria da vida, mas ele não seria monge, ou ministro, e nem mesmo professor. A voz o incitava a escrever ao professor Richter para dizer isso.

Mas essa foi toda a compreensão que a Luz lhe trouxe, porque um minuto depois Clyde Pettengill apertou a mão da esposa, Mildred, e aí todos na Casa de Reuniões já estavam se cumprimentando.

Lá fora, Claire Ruth tinha colocado muffins e café numa mesa de piquenique, mas Mitchell não ficou para conversar. Ele seguiu a trilha, passando pelo cemitério quacre, onde as lápides não tinham nome.

Meia hora depois, ele cruzou a porta da frente da Wilson Lane. Escutou Madeleine andando no quarto dela e subiu as escadas.

Quando ele entrou no quarto dela, Madeleine desviou os olhos, por tempo suficiente para Mitchell confirmar a sua intuição.

Ele não deixou que as coisas ficassem ainda mais constrangedoras do que já estavam, e falou rápido.

"Sabe aquela carta que eu te mandei? Da Índia?"

"A que eu não recebi?"

"Essa mesmo. A minha memória é meio vaga, pelos motivos que eu mencionei. Mas tinha uma parte, no fim, em que eu dizia que ia te falar uma coisa, te perguntar uma coisa, mas que eu tinha que fazer isso pessoalmente."

Madeleine ficou esperando.

"É uma pergunta literária."

"Tá."

"Pelos livros que você leu pra sua monografia e pro seu artigo — Austen e James e tudo mais — tinha algum romance em que a heroína casa com o cara errado e aí se dá conta, e aí o outro pretendente aparece, um cara que sempre foi apaixonado por ela, e aí eles ficam juntos, mas no fim o segundo pretendente percebe que a última coisa que a mulher vai precisar é casar de novo, que ela tem mais o que fazer da vida? E aí acaba que o cara nem pede ela em casamento, apesar de ainda ser louco por ela? Tem algum livro que termine assim?"

"Não", Madeleine disse. "Acho que não tem nenhum."

"Mas você acha que ia ser bom? Como fim?"

Ele estava olhando para Madeleine. Talvez ela não fosse tão especial. Ela era o seu ideal, mas uma concepção antiga daquele ideal, e ele ia acabar superando. Mitchell lhe deu um sorriso meio bobo. Estava se sentindo bem melhor consigo mesmo, como se ainda pudesse fazer alguma coisa boa no mundo.

Madeleine sentou numa caixa. O rosto dela estava mais pesado, e mais velho. Ela estreitou os olhos, como se estivesse tentando focar em Mitchell.

Um caminhão de mudança vinha descendo a rua, sacudindo a casa, o dinamarquês artrítico da casa ao lado berrando rouco atrás dele.

E Madeleine continuava de olhos semicerrados, como se Mitchell já estivesse bem longe, até que finalmente, sorrindo grata, ela respondeu: "Sim".

O autor gostaria de agradecer às seguintes pessoas que o auxiliaram fornecendo e verificando materiais não fictícios empregados em A *trama do casamento*: dr. Richard A. Friedman, diretor de psicofarmacologia da clínica psiquiátrica Payne Whitney em Manhattan e professor de psiquiatria clínica no Weill Cornell Medical College; professor David Botstein, diretor do Instituto Lewis-Sigler de Genômica Integrativa na Princeton University; e Georgia Eugenides, especialista regional em *Madeline*. Além disso, o autor gostaria de citar o seguinte artigo, do qual tirou informações sobre a genética das leveduras: "The Mother-Daughter Mating Type Switching Asymmetry of Budding Yeast Is Not Conferred by the Segregation of Parental HO Gene DNA Strands", de Amar J. S. Klar.

ESTA OBRA FOI COMPOSTA PELO GRUPO DE CRIAÇÃO EM ELECTRA E
IMPRESSA PELA GEOGRÁFICA EM OFSETE SOBRE PAPEL PÓLEN SOFT
DA SUZANO PAPEL E CELULOSE PARA A EDITORA SCHWARCZ
EM MAIO DE 2012